4e

Mon manuel numérique Premium

Pour apprendre, s'entrainer et réviser de façon efficace !

Le manuel complet

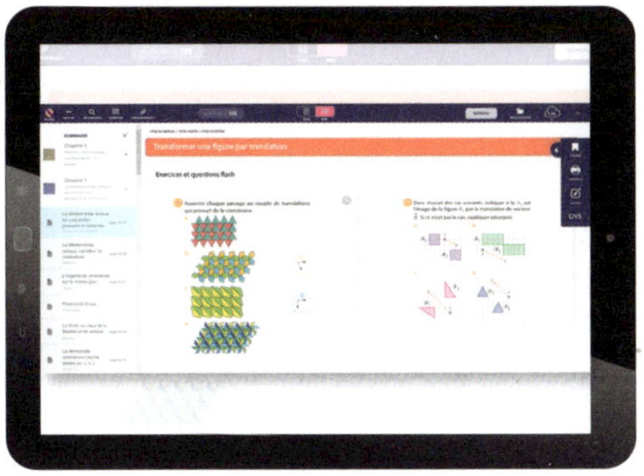

Pour consulter mon manuel en classe ou à la maison

Les cartes mentales

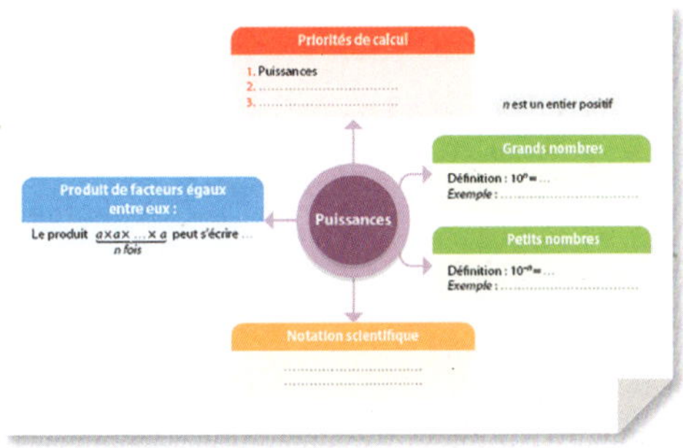

À compléter pour mémoriser l'essentiel

Les QCM interactifs

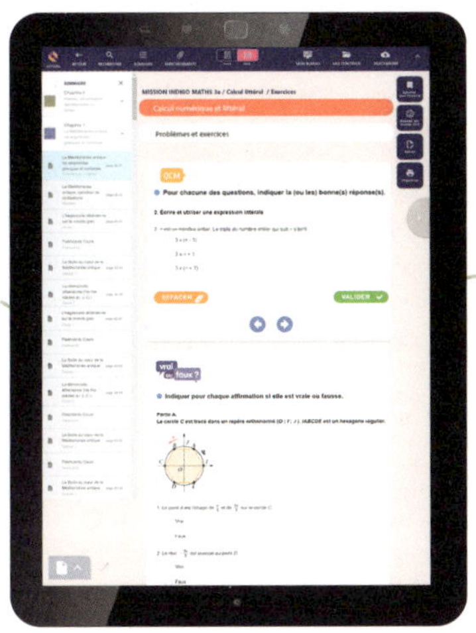

Pour m'auto-évaluer

Des fichiers et des documents

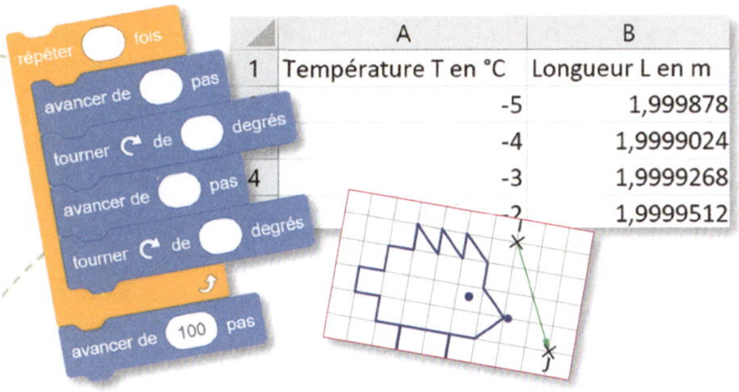

À télécharger pour résoudre les exercices

Mission Indigo 4e

Maths

Sous la direction de Christophe BARNET

Nadine BILLA
Virginie BLANC
Marion CONVERT
Émilie ELKINE
Mathieu FERNANDEZ
Amaïa FLOUS
Aurélie LAULHERE
Marie-Christine LAYAN
Siegfried MAILLARD
Marion REY LARRIEU
Marion ROBERTOU
Agnès VILLATTES

Avec la participation d'Helena BERGER, Benoît LAFARGUE, Patricia LAMBERT, Sandrine POLLET et Florian RUDELLE

hachette
ÉDUCATION

Crédits photographiques

Couverture © Traveller Martin** ; 25 © Viacheslav Lopatin** ; 45 © Patty Chan** ; 58 gh © Castleski** ; 58 gh © Castleski** ; 58 gh © Castleski** ; 62 © Mumemories** ; 62 © www.interieur.gouv.fr ; 63 © dudarev Mikhail** ; 67 © Paul Brady Photography** ; 79 © Collection particulière ; 80 gh © Visioars/Akg-image ; 80 dh © Svariophoto** ; 80 dm © bunyarit** ; 80 db © tommaso lizzul** ; 81 gm © Photo Josse/Leemage ; 81 gb © Editions Glénat ; 81 dm © Biophoto Associates/Bsip ; 81 db © PHILIPIMAGE ** ; 84 © ssuaphotos** ; 86 © Lukasz Pawel Szczepanski** ; 87 d (Terre) © calvindexter** ; 87 d (galaxie) © PlanilAstro ; 87 d (smartphone) © manae media* ; 87 d (Burj Khalifa) © Ilona Ignatova** ; 87 d (bactérie) © Eric Erbe, Colorization by Christopher Pooley. USDA/Microbe World ; 87 d (système solaire) © Vadim Sadovski** ; 87 db © Golubovy** ; 100 dh © david Acosta Allely** ; 100 dm © Klagyivik Viktor** ; 101 © Visioars/Akg-image ; 102 © StudioSmart ; 103 g © Google Earth ; 103 d © Neveshkin Nikolay** ; 104 © Raymond Queneau, Cent mille milliards de poèmes, 1961, Gallimard ; 105 © ShutterStockStudio** ; 107 © Chaikom** ; 117 © delphotostock* ; 118 gm © Ruslan Lytvyn** ; 118 gb © Brian A Jackson** ; 118 d © Nui Rattapon** ; 121 © Syda Productions* ; 123 © Bridgeman Images/Leemage ; 124 © Svetlana dikhtyareva** ; 135 © NOTE OMG** ; 138 © 5 second Studio** ; 139 gh © IndustryandTravel** ; 139 gb (Trifolium Repense) © dR ; 139 gb (Trifolium portbonheurensis) © dR ; 139 d © Artedia/Leemage ; 141 g © Collection particulière ; 141 d © Geolia ; 143 © Stu Porter** ; 149 © dR ; 156 d (bague) © Ekaterina Morgunova** ; 156 d (collier) © TKalinowski** ; 156 d (boucles) Alexander Rybalka** ; 157 © Cameron Spencer/ Getty Images South America/Getty Images/AFP ; 160 © Charles Leonard** ; 161 g © glenda** ; 161 d © vectorfusionart** ; 165 © Nasa/ Novapix/Leemage ; 180 gb © Wiro.Klyngz** ; 180 dh © Mushy* ; 181 © Olivier Le Moal** ; 182 © Toonzzz** ; 185 © Goldilock Project** ; 186 © NizArt* ; 187 © malekas* ; 193 © Roger Utting** ; 194 © Viktor1** ; 195 dm (cartes) © nono* ; 195 dm (roulette) © haak78** ; 198 © malekas* ; 200 gh © Vlad Ispas** ; 200 gm © Leonard Zhukovsky** ; 201 © Arochau* ; 202 gm © RedGreen** ; 202 gb © A.Basler** ; 204 © Collection particulière ; 205 © roberaten** ; 207 © PUMPZA** ; 220 © Bard Sandemose** ; 221 © lev radin** ; 222 gh © msyaraafiq** ; 222 gm © Anibal Trejo** ; 223 © joserpizarro** ; 225 © ADAGP, 2020. Photo © Andras Kristof Fulop ; 235 © e71lena** ; 236 © foto-select** ; 237 © Juan Carlos Marcos** ; 241 gm © Bankrx** ; 241 gb © Bankrx** ; 211 dm © Irina Falkanfal** ; 211 db © Pack-Shot** ; 242 © Viacheslav Nikolaenko** ; 245 © Alfredo* ; 255 © GikaPhoto By waraphot** ; 259 g © WorldWide** ; 259 d © dR ; 261 © Wlad Go** ; 262 © Mihai_Andritoiu** ; 263 © Christophe Lehenaff/Photononstop ; 279 © Tilman Ehrcke** ; 280 © charnsitr** ; 285 © Svetlana Pechenkina** ; 286 (chapeau) © chrisbrignell** ; 286 (pyramide) © Olga Vorontcova** ; 286 (boite) © elgreko* ; 286 (colis) © Cherries* ; 286 (toblerone) © Walter Cicchetti** ; 299 © Michal and Yossi Rotem** ; 300 gh (sablier) © Benjapon Homklin** ; 300 gh (abri) © Rolandas Grigaitis** ; 300 gh (moulin) © Volker Rauch** ; 300 gm (tente enfant) © lucag_g** ; 300 gm (chapiteau) © Mikhail Olykainen** ; 300 gm (tente camping) © John Konrad** ; 300 gb © Arkady Mazor** ; 300 dm (verre) © diyes** ; 300 dm (bouteille) © Evgeny Karandaev** ; 301 gm © Christopher Hall** ; 301 gb © noemosu* ; 302 © Janahorova | dreamstime.com ; 303 gh © Shaun dodds** ; 303 gm © Palo_ok** ; 303 dm (cornet) © Tiger Images ; 303 dm (gaufrette) © Igor Kovalchuk** ; 304 © Traycheva** ; 310 © Ville de Nantes ; 311 gb © Konstantin Yolshin** ; 311 dh © Dulux Valentine ; 311 dm © 3V3 ; 311 db © duralex ; 312 gh © IGN ; 312 gm © Sergio Bertino** ; 313 © dr Stanley

*Fotolia.com/Adobestock.com **Shutterstock.com

© Scratch : p. 12 à 26, 39 à 42, 61 à 63, 79, 82, 99 à 101, 117 à 119, 137, 138, 140, 159, 161, 162, 179, 181, 199, 201, 202, 219, 221, 223, 239, 240, 242, 257, 258, 260, 262, 279, 281, 282, 301, 302, 305, 306, 309, 312
Scratch est développé par le groupe Lifelong Kindergarten auprès du MT Media Lab. Voir https.//scratch.mit.edu

Nous tenons à remercier les nombreux enseignants qui, par leurs avis exprimés lors de tables rondes ou de rencontres avec nos délégués pédagogiques dans les différentes académies, nous ont aidés à élaborer cet ouvrage.

Les auteurs remercient Sandrine POLLET pour ses relectures attentives et perspicaces.

Édition : Julie Carrasco
Fabrication : Miren Zapirain
Mise en page : STDI (Gaëlle Guyard)
Schémas : STDI (Julie Kroschwald)
Illustrations : Lucile Gomez, Géraldine Besnard
Recherches iconographiques : Julie Carrasco, Candice Renault
Couverture : Anne-Danielle Naname
Maquette intérieure : ADN (Anne-Danielle Naname, Juliette Lancien)

PAPIER À BASE DE FIBRES CERTIFIÉES

hachette s'engage pour l'environnement en réduisant l'empreinte carbone de ses livres. Celle de cet exemplaire est de :
2000 g éq. CO_2
Rendez-vous sur www.hachette-durable.fr

www.hachette-education.com

ISBN : 978-2-01-702544-3
ISBN à utiliser pour toute commande de l'ouvrage.

Présentation du manuel

QUESTIONS FLASH
Pour **réactiver** les **prérequis à l'oral**

Activités
Pour **découvrir** les notions

Cours
Pour **s'approprier** les notions

Savoir-faire
Pour **travailler en autonomie** avec des **exercices résolus** et **corrigés**

4 pages d'**Exercices**
Pour **acquérir** les savoir-faire et un MODE EXPERT pour aller plus loin

Faire le point
Pour **s'auto-évaluer** et **synthétiser** le chapitre en autonomie
QCM — Carte mentale

Algorithmique et outils numériques
Pour travailler sur Scratch, sur tableur, sur un logiciel de géométrie dynamique

4 pages de **Problèmes**
de difficulté graduée agrémentés de DÉFIS & ÉNIGMES ludiques
Une MISSION DÉMONSTRATION pour s'entrainer pas à pas à la **démonstration** mathématique

Travailler autrement
À chacun son parcours !

Les pictos du manuel

CALCUL MENTAL	Travail en calcul mental
	Travail avec calculatrice
	Travail sans calculatrice
	Travail avec un logiciel
	Travail en débranché
	Ressource téléchargeable
	Travail en groupe
Prise d'initiative	Problème qui demande une prise d'initiative
Questions flash supplémentaires	Diaporama de questions flash supplémentaires
Version interactive du QCM	QCM en version interactive
	Problème en anglais
ceinture **jaune**, ceinture **verte**, ceinture **noire**	Les trois niveaux de difficulté de problèmes
	Éducation au développement durable

Sommaire

Organisation et gestion de données, fonctions

Espace et géométrie

Objectifs des activités

Nombres et calculs

1 Nombres relatifs

Activité 1 Réactiver l'addition et la soustraction de nombres relatifs
Activité 2 Découvrir la définition sur les signes du produit de deux nombres relatifs
Activité 3 Découvrir la propriété des signes d'un produit de plusieurs facteurs
Activité 4 Découvrir la propriété des signes du quotient de deux nombres relatifs

2 Nombres rationnels : addition, soustraction, comparaison

Activité 1 Réactiver les notions des diviseurs, multiples et nombres premiers
Activité 2 Découvrir et reconnaitre la nature d'un nombre
Activité 3 Découvrir la propriété des produits en croix
Activité 4 Comparer des fractions
Activité 5 Additionner et soustraire des fractions de dénominateurs quelconques

3 Nombres rationnels : multiplication et division

Activité 1 Calculer une fraction d'un nombre et ajouter des fractions
Activité 2 Découvrir la règle de la multiplication de fractions
Activité 3 Découvrir la notion d'inverse
Activité 4 Découvrir la règle de la division par une fraction

4 Puissances

Activité 1 Manipuler des grands nombres et découvrir les puissances de 10 d'exposant positif
Activité 2 Découvrir les puissances de 10 d'exposant négatif
Activité 3 Découvrir le sens de certains préfixes et l'écriture scientifique d'un nombre
Activité 4 Découvrir la notation de puissance

5 Calcul littéral

Activité 1 Démontrer que deux expressions sont égales ou ne sont pas égales
Activité 2 Découvrir la distributivité pour développer une expression
Activité 3 Utiliser la distributivité pour factoriser une expression

6 Équations

Activité 1 Comprendre la nécessité de modéliser un problème
Activité 2 Utiliser le tableur pour trouver la solution d'une équation
Activité 3 Conjecturer les propriétés permettant de résoudre une équation
Activité 4 Modéliser une situation avec une équation

Organisation et gestion de données, fonctions

7 Grandeurs et proportionnalité

Activité 1 Réinvestir la représentation graphique d'une grandeur en fonction d'une autre et caractériser graphiquement une situation de proportionnalité
Activité 2 Réinvestir les méthodes de calcul d'une 4e proportionnelle. Découvrir et démontrer l'égalité des produits en croix et la règle de trois
Activité 3 Découvrir les grandeurs produits et les grandeurs quotients

8 Statistiques

Activité 1 Calculer et interpréter une moyenne. Revoir les calculs et les différences entre moyenne simple et pondérée
Activité 2 Calculer et interpréter une médiane
Activité 3 Calculer et interpréter une médiane à partir d'un tableau d'effectifs et avec une calculatrice

9 Probabilités

Activité 1 Remobiliser la notion de probabilité
Activité 2 Calculer la probabilité d'une issue dans une situation de non-équiprobabilité
Activité 3 Calculer la probabilité d'un évènement dans une situation d'équiprobabilité
Activité 4 Découvrir la notion d'évènements contraires

Espace et géométrie

10 Construction et transformation de figures

Activité 1 Illustrer la conservation de l'aire pour les symétries
Activité 2 Découvrir et caractériser les translations à travers une frise
Activité 3 Introduire les agrandissements et réductions et découvrir leur effet sur les longueurs, les angles et les aires

11 Triangles et quadrilatères

Activité 1 Découvrir la notion de triangles égaux, formuler les conditions nécessaires et suffisantes pour que deux triangles soient égaux
Activité 2 Remobiliser les propriétés du parallélogramme pour démontrer dans des cas simples
Activité 3 Reconnaitre des parallélogrammes particuliers à partir de propriétés de leurs diagonales

12 Théorème de Thalès

Activité 1 Introduire le théorème de Thalès
Activité 2 Introduire la contraposée du théorème de Thalès
Activité 3 Introduire la réciproque du théorème de Thalès

13 Triangles rectangles

Activité 1 Découvrir l'égalité de Pythagore
Activité 2 Prouver qu'un triangle n'est pas rectangle
Activité 3 Découvrir la racine carrée
Activité 4 Découvrir la réciproque du théorème de Pythagore
Activité 5 Découvrir le cosinus d'un angle

14 Solides de l'espace

Activité 1 Se repérer sur le parallélépipède rectangle
Activité 2 Connaitre et représenter une pyramide, calculer son volume
Activité 3 Connaitre et représenter un cône de révolution
Activité 4 Construire le patron d'un cône
Activité 5 Déterminer la formule pour calculer le volume du cône

Repères annuels de progression de 4^e

Nombres et calculs

Nombres décimaux relatifs

Le produit et le quotient de décimaux relatifs sont abordés.

Fractions, nombres rationnels

Un nombre rationnel est défini comme quotient d'un entier relatif par un entier relatif non nul, ce qui renvoie à la notion de fraction. Le quotient de deux nombres décimaux peut ne pas être un nombre décimal. La notion d'inverse est introduite, les opérations entre fractions sont étendues à la multiplication et la division. Les élèves sont conduits à comparer des nombres rationnels, à en utiliser différentes représentations et à passer de l'une à l'autre. Une ou plusieurs démonstrations de calculs fractionnaires sont présentées. Le recours au calcul littéral vient compléter pour tout ou partie des élèves l'utilisation d'exemples à valeurs génériques.

Racine carrée

La racine carrée est introduite, en lien avec des situations géométriques (théorème de Pythagore, agrandissement des aires) et à l'appui de la connaissance des carrés parfaits de 1 à 144 et de l'utilisation de la calculatrice.

Puissances

Les puissances de 10 sont d'abord introduites avec des exposants positifs, puis négatifs, afin de définir les préfixes de nano à giga et la notation scientifique. Celle-ci est utilisée pour comparer des nombres et déterminer des ordres de grandeurs, en lien d'autres disciplines. Les puissances de base quelconque d'exposants positifs sont introduites pour simplifier l'écriture de produits.
La connaissance des formules générales sur les produits ou quotients de puissances de 10 n'est pas un attendu du programme : la mise en œuvre des calculs sur les puissances découle de leur définition.

Divisibilité, nombres premiers

Tout au long du cycle, les élèves sont amenés à modéliser et résoudre des problèmes mettant en jeu la divisibilité et les nombres premiers.
Les élèves déterminent la liste des nombres premiers inférieurs ou égaux à 100 et l'utilisent pour décomposer des nombres en facteurs premiers, reconnaître et produire des fractions égales, simplifier des fractions.

Calcul littéral

Expressions littérales

Le travail sur les formules est poursuivi, parallèlement à la présentation de la notion d'identité (égalité vraie pour toute valeur des indéterminées). La notion de solution d'une équation est formalisée.

Distributivité

La structure d'une expression littérale (somme ou produit) est étudiée. La propriété de distributivité simple est formalisée et est utilisée pour développer un produit, factoriser une somme, réduire une expression littérale.
Les notions d'inconnue et de solution d'une équation sont abordées. Elles permettent d'aborder la mise en équation d'un problème et la résolution algébrique d'une équation du premier degré.
Les équations sont travaillées tout au long de l'année par un choix progressif des coefficients de l'équation.

Équations

Les notions d'inconnue et de solution d'une équation sont abordées. Elles permettent d'aborder la mise en équation d'un problème et la résolution algébrique d'une équation du premier degré.
Les équations sont travaillées tout au long de l'année par un choix progressif des coefficients de l'équation.

Organisation et gestion de données, fonctions

Statistiques

Un nouvel indicateur de position est introduit : la médiane. Le travail sur les représentations graphiques, le calcul, en particulier celui des effectifs et des fréquences, et l'interprétation des indicateurs de position est poursuivi.

Probabilités

Les calculs de probabilités concernent des situations simples, mais ne relevant pas nécessairement du modèle équiprobable. Le lien est fait entre les probabilités de deux événements contraires.

Proportionnalité

Le calcul d'une quatrième proportionnelle est systématisé et les points de vue se diversifient avec l'utilisation de représentations graphiques, du calcul littéral et de problèmes de géométrie relevant de la proportionnalité (configuration de Thalès dans le cas des triangles emboîtés, agrandissement et réduction).

Fonctions

La dépendance de deux grandeurs est traduite par un tableau de valeurs, une formule, un graphique.
Les représentations graphiques permettent de déterminer des images et des antécédents, qui sont interprétés en fonction du contexte. *La notation et le vocabulaire fonctionnels ne sont pas formalisés en 4e.*

Grandeurs et mesures

Calculs sur des grandeurs mesurables

Le lexique des formules s'étend au volume des pyramides et du cône. Le lien est fait entre le volume d'une pyramide (respectivement d'un cône) et celui du prisme droit (respectivement du cylindre) construit sur sa base et ayant même hauteur. Des grandeurs produits (par exemple trafic, énergie) et des grandeurs quotients (par exemple vitesse, débit, concentration, masse volumique) sont introduites à travers la résolution de problèmes. Les conversions d'unités sont travaillées. Les élèves sont sensibilisés au contrôle de la cohérence des résultats du point de vue des unités des grandeurs composées.

Effet des transformations sur des grandeurs géométriques

Les élèves connaissent et utilisent l'effet d'un agrandissement ou d'une réduction sur les longueurs, les aires et les volumes. Ils le travaillent en lien avec la proportionnalité.

Espace et géométrie

Représenter l'espace

Le repérage se fait dans un pavé droit (abscisse, ordonnée, altitude). Les élèves produisent et mettent en relation une représentation en perspective cavalière et un patron d'une pyramide ou d'un cône.

Géométrie plane

Figures et configurations

Les cas d'égalité des triangles sont présentés et utilisés pour résoudre des problèmes. Le lien est fait avec la construction d'un triangle de mesures données (trois longueurs, une longueur et deux angles, deux longueurs et un angle). Le théorème de Thalès et sa réciproque dans la configuration des triangles emboîtés sont énoncés et utilisés, ainsi que le théorème de Pythagore (plusieurs démonstrations possibles) et sa réciproque. La définition du cosinus d'un angle d'un triangle rectangle découle, grâce au théorème de Thalès, de l'indépendance du rapport des longueurs le définissant.

Une progressivité dans l'apprentissage de la recherche de preuve est aménagée, de manière à encourager les élèves dans l'exercice de la démonstration. Aucun formalisme excessif n'est exigé dans la rédaction.

Transformations

Les élèves sont amenés à transformer (à la main ou à l'aide d'un logiciel) une figure par translation. Ils identifient des translations dans des frises ou des pavages ; le lien est alors fait entre translation et parallélogramme.

La définition ponctuelle d'une translation ne figure pas au programme. Toutefois, par commodité, la translation transformant le point A en le point B pourra être nommée « translation de vecteur $\overrightarrow{AB}$ *», mais aucune connaissance n'est attendue sur l'objet « vecteur ».*

Algorithmique et programmation

Écrire, mettre au point, exécuter un programme

Les repères qui suivent indiquent une progressivité dans le niveau de complexité des activités relevant de ce thème. Certains élèves sont capables de réaliser des activités de troisième niveau dès le début du cycle.

1er niveau

À un premier niveau, les élèves mettent en ordre et/ou complètent des blocs Scratch fournis par le professeur pour construire un programme simple. L'utilisation progressive des instructions conditionnelles et/ou de la boucle « répéter … fois » permet d'écrire des scripts de déplacement, de construction géométrique ou de programme de calcul.

2e niveau

À un deuxième niveau, les connaissances et les compétences en algorithmique et en programmation s'élargissent par : l'écriture d'une séquence d'instructions (condition « si … alors » et boucle « répéter … fois ») ; l'écriture de programmes déclenchés par des événements extérieurs ; l'intégration d'une variable dans un programme de déplacement, de construction géométrique, de calcul ou de simulation d'une expérience aléatoire.

3e niveau

À un troisième niveau, l'utilisation simultanée de boucles « répéter … fois », et « répéter jusqu'à … » et d'instructions conditionnelles permet de réaliser des figures, des calculs et des déplacements plus complexes. L'écriture de plusieurs scripts fonctionnant en parallèle permet de gérer les interactions et de créer des jeux. La décomposition d'un problème en sous-problèmes et la traduction d'un sous-problème par la création d'un bloc-utilisateur contribuent au développement des compétences visées.

TA MISSION

Écrire, mettre au point et exécuter des programmes.

Algorithmique et programmation

On tire un rayon laser depuis le point A.

Le laser se reflète dans les miroirs qu'il rencontre.

• Comment faire pour que le rayon laser arrive au point B en ajoutant un seul miroir ?

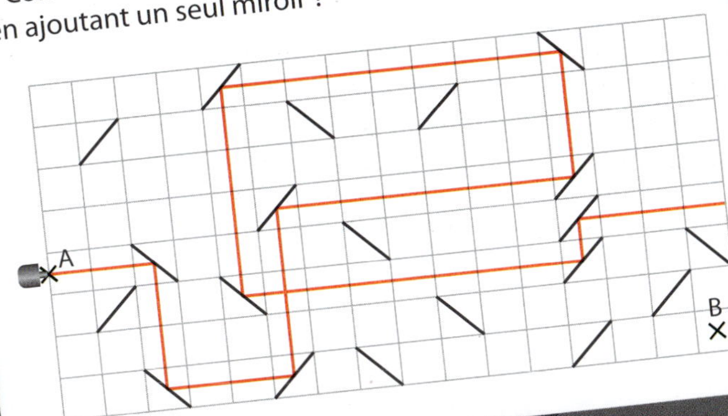

Activité 1 Scratchy dessine

→ Objectif : Remobiliser la notion de script, de déplacement et de boucle simple en traçant des figures géométriques.

1. a. Lucas a écrit le script ci-contre. Reproduire sur une feuille, à main levée, la figure tracée par le lutin.

b. Exécuter le script pour vérifier la réponse.

c. Modifier le script pour que lutin trace un triangle équilatéral.

d. Raccourcir ce script en utilisant la commande suivante.

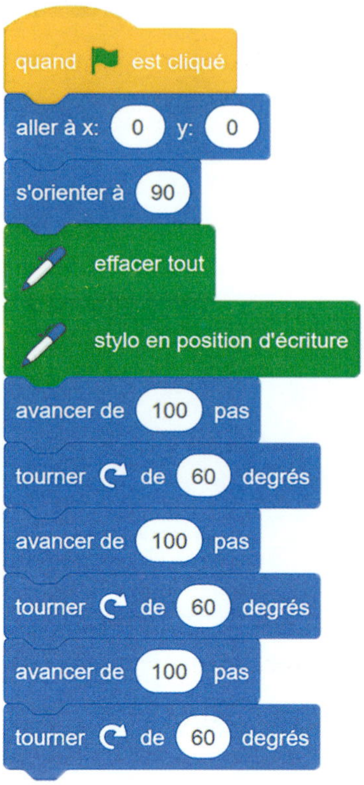

2. Modifier le script pour que lutin trace les hexagones réguliers suivants de côté 100 pas.

a.

b.

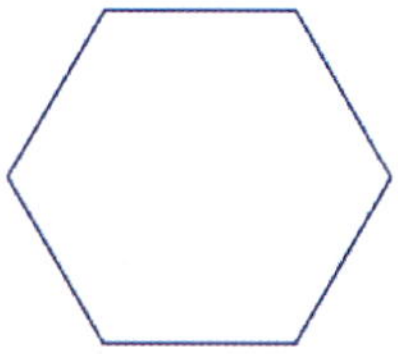

3. Modifier le script pour que lutin trace un hexagone régulier dont chaque côté a une couleur différente.

4. a. Afficher l'arrière-plan Xy-grid en cliquant sur .

b. Modifier le script pour que lutin affiche la figure ci-dessous.

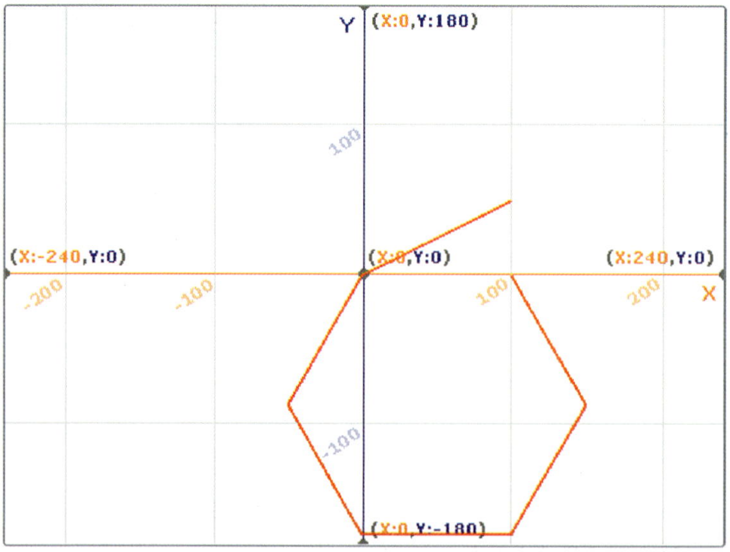

MODE EXPERT

• En utilisant une nouvelle fois la commande `répéter ( ) fois`, modifier le script précédent pour qu'il affiche la figure ci-dessous, composée de quatre hexagones réguliers.

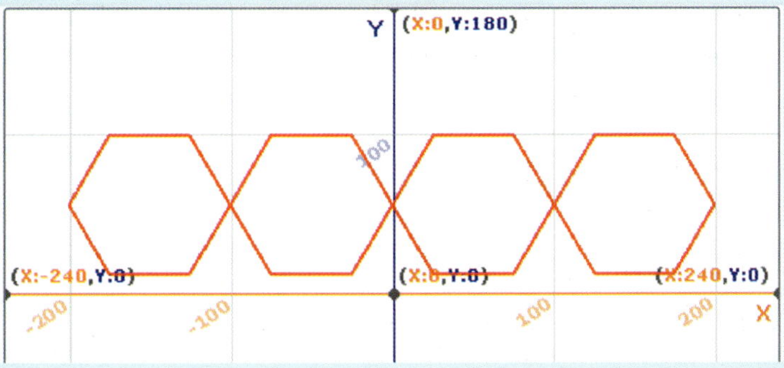

EN DÉBRANCHÉ

1. Associer à chaque script la figure qu'il permet de tracer.

Script 1

```
quand [drapeau] est cliqué
s'orienter en direction de (90)
stylo en position d'écriture
répéter (2) fois
    avancer de (200) pas
    tourner ↻ de (120) degrés
    avancer de (100) pas
    tourner ↻ de (60) degrés
```

Script 2

```
quand [drapeau] est cliqué
s'orienter en direction de (90)
stylo en position d'écriture
répéter (2) fois
    avancer de (200) pas
    tourner ↻ de (90) degrés
    avancer de (100) pas
    tourner ↻ de (90) degrés
```

Script 3

```
quand [drapeau] est cliqué
s'orienter en direction de (30)
stylo en position d'écriture
répéter (2) fois
    avancer de (100) pas
    tourner ↻ de (120) degrés
    avancer de (100) pas
    tourner ↻ de (60) degrés
```

Figure A

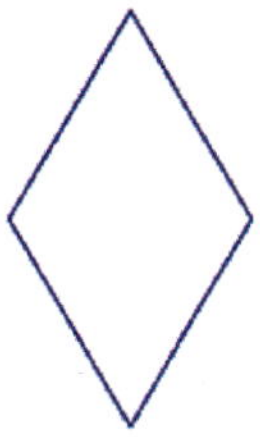

Figure B

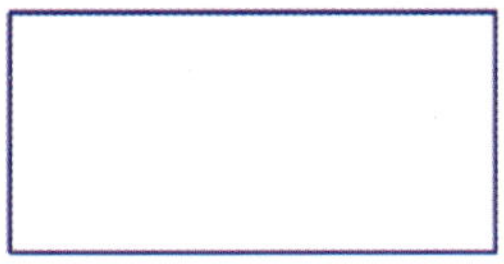

Figure C

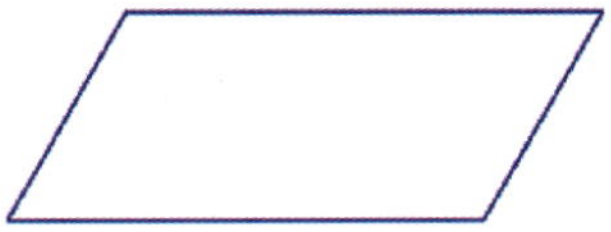

2. Quelle est la nature de chacune de ces figures ? Justifier à l'aide des scripts de chacune d'elles.

3. Quelles valeurs peut-on modifier dans le script 1 pour tracer un carré ?

Activité 2 Nombres en stock

➜ **Objectif : Remobiliser et approfondir la notion de variable.**

Partie A Un programme de calcul

On veut écrire un script correspondant au programme de calcul ci-dessous.

> Choisir un nombre de départ.
> Diviser par 2.
> Ajouter 7.
> Multiplier par le nombre de départ.

1. Créer deux variables nommées Nombre départ et Résultat puis réaliser ce script.

2. Vérifier le bon fonctionnement de ce script avec quelques valeurs.

Partie B Compteur

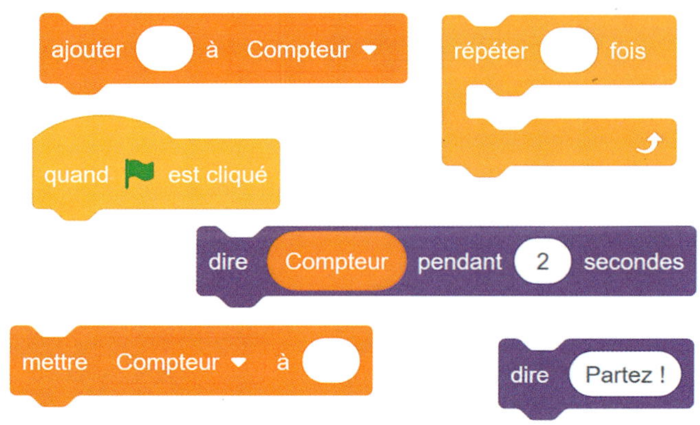

1. À l'aide des commandes ci-contre, écrire un script qui permet au lutin de compter de 1 à 3 puis de dire « Partez ! ».

2. Que vaut la variable Compteur à la fin de l'exécution du script ?

3. Combien de temps dure l'exécution du script ?

Partie C Spirale à angle droit

On souhaite réaliser un script qui trace la figure ci-contre, sachant que :
• le plus petit segment a pour longueur 10 pas ;
• le deuxième segment a pour longueur 20 pas ;
• le troisième segment a pour longueur 30 pas ;
• etc.

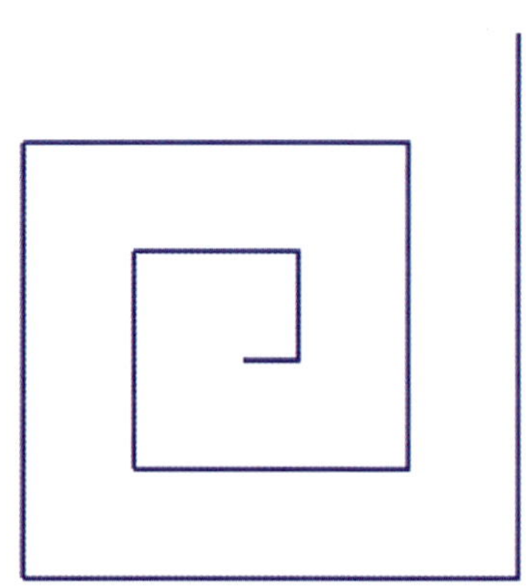

1. Créer une variable Longueur qui représentera la longueur de chaque segment.

2. Quelle doit être la valeur de cette variable au début de l'exécution de script ?

3. Réaliser le script en utilisant la commande 

.

4. Que vaut la variable Longueur à la fin de l'exécution du script ?

MODE EXPERT

1. Écrire un script qui trace la figure ci-dessous.

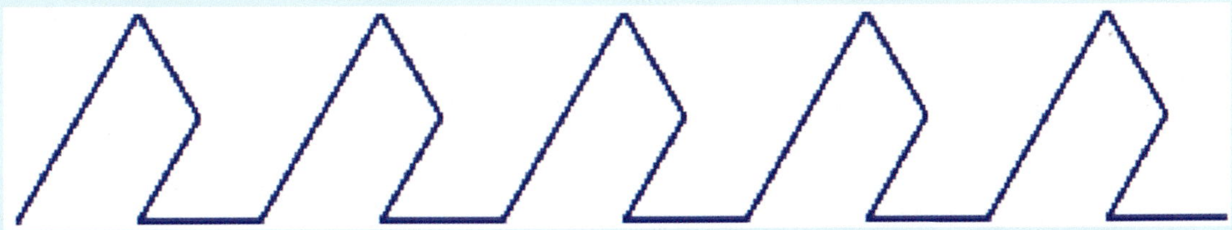

2. En utilisant le moins de commandes possible, écrire un script qui trace la figure ci-dessous.

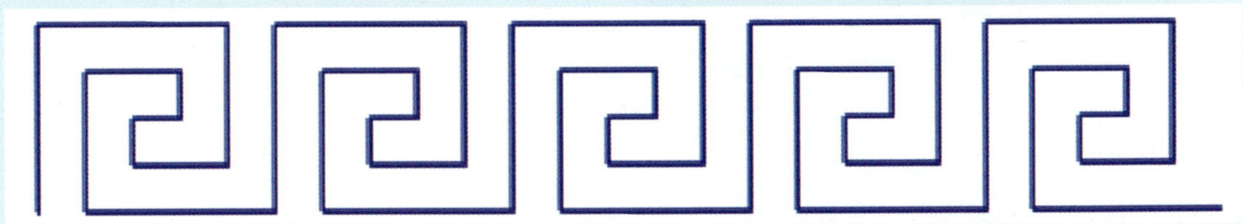

EN DÉBRANCHÉ

1. On considère les trois scripts ci-dessous.

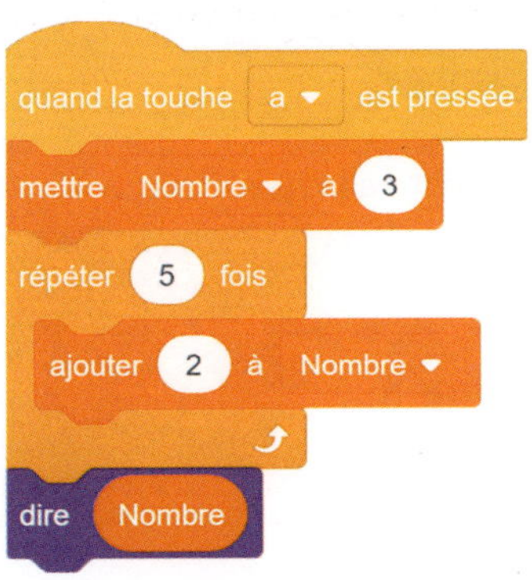

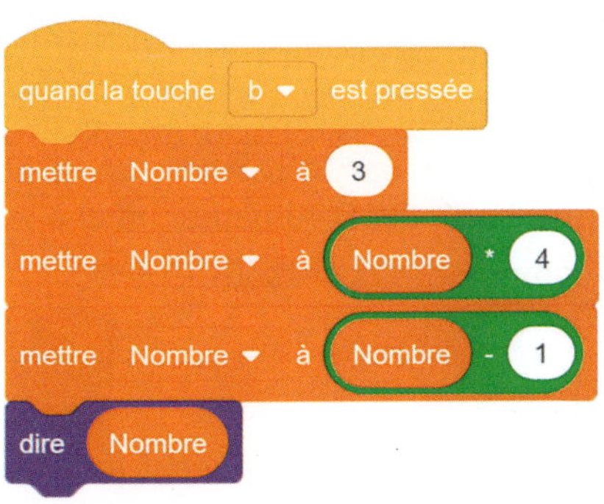

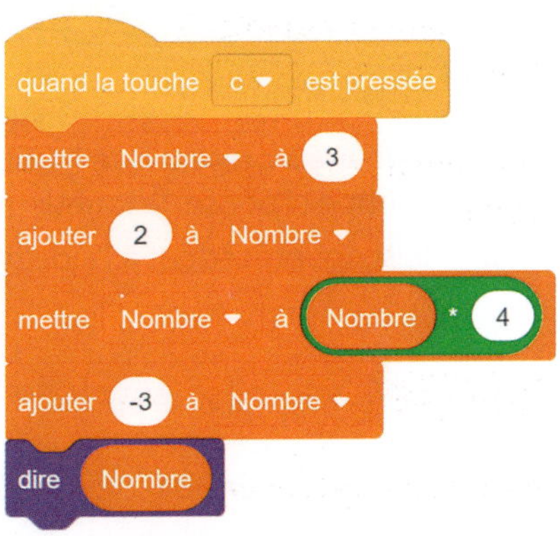

Que dit le lutin si l'utilisateur appuie :

a. sur la touche « a » ?

b. sur la touche « b » ?

c. sur la touche « c » ?

2. On considère le script ci-contre.

a. Quel est le nom de la variable utilisée ?

b. Quelle est la valeur de cette variable quand le lutin dit « En avant ! » ?

c. Quelle est la valeur de cette variable à la fin de l'exécution du script ?

d. De combien de pas ce script fait-il avancer le lutin ?

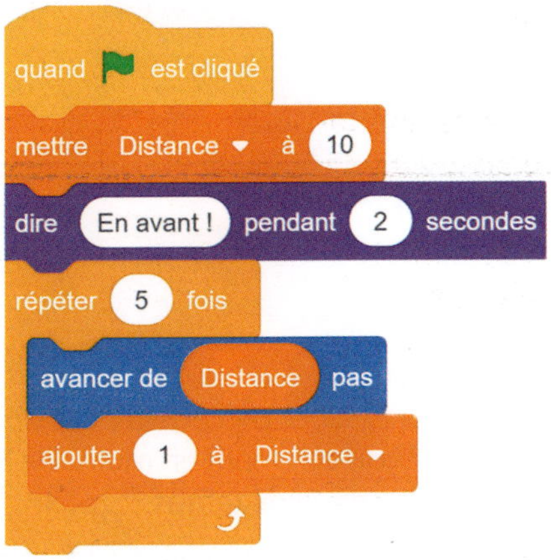

Activité 3 Le multiplicato

➜ Objectif : Programmer un jeu simple de calcul mental en utilisant des variables, des boucles et des structures conditionnelles.

1. Lucie veut programmer le jeu suivant.

« L'ordinateur choisit deux nombres entiers entre 2 et 10 et demande leur produit au joueur. Le joueur saisit sa réponse au clavier, et l'ordinateur lui indique s'il a gagné ou perdu. »

Programmer le jeu de Lucie à l'aide des commandes ci-dessous. Certaines commandes peuvent être utilisées plusieurs fois.

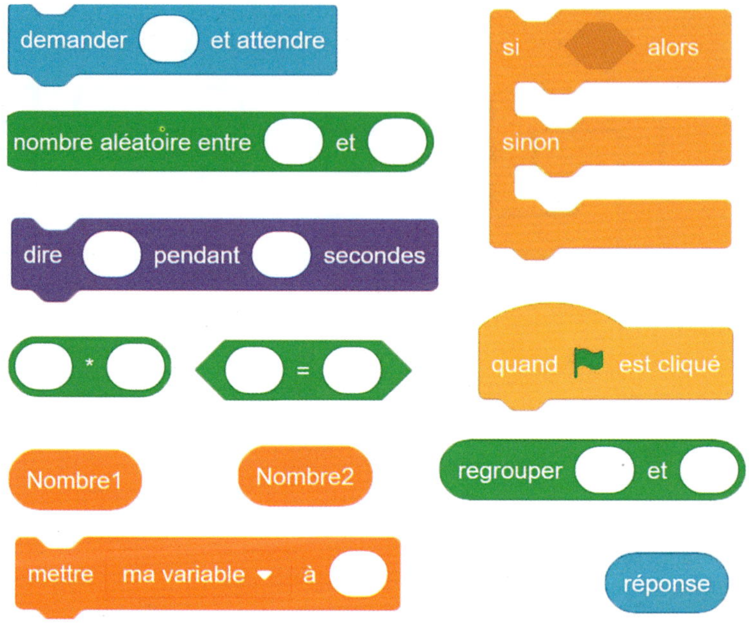

2. Lucie souhaite à présent que l'ordinateur fasse jouer 10 parties comme celle décrite à la question 1. À chaque bonne réponse, le joueur marque 1 point et l'ordinateur affiche le score final.

Modifier le script précédent à l'aide des commandes ci-dessous.

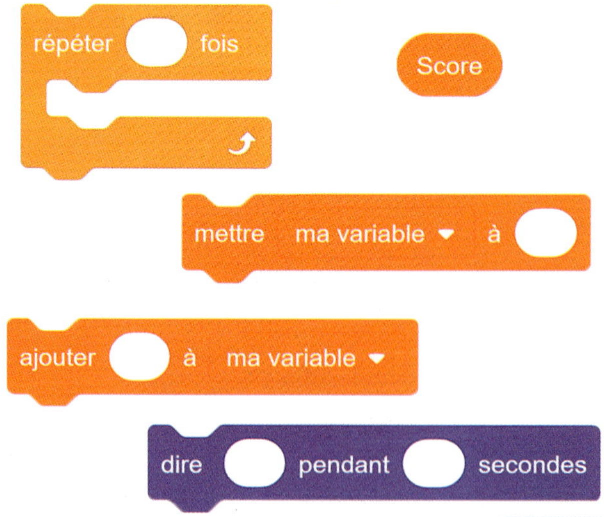

3. Modifier le script précédent pour que le joueur marque 2 points s'il répond correctement en moins de 5 secondes, et un seul point s'il met davantage de temps.

> Tu peux utiliser la variable `chronomètre` qui contient en permanence le temps écoulé en secondes depuis la dernière exécution de la commande `réinitialiser le chronomètre`

MODE EXPERT

1. Modifier le script pour que le nombre entier choisi par l'ordinateur soit compris entre 2 et un nombre qui augmente de plus en plus selon que le score du joueur augmente.

Fais en sorte que la difficulté augmente progressivement !

2. Modifier le script pour que le joueur marque d'autant plus de points qu'il répond vite.

Le nombre de points marqués peut ne pas être entier !

EN DÉBRANCHÉ

Mehdi veut programmer le jeu suivant : l'ordinateur choisit au hasard un nombre entier et demande au joueur s'il est divisible par 9. Le joueur saisit au clavier « oui » ou « non » et l'ordinateur lui indique s'il a gagné ou perdu.

Il a voulu programmer ce jeu de plusieurs façons différentes avec les scripts suivants mais n'arrive pas à les terminer.

Script 1

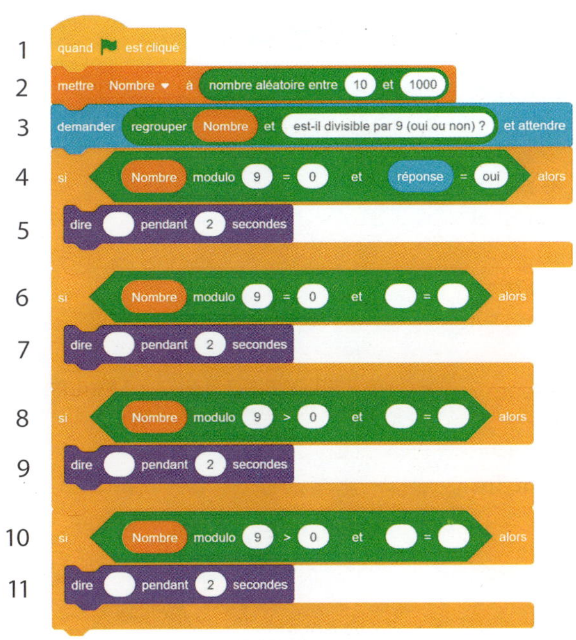

Script 2

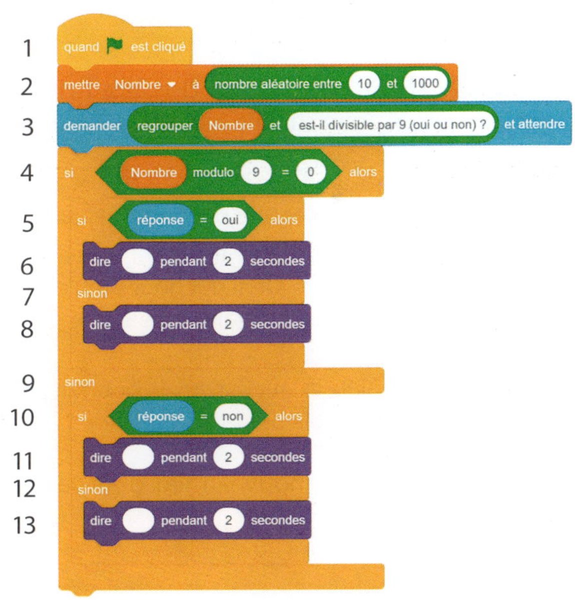

1. Dans les deux scripts, quel est le plus grand nombre que l'ordinateur peut choisir au hasard ?

2. La commande (a modulo b) calcule le reste de la division euclidienne de (a) par (b). Pourquoi Mehdi a-t-il utilisé ⟨(Nombre modulo 9) = 0⟩ dans ses scripts ?

3. Compléter les lignes 5 à 11 du script 1.

4. Compléter les lignes 6, 8, 11 et 13 du script 2.

Activité 4 Jeux de hasard

➜ Objectif : Simuler des expériences aléatoires, programmer des jeux simples en utilisant des variables, des boucles et des structures conditionnelles.

1. a. Exécuter plusieurs fois le script ci-dessous.

b. Quel est le rôle de ce script ?

2. À l'aide des commandes ci-contre, réaliser un script qui simule le jeu suivant.

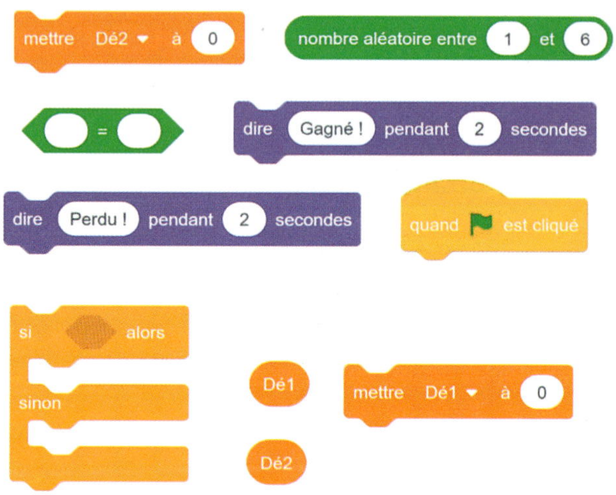

Règles du jeu

On lance deux dés à 6 faces.

- si on fait un double, on a gagné ;
- sinon, on a perdu.

> On dit qu'on fait un double quand les deux dés indiquent le même nombre.

3. On modifie les règles du jeu. On lance 10 fois les deux dés et on marque un point chaque fois qu'on fait un double.

a. Créer une nouvelle variable (Score) et modifier le script précédent pour simuler une partie de ce jeu (soit 10 tirages) et afficher le score à la fin de la partie.

b. Exécuter plusieurs fois le script pour simuler plusieurs parties. En général, entre quelles valeurs le score d'une partie est-il compris ?

c. En théorie, quelle valeur maximale pourrait prendre le score ? À quelle condition cela peut-il se produire ?

> On peut démontrer qu'il y a environ une chance sur 60 millions que cela arrive !

4. On considère un nouveau jeu dont les règles sont les suivantes.

Règles du jeu

L'ordinateur choisit un nombre entier au hasard entre 1 et 100. Le joueur doit entrer un diviseur de ce nombre. Le script indique au joueur s'il a gagné ou s'il a perdu.

> La commande (a modulo b) calcule le reste de la division euclidienne de (a) par (b).

a. Programmer ce jeu.

b. Comment peut-on facilement gagner à tous les coups ?

MODE EXPERT

1. Modifier le programme précédent pour empêcher le joueur de gagner facilement à tous les coups.
2. Modifier le programme précédent pour que le programme fasse jouer 10 parties de ce jeu et compte le score du joueur, qui marque 1 point à chaque partie gagnée.

EN DÉBRANCHÉ

1. Avec lequel des scripts ci-dessous a-t-on la plus grande probabilité que le lutin dise « Gagné ! » ? Justifier.

Script 1

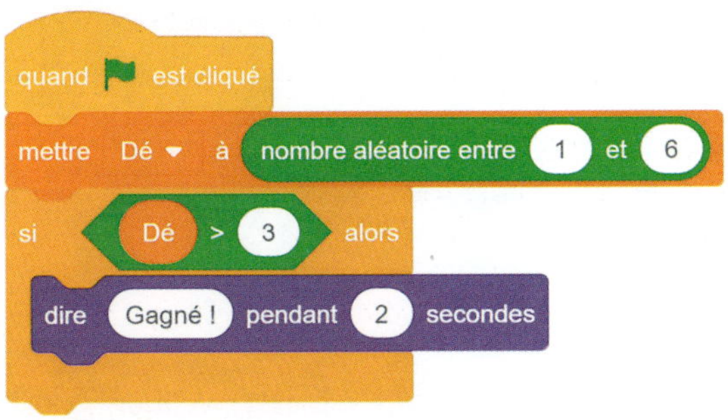

Script 2

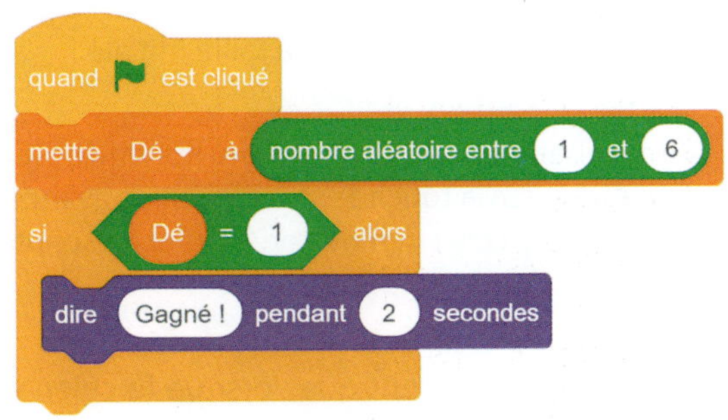

Script 3

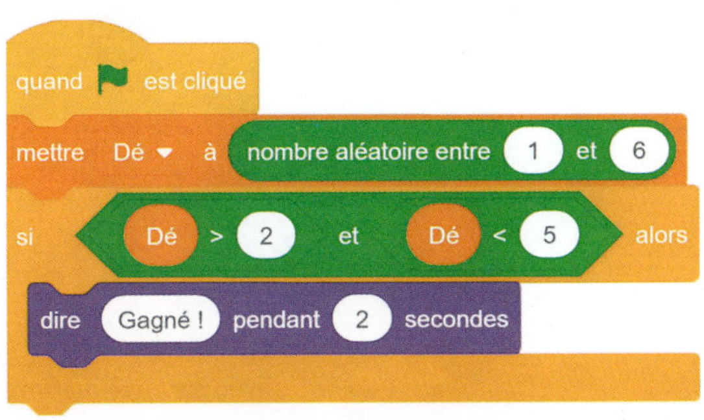

Script 4

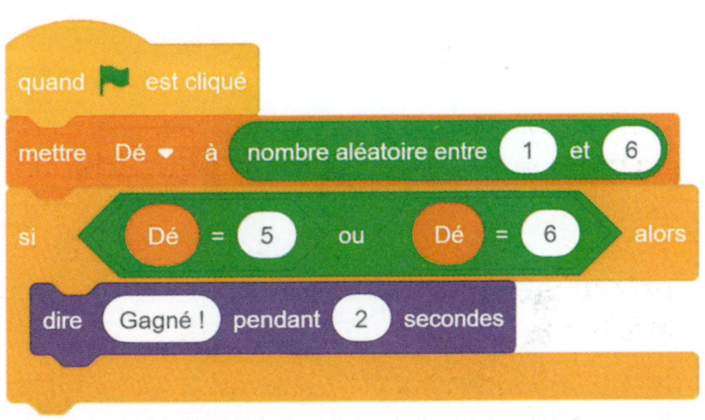

2. Luna joue à un jeu. Elle lance plusieurs fois une pièce : chaque fois que la pièce tombe sur Pile, elle marque 1 point. Elle a écrit le script ci-contre pour simuler ce jeu.

a. Combien de fois Luna lance-t-elle la pièce ?

b. Quelles valeurs peut prendre la variable Pièce ? Quelle est la traduction concrète de la condition Pièce = 0 ?

c. Quelles sont les valeurs possibles pour la variable Score à la fin du jeu ?

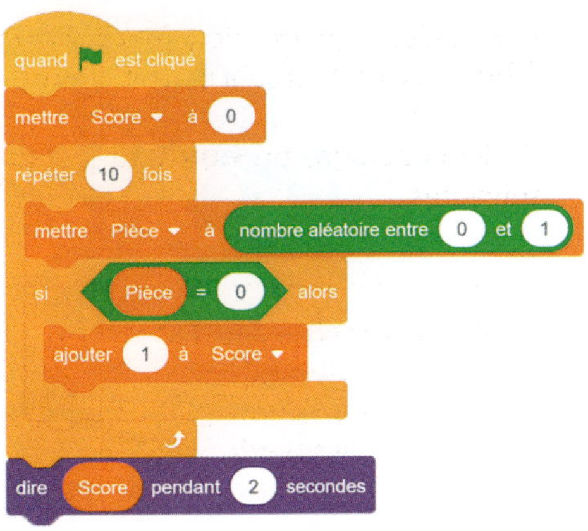

Activité 5 Comme chien et chat

➜ Objectif : Écrire un script déclenché par un évènement extérieur, gérer l'interaction entre deux lutins, envoyer un message.

1. a. Supprimer le lutin *Cat* puis créer les lutins *Dog2* et *Cat2*.

Tu peux créer un lutin en cliquant sur . Chaque lutin a ses propres scripts. Tu peux voir et modifier les scripts d'un lutin en cliquant sur ce lutin dans la « zone des lutins » en bas à droite.

b. Créer un script pour *Dog2* qui s'exécute quand le drapeau vert est cliqué, positionne le lutin à gauche de la scène, l'oriente vers la droite et le réduit à 50 % de sa taille initiale.

c. Créer un script pour *Cat2* qui s'exécute quand le drapeau vert est cliqué, positionne le lutin à droite de la scène, l'oriente vers la gauche et le réduit à 80 % de sa taille initiale.

2. On souhaite créer l'animation suivante : chaque fois que l'utilisateur presse la touche espace, le chien avance de 10 pas vers le chat et la taille du chat diminue de 1. Créer les scripts correspondants pour chacun des deux lutins.

3. On souhaite à présent que, lorsque le chien entre en contact avec le chat, il lui dise « Je t'ai eu ! ». Effectuer les modifications correspondantes.

Tu peux utiliser la condition touche le Cat 2 ▾ ? .

4. On souhaite à présent que lorsque le chien entre en contact avec le chat, un troisième lutin apparaisse, dise « J'arrive ! », glisse vers le chat en 5 secondes puis dise « Je suis là ! ».

Pour que ce lutin apparaisse au bon moment, on va faire communiquer les lutins entre eux à l'aide d'un « message ».

a. Créer un troisième lutin et un script qui cache ce lutin quand le drapeau vert est cliqué.

b. Modifier un script de *Dog2* pour qu'il envoie « message1 » lorsqu'il touche *Cat2*.

c. Créer un script pour le troisième lutin qui s'exécute quand le lutin reçoit « message1 » et qui effectue les actions appropriées.

MODE EXPERT

- Modifier les scripts précédents pour que :
- lorsque le drapeau vert est cliqué, le chien se place à une position aléatoire et le chat au centre de la scène ;
- à chaque fois que l'utilisateur presse la touche espace, le chien avance de 10 pas vers le chat et le chat s'enfuit de 5 pas dans la direction opposée au chien ;
- les lutins qui ont plusieurs costumes les utilisent lors de leurs déplacements pour créer une impression de mouvement ;
- lorsque le chien entre en contact avec le chat, deux lutins identiques les rejoignent.

Tu peux utiliser les commandes

```
créer un clone de [moi-même ▾]
```

et

```
quand je commence comme un clone
```

.

EN DÉBRANCHÉ

Clara veut programmer un jeu où un plongeur, dirigé par le joueur, doit échapper à un requin. Pour cela, elle a créé deux lutins, *Diver1* (le plongeur) et *Shark* (le requin), ainsi que les cinq scripts suivants.

Script 1

```
quand la touche [flèche droite ▾] est pressée
ajouter (10) à x
```

Script 2

```
quand la touche [flèche gauche ▾] est pressée
ajouter (-10) à x
```

Script 3

```
quand la touche [flèche haut ▾] est pressée
ajouter (10) à y
```

Script 4

```
quand la touche [flèche bas ▾] est pressée
ajouter (-10) à y
```

Script 5

```
quand [drapeau] est cliqué
aller à [position aléatoire ▾]
répéter indéfiniment
    s'orienter vers [Diver1 ▾]
    avancer de (1) pas
    si <touche le [Diver1 ▾] ?> alors
        dire (...)
```

1. Associer chaque script au lutin correspondant.
2. Comment le joueur dirige-t-il le plongeur ?
3. Décrire précisément l'effet de la commande `ajouter (10) à x` sur le lutin.
4. Quelle commande permet au requin de toujours être dirigé vers le plongeur ?
5. Proposer un texte qui pourrait remplacer les pointillés de façon adéquate.

Projet 1 À la recherche du trésor

→ Objectif : Déplacer un personnage dans un labyrinthe afin d'atteindre un trésor.

Pour réaliser ce jeu, il faudra utiliser deux lutins : le personnage et le trésor. Il faudra écrire des scripts pour chacun de ces deux lutins. Tous les scripts doivent démarrer lorsque l'on clique sur le drapeau vert.

Étape 1 Le labyrinthe

1. Télécharger ou dessiner un labyrinthe.

2. Choisir un lutin et réduire sa taille de façon à ce qu'il puisse tenir à l'intérieur des couloirs du labyrinthe.

Étape 2 Le personnage

1. Écrire un script qui fait avancer le personnage de deux pas vers la droite quand la flèche droite est pressée, puis le fait reculer de deux pas s'il touche un mur du labyrinthe.

2. Écrire trois autres scripts correspondant aux déplacements dans les trois autres directions.

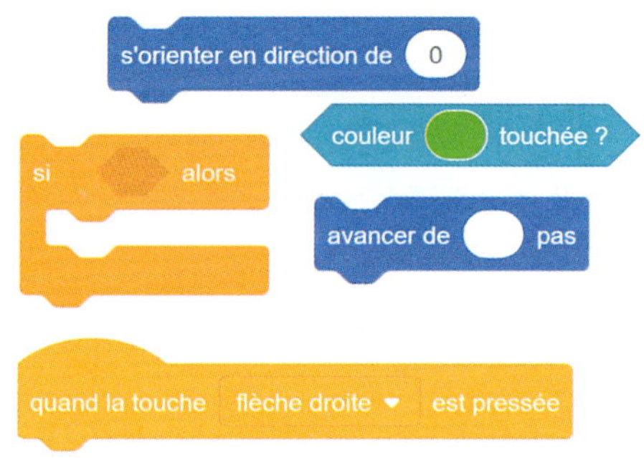

Étape 3 Le trésor

1. Créer un deuxième lutin qui jouera le rôle du trésor. Réduire sa taille afin qu'il tienne dans les couloirs du labyrinthe et, avec la souris, placer ce lutin dans le labyrinthe.

2. Écrire un script qui termine le jeu et affiche « Gagné ! » lorsque le personnage trouve le trésor.

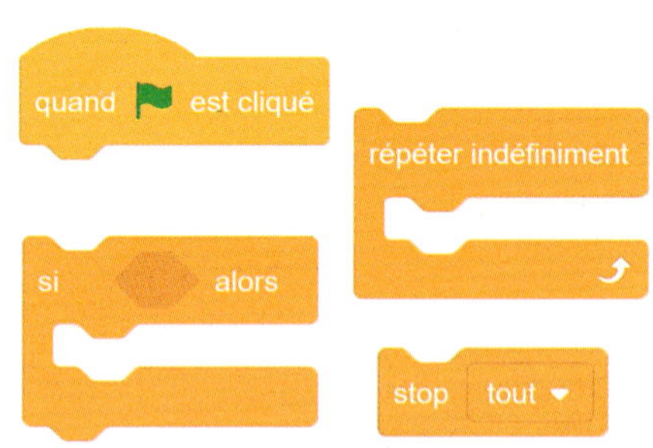

MODE EXPERT

1. Écrire un nouveau script qui place automatiquement et aléatoirement le trésor dans le labyrinthe. Pour s'assurer que le trésor soit bien dans un couloir et non sur un mur, on pourra répéter le placement jusqu'à ce que le trésor ne « touche » pas la couleur du mur.
2. Créer un « monstre » qui se déplace aléatoirement dans le labyrinthe et qui termine la partie quand le personnage le touche.

Projet 2 Course de voitures

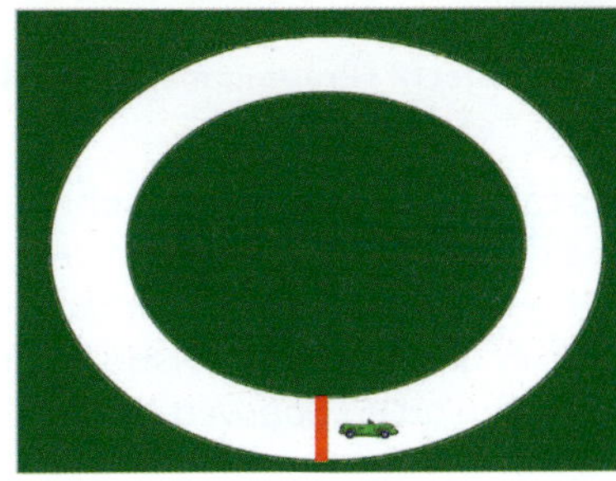

→ **Objectif : Programmer un jeu d'action.**

Les caractéristiques du jeu sont les suivantes :
- La voiture peut accélérer, freiner, tourner à droite ou à gauche.
- Le joueur dirige la voiture avec les flèches du clavier.
- Lorsque la voiture quitte la piste, elle ralentit fortement.
- Le joueur doit effectuer un ou plusieurs tours, le plus rapidement possible et dans le sens inverse des aiguilles d'une montre.

Étape 1 Faire avancer la voiture

1. Télécharger ou dessiner un arrière-plan, choisir un lutin approprié et lui donner une taille adéquate.

2. Écrire un script qui positionne correctement la voiture pour le départ et qui la fait avancer à vitesse constante.

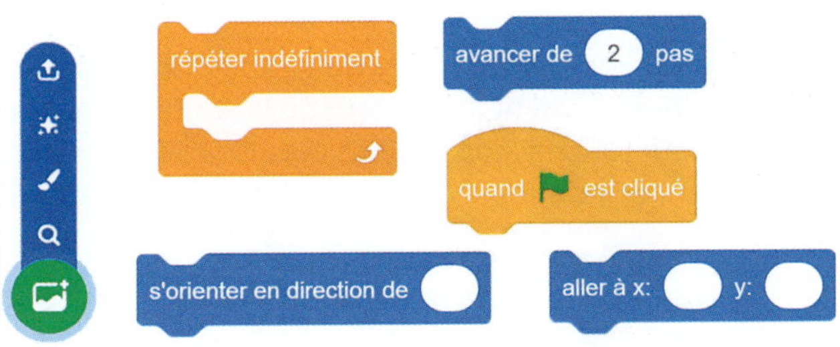

Étape 2 Faire tourner la voiture

Écrire un nouveau script qui fait changer la direction de la voiture en la faisant tourner :
- dans le sens horaire quand le joueur appuie sur la flèche gauche du clavier ;
- dans le sens anti-horaire quand le joueur appuie sur la flèche droite du clavier.

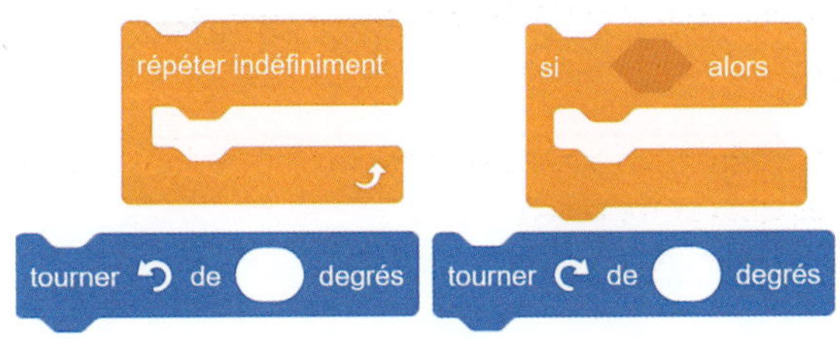

Étape 3 Faire varier la vitesse de la voiture

1. Créer une variable vitesse. Au lieu d'avancer de 2, la voiture doit avancer de la valeur contenue dans cette variable. Modifier les scripts pour que le joueur fasse accélérer ou freiner la voiture avec les touches du clavier « flèche haut » et « flèche bas ».

2. Écrire un nouveau script (ou compléter un script déjà écrit) qui fait fortement ralentir la voiture quand elle quitte le circuit.

3. Écrire un nouveau script (ou compléter un script déjà écrit) qui arrête tous les scripts quand la voiture passe la ligne d'arrivée.

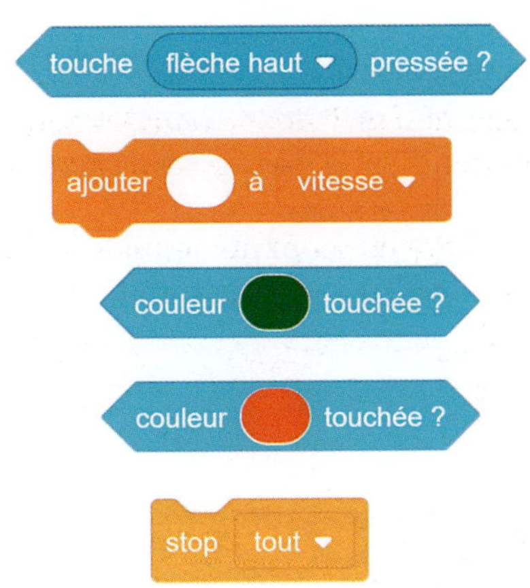

MODE EXPERT

1. Afficher le temps de parcours de la voiture en utilisant la variable chronomètre.
2. Trouver un moyen pour empêcher la voiture de reculer vers la ligne d'arrivée dès le départ ou de couper dans l'herbe pour aller plus vite qu'en restant sur le circuit.

Projet 3 Chasse aux *Gobos*

→ Objectif : Programmer un jeu d'action.

Les caractéristiques du jeu sont les suivantes :
Le singe *Monkey* doit attraper les *Gobojaunes* tout en évitant d'être touché par les *Goboverts*.
Monkey gagne 1 point lorsqu'il attrape un *Gobojaune*. Il perd la partie lorsqu'un *Gobovert* le touche.

Cahier des charges

- Au début du jeu, *Monkey* doit apparaitre en bas à gauche de l'écran, puis il doit suivre continuellement le pointeur de la souris. Le jeu doit commencer lorsque le pointeur de la souris du joueur touche *Monkey*. Plusieurs *Gobojaunes* doivent alors apparaitre au centre de la scène, puis avancer indéfiniment dans une direction aléatoire en rebondissant sur les bords de la scène.
- Quand *Monkey* touche un *Gobojaune*, le joueur marque 1 point. Le *Gobojaune* touché doit alors disparaitre, puis réapparaitre au centre de la scène. Lorsque le score atteint 50 points, le joueur a gagné et le jeu s'arrête.
- Au fur et à mesure de la partie, plusieurs *Goboverts* doivent apparaitre au centre de la scène puis avancer indéfiniment dans une direction aléatoire en rebondissant sur les bords de la scène. Quand *Monkey* touche un *Gobovert*, le jeu s'arrête et le score est annoncé.

COUPS DE POUCE

- Pour multiplier les *Gobos*, on peut les cloner en utilisant les commandes

  `créer un clone de [moi-même ▾]` et `quand je commence comme un clone`.
- Pour leurs déplacements, on peut les faire avancer indéfiniment de quelques pas et les faire rebondir si le bord est atteint.

MODE EXPERT

1. Accélérer le déplacement des *Gobos* à partir d'une certaine durée de jeu.
2. Instaurer un temps limite pour le jeu.
3. Enlever un certain nombre de points lorsque *Monkey* touche un *Gobovert*, puis arrêter le jeu au troisième *Gobovert* touché.
4. Créer des *Gobobonus* qui font gagner des points quand on les touche.

1 Nombres relatifs

TA MISSION

Multiplier et diviser avec des nombres relatifs.

JEU

Le Pac-man veut sortir du labyrinthe mais les portes ne s'ouvriront que si son « compteur » affiche 2. Aucun retour en arrière n'est possible.

- Quel est le bon chemin ?

POINT INFO

L'École d'Athènes est une fresque réalisée par le peintre italien Raphaël au début du XVIe siècle. Cette fresque de 770 cm sur 440 cm se trouve au musée du Vatican à Rome. Raphaël a représenté les savants et les philosophes de l'Antiquité (–3500 à 476) comme Pythagore, Platon, Hypatie et Socrate. On y trouve aussi Euclide qui, vers –300, a rédigé la première encyclopédie mathématique appelée *Les Éléments*.

Voir problème n° 87 p. 41.

Activités

Prêts pour le décollage ?

QUESTIONS FLASH Questions flash supplémentaires

1 Calculer chacune des expressions suivantes.

A = 4 + (–5) B = 12 + 7
C = –8 + (–5) D = –4 + 4
E = 21 + (–31) F = –5 + 8

2 Calculer chacune des expressions suivantes.

A = 5 – 4 B = 10 – (–5)
C = –5 – 8 D = 9 – 13
E = –8 – (–7) F = 6 – (–7)

3 Calculer chacune des expressions suivantes.

A = 3 + (– 5) – (–3) + 5
B = 3 – (– 5) + 3 + (–5)
C = –3 – 5 – (–3) – 5

4 Calculer chacune des expressions suivantes.

A = 2,3 + 4,8 B = –4,1 + (–5,4)
C = 2,5 + (–1,8) D = –7,2 + 2,9

5 Calculer chacune des expressions suivantes.

A = 3,2 – 5,3 B = 8,1 – 15
C = 4,7 – (–5) D = –120 – 56
E = –284 – (–41) F = –0,01 – (–3,4)

6 Calculer chacune des expressions suivantes.

$A = 5 \times 2 \times 6{,}4 \times 0{,}5$ $B = 4 \times 2{,}5 \div 100$

$C = \dfrac{9 \times 7}{2}$ $D = \dfrac{138 + 462}{5 \times 3 \times 2}$

7 Classer les températures suivantes dans l'ordre croissant.

–17 °C 22 °C 5,3 °C –5 °C 0 °C

8 Voici le profil schématisé de la 14e étape du Tour de France 2019, de 117,5 km, qui part de Tarbes et arrive au Tourmalet.

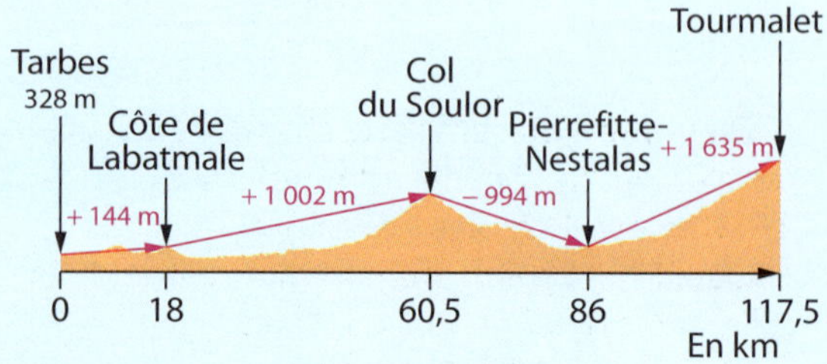

- À quelle altitude est l'arrivée ?

9 Donner l'opposé de chacun des nombres suivants.

0 –3 5,8 –12,5

10 Calculer les différences suivantes.

A = 15 – 2 B = –15 – 2 C = –15 – (–2)

11 Adrien a choisi un nombre relatif et lui a ajouté son opposé. Qu'a-t-il obtenu ?

12 Un ascenseur monte de 4 étages, il descend de 5 étages puis remonte de 7 étages puis redescend de 2 étages. Sachant qu'au départ l'ascenseur était au 3e sous-sol, où se trouve-t-il à la fin ?

13 **Vrai ou faux ?**

a. La somme de deux nombres négatifs est toujours négative.
b. L'opposé d'un nombre relatif est toujours négatif.
c. La différence entre deux nombres négatifs est toujours négative.

Activité 1 Des devinettes

- Donner la réponse aux devinettes de chacun des personnages en justifiant.

Activité 2 Chaine de calculs

1. Voici une chaine de calculs qui permet de fabriquer des nombres.
a. Compléter le tableau ci-contre.
b. Quelle opération permet de passer d'une ligne à celle du dessus ?
c. Quelle opération permet de passer d'une ligne à celle du dessous ?

Écran de contrôle	Chaine de calcul	Résultat
	5 + 5 + 5 + 5	
3×5	5 + 5 + 5	15
2×5	5 + 5	10
	5	

2. On utilise à présent cette chaine de calcul en remplaçant le nombre 5 par le nombre −6.
a. Compléter le tableau ci-contre.
b. Quelle opération permet de passer d'une ligne à celle du dessus ?
c. Quelle opération permet de passer d'une ligne à celle du dessous ?
d. Que peut-on conjecturer sur le signe du produit de deux nombres de signes contraires ?

Écran de contrôle	Chaine de calcul	Résultat
	(−6) + (−6) + (−6) + (−6)	
	(−6) + (−6) + (−6)	
$2 \times (-6)$	(−6) + (−6)	−12
$1 \times (-6)$	−6	−6

3. On souhaite compléter le tableau ci-contre selon le même principe que les tableaux précédents.
a. Quelle opération permet de passer d'une ligne à celle du dessus ?
b. Quelle opération permet de passer d'une ligne à celle du dessous ?
c. Compléter le tableau.
d. Que peut-on conjecturer sur le signe du produit de deux nombres négatifs ?

Écran de contrôle	Résultat
$4 \times (-2)$	
$3 \times (-2)$	
$2 \times (-2)$	−4
$1 \times (-2)$	−2
$0 \times (-2)$	
$-1 \times (-2)$	
$-2 \times (-2)$	
$-3 \times (-2)$	
$-4 \times (-2)$	

Activité 3 À revoir !

Timoko a raté son évaluation de mathématiques ; voici sa copie ci-contre.

1. Sans effectuer les calculs, expliquer pourquoi ils sont faux.
2. Proposer une méthode pour connaitre rapidement le signe d'un produit de plusieurs nombres relatifs.

$A = -2 \times 5 \times (-7) \times 11$
$A = -770$

$B = -3 \times (-2) \times (-5) \times 10$
$B = 300$

$C = 4 \times (-5) \times (-6)$
$C = -120$

Activité 4 Le signe d'un quotient

a et b désignent deux nombres relatifs, b étant différent de zéro.

1. En utilisant la définition rappelée par Juliette et Esteban, justifier que si a et b sont positifs, alors $\frac{a}{b}$ est également positif.
2. Donner le signe de $\frac{a}{b}$ dans tous les autres cas. Justifier chaque réponse.
3. Énoncer la propriété ainsi démontrée sur le signe du quotient de deux nombres relatifs.

Cours

1 Additionner et soustraire avec des nombres relatifs

Définition

Si deux nombres relatifs ont le **même signe**, alors leur **somme** a :
- le même signe que ces deux nombres ;
- pour distance à zéro, la somme de leurs distances à zéro.

Exemple

On veut calculer $-3 + (-5)$.

-3 et -5 sont deux nombres **négatifs** :
- leur somme est **négative** ;
- on **ajoute** leurs distances à zéro : $-3 + (-5) = -(3 + 5) = -8$.

Pour éviter que deux signes se suivent, on utilise des parenthèses.

Définition

Si deux nombres relatifs sont de **signes contraires**, alors leur **somme** a :
- le signe du nombre qui a la plus grande distance à zéro ;
- pour distance à zéro, la différence de leurs distances à zéro.

Exemple

On veut calculer $-5{,}6 + 3{,}4$.

$-5{,}6$ et $3{,}4$ sont de signes contraires :
- leur somme est **négative** car le nombre qui a la plus grande distance à zéro est $-5{,}6$;
- on **soustrait** leurs distances à zéro : $-5{,}6 + 3{,}4 = -(5{,}6 - 3{,}4) = -2{,}2$.

Propriété

Pour **soustraire** un nombre relatif, on ajoute son opposé.

Exemple

On veut calculer $3 - (-6{,}2)$.

Pour soustraire $-6{,}2$, on ajoute son opposé qui est $6{,}2$: $3 - (-6{,}2) = 3 + 6{,}2 = 9{,}2$.

Méthode

Pour effectuer des additions et des soustractions de nombres relatifs, on peut :
- transformer les soustractions en additions ;
- regrouper les nombres positifs entre eux et les nombres négatifs entre eux.

Exemple

On veut calculer :

$$A = (-1) + 3 - (-7) + (-2) - 5 - 4$$

- On transforme les **soustractions en additions** :

$A = (-1) + 3 - (-7) + (-2) - 5 - 4$

$A = (-1) + 3 + 7 + (-2) + (-5) + (-4)$

- On regroupe les **positifs** et les **négatifs** :

$A = 3 + 7 + (-1) + (-2) + (-5) + (-4)$

$A = 10 + (-12)$

$A = -2$

Savoir-faire

Apprends à l'aide des exercices résolus puis entraine-toi !

1 Additionner et soustraire avec des nombres relatifs

1 Effectuer les calculs suivants : $A = -3 + (-8)$ $B = 5,2 + (-8,4)$

Solution

$A = -3 + (-8)$
$A = -(3 + 8)$
$A = -11$

−3 et −8 sont négatifs. Leur somme est négative, on ajoute leurs distances à zéro.

$B = 5,2 + (-8,4)$
$B = -(8,4 - 5,2)$
$B = -3,2$

5,2 et −8,4 sont de signes contraires. Leur somme est négative (car $8,4 > 5,2$), on soustrait leurs distances à zéro.

À toi de jouer

2 Effectuer les calculs suivants.

$A = -5 + (-12)$ $B = 9 + (-13)$ $C = 7,4 + (-0,4)$ $D = 13 + (-13)$

→ Corrigé p. 314

3 Effectuer les calculs suivants : $A = -12 - 3$ $B = -15 - (-8)$

Solution

$A = -12 - 3$
$A = -12 + (-3)$
$A = -15$

Pour soustraire 3, on ajoute son opposé : −3.

$B = -15 - (-8)$
$B = -15 + 8$
$B = -7$

Pour soustraire −8, on ajoute son opposé : 8.

À toi de jouer

4 Effectuer les calculs suivants.

$A = 4 - (-10)$ $B = 2,5 - 6$ $C = -11,5 - 1,5$

→ Corrigé p. 314

5 Effectuer le calcul suivant : $A = -3 + 8 - (-5) - 7 + (-8) + 10 + (-4)$

Solution

$A = -3 + 8 - (-5) - 7 + (-8) + 10 + (-4)$
$A = -3 + 8 + 5 + (-7) + (-8) + 10 + (-4)$
$A = -3 + 5 + (-7) + 10 + (-4)$
$A = 5 + 10 + (-3) + (-7) + (-4)$
$A = 15 + (-14)$
$A = 1$

- On commence par transformer les soustractions en additions.
- On élimine les opposés : $8 + (-8) = 0$.
- On regroupe les nombres positifs et les nombres négatifs.

À toi de jouer

6 Effectuer les calculs suivants.

$A = 5 - 7 + 14 - (-9) + 3$ $B = 14 - 17 - (-3) - 14 + 3$ $C = -2,5 + 4,8 + 3,2 - 2,7$ $D = -7 - (-8,4) + 4 - 0,4 + 7 + (-4)$

→ Corrigé p. 314

Cours

2 Multiplier avec des nombres relatifs

Définition

Pour calculer le **produit de deux nombres relatifs**, on détermine son signe, puis on multiplie les distances à zéro :

- le produit de deux nombres relatifs de même signe est positif ;
- le produit de deux nombres relatifs de signes contraires est négatif.

Exemples

- $3 \times 6 = 18$
- $-2 \times (-5) = 10$

Ici, les deux facteurs ont le même signe : le produit est positif.

- $3 \times (-4) = -12$
- $-2{,}5 \times 2 = -5$

Ici, les deux facteurs sont de signes contraires : le produit est négatif.

Propriété

Pour calculer le produit de plusieurs nombres relatifs, on peut changer l'ordre des facteurs et effectuer les multiplications dans n'importe quel ordre.

Exemple 1

$-4 \times (-8) = 32$

$-8 \times (-4) = 32$

Exemple 2

$12 \times (-5) \times (-2) = -60 \times (-2) = 120$

$12 \times (-5) \times (-2) = 12 \times 10 = 120$

Propriétés

a désigne un nombre relatif.

- Le produit d'un nombre relatif par 0 est égal à 0 : $a \times 0 = 0$.
- Le produit d'un nombre relatif par -1 est égal à son opposé : $a \times (-1) = -a$.

Exemples

- $-5 \times 0 = 0$
- $3 \times (-1) = -3$; -3 est l'opposé de 3.
- $-5 \times (-1) = -(-5) = 5$; 5 est l'opposé de -5.

Attention, le nombre $-a$ n'est pas forcément négatif : si a est négatif, $-a$ est positif !

Propriété

Pour **déterminer le signe d'un produit** de plusieurs facteurs, on compte le nombre de facteurs négatifs :

- s'il y en a un nombre pair, alors le produit est positif ;
- s'il y en a un nombre impair, alors le produit est négatif.

Exemple 1

$A = -2 \times 3 \times (-1) \times 6$

Il y a deux facteurs négatifs et 2 est un nombre pair, donc le produit est positif :

$A = 36$

Exemple 2

$B = 2 \times (-3) \times (-1) \times (-6)$

Il y a trois facteurs négatifs et 3 est un nombre impair, donc le produit est négatif :

$B = -36$

Savoir-faire

Apprends à l'aide des exercices résolus puis entraine-toi !

2 Multiplier avec des nombres relatifs

7 Effectuer les calculs suivants.

$A = -6 \times 9$ $B = -4 \times (-2,5)$ $C = 7 \times (-1)$

Solution

$A = -6 \times 9$
$A = -54$

◀ −6 et 9 sont de signes contraires, donc le produit est négatif.

$B = -4 \times (-2,5)$
$B = 10$

◀ −4 et −2,5 sont de même signe, donc le produit est positif.

$C = 7 \times (-1)$
$C = -7$

◀ Le produit de n'importe quel nombre par −1 donne son opposé.

À toi de jouer

8 Effectuer les calculs suivants.

$A = -8 \times 9$

$B = -6 \times (-11)$

$C = 0,5 \times (-12)$

$D = 4 \times 25$

$E = 13 \times (-1)$

$F = -6 \times (-1)$

$G = 0 \times (-16)$

→ Corrigé p. 314

9 Quel est le signe du nombre $A = -3 \times (-5) \times (-2) \times 6 \times (-8) \times (-19)$?

Solution

Il y a 5 facteurs négatifs et 5 est un nombre impair. Donc A est négatif.

À toi de jouer

10 Quel est le signe de chacun des nombres suivants ?

$A = 5 \times (-5) \times (-5) \times 5 \times (-5) \times (-5) \times 5 \times (-5) \times (-5)$ $B = \underbrace{(-5) \times (-5) \times \ldots \times (-5)}_{97 \text{ facteurs}}$

→ Corrigé p. 314

11 Effectuer le calcul : $A = -4 \times 0,06 \times (-25) \times (-3) \times (-2)$.

Solution

$A = -4 \times 0,06 \times (-25) \times (-3) \times (-2)$

◀ On détermine le signe du produit : il y a 4 facteurs négatifs et 4 est un nombre pair. Donc A est positif.

$A = 4 \times 0,06 \times 25 \times 3 \times 2$

$A = 4 \times 25 \times 0,06 \times 3 \times 2$

◀ Dans un produit, on peut changer l'ordre des facteurs et les associer comme on veut.

$A = 100 \times 0,06 \times 3 \times 2$

$A = 6 \times 3 \times 2$

$A = 36$

À toi de jouer

12 Calculer astucieusement :

$A = -0,2 \times 0,7 \times (-3) \times (-5) \times (-3)$ $B = 14 \times 0 \times 19 \times (-0,5) \times 6 \times (-18)$ $C = -4 \times 0,13 \times (-7) \times (-25)$

→ Corrigé p. 314

Cours

3 Diviser avec des nombres relatifs

Définition

a et b désignent des nombres relatifs ($b \neq 0$).

Le **quotient** de a par b est le nombre qui, multiplié par b, donne a :

$$\frac{a}{b} \times b = a$$

Exemples

- $\frac{-2}{3} \times 3 = -2$
- $\frac{3}{-7} \times (-7) = 3$

Attention, on ne peut jamais diviser par 0 !

Propriété

Pour calculer un quotient, on détermine son signe, puis on divise les distances à zéro :

- le quotient de deux nombres relatifs de même signe est positif ;
- le quotient de deux nombres relatifs de signes contraires est négatif.

Exemple 1

On veut calculer $\frac{6}{-3}$.

Le numérateur et le dénominateur sont de signes contraires, donc le quotient est **négatif**.

On divise les distances à zéro : $\frac{6}{3} = 2$.

Donc $\frac{6}{-3} = -2$.

Exemple 2

On veut calculer $\frac{-18}{-6}$.

Le numérateur et le dénominateur sont de même signe, donc le quotient est **positif**.

On divise les distances à zéro : $\frac{18}{6} = 3$.

Donc $\frac{-18}{-6} = 3$.

Attention, le quotient de deux nombres négatifs est positif !

Propriété

a et b désignent des nombres relatifs ($b \neq 0$).

- $\frac{-a}{-b} = \frac{a}{b}$
- $\frac{-a}{b} = \frac{a}{-b} = -\frac{a}{b}$

Exemples

- $\frac{-3}{7} = \frac{3}{-7} = -\frac{3}{7}$; les trois quotients sont **négatifs**.
- $\frac{-9}{-5} = \frac{9}{5}$; les deux quotients sont **positifs**.

Savoir-faire

Apprends à l'aide des exercices résolus puis entraine-toi !

3 Diviser avec des nombres relatifs

13 Quel est le signe de chacun des quotients suivants ?

a. $\frac{13}{4}$ **b.** $\frac{-2}{5}$ **c.** $\frac{-35}{-17}$

Solution

a. 13 et 4 sont tous les deux positifs, donc $\frac{13}{4}$ est positif.

b. −2 et 5 sont de signes contraires, donc $\frac{-2}{5}$ est négatif.

c. −35 et −17 sont tous les deux négatifs, donc $\frac{-35}{-17}$ est positif.

À toi de jouer

14 Quel est le signe de chacun des quotients suivants ?

$A = \frac{-5}{-3}$ $B = \frac{-21}{8}$ $C = \frac{235}{-97}$ $D = -\frac{-56}{-7}$

→ Corrigé p. 314

15 Effectuer les calculs suivants : $A = 42 \div (-7)$ $B = (-45) \div (-9)$

Solution

$A = 42 \div (-7)$
$A = -6$

◀ 42 et −7 sont de signes contraires, donc le quotient est négatif.

$B = (-45) \div (-9)$
$B = 5$

◀ −45 et −9 sont de même signe, donc le quotient est positif.

À toi de jouer

16 Effectuer les calculs suivants : $A = 63 \div (-9)$ $B = -120 \div (-10)$ $C = -10 \div 2{,}5$

→ Corrigé p. 314

17 Donner l'écriture décimale des quotients suivants : $A = \frac{-12}{-5}$ $B = \frac{31}{-5}$

Solution

$A = \frac{-12}{-5}$

$A = \frac{12}{5}$

$A = 2{,}4$

◀ −12 et −5 sont deux nombres négatifs, donc le quotient est positif.

$B = \frac{31}{-5}$

$B = -\frac{31}{5}$

$B = -6{,}2$

◀ 31 et −5 sont de signes contraires, donc le quotient est négatif.

À toi de jouer

18 Donner l'écriture décimale des quotients suivants.

$A = \frac{-35}{-7}$ $B = \frac{14}{-4}$ $C = \frac{-24}{8}$ $D = \frac{-15}{-10}$ $E = -\frac{-66}{12}$ $F = -\frac{-42}{-7}$

→ Corrigé p. 314

Exercices

Ressources téléchargeables

Additionner et soustraire avec des nombres relatifs

→ Savoir-faire p. 29

QUESTIONS FLASH

19 Calculer :
$A = 35 + 15$ $B = -7 + 4$ $C = -13 + 13$
$D = 15 + (-25)$ $E = -8 + (-9)$ $F = -4 + 9$

20 Calculer :
$A = 38 - 21$ $B = 20 - 36$ $C = -14 - 14$
$D = -8 - (-10)$ $E = 9 - (-4)$ $F = 7 - 7$

21 Calculer :
a. la différence entre 35 et –13 ;
b. la somme de –39 et de 41 ;
c. la somme de –12,3 et de –4,7 ;
d. la différence entre 7 et 15.

22 Calculer :
$A = -5 + 8 + (-3) + (-7) + (-8)$
$B = -2 - (-3) + 7 - 12$

Questions flash supplémentaires

23 CALCUL MENTAL Effectuer les calculs suivants.
$A = -2 + 8{,}2$ $B = -6{,}5 + (-3)$ $C = -12 + 7$
$D = -7{,}5 + (-3{,}6)$ $E = 13 + (-12)$ $F = 4 + (-19)$

24 CALCUL MENTAL Transformer les soustractions suivantes en additions, puis effectuer les calculs.
$A = -3 - 10{,}2$ $B = -7 - (-13)$ $C = 12 - 17$
$D = 0 - 26$ $E = -14 - 14$ $F = 5{,}8 - (-4{,}2)$

25 CALCUL MENTAL Effectuer les calculs suivants.
$A = -7 - (-10)$ $B = 7 + (-9{,}4)$ $C = -12 + (-7)$
$D = -13 - 3$ $E = -19 + 8$ $F = 6 - 9$

26 CALCUL MENTAL Effectuer les calculs suivants.
$A = 2 - 8$ $B = -7 + 15$ $C = -9 - 9$
$D = -10 + 2{,}5$ $E = -4 - 6{,}7$ $F = 11 - 13{,}9$

27 La petite sœur de Léa a gribouillé une partie de son travail.
• Aider Léa à retrouver les termes manquants.

a. 5 + ▓ = –4
b. –9 + ▓ = –2
c. –12 + ▓ = –5
d. 8 + ▓ = 3

28 Recopier et compléter avec les signes opératoires + et – pour que l'égalité soit vraie.
a. –11 … (–6) = –17 **b.** 7 … 8 = –1
c. 26 … (–26) = 0 **d.** –18 … 17 = –35

29 Dans chaque cas, déterminer la distance AB.

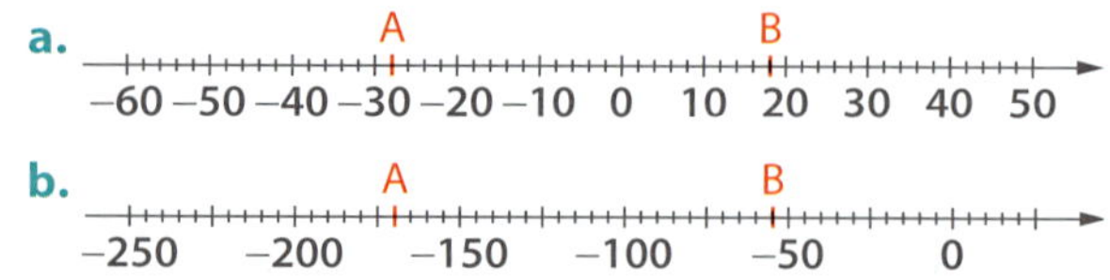

30 On considère deux points A et B sur une droite graduée. Dans chaque cas, déterminer la distance AB.
a. Le point A a pour abscisse –22, le point B a pour abscisse 33.
b. Le point A a pour abscisse –4,5, le point B a pour abscisse –13.
c. Le point A a pour abscisse 12, le point B a pour abscisse –27.

31 Andréa, Jade et Louis ont voulu calculer $A = 10 - (-4) + (-1) + 5 - 9$. Voici leur travail :

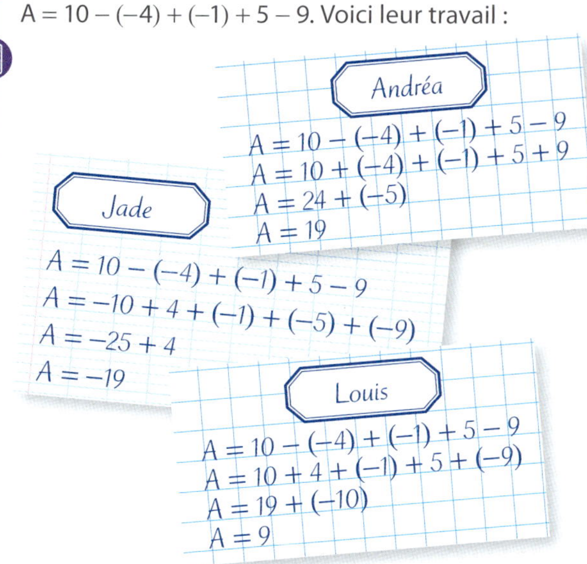

• En utilisant la calculatrice, donner le prénom de celui qui a raison. Expliquer les erreurs des deux autres.

32 Effectuer les calculs suivants.
$A = 2 + (-8) + 7 + (-12) + (-5) + 4 + (-2)$
$B = -5 + (-4) - 15 - (-6) + 7$
$C = -14 - 14 + 30 + (-15) - (-20)$
$D = -4 + (-3) - 5 - 3 + (-2)$
$E = 3 - 12 + 15 - 17 - 23$

33 Calculer astucieusement les nombres suivants.
$A = -25 - 18 + (-3) + 25 + 3$
$B = -3{,}5 + (-4{,}8) + 5 + (-0{,}2) + 13{,}5$

34 Effectuer les calculs suivants.
$A = -7 + (-8 - 6) - 9$ $B = (-9 - 11) - (6 - 13)$
$C = 10 + (-9 - (5 - 7)) + 14$

35 On donne : $a = -8{,}5$; $b = -4$; $c = 2{,}3$.
1. Calculer $A = a - b - c$. **2.** Calculer $B = a + b - c$.
3. Calculer $C = a - b + c$.

MODE EXPERT

36 Traduire les phrases suivantes par un calcul puis effectuer ce calcul.
a. La différence entre la somme de –7 et de l'opposé de 9 et –13.
b. La somme de l'opposé de 11 et de la différence entre 9 et –4,2.

37 Sur la droite graduée suivante, retrouver les abscisses et les positions des points E, H, I, J, P et S sachant que :
- les abscisses des points I et J sont opposées ;
- la plus grande distance est entre les points E et S et qu'elle est de 8 ;
- 3 points ont des abscisses strictement positives ;
- l'origine de la droite graduée est le point P ;
- l'abscisse du point S est inférieure à celle du point P ;
- l'abscisse du point I est positive.

Multiplier avec des nombres relatifs

→ Savoir-faire p. 31

QUESTIONS FLASH

38 Effectuer les calculs suivants.
A = 12 × 5
B = –1 × 5
C = –3 × (–3)
D = 3,5 × (–10)
E = –168 × 0
F = –56 × (–0,1)

39 Effectuer les calculs suivants.
a. le produit de 3 et de –5 ;
b. le produit de l'opposé de 7 et de –2 ;
c. l'opposé du produit de –7 et de –9.

40 Sans les calculer, donner le signe de chacun des produits suivants.
A = –13 × (–7)
B = –0,36 × 3,7
C = 65 × (–1,4)
D = –3 × (–5) × (–12) × 6
E = –13 × 5 × (–12) × (–6) × 11 × (–5) × (–12) × (–6)

41 **Vrai ou faux ?** Justifier.
a. Le produit de deux nombres négatifs est négatif.
b. Le carré d'un nombre négatif est positif.
c. Le produit d'un nombre par –1 est toujours négatif.
d. Le produit d'un nombre par son opposé est négatif.

Questions flash supplémentaires

42 Relier chaque calcul à son résultat.

–1 × (–5)		
1 × (–3)		3
–3 × (–1)		–3
–1 × 3		5
–5 × (–1)		–5
1 × (–5)		

43 CALCUL MENTAL Recopier et compléter la grille suivante.

×	–2	–7	3	6	–9
8					
–9					
–3					
5					
–6					

44 CALCUL MENTAL Effectuer les calculs suivants.
A = 7 × 4
B = –8 × 3
C = –4 × (–1)
D = 0,75 × (–100)
E = –120 × 0
F = –32 × (–0,1)

45 Effectuer les calculs suivants.
A = –2 × 8
B = –7 × (–7)
C = –11 × 0,2
D = 0,5 × (–14)
E = –15 × (–5)
F = –10 × (–0,4)
G = 12,53 × (–1)
H = –1 032 × 0
I = 352 × (–0,01)

46 En utilisant l'égalité 27 × 34 = 918, et sans utiliser la calculatrice, donner les résultats des produits suivants.
A = –27 × 34
B = –27 × (–34)
C = 27 × (–340)
D = –270 × (–340)
E = 27 × (–0,34)
F = –2,7 × (–3,4)

47 Donner le signe des produits suivants sans les calculer.
A = –1 × 2 × (–3) × 4 × (–5) × 6 × (–7) × 8 × (–9) × 10

$B = \underbrace{-7 \times (-7) \times \ldots \times (-7)}_{56 \text{ facteurs}}$

$C = \underbrace{-3 \times (-3) \times \ldots \times (-3)}_{2\,019 \text{ facteurs}}$

Exercices

48 Cécile a taché une partie de ses calculs, mais elle avait déjà noté le signe du produit.

a. $-12 \times$ … $\times (-34)$ *est positif.*
b. $5 \times (-13) \times$ … $\times (-0{,}4) \times (-4)$ *est négatif.*
c. $-48 \times (-3) \times$ … $\times (-34) \times$ … $\times 4$ *est négatif.*

• Aider Cécile à retrouver le signe des facteurs manquants.

49 Effectuer les calculs suivants.
$A = -2 \times 4 \times (-8)$
$B = 3 \times (-1) \times (-2) \times (-5)$
$C = 10 \times (-3) \times 2 \times (-5) \times (-6)$
$D = -4{,}3 \times (-10) \times 2 \times (-1) \times (-1)$
$E = -0{,}8 \times 4 \times (-0{,}3) \times 2 \times (-1)$

50 Calculer astucieusement les nombres suivants.
$A = -3 \times (-3) \times (-3) \times (-3)$
$B = -2 \times 0{,}25 \times 75 \times (-4) \times 4$
$C = -3{,}02 \times (-20) \times 3 \times 5 \times (-1)$
$D = -4{,}53 \times 2 \times (-0{,}001) \times 5$

51 a, b, et c désignent trois nombres relatifs. On donne l'expression :

$$A = a \times (-b) \times c$$

1. Calculer A pour : $a = -1$; $b = 2$; $c = -3$.
2. Calculer A pour : $a = 2$; $b = -4$; $c = -6$.

MODE EXPERT

52 Recopier et compléter.

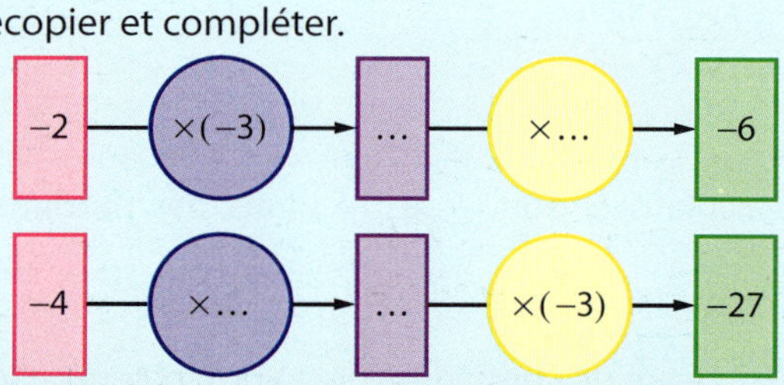

53 Calculer les expressions suivantes.
$A = (-3)^2$
$B = (-5)^2 \times (-1)^2$
$C = -(-7)^2$
$D = (-4 \times 3)^2$

54 Donner le signe :
a. du produit de 2 020 facteurs tous égaux à −1 ;
b. du produit de 2 019 par −1 ;
c. de $-4 \times (-5) \times (-6) \times \ldots \times (-101)$;
d. de $-10 \times 11 \times (-12) \times 13 \times (-14) \times \ldots \times (-2\,020)$.

Diviser avec des nombres relatifs

→ Savoir-faire p. 33

QUESTIONS FLASH

55 Donner le signe des quotients suivants.
$A = 28{,}2 \div (-12)$ $B = -86 \div 3{,}4$ $C = -13 \div (-39)$
$D = \dfrac{-5}{4}$ $E = \dfrac{-3}{-4}$ $F = \dfrac{1}{-3}$

56 Effectuer les calculs suivants.
$A = (-48) \div 6$ $B = (-35) \div (-7)$ $C = 55 \div (-11)$
$D = \dfrac{0}{-3}$ $E = \dfrac{-15}{-0{,}1}$ $F = \dfrac{-24}{100}$

57 Donner une écriture décimale des quotients suivants.
$A = \dfrac{-9}{-2}$ $B = \dfrac{24}{-6}$ $C = \dfrac{-12}{5}$ $D = -\dfrac{-21}{-7}$

58 Calculer :
a. le quotient de −8 par −2 ;
b. le quotient de 15 par l'opposé de 3 ;
c. l'opposé du quotient de −49 par 7.

59 **Vrai ou faux ?**
a. Le quotient de deux nombres relatifs négatifs est négatif.
b. Le quotient de deux nombres relatifs de signes contraires est négatif.
c. Le quotient de deux nombres relatifs égaux est égal à 0.
d. Le quotient de deux nombres relatifs opposés est égal à −1.

Questions flash supplémentaires

60 Relier chaque calcul à son résultat.

$-8 \div (-4)$	
$12 \div (-3)$	−2
$-8 \div 4$	2
$-12 \div (-3)$	−4
$12 \div 3$	4
$8 \div (-4)$	

61 CALCUL MENTAL Effectuer les calculs suivants.
$A = \dfrac{40}{-5}$ $B = \dfrac{-32}{-8}$ $C = \dfrac{46}{-1}$
$D = \dfrac{-25}{25}$ $E = \dfrac{-54}{-6}$ $F = \dfrac{-42}{-7}$

62 Effectuer les calculs suivants.

$A = \dfrac{34}{-5}$ $\quad B = \dfrac{-21}{6}$ $\quad C = \dfrac{-60}{-12}$

$D = \dfrac{-22}{4}$ $\quad E = \dfrac{-7}{-0{,}2}$ $\quad F = \dfrac{-105}{-2}$

63 CALCUL MENTAL Recopier et compléter la grille suivante.

÷	1	10	−20	−36
−4	−0,25			
2				
−10				
−1				

64 Aider Rémi à retrouver les nombres positifs parmi les nombres de la liste ci-dessous.

$\dfrac{-23}{7}$; $\dfrac{-34}{-16}$; $-\dfrac{-19}{6}$; $-\dfrac{-4}{-7}$; $\dfrac{1}{-3}$; $\dfrac{4}{3}$

65 Voici la copie que le professeur vient de rendre à Vanessa.

• Aider Vanessa à améliorer son travail.

a. $-\dfrac{-1}{-5}$ *Bien, mais tu peux écrire ce quotient plus simplement*

b. $-\dfrac{2}{3}$ *Très bien*

c. $\dfrac{-2}{-9}$ *À écrire plus simplement*

d. $-\dfrac{-1}{7}$ *À écrire plus simplement*

66 Écrire chacune des fractions suivantes sous la forme $\dfrac{a}{b}$ ou $-\dfrac{a}{b}$ où a et b sont deux entiers positifs.

$-\dfrac{-3}{7}$; $-\dfrac{-4}{-11}$; $\dfrac{7}{-13}$; $-\dfrac{2}{-9}$; $-\dfrac{-1}{-19}$; $\dfrac{-3}{-4}$

67 Par quel nombre faut-il :

a. multiplier −5 pour obtenir 40 ?

b. multiplier 7 pour obtenir −42 ?

c. multiplier −3 pour obtenir −39 ?

d. multiplier −5 pour obtenir 23 ?

68 Recopier et compléter par le nombre qui convient.

a. $-3 \times \ldots = -36$ **b.** $\ldots \times 5 = -16$

c. $-10 \times \ldots = 3$ **d.** $3 \times \ldots = -4$

e. $-6 \times \ldots = 11$ **f.** $-9 \times \ldots = -8$

69 Recopier et compléter.

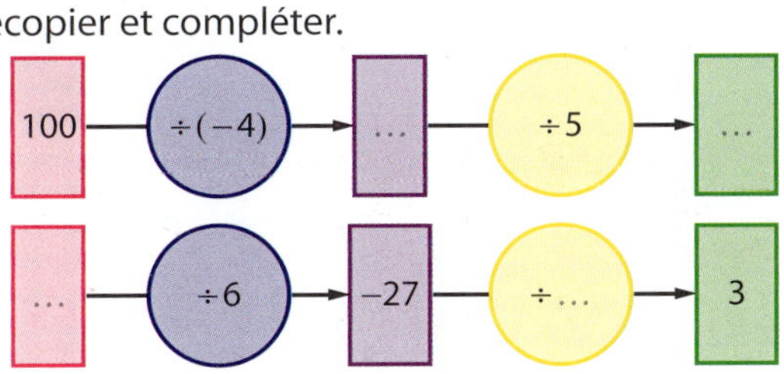

70 Recopier et compléter les pyramides en sachant que le nombre contenu dans un rectangle est le produit des deux nombres contenus dans les deux rectangles situés au-dessous de lui.

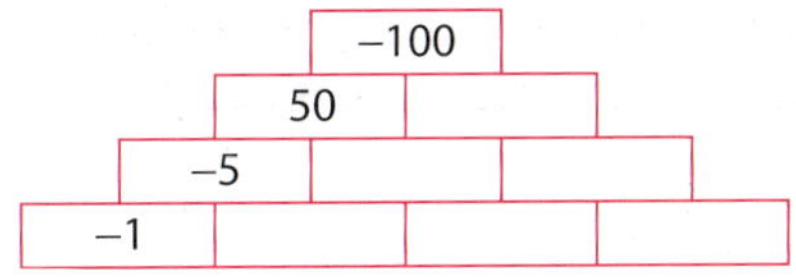

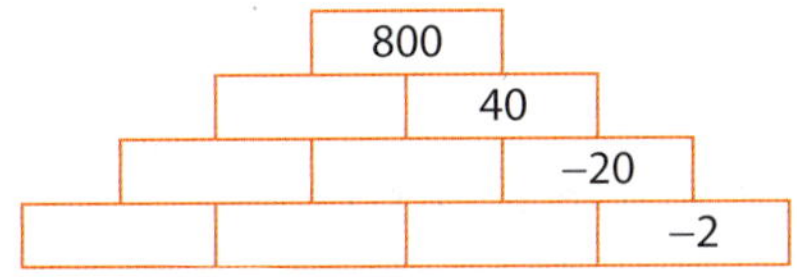

71 En utilisant l'égalité $\dfrac{-106}{8} = -13{,}25$ et sans utiliser la calculatrice, donner les résultats des quotients suivants.

$A = \dfrac{-106}{-8}$ $\quad B = \dfrac{106}{-8}$ $\quad C = \dfrac{106}{8}$ $\quad D = -\dfrac{-106}{-8}$

$E = \dfrac{-106}{80}$ $\quad F = \dfrac{-1060}{-80}$ $\quad G = -\dfrac{-10\,600}{8}$

72 CALCUL MENTAL On donne :

$a = -90$; $b = -10$; $c = 5$

1. Calculer $A = a \div (-b)$.

2. Calculer $B = -c \div (-b)$.

3. Calculer $C = -\dfrac{-a}{b}$.

4. Calculer $D = \dfrac{b}{-c}$.

MODE EXPERT

73 Calculer :

$A = \underbrace{-1 \div (-1) \div \ldots \div (-1)}_{(-1)\text{ est écrit } 2\,020 \text{ fois}}$

$B = \underbrace{-1 \div (-1) \div \ldots \div (-1)}_{(-1)\text{ est écrit } 2\,021 \text{ fois}}$

$C = \underbrace{-1 \div (-1) \div \ldots \div (-1)}_{\text{le signe } \div \text{ est écrit } 2\,021 \text{ fois}}$

74 Recopier et compléter les pyramides en sachant que le nombre contenu dans un rectangle est le quotient des deux nombres contenus dans les deux rectangles situés au-dessous de lui.

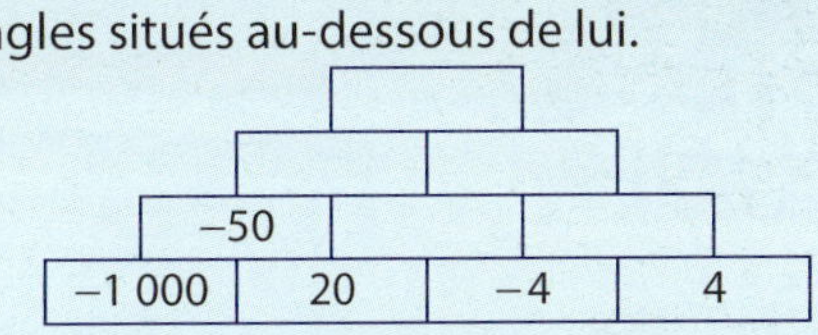

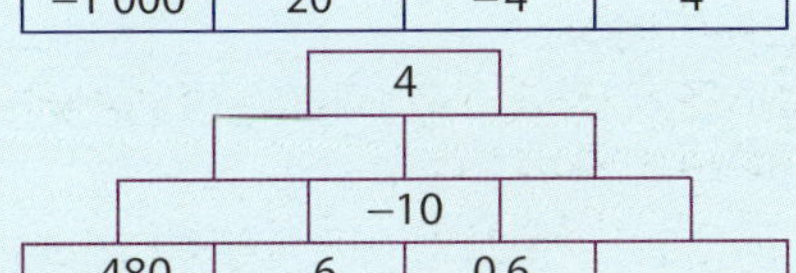

Faire le point

Version interactive du QCM

Vérifie tes connaissances.

QCM

Donner la ou les bonnes réponses parmi les trois proposées.

1 Additionner et soustraire avec des nombres relatifs

	Réponse A	Réponse B	Réponse C
1. La somme $-11+(-7)$ est égale à :	-4	4	-18
2. La différence $3-8$ est égale à :	11	-24	-5
3. $12+(-7)+4+(-5)-(-10)$ est égal à :	14	4	24
4. La différence $3-(-8)$ est égale à :	11	-24	-5

2 Multiplier avec des nombres relatifs

	Réponse A	Réponse B	Réponse C
1. Le produit $-2{,}5\times(-3)$ est égal à :	$7{,}5$	$-7{,}5$	$-5{,}5$
2. Le produit $7\times(-4)$ est égal à :	3	28	-28
3. $-5\times3{,}2\times(-12)\times(-24)\times(-3{,}4)$ est :	nul	positif	négatif
4. Quel ou quels calculs donnent le résultat -72 ?	-8×9	$-6\times(-2)\times(-6)$	$4\times(-9)\times(-2)$
5. $3\times(-2)\times(-14)\times0\times(-3)$ est :	nul	positif	négatif

3 Diviser avec des nombres relatifs

	Réponse A	Réponse B	Réponse C
1. Le quotient $-25\div(-2)$ est égal à :	$12{,}5$	$-12{,}5$	$-\frac{25}{2}$
2. Le quotient $\frac{54}{-9}$ est égal à :	6	$-\frac{54}{9}$	$\frac{54}{9}$
3. Le nombre qui, multiplié par -8, donne -75 est :	$-\frac{75}{8}$	$\frac{8}{75}$	$\frac{75}{8}$
4. Le nombre qui, multiplié par 7 donne -21 est :	-3	$\frac{-21}{7}$	$\frac{7}{-21}$
5. -7 est le résultat de :	$-\frac{-14}{-2}$	$-\frac{14}{-2}$	$-\frac{14}{2}$

→ Corrigé p. 314

Carte mentale

Ressource téléchargeable

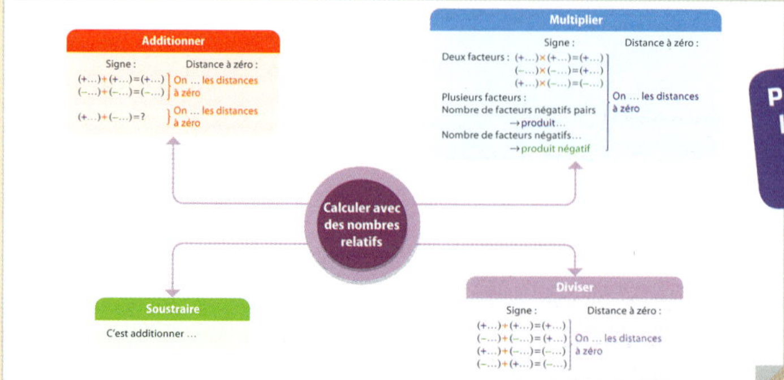

Pour t'aider à retenir le cours, télécharge et complète cette carte mentale.

Algorithmique et outils numériques

75 Programme de calcul

Voici un programme de calcul :

> Choisir un nombre.
> Multiplier par −2.
> Ajouter 27.
> Multiplier par −6.
> Soustraire le triple du nombre choisi.

1. Ouvrir un tableur et reproduire la feuille de calcul ci-dessous.

	A	B
1	Choisir un nombre	-4
2	Multiplier par -2	
3	Ajouter 27	
4	Multiplier par -6	
5	Soustraire le triple du nombre de départ	

2. a. Quelles formules doit-on entrer dans les cellules B2, B3, B4 et B5 ?
b. Que représente le nombre affiché en B5 ?
3. Quel nombre donne le programme de calcul si l'on choisit :
a. le nombre −5,8 ? **b.** le nombre −12 ?
c. le nombre −3 ? **d.** le nombre 25 ?
4. En appliquant ce programme à un certain nombre, Arthur a obtenu 0. Déterminer par essais successifs le nombre qu'Arthur a choisi.
5. À l'aide des instructions suivantes, écrire un script correspondant à ce programme de calcul et vérifier les réponses des questions **3.** et **4.**

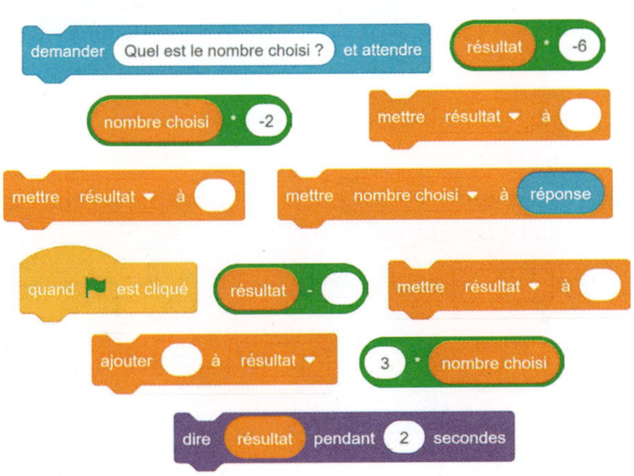

76 Pour s'entrainer

Créer un jeu qui génère automatiquement des additions de deux nombres entiers relatifs compris entre −20 et 20, qui demande au joueur de donner la réponse et qui lui dit si elle est correcte ou non.
À chaque bonne réponse, le joueur marque un point.
À chaque mauvaise réponse, il perd un point.
Le joueur a dix calculs à effectuer par partie.

Pour ce programme, il faudra créer 3 variables :

nombre 1 : premier nombre entier relatif choisi aléatoirement entre −20 et 20.

nombre 2 : deuxième nombre entier relatif choisi aléatoirement entre −20 et 20.

score : score du joueur.

Les blocs suivants pourront être utilisés :

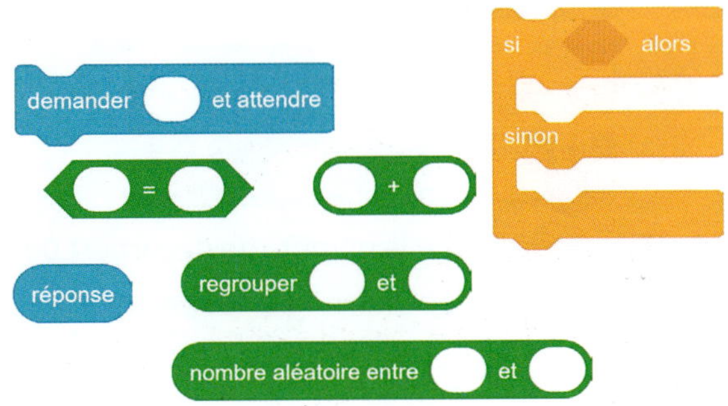

77 Celsius vs Fahrenheit

Pour passer des degrés Celsius aux degrés Fahrenheit, on multiplie la température en degrés Celsius par 1,8 et on ajoute 32 au résultat.

1. Comment peut-on passer des degrés Fahrenheit aux degrés Celsius ?

2. Créer un programme qui permet de faire des conversions entre les degrés Celsius (°C) et les degrés Fahrenheit (°F). Voici ce que doit faire le lutin :

- Il demande à l'utilisateur de choisir la conversion qu'il veut avoir (par exemple : « Tape 1 si tu veux passer des °C aux °F, sinon tape 2 »).

- Si l'utilisateur veut convertir des °C en °F, le lutin lui demande en français quelle température il veut convertir. Une fois la température saisie par l'utilisateur, le lutin lui donne la température convertie.

- Si l'utilisateur veut convertir des °F en °C, le lutin lui demande en anglais quelle température il veut convertir. Une fois la température saisie par l'utilisateur, le lutin donne la température convertie.

78 À toi de jouer

Voici un programme de calcul :

> Choisir un nombre.
> Prendre l'opposé de ce nombre.
> Ajouter 5.
> Prendre la moitié de cette somme.
> Ajouter le double du nombre de départ.

• Écrire un script correspondant à ce programme de calcul.

Problèmes

ceinture jaune — ceinture verte — ceinture noire

79 Programme de calcul
Modéliser

1. Décrire les étapes successives de ce programme de calcul par des phrases.

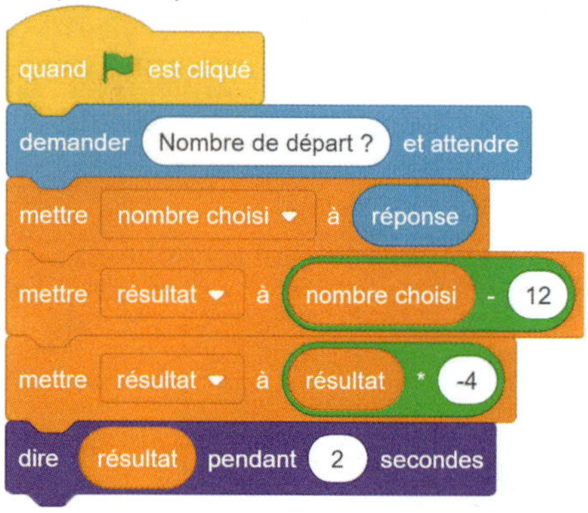

2. Que dira le lutin si le nombre de départ est 0 ? 1 ? –1 ?

80 Sans la calculatrice
Calculer

Effectuer sans calculatrice les calculs suivants en détaillant les étapes.

$A = -3 + (-4) \times (-5)$ $\quad B = -30 \div (-4 + 6)$

$C = 5 - (-4) \times (-3)$ $\quad D = 12 - 3 \times (-6)$

$E = -8 - [8 - (-2)] - 3$ $\quad F = 3 - 4 \times (-5) \times (-2)$

$G = \dfrac{17}{3-10}$ $\quad H = \dfrac{-2-(-17)}{5-8}$ $\quad I = \dfrac{-4-5}{5-6}$

81 À la calculatrice
Modéliser, Calculer

Pour calculer la valeur du nombre $A = \dfrac{8+3\times(-4)}{1+2\times(-1{,}5)}$

Marianne a tapé sur sa calculatrice la succession de touches ci-dessous.

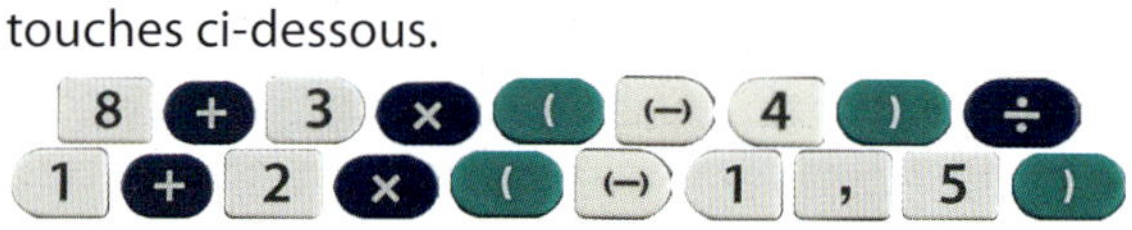

• Obtiendra-t-elle le bon résultat ?
Si oui, préciser ce résultat. Sinon, préciser son erreur et donner le bon résultat.

82 Jeu télévisé
Modéliser

Lors d'un jeu télévisé, les candidats doivent répondre à 20 questions. Une bonne réponse fait gagner 4 points, une mauvaise fait perdre 5 points et une absence de réponse fait perdre 2 points.
Le score peut être négatif.
Lucas, peu inspiré, ne répond qu'à 10 questions et 3 de ses réponses sont fausses.
Juliette a répondu à toutes les questions mais 13 réponses seulement sont justes.
Léila, qui joue la prudence, ne répond qu'à celles dont elle est sûre de connaitre la réponse. Ses 9 réponses sont justes.
Quant à Esteban, il a répondu à seulement 4 questions et ses réponses sont toutes fausses.

• Donner le classement de ces candidats en précisant le score de chacun.

83 Chacun ses nombres
Calculer, Représenter

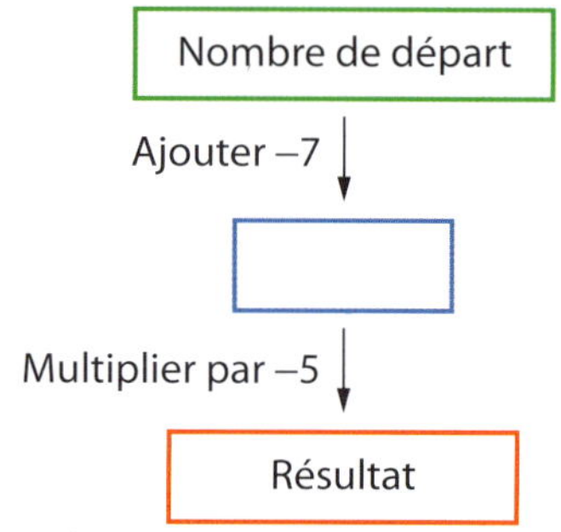

1. Candice teste ce programme avec 12 et –12. Quels résultats obtiendra-t-elle ?

2. Luc teste ce programme avec –7. Quel résultat obtiendra-t-il ? Écrire les calculs à effectuer à l'aide d'une seule expression.

3. Mila a obtenu 20. Quel nombre avait-elle choisi au départ ?

84 Cocktail de calculs
Calculer

Effectuer sans calculatrice les calculs suivants en détaillant les étapes.

$A = 12 - 6^2$ $\quad B = (-5)^2 + 14$

$C = -3^2 + 3 \times (-5)$ $\quad D = -2 \times (-5) - (-7)^2$

$E = \dfrac{6-6\times4}{6\times2-2}$ $\quad F = 2 - \dfrac{-18}{-3} + 6$

85 Nombres croisés
Représenter, Calculer

Recopier et remplir la grille de nombres croisés ci-dessous.

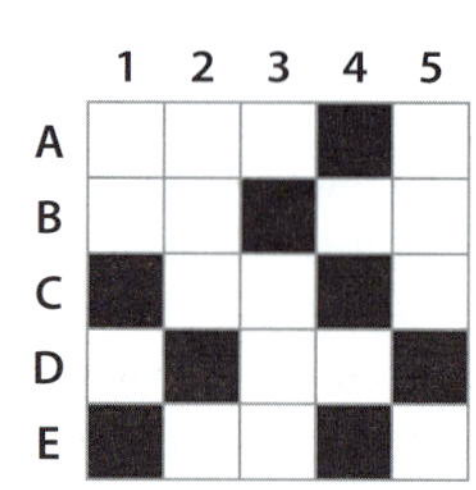

Verticalement
1. Somme de 32 et du produit de 4 par −5 ; opposé du quotient de −15 par 3.
2. $-0{,}25 \times (-13) \times 5 \times (-4) \times (-2) + 3$; produit de 118 facteurs égaux à −1.
3. Différence entre −18 et le produit de 6 par −3 ; somme du produit de 6 par 100 et du produit de −9 par −6.
4. Tiers de 9 ; opposé du quart de −16.
5. Produit de −99 par 4 ; $5 - 7 + 18 - 4 - 5 + 1$.

Horizontalement
A. Somme de 100 et de son dixième ; quotient de la différence entre 15 et 27 par 4.
B. Différence entre 5^2 et −2 ; opposé du triple de −13.
C. Différence entre 30 et le produit de −2 par 3 ; quotient de la somme de −50 et de −4 par la somme de 4 et de −13.
D. −(−5) ; produit de −1 par la somme de −60 et de 6.
E. Produit de −7 par la différence entre −1 et 1 ; double de la somme de 3 et de 1.

86 La cible est atteinte
Calculer, Représenter

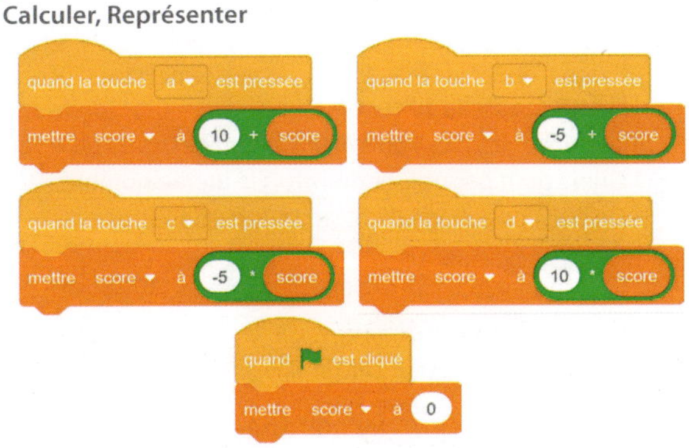

1. Après avoir cliqué sur le drapeau vert, Louis a pressé les touches a ; c ; b ; a. Quel score a-t-il atteint ?
2. Après avoir cliqué sur le drapeau vert, quel enchainement de touches faut-il presser pour obtenir :
a. 50 ? **b.** −400 ?

87 Les Éléments d'Euclide
Chercher, Calculer

Doc. 1 Euclide

Euclide, né vers l'an −325, mort vers l'an −265 est un mathématicien grec qui a enseigné à Athènes.

Doc. 2 *Les Éléments* d'Euclide

Euclide a écrit la première encyclopédie mathématique constituée de 13 volumes appelée *Les Éléments*.
Cet ouvrage traite entre autres de géométrie dans le plan, d'arithmétique, de géométrie dans l'espace. On y trouve des définitions, des théorèmes et des démonstrations.

Doc. 3 Les traductions des *Éléments*

Les Éléments ont été rédigés aux alentours de l'an −300. Une traduction a été réalisée par François Peyrard en 1804.

1. Combien d'années a vécu Euclide ?
2. Pendant quels siècles a vécu Euclide ?
3. À quel siècle a été publiée la traduction française des *Éléments* par François Peyrard ?
4. Combien d'années se sont écoulées entre la rédaction des *Éléments* par Euclide et la traduction française de François Peyrard ?

Voir point info p. 25

88 Encore des calculs
Calculer

Effectuer les calculs suivants en détaillant les étapes.

$A = -5 \times (-3) - 4 \times (-6) - 1$

$B = 26 - [9 - (3 - 4 \times 6)] + 7 \times (-3)$

$C = -9 \times 4 - 4 \times (8 - 3) - [9 - (4 - 3 \times 2)]$

$D = 7 - 51 \div (21 - 4 \times 6)$

$$E = \frac{-9 \times (-3) - (-3) \times (-5)}{-4{,}5 \times 2}$$

$$F = \frac{-9 \times (-3) - (-3) \times (-5)}{15 \div (-3) - 2}$$

89 Up and down
Communiquer, Calculer

Otis rides the elevator in a New York hotel but he forgets to press the button of the floor he wants. It's the other customers using the elevator who choose the floors. He goes up 28 floors, down 5 floors, down again another 24 floors, up 3 floors, and down 14 floors; finally up 1 floor.
• How many floors did Otis go up or down?

90 La fonte des neiges
Calculer, Chercher

Le tableau ci-dessous donne les variations de la masse du glacier d'Ossoue (dans les Pyrénées) par année. L'accumulation correspond au gain de masse (neige hivernale) et l'ablation constitue la perte de masse (fonte estivale).
En 14 ans, le glacier d'Ossoue a perdu 20 mètres d'équivalent eau, soit 22 mètres de glace.
Cette courte série de mesures illustre la régression glaciaire importante observée sur toute la chaine pyrénéenne, régression due au réchauffement climatique.

	2010	2011	2012	2013	2014	2015
Accumulation (en m d'eau)	3,01	2,12	2,36	3,79	2,08	2,59
Ablation (en m d'eau)	−3,49	−4,56	−5,77	−3,55	−3,39	−4,87
Bilan						

Source : Moraine, association pyrénéenne de glaciologie

1. Le bilan est obtenu en faisant la somme de l'accumulation et de l'ablation. Reproduire et compléter le tableau.
2. En quelle(s) année(s) y a-t-il eu plus de gain que de perte ? Est-ce fréquent ?
3. Calculer la moyenne des bilans pour ces 6 années.

Problèmes

91 La bonne réponse
Raisonner

Le professeur a demandé à Paolo, ainsi qu'à quatre de ses camarades, d'effectuer le produit de –112,9 par –47,2.
Il note au tableau les cinq réponses obtenues :

–5 318,88 ; 518,88 ; 4 318,96 ;
5 328,88 ; –5 328,88

Il annonce que l'une d'entre elles est la bonne réponse.
• Sans poser de calcul, donner la bonne réponse. Justifier.

92 Est-ce toujours possible ?
Calculer, Modéliser

Voici un script correspondant à un programme de calcul :

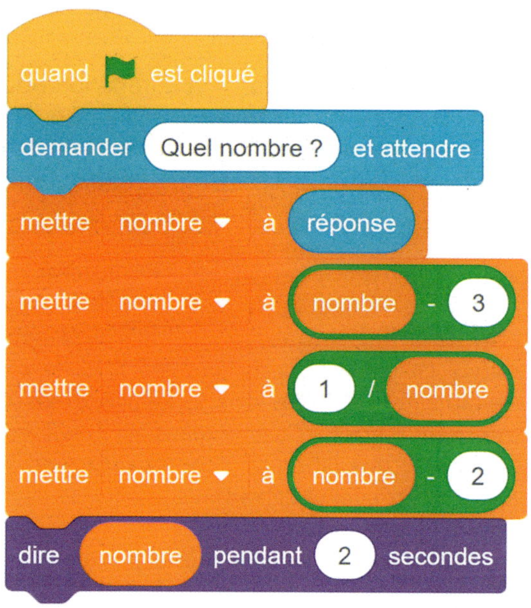

1. Pour quel nombre de départ ce programme de calcul ne pourra-t-il pas donner de résultat ? Pourquoi ?
2. Déterminer le nombre donné par le programme de calcul si l'on choisit –4 comme nombre de départ.
3. Déterminer le nombre donné par le programme de calcul si l'on choisit 1 comme nombre de départ.

93 Triangles effacés
Raisonner, Calculer

Pour chaque triangle, Liam a complété les cases bleues à partir des cases roses en suivant toujours la même règle et en utilisant seulement des entiers relatifs.
Certaines cases des triangles 2 et 3 ont été effacées.

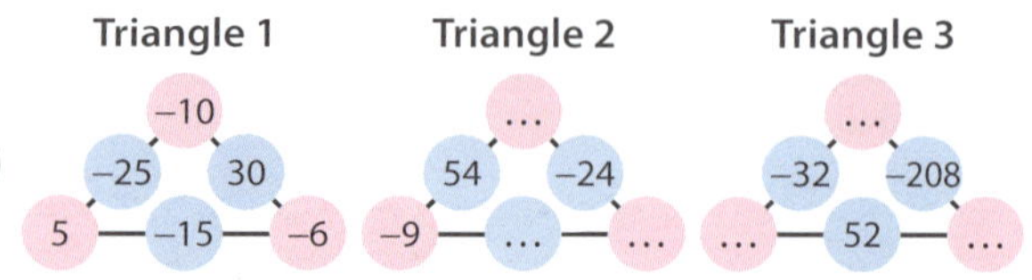

1. Quelle règle Liam a-t-il pu utiliser pour le triangle 1 ?
2. Compléter les cases des triangles 2 et 3 en suivant cette même règle.

94 Le jeu de bulles
Calculer, Communiquer

Règle du jeu
- On donne 6 nombres répartis dans 6 bulles.
- Il faut trouver les étapes de calculs permettant d'obtenir le résultat affiché au centre.
- On peut utiliser les 4 opérations autant de fois qu'on le veut.
- On ne peut pas utiliser deux fois le même nombre.
- On n'est pas obligé d'utiliser tous les nombres.

1. Estelle propose l'expression suivante :
$$[-4 \times 2 - (3 - 1)] \times (-10)$$
a. Sa solution est-elle correcte ?
b. Si la solution d'Estelle est correcte, expliquer pourquoi. Sinon, proposer un minimum de modifications rendant son expression correcte.
2. Proposer deux autres solutions à ce jeu.
Écrire chacune d'elles à l'aide d'une seule expression.

DÉFIS & ÉNIGMES

95 Qui suis-je ?
1. Si on me multiplie par –4 ou par –13, je donne le même résultat. Qui suis-je ?
2. Si je me divise par moi-même, cela donne mon opposé. Qui suis-je ?

96 Un grand produit
La somme de 2 019 nombres entiers relatifs négatifs tous différents de zéro est égale à –2 020.
• Combien vaut le produit de tous ces nombres ?

97 Le nid d'abeille

Raisonner, Communiquer

Ces alvéoles se complètent suivant la règle donnée.

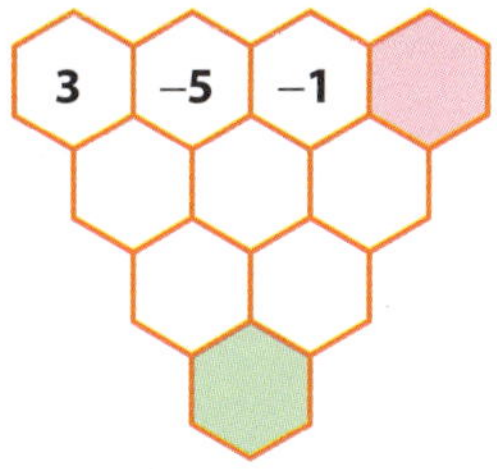

Règle

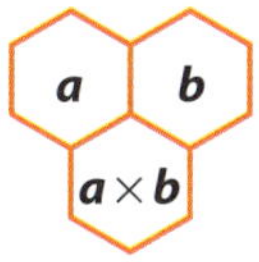

Voici ce qu'affirment 5 élèves :

Esteban : Si je note 4 dans l'hexagone rose, j'obtiens 60 dans le vert.

Léila : Moi, j'ai mis –2 dans l'hexagone rose et j'ai obtenu –750 dans le vert.

Juliette : J'ai noté 0 dans l'alvéole rose, j'ai obtenu –75 dans la verte.

Kim : Si je choisis de mettre un nombre négatif dans l'hexagone rose, j'obtiendrai toujours un nombre négatif dans le vert.

Ousmane : Pour n'importe quel nombre choisi dans l'hexagone rose, le résultat final est égal au produit de ce nombre choisi par –750.

• Pour chaque élève, expliquer s'il a raison ou tort.

98 Géovision

Chercher, Calculer

Emily décolle de San Jose en Californie en direction de Maui dans l'archipel d'Hawaii.
Elle observe le géovision de l'avion qui indique les différentes données des conditions extérieures. Mais après le décollage, le système n'affiche plus toutes les données.

Doc. 1 Altitude et température

Lorsque l'on grimpe en altitude, l'atmosphère perd environ 2 °C tous les 300 m. On considère que la température au sol reste constante pendant ce vol.

Doc. 2 Géovision

Démarrage

VITESSE SOL .... 0 KM/H
ALTITUDE .... 26 M
TEMPÉRATURE EXTÉRIEURE .... 20°C
DISTANCE PARCOURUE .... 0 KM
TEMPS DE VOL .... 0 MIN

Entre la fin de la montée et le début de la descente, l'avion se déplace à une altitude et une vitesse constante (il est « en croisière »).

En cours de montée (1)

VITESSE SOL .... 400 KM/H
ALTITUDE .... 1 526 M
TEMPÉRATURE EXTÉRIEURE ....
DISTANCE PARCOURUE .... 50 KM
TEMPS DE VOL .... 6 MIN

En cours de montée (2)

VITESSE SOL .... 850 KM/H
ALTITUDE .... 6 000 M
TEMPÉRATURE EXTÉRIEURE ....
DISTANCE PARCOURUE .... 90 KM
TEMPS DE VOL .... 10 MIN

Fin de montée

VITESSE SOL .... 870 KM/H
ALTITUDE ....
TEMPÉRATURE EXTÉRIEURE .... –50°C
DISTANCE PARCOURUE .... 300 KM
TEMPS DE VOL .... 20 MIN

Début de descente

VITESSE SOL .... 870 KM/H
ALTITUDE ....
TEMPÉRATURE EXTÉRIEURE .... –50°C
DISTANCE PARCOURUE ....
TEMPS DE VOL .... 5H20 MIN

1. À quelle altitude se trouve San Jose ?
2. Aider Emily à retrouver les données manquantes en donnant des valeurs approchées, si besoin.

MISSION DÉMONSTRATION

Raisonnement — Le contre-exemple

Pour justifier qu'une affirmation générale est fausse, il suffit de donner un seul **contre-exemple**, c'est-à-dire un exemple pour lequel cette affirmation est fausse.

99 Ilyès affirme que « le carré d'un nombre relatif est toujours positif. »
Margot répond « Oui, tu as raison, c'est comme pour le cube. »
1. Que peut-on dire de l'affirmation d'Ilyès ? Justifier à l'aide de la propriété sur le produit des nombres relatifs.
2. Que peut-on dire de l'affirmation de Margot ? Justifier à l'aide d'un contre-exemple.

100 Diego affirme « si a est un nombre relatif, alors $-a$ est toujours négatif ».
• Que peut-on dire de l'affirmation de Diego ? Justifier à l'aide d'un contre-exemple.

Travailler autrement

Utilisable en AP

À chacun son parcours !

101 Résolution de problème

Socle D2 Je m'engage dans une démarche de résolution et mobilise les connaissances nécessaires.

Un carré est dit « magique » si les sommes des nombres écrits sur chaque ligne, chaque colonne, chaque diagonale ont la même valeur, appelée « constante magique ». On peut également construire des carrés magiques multiplicatifs, en remplaçant la somme par le produit.

Paloma affirme que si a, b, c et d sont quatre nombres relatifs tels que $a \times b = c \times d$, alors le carré ci-contre est un carré magique multiplicatif.

$-b \times c$	a^2	$-b \times d$
d^2	$a \times b$	c^2
$a \times (-c)$	b^2	$-a \times d$

Questions ceinture jaune

1. Tester l'affirmation de Paloma avec les valeurs suivantes :
$a = -4$; $b = 3$;
$c = 2$; $d = -6$

2. Tester l'affirmation de Paloma en choisissant d'autres valeurs pour a, b, c et d.

Questions ceinture verte

1. Compléter le carré suivant pour qu'il soit un carré magique multiplicatif. Quelle est sa constante magique ?

−18	1	
	−6	
		−2

2. Retrouver les valeurs de a, b, c et d.

Question ceinture noire

• Démontrer que l'affirmation de Paloma est vraie.

102 Résolution de problème

Socle D1 Je sais m'exprimer en utilisant la langue française à l'écrit.

Socle D2 Je m'engage dans une démarche de résolution et mobilise les connaissances nécessaires.

Les lancers de dés peuvent être simulés avec Scratch ou les dés réalisés à l'aide de patrons.

Matériel :

Un dé rouge à 20 faces dont les faces sont numérotées avec tous les entiers de −10 à 10 sauf 0.

Un dé bleu à 8 faces dont les faces sont numérotées avec −40, −30, −20, −10, 0, 10, 20, 30.

Déroulement de la partie :

Un joueur lance 1 fois le dé bleu et 5 fois le dé rouge, en notant les résultats obtenus.

Le but du jeu est, en utilisant une seule fois les nombres obtenus avec le dé rouge et les 4 opérations (+ − ÷ ×), de trouver le nombre obtenu avec le dé bleu. Tous les nombres obtenus avec le dé rouge ne sont pas nécessairement utilisés.

Questions ceinture jaune

1. Voici le tirage obtenu :

10 | −8 | 1 | −1 | 6 | −5

a. Trouver une solution qui n'utilise que des additions ou des soustractions.

b. Trouver une solution qui utilise une soustraction et une multiplication.

2. Adrien a joué et a écrit le calcul suivant : $-2 \times (5 - (-5)) \times (-3) \div 2$.
Quels étaient ses tirages de dés ?

Questions ceinture verte

Voici le début du tirage :

−20

1. Trouver deux tirages possibles pour le dé rouge pour obtenir le résultat uniquement avec des additions et des soustractions.

2. Trouver un tirage possible qui utilise les quatre opérations.

Questions ceinture noire

Voici le tirage obtenu :

−30 | −9 | 7 | −3 | −4 | −1

1. Louis dit « Je n'ai utilisé que des additions et des soustractions pour trouver −30 ». Aaron lui répond qu'il a dû se tromper.
Qui a raison et pourquoi ?

2. Aaron a trouvé une solution avec deux soustractions et une multiplication. Quelle peut-elle être ?

2 Nombres rationnels : addition, soustraction, comparaison

TA MISSION

Reconnaitre la nature de certains nombres ; additionner, soustraire et comparer des fractions.

JEU

La combinaison est gagnante si la somme des trois cases est égale à 1.

- Trouve la dernière case pour gagner le jackpot !

POINT INFO

La mathématicienne française Sophie Germain (1776-1831) a travaillé sur les nombres premiers et a démontré un théorème qui porte son nom. Elle dut suivre les cours de l'École polytechnique par correspondance car à son époque, les femmes n'y étaient pas admises. Pour pouvoir publier ses découvertes sur l'arithmétique, elle se fera même passer pour un homme, Augustin Leblanc.

Voir problème 116 p. 63.

Activités

Prêts pour le décollage ?

QUESTIONS FLASH — Questions flash supplémentaires

1 Parmi les nombres suivants, lesquels sont divisibles par 2 ? par 3 ? par 5 ? par 9 ?
a. 132 **b.** 245 **c.** 642 **d.** 450 **e.** 855

2 Dans la liste suivante, déterminer les nombres premiers.

2 ; 6 ; 13 ; 21 ; 31 ; 33

3 Les fractions suivantes sont-elles des nombres décimaux ?

$A=\frac{9}{3}$ $B=\frac{8}{5}$ $C=\frac{7}{11}$ $D=\frac{15}{12}$

4 Simplifier les fractions suivantes si cela est possible.

$A=\frac{-15}{45}$ $B=\frac{44}{15}$ $C=\frac{27}{-36}$ $D=\frac{-140}{-210}$

5 Écrire les fractions suivantes avec un dénominateur égal à 30.

$A=\frac{1}{6}$ $B=\frac{-3}{5}$ $C=\frac{-21}{-90}$ $D=\frac{30}{1}$

6 Comparer les fractions suivantes.

a. $\frac{17}{9}$ et $\frac{20}{9}$ **b.** $\frac{10}{3}$ et $\frac{37}{12}$ **c.** $\frac{50}{47}$ et $\frac{23}{50}$

7 Effectuer les calculs suivants. On donnera le résultat sous forme de fraction simplifiée.

$A=\frac{17}{9}+\frac{20}{9}$ $B=\frac{4}{3}-\frac{2}{15}$ $C=5+\frac{2}{7}$

$D=\frac{8}{3}-\frac{2}{3}$ $E=\frac{3}{2}+\frac{7}{4}$ $F=\frac{5}{2}-\frac{3}{8}$

Activité 1 Le retour des vacances

Sept élèves proposent une affirmation en arithmétique. Dire si chacune d'elle est vraie ou fausse en justifiant la réponse.

a. Tom : « 56 est divisible par 8 mais pas par 5. »

b. Léa : « Si je répartis équitablement 112 bonbons en 9 paquets identiques, il en restera 4. »

c. Samia : « La liste des diviseurs du nombre 135 est : 3 ; 5 ; 15 ; 45 ; 135. »

d. Téo : « 37 est un nombre premier. »

e. Manon : « La décomposition en facteurs premiers de 90 est $90=2\times5\times9$. »

f. Nolan : « 143 est divisible par 3 car il se termine par 3. »

g. Rayan : « Le plus petit multiple commun à 12 et à 18 est $12\times18=216$. »

Activité 2 Des sacs de nombres

Sarah doit compléter les égalités à trous suivantes :

$5\times\ldots=20$ $2\times\ldots=-3$ $11\times\ldots=18$ $-3\times\ldots=-19{,}5$ $-10\times\ldots=37$

1. Recopier et compléter chaque égalité par un nombre.

2. Sarah doit ranger ses réponses dans des « sacs de nombres ». Elle sait qu'un nombre rationnel est un nombre qui peut s'écrire sous forme de fraction.
Ranger les nombres trouvés en question **1.** dans les sacs ci-dessous, un même nombre pouvant être mis dans plusieurs sacs.

3. Sarah affirme qu'elle peut mettre les sacs les uns dans les autres. Expliquer comment elle fait.

Activité 3 Produits en croix

1. Voici une liste de quotients :

$$\frac{2}{3}\ ;\ \frac{5}{7}\ ;\ \frac{1{,}4}{1{,}6}\ ;\ \frac{10}{25}\ ;\ \frac{2}{5}\ ;\ \frac{7}{8}\ ;\ \frac{4}{6}\ ;\ \frac{0{,}5}{0{,}7}$$

Associer ces quotients par paires de quotients égaux :

$$\frac{2}{3}=\frac{\dots}{\dots}\ ;\ \frac{5}{7}=\frac{\dots}{\dots}\ ;\ \frac{\dots}{\dots}=\frac{\dots}{\dots}\ ;\ \frac{\dots}{\dots}=\frac{\dots}{\dots}$$

2. a, b, c et d sont des nombres relatifs, avec b et d non nuls.

Si $\frac{a}{b}$ et $\frac{c}{d}$ sont deux quotients, alors on appelle « produits en croix » les produits suivants : $a \times d$ et $b \times c$.

a. Pour chaque paire de fractions égales de la question **1.**, calculer les produits en croix.

b. Quelle conjecture peut-on faire ?

c. Recopier et compléter $\frac{a}{b}=\frac{\dots}{b \times d}$ et $\frac{c}{d}=\frac{\dots}{d \times b}$. Que remarque-t-on sur les deux dénominateurs ?

d. Recopier et compléter : « Dire que $\frac{a}{b}=\frac{c}{d}$ revient à dire que … »

Activité 4 Avec une droite graduée

1. Reproduire la droite graduée ci-dessous.

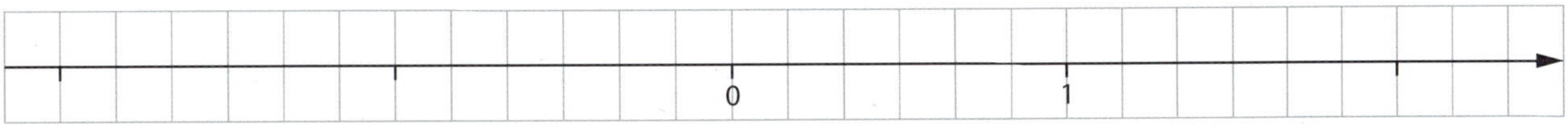

2. a. Placer les points A d'abscisse $\frac{3}{2}$, B d'abscisse $\frac{4}{3}$, C d'abscisse $\frac{5}{6}$ et D d'abscisse $\frac{11}{6}$. Ranger les 4 abscisses par ordre croissant.

b. Proposer une méthode pour ordonner ces quatre nombres sans utiliser de droite graduée.

3. On considère les points A′, B′, C′ et D′ qui ont pour abscisses respectives les opposés de celles de A, B, C et D.

a. Placer A′, B′, C′ et D′ et ranger les 4 abscisses par ordre croissant.

b. Que remarque-t-on sur l'ordre de ces quatre points par rapport à la question **2.** ?

4. Ranger les fractions suivantes dans l'ordre décroissant : $\frac{-7}{3}$; $\frac{5}{2}$; $\frac{-17}{6}$; $\frac{7}{3}$; $-\frac{23}{6}$.

Activité 5 Addition de fractions

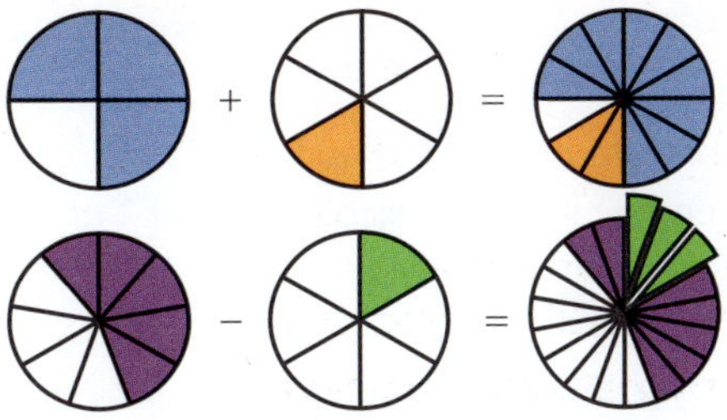

1. a. Traduire avec des nombres les égalités représentées par les diagrammes ci-dessus.

b. Qu'est-il nécessaire d'avoir pour additionner ou soustraire deux fractions ?

2. On cherche à calculer $\frac{-5}{3}+\frac{11}{12}$.

a. Quelle fraction ayant pour dénominateur 12 est égale à $\frac{-5}{3}$?

b. Calculer la somme demandée.

3. On cherche désormais à calculer $\frac{-7}{12}-\frac{4}{15}$.

a. Trouver un multiple commun à 12 et à 15 qui sera le dénominateur commun aux deux fractions.

b. Mettre les deux fractions au dénominateur commun choisi et calculer la somme demandée.

Cours

1 Déterminer les diviseurs d'un nombre entier

Définition

a et b sont deux entiers naturels ($b \neq 0$).

Effectuer la **division euclidienne de a par b**, c'est déterminer les deux entiers naturels q et r tels que :

$$a = b \times q + r \text{ avec } r < b$$

a s'appelle le dividende, b le diviseur, q le **quotient** et r le **reste**.

▸ Exemple

La division euclidienne de 359 par 11 est :

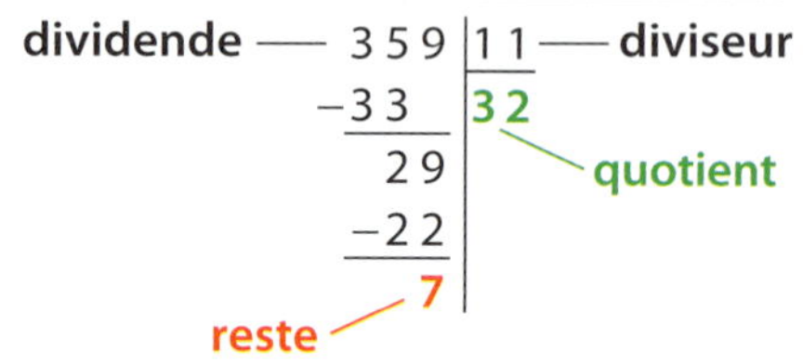

On a bien : $359 = 11 \times 32 + 7$, avec $7 < 11$.

Définitions

a et b désignent deux entiers naturels ($b \neq 0$).

Lorsque la division euclidienne de a par b donne un reste nul, on a $a = b \times q$, où q est un entier naturel.
On dit que :

- a est un **multiple** de b
- b est un **diviseur** de a
- a est **divisible** par b

Propriétés

Critères de divisibilité

- Si un nombre entier a pour chiffre des unités 0, 2, 4, 6 ou 8, alors il est divisible par 2.
- Si la somme des chiffres d'un nombre entier est divisible par 3, alors ce nombre est divisible par 3.
- Si un nombre entier a pour chiffre des unités 0 ou 5, alors il est divisible par 5.
- Si la somme des chiffres d'un nombre entier est divisible par 9, alors ce nombre est divisible par 9.
- Si un nombre entier a pour chiffre des unités 0, alors il est divisible par 10.

Définition

Un **nombre premier** est un entier naturel qui admet exactement deux diviseurs : 1 et lui-même.

▸ Exemples

- 21 n'est pas un nombre premier : il admet 1 ; 3 ; 7 et 21 comme diviseurs.
- 13 est un nombre premier : il n'est divisible que par 1 et par 13.

Remarques

- **0 n'est pas premier** car il possède une infinité de diviseurs (tous les nombres entiers non nuls).
- **1 n'est pas premier** car il possède un seul diviseur : lui-même.
- **2 est le seul nombre premier pair** car tous les nombres pairs sont divisibles par 2.

Propriété

Tout entier naturel non premier et différent de 0 et de 1 peut s'écrire comme un produit de facteurs premiers.

▸ Exemples

- $231 = 3 \times 7 \times 11$
- $468 = 2 \times 2 \times 3 \times 3 \times 13$

Savoir-faire

Apprends à l'aide des exercices résolus puis entraine-toi !

1 Déterminer les diviseurs d'un nombre entier

1 **1.** Calculer le quotient et le reste de la division euclidienne de 187 par 15.
2. Quelle égalité peut-on alors écrire ?

Solution

1.

1 8 7	1 5
− 3 7	1 2
7	

N'oublie pas de vérifier que le reste est plus petit que le diviseur.

2. On peut alors écrire l'égalité :
$187 = 15 \times 12 + 7$ avec $7 < 15$.

À toi de jouer

2 **1.** Calculer le quotient et le reste de la division euclidienne de 597 par 13.
2. Quelle égalité peut-on alors écrire ?

→ Corrigé p. 314

3 **1.** Trouver avec la calculatrice le quotient et le reste de la division euclidienne de 581 par 7.
2. Que peut-on en conclure ?

Solution

1. Casio : 5 8 1 ⊢ 7 EXE

TI : 5 8 1 2nde ÷ 7 entrer

NumWorks : paste Arithmétique OK quo(581,7) OK rem(581,7) OK

Le quotient est 83 et le reste est nul.

2. Comme le reste est nul, on peut en conclure que 581 est divisible par 7.

À toi de jouer

4 **1.** Trouver avec la calculatrice le quotient et le reste de la division euclidienne de 9 207 par 27.
2. Que peut-on en conclure ?

→ Corrigé p. 314

5 Le nombre 41 est-il premier ?

Solution

- 41 n'est pas pair donc 41 n'est pas divisible par 2. Il n'est donc divisible par aucun nombre pair.

Si 41 était divisible par un nombre pair, alors il serait multiple d'un nombre pair donc multiple de 2.

- La somme des chiffres de 41 est égale à 5 qui n'est pas divisible par 3. Donc 41 n'est pas divisible par 3, ni par aucun multiple de 3.

Si 41 était divisible par un multiple de 3, alors il serait multiple de 3 donc il serait divisible par 3.

- 41 ne se termine pas par 0 ou 5 donc il n'est pas divisible par 5.
- On effectue la division euclidienne de 41 par 7 :

$$41 = 7 \times 5 + 6$$

Le reste n'est pas nul donc 41 n'est pas divisible par 7.
- On continue de la même façon jusqu'à ce qu'on ait montré que 41 n'a aucun autre diviseur que 1 et lui-même.

En conclusion, 41 est un nombre premier.

À toi de jouer

6 **1.** 847 est-il un nombre premier ?
2. 59 est-il un nombre premier ?
3. 6 921 est-il un nombre premier ?

→ Corrigé p. 314

7 Décomposer 126 en produit de facteurs premiers.

Solution

On cherche le plus petit nombre premier qui divise 126. On divise 126 par ce nombre premier et, si le quotient obtenu est différent de 1, on recommence jusqu'à obtenir pour quotient 1.

126	2	126 est divisible par 2, le quotient est 63.
63	3	63 est divisible par 3, le quotient est 21.
21	3	21 est divisible par 3, le quotient est 7.
7	7	7 est divisible par 7, le quotient est 1.
1		

La décomposition de 126 en facteurs premiers est : $126 = 2 \times 3 \times 3 \times 7$.

À toi de jouer

8 Décomposer les nombres suivants en produits de facteurs premiers.

$A = 1\,888$ $B = 485$ $C = 2\,520$

→ Corrigé p. 314

2 Reconnaitre un nombre décimal ou rationnel

Définitions

a et b désignent deux nombres relatifs ($b \neq 0$).

- Le **quotient de a par b** est le nombre qui, multiplié par b, donne a.

On le note $\frac{a}{b}$ ou $a : b$ ou $a \div b$.

- Si a et b sont des entiers, on dit que $\frac{a}{b}$ est une **fraction**.

dividende → $a \div b = \frac{a}{b}$ ← numérateur

diviseur → b ; b ← dénominateur

Exemples

- Le quotient de 5 par 4 est $\frac{5}{4}$. C'est le nombre qui, multiplié par 4, donne 5 : $\frac{5}{4} \times 4 = 5$.
- Comme 5 et 4 sont des entiers, $\frac{5}{4}$ est une fraction. Son numérateur est 5, son dénominateur est 4.

Remarque

On ne peut jamais diviser par 0.

Définition

Un nombre qui peut s'écrire sous la forme d'une fraction est appelé un **nombre rationnel**.

Exemples

- $\frac{-2}{7}$ est un nombre rationnel.
- 2,5 est aussi un nombre rationnel car 2,5 peut s'écrire sous la forme d'une fraction : $2{,}5 = \frac{5}{2}$.

Définitions

a et b désignent deux nombres relatifs ($b \neq 0$).

- Si a est un entier et b est égal à 10, 100, 1 000… on dit que $\frac{a}{b}$ est une **fraction décimale**.
- Un **nombre décimal** est un nombre qui peut s'écrire sous la forme d'une fraction décimale.

Exemples

- $\frac{139}{100}$ est une fraction décimale car son dénominateur est 100.
- 1,39 est un nombre décimal car $1{,}39 = \frac{139}{100}$ donc 1,39 peut s'écrire sous la forme d'une fraction décimale.

Remarque

Tout nombre décimal (ainsi que tout nombre entier) est également un nombre rationnel. En revanche, un nombre rationnel n'est pas toujours un nombre décimal.

Exemple

La division décimale de 2 par 3 ne se termine jamais : $\frac{2}{3}$ n'est pas un nombre décimal, mais on peut en donner une valeur approchée : $\frac{2}{3} \approx 0{,}667$.

```
2,0 0 0 0 | 3
  2 0     | 0,6 6 6…
    2 0   |
      2 0 |
       …  |
```

Savoir-faire

2 Reconnaitre un nombre décimal ou rationnel

9 Recopier et compléter les égalités suivantes.

a. $\ldots \times 3 = 11$ **b.** $11 \times \ldots = -9$

Solution

a. $\frac{11}{3} \times 3 = 11$ car le quotient de 11 par 3 est le nombre qui, multiplié par 3, donne 11.

b. $11 \times \frac{-9}{11} = -9$ car le quotient de −9 par 11 est le nombre qui, multiplié par 11, donne −9.

À toi de jouer

10 Recopier et compléter les égalités suivantes.

a. $\ldots \times (-5) = 7$ **b.** $-13{,}7 \times \ldots = -6$

→ Corrigé p. 314

11 Écrire le nombre $\frac{-7}{4}$ sous forme décimale puis sous forme d'une fraction décimale.

Solution

$\frac{-7}{4} = -7 \div 4 = -1{,}75$

$\frac{-7}{4} = \frac{-7 \times 25}{4 \times 25} = \frac{-175}{100}$

À toi de jouer

12 Écrire chacun des nombres suivants sous forme décimale puis sous forme d'une fraction décimale.

a. $\frac{5}{-4}$ **b.** $-\frac{2}{5}$ **c.** $\frac{5{,}7}{10}$

→ Corrigé p. 314

13 On donne les nombres suivants :

$$\frac{-9{,}4}{5} \quad ; \quad \frac{7}{-8} \quad ; \quad \frac{31}{6} \quad ; \quad -5$$

1. Lesquels sont des nombres rationnels ?
2. Lesquels sont des nombres décimaux ?
3. Donner une valeur approchée au millième du ou des nombres non décimaux.

Solution

Pour montrer qu'un nombre est rationnel, on l'écrit sous forme de fraction.

1. $\frac{-9{,}4}{5} = \frac{-94}{50}$ et $-5 = \frac{-5}{1}$

$\frac{7}{-8}$ et $\frac{31}{6}$ sont déjà écrits sous forme de fractions.

Tous ces nombres sont rationnels.

2. • $\frac{-9{,}4}{5} = \frac{-9{,}4 \times 20}{5 \times 20} = \frac{-188}{100} = -1{,}88$

$\frac{-9{,}4}{5}$ est un nombre décimal.

• $\frac{7}{-8} = \frac{7 \times 125}{-8 \times 125} = \frac{875}{-1\,000} = -0{,}875$

$\frac{7}{-8}$ est un nombre décimal.

• La division de 31 par 6 ne se termine jamais, $\frac{31}{6}$ n'est pas un nombre décimal.

```
31 | 6
10 |5,16…
 40|
  40
  …
```

• $-5 = \frac{-50}{10}$ qui est une fraction décimale, donc −5 est un nombre décimal.

3. $\frac{31}{6} = 31 \div 6 \approx 5{,}167$

À toi de jouer

14 On donne les nombres suivants : $\frac{-81}{11}$; $\frac{-7}{8}$; 8 ; $\frac{-12}{0{,}5}$.

1. Lesquels sont des nombres rationnels ?
2. Lesquels sont des nombres décimaux ?
3. Donner une valeur approchée au centième du ou des nombres non décimaux.

→ Corrigé p. 314

Cours

3 Comparer des fractions

Propriété

Un quotient ne change pas si on multiplie ou divise son numérateur et son dénominateur par un même nombre non nul.

a, b et k désignent trois nombres relatifs ($b \neq 0$ et $k \neq 0$).

$$\frac{a}{b}=\frac{a\times k}{b\times k} \text{ et } \frac{a}{b}=\frac{a\div k}{b\div k}$$

Exemples

$$\frac{2{,}5}{3}=\frac{2{,}5\times 2}{3\times 2}=\frac{5}{6}$$

$$\frac{-56}{64}=\frac{-56\div 8}{64\div 8}=\frac{-7}{8}$$

Définition

Simplifier une fraction, c'est écrire une fraction qui lui est égale avec un numérateur et un dénominateur plus petits.

Exemple

On veut simplifier la fraction $\frac{63}{75}$. 63 et 75 sont divisibles par 3.

On peut donc écrire $\frac{63}{75}=\frac{63\div 3}{75\div 3}=\frac{21}{25}$.

Propriété

Égalité des produits en croix

a, b, c et d désignent des nombres relatifs ($b \neq 0$ et $d \neq 0$).

- Si $\frac{a}{b}=\frac{c}{d}$, alors $ad = bc$.
- Si $ad = bc$, alors $\frac{a}{b}=\frac{c}{d}$.

Exemple

On veut savoir si les fractions $\frac{20}{35}$ et $\frac{24}{42}$ sont égales.

On calcule les « produits en croix » : $20\times 42 = 840$ et $24\times 35 = 840$.

Les produits en croix sont égaux, donc les fractions sont égales : $\frac{20}{35}=\frac{24}{42}$

Propriété

a, b et c désignent trois nombres et $c > 0$.

Si $a < b$, alors $\frac{a}{c}<\frac{b}{c}$.

Exemple

On veut comparer $\frac{17}{8}$ et $\frac{7}{3}$.

$\frac{17}{8}=\frac{17\times 3}{8\times 3}=\frac{51}{24}$ et $\frac{7}{3}=\frac{7\times 8}{3\times 8}=\frac{56}{24}$

$51 < 56$ donc $\frac{51}{24}<\frac{56}{24}$ donc $\frac{17}{8}<\frac{7}{3}$.

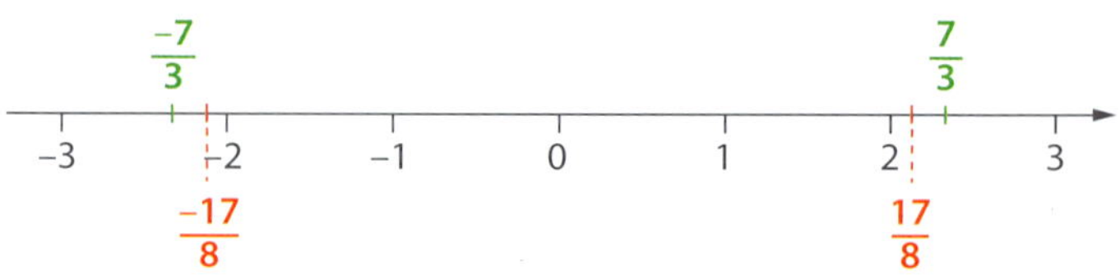

De plus, comme $\frac{17}{8}<\frac{7}{3}$, on peut aussi affirmer que $\frac{-17}{8}>\frac{-7}{3}$

Savoir-faire

Apprends à l'aide des exercices résolus puis entraine-toi !

3 Comparer des fractions

15 Simplifier les fractions suivantes.

a. $\frac{40}{15}$ **b.** $-\frac{36}{45}$

Solution

Pour simplifier une fraction, on cherche un diviseur commun au numérateur et au dénominateur.

a. 40 et 15 sont divisibles par 5, car leur chiffre des unités est 0 ou 5. Donc $\frac{40}{15}=\frac{40 \div 5}{15 \div 5}=\frac{8}{3}$.

b. 36 et 45 sont divisibles par 9, car la somme de leurs chiffres est divisible par 9.

Donc $-\frac{36}{45}=-\frac{36 \div 9}{45 \div 9}=-\frac{4}{5}$.

À toi de jouer

16 Simplifier les fractions suivantes.

a. $\frac{54}{45}$ **b.** $-\frac{-27}{24}$ **c.** $-\frac{36}{48}$ **d.** $\frac{-63}{-90}$

→ Corrigé p. 314

17 Les quotients suivants sont-ils égaux ?

a. $\frac{132}{21}$ et $\frac{308}{49}$ **b.** $-\frac{41}{23{,}8}$ et $\frac{-97}{56{,}6}$

Solution

Pour savoir si des quotients sont égaux, on calcule les produits en croix.

a. $132 \times 49 = 6\,468$ et $308 \times 21 = 6\,468$

Les produits en croix sont égaux donc $\frac{132}{21}=\frac{308}{49}$.

b. $-41 \times 56{,}6 = -2\,320{,}6$ et $-97 \times 23{,}8 = -2\,308{,}6$.

Les produits en croix ne sont pas égaux donc :

$$-\frac{41}{23{,}8} \neq \frac{-97}{56{,}6}$$

À toi de jouer

18 Les quotients suivants sont-ils égaux ?

a. $\frac{3{,}4}{14}$ et $\frac{5{,}1}{21}$ **b.** $\frac{-9{,}45}{2{,}6}$ et $\frac{11{,}6}{-3{,}2}$ **c.** $\frac{7{,}6}{-2}$ et $\frac{133}{35}$

→ Corrigé p. 314

19 Pour chaque égalité, trouver la valeur de x en justifiant par un calcul.

a. $\frac{1{,}2}{6}=\frac{x}{7}$ **b.** $\frac{63}{x}=\frac{-819}{195}$

Solution

Si deux quotients sont égaux, alors leurs produits en croix sont égaux.

a. $1{,}2 \times 7 = x \times 6$ donc $8{,}4 = x \times 6$.

On trouve $x=\frac{8{,}4}{6}=1{,}4$.

b. $x \times (-819) = 195 \times 63$ donc $x \times (-819) = 12\,285$.

On trouve $x=\frac{12\,285}{-819}=-15$.

À toi de jouer

20 Pour chaque égalité, trouver la valeur de x en justifiant par un calcul.

a. $\frac{x}{-2{,}4}=\frac{0{,}8}{3{,}2}$ **b.** $\frac{4}{x}=\frac{5}{7}$

→ Corrigé p. 314

21 Comparer $\frac{-5}{7}$ et $\frac{-3}{4}$.

Solution

$\frac{-5}{7}=\frac{-5 \times 4}{7 \times 4}=\frac{-20}{28}$

$\frac{-3}{4}=\frac{-3 \times 7}{4 \times 7}=\frac{-21}{28}$

Comme $28 = 7 \times 4$, on peut écrire les deux fractions avec 28 pour dénominateur.

On compare donc $\frac{-20}{28}$ et $\frac{-21}{28}$ en comparant leurs numérateurs : $-20 > -21$ donc $\frac{-20}{28} > \frac{-21}{28}$

donc $\frac{-5}{7} > \frac{-3}{4}$.

À toi de jouer

22 Comparer les quotients suivants.

a. $\frac{3}{4}$ et $\frac{15}{16}$ **b.** $\frac{-9}{7}$ et $\frac{-13}{2}$ **c.** $\frac{8}{5}$ et $\frac{-11}{3}$

→ Corrigé p. 314

Cours

4 Additionner et soustraire des fractions

Propriété

Pour additionner (ou soustraire) deux fractions qui ont le même dénominateur :
- on additionne (ou on soustrait) les numérateurs ;
- on garde le dénominateur commun.

a, *b* et *c* désignent trois nombres relatifs ($c \neq 0$).

$$\frac{a}{c}+\frac{b}{c}=\frac{a+b}{c} \qquad \frac{a}{c}-\frac{b}{c}=\frac{a-b}{c}$$

→ Mission démonstration p. 65

Exemple 1

$A=\frac{2}{5}+\frac{4}{5}$

$A=\frac{2+4}{5}$

$A=\frac{6}{5}$

2 cinquièmes plus 4 cinquièmes est égal à 6 cinquièmes.

Exemple 2

$B=\frac{7}{3}-\frac{5}{3}$

$B=\frac{7-5}{3}$

$B=\frac{2}{3}$

7 tiers moins 5 tiers est égal à 2 tiers.

Méthode

Pour additionner (ou soustraire) deux fractions qui n'ont pas le même dénominateur, on doit d'abord les écrire avec le même dénominateur.

Exemple 1

On veut calculer $C=\frac{5}{2}+\frac{2}{3}$.

On écrit les deux fractions avec pour même dénominateur $2\times3=6$:

$C=\frac{5}{2}+\frac{2}{3}$

$C=\frac{5\times3}{2\times3}+\frac{2\times2}{3\times2}$

$C=\frac{15}{6}+\frac{4}{6}$

$C=\frac{19}{6}$

Exemple 2

On veut calculer $D=\frac{3}{4}-\frac{11}{6}$.

On écrit les deux fractions avec pour même dénominateur 12 :

$D=\frac{3\times3}{4\times3}-\frac{11\times2}{6\times2}$

$D=\frac{9}{12}-\frac{22}{12}$

$D=\frac{9-22}{12}$

$D=\frac{-13}{12}$

Pour ne pas compliquer les calculs, on cherche le multiple le plus petit possible.

Remarque

Pour trouver un dénominateur commun à deux fractions, il faut chercher un multiple commun aux deux dénominateurs.

Savoir-faire

Apprends à l'aide des exercices résolus puis entraine-toi !

4 Additionner et soustraire des fractions

23 Calculer les nombres suivants et exprimer le résultat sous forme de fraction.

$A = \frac{9}{8} + \frac{5}{8}$ $B = \frac{-6}{5} + \frac{-3}{5}$ $C = \frac{4}{7} - \frac{5}{7}$ $D = \frac{7}{9} - \frac{-4}{9}$

Solution

$A = \frac{9}{8} + \frac{5}{8} = \frac{9+5}{8} = \frac{14}{8}$

$B = \frac{-6}{5} + \frac{-3}{5} = \frac{-6+(-3)}{5} = \frac{-9}{5}$

$C = \frac{4}{7} - \frac{5}{7} = \frac{4-5}{7} = \frac{-1}{7}$

$D = \frac{7}{9} - \frac{-4}{9} = \frac{7-(-4)}{9} = \frac{7+4}{9} = \frac{11}{9}$

Dans chaque expression, les fractions ont le même dénominateur. On garde donc ce dénominateur commun et on ajoute ou on soustrait les numérateurs.

À toi de jouer

24 Calculer les nombres suivants et exprimer le résultat sous forme de fraction.

$A = \frac{6}{11} + \frac{4}{11}$ $B = \frac{8}{9} - \frac{13}{9}$ $C = \frac{-3}{10} + \frac{7}{10}$ $D = \frac{-1}{12} - \frac{7}{12}$

→ Corrigé p. 314

25 Calculer les nombres suivants et exprimer le résultat sous forme de fraction.

a. $A = \frac{7}{10} - \frac{3}{4} + \frac{2}{5}$ **b.** $B = \frac{-2}{15} - \frac{1}{6}$ **c.** $C = \left(\frac{12}{5} - \frac{13}{10}\right) - \left(\frac{8}{3} - \frac{4}{9}\right)$

Solution

a. On cherche un multiple commun (le plus petit possible) aux trois dénominateurs 10 ; 4 et 5. Le plus petit multiple de ces trois nombres est 20. On peut donc transformer les trois fractions en des fractions de dénominateur 20.

$A = \frac{7}{10} - \frac{3}{4} + \frac{2}{5} = \frac{7\times2}{10\times2} - \frac{3\times5}{4\times5} + \frac{2\times4}{5\times4}$

$A = \frac{14}{20} - \frac{15}{20} + \frac{8}{20} = \frac{7}{20}$

b. 15 n'est pas un multiple de 6. On cherche donc un multiple commun à 15 et à 6. Le plus petit de ces multiples étant 30, on transforme les deux fractions en des fractions de dénominateur 30.

$B = \frac{-2}{15} - \frac{1}{6} = \frac{-2\times2}{15\times2} - \frac{1\times5}{6\times5} = \frac{-4-5}{30} = \frac{-9}{30}$

c. $C = \left(\frac{12}{5} - \frac{13}{10}\right) - \left(\frac{8}{3} - \frac{4}{9}\right)$

$C = \left(\frac{12\times2}{5\times2} - \frac{13}{10}\right) - \left(\frac{8\times3}{3\times3} - \frac{4}{9}\right)$

$C = \left(\frac{24}{10} - \frac{13}{10}\right) - \left(\frac{24}{9} - \frac{4}{9}\right)$

$C = \frac{11}{10} - \frac{20}{9}$

$C = \frac{11\times9}{10\times9} - \frac{20\times10}{9\times10} = \frac{99}{90} - \frac{200}{90} = \frac{-101}{90}$

On commence par effectuer les calculs dans chaque parenthèse, puis on écrit les fractions avec le même dénominateur.

À toi de jouer

26 Calculer les nombres suivants et exprimer le résultat sous forme de fraction.

$A = \frac{7}{8} - \frac{1}{12}$ $B = \frac{-4}{9} + \frac{5}{12}$ $C = \frac{-7}{6} - \frac{5}{3} + \frac{2}{9}$ $D = \left(\frac{4}{3} + \frac{2}{15}\right) - \left(\frac{3}{4} - \frac{1}{8}\right)$

→ Corrigé p. 314

Exercices

Ressources téléchargeables

Déterminer les diviseurs d'un nombre entier

→ Savoir-faire p. 49

QUESTIONS FLASH

27 Donner le quotient et le reste de la division euclidienne de :
a. 32 par 5 b. 61 par 3 c. 5 par 4

28 Compléter les pointillés par « est un multiple de » ou « est un diviseur de ».
a. 5… 125 b. 63… 7 c. 3… 27

29 **Vrai ou faux ?** Justifier.
a. 56 est un multiple de 7.
b. 3 est un diviseur de 144.
c. 5 divise 240.
d. 1 est un multiple de 11.
e. 438 est divisible par 2.
f. 38 est un multiple de 4.

30 **Vrai ou faux ?** Justifier.
a. 0 est un diviseur de tout nombre entier.
b. 1 divise tout nombre entier.
c. Tout nombre impair est premier.
d. Tout nombre pair est premier.
e. Tout nombre non nul est diviseur de lui-même.

31 Dans chaque cas, trouver un diviseur commun aux deux nombres, différent de 1.
a. 56 et 174 b. 26 et 39 c. 14 et 49

Questions flash supplémentaires

32 Laquelle de ces égalités correspond à la division euclidienne de 647 par 12 ?
a. $647 = 11 \times 54 + 53$ b. $647 = 12 \times 53 + 11$
c. $647 = 12 \times 52 + 23$

33 Romane peut lire sur l'écran de sa calculatrice :

```
145⊢11   Q=13 R=2
```

• Quelle égalité peut-on en déduire ?

34 Le quotient d'une division euclidienne est 17, son reste est 11 et son diviseur est 12.
• Quel est le dividende ?

35 Voici les écrans de deux calculatrices :

```
1820⊢13
     Q=140 R=0
```

```
1820⊢11
     Q=165 R=5
```

1. 1 820 est-il un multiple de 13 ? Justifier.
2. 11 est-il un diviseur de 1 820 ? Justifier.
3. Trouver au moins 4 diviseurs de 1 820. Justifier.

36 CALCUL MENTAL Écrire tous les nombres :
a. multiples de 3, compris entre 22 et 47 ;
b. multiples de 12, compris entre 25 et 63.

37 Recopier et compléter les phrases suivantes par « multiple » ou « diviseur ».
1. 0 est un … de 15. 2. 60 est un … de 60.
3. 9 est un … de 72. 4. 42 est un … de 14.
5. 1 est un … de 17. 6. 13 est un … de 39.
7. 27 est un … de 3. 8. 145 est un … de 5.

38 **Vrai ou faux ?** Justifier.
a. Un multiple de 5 est aussi un multiple de 10.
b. Si un nombre est divisible par 9, alors il est divisible par 3.
c. Tout diviseur de 222 est un nombre pair.
d. Si un nombre est impair, alors il est divisible par 3.

39 Dans chaque cas, trouver le chiffre des unités manquant pour que le nombre complété soit divisible à la fois par 5 et 9.
a. 4… b. 58… c. 1 89… d. 5 53…

40 En utilisant les critères de divisibilité, expliquer pourquoi les nombres suivants ne sont pas premiers :
a. 39 b. 1 235 c. 8 724
d. 700 e. 111 f. 747

41 **Vrai ou faux ?** Justifier.
a. La somme de deux nombres premiers est toujours un nombre premier.
b. Il existe un nombre à la fois pair et premier.
c. Les nombres premiers inférieurs à 10 sont : 2 ; 3 ; 5 ; 7 et 9.
d. Si un nombre est divisible par un nombre premier, alors il n'est pas premier.
e. La différence entre deux nombres premiers consécutifs est toujours 2.

42 Clara dit à Enzo : « 53 est un nombre premier ». Enzo lui répond : « Alors 106 aussi ! ».
• Clara et Enzo ont-ils raison ?

43 Associer à chaque nombre sa décomposition en facteurs premiers.
1. 20 = …
ⓐ 4×5 ⓑ $2 \times 2 \times 5$ ⓒ 2×10
2. 54 = …
ⓐ 6×9 ⓑ $2 \times 3 \times 9$ ⓒ $2 \times 3 \times 3 \times 3$
3. 75 = …
ⓐ 3×25 ⓑ $3 \times 5 \times 5$ ⓒ 5×15
4. 110 = …
ⓐ $2 \times 5 \times 11$ ⓑ 2×55 ⓒ 10×11

44 Décomposer en produit de facteurs premiers les nombres entiers suivants.
a. 28 **b.** 30 **c.** 45 **d.** 56 **e.** 294 **f.** 546

45 Avec une calculatrice, on a obtenu ci-contre la décomposition en facteurs premiers de 798.

```
798▸décomp
        2×3×7×19
```

1. 798 est-il un multiple de :
a. 3 ? **b.** 11 ? **c.** 21 ? **d.** 19 ?
2. Déterminer la liste des diviseurs de 798.

MODE EXPERT

46 Un rectangle, dont les dimensions sont des nombres entiers de centimètres, a pour aire 60 cm² et pour périmètre 38 cm.
• Quelles sont ses dimensions ?

47 Quel est le nombre à quatre chiffres inférieur à 5 000 qui est divisible à la fois par 2 ; 3 ; 4 ; 5 ; 6 ; 7 ; 8 ; 9 et 10 ?

Reconnaitre un nombre décimal ou rationnel

→ Savoir-faire p. 51

QUESTIONS FLASH

48 **Vrai ou faux ?**
a. $\frac{15}{3}$ est un nombre décimal.
b. $\frac{-100}{7}$ est une fraction décimale.
c. Tous les nombres entiers sont des nombres rationnels.
d. Tous les nombres rationnels sont des nombres décimaux.
e. On peut trouver un nombre décimal qui n'est pas un nombre entier.

49 Compléter chaque égalité.
a. $-5\times\frac{11}{-5}=\ldots$ **b.** $\frac{7}{5}\times 5=\ldots$
c. $-9\times\frac{7}{\ldots}=7$ **d.** $7\times\frac{\ldots}{7}=-2{,}5$

50 Voici trois écritures d'un même nombre :
$3{,}5 \quad \frac{7}{2} \quad \frac{350}{100}$
Associer à chaque écriture les expressions qui conviennent : fraction décimale, fraction, écriture décimale.

Questions flash supplémentaires

51 Donner l'écriture décimale de :
$A=\frac{-3}{4}$ $B=\frac{15}{-2}$ $C=\frac{-280}{-7}$ $D=\frac{425}{100}$

52 Par quel nombre faut-il multiplier :
a. – 7 pour trouver 13 ? **b.** 9 pour trouver 4 ?
c. 8 pour trouver – 5 ? **d.** –4 pour trouver –3 ?

53 Parmi les nombres suivants, choisir celui qui convient pour compléter l'égalité $-3\times\ldots=11$.
$14 \quad \frac{11}{3} \quad \frac{3}{-11} \quad \frac{-11}{3} \quad -3{,}666$

54 CALCUL MENTAL Parmi les fractions suivantes, lesquelles sont égales à –4,5 ?
$\frac{-45}{100} \quad \frac{9}{2} \quad \frac{45}{10} \quad \frac{-45}{10} \quad \frac{18}{-4} \quad \frac{-4}{5}$

55 **1.** Poser et effectuer la division de 23 par 11.
Ce quotient est-il un nombre rationnel ? décimal ?
2. Tim cherche à calculer le quotient de 23 par 11 et utilise sa calculatrice.

```
23÷11
        2.090909091
```

a. Le résultat affiché par la calculatrice est-il égal au quotient de 23 par 11 ?
b. Expliquer pourquoi la calculatrice affiche 1 comme 9e décimale.

56 **1.** Donner la valeur exacte du quotient de –45 par 73.
2. Donner une valeur approchée de ce quotient :
a. au dixième près **b.** au centième près

57 Parmi les nombres suivants :
$\frac{-20}{4} \quad 3 \quad \frac{-35}{3} \quad \frac{-15}{-6} \quad 13{,}12 \quad \frac{82}{11}$
a. lesquels sont des nombres entiers ?
b. lesquels ne sont pas des nombres décimaux ?
c. lesquels ne sont pas des nombres rationnels ?

58 **Vrai ou faux ?** Justifier.
a. Le quotient d'un nombre entier par 1 000 est toujours un nombre décimal.
b. Le quotient d'un nombre entier par 3 est toujours un nombre décimal.
c. Le quotient d'un nombre entier par 3 est toujours un nombre rationnel.

MODE EXPERT

59 Trouver une fraction qui a pour écriture décimale 2,7 et pour dénominateur 120.

60 Donner toutes les valeurs possibles que peut prendre le nombre entier naturel m pour que $\frac{288}{m}$ soit un nombre entier.

Exercices

Comparer des fractions

→ Savoir-faire p. 53

QUESTIONS FLASH

61 Voici trois fractions représentant la part de la surface du disque lunaire éclairée par le Soleil.
• Comparer ces fractions et les associer à la photo correspondante :

$\frac{4}{5}$ $\frac{1}{2}$ $\frac{19}{30}$

Image 1

Image 2

Image 3

62 Donner les signes des nombres suivants.

$\frac{-3}{-4}$ $\frac{2}{-7}$ $\frac{-5}{8}$ $-\frac{-8}{9}$ $-\frac{-7}{-10}$

63 Simplifier les fractions suivantes.

$A=\frac{15}{35}$ $B=\frac{-54}{-60}$ $C=\frac{-110}{20}$

64 **Vrai ou faux ?** Justifier.

a. $\frac{5}{7}=\frac{8}{11}$ **b.** $\frac{-5{,}4}{6}=\frac{9}{10}$ **c.** $\frac{-3{,}5}{10}=\frac{0{,}7}{-2}$

65 Sachant que $\frac{12}{7}<\frac{16}{9}$ et que $\frac{-4}{11}>\frac{-7}{12}$, comparer les nombres suivants.

a. $-\frac{12}{7}$ et $-\frac{16}{9}$ **b.** $\frac{4}{11}$ et $\frac{7}{12}$

66 Encadrer par deux entiers consécutifs les fractions suivantes.

a. $\frac{37}{5}$ **b.** $\frac{-427}{100}$ **c.** $\frac{-58}{-7}$

67 Compléter avec le symbole $<$ ou $>$.

a. $\frac{5}{2}\dots\frac{9}{4}$ **b.** $-\frac{71}{100}\dots\frac{-7{,}2}{10}$ **c.** $-5\dots\frac{15}{-5}$

68 **Vrai ou faux ?** Justifier.

a. $\frac{-7}{6}<-\frac{13}{6}$ **b.** $\frac{-5}{7}<\frac{-11}{9}$ **c.** $\frac{12}{7}<\frac{-5\,682}{-7\,437}$

Questions flash supplémentaires

69 Simplifier chaque fraction si possible.

$A=-\frac{7}{28}$ $B=\frac{-13}{-26}$ $C=\frac{315}{189}$ $D=\frac{41}{-40}$ $E=-\frac{65}{105}$

70 Recopier et compléter en utilisant $=$ ou $\neq$, en justifiant dans chaque cas.

a. $\frac{-91}{52}\dots\frac{79{,}8}{-45{,}6}$ **b.** $\frac{-0{,}5}{0{,}3}\dots\frac{-3{,}5}{2{,}1}$

c. $\frac{34{,}72}{-44{,}64}\dots-\frac{28{,}7}{36{,}9}$ **d.** $\frac{-89{,}7}{54{,}3}\dots\frac{-825{,}24}{-499{,}56}$

71 Recopier et compléter les égalités suivantes en justifiant par un calcul.

a. $\frac{-9}{21{,}6}=\frac{\dots}{32{,}4}$ **b.** $\frac{5{,}4}{\dots}=\frac{6{,}75}{9{,}45}$

c. $\frac{\dots}{-0{,}96}=\frac{0{,}32}{1{,}28}$ **d.** $\frac{-0{,}6}{-1{,}6}=\frac{-3{,}12}{\dots}$

72 Sur une droite graduée, placer les quotients suivants, puis les ranger par ordre croissant.

$\frac{1}{2}$ $-\frac{3}{4}$ $\frac{-7}{6}$ $\frac{-1}{-3}$ $\frac{2}{-3}$

Tu peux choisir 6 cm comme unité de longueur pour la droite graduée.

73 Dans chaque cas, réécrire les nombres avec un même dénominateur positif puis les comparer.

a. $-\frac{29}{45}$ et $\frac{-3}{5}$ **b.** $-\frac{12}{18}$ et $\frac{399}{-300}$ **c.** $\frac{7}{2{,}5}$ et $\frac{-20{,}5}{-7{,}5}$

74 Écrire les nombres suivants sous forme de quotient de même dénominateur, puis les ranger par ordre décroissant.

$\frac{7}{4}$ $-\frac{8}{6}$ $\frac{-2}{3}$ $\frac{7}{-12}$ -2 $\frac{9}{2}$

75 Bastien s'entraine à tirer une boule de pétanque.
Séance 1 : il a réussi 9 tirs sur 18.
Séance 2 : il a réussi 25 tirs sur 60.
Séance 3 : sur ses 24 lancers, seuls 14 tirs sont réussis.
• Lors de quelle séance a-t-il été le plus performant ?

76 **1.** Comparer $\frac{5{,}9}{20}$ et $\frac{1{,}5}{5}$.
2. Comparer $\frac{-3}{7}$ et $\frac{4}{-9}$.
3. Comparer $\frac{9}{-15}$ et $\frac{-21}{35}$.

77 Comparer les deux nombres $A=\frac{5+x}{8}$ et $B=\frac{5}{x+3}$ dans chacun des cas suivants.

a. $x=5$ **b.** $x=0$ **c.** $x=-2$ **d.** $x=-11$

MODE EXPERT

78 Trouver une fraction comprise entre $\frac{16}{17}$ et $\frac{17}{18}$.

79 Trouver toutes les valeurs entières possibles des nombres y et z telles que $\frac{y}{3}=\frac{-2}{z}$.

Additionner et soustraire des fractions

➜ Savoir-faire p. 55

QUESTIONS FLASH

80 Calculer et donner le résultat sous forme de fraction.

$A=\frac{3}{7}+\frac{8}{7}$ $B=\frac{7}{11}-\frac{4}{11}$ $C=\frac{8}{3}-\frac{13}{3}$

$D=\frac{-11}{5}+\frac{7}{5}$ $E=\frac{-7}{15}-\frac{6}{15}$ $F=\frac{-13}{9}+\frac{20}{9}$

81 Calculer et donner le résultat sous forme de fraction.

$A=\frac{8}{15}-\frac{-9}{15}$ $B=\frac{7}{3}-\frac{-16}{3}$ $C=\frac{4}{21}-\frac{-15}{21}$

82 Compléter les égalités suivantes.

a. $\frac{9}{7}=\frac{\dots}{7}+\frac{3}{7}$ **b.** $\frac{-12}{35}=\frac{-8}{\dots}+\frac{-4}{\dots}$ **c.** $\frac{-9}{11}=\frac{13}{11}-\frac{\dots}{\dots}$

83 **1.** Calculer la somme de $\frac{-2}{5}$ et $\frac{-7}{5}$.

2. Calculer la différence entre $\frac{20}{13}$ et $\frac{9}{13}$.

84 Calculer :

$A=1+\frac{2}{7}$ $B=-1-\frac{3}{4}$ $C=\frac{21}{8}-1$ $D=\frac{30}{11}-3$

85 Calculer :

$A=\frac{7}{10}-\frac{4}{5}$ $B=\frac{-7}{4}+\frac{3}{8}$ $C=\frac{-4}{3}-\frac{2}{9}$ $D=\frac{52}{30}-\frac{4}{10}$

Questions flash supplémentaires

86 Recopier et compléter les égalités suivantes.

a. $\frac{3}{48}+\frac{5}{6}=\frac{3}{48}+\frac{5\times\dots}{6\times\dots}=\frac{3}{48}+\frac{\dots}{48}=\frac{\dots}{\dots}$

b. $\frac{1}{7}-\frac{11}{35}=\frac{1\times\dots}{7\times\dots}-\frac{11}{35}=\frac{\dots}{35}-\frac{\dots}{35}=\frac{\dots}{\dots}$

87 Calculer et donner le résultat sous forme de fraction.

$A=\frac{-1}{20}+\frac{4}{5}$ $B=\frac{-3}{4}-2$ $C=\frac{5}{6}+\frac{1}{30}$

$D=\frac{19}{28}-\frac{3}{7}$ $E=\frac{7}{9}-\frac{-2}{81}$ $F=\frac{31}{9}-3$

88 Recopier et compléter les égalités suivantes.

a. $\frac{5}{8}+\frac{11}{6}=\frac{\dots}{24}+\frac{\dots}{24}=\frac{\dots}{\dots}$ **b.** $\frac{7}{30}-\frac{7}{12}=\frac{\dots}{60}-\frac{\dots}{60}=\frac{\dots}{60}$

c. $\frac{-9}{5}+\frac{5}{6}=\frac{\dots}{30}+\frac{\dots}{30}=\frac{\dots}{30}$ **d.** $\frac{-8}{9}-\frac{7}{6}=\frac{\dots}{18}-\frac{\dots}{18}=\frac{\dots}{18}$

89 Reproduire et compléter le tableau suivant, puis calculer $A=\frac{5}{12}+\frac{9}{16}$ à l'aide du tableau.

Multiples de 12	12	24	…	…
Multiples de 16	16	32	…	…

90 Calculer et donner les résultats sous forme de fractions les plus simplifiées possible.

$A=\frac{-1}{15}+\frac{3}{20}$ $B=\frac{4}{7}+\left(-\frac{1}{15}\right)$ $C=\frac{-5}{12}+\frac{4}{15}$

$D=\frac{-2}{15}-\frac{3}{10}$ $E=\frac{-11}{20}+\frac{7}{12}$ $F=\frac{-2}{11}-\frac{5}{33}$

91 Maya prépare un cocktail pour son anniversaire : dans une carafe ayant une contenance d'un litre, elle verse $\frac{1}{3}$ L de jus d'orange, $\frac{1}{4}$ L de jus de mangue et pour finir elle décide d'ajouter encore $\frac{5}{12}$ L de jus d'ananas quand son copain Achille lui crie : « Stop, ça va déborder ! »

- A-t-il raison ?

92 Charlie a mangé un septième d'un gâteau et son frère Lino les trois huitièmes du même gâteau.

- Quelle part du gâteau reste-t-il ?

93 Compléter les égalités suivantes avec une fraction appropriée.

a. $\dots+\frac{2}{9}=\frac{7}{9}$ **b.** $\frac{15}{13}-\dots=\frac{-3}{26}$

c. $\dots+\frac{2}{9}=\frac{-22}{18}$ **d.** $\frac{-77}{20}-\dots=3$

94 Calculer et donner les résultats sous forme de fractions les plus simplifiées possible.

$A=\frac{5}{16}+\frac{3}{4}+\frac{7}{12}$ $B=\frac{-9}{7}-\left(3+\frac{2}{21}\right)$ $C=\frac{5}{8}-\frac{5}{6}+\frac{1}{3}$

95 Calculer $M=\frac{x}{12}+\frac{y}{8}$ pour :

a. $x=1$ et $y=1$ **b.** $x=1$ et $y=-1$

c. $x=-1$ et $y=1$ **d.** $x=-1$ et $y=-1$

96 Reproduire et compléter la pyramide ci-dessous en écrivant dans chaque case la somme des nombres se trouvant dans les deux cases qui se trouvent en dessous d'elle.

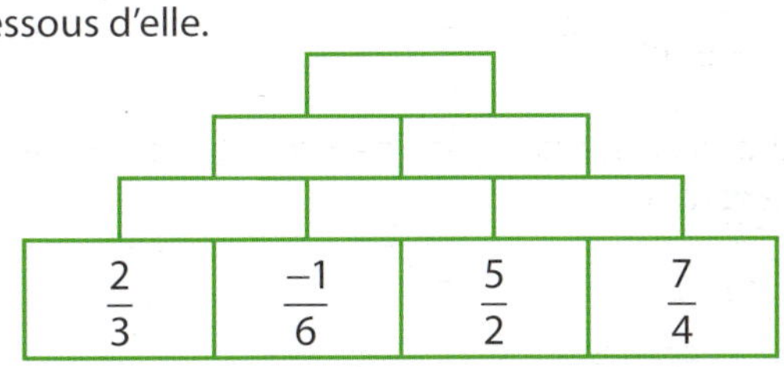

MODE EXPERT

97 Écrire le nombre $\frac{36}{25}$ sous la forme :

a. d'une somme de deux fractions dont l'une est le double de l'autre ;

b. d'une différence de deux fractions dont l'une est le triple de l'autre.

Faire le point

Version interactive du QCM

Vérifie tes connaissances.

QCM

Donner la ou les bonnes réponses parmi les trois proposées.

1 Déterminer les diviseurs d'un nombre entier

	Réponse A	Réponse B	Réponse C
1. L'égalité correspondant à la division euclidienne de 184 par 7 est :	$184 = 25 \times 7 + 9$	$184 = 30 \times 6 + 4$	$184 = 26 \times 7 + 2$
2. Les diviseurs de 105 sont :	1, 5, 21 et 105	1, 3, 5, 7, 15, 21, 35 et 105	3, 5, 7, 15, 21 et 35
3. La décomposition de 1 958 en produit de facteurs premiers est :	22×89	$2 \times 11 \times 89$	11×178

2 Reconnaitre un nombre décimal ou rationnel

	Réponse A	Réponse B	Réponse C
1. $\frac{15}{8}$ est un nombre…	rationnel	décimal	entier
2. $\frac{-5}{11}$ est un nombre…	rationnel	décimal	entier

3 Comparer des fractions

	Réponse A	Réponse B	Réponse C
1. Quels quotients sont égaux ?	$\frac{6{,}75}{9{,}45}$ et $\frac{15{,}6}{21{,}84}$	$\frac{4{,}9}{7{,}35}$ et $\frac{27{,}6}{94{,}5}$	$\frac{-5}{12}$ et $\frac{15}{-36}$
2. Si $\frac{15{,}2}{19} = \frac{43{,}2}{x}$, alors $x = \ldots$	34,56	54	820,8
3. Quelle fraction est supérieure à $\frac{41}{36}$?	$\frac{7}{6}$	$\frac{41}{37}$	$\frac{3}{4}$
4. Quelle fraction est inférieure à $\frac{-5}{8}$?	$\frac{-7}{8}$	$\frac{-1}{2}$	$\frac{-3}{8}$

4 Additionner et soustraire des fractions

	Réponse A	Réponse B	Réponse C
1. $\frac{-3}{7} + \frac{2}{7}$ est égal à :	$\frac{-5}{7}$	$\frac{1}{14}$	$\frac{-1}{7}$
2. $\frac{7}{3} - \frac{11}{9}$ est égal à :	$\frac{-4}{-6}$	$\frac{10}{9}$	$\frac{-30}{27}$

→ Corrigé p. 314

Carte mentale

Ressource téléchargeable

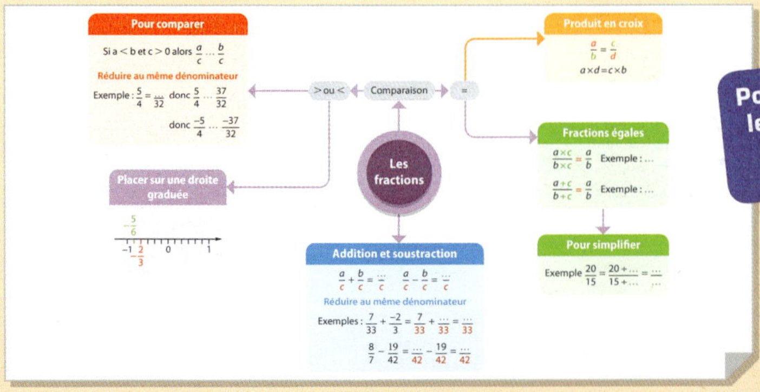

Pour t'aider à retenir le cours, télécharge et complète cette carte mentale.

Algorithmique et outils numériques

98 Une différence

Soit n un entier positif non nul. On cherche à calculer la différence entre $\frac{1}{n}$ et $\frac{1}{n+1}$.

1. Reproduire la feuille de calcul ci-dessous.

	A	B	C	D
1	n	1/n	1/(n+1)	1/n - 1/(n+1)
2	1			
3	2			
4	3			

2. Quelle formule peut-on saisir dans B2 ? dans C2 ? dans D2 ?

3. Recopier les formules vers le bas pour n allant jusqu'à 10.

4. Quelle conjecture peut-on faire ?

5. Démontrer cette conjecture.

6. Calculer cette différence pour $n = 9\,999$.

Tu peux choisir le « format de cellule » : Fraction.

99 La conjecture de Syracuse

Le mathématicien allemand Lothar Collatz (1910-1990) a proposé l'algorithme suivant.

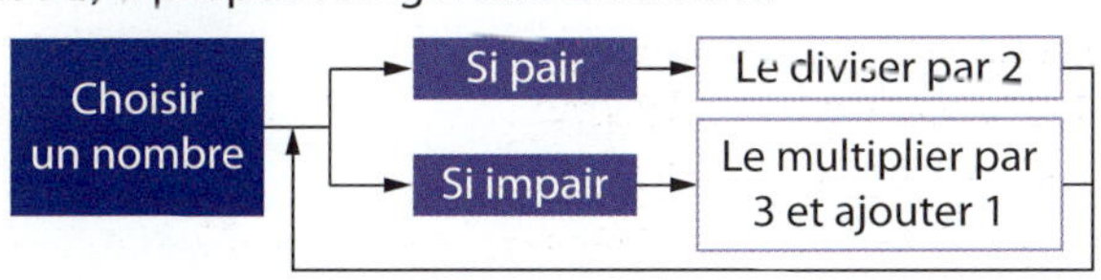

1. Appliquer cet algorithme à plusieurs nombres de son choix.

2. Avec Scratch, créer un script qui permet d'appliquer cet algorithme à n'importe quel nombre entier. On pourra s'aider des blocs suivants :

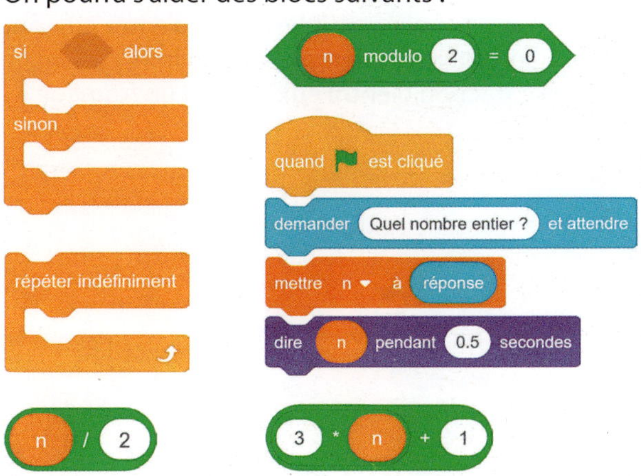

3. Tester le programme sur plusieurs nombres entiers.

4. Quelle conjecture peut-on faire ?

Cette conjecture n'a toujours pas été démontrée.

100 Formule de Leibniz

De nombreux mathématiciens ont trouvé, au fil des siècles, différentes façons de déterminer une approximation du nombre π. En 1682, le mathématicien Leibniz a mis au point la formule suivante :

$$\pi = \frac{4}{1} - \frac{4}{3} + \frac{4}{5} - \frac{4}{7} + \frac{4}{9} - \frac{4}{11} + \dots$$

1. Reproduire la feuille de calcul ci-dessous.

	A	B	C	D	E
1	n	4/n	p	4/p	Approximation de π
2	1		3		
3	5		7		
4	9		11		

2. Dans la colonne A, on écrit les dénominateurs des première, troisième, cinquième fractions… de la formule de Leibniz.
Dans la colonne C, on écrit les dénominateurs des deuxième, quatrième, sixième fractions…
Quelles formules peut-on entrer dans les cellules A3 et C3 ?

3. Entrer des formules appropriées dans les cellules B2 et D2.

4. Dans la cellule E2, entrer une formule correspondant à la première différence de la formule de Leibniz :

$$\frac{4}{1} - \frac{4}{3}$$

5. Entrer dans la cellule E3 une formule pour ajouter à la différence précédente la différence entre les deux fractions suivantes :

$$\frac{4}{1} - \frac{4}{3} + \frac{4}{5} - \frac{4}{7}$$

6. Recopier ces formules vers le bas.
Quelle est la dixième approximation de π ?

7. À partir de quelle ligne l'approximation de π dépasse-t-elle 3,12 ? et 3,14 ?

8. Pour aller plus loin, Tom a créé le script ci-contre.

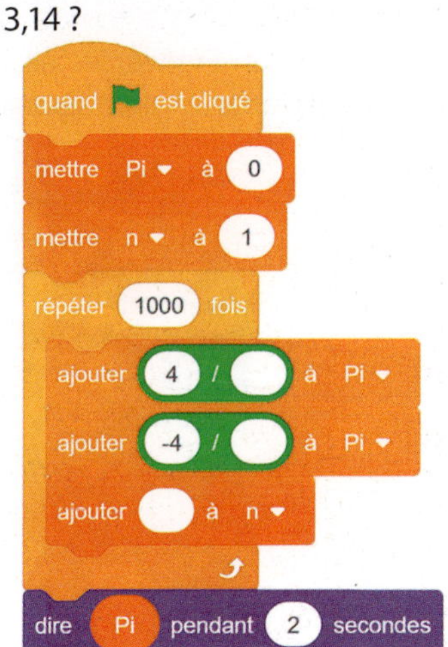

a. Expliquer le rôle joué par les variables n et pi.

b. Reproduire et compléter ce script.

c. Trouver le nombre de répétitions nécessaires pour avoir les 4 premières décimales de π.

Problèmes

ceinture jaune — ceinture verte — ceinture noire

101 Qui suis-je ?

Chercher, Raisonner

Dans chaque cas, déterminer le nombre cherché, en justifiant.

a. Je suis un diviseur de tous les nombres entiers.

b. Je suis pair, multiple de 5 et de 17 et inférieur à 200.

c. Je suis un nombre de 3 chiffres. Je suis divisible par 11, multiple de 15 et mon chiffre des centaines est 6.

d. Tous les nombres entiers me divisent, sauf moi-même.

102 Les nombres parfaits

Calculer

On dit qu'un nombre entier est parfait s'il est égal à la moitié de la somme de ses diviseurs.

• Montrer que 6 et 28 sont des nombres parfaits.

103 Tour du monde

Modéliser

Dans un roman de Jules Verne, Phileas Fogg doit faire le tour du monde en 80 jours.

• S'il part un lundi, quel jour reviendra-t-il ?

104 Tour Eiffel

Calculer

En utilisant l'escalier sud, il y a 1 665 marches du sol au sommet de la Tour Eiffel.

1. Sarah arrivera-t-elle exactement sur la dernière marche si elle gravit les marches :

a. 2 par 2 ? **b.** 3 par 3 ? **c.** 4 par 4 ?

2. Préciser dans chaque cas de la question **1.** combien de marches il lui resterait à gravir alors.

105 Gaz à effet de serre

Calculer

En 2019, en France, les émissions de gaz à effet de serre se répartissaient selon le diagramme ci-dessous.

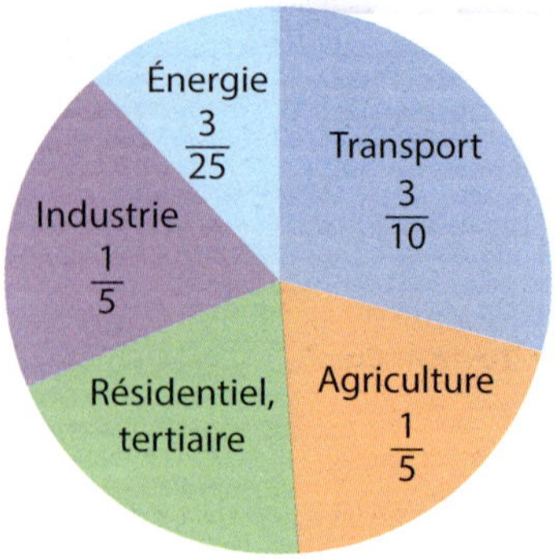

• Quelle fraction de ces gaz est rejetée par le résidentiel et le tertiaire ?

106 Jardin

Calculer

À l'automne, Martine décide de planter des bulbes de tulipes sur les deux cinquièmes de son jardin et, un peu plus loin, des iris sur le sixième de son jardin.

• Lui reste-t-il plus de la moitié de son jardin vide pour faire un jardin potager ?

107 Tapisserie

Calculer

Maxime refait la tapisserie de son salon. Il pose $\frac{4}{15}$ du papier peint le premier jour, $\frac{2}{5}$ le deuxième jour et $\frac{1}{6}$ le troisième jour.

• A-t-il fini de refaire la tapisserie de son salon ?

108 Élections

Calculer

Dans une commune du Sud-Ouest de la France, au premier tour des élections municipales, le candidat X a obtenu $\frac{3}{11}$ des suffrages exprimés, le candidat Y les $\frac{2}{9}$ et le candidat Z a obtenu le reste.

• Un second tour aura-t-il lieu ?

Pour être élu dès le premier tour, un candidat doit avoir obtenu plus de la moitié des suffrages exprimés.

109 Cantine

Calculer, Représenter

Aujourd'hui, les élèves qui ont pris un dessert avaient trois choix possibles. 40 % d'entre eux ont choisi un yaourt, un tiers a choisi un fruit.

• Quelle fraction d'entre eux a choisi un fromage ?

110 Avec Scratch (1)

Modéliser

Émilie a réalisé le programme suivant :

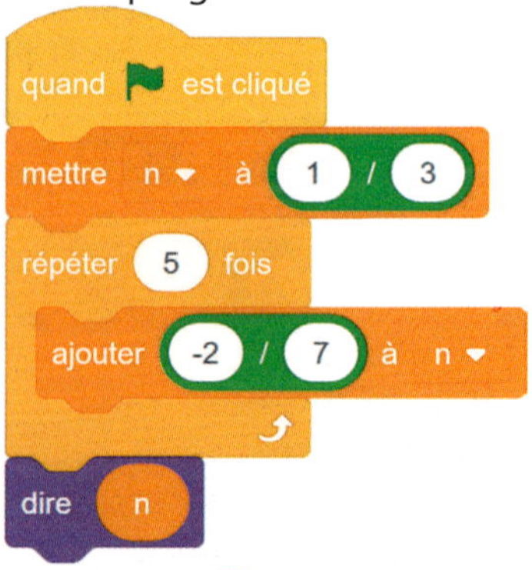

1. Que vaut la variable n au début du programme ?

2. Que vaut la variable n à la fin du programme ?

111 Triathlon

Calculer

Rémi, 13 ans, participe à un triathlon : il parcourt un tiers de la distance totale en courant, les $\frac{20}{31}$ du parcours total à vélo et le reste en nageant.

• Quelle fraction du parcours total effectue-t-il en nageant ?

112 Logement

Calculer

Sofien veut acheter un logement dont la surface du séjour représente au moins les trois septièmes de la surface totale du logement. Un agent immobilier lui propose de visiter un appartement de 105 m^2 avec un séjour rectangulaire de 7 m sur 6 m.

• Ce logement correspond-il au critère de Sofien ?

113 English test

Calculer

Mathilde has had 3 English tests since she went back to school. She got 10/15, then 9/12 and finally 7/10.

• Without using your calculator, work out the best and the worst of the three marks.

114 Périmètre

Calculer

On considère le triangle ci-dessous où les longueurs sont données en mètres.

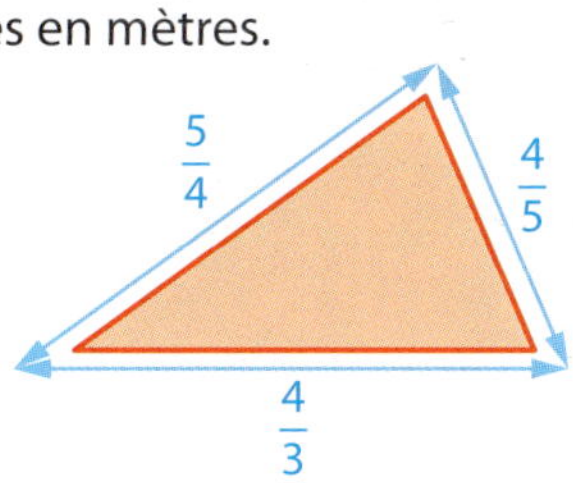

• Calculer le périmètre de ce triangle.

115 Plongée sous-marine

Calculer

À Hawaï, deux plongeurs en apnée se trouvent à la verticale l'un de l'autre. Steven est descendu à $\frac{-6\,250}{381}$ pieds et Miri à $-\frac{100}{3}$ pieds.

1. Qui est le plus profond ?

2. Quelle distance, en pieds, sépare les deux plongeurs ?

116 Nombre premier de Sophie Germain

Chercher, Communiquer

Un nombre premier p est appelé « nombre premier de Sophie Germain » si le nombre $2p+1$ est un nombre premier.

Voir point info p. 45

• Donner, en justifiant, trois exemples de nombres premiers de Sophie Germain.

117 Poubelle

Communiquer, Représenter

Pour un exposé, Maxence a relevé les proportions de chaque type de déchets dans la poubelle de sa famille.

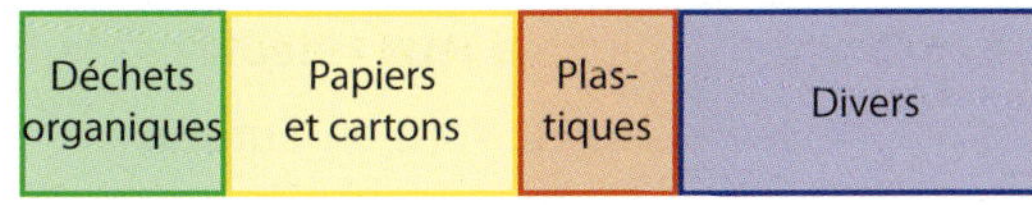

Il a trouvé la composition suivante :

• $\frac{1}{5}$ de déchets organiques

• $\frac{3}{10}$ de papiers et cartons

• $\frac{1}{6}$ de plastiques

• Il a appelé « divers » tous les autres déchets.

1. Calculer la proportion de déchets « divers » dans sa poubelle.

2. En sachant que les papiers, les cartons et les plastiques sont recyclables, quelle est la proportion de déchets qu'il aurait fallu mettre dans une autre poubelle destinée au recyclage ?

3. Une camarade, Anaïs, lui fait la remarque suivante :

« Au moins 20 % du contenu de ta poubelle pourra aller au compost ». Anaïs a-t-elle raison ?

4. Sachant que la famille de Maxence jette tous les mois en moyenne 50 kg de déchets, quelle masse de déchets ne serait plus jetée en un an si la famille recyclait et avait un composteur ?

118 Avec Scratch (2)

Modéliser

1. Expliquer, en justifiant, ce que va dire le lutin si on appuie sur la barre espace après avoir saisi le programme ci-dessous.

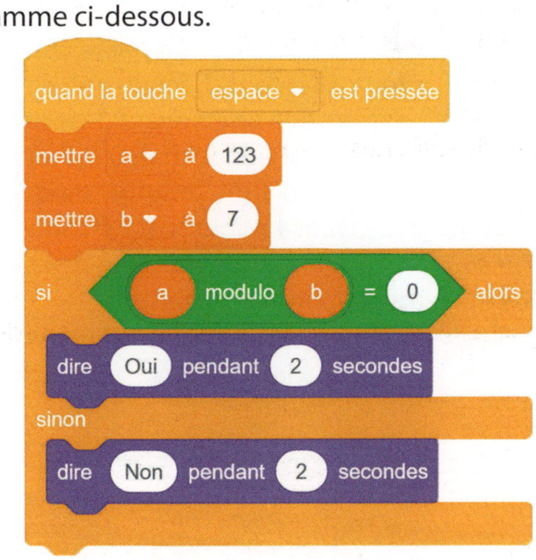

2. Si on remplace la deuxième ligne de ce programme par « mettre a à 273 » et que l'on souhaite que le lutin réponde « Oui », quelles sont toutes les valeurs possibles pour la variable « b » dans ce programme ?

Problèmes

119 Ventes
Calculer

Une maison d'édition de jeux vidéo a fait le bilan : les $\frac{13}{28}$ de ses ventes se font en Europe, et $\frac{7}{32}$ en Australie. Le reste se fait aux États-Unis.

• La part des États-Unis est-elle supérieure au tiers des ventes mondiales ?

120 Résistances
Calculer

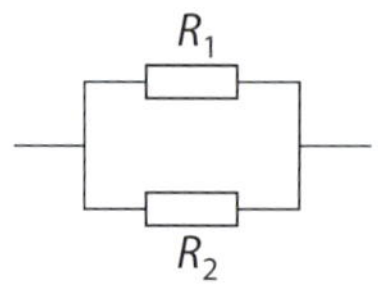

Dans un circuit électrique, quand deux résistances R_1 et R_2 sont branchées en parallèle, on calcule la valeur d'une résistance R équivalente grâce à la formule : $\frac{1}{R} = \frac{1}{R_1} + \frac{1}{R_2}$.

1. On donne $R_1 = 9\ \Omega$ et $R_2 = 15\ \Omega$. Calculer la valeur de la résistance équivalente R.

2. Si $R = 12\ \Omega$ et $R_1 = 20\ \Omega$, retrouver R_2.

121 Cadeaux
Calculer, Représenter

Tom veut s'acheter une nouvelle console de jeux vidéo. Son parrain lui offre le quart de la somme nécessaire et sa marraine les cinq huitièmes.

1. Montrer que la somme d'argent réunie est insuffisante pour acheter la console.

2. S'il attend les soldes, quel devrait être le pourcentage de remise faite par le magasin pour que Tom puisse s'acheter cette console sans rajouter d'argent ?

122 À plus dans le bus
Chercher

Les lignes de bus 5 et 13 passent par le même arrêt devant le collège. Elles font chacune une boucle différente composée de 14 arrêts avant de repasser par le collège. Le bus de la ligne 5 met 3 minutes entre chaque arrêt (temps d'arrêt compris) tandis que le bus de la ligne 13 met 4 minutes entre chaque arrêt. À 7 h 45, un bus de la ligne 5 et un bus de la ligne 13 partent en même temps du collège.

• À quelle heure seront-ils de nouveau ensemble à cet arrêt ?

123 Le retour des premiers
Calculer

1. Décomposer 30 et 42 en produits de facteurs premiers.

2. Déterminer le plus petit multiple commun à 30 et 42.

3. En déduire une comparaison de $\frac{29}{30}$ et $\frac{41}{42}$.

124 Écart
Calculer

Trois points A, B et C d'une droite graduée ont respectivement pour abscisse $\frac{7}{15}$, $\frac{1}{3}$ et $\frac{2}{15}$.

• Sont-ils régulièrement espacés sur la droite graduée ? Justifier.

125 Programme de calcul
Modéliser

Voici un programme de calcul.

> Choisir un nombre.
> Calculer son double.
> Retrancher le tiers du nombre de départ.
> Multiplier le nombre obtenu par 6.

1. Appliquer ce programme à deux nombres de son choix.

2. Formuler une conjecture et la démontrer.

126 Les limites de la calculatrice
Communiquer

On veut savoir si les quotients $\frac{276\,552\,273}{25\,000\,000}$ et $\frac{615\,185}{55\,612}$ sont égaux.

1. Le calcul des quotients à l'aide de la calculatrice permet-il de répondre ?

2. En étudiant les chiffres des unités des produits en croix, répondre au problème.

127 Des multiplications biscornues
Chercher, Calculer

Par quel nombre faut-il multiplier un nombre :

a. pour l'augmenter de son quart ?

b. pour l'augmenter de ses trois septièmes ?

c. pour le diminuer de son tiers ?

DÉFIS & ÉNIGMES

128 Maximum et minimum

Avec deux des quatre nombres suivants :

$$\frac{2}{5} \qquad \frac{-3}{5} \qquad -\frac{7}{10} \qquad \frac{11}{20}$$

a. calculer la plus grande somme possible ;

b. calculer la plus petite somme possible ;

c. calculer la plus grande différence possible ;

d. calculer la plus petite différence possible.

129 À compléter

Recopier et compléter avec les signes + ou – pour que cette égalité soit vraie :

$$\frac{1}{5} \cdots \frac{3}{10} \cdots \frac{1}{2} \cdots \frac{1}{3} = \frac{2}{3}$$

130 Demi-cercles

Chercher

On a tracé quatre demi-cercles et leurs centres.

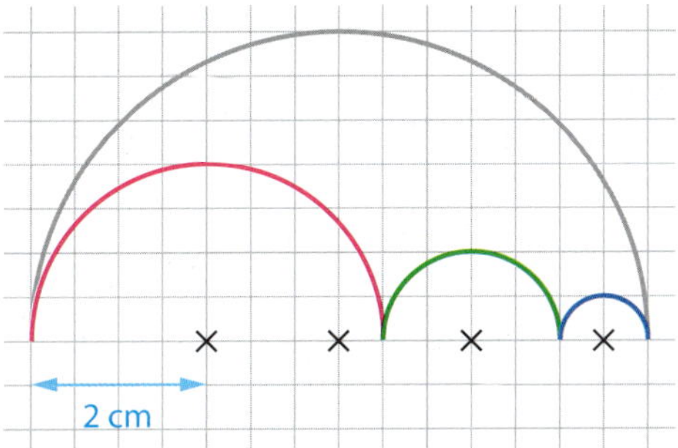

• Quelle fraction du périmètre total de la figure représente la partie rose ? La partie verte ? La partie bleue ? L'ensemble de ces trois parties ?

131 Collection de verres

Chercher, Représenter

Un barman a rempli à ras bord les trois verres coniques ci-dessous (toutes les longueurs sont en cm).

Il verse ensuite le contenu de ces trois verres dans le verre cylindrique ci-contre et constate que le liquide arrive au bord du verre.

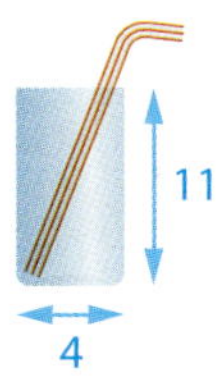

1. Comment peut-on l'expliquer ?

2. Peut-il répartir une canette de 33 cL entre ces quatre verres ? Justifier la réponse.

132 En pédalant

Chercher, Calculer

Quand il part de chez lui pour aller au collège à vélo, Paul doit pédaler constamment. Il a compté que sa pédale fait 84 tours quand sa chaine est positionnée sur le petit pignon.

Doc. 1 Système de transmission d'un vélo

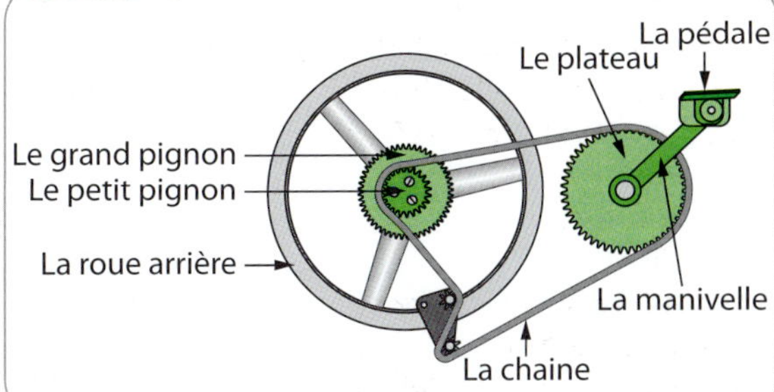

Doc. 2 Caractéristiques techniques du vélo de Paul

- **Petit pignon** : 21 dents
- **Grand pignon** : 48 dents
- **Plateau** : 38 dents
- **Diamètre de la roue arrière** : 68,5 cm

Doc. 3 Principe du mouvement avec un vélo

Un cycliste appuie sur la pédale qui entraine en rotation la manivelle, qui fait tourner le plateau, qui entraine la chaine, qui fait tourner le pignon, qui fait tourner la roue arrière, qui fait avancer le vélo.

• Déterminer la distance qui sépare la maison de Paul de son collège.

MISSION DÉMONSTRATION

Démo de cours

On souhaite démontrer la propriété suivante, d'abord dans un cas particulier, puis dans le cas général.

a, b et c désignent trois nombres ($c \neq 0$).
Pour additionner (ou soustraire) deux fractions qui ont le même dénominateur :
- on additionne (ou on soustrait) les numérateurs ;
- on garde le dénominateur commun.

$$\frac{a}{c}+\frac{b}{c}=\frac{a+b}{c} \qquad \frac{a}{c}-\frac{b}{c}=\frac{a-b}{c}$$

133 **1.** On démontre d'abord cette propriété dans le cas particulier suivant :
c désigne un nombre non nul, on veut montrer que $\frac{2}{c}+\frac{3}{c}=\frac{5}{c}$.

a. Recopier et compléter l'égalité suivante en utilisant la distributivité.

$$\left(\frac{2}{c}+\frac{3}{c}\right)\times c=\frac{2}{c}\times\ldots+\ldots\times\ldots=\ldots+\ldots=\ldots$$

b. Quel est le nombre qui multiplié par c donne 5 ?

c. Déduire des deux questions précédentes l'égalité que l'on veut montrer.

2. Rédiger une démonstration analogue dans le cas général, c'est-à-dire avec trois nombres a, b et c (c non nul).

Travailler autrement

Utilisable en AP

À chacun son parcours !

134 Analyse de documents

Socle D4 Je pratique le calcul, mental et écrit, j'estime et contrôle les résultats.

Un carré magique est un tableau tel que la somme des nombres contenus dans une même ligne, une même colonne ou une même diagonale est toujours la même. Par exemple, le carré ci-contre est un carré magique. Ici, la somme est 15, on dit que c'est sa constante magique.

Pour construire un carré magique, on choisit un nombre e, qui sera le tiers de la constante magique. Les nombres a, c, g et i se calculent selon les flèches où r et s sont deux nombres choisis. Les nombres b, d, h et f se déduisent par calcul grâce à la constante magique.
Le but de l'activité est de construire un carré magique avec des fractions. À la fin de l'activité, on vérifiera que le carré construit est bien magique.

Exemple :

4	9	2
3	5	7
8	1	6

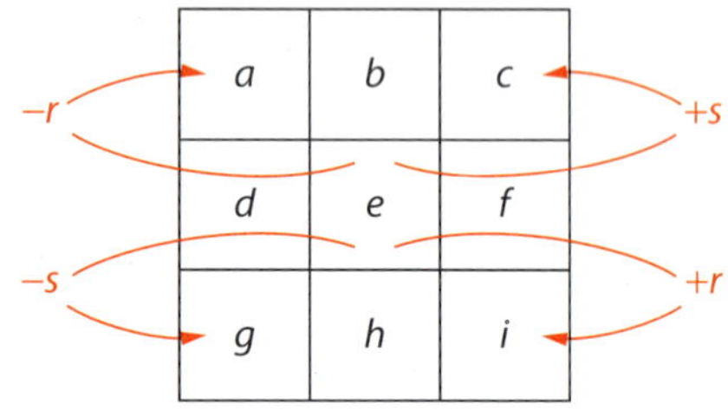

Questions ceinture jaune

Construire un carré magique en choisissant :
- Pour e : un nombre entier plus grand que 2.
- Pour r et s : la même fraction de numérateur 1.

Questions ceinture verte

Construire un carré magique en choisissant :
- Pour e : un nombre entier plus grand que 2.
- Pour r et s : deux fractions différentes de numérateur 1 et dont l'un des dénominateurs est multiple de l'autre.

Questions ceinture noire

Construire un carré magique en choisissant :
- Une constante magique plus grande que 3 qui n'est pas un multiple de 3.
- Pour r et s : deux fractions de numérateur 1 et de dénominateurs différents qui ne sont pas des multiples de 3.

135 Résolution de problème

Socle D4 L'élève sait mener une démarche d'investigation.

Il existe des nombres rationnels qui n'ont pas d'écriture décimale.
Par exemple, si on pose la division de 3 par 11, on obtient $\frac{3}{11} \approx 0{,}27272727\ldots$ On dit alors que 27 est la période et sa longueur est 2. La période peut ne pas commencer dès la virgule, comme $\frac{5}{6} \approx 0{,}833333\ldots$ Ici, 3 est la période et sa longueur est 1.

Questions ceinture jaune

1. a. En posant une division, justifier que le nombre $\frac{58}{27}$ n'est pas décimal.

b.

```
58:27
      2,148148148
```

Quelle est la période ? Quelle est sa longueur ?

c. Déterminer le 108e chiffre après la virgule.

2. En posant la division de 5 par 74, déterminer le 125e chiffre après la virgule.

Questions ceinture verte

1. On cherche à déterminer une fraction égale à $e = 0{,}121212\ldots$

a. Calculer $100e - e$.

b. En déduire que $99e$ est égal à un nombre entier.

c. Déterminer une fraction simplifiée égale à e.

2. Trouver une fraction égale au nombre $f = 1{,}711711711\ldots$

Questions ceinture noire

1. Avec la calculatrice, calculer les quotients de trois nombres entiers à deux chiffres par 99. Que remarque-t-on ?

2. a. Montrer que $\frac{1}{100} + \frac{1}{9\,900} = \frac{1}{99}$.

b. Montrer que $\frac{1}{10\,000} + \frac{1}{990\,000} = \frac{1}{9\,900}$.

c. D'après les questions précédentes, trouver une somme de 3 fractions égale à $\frac{1}{99}$.

3. a. Compléter l'égalité :

$$\frac{47}{99} = \frac{47}{100} + \frac{47}{\ldots} + \frac{47}{\ldots}$$

b. Trouver une somme, du même type et de 6 termes, égale à $\frac{47}{99}$.

c. Expliquer alors l'écriture donnée par la calculatrice du quotient de 47 par 99.

3 Nombres rationnels : multiplication et division

TA MISSION

Multiplier et diviser avec des fractions.

JEU

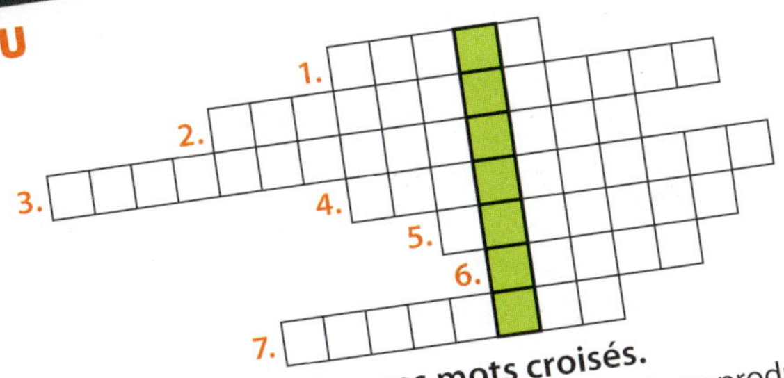

Recopier et compléter ces mots croisés.

1. Deux quotients sont égaux revient à dire que leurs produits en … sont égaux.
2. Dans une fraction, il ne peut jamais être nul.
3. Nom de la règle : « Si a, b et k sont des nombres, alors $k \times (a+b) = k \times a + k \times b$ ».
4. Dans une fraction, nom du nombre au-dessus de la barre de fraction.
5. Nom du résultat d'une multiplication.
6. Nom du résultat d'une addition.
7. Nom du résultat d'une division.

Dans les cases vertes, tu verras apparaitre le nom d'une notion mathématique que tu vas utiliser dans ce chapitre.

POINT INFO

Pour renforcer l'effet de perspective, on peut dupliquer des objets en multipliant toutes leurs dimensions par une même fraction. On peut ainsi rendre le ressenti de l'espace construit encore plus grand.

Activités

Prêts pour le décollage ?

QUESTIONS FLASH — Questions flash supplémentaires

1 Trouver une fraction ayant pour dénominateur 40 qui soit égale aux nombres suivants.

a. $\frac{-5}{8}$ **b.** -6 **c.** $\frac{87}{120}$ **d.** $\frac{-7}{-10}$

2 Écrire tous les nombres suivants sous forme de quotients de même dénominateur, puis les ranger par ordre décroissant.

$\frac{5}{4}$ $-\frac{10}{6}$ $\frac{-2}{3}$ $\frac{5}{-12}$ -3 $\frac{11}{2}$

3 Compléter les égalités suivantes.

a. $\frac{19}{5}=3+\frac{\dots}{5}$ **b.** $\frac{19}{5}=4-\frac{\dots}{5}$

c. $\frac{17}{4}=\dots+\frac{1}{4}$ **d.** $-\frac{50}{7}=-7-\frac{\dots}{7}$

4 Donner deux nombres entiers consécutifs qui encadrent les fractions suivantes.

a. $\dots<\frac{3}{4}<\dots$ **b.** $\dots<-\frac{13}{12}<\dots$

c. $\dots<\frac{17}{5}<\dots$ **d.** $\dots<\frac{-19}{3}<\dots$

5 Donner l'opposé de chacun des nombres suivants.

a. 8 **b.** -5 **c.** $\frac{5}{4}$ **d.** L'opposé de 3

6 Simplifier les fractions suivantes lorsque cela est possible.

a. $\frac{-15}{45}$ **b.** $\frac{44}{15}$ **c.** $\frac{27}{-36}$ **d.** $\frac{-140}{-210}$

7 Calculer et donner le résultat sous forme de fraction simplifiée.

a. $\frac{17}{9}+\frac{20}{9}$ **b.** $\frac{4}{3}-\frac{2}{15}$ **c.** $5+\frac{2}{7}$ **d.** $3-\frac{2}{5}$

8 Calculer et donner le résultat sous forme de fraction simplifiée.

a. $\frac{-2}{15}+\frac{7}{20}$ **b.** $\frac{4}{7}+\left(-\frac{1}{15}\right)$

c. $\frac{-7}{12}+\frac{11}{15}$ **d.** $\frac{-2}{15}-\frac{3}{10}$

e. $\frac{-7}{20}+\frac{5}{12}$ **f.** $\frac{-1}{11}-\frac{7}{33}$

9 Convertir en minutes les durées suivantes.

a. $\frac{2}{3}$ h **b.** $\frac{3}{2}$ h **c.** $\frac{1}{4}$ h **d.** $\frac{2}{5}$ h

Activité 1 Budget de voyage

Djibril réfléchit à son budget pour son voyage en Amérique latine. En plus de son billet d'avion, il prévoit un budget de 450 €. Dans un guide, il lit les conseils suivants.

Conseils pour voyager en toute sérénité

Prévoir :

- le tiers du budget pour le logement ;
- le cinquième du budget pour le transport sur place ;
- les quatre quinzièmes du budget pour manger et boire ;
- le reste pour les loisirs… amusez-vous bien !

1. En utilisant seulement des opérations sur les fractions, calculer, selon les conseils du guide, la fraction du budget restant pour les loisirs. À quel montant cela correspond-il pour Djibril ?

2. Retrouver ce montant en calculant les montants alloués pour le logement, le transport et la restauration.

Activité 2 Une fraction de fraction

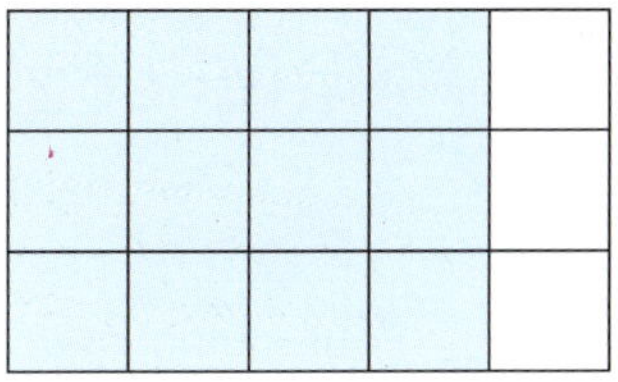

1. Reproduire le rectangle ci-contre dont $\frac{4}{5}$ de la surface est coloriée en bleu.

2. Hachurer les $\frac{2}{3}$ de la surface bleue.

3. Quelle fraction de l'aire du rectangle initial a été hachurée ?

4. Quel calcul peut-on effectuer pour obtenir le même résultat ?

a. $\frac{4}{5}+\frac{2}{3}$ **b.** $\frac{4}{5}-\frac{2}{3}$ **c.** $\frac{4}{5}\times\frac{2}{3}$

5. Quelle semble être la règle pour multiplier deux fractions ?

6. En admettant que cette conjecture soit vraie, calculer et donner le résultat des calculs suivants sous forme de fractions :

a. $\frac{2}{3}\times\frac{7}{6}$ **b.** $\frac{-3}{10}\times\frac{9}{5}$ **c.** Les $\frac{5}{6}$ des $\frac{7}{11}$ d'un gâteau

Activité 3 Inversons

1. Un tissu rectangulaire de 1 m^2 est partagé équitablement entre 4 personnes.

a. Exprimer en m^2 la surface du tissu que chacun recevra à l'aide d'une fraction, puis d'un nombre décimal.

b. Compléter de deux façons différentes l'égalité suivante : $4\times\ldots=1$.

2. On dit que deux nombres sont **inverses** l'un de l'autre si leur produit est égal à 1.

a. Donner deux écritures différentes de l'inverse de 4.

b. Parmi les nombres suivants, trouver celui ou ceux qui désignent l'inverse de −5 :

$$5 \quad ; \quad 0{,}2 \quad ; \quad -0{,}2 \quad ; \quad \frac{1}{-5}$$

3. Théo a effectué le calcul suivant : $\frac{7}{2}\times\frac{2}{7}=\frac{14}{14}=1$.

a. En déduire l'inverse de $\frac{7}{2}$.

b. Déterminer de la même façon l'inverse de $\frac{3}{4}$ puis l'inverse de $\frac{-1}{6}$. Justifier.

Activité 4 Console de jeux

Violette et Thomas veulent acheter ensemble une console de jeux qui coute 380 €.
Violette propose d'en payer 285 € à condition que son temps d'utilisation soit dans la même proportion.

1. Quelle proportion de la console Violette a-t-elle payée ?

2. Reproduire et compléter le tableau de proportionnalité ci-dessous en notant les résultats sous forme de nombre entier ou de fraction.

$\times\frac{\ldots}{\ldots}$

Durée totale d'utilisation (en heures)	1	3	$\frac{2}{3}$			
Temps de jeu de Violette (en heures)				3	1	$\frac{1}{4}$

$\div\frac{\ldots}{\ldots}$

3. Calculer les produits suivants.

a. $3\times\frac{4}{3}$ **b.** $1\times\frac{4}{3}$ **c.** $\frac{1}{4}\times\frac{4}{3}$

4. Comparer ces résultats à ceux trouvés dans le tableau et conjecturer une règle permettant de diviser par une fraction.

Cours

1 Multiplier avec des fractions

Propriété

Pour multiplier une fraction par un nombre :

- on multiplie le numérateur par ce nombre ;
- on conserve le dénominateur.

a, *b* et *k* désignent trois nombres ($b \neq 0$). $k \times \frac{a}{b} = \frac{k \times a}{b}$

▸Exemple

$-3 \times \frac{2}{7} = \frac{-3 \times 2}{7} = \frac{-6}{7}$

Propriété

Pour calculer une fraction d'un nombre (ou d'une quantité), on multiplie la fraction par ce nombre (ou par cette quantité).

▸Exemple

Florian boit les deux tiers d'une canette de soda de 33 centilitres.

- Quelle quantité de soda a-t-il bue ?

$\frac{2}{3} \times 33 = \frac{2 \times 33}{3} = \frac{66}{3} = 22$

Il a bu 22 centilitres de soda.

Propriété

Pour multiplier deux fractions :

- on multiplie les numérateurs entre eux ;
- on multiplie les dénominateurs entre eux.

a, *b*, *c* et *d* désignent quatre nombres ($b \neq 0$ et $d \neq 0$).

$$\frac{a}{b} \times \frac{c}{d} = \frac{a \times c}{b \times d}$$

→ Mission démonstration p. 83

▸Exemple 1

$A = \frac{3}{8} \times \frac{-1}{4}$

$A = \frac{3 \times (-1)}{8 \times 4}$

$A = \frac{-3}{32}$

▸Exemple 2

Alice a mangé les $\frac{3}{7}$ des $\frac{2}{5}$ d'une tarte aux pommes.

- Quelle fraction de la tarte a-t-elle mangée ?

$\frac{3}{7} \times \frac{2}{5} = \frac{3 \times 2}{7 \times 5} = \frac{6}{35}$

Elle a mangé les $\frac{6}{35}$ de la tarte aux pommes.

Remarque

Pour faciliter les calculs, il est parfois astucieux de décomposer les facteurs au numérateur et au dénominateur pour simplifier avant d'effectuer les multiplications.

▸Exemple

$\frac{32}{75} \times \frac{55}{24} = \frac{32 \times 55}{75 \times 24} = \frac{8 \times 4 \times 5 \times 11}{5 \times 15 \times 8 \times 3} = \frac{4 \times 11}{15 \times 3} = \frac{44}{45}$

Savoir-faire

Apprends à l'aide des exercices résolus puis entraine-toi !

1 Multiplier avec des fractions

1 Calculer $A = \frac{8}{7} \times 5$.

Solution

On multiplie le numérateur de la fraction par 5 et on garde le dénominateur.

$A = \frac{8}{7} \times 5 = \frac{8 \times 5}{7} = \frac{40}{7}$

On aurait aussi pu écrire :
$\frac{8}{7} \times 5 = \frac{8}{7} \times \frac{5}{1} = \frac{8 \times 5}{7 \times 1} = \frac{40}{7}$

À toi de jouer

2 Calculer $B = \frac{-7}{4} \times 11$ et $C = -3 \times \frac{6}{7}$.

→ Corrigé p. 314

3 Calculer $A = \frac{-5}{3} \times \frac{7}{4}$.

Solution

On multiplie les numérateurs entre eux et les dénominateurs entre eux.

$A = \frac{-5}{3} \times \frac{7}{4} = \frac{-5 \times 7}{3 \times 4} = \frac{-35}{12}$

À toi de jouer

4 Calculer $B = \frac{8}{9} \times \frac{-2}{3}$ et $C = \frac{5}{-6} \times \frac{-7}{11}$.

→ Corrigé p. 314

5 Calculer $A = \frac{28}{45} \times \frac{-50}{21}$.

Solution

On décompose chaque facteur pour simplifier avant de calculer les produits.

$A = \frac{28}{45} \times \frac{-50}{21}$

$A = -\frac{28}{45} \times \frac{50}{21}$

$A = -\frac{28 \times 50}{45 \times 21}$

$A = -\frac{4 \times 7 \times 5 \times 10}{9 \times 5 \times 3 \times 7}$

On peut simplifier le numérateur et le dénominateur par 5 et par 7.

$A = -\frac{4 \times 10}{9 \times 3}$

$A = -\frac{40}{27}$

À toi de jouer

6 Calculer :

$B = \frac{-15}{16} \times \frac{12}{35}$ $\quad C = \frac{21}{-24} \times \frac{-12}{49}$

→ Corrigé p. 314

7 Calculer $A = \frac{49}{-27} \times \frac{-8}{21} \times \frac{63}{35}$.

Solution

On commence par chercher le signe du résultat, qui est ici positif. Ensuite, on décompose chaque facteur.

$A = \frac{49}{27} \times \frac{8}{21} \times \frac{63}{35}$

$A = \frac{49 \times 8 \times 63}{27 \times 21 \times 35}$

$A = \frac{7 \times 7 \times 2 \times 4 \times 9 \times 7}{9 \times 3 \times 3 \times 7 \times 5 \times 7}$

On peut simplifier le numérateur et le dénominateur par 7, par 9 et encore par 7.

$A = \frac{2 \times 4 \times 7}{3 \times 3 \times 5}$

$A = \frac{56}{45}$

À toi de jouer

8 Calculer :

$B = \frac{-4}{21} \times \frac{9}{-12} \times \frac{-28}{27}$ $\quad C = \frac{-11}{-24} \times \frac{-15}{45} \times \frac{8}{-55}$

→ Corrigé p. 314

Cours

2 Connaitre l'inverse d'un nombre

Définition

Deux nombres relatifs sont **inverses** l'un de l'autre si leur produit est égal à 1.

Exemples

- 2 et 0,5 sont inverses car $2 \times 0{,}5 = 1$.
- $-0{,}1$ et -10 sont inverses car $-0{,}1 \times (-10) = 1$.

Propriétés

a et *b* désignent des nombres relatifs non nuls.

- **L'inverse** du nombre *a* est le nombre $\frac{1}{a}$.
- **L'inverse** du nombre $\frac{a}{b}$ est le nombre $\frac{b}{a}$.

Exemples

- L'inverse de -2 est $\frac{1}{-2}$, soit $\frac{-1}{2}$ ou $-\frac{1}{2}$.
- L'inverse de $\frac{2}{3}$ est $\frac{3}{2}$.

0 n'a pas d'inverse !

Remarques

Il ne faut pas confondre l'inverse d'un nombre *a*, qui est $\frac{1}{a}$ et l'opposé de *a*, qui est $-a$.
Par exemple :

- L'inverse de 5 est $\frac{1}{5}$ mais l'opposé de 5 est -5.
- L'inverse de $\frac{4}{7}$ est $\frac{7}{4}$ mais l'opposé de $\frac{4}{7}$ est $-\frac{4}{7}$.

3 Diviser par une fraction

Propriété

Diviser par un nombre relatif non nul revient à multiplier par son inverse.
a, *b*, *c* et *d* désignent des nombres relatifs ($b \neq 0$; $c \neq 0$; $d \neq 0$).

$$a \div b = a \times \frac{1}{b} \qquad \frac{a}{b} \div \frac{c}{d} = \frac{a}{b} \times \frac{d}{c}$$

Exemples

- $6 \div 0{,}5 = 6 \div \frac{1}{2} = 6 \times \frac{2}{1} = 6 \times 2 = 12$
- $\frac{2}{3} \div \frac{-5}{7} = \frac{2}{3} \times \frac{7}{-5} = \frac{2 \times 7}{3 \times (-5)} = \frac{14}{-15}$
- $-\frac{8}{5} \div (-3) = -\frac{8}{5} \times \frac{1}{-3} = \frac{8}{15}$
- $\frac{2}{3} \div \frac{7}{-5} = \frac{2}{3} \times \frac{-5}{7} = \frac{-10}{21}$

Attention, il faut prendre l'inverse de la fraction par laquelle on divise !

Savoir-faire

Apprends à l'aide des exercices résolus puis entraine-toi !

2 Connaitre l'inverse d'un nombre

9 Déterminer les inverses des nombres suivants :

$$-0{,}2 \qquad 6 \qquad \frac{-5}{8}$$

Solution

Le produit d'un nombre par son inverse est égal à 1, donc :

- L'inverse de $-0{,}2$ est -5 car $-0{,}2 \times (-5) = 1$.
- L'inverse de 6 est $\frac{1}{6}$ car $6 \times \frac{1}{6} = \frac{6}{6} = 1$.
- L'inverse de $\frac{-5}{8}$ est $\frac{8}{-5}$ car $\frac{-5}{8} \times \frac{8}{-5} = \frac{-40}{-40} = 1$.

À toi de jouer

10 Déterminer les inverses des nombres suivants :

$$0{,}04 \qquad -2{,}5 \qquad -8 \qquad \frac{11}{3}$$

→ Corrigé p. 314

11 Parmi les nombres suivants, lesquels sont opposés ? Lesquels sont inverses ?

$$4 \qquad \frac{1}{4} \qquad -4 \qquad \frac{-1}{4}$$

Solution

- Les nombres -4 et 4 sont opposés car leur somme est égale à 0.
- De même, les nombres $\frac{-1}{4}$ et $\frac{1}{4}$ sont opposés.
- Les nombres 4 et $\frac{1}{4}$ sont inverses l'un de l'autre car $\frac{1}{4} \times 4 = 1$.
- De même, $\frac{-1}{4}$ et -4 sont inverses l'un de l'autre.

À toi de jouer

12 Parmi les nombres -8 ; 8 ; 0,125 et $\frac{-1}{8}$, lesquels sont opposés ? Lesquels sont inverses ?

→ Corrigé p. 314

3 Diviser par une fraction

13 Calculer et exprimer le résultat sous forme de fraction.

$$A = 5 \div \frac{-4}{7} \text{ et } B = \frac{2}{9} \div 5$$

Solution

$$A = 5 \div \frac{-4}{7} = 5 \times \frac{7}{-4} = \frac{5 \times 7}{-4} = -\frac{35}{4}$$

$$B = \frac{2}{9} \div 5 = \frac{2}{9} \times \frac{1}{5} = \frac{2 \times 1}{9 \times 5} = \frac{2}{45}$$

On remplace la division par une multiplication et on prend l'inverse de la deuxième fraction.

À toi de jouer

14 Calculer et exprimer le résultat sous forme de fraction.

$$C = -3 \div \frac{-7}{9} \qquad D = -\frac{8}{9} \div 3$$

→ Corrigé p. 314

15 Calculer et exprimer le résultat sous forme de fraction.

$$A = \frac{8}{9} \div \frac{-11}{5}$$

Solution

$$A = \frac{8}{9} \div \frac{-11}{5} = \frac{8}{9} \times \frac{5}{-11} = -\frac{8 \times 5}{9 \times 11} = -\frac{40}{99}$$

À toi de jouer

16 Calculer et exprimer le résultat sous forme de fraction.

$$B = -\frac{25}{6} \div \frac{5}{4}$$

→ Corrigé p. 314

Exercices

Ressources téléchargeables

Multiplier avec des fractions

→ Savoir-faire p. 71

QUESTIONS FLASH

17 Calculer et donner le résultat sous forme de fraction.

$A=-5\times\frac{3}{2}$ $B=\frac{1}{4}\times(-7)$ $C=3{,}5\times\frac{2}{3}$

18 Calculer et donner le résultat sous forme de fraction.

$A=\frac{3}{4}\times\frac{3}{2}$ $B=\frac{1}{4}\times\frac{5}{4}$ $C=\frac{3{,}5}{11}\times\frac{2}{3}$

19 Compléter :

$A=\frac{8}{7}\times\ldots=\frac{16}{63}$ $B=-5\times\frac{4}{\ldots}=\frac{\ldots}{9}$

20 Donner le signe des produits suivants.

$A=\frac{-5}{9}\times\frac{-2}{17}$ $B=\frac{3}{-9}\times\frac{-2}{-5}$

$C=-\frac{-4}{3}\times\frac{-2}{23}$ $D=\frac{-5}{-7}\times\frac{-2}{-21}$

21 Calculer et donner le résultat sous forme de fraction la plus simple possible.

$A=\frac{1}{2}\times\frac{2}{3}$ $B=\frac{9}{2}\times\frac{1}{3}$

$C=\frac{127}{11}\times\frac{-7}{127}$ $D=\frac{3{,}7}{-4}\times\frac{5}{3{,}7}$

22 **Vrai ou faux ?**

a. La moitié du tiers s'écrit $\frac{1}{2}+\frac{1}{3}$.

b. Le triple d'un tiers est égal à 0.

c. Le dixième d'un demi s'écrit $\frac{1}{10}\times\frac{1}{2}$.

d. Les cinq septièmes de sept cinquièmes sont égaux à 1.

Questions flash supplémentaires

23 CALCUL MENTAL Calculer et donner le résultat sous forme de fraction.

$A=-3\times\frac{4}{5}$ $B=-7\times\frac{-4}{3}$ $C=2\times\frac{-11}{-7}$

24 CALCUL MENTAL Calculer et donner le résultat sous forme de fraction.

$A=\frac{5}{8}\times\frac{-3}{2}$ $B=\frac{7}{8}\times\frac{-3}{8}$

$C=\frac{-2}{-5}\times\frac{-3}{-7}$ $D=\frac{-2}{11}\times\frac{-10}{3}$

25 Calculer et donner le résultat sous forme de fraction.

$A=\frac{-7}{3}\times\frac{5}{4}\times\frac{-1}{3}$ $B=\frac{4}{3}\times\frac{-5}{7}\times\frac{1}{-3}\times(-5)$

26 Calculer et donner le résultat sous forme de fraction.

$A=\left(-\frac{2}{5}\right)^2$ $B=\left(\frac{7\times5-25}{8}\right)^2$ $C=\left(\frac{5}{9}-\frac{4}{3}\right)^2$

27 1. Recopier et compléter :

$A=\frac{-55}{63}\times\frac{35}{66}=-\frac{55\times\ldots}{\ldots\times66}=-\frac{5\times\ldots\times7\times\ldots}{9\times\ldots\times6\times\ldots}=-\frac{25}{\ldots}$

2. Calculer les produits suivants en décomposant chacun des facteurs lorsque cela est possible.

$A=\frac{49}{15}\times\frac{10}{21}$ $B=\frac{-28}{21}\times\frac{36}{7}$ $C=\frac{-17}{-52}\times\frac{-39}{34}$

28 CALCUL MENTAL Relier chaque calcul de gauche au résultat qui lui correspond à droite.

$\frac{56}{7}\times\frac{-44}{4}$	$-1{,}5$
$\frac{270}{16}\times\frac{8}{-90}$	$\frac{3}{2}$
$\frac{55}{-18}\times\frac{-72}{5}\times2$	88
$-\frac{60}{34}\times\frac{17}{-20}$	-88

29 Calculer et donner le résultat sous forme d'une fraction la plus simple possible.

$A=\frac{45}{18}\times\frac{-30}{25}$ $B=\frac{70}{28}\times\frac{-16}{-80}$ $C=\frac{-21}{-55}\times\frac{-33}{-63}$

30 1. Calculer l'aire d'un rectangle de longueur $\frac{12}{5}$ cm et de largeur $\frac{4}{3}$ cm. On donnera l'aire sous forme d'une fraction la plus simple possible.

2. Que représente le quart de cette aire ?

31 Calculer et donner le résultat sous forme d'une fraction la plus simple possible.

$A=\frac{-2}{21}\times\frac{14}{5}-\frac{8}{5}$ $B=\frac{1}{4}+\frac{5}{3}\times\frac{-1}{8}$

$C=\frac{4}{-3}+\frac{-7}{6}\times\frac{-2}{5}$ $D=\left(\frac{8}{15}-\frac{7}{5}\right)\times\left(\frac{-1}{6}+\frac{2}{9}\right)$

32 Recopier et compléter par les signes +, − ou ×.

a. $\frac{8}{9}\ldots\frac{2}{3}=\frac{2}{9}$ b. $\frac{7}{2}\ldots\frac{-5}{4}=\frac{-35}{8}$

c. $\frac{-5}{6}\ldots\frac{9}{4}=\frac{-15}{8}$ d. $\frac{2}{5}\ldots\frac{4}{15}=\frac{2}{15}$

33 Recopier et compléter.

a. $\frac{5}{7}\times\ldots=\frac{25}{14}$ **b.** $\frac{5}{7}+\ldots=\frac{25}{14}$

c. $\ldots-\frac{7}{3}=\frac{7}{12}$ **d.** $\ldots\times\frac{7}{3}=\frac{7}{12}$

34 CALCUL MENTAL Calculer mentalement :

a. le double de $-\frac{5}{13}$;

b. les trois quarts de quatre tiers ;

c. les $\frac{7}{10}$ de $\frac{3}{5}$.

35 Traduire les phrases suivantes par une expression mathématique puis la calculer :

a. le tiers de cinq neuvièmes ;

b. les trois quarts de dix tiers ;

c. la moitié de huit septièmes ;

d. les quatre septièmes de cinq seizièmes ;

36 Voici un programme de calcul.

> Choisir un nombre.
> Le multiplier par $\frac{2}{3}$.
> Retrancher $\frac{2}{5}$.

• Appliquer ce programme de calcul aux nombres suivants :

a. 3 **b.** $\frac{6}{7}$ **c.** $-\frac{11}{5}$

37 Pour son devoir d'Arts Plastiques, Youssouf a peint les trois quarts de sa feuille en bleu pour représenter l'océan. Il doit ensuite dessiner des poissons pour remplir les deux cinquièmes de l'océan.

• Quelle fraction de la feuille occupent les poissons sur le dessin de Youssouf ?

38 La proportion de sang dans un corps humain est d'environ 8 % et environ $\frac{11}{20}$ du sang est constitué de plasma.

• Calculer la proportion de plasma dans le corps humain.

39 Les forêts couvrent 31 % des surfaces terrestres et les forêts primaires représentent 36 % des surfaces totales de forêt.

• Quel pourcentage des surfaces terrestres représentent les forêts primaires ?

> **Une forêt primaire est une forêt qui n'a jamais été déboisée ni replantée depuis l'apparition de l'Homme sur Terre.**

40 Recopier et compléter le tableau de proportionnalité suivant :

15	$-\frac{3}{7}$	$\frac{15}{8}$	$\frac{75}{-20}$

$\times\frac{4}{5}$

41 Calculer les expressions suivantes sachant que :

$$a=\frac{7}{5}\qquad b=\frac{-3}{10}\qquad c=-4$$

1. $R=ab+c$

2. $S=ab-bc$

3. $T=(a+b)(a+c)$

MODE EXPERT

42 La longueur et la largeur d'un rectangle ont été multipliées respectivement par $\frac{8}{5}$ et $\frac{4}{3}$.

• Par quelle fraction a été multipliée l'aire du rectangle initial ?

43 Calculer astucieusement :

$$(15-1)\times\left(\frac{15}{2}-1\right)\times\left(\frac{15}{3}-1\right)\times\left(\frac{15}{4}-1\right)\times\ldots\times\left(\frac{15}{14}-1\right)$$

Connaitre l'inverse d'un nombre

→ Savoir-faire p. 73

QUESTIONS FLASH

44 Relier chaque nombre à son inverse.

2 •	• $\frac{5}{24}$
$\frac{-5}{24}$ •	• -2
$\frac{-1}{2}$ •	• $-\frac{24}{5}$
$\frac{24}{5}$ •	• $\frac{1}{2}$

45 Compléter les égalités suivantes.

a. $\frac{7}{8}\times\frac{\ldots}{\ldots}=1$ **b.** $\frac{-3}{13}\times\frac{\ldots}{\ldots}=1$

c. $\frac{\ldots}{\ldots}\times5=1$ **d.** $-4\times\frac{\ldots}{\ldots}=1$

46 **Vrai ou faux ?**

a. L'inverse de 5 est –5. **b.** L'opposé de –4 est 4.

c. L'inverse de $\frac{-3}{7}$ est $\frac{7}{3}$. **d.** L'inverse de $\frac{7}{3}$ est $\frac{3}{7}$.

e. Le produit d'un nombre par son inverse est égal à 0.

Questions flash supplémentaires

Exercices

47 Compléter par les nombres qui conviennent.

a. L'inverse de 4 est … car … × 4 = 1.

b. L'inverse de $\frac{3}{7}$ est … car … × $\frac{3}{7}$ = 1. On peut en déduire que $1 \div \frac{3}{7} = \dots$

c. L'inverse de −5 est … car −5 × … = 1.

d. L'inverse de $\frac{1}{6}$ est … car … × $\frac{1}{6}$ = 1. On peut en déduire que $1 \div \frac{1}{6} = \dots$

48 Écrire les inverses des nombres suivants sous forme décimale.

a. $\frac{2}{5}$ **b.** $\frac{-1}{3}$ **c.** $\frac{-8}{6}$ **d.** $\frac{-5}{-4}$ **e.** $\frac{10}{-1{,}2}$

49 Donner l'inverse de chacun des nombres suivants en écriture fractionnaire et, si cela est possible, en écriture décimale.

a. 5 **b.** 7 **c.** −8 **d.** 0,5 **e.** $\frac{2}{7}$ **f.** $\frac{-3}{5}$

50 Parmi les nombres suivants, quels sont ceux dont $\frac{4}{3}$ est l'inverse ?

$A = -\frac{4}{3}$ $B = \frac{3}{4}$ $C = \frac{-3}{4}$

$D = 0{,}75$ $E = \frac{15}{20}$ $F = \frac{-21}{-28}$

51 Dans chaque cas, dire si les deux nombres sont inverses, opposés ou ni l'un ni l'autre.

a. 3 et −3 **b.** −4 et $\frac{1}{4}$ **c.** −4 et $\frac{-1}{4}$

d. 0,1 et 10 **e.** $\frac{-6}{15}$ et −0,4 **f.** $\frac{-6}{30}$ et 0,2

52 **Vrai ou faux ?** Justifier.

a. L'inverse de 13 est 0,076 923.

b. L'opposé de 5 est −5.

c. L'inverse de 5 est $-\frac{1}{5}$.

d. L'inverse de $\frac{1}{2}$ est 2.

MODE EXPERT

53 **1.** Quel nombre est l'opposé de l'inverse de 3 ?
2. Ce nombre est-il un nombre décimal ? Justifier.

54 **1.** Quel est l'inverse du tiers du carré de 6 ?
2. Ce nombre est-il un nombre décimal ? Justifier.

Diviser par une fraction

→ Savoir-faire p. 73

QUESTIONS FLASH

55 Compléter par un nombre.

a. Diviser par $\frac{-2}{3}$ revient à multiplier par …

b. Diviser par $\frac{1}{7}$ revient à multiplier par …

c. Diviser par … revient à multiplier par $\frac{1}{3}$.

56 Parmi les expressions ci-dessous, laquelle est égale à $\frac{-7}{5} \div \frac{4}{9}$?

57 Calculer mentalement.

$A = \frac{1}{5} \div 5$ $B = \frac{2}{3} \div \frac{1}{3}$ $C = \frac{3}{-7} \div \frac{-1}{7}$ $D = -8 \div \frac{1}{8}$

58 Déterminer le signe de chacun des nombres suivants.

$A = -6 \div \frac{-2}{7}$ $B = \frac{-11}{-2} \div \frac{-4}{5}$ $C = \frac{7}{-8} \times \frac{-12}{5} \div \frac{-2}{3}$

Questions flash supplémentaires

59 Recopier et compléter chaque égalité.

a. $\frac{5}{7} \div \frac{3}{5} = \frac{5}{7} \times \frac{\dots}{\dots} = \frac{\dots}{\dots}$ **b.** $8 \div \frac{1}{7} = 8 \times \dots = \dots$

c. $\frac{11}{3} \div \frac{-5}{2} = \frac{\dots}{\dots} \times \frac{\dots}{\dots} = \frac{\dots}{\dots}$ **d.** $\frac{-7}{2} \div \frac{\dots}{\dots} = \frac{\dots}{\dots} \times \frac{9}{4} = \frac{\dots}{\dots}$

60 Calculer et donner le résultat sous forme de fraction.

$A = \frac{11}{5} \div (-3)$ $B = (-3) \div \frac{11}{5}$ $C = \frac{5}{6} \div \frac{6}{5}$

61 Voici le travail de Clément :

$\frac{3}{4} \div \frac{16}{5} = \frac{3}{4} \div \frac{4 \times 4}{5} = 3 \div \frac{4}{5} = 3 \times \frac{5}{4} = \frac{15}{4}$

J'ai simplifié par 4.

• Expliquer son erreur et effectuer correctement le calcul.

62 Calculer et donner le résultat sous la forme d'une fraction la plus simple possible.

$A = \dfrac{7}{10} \div \dfrac{9}{4}$ $\qquad B = \dfrac{-2}{3} \div \dfrac{-5}{6}$

$C = -5 \div \dfrac{35}{2}$ $\qquad D = \dfrac{-30}{16} \div (-4)$

63 Traduire chaque phrase par une expression mathématique, puis calculer le résultat.
a. Le quotient de quinze huitièmes par trois cinquièmes.
b. Le quotient de quinze par trois quarts.
c. Le quotient de quinze quarts par trois.

64 Je choisis un nombre, je le multiplie par $\dfrac{3}{4}$.
• Par quel nombre faut-il multiplier le résultat pour retrouver le nombre choisi au départ ?

65 Quel est le nombre qui, divisé par $\dfrac{-3}{7}$, donne :
a. 1 ? **b.** –1 ? **c.** 3 ? **d.** –7 ?

66 Recopier et compléter.

a. $1 \div \dfrac{\dots}{\dots} = -\dfrac{7}{2}$ $\qquad$ **b.** $\dfrac{2}{3} \div \dfrac{5}{-3} = \dots$

c. $\dfrac{5}{7} \div \dfrac{\dots}{\dots} = \dfrac{20}{21}$ $\qquad$ **d.** $6 \div \dfrac{\dots}{\dots} = \dfrac{12}{5}$

67 CALCUL MENTAL **1.** Recopier et compléter.
a. $9 \div 0{,}1 = 9 \div \dfrac{1}{\dots} = 9 \times \dots = \dots$
Diviser par 0,1 revient à multiplier par …
b. $8 \div 0{,}5 = 8 \div \dfrac{1}{\dots} = 8 \times \dots = \dots$
Diviser par 0,5 revient à multiplier par …
c. $12 \div 0{,}25 = 12 \div \dfrac{1}{\dots} = 12 \times \dots = \dots$
Diviser par 0,25 revient à multiplier par …
2. Calculer mentalement :
a. 120 ÷ 0,1 **b.** 3 ÷ 0,25 **c.** 6 ÷ 0,5
d. –6 ÷ (–0,25) **e.** –7,5 ÷ 0,5 **f.** 56 ÷ (–0,1)

68 Calculer :
a. la moitié de $\dfrac{12}{7}$ $\qquad$ **b.** les trois quarts de $\dfrac{-5}{6}$

c. le quart de $\dfrac{28}{7}$ $\qquad$ **d.** le tiers de $\dfrac{-1}{2}$

69 Recopier et compléter le tableau de proportionnalité suivant :

21	$-\dfrac{3}{7}$		
		$\dfrac{5}{14}$	–7

$\times \dfrac{7}{11}$

70 Il reste à Martin les $\dfrac{3}{5}$ de son argent de poche, ce qui correspond à 21 €.
1. Parmi les propositions des élèves suivantes, quelles sont celles qui permettent de retrouver le montant initial de l'argent de poche de Martin ?

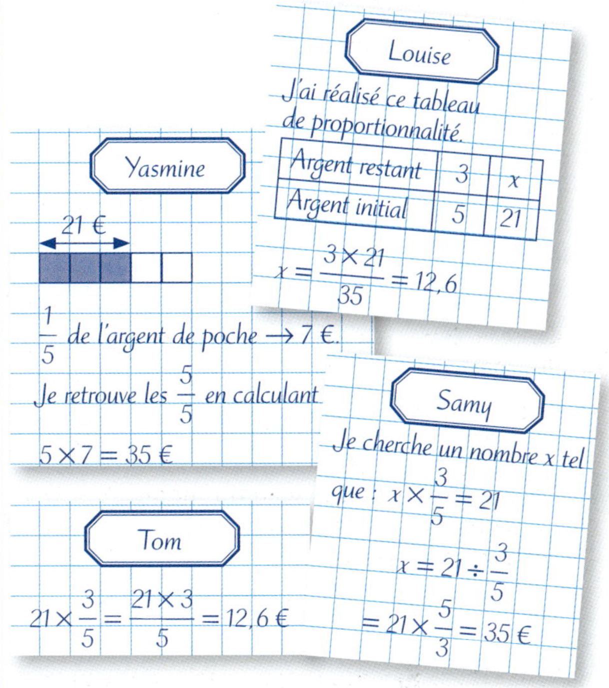

2. Expliquer la ou les erreurs des autres copies.

71 Combien de bouteilles de $\dfrac{3}{4}$ L peut-on remplir avec 180 L d'eau ?

72 Un TGV roule de Paris à Nantes. Il a parcouru les $\dfrac{5}{6}$ de son trajet en 1 h 50 min.
• Si l'on suppose qu'il roule à vitesse constante, quelle est la durée totale du trajet en heures et minutes ?

73 Pascal a vidé les $\dfrac{5}{8}$ de son réservoir. Pour le remplir à nouveau, il ajoute 37,5 L d'essence.
• Quelle est la capacité maximale de son réservoir ?

74 Calculer et donner le résultat sous forme d'une fraction la plus simple possible.

$A = \dfrac{7}{3} - \dfrac{4}{3} \div \dfrac{8}{5}$ $\qquad B = \dfrac{-4}{9} \times \dfrac{1}{5} \div \dfrac{3}{7}$ $\qquad C = -\dfrac{8}{3} \div \dfrac{-5}{6} + \dfrac{7}{4}$

$D = \dfrac{-7}{5} \div \left(\dfrac{2}{9} - \dfrac{7}{18}\right)$ $\qquad E = \left(\dfrac{4}{5} + \dfrac{-3}{2}\right) \div \left(\dfrac{-9}{4} - \dfrac{1}{6}\right)$

MODE EXPERT

75 Démontrer que A et B sont des entiers relatifs.

$A = 1 \div \left(1 - 1 \div \left(1 - \dfrac{1}{2}\right)\right)$

$B = 1 \div \left(1 - \left(1 - \left(1 - \left(1 - \dfrac{1}{6}\right)\right)\right)\right)$

Faire le point

Version interactive du QCM

Vérifie tes connaissances.

QCM

Donner la ou les bonnes réponses parmi les trois proposées.

1 Multiplier avec des fractions

	Réponse A	Réponse B	Réponse C
1. $\frac{-3}{8}\times 10=$	$-\frac{30}{80}$	$-\frac{3}{80}$	$-\frac{15}{4}$
2. $\frac{-5}{13}\times\frac{26}{15}=$	$\frac{5\times 26}{13\times 15}$	$-\frac{2}{3}$	$-\frac{5\times 2\times 13}{13\times 3\times 5}$
3. Les trois quarts de deux cinquièmes valent :	$\frac{3}{4}+\frac{2}{5}$	$\frac{3}{10}$	$\frac{3}{4}\times\frac{2}{5}$

2 Connaitre l'inverse d'un nombre

	Réponse A	Réponse B	Réponse C
1. L'inverse de -2 est :	$\frac{1}{-2}$	2	$\frac{1}{2}$
2. L'inverse de $\frac{-3}{7}$ est :	$\frac{3}{7}$	$-\frac{7}{3}$	$\frac{-7}{3}$
3. L'inverse de $\frac{8}{3}$ est :	$-\frac{8}{3}$	$-\frac{3}{8}$	$\frac{3}{8}$

3 Diviser par une fraction

	Réponse A	Réponse B	Réponse C
1. Diviser par une fraction revient à :	multiplier par son opposé.	multiplier par son inverse.	diviser par son inverse.
2. $8\div\frac{5}{7}=$	$\frac{40}{7}$	$\frac{56}{5}$	$\frac{56}{40}$
3. $\frac{2}{7}\div\frac{-5}{9}=$	$\frac{2}{7}\div\frac{-9}{5}$	$\frac{2}{7}\times\frac{-5}{9}$	$\frac{2}{7}\times\frac{-9}{5}$
4. $\frac{3}{11}\div\frac{-5}{17}=$	$\frac{11}{3}\times\frac{17}{-5}$	$\frac{3}{11}\times\frac{17}{-5}$	$-\frac{3}{11}\times\frac{17}{5}$
5. $\frac{-35}{24}\div\frac{-15}{18}=$	$\frac{35}{24}\times\frac{18}{15}$	$\frac{5\times 7\times 6\times 3}{6\times 4\times 5\times 3}$	$\frac{21}{20}$

→ Corrigé p. 314

Carte mentale

Ressource téléchargeable

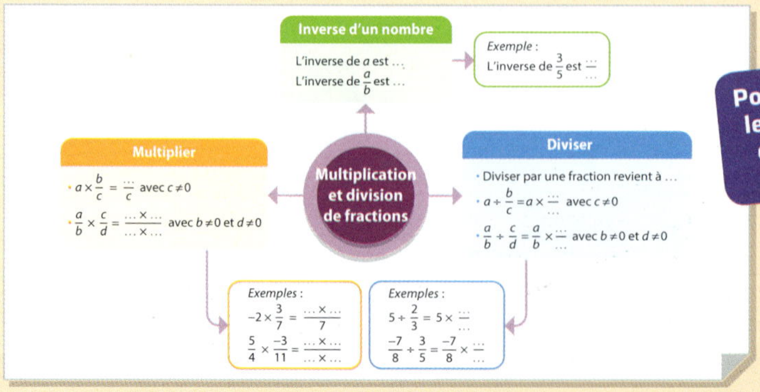

Pour t'aider à retenir le cours, télécharge et complète cette carte mentale.

Algorithmique et outils numériques

76 La course à pied

Après une blessure, Natalia reprend la course à pied une fois par semaine. Elle commence par courir 2 km. Chaque semaine, selon son programme d'entrainement, elle doit augmenter la longueur de sa course de $\frac{2}{15}$ de la distance effectuée la semaine précédente.

Dans ces conditions, elle veut savoir combien de semaines lui seront nécessaires pour parvenir à courir au moins 10 km. Pour cela, elle utilise un tableur.

1. Reproduire la feuille de calcul suivante.

	A	B	C
1	Semaine	Distance parcourue (en km)	Distance supplémentaire à parcourir la semaine suivante
2	1	2	
3	2		
4	3		
5	4		
6	5		

2. Quelle formule doit-on écrire en C2, puis recopier vers le bas ?

3. Quelle formule doit-on écrire en B3, puis recopier vers le bas ?

4. Répondre au problème de Natalia.

77 Calculateur

On veut utiliser le tableur pour créer un « calculateur » de produits et de quotients de fractions.

1. Reproduire la feuille de calcul ci-dessous.

	A	B	C	D	E	F
1		Fraction 1		Fraction 2		Produit
2	Numérateur		×		=	
3	Dénominateur					
4						
5		Fraction 1		Fraction 2		Quotient
6	Numérateur		÷		=	
7	Dénominateur					

2. a. Calculer puis donner le résultat sous forme d'une fraction simplifiée le plus possible.

$A = \frac{-2}{7} \times \frac{-11}{9}$ $\quad$ $B = \frac{2}{-3} \div \frac{-5}{7}$

b. Quelles formules peut-on saisir dans les cellules F2, F3, F6 et F7 ?

c. Compléter le calculateur afin de lui faire calculer les expressions A et B.

3. a. Effectuer les calculs suivants en détaillant les étapes et en donnant le résultat sous forme d'une fraction simplifiée le plus possible.

$C = \frac{-21}{22} \times \frac{44}{35}$ $\quad$ $D = \frac{4}{-9} \div \frac{-6}{7}$

b. Utiliser le calculateur pour calculer C et D. Retrouve-t-on les résultats de la question précédente ?

c. En utilisant la fonction = PGCD(*a* ; *b*) qui calcule le plus grand diviseur commun de *a* et de *b*, afficher les résultats simplifiés dans la colonne G.

78 Mistouflette

Mistouflette est une chatte prévoyante. Quand on lui donne un bol de lait, elle vient en boire toutes les heures. À chaque fois, elle n'en boit jamais plus de la moitié afin de toujours en garder un peu pour plus tard. Par ailleurs, elle ne boit jamais plus de 140 mL d'un coup car cela suffit à la rassasier.

On donne un litre de lait à Mistouflette.

• Compléter le script suivant afin qu'il donne la quantité de lait restante au bout de 10 h.

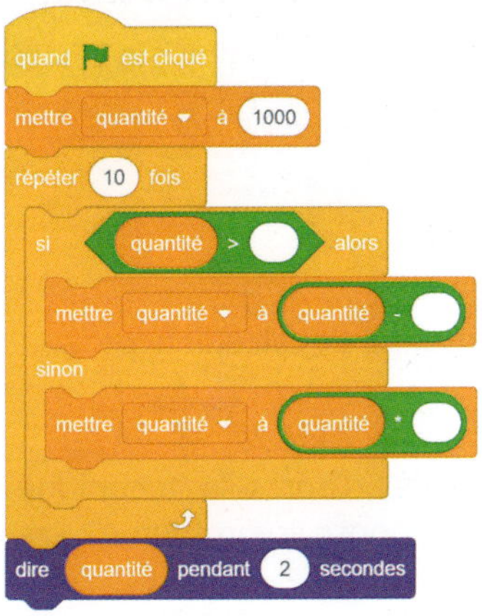

79 L'algorithme de Héron d'Alexandrie

1. a. Trouver un nombre décimal dont le carré est égal à 16.

b. Trouver un nombre décimal dont le carré est égal à 64.

2. Il n'existe pas de nombre décimal dont le carré est égal à 2. L'algorithme de Héron permet d'en calculer une valeur approchée.

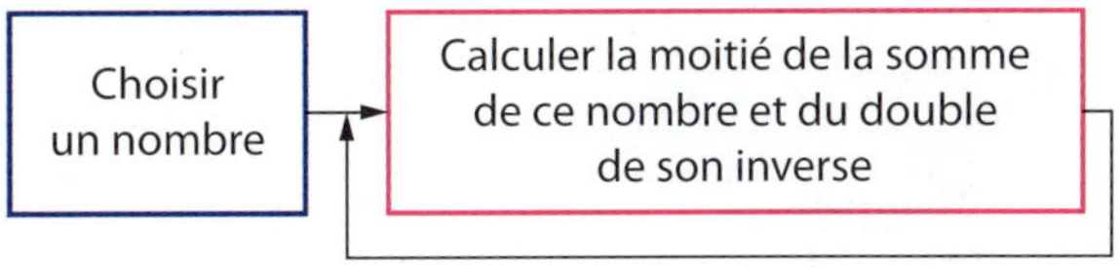

On commence l'algorithme avec le nombre 2.

a. Utiliser les blocs ci-dessous pour créer un script qui, avec 3 répétitions, donne une valeur approchée du nombre cherché.

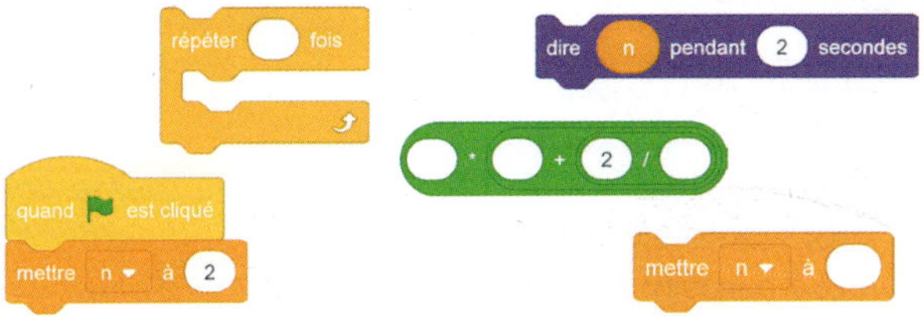

b. En affichant la variable *n*, vérifier que n^2 est proche de 2.

Problèmes

ceinture jaune · ceinture verte · ceinture noire

80 Égypte antique

Calculer

Le papyrus Rhind est un célèbre papyrus datant d'environ –1550. Dans ce papyrus, on trouve le calcul résolu du produit : $A = \frac{1}{14} \times \frac{7}{4}$.
Pour calculer A, on va décomposer $\frac{7}{4}$ en une somme de fractions.

Ce papyrus explique la technique utilisée dans l'Égypte antique pour multiplier des fractions. Elle reposait sur la décomposition d'un des nombres en une somme (de fractions, de puissances de 2, etc.)

1. Montrer que $\frac{7}{4} = 1 + \frac{1}{2} + \frac{1}{4}$.

2. Développer puis calculer le produit :

$$\frac{1}{14} \times \left(1 + \frac{1}{2} + \frac{1}{4}\right)$$

3. En déduire, d'après la technique de l'Égypte antique, la réponse au problème.

81 Clé USB

Chercher

Sur sa clé USB d'une capacité de 32 Go, qui contenait déjà des films, Samuel a téléchargé des photos de ses vacances. Il voudrait également qu'elle contienne ses morceaux de musique préférés au format MP3.

1 Go = 1 000 Mo

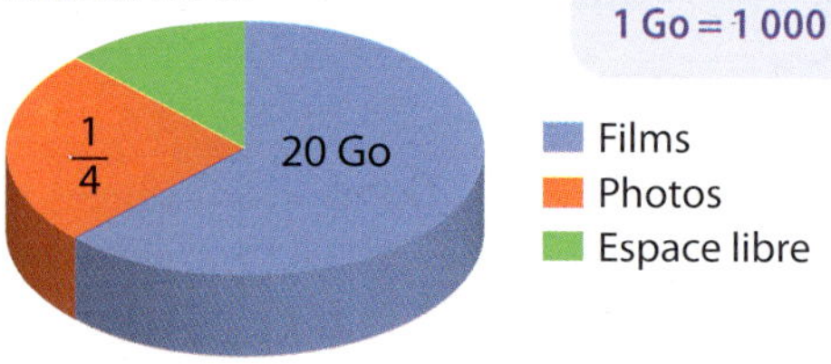

• Combien de morceaux pourra-t-il sauvegarder sur sa clé USB sachant que la taille moyenne d'un fichier MP3 est d'environ 4 Mo ?

82 Marathon

Calculer

Durant sa course, une marathonienne peut perdre environ 3 % de sa masse corporelle.

1. Pour une coureuse de 55 kg, quelle masse cela représente-t-il ?

2. Le corps humain est constitué à 70 % d'eau.
Si une marathonienne perd 3 % de cette eau en courant, quel pourcentage de sa masse corporelle totale cela représente-t-il ?

83 Appareil dentaire

Calculer

Léonie, 13 ans, doit porter un appareil dentaire. L'orthodontiste produit une facture de 1 600 € pour le traitement de Léonie.
La sécurité sociale prend en charge les trois quarts du traitement et la mutuelle le cinquième. Le reste sera réglé par les parents de Léonie en 4 fois sans frais.

• Donner le montant de chaque paiement effectué par les parents de Léonie.

84 Pancakes

Calculer

For breakfast, Mrs Smallwood has made some pancakes.
She eats $\frac{1}{8}$ and puts the others on the table. Mike takes the $\frac{2}{7}$ of the rest and pours maple syrup on them. Steve takes the $\frac{2}{5}$ of what is left and covers them with chocolate syrup. There are 12 left.

• How many pancakes has Mrs Smallwood made?

85 Jauge d'essence

Calculer

Lors de son dernier voyage en voiture, Kenza, après avoir fait le plein, a surveillé sa jauge d'essence. Lors de la première étape, elle a consommé les deux cinquièmes de son réservoir. En continuant son trajet, elle a consommé le tiers du carburant restant.

1. Quelle fraction d'essence a-t-elle consommé durant son trajet ?

2. Quelle fraction du réservoir reste-t-il ?

3. Sachant qu'elle consomme $\frac{1}{10}$ de son réservoir pour un aller-retour à la piscine, combien de fois pourra-t-elle aller à la piscine sans rajouter d'essence ?

86 Cours de guitare

Calculer

Un professeur de guitare donne des cours d'une durée de $\frac{4}{5}$ h. Il a travaillé pendant $3\text{ h} + \frac{1}{5}\text{ h}$.

• Combien de cours a-t-il donnés ?

87 Verres d'eau

Calculer

Virginie verse $\frac{2}{3}$ L d'eau dans des verres qui peuvent contenir $\frac{1}{9}$ L chacun.

• Combien de verres peut-elle remplir entièrement ?

88 Impressionnistes

Calculer

Les Raboteurs de parquet **(1875), Gustave Caillebotte.**

Marion s'est connectée sur Internet. Elle a consacré les $\frac{5}{7}$ du temps de connexion à une recherche sur les peintres français dont les $\frac{2}{3}$ de ce temps sur les impressionnistes.

• Quelle fraction du temps de connexion a-t-elle consacrée à sa recherche sur les impressionnistes français ?

89 Le hérisson

Calculer

Un hérisson avance dans la nuit à une vitesse moyenne de $\frac{1}{5}$ de kilomètre par heure. Il se trouve à $\frac{2}{3}$ km d'une cabane.

• En conservant le même rythme de déplacement, combien de temps lui faudra-t-il pour parvenir à la cabane ? Donner ce résultat en heures, sous la forme d'une fraction, puis convertir en heures et minutes.

90 One piece

Calculer

Dimitri collectionne les mangas et les bandes dessinées. Les mangas représentent les $\frac{2}{5}$ de cette collection. Il en a deux types différents : les trois quarts sont des Shônen et le reste des Shôjo.

• Calculer la proportion de Shôjo dans sa bibliothèque.

91 Scratch

Modéliser

• À quoi sert ce script ?

```
quand [drapeau] est cliqué
demander (Quel est le premier nombre ?) et attendre
mettre a à (réponse)
demander (Quel est le deuxième nombre ?) et attendre
si <((a) * (réponse)) = (1)> alors
    dire (Oui !)
sinon
    dire (Non !)
```

92 Chromosomes

Calculer

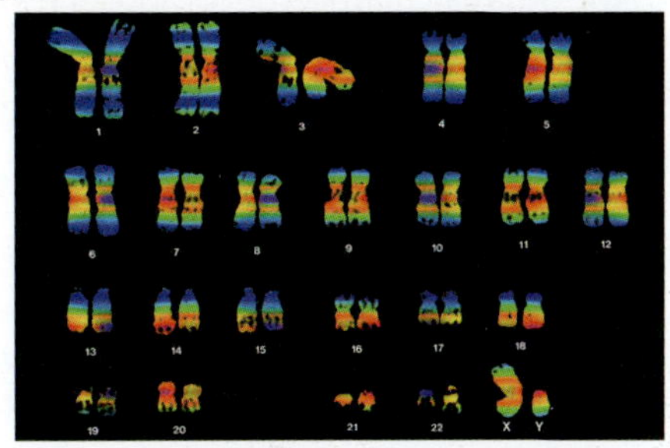

Les 46 chromosomes d'un homme.

Le nombre de chromosomes du lion est égal aux $\frac{19}{23}$ du nombre de chromosomes humains, et celui de la girafe aux $\frac{15}{19}$ du nombre de chromosomes du lion.

Chaque être humain possède 46 chromosomes.

• Quel est le nombre de chromosomes de la girafe ?

93 Le pain d'épice

Calculer

Quatre enfants découpent un pain d'épice pour leur gouter. Alice en prend le tiers, Benoît les $\frac{3}{5}$ de ce qu'a laissé Alice, puis Cécile et Lucas, les jumeaux, se partagent le reste de manière égale.

1. Choisir, parmi les trois calculs suivants, celui qui permet d'obtenir la fraction de pain d'épice reçue par chacun des jumeaux, puis effectuer ce calcul.

$$X = \left(1 - \frac{1}{3} - \frac{3}{5}\right) \div 2 \qquad Y = \left(\frac{2}{3} - \frac{3}{5} \times \frac{2}{3}\right) \times 2$$

$$Z = \left(1 - \frac{1}{3} - \frac{3}{5} \times \frac{2}{3}\right) \times \frac{1}{2}$$

2. Sachant que la part de chaque jumeau pèse 60 g, retrouver la masse du pain d'épice entier.

Problèmes

94 Grille croisée

Calculer

Recopier et compléter la grille ci-dessous.

	×	$\frac{4}{5}$	=	$\frac{8}{15}$
×		×		×
$\frac{5}{4}$	×		=	
=		=		=
	×		=	$\frac{4}{9}$

95 Se décomposer

Calculer

1. À l'aide de la calculatrice, décomposer les nombres 2 508 et 2 244 en produits de facteurs premiers.

2. Sans utiliser la calculatrice, en déduire une simplification de $\frac{2\,244}{2\,508}$.

3. Simplifier de même la fraction $\frac{148\,029}{132\,447}$.

4. En déduire le résultat de $\frac{2\,244}{2\,508} \times \frac{148\,029}{132\,447}$ sous forme d'une fraction simplifiée au maximum.

96 Une fraction d'aire

Représenter

On considère le carré ABCD ci-dessous.

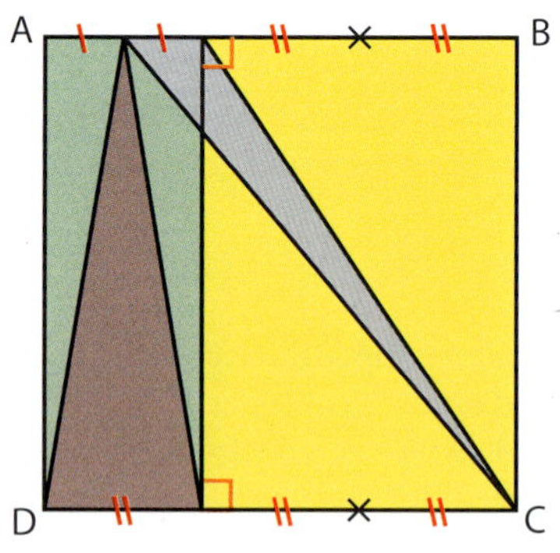

• Quelle fraction de l'aire du carré ABCD est égale à l'aire du triangle gris ?

97 Pointure

Calculer

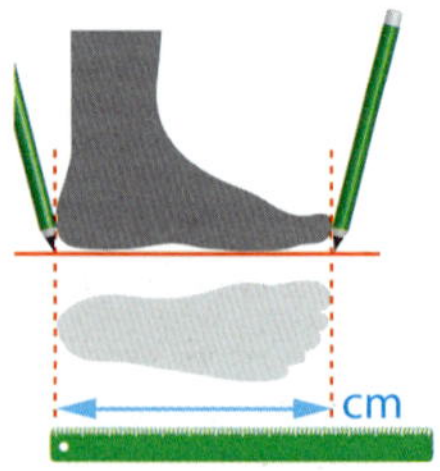

1. Pour calculer sa pointure française, une technique consiste à mesurer la longueur de son pied en centimètres, lui ajouter 1, puis diviser cette somme par $\frac{2}{3}$.

Pour obtenir sa pointure américaine, il faut soustraire 33 à la pointure française.

a. Victor a mesuré la longueur de son pied : il a trouvé 25 cm. Quelle est sa pointure française ?

b. Quelle est sa pointure américaine ?

2. En Angleterre, le calcul de la pointure fait intervenir des mesures en pouces (un pouce = 25,4 mm). À la longueur du pied en millimètres, on soustrait l'équivalent de quatre pouces, en mm, puis on divise cette différence par l'équivalent d'un tiers de pouce, en mm. Si le nombre trouvé est supérieur à 13, alors c'est une pointure d'adulte et on soustrait 13.

Quelle est la pointure anglaise de Victor ?

98 Emboités

Modéliser

On donne le script suivant.

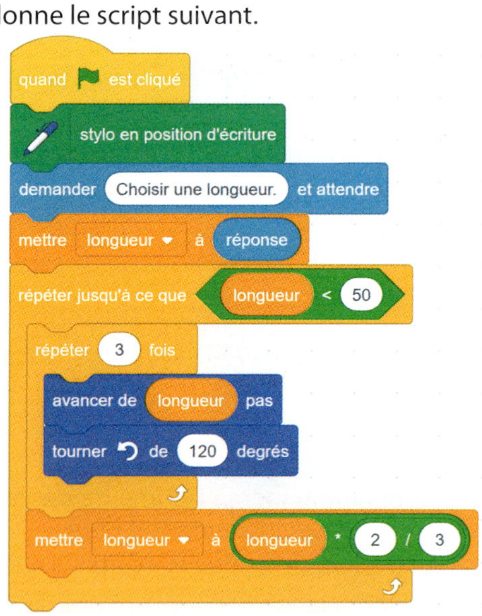

• Dessiner la figure obtenue si on choisit 150 comme longueur. On prendra 1 cm pour 10 pas.

DÉFIS & ÉNIGMES

99 À la main !

• Calculer sans calculatrice :

$$A = \frac{-1}{2} \times \frac{-2}{3} \times \frac{-3}{4} \times \ldots \times \frac{-18}{19} \times \frac{-19}{20}$$

100 L'opération mystère

• Par quels signes d'opération faut-il remplacer Δ et ∇ dans le calcul de $\left(6 \Delta \frac{6}{7}\right) \nabla \frac{5}{14}$ pour trouver $\frac{72}{5}$?

101 Téléphone

Chercher

Un fabricant de téléphone décide de modifier les dimensions de l'écran rectangulaire d'un de ses appareils : il augmente la longueur de 15 % et diminue la largeur de 10 %.

• Quelle est la variation de l'aire de l'écran ?

102 Potager

Chercher, Calculer

Éric le jardinier décide d'installer un potager en bois dans son jardin (**doc. 1**). Il le partage en deux carrés de même aire et les aménage en constituant respectivement 9 et 25 petits carrés (**doc. 2**).

Doc. 1 Dimensions du potager

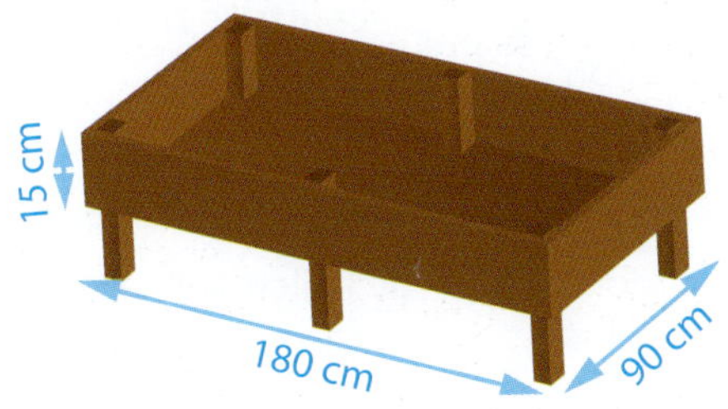

Doc. 2 Composition du potager

Doc. 3 Terreau potager

1. Combien de sacs de terreau potager devra-t-il acheter s'il remplit son bac aux deux tiers de sa hauteur ? Quelle somme dépensera-t-il ?

2. Quelle quantité de terreau sera nécessaire pour les plants de carottes ?

103 Sommes et inverses

Calculer, Raisonner

x et y sont deux nombres relatifs non nuls. On donne $A = \frac{xy}{x+y}$ et $B = \frac{1}{x} + \frac{1}{y}$.

1. Calculer $A \times B$ pour $x = 4$ et $y = 6$.

2. Que peut-on en déduire pour A et B dans ce cas ?

3. Prouver que le résultat est vrai pour tous les nombres x et y non nuls.

MISSION DÉMONSTRATION

Démo de cours

On veut démontrer la propriété suivante.

> a, b, c et d désignent quatre nombres (avec $b \neq 0$ et $d \neq 0$).
>
> $$\frac{a}{b} \times \frac{c}{d} = \frac{a \times c}{b \times d}$$

104 **1.** On démontre cette propriété dans le cas particulier suivant :

avec $b = 4$ et $d = 5$, on veut montrer que $\frac{a}{4} \times \frac{c}{5} = \frac{a \times c}{20}$.

a. Que vaut $\frac{a}{4} \times 4$? $\frac{c}{5} \times 5$?

b. En s'aidant de la question précédente, compléter :

$$a \times c = \left(\frac{a}{\ldots} \times \ldots\right) \times \left(\frac{c}{\ldots} \times \ldots\right) = \left(\frac{a}{4} \times \frac{c}{5}\right) \times (\ldots \times \ldots) = \left(\frac{a}{4} \times \frac{c}{5}\right) \times \ldots$$

c. En déduire l'égalité que l'on veut montrer.

2. Faire une démonstration analogue avec a, b, c et d quatre nombres quelconques, b et d non nuls.

Travailler autrement

Utilisable en AP

À chacun son parcours !

105 Résolution de problème

Socle D4 Je résous des problèmes impliquant des grandeurs variées.

En 2018, la production d'électricité d'origine éolienne dans l'Union européenne était de 379 270 GWh. $\frac{7}{23}$ de cette production provenait d'Allemagne, $\frac{240}{1649}$ du Royaume-Uni et $\frac{13}{97}$ d'Espagne.

Questions ceinture jaune

1. Calculer la production d'électricité d'origine éolienne de l'Allemagne.
2. Les $\frac{3}{7}$ de la production d'électricité d'origine éolienne d'Allemagne proviennent d'éoliennes maritimes. Donner la fraction de la production européenne d'électricité éolienne d'origine maritime de l'Allemagne.
3. La France a une production d'électricité d'origine éolienne de 27 900 GWh. Quel pourcentage de la production d'électricité d'origine éolienne de l'Union européenne cela représente-t-il ?

Questions ceinture verte

1. Calculer la production d'électricité d'origine éolienne de l'Allemagne, du Royaume-Uni et de l'Espagne.
2. Nicolas affirme : « Ensemble, ces 3 pays produisent plus de la moitié de la production d'électricité d'origine éolienne de l'Union européenne ». A-t-il raison ? Justifier.
3. Sachant que l'Allemagne à elle seule produit les deux vingt-cinquièmes de la production mondiale d'électricité d'origine éolienne, retrouver la production mondiale d'électricité éolienne en 2018.

Questions ceinture noire

1. a. Donner la décomposition en facteurs premiers de 379 270.
b. En déduire la production d'électricité d'origine éolienne de l'Allemagne et de l'Espagne.
2. La production électrique éolienne européenne représente 30 % de la production électrique éolienne mondiale qui, elle, représente $\frac{1}{24}$ de la production électrique mondiale.
a. Quelle est la proportion de la production de l'énergie éolienne européenne par rapport à la production électrique mondiale ?
b. Retrouver la production électrique mondiale.

106 Résolution de problème

Socle D4 Je pratique le calcul, mental et écrit, exact et approché […] Je résous des problèmes impliquant des grandeurs variées.

Kenzo veut réaliser avec des pièces de tissu une tenture en patchwork pour décorer sa chambre. La tenture sera rectangulaire. La pièce C est carrée, les pièces A, B et D sont rectangulaires. Les pièces A et C ont la même aire. Avant d'assembler les pièces dans le patchwork, Kenzo souhaite coudre de fil doré le contour de chaque pièce.

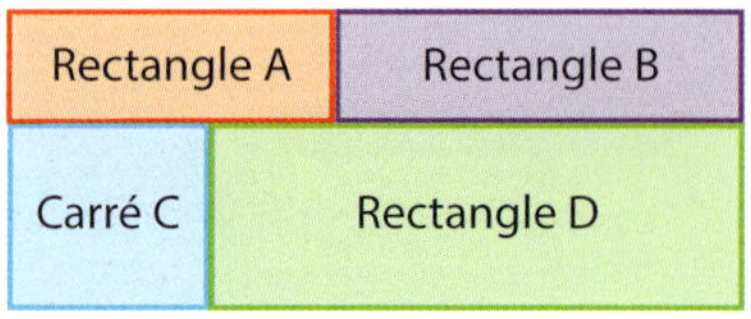

Questions ceinture jaune

L'aire de la pièce C est de 64 dm^2 et la largeur de la pièce A est égale aux deux cinquièmes de la longueur du côté du carré.

1. Montrer que le côté du carré mesure 8 dm.
2. Calculer les dimensions de la pièce A.
3. Kenzo aura-t-il besoin d'autant de fil doré pour la pièce A et pour la pièce C ? Justifier.

Questions ceinture verte

L'aire de la pièce C est de 49 dm^2 et la largeur de la pièce A est égale aux deux tiers de la longueur du côté du carré.

1. Déterminer les dimensions de la pièce A.
2. Kenzo aura-t-il besoin d'autant de fil doré pour la pièce A et pour la pièce C ? Justifier.

Questions ceinture noire

L'aire de la pièce C est de 36 dm^2. La pièce D est un agrandissement de la pièce A en multipliant ses dimensions par $\frac{11}{6}$.

1. Justifier que l'aire de la pièce D est obtenue en multipliant celle de A par $\frac{121}{36}$ et la calculer.
2. Déterminer ses dimensions, ainsi que les dimensions de la pièce A.

4 Puissances

TA MISSION

Découvrir de nouvelles écritures pour des nombres très petits ou très grands.

JEU

Saut de haies

Le gagnant de la course de haies est celui qui obtient le plus grand résultat à l'arrivée, en partant du nombre inscrit sur le dossard. Qui est le gagnant ?

POINT INFO

C'est en demandant à son neveu de baptiser le nombre qu'il venait de créer que le mathématicien américain Edward Kasner a donné naissance au « gogol ». L'écriture décimale du gogol est le chiffre 1 suivi de cent zéros. Il est supérieur au nombre d'atomes contenus dans l'univers. Le gogol a ainsi donné son nom à Google, pour symboliser l'immense volume d'informations disponibles sur le Web.

Voir problème n° 93 p. 101.

Activités

Prêts pour le décollage ?

QUESTIONS FLASH Questions flash supplémentaires

1 Écrire sous forme décimale les nombres suivants :
a. Douze millions
b. Trois milliards
c. Six millièmes
d. Cinquante-neuf cent-millièmes

2 Calculer le plus rapidement possible :
a. $2+2+2+2+2+2$
b. $5+5+5+5+5+5+5+5+5+5$
c. $10+10+10+10+10+10+10$
d. $3\times3\times3$
e. $2\times2\times2\times2\times2$

3 **a.** Quelle est l'aire d'un carré de côté 5 km ?
b. Quelle est l'aire d'un carré de côté 6 mm ?
c. Quel est le volume d'un cube d'arête 3 cm ?
d. Quel est le volume d'un cube d'arête 7 dm ?

4 Calculer :
a. $63{,}8\times10$ **b.** $7{,}821\times1\,000$
c. $5{,}9\times100$ **d.** $0{,}74\times10$
e. $5\times10\,000$ **f.** 52×100

5 Calculer :
a. $\dfrac{7{,}8}{10}$ **b.** $\dfrac{824}{100}$
c. $\dfrac{5\,999}{1000}$ **d.** $42{,}6\times0{,}1$
e. $49{,}23\times0{,}01$ **f.** $9\,485{,}7\times0{,}001$

6 Écrire les nombres suivants sous la forme d'une fraction décimale.
$A=398{,}7$ $B=5{,}06$ $C=34{,}125\,89$
$D=0{,}000\,9$ $E=1{,}002$ $F=4\,000{,}08$

7 Compléter :
a. 1 000 km = … m **b.** 52,3 km = … cm
c. 50 cm = … dm **d.** 980 dm = … cm
e. 7 mm = … m **f.** 600 dm = … dam

8 On considère le nombre 9 407 562,138.
a. Quel est son chiffre des millièmes ?
b. Quel est son chiffre des dizaines de milliers ?
c. Quel est son chiffre des unités ?
d. Quel est le rang du chiffre 9 ?
e. Quel est le rang du chiffre 1 ?
f. Quel est le rang du chiffre 4 ?

Activité 1 La rumeur

Léila habite à Lille. Cette nuit, elle a rêvé qu'elle prenait son petit-déjeuner avec Daisy Ridley, son actrice préférée. Elle écrit un SMS à ses dix meilleures amies à 9 h, mais en racontant l'anecdote, elle oublie de leur dire qu'il s'agit simplement d'un rêve. Chacune de ses dix amies annonce alors ce qu'elle vient d'apprendre à dix nouvelles personnes. Chacune de ces nouvelles personnes raconte cette histoire à dix autres personnes, et ainsi de suite.

• En supposant que l'information est répétée toutes les 10 minutes à des groupes de dix nouvelles personnes de l'agglomération lilloise, qui compte environ 1 200 000 habitants, à quelle heure la ville entière croira que Daisy Ridley a pris son petit-déjeuner avec Léila ?

Activité 2 Et si on continuait...

1. Donner l'écriture décimale de 10^6.
2. Reproduire et compléter le tableau suivant en commençant par la droite.

Puissances de 10									10^5	10^6
Écriture décimale										

÷ … ÷ … ÷ … ÷ … ÷ … ÷ … ÷ … ÷ … ÷ …

3. n désigne un nombre entier supérieur ou égal à 1. Quel est le lien entre 10^{-n} et 10^n ?

Activité 3 Ordre de grandeur

Voici huit objets de l'Univers :

 La Terre	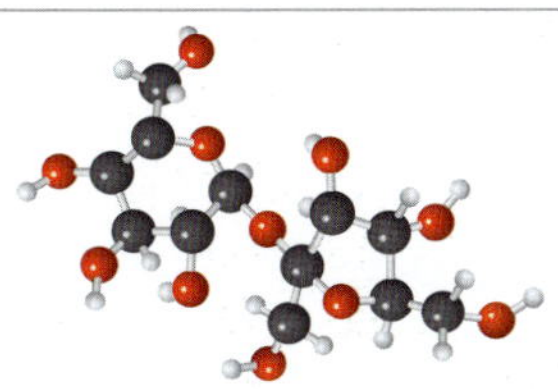 Une molécule	 Une galaxie	 Un smartphone
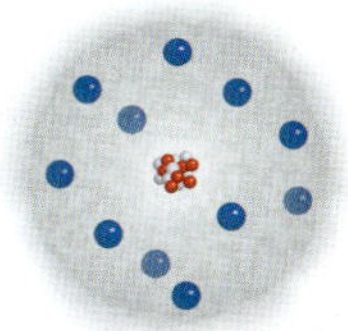 Un atome	 La plus haute tour du monde	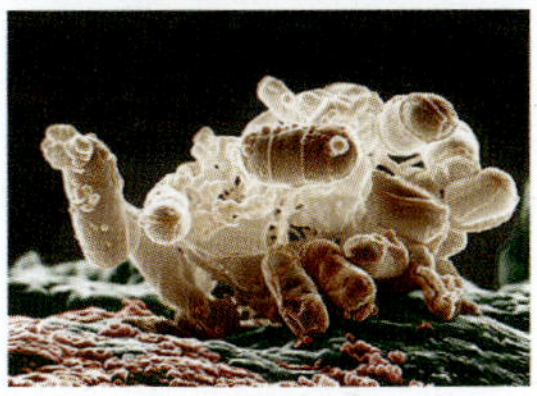 Une bactérie	 Le système solaire

Voici les dimensions approximatives de ces huit objets :

12 750 km	10^{-10} m	14 cm	12 milliards de km
828 m	2 µm	1 nm	10^{21} m

1. Associer à chaque objet sa dimension.
2. Écrire chacune de ces dimensions en mètres et sous la forme du produit d'un nombre décimal a, tel que $1 \leqslant a < 10$, par une puissance de dix.

1 micromètre (µm) est un millionième de mètre.
1 nanomètre (nm) est un milliardième de mètre.

Cette écriture est unique et s'appelle la notation scientifique (ou l'écriture scientifique) de ce nombre.

3. Classer les dimensions de ces objets dans l'ordre croissant.

Activité 4 Coupe-coupe

On prend une feuille de papier d'épaisseur 0,1 mm. On coupe cette feuille en deux et on superpose les deux parties obtenues. Puis on coupe ce paquet en deux, on superpose les deux parties obtenues, et ainsi de suite.

On imagine que la feuille est assez grande et que l'on dispose d'un massicot permettant de couper de grosses épaisseurs de papier.

Un massicot est une machine servant à couper les feuilles de papier disposées en pile.

- Quelle épaisseur totale de papier obtient-on après avoir coupé vingt fois la feuille de papier ?

Cours

1 Manipuler des grands nombres

Définition

n désigne un entier supérieur ou égal à 2.

Le produit de n facteurs égaux à 10 se note 10^n et se lit « **10 exposant *n*** » :

$$10^n = \underbrace{10 \times 10 \times \ldots \times 10}_{n \text{ facteurs}}$$

On dit que 10^n est une puissance de 10 d'exposant n.

On convient que $10^1 = 10$ et que $10^0 = 1$.

Exemples

- $10^3 = 10 \times 10 \times 10 = 1000$
- $10^7 = 10 \times 10 \times 10 \times 10 \times 10 \times 10 \times 10 = 10\,000\,000$

Propriété

n désigne un entier naturel.

$$10^n = 1\underbrace{00\ldots0}_{n \text{ zéros}}$$

Exemples

Nombre	Écriture décimale	Écriture à l'aide d'une puissance de 10
1 milliard	$1\,\underbrace{000\,000\,000}_{9 \text{ zéros}}$	10^9
mille	$1\,\underbrace{000}_{3 \text{ zéros}}$	10^3
238 millions	$238\,\underbrace{000\,000}_{6 \text{ zéros}}$	238×10^6

Définition

Pour faciliter la lecture de certaines grandeurs, on peut utiliser des préfixes multiplicateurs avec les unités :

Préfixe	Symbole	Puissance de 10	Nombre
déca	da	10^1	10 (dix)
hecto	h	10^2	100 (cent)
kilo	k	10^3	1 000 (mille)
méga	M	10^6	1 000 000 (un million)
giga	G	10^9	1 000 000 000 (un milliard)

Exemples

- 1 kg $= 10^3$ g $= 1\,000$ g

1 kilogramme vaut 1 000 grammes.

- 2 hm $= 2 \times 10^2$ m

2 hectomètres valent 200 mètres.

- 50 Mo $= 50 \times 10^6$ o $= 50\,000\,000$ o

50 mégaoctets valent 50 millions d'octets.

1 Manipuler des grands nombres

Apprends à l'aide des exercices résolus puis entraine-toi !

1 Donner l'écriture décimale des nombres suivants :

$A = 10^5$; $B = 102{,}56 \times 10^3$

Solution

10^5 se lit « 10 exposant 5 ». C'est le produit de 5 facteurs égaux à 10.

$A = 10^5 = 10 \times 10 \times 10 \times 10 \times 10 = \underbrace{100\,000}_{5 \text{ zéros}}$

L'écriture décimale de A est 100 000.

$B = 102{,}56 \times 10^3$
$B = 102{,}56 \times 1000$
$B = 102\,560$

10^3 est l'écriture de mille en puissance de 10. Dans 102,56 milliers, le chiffre des unités de mille est le 2.

L'écriture décimale de B est 102 560.

À toi de jouer

2 Donner l'écriture décimale des nombres suivants :

$A = 10^6$ | $B = 10^{12}$
$C = 42{,}1 \times 10^4$ | $D = 0{,}678 \times 10^9$
$E = 523 \times 10^5$ | $F = 7 \times 10^0$

→ Corrigé p. 314

3

Pays	France	Chine
Nombre d'habitants en 2018 (en millions)	67	1 415

1. Donner le nombre d'habitants de la France en 2018 à l'aide d'une puissance de 10 puis en écriture décimale.
2. Donner la population de la Chine en 2018 en milliards d'habitants.

Solution

1. En 2018, il y avait 67 millions d'habitants en France.
En puissance de 10 : 67×10^6 habitants.
En écriture décimale : 67 000 000 habitants.

2. 1 415 millions = 1 415 000 000
$= 1{,}415 \times 10^9$
= 1,415 milliard

En 2018, la Chine avait 1,415 milliard d'habitants.

1 est le chiffre des unités de milliards donc il y avait 1,415 milliard d'habitants en Chine en 2018.

À toi de jouer

4 Associer chaque nombre à son écriture décimale.

64×10^9	6 400 000
64 000 milliers	640 000 000
0,64 milliard	64 000 000 000
6,4 millions	64 000 000

→ Corrigé p. 314

5 La capacité d'une clé USB est de 31,2 Go. On suppose qu'un morceau de musique nécessite 5 Mo de mémoire.
- Combien de morceaux peut-on stocker dans cette clé USB ?

Solution

1 Go = 10^9 o (1 milliard d'octets) et 1 Mo = 10^6 o (1 million d'octets)
Attention, dans 31,2 Go le chiffre des unités de milliards d'octets est le 1.

31,2 Go = $31{,}2 \times 10^9$ octets = 31 200 000 000 o = 31 200 Mo

$\frac{31200}{5} = 6\,240$

On calcule ensuite combien de fois il y a 5 Mo dans 31 200 Mo.

On peut stocker 6 240 morceaux dans cette clé USB.

À toi de jouer

6 Dans une ferme de 70 vaches laitières, la production journalière de lait est de 1 700 L.
1. Quelle quantité de lait est produite chaque année dans cette ferme ? Donner le résultat en hectolitres.
2. En moyenne, quelle quantité de lait chaque vache produit-elle par jour ? Donner le résultat en litres, arrondi au centilitre près.

→ Corrigé p. 315

2 Manipuler des petits nombres

Définition

n désigne un entier strictement positif.

Le nombre 10^{-n} est l'inverse du nombre 10^n :

$$10^{-n} = \frac{1}{10^n}$$

Exemples

$$10^{-3} = \frac{1}{10^3} = \frac{1}{10 \times 10 \times 10} = \frac{1}{1\,000} = 0{,}001$$

$$10^{-5} = \frac{1}{10^5} = \frac{1}{10 \times 10 \times 10 \times 10 \times 10} = \frac{1}{100\,000} = 0{,}000\,01$$

Propriété

n désigne un entier strictement positif.

$$10^{-n} = \underbrace{0{,}0\ldots0}_{n \text{ zéros}}1$$

Exemples

Nombre	Écriture décimale	Écriture à l'aide d'une puissance de 10
1 millionième	$\underbrace{0{,}00000}_{6 \text{ zéros}}1$	10^{-6}
1 millième	$\underbrace{0{,}00}_{3 \text{ zéros}}1$	10^{-3}
257 dix-millièmes	0, 025 7	257×10^{-4}

Définition

Pour faciliter la lecture de certaines grandeurs, on peut utiliser des préfixes multiplicateurs avec les unités :

Préfixe	Symbole	Puissance de 10	Nombre
déci	d	10^{-1}	0,1 (un dixième)
centi	c	10^{-2}	0,01 (un centième)
milli	m	10^{-3}	0,001 (un millième)
micro	μ	10^{-6}	0,000 001 (un millionième)
nano	n	10^{-9}	0,000 000 001 (un milliardième)

Exemples

- 50 cL $= 50 \times 10^{-2}$ L $= 0{,}5$ L

50 centilitres valent 0,5 litre.

- 38 nm $= 38 \times 10^{-9}$ m

38 nanomètres valent 38 milliardièmes de mètres.

Savoir-faire

Apprends à l'aide des exercices résolus puis entraine-toi !

2 Manipuler des petits nombres

7 **1.** Donner l'écriture décimale de $A = 10^{-5}$.
2. Donner l'écriture décimale de $B = 5\,798 \times 10^{-4}$.

Solution

1. $A = 10^{-5}$

$A = \dfrac{1}{10^5} = \dfrac{1}{100\,000}$

$A = \underbrace{0{,}000\,01}_{5 \text{ zéros}}$

L'écriture décimale de A est 0,000 01.

> 10^{-5} se lit « 10 exposant −5 ». Par définition, 10^{-5} est l'inverse de 10^5.

2. $B = 5\,798 \times 10^{-4}$

$B = 5\,798 \times 0{,}0001$

$B = 0{,}579\,8$

> On écrit la puissance de 10 sous forme décimale.

L'écriture décimale de B est 0,579 8.

À toi de jouer

8 Donner l'écriture décimale des nombres suivants :

$A = 10^{-4}$ $B = 10^{-11}$ $C = 456 \times 10^{-4}$ $D = 67{,}8 \times 10^{-2}$ $E = 0{,}523 \times 10^{-3}$

→ Corrigé p. 315

9 **1.** Le diamètre d'un cheveu est de 0,000 056 m. Exprimer ce diamètre en micromètres.
2. La taille d'une particule de dioxyde de titane ultrafin est de 0,000 000 045 m. Exprimer cette taille en nanomètres.

Solution

1.

> On utilise la définition du micromètre : $1\ \mu m = 10^{-6}\ m = 0{,}000\,001\ m$

$0{,}000\,056\ m = 56 \times 0{,}000\,001\ m = 56\ \mu m$

Un cheveu a pour diamètre 56 µm.

2.

> On utilise la définition du nanomètre : $1\ nm = 10^{-9}\ m = 0{,}000\,000\,001\ m$

$0{,}000\,000\,045\ m = 45 \times 0{,}000\,000\,001\ m = 45\ nm$

La taille d'une particule de dioxyde de titane ultrafin est de 45 nm.

À toi de jouer

10 **1.** Une fourmi pèse environ 0,005 g. Exprimer cette masse en milligrammes.
2. Le diamètre d'un atome d'aluminium est de 0,000 000 000 24 m. Exprimer ce diamètre en nanomètres.

→ Corrigé p. 315

11 Une pile de 1 000 feuilles blanches a une hauteur de 15,8 cm. Calculer l'épaisseur d'une feuille blanche en micromètres.

Solution

$15{,}8\ cm = 0{,}158\ m$

> $1\ cm = 10^{-2}\ m$.

$\dfrac{0{,}158\ m}{1\,000} = 0{,}000158\ m$

> $1\ \mu m = 10^{-6}\ m = 0{,}000\,001\ m$ (un millionième de mètre)
> Dans 0,000 158 le chiffre des millionièmes est le 8.

$0{,}000\,158\ m = 158 \times 10^{-6}\ m = 158\ \mu m$

L'épaisseur d'une feuille blanche est de 158 micromètres.

À toi de jouer

12 **1.** Une pile de 1 000 feuilles blanches a une masse de 4,98 kg. Calculer la masse d'une feuille en mg.
2. Un flacon contient 1 litre d'huile essentielle, qui se dose à l'aide d'un compte-gouttes. Un flacon permet d'obtenir 10 450 gouttes d'huile essentielle. Calculer le volume d'une goutte d'huile essentielle en microlitres, arrondi à l'unité.

→ Corrigé p. 315

Cours

3 Déterminer la notation scientifique d'un nombre

Définition

La notation scientifique (ou écriture scientifique) d'un nombre décimal positif est l'écriture de ce nombre sous la forme $a \times 10^n$ où :

- a est un nombre décimal tel que $1 \leqslant a < 10$;
- n est un nombre entier relatif.

Le nombre a comporte un seul chiffre non nul avant la virgule.

▸ Exemples

- La notation scientifique de 1 785 000 000 (1 milliard 785 millions) est $1{,}785 \times 10^9$.
- La notation scientifique de 0,000 028 est $2{,}8 \times 10^{-5}$.

Remarque

L'écriture scientifique d'un nombre permet d'en déterminer facilement un **ordre de grandeur** :

- $1{,}785 \times 10^9$ est de l'ordre du milliard car sa puissance est 10^9.
- $2{,}8 \times 10^{-5}$ est de l'ordre du cent-millième car sa puissance est 10^{-5}.

4 Calculer avec des puissances

Définition

a est un nombre relatif et n est un entier supérieur ou égal à 2.

Le produit de n facteurs égaux à a se note a^n et se lit « ***a* exposant *n*** » :

$$a^n = \underbrace{a \times a \times \ldots \times a}_{n \text{ facteurs}}$$

On dit que ce produit est **une puissance de *a* d'exposant *n***.

On convient que $a^1 = a$ et que, si $a \neq 0$, $a^0 = 1$.

▸ Exemples

$2^5 = 2 \times 2 \times 2 \times 2 \times 2 = 32$

L'écriture décimale de 2^5 est 32.

$(-3)^4 = (-3) \times (-3) \times (-3) \times (-3) = 81$

L'écriture décimale de $(-3)^4$ est 81.

Convention

Dans une expression sans parenthèses comportant des puissances, on effectue d'abord les puissances, puis les multiplications et les divisions et enfin les additions et les soustractions.

Remarque

La puissance d'un nombre négatif s'écrit donc avec des parenthèses : $(-2)^4 = 16$ mais $-2^4 = -16$!

▸ Exemples

$A = 1 + 3 \times 2^3$

$A = 1 + 3 \times 8$

$A = 1 + 24$

$A = 25$

$B = 3{,}5 \times 10^5 + 7 \times 10^4$

$B = 3{,}5 \times 100\,000 + 7 \times 10\,000$

$B = 350\,000 + 70\,000$

$B = 420\,000$

En notation scientifique : $B = 4{,}2 \times 100\,000 = 4{,}2 \times 10^5$

Savoir-faire

Apprends à l'aide des exercices résolus puis entraine-toi !

3 Déterminer la notation scientifique d'un nombre

13 **1.** Donner la notation scientifique de $A = 2\,569$ et de $B = 43{,}6 \times 10^{-3}$.
2. Les nombres A et B sont-ils du même ordre de grandeur ?

Solution

1. $2\,569 = 2{,}569 \times 1\,000 = 2{,}569 \times 10^3$
La notation scientifique de A est $2{,}569 \times 10^3$.

On cherche le premier chiffre non nul de 2 569 : c'est le 2, qui est le chiffre des unités de mille. Donc la puissance est 10^3.

$43{,}6 \times 10^{-3} = 43{,}6 \times 0{,}001 = 0{,}043\,6$
$0{,}043\,6 = 4{,}36 \times 10^{-2}$
La notation scientifique de B est $4{,}36 \times 10^{-2}$.

On cherche le premier chiffre non nul de 0,043 6 : c'est le 4, qui est le chiffre des centièmes, donc la puissance est 10^{-2}.

2. $A = 2{,}569 \times 10^3$ est de l'ordre du millier (10^3).
$B = 4{,}36 \times 10^{-2}$ est de l'ordre du centième (10^{-2}).
Donc A et B ne sont pas du même ordre de grandeur (l'un est un grand nombre, l'autre un petit nombre).

À toi de jouer

14 **1.** Donner la notation scientifique des nombres suivants :

$A = 17\,680$ $B = 0{,}012$ $C = 45{,}6 \times 10^3$ $D = 0{,}34 \times 10^{-5}$

2. Parmi ces nombres, lesquels sont du même ordre de grandeur ?

→ Corrigé p. 315

4 Calculer avec des puissances

15 Donner l'écriture décimale des nombres suivants : $A = 3^5$; $B = (-4)^3$.

Solution

On utilise la définition.

$$A = 3^5 = \underbrace{3 \times 3 \times 3 \times 3 \times 3}_{5 \text{ facteurs}} = 243$$

L'écriture décimale de A est 243.

$$B = (-4)^3 = \underbrace{(-4) \times (-4) \times (-4)}_{3 \text{ facteurs}} = -64$$

L'écriture décimale de B est −64.

À toi de jouer

16 Donner l'écriture décimale des nombres suivants :

$A = 5^4$ $B = (-2)^7$ $C = (-10)^3$

→ Corrigé p. 315

17 Donner l'écriture décimale du nombre suivant :
$$A = 5 \times 10^3 - \left(7 \times 10^{-2} + 3\right)$$

Solution

On commence par calculer les puissances, qui sont prioritaires. Puis on effectue les multiplications et enfin les additions et soustractions.

$A = 5 \times 10^3 - \left(7 \times 10^{-2} + 3\right)$
$A = 5 \times 1000 - (7 \times 0{,}01 + 3)$
$A = 5\,000 - (0{,}07 + 3)$
$A = 5\,000 - 3{,}07$
$A = 4\,996{,}93$

À toi de jouer

18 Sans calculatrice, donner l'écriture décimale des nombres suivants :

$A = 6 + 2 \times 7^2$ $B = 6 - 5^3 \times 4 + 100$
$C = (-3)^3 \times 2 + 2 \times 5^2$ $D = 5{,}8 \times 10^6 + 7{,}23 \times 10^3$

→ Corrigé p. 315

Exercices

Ressources téléchargeables

Manipuler des grands nombres

→ Savoir-faire p. 89

QUESTIONS FLASH

19 Compléter les phrases suivantes avec les mots : exposant ; puissance ; produit ; facteurs.

a. 10^4 se lit « 10 … 4 ».

b. 10^3 est une … de 10 d' … 3.

c. 10^6 est le … de six … tous égaux à 10.

d. Dans l'écriture 10^9, 9 est appelé …

20 Compléter les unités suivantes par le préfixe qui convient parmi cette liste : déca ; hecto ; kilo ; méga ; giga.

a. 5 dam sont égaux à 5 …mètres.

b. 3 000 grammes sont égaux à 3 …grammes.

c. 5 milliards d'octets sont égaux à 5 …octets.

d. Une centrale électrique a une puissance de 5 MW, ce qui se lit « 5 …watts ».

21 **Vrai ou faux ?**

a. $10^5 = 10 \times 5$ **b.** $10^4 = 10\,000$

c. $10^0 = 0$ **d.** $10^3 = 10 \times 10 \times 10$

e. $3 \times 10^4 = 30\,000$ **f.** $32{,}4 \times 10^2 = 32{,}400$

22 **Vrai ou faux ?**

a. $60\,000 = 6 \times 10^4$

b. $3{,}5 \times 10^6 = 35\,000\,000$

c. 89 milliards = 89 000 000

d. 57 dixièmes = 0,57

e. 21 millions = 21×10^7

f. $1\,830 = 18{,}3 \times 10^3$

23 **Vrai ou faux ?**

a. 1 000 000 o = 1 Mo

b. 13 500 g = 135 kg

c. 354 hL = 3 540 L

d. 3 km 2 dam 7 m = 327 m

24 **Vrai ou faux ?**

a. 10^6 o = 1 Mo

b. 10^4 J = 10 kJ

c. 10^2 m = 1 dam

d. 10^3 g = 1 kg

e. 3×10^9 W = 3 GW

o est le symbole de l'octet, J celui de la Joule et W celui du Watt.

Questions flash supplémentaires

25 Donner l'écriture décimale des nombres suivants.

a. 10^5 **b.** 10^{10} **c.** 10^0

d. -10^1 **e.** 10^6 **f.** -10^4

26 Écrire les nombres suivants à l'aide d'une puissance de 10.

a. 10 000 **b.** 10 000 000 **c.** 1

d. cent **e.** cent mille **f.** mille milliards

27 Associer chaque nombre d'une pièce rouge à une écriture décimale d'une pièce bleue.

Pièces rouges	Pièces bleues
45×10^5	45
$4{,}5 \times 10^3$	4 500
$0{,}045 \times 10^9$	4 500 000
45×10^0	45 000 000

28 Voici quatre copies d'écran de calculatrices :

DEG $8{,}76 \times 10^6$	DEG $-1{,}2 \times 10^4$
DEG $-3{,}6 \times 10^1$	DEG 6000×10^0

• Donner l'écriture décimale correspondant à chaque affichage.

29 La masse d'un cube de fer d'un mètre d'arête est de $7{,}874 \times 10^6$ g.

• Calculer la masse d'un pavé droit en fer dont les dimensions sont 4 m, 2 m et 2,5 m. Donner le résultat en tonnes.

30 Dans chacun des cas suivants, calculer la puissance P en watts (symbole : W), puis la convertir dans l'unité qui semble la plus appropriée : en mégawatts (MW) ou en gigawatts (GW).

a. $P = 10\,000 \times 300 \times 4\,500$ W

b. $P = 456 \times 10^3 \times 4 \times 10^5$ W

c. $P = 3 \times 10^6 + 345 \times 10^3$ W

MODE EXPERT

31 CALCUL MENTAL Trouver l'écriture décimale qui complète chacune des deux égalités suivantes.

A est le symbole de l'ampère, une unité de mesure de l'intensité du courant électrique.

a. 4 km 5 hm 3 m = … m

b. 56 MA + 768 kA + 5 hA + 23 A = … A

32 CALCUL MENTAL Calculer mentalement le plus rapidement possible :

a. $395\,099\,154 - 3 \times 10^1 - 8 \times 10^4 + 2 \times 10^5$

b. $314 \times 10^5 + 9 \times 10^7 - 10^6$

Manipuler des petits nombres

→ Savoir-faire p. 91

QUESTIONS FLASH

33 Compléter les phrases suivantes avec les mots : exposant ; puissance ; inverse.
a. 10^{-3} se lit « 10 … −3 ».
b. 10^{-2} est une … de 10 d' … −2.
c. 10^{-8} est l' … du nombre 10^{8}.
d. Dans l'écriture 10^{-6}, −6 est appelé …

34 Compléter les unités suivantes par le préfixe qui convient parmi cette liste : déci ; centi ; milli ; micro ; nano.
a. 5 dixièmes de litres sont égaux à 5 …litres.
b. 1 milliardième de seconde est égal à 1 …seconde.
c. 3 millionièmes de grammes sont égaux à 3 …grammes.
d. Un chargeur fonctionne en 2 mA, ce qui se lit « 2 …ampères ».

35 **Vrai ou faux ?**
a. $10^{-5} = \dfrac{1}{100\,000}$
b. $\dfrac{1}{100} = 0,001$
c. $10^{0} = 1$
d. $10^{-4} = 0,000\,1$
e. $3 \times 10^{-4} = 0,000\,03$
f. $3,74 \times 10^{-2} = 0,0374$

36 **Vrai ou faux ?**
a. 3 µm = 0,000 003 m
b. 0,003 1 g = 31 mg
c. 354 nm = 0,000 000 354 m
d. 3 m 2 dm 6 mm = 3 026 mm

37 **Vrai ou faux ?**
a. 10^{-3} A = 1 mA
b. 10^{-9} g = 10 ng
c. 10^{-2} m = 1 dm
d. 10^{-6} m = 1 mm
e. 7×10^{-6} m = 7 µm
f. 13×10^{-6} m = 1,3 µm

A est le symbole de l'ampère.

Questions flash supplémentaires

38 Donner l'écriture décimale des nombres suivants.
a. 10^{-4} b. 10^{-1} c. -10^{-5} d. -10^{-9}

39 Écrire les nombres suivants à l'aide d'une puissance de 10.
a. 0,01
b. 0,000 000 001
c. 0,000 01
d. un millième
e. un millionième
f. $\dfrac{1}{10\,000}$
g. $\dfrac{1}{100\,000}$

40 Associer chaque nombre d'une pièce rouge à une écriture décimale d'une pièce bleue.

Pièces rouges	Pièces bleues
32×10^{-4}	3,2
$3\,200 \times 10^{-3}$	0,000 032
$0,32 \times 10^{-1}$	0,032
$3,2 \times 10^{-5}$	0,003 2

41 Voici quatre copies d'écran de calculatrices :

8,2×10⁻³ → $8,2\times10^{-3}$	1256×10^{-6}
$-23,5\times10^{-2}$	-890×10^{-1}

• Donner l'écriture décimale correspondant à chaque affichage.

42 Calculer la masse d'une épingle sachant que 10 000 épingles ont pour masse 867 g. Donner le résultat en mg.

43 Calculer la longueur L donnée ci-dessous en mètres puis donner le résultat en micromètres.

$$L = \frac{3 \times 0,25}{40\,000} \text{ m}$$

44 Dans chacun des cas suivants, calculer la longueur L en mètres, puis la convertir dans l'unité qui semble la plus appropriée : mm, µm, nm.
a. $L = 3 \times 0,001 \times 0,045$ m
b. $L = \dfrac{456}{10^{5}} \times 4 \times 10^{-7}$ m
c. $L = 3 \times 10^{-4} + 345 \times 10^{-3}$ m

45 Soit $P = 4 + 3 \times 10^{-1} + 2 \times 10^{-3}$.
1. Donner l'écriture décimale de P.
2. Écrire P sous la forme d'un produit d'un nombre entier par une puissance de 10.
3. Écrire P sous la forme d'une somme d'un nombre entier et d'une fraction inférieure à 1.

MODE EXPERT

46 CALCUL MENTAL Trouver l'écriture décimale qui complète chaque égalité suivante.
a. 4 m 5 cm 3 mm = … m
b. 56 hL + 768 L + 5 cL + 23 mL = … L

47 CALCUL MENTAL Calculer mentalement le plus rapidement possible :
a. $381,077\,214 - 7 \times 10^{-2} - 2 \times 10^{-5} + 2 \times 10^{2}$
b. $314 \times 10^{-2} + 9 - 10^{-1} + 3 \times 10^{-2}$

Exercices

Déterminer la notation scientifique d'un nombre

→ Savoir-faire p. 93

QUESTIONS FLASH

48 Parmi les nombres suivants, quels sont ceux qui sont écrits sous forme scientifique ?

a. $1{,}3 \times 10^{7}$ **b.** $37{,}6 \times 10^{-2}$
c. 2×10^{0} **d.** $0{,}000\,9 \times 10^{5}$
e. 360 **f.** $8{,}9 \times 10^{-15}$

49 Dans chacun des cas suivants, donner l'unique bonne réponse.

1. La notation scientifique du nombre 70 000 est :
a. 70×10^{3} **b.** $7 \times 10\,000$ **c.** 7×10^{4}

2. La notation scientifique du nombre 134 000 est :
a. 134×10^{3} **b.** $1{,}34 \times 10^{5}$ **c.** $1{,}34 \times 10^{6}$

3. La notation scientifique du nombre 0,004 2 est :
a. $4{,}2 \times 10^{3}$ **b.** $4{,}2 \times 10^{-2}$ **c.** $4{,}2 \times 10^{-3}$

50 Compléter les phrases suivantes sur le modèle de l'exemple ci-dessous :

*Dans l'écriture décimale 4 579,32 le chiffre non nul le plus à gauche est **4** et c'est le chiffre des **unités de mille**.*

a. Dans l'écriture décimale 567, le chiffre non nul le plus à gauche est … et c'est le chiffre des …

b. Dans l'écriture décimale 0,134, le chiffre non nul le plus à gauche est … et c'est le chiffre des …

c. Dans l'écriture décimale 7 031 908, le chiffre non nul le plus à gauche est … et c'est le chiffre des …

51 Parmi les nombres suivants, lesquels sont du même ordre de grandeur ?

A = 1 567 400 B = $3{,}2 \times 10^{2}$
C = 0,003 D = $2\,318 \times 10^{-6}$
E = $2\,091 \times 10^{3}$ F = 274

52 Dans chacun des cas suivants, donner l'unique bonne réponse.

1. La notation scientifique de 576 000 est :
a. 576×10^{3} **b.** $5{,}76 \times 10^{5}$ **c.** $5{,}76 \times 10^{6}$

2. La notation scientifique de 0,050 2 est :
a. $5{,}02 \times 10^{-1}$ **b.** $5{,}02 \times 10^{-2}$ **c.** $5{,}02 \times 10^{-3}$

3. La notation scientifique de $113{,}45 \times 10^{3}$ est :
a. $1{,}134\,5 \times 10^{5}$ **b.** $1{,}134\,5 \times 10^{1}$ **c.** $1{,}134\,5 \times 10^{-2}$

Questions flash supplémentaires

53 Compléter les notations scientifiques suivantes.

a. $4\,465 = \ldots \times 10^{3}$ **b.** $0{,}003\,5 = 3{,}5 \times 10^{\cdots}$
c. $9\,234\,000 = 9{,}234 \times 10^{\cdots}$ **d.** $67\,463 = \ldots \times 10^{4}$

54 Donner la notation scientifique des nombres suivants.

a. 7 654 **b.** 17 000 000 **c.** 34,7
d. 0,007 6 **e.** 0,000 872 **f.** 9

55 Associer chaque nombre d'une pièce rouge à une notation scientifique d'une pièce bleue.

Pièces rouges : $0{,}37 \times 10^{3}$; 37×10^{-6} ; $0{,}000\,37 \times 10^{-2}$

Pièces bleues : $3{,}7 \times 10^{-6}$; $3{,}7 \times 10^{2}$; $3{,}7 \times 10^{-5}$

56 Donner la notation scientifique de chacun des nombres suivants.

a. 789×10^{4} **b.** $0{,}67 \times 10^{-3}$
c. $0{,}003 \times 10^{6}$ **d.** $12{,}8 \times 10^{-1}$

57 **1.** Donner la notation scientifique en mètres de la distance suivante : 4,467 km.

2. Donner la notation scientifique en litres de la quantité suivante : 35,8 mL.

3. Donner la notation scientifique en kilogrammes de la masse suivante : 367 g.

58 **1.** Classer dans l'ordre croissant les nombres suivants :

A = 7×10^{5} B = $12{,}9 \times 10^{-6}$
C = $1{,}31 \times 10^{-1}$ D = $1{,}37 \times 10^{2}$
E = $1{,}365 \times 10^{-3}$ F = $1{,}37 \times 10^{-3}$

2. Décrire avec précision une méthode qui permet de comparer des nombres donnés en notation scientifique.

59 Voici les diamètres de quelques planètes du système solaire :

- Terre : $1{,}275\,6 \times 10^{4}$ km
- Mercure : $4{,}878 \times 10^{3}$ km
- Saturne : $1{,}205\,36 \times 10^{5}$ km
- Vénus : $1{,}210\,4 \times 10^{4}$ km

• Ranger ces planètes dans l'ordre croissant de leurs diamètres.

60 Classer dans l'ordre croissant les nombres suivants :

465 ; $7{,}68 \times 10^{2}$; $3\,687 \times 10^{-2}$; 982×10^{-1}

3 768 4 36,87 1 98,2 2

MODE EXPERT

61 Trouver mentalement et le plus rapidement possible, l'écriture scientifique des distances suivantes en mètres.

a. 3 km 6 hm 7 dam

b. 7 dm + 34,7 cm

c. Un centième de treize milliardièmes de décimètres.

Calculer avec des puissances

→ Savoir-faire p. 93

QUESTIONS FLASH

62 Compléter les phrases suivantes avec les mots : exposant ; puissance ; facteurs ; produit.
a. 4^5 se lit « 4 … 5 ».
b. 6^8 est une … de 6 d' … 8.
c. 7^4 est le … de quatre … tous égaux à 7.
d. 9 est l' … de 11^9.

63 **Vrai ou faux ?**
a. $3^4 = 3 \times 4$ **b.** $3^5 = 300\,000$
c. $5^0 = 0$ **d.** $2^6 = 2 \times 2 \times 2 \times 2 \times 2 \times 2$
e. $(-4)^2 = 4^2$ **f.** $(-4)^7 = -4^7$

64 Dans chacun des cas suivants, dire si le nombre est positif ou négatif.
a. $(-7)^3$ **b.** -3^5 **c.** $(-10)^3$
d. $(-1)^{16}$ **e.** $-(-9)^7$ **f.** $(-2{,}3)^{250}$

65 **Vrai ou faux ?**
a. $2^2 = 200$ **b.** $5^3 = 125$
c. $2^2 \times 5^2 = 100$ **d.** $2^3 \times 5^3 \times 7 = 7^4$
e. $3^7 \times 3 = 3^8$ **f.** $3 \times (-10)^2 = -300$

66 **Vrai ou faux ?**
a. Si on multiplie 30 par lui-même 3 fois, on obtient 90.
b. Si on calcule le produit de 4 facteurs égaux à 20, on obtient 160 000.
c. Lundi, je mets 2 € dans une boite puis, chaque jour, je double la somme d'argent contenue dans cette boite. Dimanche, il y aura plus de 100 € dans la boite.

Questions flash supplémentaires

67 Écrire les nombres suivants sous la forme d'une puissance d'un nombre.
$A = 4 \times 4 \times 4 \times 4 \times 4 \times 4 \times 4 \times 4$
$B = (-7) \times (-7) \times (-7) \times (-7)$
$C = -0{,}8 \times 0{,}8 \times 0{,}8 \times 0{,}8 \times 0{,}8 \times 0{,}8 \times 0{,}8$
$D = 1$

68 CALCUL MENTAL Donner l'écriture décimale de chacun des nombres suivants.
a. 2^5 **b.** 8^2 **c.** 10^7 **d.** $0{,}1^3$
e. $2{,}5^2$ **f.** $(-3)^4$ **g.** -3^4 **h.** $(-5)^3$

69 CALCUL MENTAL Donner l'écriture décimale de chacun des nombres suivants.
$A = 6 + 3 \times 10^2$ $B = 3 \times (-2)^3 + 16$
$C = 10 + 5^2 \times (-2)^3$ $D = (-2)^6 - 7 \times (-1)^{10} + 15$

70 Associer chaque nombre d'une pièce rouge à son écriture décomposée.

$2^4 \times 3^2$	$2 \times 2 \times 3 \times 3 \times 3 \times 3$
$2^2 \times 3^4$	$2 \times 2 \times 2 \times 3 \times 3$
$\dfrac{3^2}{2^3}$	$2 \times 2 \times 3 \times 3 \times 3$
$3^3 \times 2^2$	$\dfrac{3 \times 3}{2 \times 2 \times 2}$
$\dfrac{2^7 \times 3^2}{2^4}$	$2 \times 2 \times 2 \times 2 \times 3 \times 3$

71 En utilisant la définition d'une puissance, écrire les nombres suivants sous la forme d'une seule puissance.
$A = 10^2 \times 10^5$ $B = \dfrac{10^7}{10^2}$ $C = 10^4 \times 10^{-3}$
$D = 3^4 \times 3^3$ $E = (-2)^3 \times (-2)^2$ $F = \dfrac{2^8}{2^3}$

72 CALCUL MENTAL Voici une expression littérale :
$$A = 2x^2 - 5x^3$$
Calculer A pour :
a. $x = 1$ **b.** $x = 10$ **c.** $x = 3$ **d.** $x = -5$

73 **1.** Écrire les nombres suivants sous la forme d'un produit de puissances de nombres premiers.
$A = 2 \times 2 \times 2 \times 3 \times 3 \times 5 \times 5 \times 5$
$B = 2 \times 7 \times 5 \times 7 \times 2 \times 2 \times 7$
2. Décomposer 2 200 en produit de facteurs premiers puis donner son écriture sous la forme d'un produit de puissances de nombres premiers.

74 **1.** Pour chacun des nombres suivants, prouver qu'il n'est pas un nombre premier :
9 ; 351 ; 9 800

> Pense aux critères de divisibilité par 2 ; 3 ; 5 ; 9 ; 10.

2. Décomposer chacun des nombres précédents en produit de facteurs premiers puis donner son écriture sous la forme d'un produit de puissances de nombres premiers comme dans l'exemple ci-dessous :
$$198 = 2 \times 3 \times 3 \times 11 = 2 \times 3^2 \times 11$$

MODE EXPERT

75 CALCUL MENTAL Sans calculatrice, calculer C et donner le résultat en écriture scientifique.
$$C = \frac{9{,}54 \times 10^7 + 4{,}63 \times 10^7}{2 \times 10^3}$$

76 Voici une expression littérale : $D = \dfrac{10x^2 + y^3}{3xy}$.
Calculer D et donner le résultat sous forme de fraction irréductible pour :
a. $x = 1$ et $y = 10$ **b.** $x = 0{,}1$ et $y = 2$
c. $x = -3$ et $y = -5$

Faire le point

Version interactive du QCM

Vérifie tes connaissances.

QCM

Donner la ou les bonnes réponses parmi les trois proposées.

1 Manipuler des grands nombres

	Réponse A	Réponse B	Réponse C
1. 10^8 est égal à :	100 000 000	1 000 000 000	80
2. $4{,}5 \times 10^6$ est égal à :	4,500 000 0	45 000 000	4 500 000
3. 5,23 Gm est égal à :	523 000 m	5 230 000 m	5 230 000 000 m
4. Trois millions de mètres peuvent s'écrire :	3 000 000 m	3 mm	3 000 km

2 Manipuler des petits nombres

	Réponse A	Réponse B	Réponse C
1. 10^{-4} est égal à :	0,000 1	0,000 01	−40
2. $57{,}43 \times 10^{-2}$ est égal à :	0,574 3	5 743	$5{,}743 \times 10^{-1}$
3. Un nombre compris entre 10^{-5} et 10^{-4} est :	0,000 045	578×10^{-5}	$0{,}803 \times 10^{-4}$
4. 3 µs est égal à :	0,000 003 s	0,000 3 s	0,3 s

3 Déterminer l'écriture scientifique d'un nombre

	Réponse A	Réponse B	Réponse C
1. 0,004 mm est inférieur à :	7 µm	3 µm	0,000 009 m
2. $5{,}81 \times 10^{-5}$ est l'écriture scientifique de :	0,005 81	0,000 581	0,000 058 1
3. L'écriture scientifique de 9 500 000 est :	95×10^5	$9{,}5 \times 10^6$	$9\,500 \times 10^3$
4. L'écriture scientifique de $624{,}3 \times 10^5$ est :	$6{,}243 \times 10^5$	$6{,}243 \times 10^3$	$6{,}243 \times 10^7$

4 Calculer avec des puissances

	Réponse A	Réponse B	Réponse C
1. $3 \times 3 \times 3 \times 3 \times 3$ est égal à :	3×5	5^3	3^5
2. 6^4 est égal à :	24	6 000	1 296
3. $1 + 0{,}5 \times 2^2$ est égal à :	9	3	2
4. $(-2)^4$ est égal à :	16	−8	−16
5. $(2+3)^3$ est égal à :	$2^3 + 3^3$	5^3	125
6. Si $x = -2$, alors $3x^2 + 5$ est égal à :	−7	17	41

→ Corrigé p. 315

Carte mentale

Ressource téléchargeable

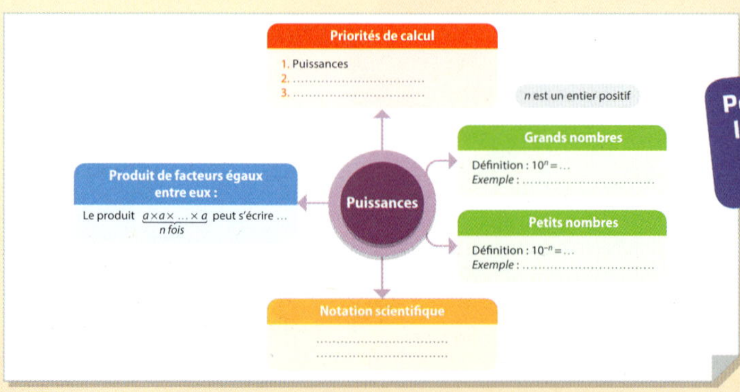

Pour t'aider à retenir le cours, télécharge et complète cette carte mentale.

Algorithmique et outils numériques

77 Loi de Titius-Bode

La loi de Titius-Bode, énoncée en 1766, permettrait de connaitre approximativement la distance d au Soleil d'une planète (en unités astronomiques) en fonction de son rang n dans le système solaire :

$$d = 0,4 + 0,3 \times 2^{n-2}$$

On souhaite contrôler la validité de cette loi.

1. À l'aide d'un tableur, reproduire cette feuille de calcul :

	A	B	C	D
1	n	Planète	Distance réelle (en UA)	Distance donnée par la loi de Titius-Bode (en UA)
2	1	Mercure	0,38	0,55
3	2	Vénus	0,72	
4	3	Terre	1	
5	4	Mars	1,52	
6	5	?		2,8
7	6	Jupiter	5,21	
8	7	Saturne	9,54	
9	8	Uranus	19,18	
10	9	Neptune	30,11	

2. Quelle formule peut-on écrire en D2, puis recopier vers le bas ?

La « planète manquante » est Cérès. Elle a été observée pour la première fois en 1801 à la distance prévue par la loi de Titius-Bode. Elle a perdu son statut de planète en 1850 pour ne devenir que le plus gros corps sphérique de la ceinture d'astéroïdes.

3. Conclure quant à la validité de la loi de Titius-Bode.

78 Proposition

M. Rio fait la proposition suivante à l'un de ses amis M. Ka : « Demain, je te donne 10 € et toi, pour me remercier, tu me donneras 1 centime. Le mois suivant, je te donnerai à nouveau 10 € et tu me donneras cette fois 10 centimes. Nous continuerons ces échanges pendant un an. Ainsi :

- je te donne chaque mois la somme de 10 € ;
- tu me donnes chaque mois dix fois la somme que tu m'as donnée le mois précédent ».

M. Ka réfléchit et accepte la proposition.

1. Quelle somme devra donner M. Ka le troisième mois ? Combien aura-t-il alors reçu ?

2. À l'aide d'un tableur, compléter le tableau ci-dessous.

	A	B	C	D	E
1	Mois n°	Somme reçue par M. Ka ce mois	Somme totale reçue par M. Ka à la fin de ce mois	Somme reçue par M. Rio ce mois	Somme totale reçue par M. Rio ce mois
2	1				
3	2				
4	3				
5	4				
6	5				

3. M. Ka accepte la proposition de M. Rio, se disant qu'il sera forcément gagnant et que son ami est bien bête de lui faire une telle proposition. A-t-il bien fait ?

79 Propagation d'un virus informatique

Un ordinateur est infecté par un virus nouveau contre lequel les antivirus sont impuissants pour le moment. Le virus accède au carnet d'adresses et s'envoie automatiquement à dix nouvelles adresses pour ainsi infecter dix nouveaux ordinateurs. Cela prend 1 seconde.

1. Combien de nouveaux ordinateurs sont infectés au bout de 3 secondes ? Et combien au total ?

2. On veut déterminer le nombre de nouveaux ordinateurs infectés chaque seconde.

a. Reproduire la feuille de calcul ci-dessous.

	A	B	C
1	Temps (en s)	Nombre de nouveaux ordinateurs infectés	Nombre total d'ordinateurs infectés
2	1	10	11
3	2		
4	3		
5	4		

b. Quelle formule faut-il écrire en B3 et recopier vers le bas ? Et en C3 ?

3. Combien de secondes au minimum faut-il pour infecter la totalité du parc informatique mondial constitué de plus de 2,5 milliards d'ordinateurs ?

80 Calculs de puissances de 10

1. Écrire un script qui permet de calculer 10^7.

2. À l'aide des instructions ci-dessous, écrire un script qui permet de calculer 10^n où la valeur de n peut être choisie par l'utilisateur.

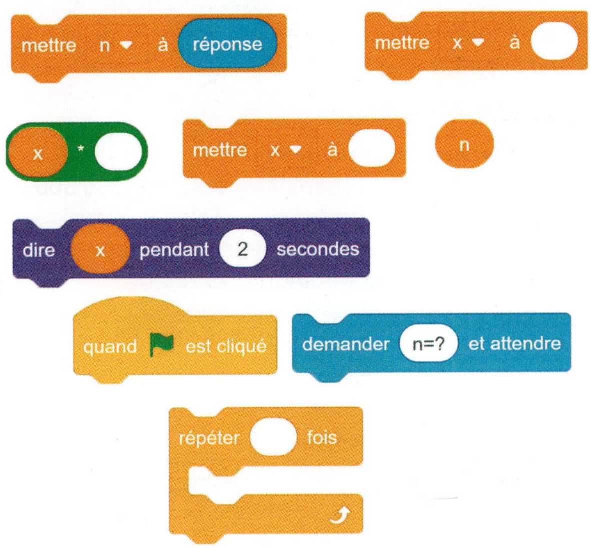

3. À partir de quelle puissance de 10 la réponse sera-t-elle donnée par le lutin en écriture scientifique ?

Problèmes

ceinture jaune · ceinture verte · ceinture noire

81 Si grand, si petit
Représenter

Exprimer les grandeurs suivantes en notation scientifique.

a. L'âge de la Terre : 4,5 milliards d'années.
b. La taille d'une bactérie : 1,5 µm.
c. Le nombre d'habitants sur Terre : 7,7 milliards.
d. La vitesse de la lumière : 300 000 000 m/s.
e. L'extinction des dinosaures : –65 millions d'années.
f. La taille d'une molécule d'eau : 0,000 000 000 1 m.

82 Que d'atomes
Représenter

On estime le nombre d'atomes présents dans le corps humain à environ dix milliards de milliards de milliards.

• Écrire ce nombre sous la forme d'une puissance de 10.

83 Planètes
Représenter

On connait avec certitude l'existence de huit planètes dans le Système Solaire.

Planète	Distance moyenne au Soleil
Uranus	$28,7 \times 10^8$ km
Vénus	108 000 000 km
Neptune	$4,497 \times 10^9$ km
Mars	228 Gm
Mercure	58×10^6 km
Jupiter	$0,778 \times 10^9$ km
Terre	15×10^7 km

• Classer ces planètes de la plus proche à la plus éloignée du Soleil, après avoir déterminé l'écriture scientifique de chacune des distances du tableau en kilomètres.

84 Année-lumière
Calculer, Modéliser, Représenter

La lumière parcourt dans le vide environ 300 000 km par seconde.

• Quelle distance parcourt-elle en 365 jours ? Exprimer ce résultat en notation scientifique.

Cette distance est appelée une année-lumière.

85 Du cœur
Calculer, Modéliser, Représenter

Le cœur humain effectue environ 75 battements par minute. On suppose que la durée de vie moyenne d'une personne est de 80 ans.

• Combien de fois le cœur d'une personne bat-il durant sa vie ? Donner le résultat en notation scientifique.

86 Hard drive
Calculer, Modéliser, Communiquer

A video file is 800 MB (megabytes) in size. How many video files can you store on a 2 000 GB (gigabytes) hard drive?

87 Éolienne
Représenter, Calculer

Une éolienne produit 5 GWh d'électricité par an. On suppose qu'une personne a besoin de 7 000 kWh d'électricité par an.

Wh est le symbole des wattheures.

• De combien de personnes une éolienne couvre-t-elle les besoins en électricité pour un an ?

88 Ça butine !
Chercher, Calculer, Modéliser

Sur une durée d'un mois, une ruche produit 50 kg de miel. Pour produire 1 kg de miel, 6 000 abeilles doivent butiner 5 500 000 fleurs.

• Déterminer le nombre de fleurs butinées pour fabriquer le miel d'une ruche sur un mois. Donner le résultat en notation scientifique.

89 En boucle
Calculer, Modéliser, Communiquer

On considère le script ci-dessous.

1. Quelle est la valeur de la variable nombre au début de l'exécution du script ?
2. Quelle est la valeur de la variable nombre à la fin de l'exécution du script ? Écrire cette valeur en notation scientifique.

90 Calculatrice
Modéliser, Représenter, Communiquer

1. Quelle est l'écriture décimale de $\frac{10^{10}+1}{10^{10}}$?
2. Iliès utilise sa calculatrice pour effectuer ce calcul. Le résultat affiché est 1. Iliès pense que sa calculatrice ne fonctionne plus. A-t-il raison ?

91 Décomposition

Raisonner, Calculer

1. Décomposer 1 100 et 150 en produit de facteurs premiers, en utilisant la notation puissance.

2. En observant ces deux décompositions, répondre aux questions suivantes :

a. En dehors de 1, quel est le plus petit diviseur commun à 1 100 et 150 ?

b. Quel est le plus grand diviseur commun à 1 100 et 150 ?

c. Quel est le plus petit multiple commun à 1 100 et 150 ?

92 Le papyrus Rhind

Chercher, Modéliser, Communiquer

Le papyrus Rhind

Le papyrus Rhind aurait été écrit par le scribe Ahmès, vers 1650 av. J.-C. Il aurait été découvert sur le site de la ville de Thèbes. Actuellement conservé au British Museum de Londres, il contient 87 problèmes résolus d'arithmétique, d'algèbre, de géométrie et d'arpentage, sur plus de 5 m de longueur et 32 cm de large.

Voici l'un des problèmes que l'on trouve sur ce papyrus :

« Dans chacune des 7 cabanes, il y a 7 chats. Chaque chat surveille 7 souris. Chaque souris a 7 épis de blé. Chaque épi est composé de 7 grains. Combien de grains de blé y a-t-il en tout ? »

• Résoudre ce problème.

93 Gogol et particules de l'Univers

Calculer, Communiquer

En ordre de grandeur, on estime qu'il y a environ mille milliards de galaxies dans la partie visible de l'Univers, que chaque galaxie compte mille milliards d'étoiles, qu'une étoile pèse 10^{33} g et que chaque gramme contient 10^{24} atomes.

1. Combien d'atomes y a-t-il dans l'Univers ?

2. Comparer un gogol au nombre d'atomes dans l'Univers.

Voir point info p. 85.

94 La Terre, planète bleue

Calculer, Représenter, Communiquer

L'aire du globe terrestre est d'environ 5×10^8 km^2.

L'aire des océans est d'environ 35×10^7 km^2.

L'aire des terres émergées est d'environ 150×10^6 km^2.

1. Quel pourcentage de l'aire du globe représentent les océans ? Et les terres émergées ?

2. Expliquer pourquoi la planète Terre est surnommée « planète bleue ».

3. Le lac Baïkal, avec ses 23 000 milliards de mètres cubes d'eau, constitue le plus grand réservoir d'eau douce liquide de la surface de la planète.

Écrire le volume d'eau en mètres cubes contenu dans le lac Baïkal sous forme scientifique.

95 Le langage binaire

Chercher, Modéliser

• Dans notre système décimal (également appelé « base 10 »), on utilise 10 chiffres pour écrire les nombres. On peut décomposer chaque nombre en utilisant des puissances de 10. Par exemple, la décomposition du nombre 185 est :

$$185 = 1 \times 10^2 + 8 \times 10^1 + 5 \times 10^0$$

• Dans le système binaire (également appelé « base 2 »), on n'utilise que 2 chiffres, 0 et 1, pour écrire les nombres. On peut décomposer chaque nombre en utilisant des puissances de 2. Par exemple, pour le nombre 19 :

$$19 = 1 \times 2^4 + 0 \times 2^3 + 0 \times 2^2 + 1 \times 2^1 + 1 \times 2^0$$

Donc, dans le système binaire, 19 s'écrit **1 0 0 1 1**.

1. Quelle est l'écriture décimale du nombre qui s'écrit 11 111 000 en binaire ?

2. a. Écrire le nombre 13 en binaire.

b. Faire de même avec les nombres 87 et 106.

> Commence par trouver la puissance de 2 la plus grande « contenue » dans 13.

3. Chaque chiffre 0 ou 1 est appelé un bit. Un groupe de 8 bits est appelé un octet. Quel est le plus grand nombre que l'on peut écrire avec un octet ? Donner son écriture décimale.

96 Le bon script

Chercher, Modéliser

Associer chacun des scripts ci-dessous au calcul qu'il permet d'effectuer : 2^3 ; 2^6 ; 6^2 ; 6^3.

Script A

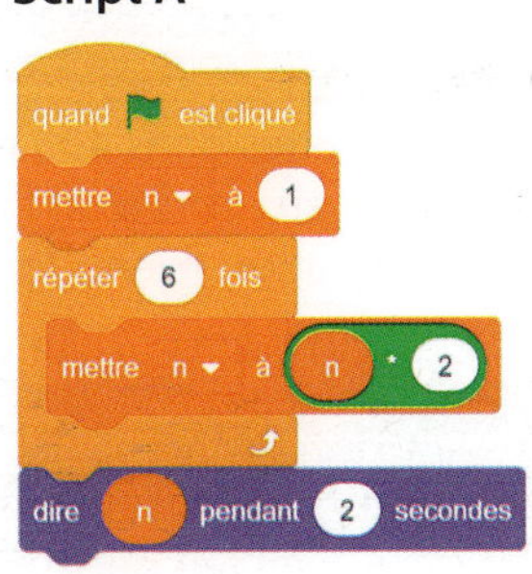

Script B

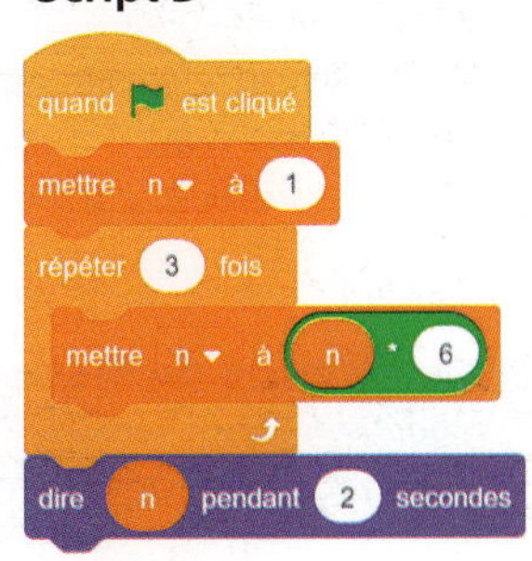

Script C

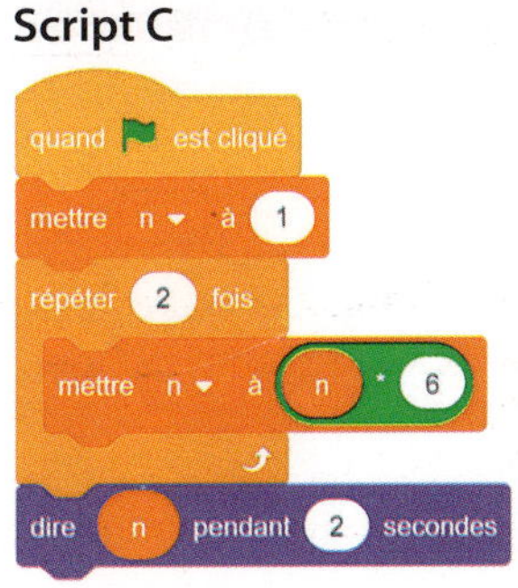

Script D

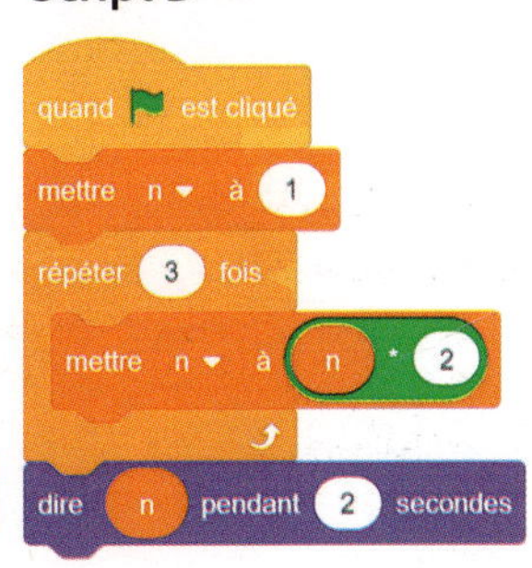

Problèmes

97 Les nombres de Fermat

Calculer, Raisonner, Communiquer

1. Pierre de Fermat, magistrat et mathématicien français du XVIIe siècle, pensait que tous les nombres de la forme $2^{2^n}+1$, pour n entier positif, étaient des nombres premiers. Vérifier la conjecture de Fermat pour $n=0$, $n=1$ et $n=2$.

2. En 1732, le mathématicien suisse Leonhard Euler indique que $2^{2^5}+1$ est divisible par 641. Vérifier l'affirmation d'Euler. Que peut-on en conclure quant à la conjecture de Fermat ?

On ne sait pas aujourd'hui s'il existe d'autres nombres premiers de Fermat, en dehors des cas $n=0$, $n=1$, $n=2$, $n=3$ et $n=4$.

98 La molécule d'eau

Chercher, Calculer, Modéliser

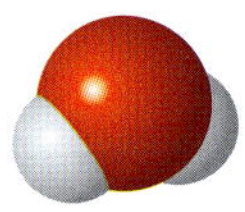

La molécule d'eau H_2O est constituée de deux atomes d'hydrogène et d'un atome d'oxygène.

On sait que :
- un litre d'eau pèse 1 kg ;
- la masse d'un atome d'hydrogène est $1{,}67\times10^{-27}$ kg ;
- la masse d'un atome d'oxygène est $2{,}679\times10^{-26}$ kg.
- Déterminer le nombre de molécules d'eau contenues dans 1 L d'eau.

99 Globules rouges

Chercher, Calculer, Modéliser

Dans le corps d'un homme adulte circulent en moyenne 5,5 L de sang, dans lesquels se trouvent environ $2{,}025\times10^{13}$ globules rouges. Le diamètre d'un globule rouge humain est d'environ 7 µm.

1. Quelle serait la longueur d'une chaine formée par l'ensemble des globules rouges présents dans le corps humain, placés côte à côte ?

2. Combien y a-t-il de globules rouges dans 400 mL de sang prélevés chez un donneur au cours d'un don de sang ? Donner le résultat en notation scientifique.

100 La légende de Sissa

Prise d'initiative

Modéliser, Raisonner

Une légende orientale raconte qu'un souverain voulut récompenser Sissa qui lui avait fait découvrir le jeu d'échecs. Il lui promit un grain de riz sur la première case, deux grains de riz sur la deuxième case, quatre grains de riz sur la troisième case et ainsi de suite, en doublant à chaque fois le nombre de grains de riz sur la case suivante.

Un échiquier comporte 64 cases. Tu peux utiliser un tableur.

1. Combien de grains de riz sont posés sur la 2e case ? Sur la 3e case ? Sur la dernière case ?

2. Combien de grains de riz seront posés sur l'ensemble de l'échiquier ?

3. Sachant qu'un grain de riz pèse 100 mg et que la production mondiale de riz en 2018 était de 517 Mt, que penser de la promesse du souverain ?

101 Dans notre cerveau

Chercher, Calculer, Modéliser, Raisonner, Communiquer

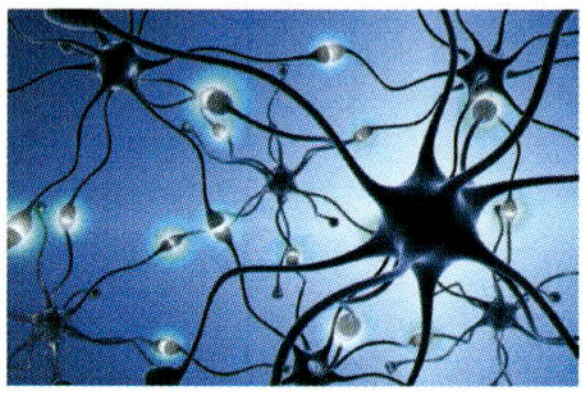

À la naissance, notre cerveau est constitué d'environ cent milliards de neurones, chacun d'eux étant connecté à dix mille de ses semblables.

1. À l'aide de puissances de dix :

a. exprimer le nombre de neurones présents dans notre cerveau à la naissance ;

b. exprimer le nombre de connexions dans ce même cerveau.

2. En vieillissant, le nombre de neurones diminue d'environ cinquante mille par jour. À ce rythme, combien d'années faudrait-il pour que le stock de neurones soit complètement épuisé ?

102 Dune du Pilat

Chercher, Modéliser, Communiquer

La dune du Pilat est la plus haute dune d'Europe. Elle se situe à l'entrée du bassin d'Arcachon.

Doc. 1 Taille de la dune du Pilat

La dune s'étend sur 616 m d'ouest en est et sur 2,9 km du nord au sud. Sa hauteur a été estimée en 2016 à 110,2 m.

Doc. 2 Les grains de sable

On estime que le diamètre d'un « petit » grain de sable est égal à 0,063 mm et que son volume est égal à 0,13 nL.

- Si l'on rangeait tous les grains de sable de la dune du Pilat côte à côte sur une bande de 1 mètre de large, quelle serait la longueur de cette bande ?

DÉFIS & ÉNIGMES

103 CALCUL MENTAL Compléter les suites logiques suivantes.

9	12	15	…	…	…
0,5	1	2	…	…	…
0,056	0,56	5,6	…	…	…
216	125	64	…	…	…

104 Écrire le nombre suivant à l'aide d'une écriture ne comportant que 4 chiffres.

100 000 000 000 000 000 000 000 000 000 000 000 000 000 000 000 000 000 000 000 000 000 000 000 000 000 000 000 000 000 000 000 000 000 000 000 000 000 000 000 000 000 000 000 000 000 000 000

105 Énergie libérée lors d'un séisme
Prise d'initiative

Chercher, Modéliser, Calculer, Communiquer, Représenter

Le 10 octobre 1980, en Algérie, un séisme a causé la mort d'environ 3 000 personnes à El Asnam (aujourd'hui Chlef).

1. Déterminer l'énergie libérée par ce séisme.

2. Comparer cette quantité avec l'énergie totale consommée annuellement en France (10^{18} à 10^{19} joules).

3. Calculer l'énergie totale libérée par année par les séismes de magnitude 3.

Doc. 1 Image satellite de la faille activée par le séisme d'El Asnam

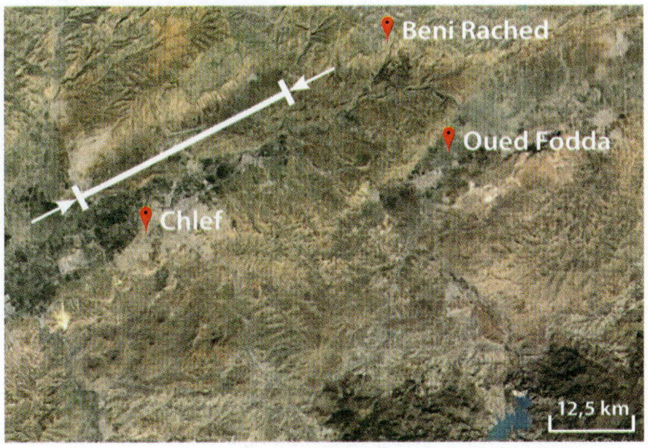

Les flèches indiquent les extrémités de la faille active. Un déplacement vertical moyen de 5 m est mesuré le long de la faille.

Doc. 2 Magnitude selon les caractéristiques de la faille

Longueur de la faille activée (en km)	Déplacement vertical (en m)	Magnitude
1 000	10	9
100	7	8
30	4	7
10	0,2	6
1	0,02	4

Doc. 3 Fréquence des séismes selon leur magnitude et l'énergie libérée

Magnitude	Énergie libérée (en joules)	Fréquence des séismes
3	$1{,}99 \times 10^{9}$	49 000 par an
4	$6{,}31 \times 10^{11}$	6 000 par an
5	$1{,}99 \times 10^{12}$	800 par an
6	$6{,}31 \times 10^{13}$	120 par an
7	$1{,}99 \times 10^{15}$	18 par an
8	$6{,}31 \times 10^{16}$	1 par an
9	$1{,}99 \times 10^{18}$	1 tous les 20 ans

106 Le nombre de parties d'échecs

Chercher, Raisonner

Dans son livre *La mathématique des jeux ou Récréations mathématiques*, le mathématicien belge Maurice Kraitchik a estimé le nombre de parties d'échecs différentes pouvant être jouées à :

$$N = (20 \times 20)^5 \times (30 \times 30)^{35}$$

1. Avec la calculatrice, peut-on calculer cette valeur ?

2. Sans la calculatrice, déterminer l'écriture scientifique de 20×20 puis de $(20 \times 20)^5$.

3. Sans la calculatrice, déterminer l'écriture scientifique de 30×30.

4. À l'aide de la calculatrice, peut-on donner une écriture scientifique approchée de $(30 \times 30)^{35}$?

Si oui, écrire le résultat. Sinon, s'aider de la question précédente pour y arriver.

5. Donner un ordre de grandeur du nombre N.

MISSION DÉMONSTRATION

Raisonnement Le contre-exemple

Un **contre-exemple** est un exemple particulier qui contredit une conjecture. Un seul contre-exemple permet d'invalider une conjecture.

107 Ernest affirme : « Pour tous nombres a, m et n (m et n entiers positifs), $a^m + a^n = a^{m+n}$. Et je peux le prouver : $2^1 + 2^1 = 2^{1+1}$. »

- Que peut-on dire de l'affirmation d'Ernest ?

108 Léontine affirme à son tour : « Pour tous nombres entiers positifs m et n : $10^m \times 10^n = 10^{m \times n}$. »

- Indiquer si l'affirmation est vraie ou fausse en justifiant. Si elle est fausse, la transformer pour qu'elle devienne vraie et justifier.

Travailler autrement

Utilisable en AP

À chacun son parcours !

109 Analyse de documents

Socle D1 **Je comprends les langages mathématiques et je m'exprime en les utilisant.**

Socle D4 **Je modélise pour représenter une situation ; je rends compte de ma démarche.**

Cent mille milliards de poèmes est un livre de poésie de Raymond Queneau, publié en 1961.
Le livre est composé de dix feuilles, chacune découpée en quatorze bandes horizontales, chaque bande portant un vers sur son recto. Le lecteur peut donc, en tournant les bandes horizontales comme des pages, choisir, pour chaque vers, une des dix versions proposées par Queneau. Les dix versions de chaque vers ont la même rime.
Queneau disait : « C'est somme toute une sorte de machine à fabriquer des poèmes, mais en nombre limité ; il est vrai que ce nombre, quoique limité, fournit de la lecture pour près de deux cents millions d'années (en lisant vingt-quatre heures sur vingt-quatre). »

Questions ceinture jaune

1. Écrire le titre de ce livre à l'aide de chiffres.
2. Écrire le titre de ce livre à l'aide d'une puissance de 10.
3. Combien de vers ont été écrits par l'auteur ?

Question ceinture verte

- Le titre du livre correspond-il au nombre de poèmes que l'on peut fabriquer avec le livre ? Justifier la réponse.

Question ceinture noire

- L'estimation du temps de lecture de Queneau est-elle correcte ? On considèrera que le temps de lecture d'un vers est de 5 s.

110 Résolution de problème

Socle D1 **J'utilise des représentations d'objets telles que des figures géométriques.**

Socle D2 **Je sais identifier un problème, m'engager dans une démarche de résolution, mobiliser les connaissances nécessaires, analyser et exploiter les erreurs, mettre à l'essai plusieurs solutions.**

Socle D4 **Je modélise pour représenter une situation ; je rends compte de ma démarche. J'exploite et communique les résultats de recherches en utilisant les langages scientifiques à bon escient.**

- On part d'un triangle équilatéral dont la mesure du côté est 1 cm.
- On le partage en 4 triangles en joignant les milieux des côtés et on supprime le triangle central. Il reste alors trois triangles verts.
- Dans chacun d'eux, on réitère l'opération : on le partage en 4 triangles en joignant les milieux des côtés et on supprime le triangle central.
- Et ainsi de suite.

Voici les premières étapes de construction :

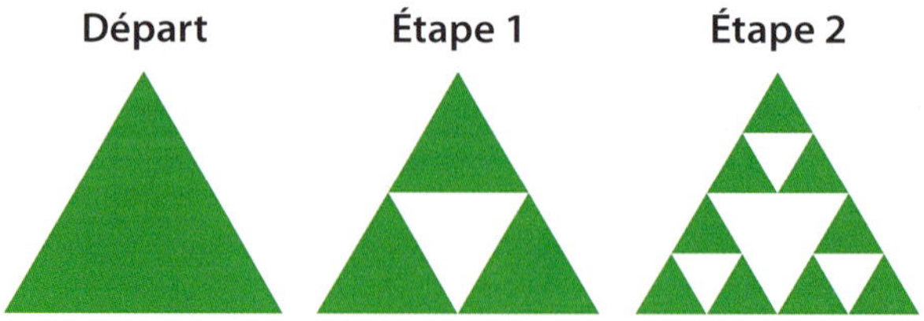

Questions ceinture jaune

1. Combien de triangles verts obtient-on à l'étape 4 ?
2. Combien de triangles verts obtient-on à l'étape 20 ?

Questions ceinture verte

1. Quelle est la somme des périmètres des triangles verts à l'étape 2 ?
2. Quelle est la somme des périmètres des triangles verts à l'étape 6 ?

Question ceinture noire

- À quelle étape la somme des périmètres des triangles verts dépassera-t-elle 1 000 km ?

5 Calcul littéral

TA MISSION

Transformer des expressions littérales et les utiliser pour démontrer des propriétés.

JEU

Étourdie !

Zabou a mélangé tous les éléments de son égalité ! Après l'avoir reconstituée, dire si l'égalité de Zabou est vraie pour $x = 3$, puis pour $x = 4$.

POINT INFO

François Viète, mathématicien français (1540-1603), a contribué à fonder la façon actuelle d'écrire des calculs en utilisant des lettres. Les nombres cherchés étaient désignés par des voyelles et ceux connus par des consonnes. L'addition était représentée par un +, la soustraction par un –, la multiplication par le mot « in » et la division par une barre de fraction.

Voir problème n° 80 p. 118.

Activités

Prêts pour le décollage ?

QUESTIONS FLASH — Questions flash supplémentaires

1 Voici ci-contre un programme de calcul.

> Choisir un nombre
> Le multiplier par 5
> Retrancher 7

a. En notant x le nombre choisi au départ, exprimer le nombre obtenu avec ce programme à l'aide d'une expression littérale.
b. Quel nombre obtient-on si on choisit 8 comme nombre de départ ?
c. Quel nombre doit-on choisir au départ pour obtenir 43 ?

2 Exprimer le périmètre P de chacune des figures en fonction de x.

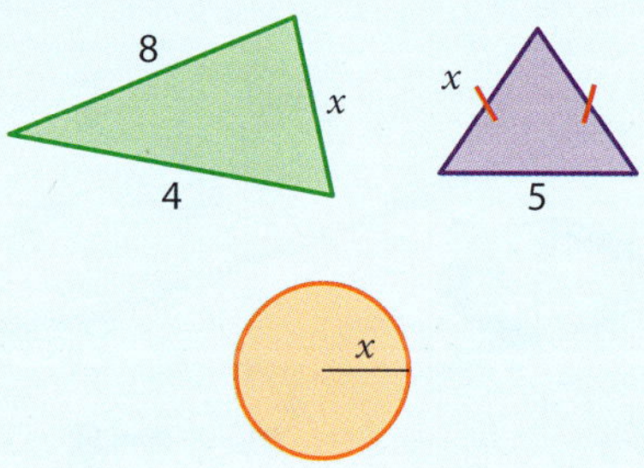

3 Dans chacun des cas suivants, dire si l'égalité est vraie pour la valeur donnée. Justifier la réponse.
a. $x + 13 = 17$ pour $x = 2$
b. $3t - 2 = 10$ pour $t = 4$
c. $5 \times s = 6$ pour $s = 1$
d. $5 \times y + z \div 2 = 17$ pour $y = 3$ et $z = 4$

4 n est un nombre entier quelconque.
Écrire une expression donnant :
a. son double
b. son triple
c. son carré
d. son cube
e. le nombre entier qui le précède
f. le nombre entier qui le suit

5 Simplifier les expressions littérales suivantes :
$A = 2 \times x$ $B = x \times x$
$C = 3 \times y \times y$ $D = x + 2 + x - 4$
$E = a \times a \times a - a \times a$ $F = 3 \times x \times 2 \times y$

6 Simplifier les expressions littérales suivantes :
$A = 2x + 7x$ $B = 8y - 14y$
$C = 3 \times z - 21 \times z$ $D = x \times x + 4 \times x^2$
$E = 2a^2 + 7b - 4a^2 - b$ $F = 3 - t \times 2 \times t$

7 Pour chacune des expressions suivantes, dire s'il s'agit d'une somme, d'une différence, d'un produit ou d'un quotient.
$A = 4x - 5$ $B = 8x(x - 2)$ $C = \dfrac{3x - 1}{5}$ $D = 11 - 5x$

8 z désigne un nombre quelconque. Exprimer en fonction de z :
a. la somme de z et de 9
b. le produit de z par 5
c. la différence entre 15 et z
d. le quotient de z par 4

Activité 1 Aires de figures

1. Calculer les aires des trois figures ci-dessous pour $x = 1$. Que remarque-t-on ?

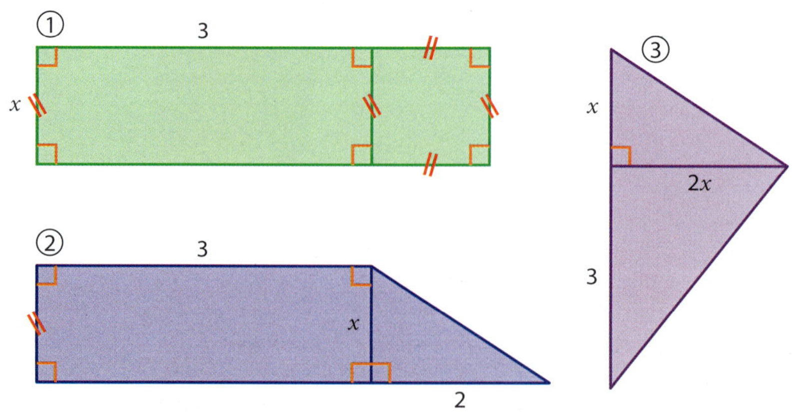

2. Cette remarque est-elle vraie pour toutes les valeurs de x ? Justifier.

Activité 2 Cartes de jeux

Océane collectionne des cartes de jeux : elles sont composées de héros (cartes jaunes) et de pouvoirs (cartes bleues).

1. Elle a étalé ses cartes sur la table comme ci-contre et souhaite les compter.

a. Elle remarque que le nombre de cartes sur chaque rangée est le même. Compléter l'égalité suivante illustrant cette remarque :

$$5 \times (\ldots + \ldots) = \ldots$$

b. Son copain Mathis lui fait remarquer qu'elle aurait pu procéder d'une autre façon en additionnant le nombre de cartes jaunes et de cartes bleues. Compléter l'égalité suivante illustrant cette remarque :

$$5 \times \ldots + 5 \times \ldots = \ldots$$

c. Compléter alors l'égalité suivante :

$$5 \times (\ldots + \ldots) = 5 \times \ldots + 5 \times \ldots$$

2. Cette méthode est-elle correcte quel que soit le nombre de cartes de chaque couleur ?

3. On suppose maintenant qu'il y a k rangées et que chaque rangée est composée de a cartes jaunes et b cartes bleues. Écrire l'égalité obtenue en comptant le nombre de cartes de deux façons différentes comme l'ont fait Océane et Mathis.

Activité 3 Calculs astucieux

Laureline montre à son frère Valentin une astuce de calcul mental.

1. Écrire l'égalité utilisée par Laureline. Cette astuce de calcul est-elle correcte ?

2. Utiliser cette astuce pour effectuer mentalement les calculs suivants.

$A = 74 \times 999 + 74 \times 1$

$B = 56 \times 102 - 56 \times 2$

$C = 1\,003 \times 32 - 3 \times 32$

3. Compléter les égalités suivantes, où k, a et b désignent trois nombres quelconques.

a. $k \times a + k \times b = \ldots \times (\ldots + \ldots)$

b. $k \times a - k \times b = \ldots \times (\ldots - \ldots)$

4. La maman de Valentin et Laureline a acheté du tissu pour fabriquer une nappe et des serviettes. Le tissu est vendu à 15,80 € le mètre.

Elle achète 6,75 m de tissu madras pour la nappe et 3,25 m de tissu uni pour les serviettes.

Calculer mentalement la dépense totale.

Cours

1 Simplifier une expression littérale

Convention

Dans une expression littérale, on peut **supprimer le signe** × lorsqu'il est placé devant une lettre ou une parenthèse.

Exemples

- $-5 \times a = -5a$
- $2 \times b = 2b$.
- $x \times y = xy$
- $-4 \times (7x+3) = -4(7x+3)$

On lit « – 4 facteur de $7x+3$ ».

Propriété

a, b et c désignent des nombres quelconques. On a : $a - (b + c) = a - b - c$.

Exemple 1

$3-(2x+1)$
$=3-2x-1$
$=-2x+3-1$
$=-2x+2$

Exemple 2

$x-(1-x)$
$=x-1-(-x)$
$=x-1+x$
$=x+x-1$
$=2x-1$

Exemple 3

$x-(-1+x)$
$=x-(-1)-x$
$=x+1-x$
$=1$

Quand on simplifie une expression, on dit aussi qu'on « réduit » cette expression.

Méthode

- Pour démontrer que deux expressions littérales sont égales pour tout nombre x, on peut transformer l'écriture de l'une pour obtenir l'écriture de l'autre.
- Pour démontrer que deux expressions littérales ne sont pas égales pour tout nombre x, il suffit de trouver une valeur de x pour laquelle les deux expressions littérales ne sont pas égales.

Exemples

- L'égalité $2+8x-1-2x=6x+1$ est-elle vraie pour tout nombre x ?
$2+8x-1-2x=8x-2x+2-1=6x+1$
Donc l'égalité est vraie pour tout nombre x.

Ici, on ne peut pas remplacer x par une valeur, sinon on ne démontre pas l'égalité « pour tout nombre x ».

- L'égalité $3x+7=10x$ est-elle vraie pour tout nombre x ?
Si $x=0$, alors $3x+7=7$ et $10x=0$, donc $3x+7 \neq 10x$.
Donc l'égalité n'est pas vraie pour tout nombre x.

Pour conclure, il suffit de trouver une valeur de x pour laquelle l'égalité est fausse.

Définitions

- Le résultat d'une addition est une **somme**, le résultat d'une soustraction est une **différence**. Les nombres qui interviennent dans une addition ou une soustraction sont les **termes**.
- Le résultat d'une multiplication est un **produit**. Les nombres multipliés sont les **facteurs**. Le résultat d'une division est un **quotient**.
- La nature d'une expression comportant plusieurs opérations est déterminée par **l'opération à effectuer en dernier.**

Exemple

- $2(x-1)$ est un produit : c'est la multiplication qu'on effectue en dernier car les parenthèses sont prioritaires. Cette expression est le produit de 2 par $x-1$.

Savoir-faire

Apprends à l'aide des exercices résolus puis entraine-toi !

1 Simplifier une expression littérale

1 Simplifier chaque expression.

a. $y \times y \times 4$ **b.** $t \times t \times t \times 3$ **c.** $1 \times n$ **d.** $-2ab \times 5a$

Solution

a. $4y^2$ **b.** $3t^3$ **c.** n **d.** $-2 \times 5 \times a \times a \times b = -10a^2b$

À toi de jouer

2 Simplifier chaque expression.

a. $0{,}2 \times x \times 5 \times x$ **b.** $z \times z \times 6 \times z$ **c.** $-3 \times w^2 \times 7 \times w$ **d.** $-3y \times (-3y)$

→ Corrigé p. 315

3 Réduire chaque expression : **a.** $5x - (3x + 4)$ **b.** $8 - (5x - 3)$

Solution

a. $5x - (3x + 4) = 5x - 3x - 4 = 2x - 4$

b. $8 - (5x - 3) = 8 - 5x + 3 = 8 + 3 - 5x = 11 - 5x$

À toi de jouer

4 Simplifier chaque expression.

a. $4x - (7x + 5)$ **b.** $9 - (4x - 3)$ **c.** $8x - 7 - (5 + 9x)$ **d.** $11 - 6x - (2x - 9)$

→ Corrigé p. 315

5 Parmi les expressions suivantes, lesquelles sont égales quelle que soit la valeur de x ?

$A = 10x - 4x$ $B = 2x \times 2 \times 2x^2$ $C = 8x^2 \times x$ $D = 11x - 4x - x$

Solution

$A = (10 - 4)x = 6x$ et $D = (11 - 4 - 1)x = 6x$ donc $A = D$.

$B = 2 \times 2 \times 2 \times x^2 \times x = 8x^3$ et $C = 8x^3$ donc $B = C$.

Pour montrer que deux expressions sont égales, on commence par les réduire.

À toi de jouer

6 Parmi les expressions suivantes, lesquelles sont égales ?

$A = x + x^2 + 4x^2$ $B = 3x^2 \times 2x$ $C = 8x^3 - 2 \times x \times x \times x^2$ $D = 5x^2 - 2x + 3x$

→ Corrigé p. 315

7 **1.** Exprimer le produit de x par la somme de x et de 7 à l'aide d'une expression littérale.
2. Traduire l'expression $x + x^2$ par une phrase.

Solution

1. $x(x + 7)$

2. La somme de x et du carré de x.

À toi de jouer

8 **1.** Exprimer le produit de z par la somme du double de z et de 5 à l'aide d'une expression littérale.
2. Traduire par une phrase l'expression $2x - 5$.

→ Corrigé p. 315

Cours

2 Développer un produit

Définition

Développer, c'est transformer un produit en somme ou en différence.

Propriété

k, a et b désignent des nombres.

$$\underbrace{k(a+b)}_{\text{produit}} = \underbrace{ka+kb}_{\text{somme}} \qquad \underbrace{k(a-b)}_{\text{produit}} = \underbrace{ka-kb}_{\text{différence}}$$

produit → somme : **développer** ; produit → différence : **développer**

▸ Exemple 1

On veut développer $A = 7(4+x)$:

$A = 7(4+x)$

$A = 7 \times (4+x)$

$A = 7 \times 4 + 7 \times x$

$A = 28 + 7x$

On distribue le 7 à chacun des termes de la parenthèse, puis on réduit l'expression pour qu'elle soit la plus simple possible.

Attention ! $28 + 7x \neq 35x$

▸ Exemple 2

On veut développer $B = -3(x-4)$:

$B = -3(x-4)$

$B = (-3) \times (x-4)$

$B = (-3) \times x - (-3) \times 4$

$B = -3x - (-12)$

$B = -3x + 12$

3 Factoriser une somme ou une différence

Définition

Factoriser, c'est transformer une somme ou une différence en produit.

Propriété

k, a et b désignent des nombres.

$$\underbrace{ka+kb}_{\text{somme}} = \underbrace{k(a+b)}_{\text{produit}} \qquad \underbrace{ka-kb}_{\text{différence}} = \underbrace{k(a-b)}_{\text{produit}}$$

somme → produit : **factoriser** ; différence → produit : **factoriser**

▸ Exemple 1

On veut factoriser $A = 3x + 6$:

$A = 3x + 6$

$A = 3 \times x + 3 \times 2$

$A = 3 \times (x+2)$

$A = 3(x+2)$

En remarquant que $6 = 3 \times 2$, on constate que 3 est un facteur commun à $3 \times x$ et 3×2.

▸ Exemple 2

On veut factoriser $B = 7x^2 - 3x$:

$B = 7x^2 - 3x$

$B = 7 \times x \times x - x \times 3$

$B = x \times (7x - 3)$

$B = x(7x-3)$

En remarquant que $x^2 = x \times x$, on constate que x est un facteur commun à $7 \times x \times x$ et $x \times 3$.

Savoir-faire

Apprends à l'aide des exercices résolus puis entraine-toi !

2 Développer un produit

9 Développer puis réduire les expressions suivantes.

$A = 3(y + 5)$ $B = 6(2 - z)$ $C = -2x(3x - 4)$

Solution

$A = 3 \times (y + 5)$

$A = 3 \times y + 3 \times 5$ ◀ On distribue le 3 à chaque terme de la parenthèse, ici y et 5.

$A = 3y + 15$

▲ On réduit l'expression littérale pour qu'elle soit la plus simple possible.

$B = 6 \times (2 - z)$

$B = 6 \times 2 - 6 \times z$

$B = 12 - 6z$

$C = -2x \times (3x - 4)$

$C = -2x \times 3x - (-2x) \times 4$

$C = -6x^2 - (-8x)$

$C = -6x^2 + 8x$

À toi de jouer

10 Développer puis réduire les expressions suivantes.

$A = 5(x + 2)$ $B = 10(t - 3)$ $C = 3z(2z - 10)$ $D = -4x(x - 7)$

→ Corrigé p. 315

3 Factoriser une somme ou une différence

11 Factoriser les expressions suivantes.

$A = 5x + 5$ $B = 11t - 6t^2$

Solution

$A = 5x + 5$

$A = 5 \times x + 5 \times 1$ ◀ On remarque que $5 = 5 \times 1$ et on réintroduit le signe × supprimé.

$A = 5 \times (x + 1)$ ◀ En constatant que 5 est un facteur commun à chaque terme $5 \times x$ et 5×1, on factorise.

$A = 5(x + 1)$

▲ On simplifie l'expression littérale.

$B = 11t - 6t^2$

$B = 11 \times t - 6 \times t \times t$

$B = t \times (11 - 6t)$ ◀ On remarque que t est un facteur commun à chaque terme $11 \times t$ et $6 \times t \times t$, on factorise.

$B = t(11 - 6t)$

À toi de jouer

12 Factoriser les expressions suivantes.

$A = 8x + 4$ $B = 17d - 13d^2$ $C = 3v^2 + v$ $D = 12xy - 7y$

→ Corrigé p. 315

Exercices

Ressources téléchargeables

Simplifier une expression littérale

→ Savoir-faire p. 109

QUESTIONS FLASH

13 **Vrai ou faux ?**

a. $3x$ est une écriture simplifiée de $3 + x$.
b. $5xy$ est une écriture simplifiée de $x \times 5 \times y$.
c. x^2 est une écriture simplifiée de $x \times x$.
d. $8x$ est une écriture simplifiée de $2 \times x \times 4$.
e. x^3 est une écriture simplifiée de $3 \times x$.

14 Dans chacun des cas suivants, donner une écriture plus simple.

a. $7 \times y$ b. $s \times 3$ c. $2 \times z \times (-6)$
d. $1 \times x$ e. $c \times (-3) \times c$ f. $3 \times t \times (-2)$

15 Quelle doit être la largeur de chacun des rectangles ci-dessous pour que leur aire soit égale à $12x^2$?

$6x^2$ $4x$ 12

16 Dans chacun des cas suivants, donner une écriture la plus simple possible.

a. $12x - 7x + 3x$ b. $5a + 3b + 7a - 6b$
c. $z - 2z + 7z - 3z$ d. $4ab + 6ab - 7ab$

17 t désigne un nombre entier quelconque.
Exprimer à l'aide d'une expression littérale la plus simple possible :
a. Le triple de t.
b. Le nombre entier qui précède t.
c. Le produit de $2t$ par 7.
d. Le produit de t par lui-même.
e. Le nombre entier qui succède à t.
f. La somme du double de t et de 5.

18 Les expressions suivantes sont-elles égales quelle que soit la valeur de t ?

a. $3t + 5 + 8t = 11t + 5$ b. $2t^2 + 3t = 5t^3$
c. $-8t - 5t + 2t = -15t$ d. $-4t \times 8t = -32t^2$

Questions flash supplémentaires

19 Dans chacun des cas suivants, donner une écriture la plus simple possible.

a. $3 \times x \times x \times (-2)$ b. $(-5) \times y \times (-7) \times z$
c. $3z \times (-2z) \times z$ d. $-4ab \times 6a \times (-5ab)$

20 Recopier et compléter cette table de multiplication avec des expressions les plus simples possibles.

$\times$	a	$-3b$	$5a^2$	$-2ab$
$2b$				
$-4b$				
$3ab$				

21 Quelle doit être la largeur de chacun des rectangles ci-dessous pour que leur périmètre soit égal à $10x + 6$?

$5x$ $3x + 3$ $4x + 1$

22 Parmi les expressions suivantes, lesquelles sont égales pour tout nombre x ?

$A = 10x - 3 + 7x$ $B = 4x \times x - 2x$
$C = 14x$ $D = 15x - 4 - x + 4$
$E = 8x + 3x^2 - 10x + x^2$ $F = 15x - 6 + 2x + 3$

23 Simplifier les écritures suivantes.

$A = 7 - (x + 3)$ $B = 3 - (z + 5)$
$C = 12x - (2 + 7x)$ $D = 9 - (3z - 1)$

24 Relier les expressions du nuage bleu qui sont égales pour tout nombre x aux expressions du nuage jaune.

Nuage bleu :
$5x + 3 - (2x - 5)$
$x^2 - (3x - x^2)$
$4x^2 + 2 - (7x^2 + 3)$
$8x + 5 - (3x + 7)$

Nuage jaune :
$5x - 2$
$-3x^2 - 1$
$2x^2 - 3x$
$3x + 8$

25 Compléter la pyramide de sorte que chaque case vide contienne l'expression simplifiée de la somme des expressions des deux cases en dessous.

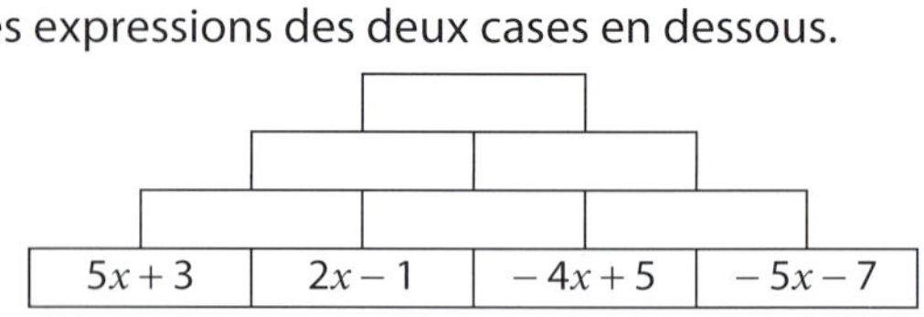

26 Associer à chaque énoncé l'expression littérale qui lui correspond.

- La somme du double de x et (-5). •
- La différence entre -5 et $2x$. •
- Le produit du double de x par (-5). •
- La différence entre $2x$ et (-5). •

- • $-10x$
- • $2x - 5$
- • $2x + 5$
- • $-5 - 2x$

27 Léila affirme la chose suivante.

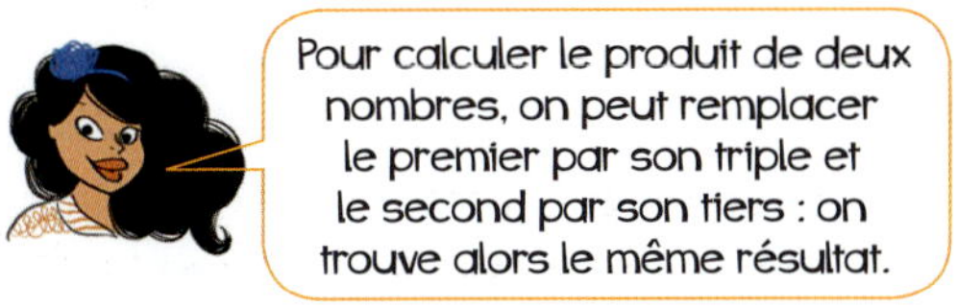

• A-t-elle raison ? Justifier.

28 n est un nombre entier.

1. Écrire en fonction de n :

a. son double

b. son triple

2. Écrire en fonction de n la somme de n, de son double et de son triple.

3. Compléter la phrase suivante : « Nous pouvons déduire de la question **2.** que la somme d'un nombre entier, de son double et de son triple est divisible par… »

29 On considère deux figures : un carré de côté $2x$ et un rectangle de longueur 8 et de largeur x, où x désigne un nombre positif.

1. Calculer l'aire de chaque figure pour $x = 2$.

2. Les aires des deux figures sont-elles toujours égales ?

30 **1.** Écrire une égalité reliant les mesures des trois angles du triangle ci-dessous.

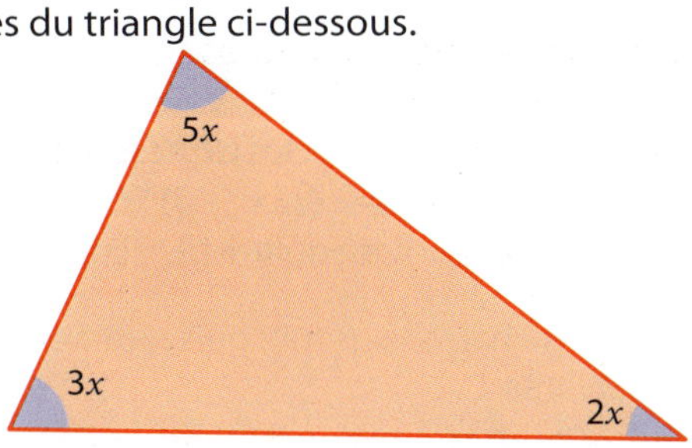

2. Déterminer une valeur de x pour laquelle l'égalité est vraie et en déduire la mesure de chaque angle du triangle.

31 **1.** Calculer les volumes du prisme droit et du pavé droit ci-dessous pour $x = 3$ puis pour $x = 5$.

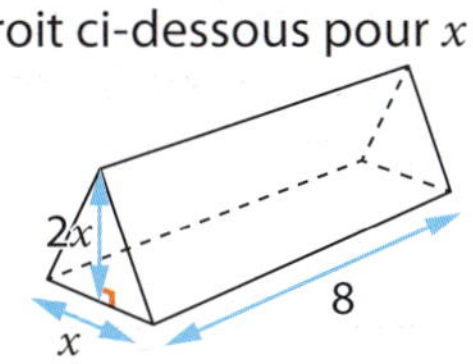

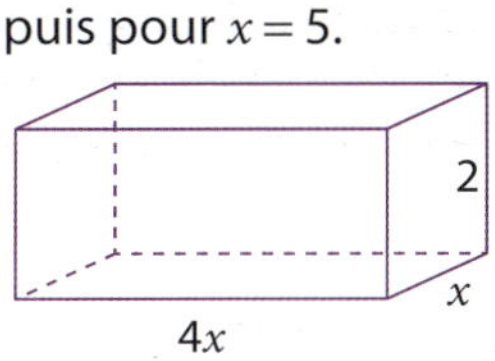

2. Montrer que ces deux volumes sont égaux quelle que soit la valeur de x.

32

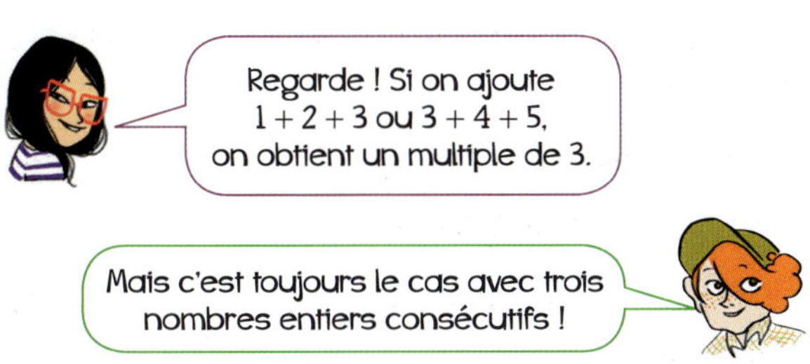

• Prouver cette affirmation, en notant x le 2e nombre.

33 Dans un carré magique, la somme des nombres en ligne, en colonne et en diagonale est la même.

• Recopier et compléter ce carré pour qu'il soit magique pour n'importe quelle valeur de a et de b.

$a-5$		$a+3$	
	$a+3$		$a+1$
$b-1$	$a-1$	$a+4$	
		$a-1$	$b-1$

34 Associer à chaque énoncé l'expression littérale qui lui correspond.

- Le double de la somme de $3x$ et (-4).
- La somme du double de $3x$ et de (-4).
- La différence entre le triple de x et (-4).
- Le triple de la différence entre x et (-4).

- $3x + 4$
- $6x - 4$
- $2(3x - 4)$
- $3(x + 4)$

MODE EXPERT

35 Recopier et compléter la pyramide de sorte que chaque case vide contienne l'expression simplifiée de la somme des expressions des deux cases en dessous.

$-2x-5$			
$5x+2$			
$-4x-1$			
$2x-3$			

36 a désigne un nombre positif quelconque. Quelle doit être la mesure du côté d'un carré pour que son aire soit égale à celle d'un rectangle de longueur $9a$ et de largeur $4a$?

37 Les égalités suivantes sont-elles vraies quelle que soit la valeur de z ?

a. $-3z - 4 + 8z - 1 = -11z - 5$

b. $-2z \times 3 + 3z = -3z^2$

c. $-8z \times 3z + z - 5z \times (-2z) = z - 14z^2$

Exercices

Développer un produit

➜ Savoir-faire p. 111

QUESTIONS FLASH

38 Parmi les expressions suivantes, identifier celles qui sont des produits.

$A = 5x$ $\quad B = 3 \times x + 7$ $\quad C = x^2$
$D = 6 + x$ $\quad E = 4 - 5x$ $\quad F = x + y$
$G = 8 - x$ $\quad H = 3(x + 2)$ $\quad I = xy$

39 Compléter les égalités suivantes.
a. $2 \times (x + 5) = 2 \times \ldots + 2 \times \ldots$
b. $3 \times (7 - y) = 3 \times \ldots - 3 \times \ldots$
c. $6(z + 8) = 6 \times \ldots + \ldots \times \ldots$
d. $5(2y + 1) = 5 \times \ldots + \ldots \times \ldots$

40 Corriger les erreurs commises par les élèves.

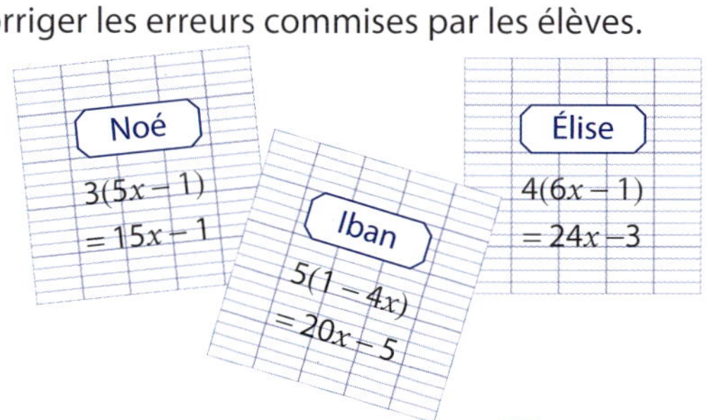

Questions flash supplémentaires

41 Développer les expressions suivantes.
$A = 7 \times (x + 3)$ $\quad B = 4(z + 2)$ $\quad C = 3(8 + y)$
$D = t(6 + t)$ $\quad E = 5(3 + 2x)$ $\quad F = 2(7y + 9)$

42 Développer les expressions suivantes.
$A = 5(x - 4)$ $\quad B = 3(2 - x)$ $\quad C = 7(3x - 1)$
$D = 10(3{,}2 - 3x)$ $\quad E = (3 - 2n) \times 7$ $\quad F = x(x - 6)$

43 CALCUL MENTAL

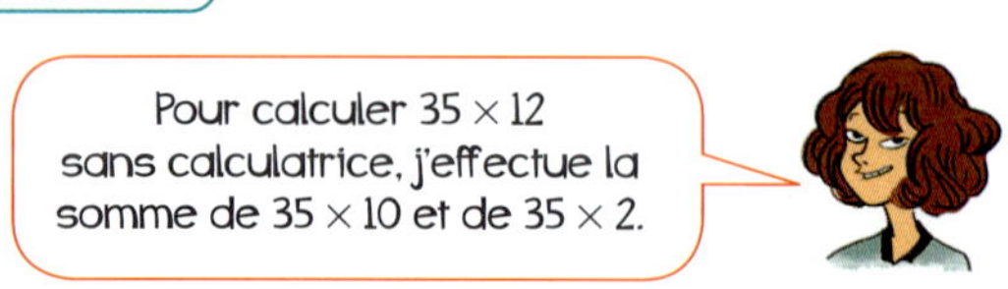

1. Expliquer la méthode de Juliette.
2. De la même manière, calculer :
$A = 24 \times 101$ $\quad B = 15 \times 13$
$C = 53 \times 99$ $\quad D = 78 \times 19$

44 Développer, puis simplifier les expressions suivantes.
$A = (-3) \times (x + 5)$ $\quad B = -4(2 + t)$ $\quad C = -3(7 + 5y)$
$D = (-2) \times (x - 8)$ $\quad E = -5(3 - 2w)$ $\quad F = -x(5x - 3)$

45 Associer chaque expression des pièces rouges à son écriture développée d'une pièce bleue.

Pièces rouges	Pièces bleues
$-4(y+3)$	$-12+4y$
$-4(3-y)$	$-12y^2-12y$
$-4y(y-3)$	$-4y-12$
$-4y(3y+3)$	$-4y^2+12y$

46 Développer, puis simplifier les expressions suivantes.
$A = -3(x + 5)$ $\quad B = -4(t - 2)$ $\quad C = 2y(7 + y)$
$D = x(4x - 8)$ $\quad E = -w(w - 2)$ $\quad F = -2x(5x - 3)$

47 x désigne un nombre positif quelconque. Exprimer en fonction de x l'aire du rectangle ABDC ci-dessous de deux façons différentes.

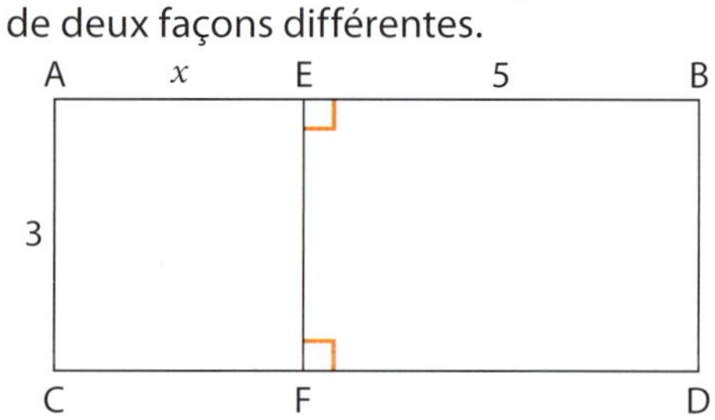

48 Développer puis simplifier les expressions suivantes :
$A = 5x(1 - 6x)$ $\quad B = -4(2x^2 - 3)$ $\quad C = -n(1 - 4n)$
$D = -5x(2 - x)$ $\quad E = -a(3a + b)$ $\quad F = 0{,}5z(8z - 6)$

49 Développer chaque produit, puis réduire les expressions suivantes.
$A = -3x(2x + 3)$ $\quad B = -7x(3 - 5x)$
$C = x + 3x(x + 10)$ $\quad D = -2(-x - 4) + 12$
$E = x^2 - 2(x - 3x^2)$ $\quad F = (4t - 1) \times (-t) + t$

50 Développer chaque produit, puis réduire les expressions obtenues.
$A = 4(2x + 1) + 7(3x + 5)$
$B = -5(3x + 4) + 2(4x - 5)$
$C = -3(6x - 2) + 4(5 - 7x)$

51 On considère l'expression suivante :
$$E = -5(8x - 3) + 9 - 2x + 6(7x - 4)$$
1. Développer et réduire cette expression.
2. Calculer E pour $x = -1\,542{,}7$.

52 CALCUL MENTAL **1.** Développer l'expression $n(n + 10) - n^2$.
2. Sans calculatrice et sans poser de multiplication, calculer $125\,746 \times 125\,756 - 125\,746^2$.

53 Développer chaque produit, puis réduire les expressions obtenues.
$A = -7(2x^2 - 3) - 5(4x + 6)$
$B = 5x(4x - 1) - 2(8x - 7)$
$C = -3x(5x + 8) - 4x(5 - 7x)$

MODE EXPERT

54 Développer chaque produit, puis réduire les expressions obtenues.
$F = 2 + 4(2y - 1) + 5y - 9 - 3(4y - 7)$
$G = -3z(4z - 3) - 2 + 8z - 4(z - 7)$
$H = -6t(5t + 8) - 4t^2 + 2t - 3t(5 - 2t)$

55 Montrer que les expressions A et B sont égales pour tout nombre x.
$A = -3x(4x - 2) + 2x^2 + 2$
$B = 5(-2x^2 + 2x) - 4(x - 0{,}5)$

Factoriser une somme ou une différence

→ Savoir-faire p. 111

QUESTIONS FLASH

56 Parmi les expressions suivantes, identifier les sommes et les différences.

$A = -5x$ $B = 3t + 3x$ $C = x - 4x$
$D = 6 \times x + 24$ $E = 4 - 7x$ $F = x^2$
$G = 8x - 16$ $H = 3(x + 5)$ $I = x \times y$

57 Compléter les égalités suivantes.
a. $3 \times x + 3 \times 4 = 3 \times (x + \ldots)$
b. $7 \times 8 - 7 \times y = 7 \times (8 - \ldots)$
c. $4x - 8 = 4 \times (\ldots - \ldots)$
d. $15t + 10 = 5 \times (\ldots + \ldots)$
e. $7x^2 + 8x = x \times (\ldots + \ldots)$
f. $19x - 19y = 19 \times (\ldots - \ldots)$

58 Dans chaque expression, mettre en évidence un facteur commun à chaque terme.
a. $6x - xy$ **b.** $12x + 4$ **c.** $13x^2 - 3x$
d. $10x - 20$ **e.** $14x^2 + 21$ **f.** $35x^2 - 21y$

59 Compléter les phrases suivantes :
a. Mathilde a écrit $A = 5a + 5b = 5(a + b)$.
Elle avait comme consigne de … l'expression.
b. Victor a écrit $B = 3(2x + 1) = 6x + 3$.
Il avait comme consigne de … l'expression.
c. Développer une expression, c'est transformer … en …
d. Factoriser une expression, c'est transformer … en …

Questions flash supplémentaires

60 Factoriser les expressions suivantes :
$A = 10x + 10y$ $B = 5x + 15$ $C = 3x + 6y$
$D = x^2 + 2x$ $E = 5t^2 + 4t$ $F = 24y + 16n^2$

61 Factoriser les expressions suivantes.
$G = 6x - 12$ $H = 5x^2 - 4x$ $I = 12ab - 5a$
$J = 49xy - 56z$ $K = 9x^2 - 5x$ $L = 21x - x^2z$

62 Associer chaque expression à gauche à son écriture factorisée à droite.

$-6 + 4t$ •	• $2(-2t + 3)$
$-6t - 4$ •	• $-2(3 - 2t)$
$-4t + 6$ •	• $-2(3t - 2)$
$-6t + 4$ •	• $-2(3t + 2)$

63 Factoriser les expressions suivantes.
$A = 30x - 25$ $B = -3x^2 + 5x$ $C = 49z^2 - 21x$
$D = xy + yz$ $E = -x^2 - 2x$ $F = t^3 + 3t$

64 CALCUL MENTAL

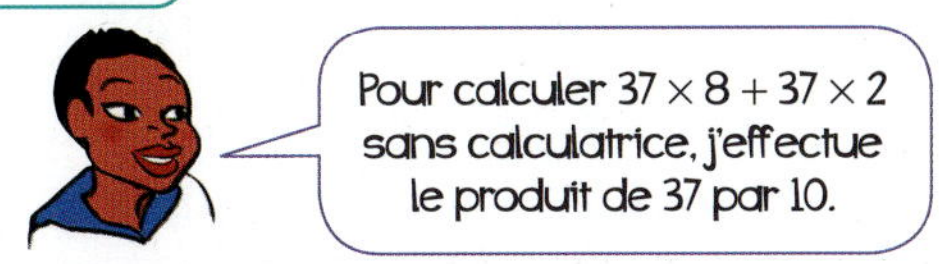

1. Expliquer la méthode d'Ousmane.
2. De la même manière, calculer :
$A = 48 \times 3 + 48 \times 7$ $B = 34 \times 14 + 34 \times 6$
$C = 64 \times 1\,003 - 64 \times 3$ $D = 67 \times 108 - 67 \times 8$

65 Factoriser puis calculer chaque expression.
$A = 4 \times 3{,}80 + 4 \times 4{,}20$
$B = 12 \times 0{,}35 + 12 \times 0{,}15$

66 Factoriser les expressions suivantes.
$A = 3x + 3$ $B = 7 - 7x$ $C = 21t - 7$
$D = 10t + t$ $E = 3x^2 + x$ $F = n^2 - n$

67 Factoriser les expressions suivantes.
$G = -5ab - 9a$ $H = 2x^3 + x$ $I = 3a^2b - 5a^2c$
$J = 10xy - 3x^2$ $K = -24xt^2 + 5t$ $L = x - 42x^2$

68 Pour chaque expression, proposer deux factorisations.
$A = 18x - 36x^2$ $B = 28x^2 + 21x$
$C = 20ab + 4a$ $D = 24xyz + 18xy$
$E = 4a^2b - 5ab^2$ $F = -6x^2y + 15xy$

69 Factoriser les expressions suivantes.
$A = -4x^2 + 16x^3$ $B = -t - 25t^3$
$C = 8a^2b + 15ab^2$ $D = 25x^2y - 5xy - 10x^2y$

MODE EXPERT

70 Je suis un triangle rectangle. Mon aire vaut $9x + 6$. Un des côtés de mon angle droit mesure 3.
• Combien mesure l'autre côté de l'angle droit ?

71 CALCUL MENTAL Soit $A = 8tx^2 + 5{,}2tx - 1{,}2xt$.
Trouver une méthode permettant de calculer mentalement l'expression A pour $t = 3{,}67$ et $x = -0{,}5$.

Faire le point

Version interactive du QCM

Vérifie tes connaissances.

QCM

Donner la ou les bonnes réponses parmi les trois proposées.

1 Simplifier une expression littérale

	Réponse A	Réponse B	Réponse C
1. L'expression $u \times 9 \times v \times 7$ peut s'écrire :	$16uv$	$63uv$	$63(u+v)$
2. L'expression $8 \times a + a \times a$ peut s'écrire :	$8a+a^2$	$10a$	$8a^3$
3. L'expression $4 \times x + 5$ est égale à :	$9x$	$20x$	$4x+5$
4. L'expression $4 \times t + 3 + 5 \times t - 8$ peut s'écrire :	$4t+3+5t-8$	$4t+8t-8$	$9t-5$
5. L'expression $3x^2 - (2x^2 - 3x)$ est égale à :	x^2+3x	$3x^2-2x^2+3x$	$5x^2+3x$

2 Développer un produit

	Réponse A	Réponse B	Réponse C
1. L'expression développée et réduite de $7(3y-8)$ est :	$21y-8$	$73y-78$	$21y-56$
2. $-2(x+5)$ est égal à :	$-2x+10$	$-2x-10$	$-2x+(-10)$
3. $(5-b) \times b$ est égal à :	$5b-2b$	$5-b^2$	$5b-b^2$
4. L'expression développée et réduite de $-3(3c-5)-5c(2c-1)$ est :	$10c^2-4c+15$	$-10c^2-4c+15$	$-10c^2-14c+15$

3 Factoriser une somme ou une différence

	Réponse A	Réponse B	Réponse C
1. Une expression factorisée de $15a+6$ est :	$3(5a+6)$	$3(5a \times 2)$	$3(5a+2)$
2. Une expression factorisée de $18x-6$ est :	$6(3x)$	$3(6x-2)$	$6(3x-1)$
3. Une expression factorisée de $12y^2-20y$ est :	$y(12y-20)$	$2y(6y-10)$	$4y(3y-5)$

→ Corrigé p. 315

Carte mentale

Ressource téléchargeable

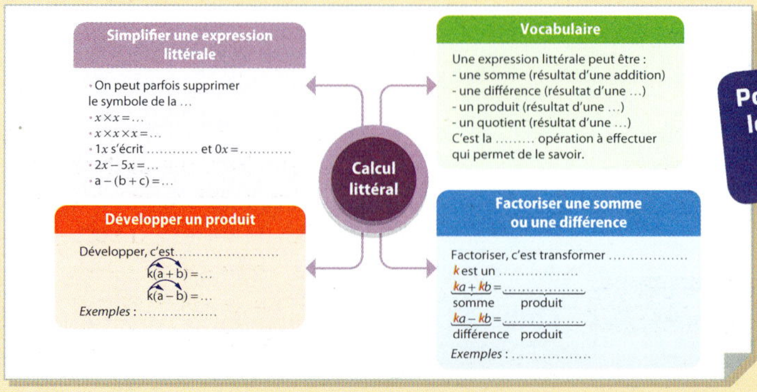

Pour t'aider à retenir le cours, télécharge et complète cette carte mentale.

Algorithmique et outils numériques

72 Polygones réguliers

1. Pour chacun des scripts suivants, préciser la nature des figures tracées.

Script 1

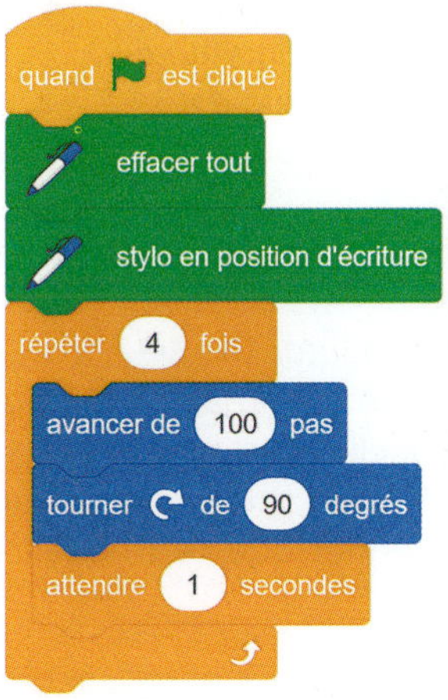

Script 2

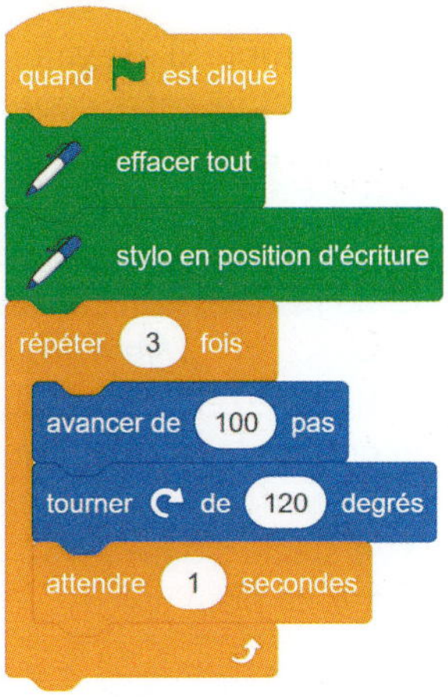

2. À partir des scripts de la question **1.**, écrire un script qui trace un pentagone régulier de côté 100.

3. On souhaite à présent écrire un script pour tracer n'importe quel polygone régulier.

> Un polygone est régulier lorsque tous ses côtés ont la même longueur et tous ses angles la même mesure.

a. Si la variable (n) désigne le nombre de côtés du polygone régulier, de quel angle devra tourner le lutin ?

b. Écrire un script qui permet de tracer un polygone régulier à *n* côtés.

c. Utiliser le script précédent pour tracer :
- un hexagone régulier ;
- un heptagone régulier ;
- un décagone régulier.

73 Programme de calcul

Alexis doit exécuter un programme de calcul avec plusieurs valeurs. Pour gagner du temps, il a écrit le script suivant.

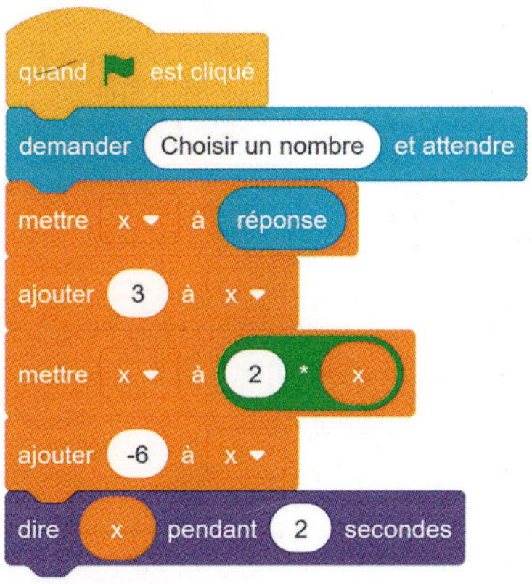

1. Décrire, par des phrases, les étapes de ce programme.

2. Écrire une expression littérale donnant le résultat de ce programme.

3. Simplifier cette expression. Que constate-t-on ?

4. À l'aide de la question **3.**, simplifier le script écrit par Alexis.

74 Avec Geogebra

Samuel a découvert une fonctionnalité de Geogebra qui lui permet de vérifier des développements et des factorisations ! Il en fait part à son amie Inès :

« Tu vas dans le menu Affichage, puis Calcul formel. Pour développer, tu cliques sur l'icône développer (( )), puis tu tapes l'expression à **développer** dans le cadre. »

1. Tester cette fonctionnalité avec quelques expressions à développer.

2. Quelle icône permet de factoriser une expression ? L'utiliser pour factoriser ces expressions :

$$15x+5\ ;\ -21x^2-7$$

3. On peut également calculer une expression pour une valeur donnée. Par exemple, entrer l'expression $5x^2-8x+1$, puis cliquer sur l'icône **substituer** et entrer dans *nouvelle expression* la valeur de x (par exemple 2). Cliquer sur [=] puis vérifier le résultat affiché.

75 Perles de rocaille

Lisa fabrique des bracelets en perles de rocaille en suivant le modèle ci-dessous.

1re étape **2e étape** **3e étape**

1. Combien faut-il de perles pour faire 4 étapes ? 5 étapes ?

2. On note *n* le nombre d'étapes pour fabriquer un bracelet. Exprimer, en fonction de *n* le nombre de perles nécessaire à la fabrication d'un bracelet.

3. On utilise un tableur pour calculer rapidement le nombre de perles en fonction du nombre d'étapes.

	A	B
1	Nombre d'étapes	Nombres de perles
2	1	
3	2	
4	3	
5	4	
6	5	

Quelle formule doit-on écrire dans la cellule B2 ?

4. Lisa possède un pot contenant 350 perles de rocaille.

a. En combien d'étapes fera-t-elle son bracelet ?

b. Pourra-t-elle utiliser toutes les perles ?

Problèmes

ceinture jaune · ceinture verte · ceinture noire

76 CALCUL MENTAL Deux programmes de calcul

Calculer

Voici deux programmes de calcul :

Programme 1	Programme 2
Choisir un nombre.	Choisir un nombre.
Ajouter 9.	Multiplier par 8.
Multiplier le résultat par 8.	Ajouter 72.

1. Appliquer ces deux programmes au nombre 3, puis au nombre -5. Que remarque-t-on ?

2. Cette remarque est-elle vraie pour tout nombre x choisi au départ ? Justifier.

77 À guichet fermé

Calculer, Modéliser, Chercher

Une salle de spectacle peut contenir 1 200 places. Il y a n places assises et les autres sont debout. Une place debout coute 25 € et une place assise 40 €.

1. Exprimer en fonction de n la recette totale en euros si la salle est pleine.

2. a. Développer et réduire le plus possible l'expression trouvée à la question précédente.

b. En déduire le nombre de places assises nécessaires pour que la recette soit égale à 45 000 €.

Tu peux faire des essais successifs.

78 Des bonbons

Calculer

Dans un bocal, il y a n bonbons. Hugo mange la moitié des bonbons ; son frère Axel en mange 4.

1. Exprimer, en fonction de n, le nombre de bonbons restants dans le bocal.

2. Si $n = 28$, combien reste-t-il de bonbons ?

79 Périmètres égaux ?

Calculer, Modéliser

Les figures ci-dessous, dans lesquelles x désigne un nombre positif, ont-elles toujours le même périmètre ? Justifier.

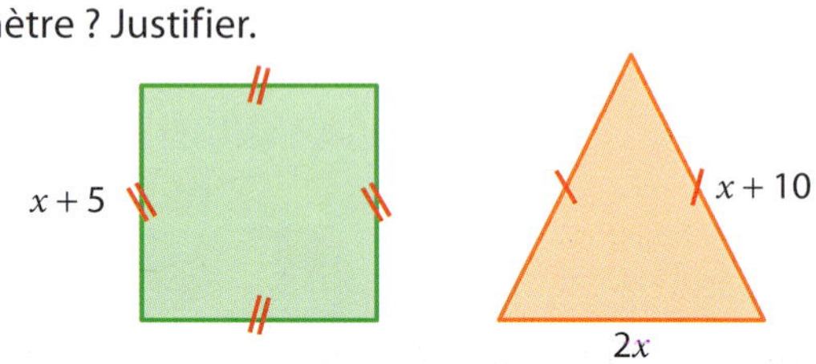

80 François Viète

Communiquer

François Viète, mathématicien français du XVIe siècle, utilisait d'autres notations pour le calcul littéral.

Voir point info p. 105.

Par exemple, il écrivait : *A in* 3 + 2 *aquatur E*.

Aujourd'hui, cette expression s'écrit : $a \times 3 + 2 = e$.

1. Trouver une valeur de a et de e qui vérifient cette égalité.

2. a. Traduire avec une écriture littérale contemporaine l'expression suivante :

U in 4 – *U in* 2 *aquatur* 10

b. Réduire l'expression du membre de gauche et trouver une valeur de u pour laquelle l'égalité est vraie.

3. Comment écrivait-on l'expression suivante au XVIe siècle : $8y + 5 = 37$? Vérifier que cette égalité est vraie pour $y = 4$.

81 Un script pour calculer

Calculer

On effectue un programme de calcul à l'aide du script suivant.

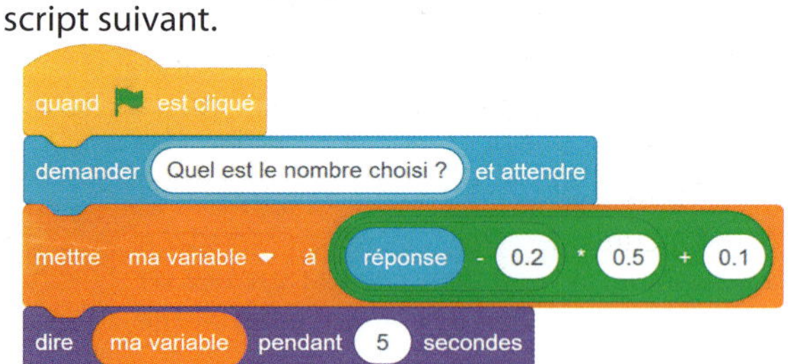

1. Qu'obtient-on si on choisit 6 comme nombre de départ ? si on choisit 10 ? et si on choisit -100 ? Quelle conjecture peut-on faire ?

2. On note x le nombre choisi au départ. Exprimer le résultat du programme de calcul en fonction de x.

3. Développer et réduire l'expression trouvée à la question précédente. Que peut-on en conclure ?

82 Sales!

Calculer

To sell its stock of exercise books, a publishing house decides to batch them.

Initially, each exercise book costs £ 3.10. But, when sold in batches of 5, the publisher sells it at a reduced price.

1. By noting r the reduction, express with two different calculations the price P of the batch of 5 exercise books.

2. Calculate P for a reduction of 35 pence.

83 Le trapèze

Calculer

On considère le trapèze rectangle représenté ci-dessous où x désigne un nombre positif quelconque et où les dimensions sont données en cm.

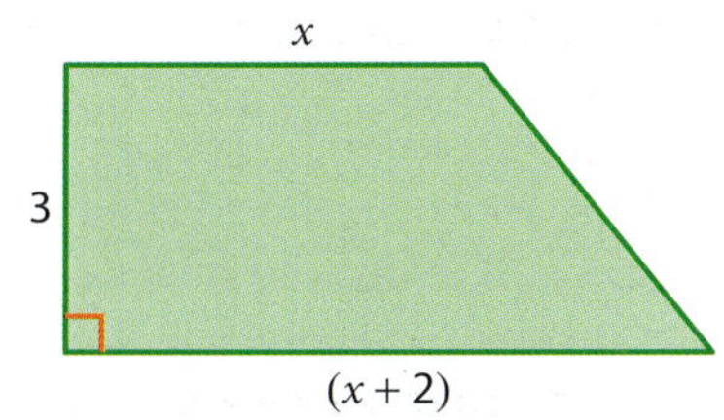

$$\text{Aire} = \frac{(\text{petite base} + \text{grande base}) \times \text{hauteur}}{2}$$

- Exprimer l'aire de ce trapèze en fonction de x. Donner la réponse sous forme développée et réduite.

84 Périmètre d'un triangle

Calculer, Modéliser

On considère un triangle ABC tel que la longueur du côté [AB] mesure la moitié de celle de [BC] et la longueur du côté [AC] mesure les trois quarts de celle de [BC]. On note x la longueur du côté [BC].

1. Exprimer le périmètre du triangle ABC en fonction de x.

2. Réduire le plus possible l'expression trouvée.

3. Calculer le périmètre du triangle ABC pour $x = 6$ cm.

85 Dilatation

Calculer, Modéliser

Une ingénieure en bâtiment étudie un certain type de tiges en fer utilisées pour la construction d'immeubles. Sachant que le fer se contracte ou se dilate selon la température, la longueur de la tige varie légèrement en fonction de la température.
La formule ci-dessous permet de calculer la longueur L (en m) de la tige en fonction de la température T (en °C) :

$$L = 0{,}01 \times (0{,}000\,012\,2\ T + 1) \times 200$$

1. Elle remarque judicieusement que l'expression de L peut être développée et réduite.
Quelle expression obtient-elle alors ?

2. Elle utilise un tableur pour calculer L.

	A	B
1	Température T en °C	Longueur L en m
2	-5	1,999878
3	-4	1,9999024
4	-3	1,9999268
5	-2	1,9999512

Quelle formule a-t-elle saisie dans la cellule B2 ?

3. Quelle est la variation de longueur (en cm) pour ce type de tiges entre 0 °C et 100 °C ?

86 Les stalagmites

Modéliser

L'humidité, la température et les échanges gazeux avec l'extérieur sont bien spécifiques à chaque grotte. Cet équilibre particulier peut parfois être perturbé par la venue d'un trop grand nombre de visiteurs. Les conséquences peuvent être désastreuses pour la conservation des très fragiles grottes préhistoriques.
On étudie la croissance d'une stalagmite qui mesurait 12 cm en 1890 et dont la hauteur augmente de 0,01 cm chaque année. On veut calculer sa hauteur h en cm lors de l'année n avec $n > 1890$.

1. Montrer que $h = 0{,}01n - 6{,}9$.

2. Quelle sera sa hauteur en 2050 ?

87 Somme d'entiers consécutifs

Calculer

1. a. Quelle est la somme des trois premiers entiers consécutifs non nuls $1 + 2 + 3$?

b. Quelle est la somme des quatre premiers entiers consécutifs non nuls ? Quelle est celle des cinq premiers entiers consécutifs non nuls ?

2. Un professeur a demandé à sa classe d'écrire une formule permettant de calculer la somme S des n premiers entiers consécutifs non nuls.
Les élèves ont proposé les trois formules suivantes.

- 1re formule : $S = 4n - 6$
- 2e formule : $S = \dfrac{n(n+1)}{2}$
- 3e formule : $S = \dfrac{n^2}{2} + \dfrac{n}{2}$

Une seule est fausse. Laquelle ? Justifier à l'aide de la question **1.**

3. On exécute le script suivant.

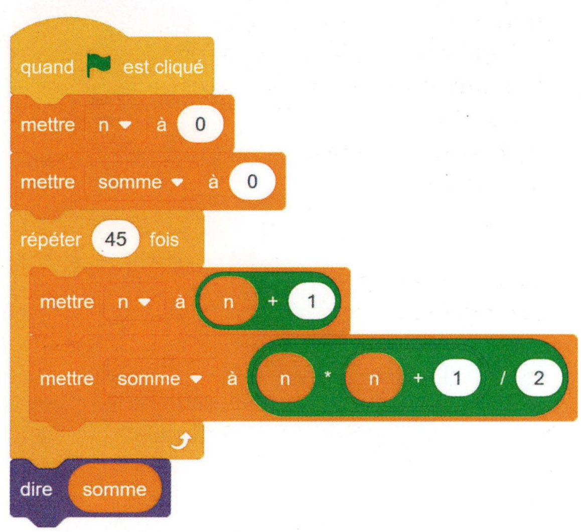

Quel nombre va annoncer le lutin ?

Problèmes

88 Des nombres carrés

Modéliser

1. Le diagramme ci-contre permet de calculer rapidement la somme des quatre premiers nombres impairs $1+3+5+7$. Expliquer comment et donner le résultat.

2. De la même manière, déterminer la somme des 30 premiers nombres impairs.

3. Exprimer la somme des n premiers entiers impairs (n est un entier supérieur à 1).

4. Peut-on obtenir 950 en ajoutant des entiers impairs de la même manière ?

89 Hauteur variable Prise d'initiative

Calculer, Raisonner

On considère des boites parallélépipédiques qui mesurent toutes 2,4 cm de largeur, 4,5 cm de longueur et dont la hauteur h (en cm) est variable.

- Quelle que soit la hauteur h (exprimée en cm), est-il vrai que si la hauteur augmente de 5 cm, alors le volume de la boite augmente de 54 cm^3 ? Justifier.

90 La boite en bois

Modéliser

Une boite cubique est fabriquée avec du bois de 1 cm d'épaisseur. On note x la dimension extérieure d'une arête en cm.

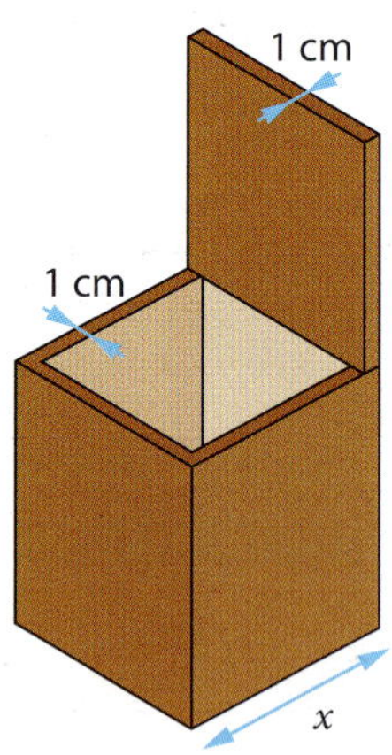

1. Exprimer en fonction de x le volume de la boite.

2. Exprimer en fonction de x la mesure d'une arête intérieure. En déduire l'expression du volume intérieur de la boite en fonction de x.

3. Exprimer en fonction de x le volume de bois utilisé pour fabriquer cette boite.

91 Des cercles

Calculer, Modéliser, Raisonner

Soit R un nombre quelconque.
On considère trois cercles $\mathscr{C}_1$, $\mathscr{C}_2$ et $\mathscr{C}_3$.
Le cercle $\mathscr{C}_1$ a pour rayon R.
Le rayon de $\mathscr{C}_2$ est le double de celui de $\mathscr{C}_1$.
Le rayon de $\mathscr{C}_3$ est le tiers de celui de $\mathscr{C}_2$.

1. Écrire une valeur exacte de la longueur de chacun de ces cercles en fonction de R.

2. Un cercle $\mathscr{C}_4$ a pour longueur la somme des longueurs des cercles $\mathscr{C}_1$, $\mathscr{C}_2$ et $\mathscr{C}_3$. Exprimer cette somme en fonction de R.

3. Exprimer en fonction de R le rayon du cercle $\mathscr{C}_4$. Justifier.

92 Augmentations de salaires

Calculer, Modéliser, Communiquer

Dans une entreprise, on étudie deux options pour augmenter les revenus annuels des salariés.

Option 1

- Chaque salaire mensuel est augmenté de 5 €.
- Un 13e mois du même montant est accordé.

Option 2

- Chaque salaire mensuel est augmenté de 110 €.
- Il est versé pendant les 12 mois de l'année.

On note x le salaire mensuel avant augmentation.

1. Les salariés souhaitent calculer l'écart de revenus annuels entre ces deux options. On note Δ cet écart.
Exprimer Δ en fonction de x. Si cela est possible, développer et réduire l'expression obtenue.

> **L'écart est la différence entre le revenu avec l'option 1 et le revenu avec l'option 2. Δ est une lettre grecque qui se lit « delta ».**

2. À l'aide de la question précédente, déterminer une valeur de x pour laquelle l'égalité $\Delta = 0$ est vraie. Interpréter ce résultat dans le contexte de l'entreprise.

DÉFIS & ÉNIGMES

93 Tout ça !

Trouver deux nombres entiers x et y tels qu'en ajoutant leur somme, leur différence et leur produit, on obtienne 65.

94 La roue infernale

Dans la roue ci-contre, le nombre écrit dans chaque case est égal à la somme des nombres de ses cases voisines.

- Quelle est la valeur de a ?

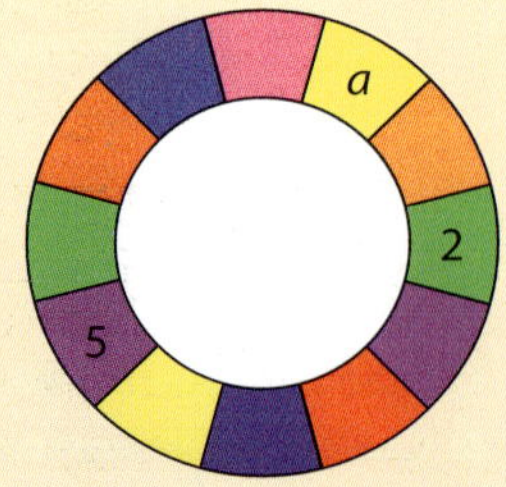

95 Le tour de magie
Calculer, Chercher, Modéliser

Un magicien entre en scène et s'adresse à un spectateur : « Vous allez effectuer secrètement les calculs suivants, puis vous annoncerez votre résultat.

- Multipliez votre jour de naissance par 25.
- Ajoutez 30 au résultat.
- Multipliez par 40.
- Retranchez votre mois de naissance.
- Retranchez 1 200. »

Le spectateur annonce son résultat. Après quelques secondes d'intense concentration, le magicien devine le jour et le mois de naissance du spectateur.

1. Effectuer ces calculs en choisissant sa propre date de naissance.

2. On appelle j le jour de naissance et m le mois de naissance.

a. Écrire une expression littérale simplifiée qui traduit les calculs du tour de magie en fonction de j et de m.

b. Quelle est l'astuce du magicien ?

3. Le spectateur a annoncé 2 989. Retrouver son jour et son mois de naissance.

96 Suites de nombres
Calculer, Modéliser, Raisonner

On considère la suite de nombres ci-dessous :

3 ; 9 ; 12 ; 21 ; 33 ; 54

Pour obtenir cette liste, on a choisi les deux premiers nombres au hasard. Les nombres suivants sont obtenus en ajoutant les deux qui précèdent. On note S la somme de ces six nombres.

1. Vérifier, avec cette liste de nombres, que l'affirmation suivante est vraie : « La somme S est égale à quatre fois le cinquième nombre de la liste ».

2. Démonter que cette affirmation est vraie quels que soient les deux premiers nombres choisis.

97 Égalité d'aires (Prise d'initiative)
Chercher, Modéliser

Le point M se déplace sur le segment [BF].

- Est-il possible que les rectangles ABMC et MDEF aient la même aire ?

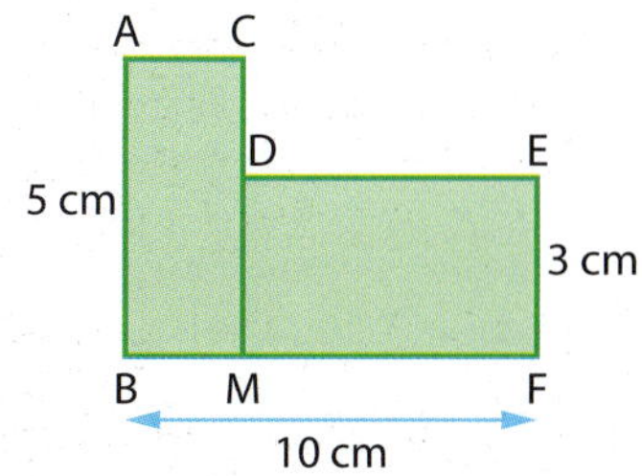

Tu peux t'aider d'un tableur.

98 Nombres avec les mêmes chiffres
Calculer, Modéliser, Raisonner

> Choisir un nombre entier de deux chiffres.
> Retourner ce nombre (inverser ses chiffres).
> Calculer la différence entre le plus grand et le plus petit de ces deux nombres.

1. Choisir un nombre et exécuter le programme de calcul ci-dessus. Recommencer avec d'autres nombres, plusieurs fois. Que peut-on conjecturer sur les différences obtenues ?

2. Si a désigne le chiffre des dizaines et b le chiffre des unités du nombre de départ, avec $a < b$, écrire le nombre de départ et le nombre « retourné » en fonction de a et b.

3. Calculer la différence entre les deux nombres et montrer qu'elle est divisible par 9.

MISSION DÉMONSTRATION

Raisonnement — Utiliser le calcul littéral pour démontrer une propriété

Un nombre pair est divisible par 2. C'est donc un multiple de 2 et il peut toujours s'écrire sous la forme $2n$, où n désigne un nombre entier.

Un nombre impair n'est pas divisible par 2. Son reste dans la division euclidienne par 2 est égal à 1, il peut donc toujours s'écrire sous la forme $2n + 1$, où n désigne un nombre entier.

99 On veut démontrer que la somme de deux nombres impairs consécutifs est divisible par 4.

1. On écrit le premier nombre impair $2n + 1$, où n désigne un entier. Comment s'écrit le nombre impair qui le suit ?

2. Exprimer en fonction de n la somme de deux nombres impairs consécutifs et réduire l'expression obtenue.

3. Factoriser cette expression par 4 et conclure.

100 Démontrer que la somme de deux multiples de 3 est un multiple de 3.

101 Démontrer que le carré d'un nombre pair est un nombre pair.

Travailler autrement

Utilisable en AP

À chacun son parcours !

102 Résolution de problème

Socle D1 J'utilise les langages formels.

Socle D4 Je pratique le calcul.

Samia, Kimberley et Tim jouent aux fléchettes en ligne sur leur ordinateur. Lors d'une partie, chaque joueur possède le même nombre de fléchettes noté n. Ce nombre varie d'une partie à l'autre tout en restant toujours supérieur ou égal à 15.

Voici les performances de chaque joueur lors d'une partie :

- **Samia** : cinq fléchettes dans la zone rouge et toutes les autres dans la zone jaune.
- **Kimberley** : six fléchettes dans la zone rouge, huit dans la zone jaune ; les autres dans la zone bleue extérieure à la cible.
- **Tim** : sept fléchettes dans la zone rouge et les autres dans les zones jaune et bleue.

Cible et nombre de points

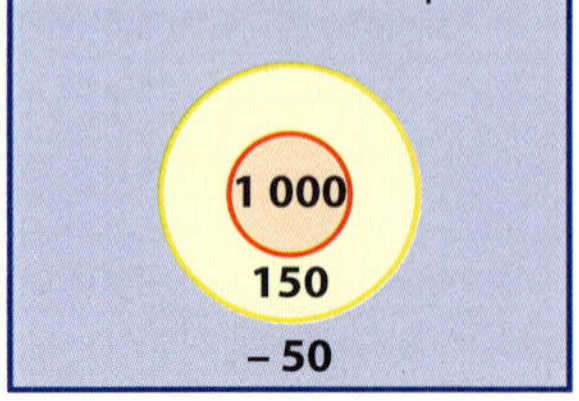

On s'intéresse aux programmes de calculs effectués par l'ordinateur pour déterminer le score de chaque joueur au cours de cette partie selon le nombre n de fléchettes.

Questions ceinture jaune

1. Exprimer en fonction de n le score de Samia. Développer et réduire cette expression.

2. On suppose que $n = 15$. Quel est le score de Samia ?

Questions ceinture verte

1. Exprimer en fonction de n le score de Kimberley. Développer et réduire cette expression.

2. Dans chacun des cas suivants, calculer le score de Kimberley puis le comparer à celui de Samia.

a. $n = 15$

b. $n = 19$

Questions ceinture noire

On note y le nombre de fléchettes plantées dans la zone jaune lorsque Tim lance ses fléchettes.

1. Donner un encadrement le plus précis possible de y.

2. Exprimer le score de Tim en fonction de n et de y. Développer et réduire cette expression.

3. On suppose que $n = 15$. On utilise un tableur pour calculer le score de Tim selon les valeurs de y.

	A	B
1	y	Nombre de points
2	0	6600

Quelle formule a-t-on saisie dans la cellule B2 ? À partir de quelle valeur de y Tim est-il le vainqueur ?

103 Résolution de problème

Socle D1 J'utilise les principes du système de numération décimal et les langages formels.

Socle D4 Je mène différents types de raisonnement.

On veut démontrer la propriété P suivante : « Si la somme des chiffres d'un nombre entier N est un multiple de 9, alors ce nombre est divisible par 9. »

Si N désigne un nombre entier à deux chiffres et si on note d son chiffre des dizaines et u celui des unités, alors $N = 10d + u$.

Questions ceinture jaune

N est un nombre entier à deux chiffres.

1. Qu'obtient-on en développant l'expression $N = (9+1)d + u$?

2. Si la somme $d + u$ est un multiple de 9, comment peut-elle s'écrire ?

3. Factoriser l'expression N par 9.

4. Conclure.

Questions ceinture verte

N est un nombre entier inférieur à 1 000 ; on note c son chiffre des centaines.

1. Recopier et compléter :

$$N = (\ldots+1)c + (\ldots+1)d + u$$

2. Développer l'expression N.

3. Si la somme $c + d + u$ est un multiple de 9, comment peut-elle s'écrire ?

4. Factoriser l'expression N par 9.

5. Conclure.

Questions ceinture noire

N est un nombre entier inférieur à 10 000 ; on note m son chiffre des milliers et c celui des centaines.

1. a. Recopier et compléter :

$$N = (\ldots + 1)m + (\ldots + 1)c + (\ldots + 1)d + u$$

b. Développer et réduire l'expression obtenue.

c. Factoriser l'expression N par 9 puis conclure.

2. Démontrer le critère de divisibilité par 3 pour tout entier N inférieur à 10 000.

6 Équations

TA MISSION

Apprendre à modéliser des situations et résoudre des problèmes.

JEU

Tétris

« La ligne explose si l'égalité écrite est vraie pour $x = 3$ ».

• Combien de lignes vont exploser ?

POINT INFO

Juriste et mathématicien français, **François Viète** (1540-1603) est le premier, en 1591, à avoir représenté les inconnues d'une équation par des lettres.

Mais c'est le mathématicien, physicien et philosophe français **René Descartes** (1596-1650) qui a eu l'idée, vers 1628, de les désigner avec les dernières lettres de l'alphabet : x, y et z.

Voir problème 83 p. 139.

Activités

Prêts pour le décollage ?

QUESTIONS FLASH Questions flash supplémentaires

1 Compléter les égalités suivantes.

a. $8 \times \ldots = 4$ **b.** $12 - \ldots = -3$
c. $14 - \ldots = 5{,}6$ **d.** $2{,}5 + \ldots = 7$
e. $7 \times \ldots + 5 = 47$ **f.** $-4 \times \ldots = 0{,}8$

2 **Vrai ou faux ?**
L'égalité $5x + 2 = 1$ est vraie pour :
a. $x = 0$ **b.** $x = -2$ **c.** $x = -1$ **d.** $x = -0{,}2$

3 **Vrai ou faux ?**
L'égalité $7x - 1 = 3x$ est vraie pour :
a. $x = 0$ **b.** $x = 0{,}25$ **c.** $x = 1$

4 Dans la feuille de calcul ci-contre, pour calculer $12x - 7$, quelle formule doit-on écrire dans la cellule B2 avant de la recopier vers le bas ?

	A	B
1	x	12x-7
2	1	
3	2	
4	3	
5	4	

5 L'aire du rectangle ci-contre est 15 cm^2. Quelle est la mesure de sa longueur ?

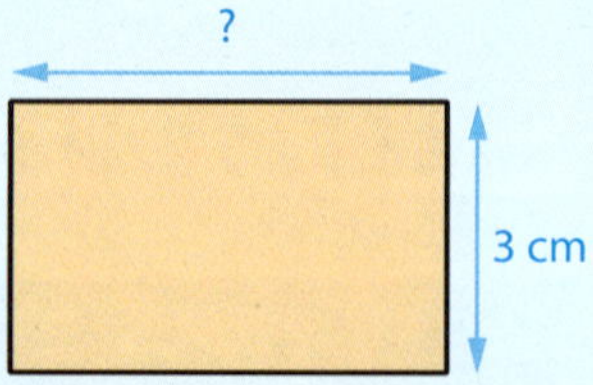

6 Un magasin de location de vélos électriques propose les tarifs suivants :

Formule	Abonnement mensuel	Tarif horaire
Cyclolib +	100 €	1 €
Cyclolib	30 €	1,50 €

Soit n le nombre d'heures d'utilisation annuelle d'un vélo électrique.

- Exprimer, en fonction de n, le cout annuel de location d'un vélo électrique avec les deux formules proposées.

Activité 1 Pas si évident

Un smartphone avec sa coque coute 260 €.
Le smartphone coute 220 € de plus que la coque.

- Combien coute la coque ?

Activité 2 Deux programmes de calcul

Voici deux programmes de calcul :

Programme A
- Choisir un nombre.
- Multiplier ce nombre par 5.
- Soustraire 6 au résultat.

Programme B
- Choisir un nombre.
- Multiplier ce nombre par –3.
- Ajouter 7 au résultat.

1. Quel nombre faut-il choisir pour que le résultat du programme B soit –8 ?
2. Esteban cherche le nombre à choisir pour que le résultat du programme A soit 10. Pour cela, il a réalisé la feuille de calcul ci-contre.
a. Quelle formule peut-on écrire dans la cellule B2, puis recopier vers le bas ?
b. Réaliser la feuille de calcul d'Esteban puis expliquer sa remarque ci-dessous.

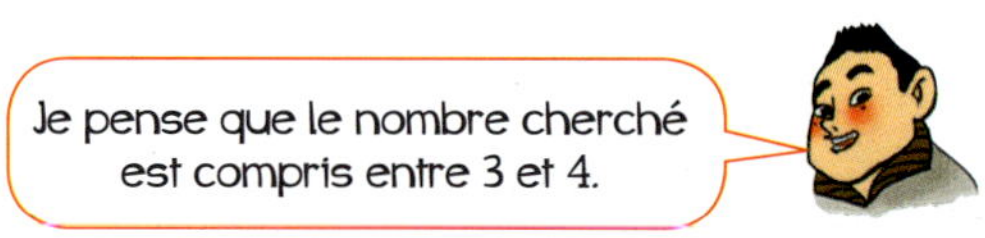

	A	B
1	Nombre de départ	Programme A
2	0	
3	1	
4	2	
5	3	
6	4	
7	5	
8	6	

c. Modifier la feuille de calcul en entrant, dans la colonne des nombres de départ, les nombres entre 3 et 4 avec un pas d'un dixième (c'est-à-dire 3 ; 3,1… 3,9 ; 4). Trouver le nombre cherché.

3. Quel nombre faut-il choisir pour obtenir le même résultat avec les deux programmes ?

Activité 3 Les balances

1. La balance 1 est en équilibre.

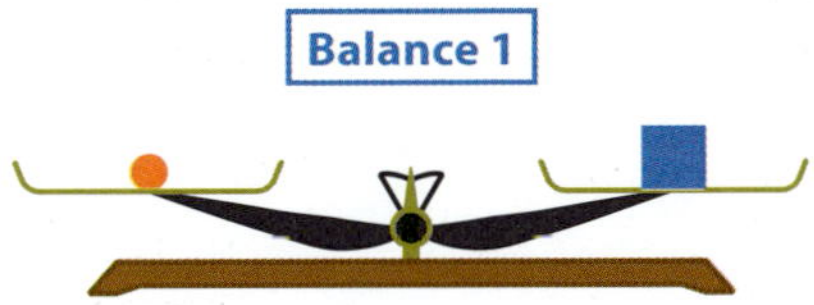

Est-ce le cas pour les balances 2 et 3 ? Expliquer pourquoi.

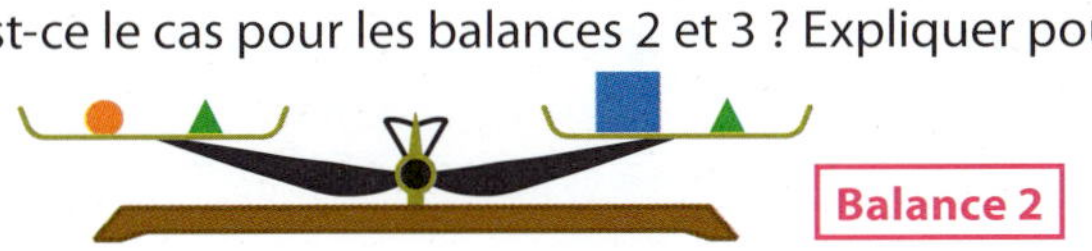

2. Les deux balances ci-dessous sont en équilibre.

Combien faut-il poser de triangles sur le plateau de droite pour que la balance ci-dessous soit en équilibre ?

3. La balance ci-dessous est en équilibre. Quelle est la masse d'une boule orange ?

Activité 4 Nombre mystère

Dans le schéma ci-contre, les deux chemins mènent au même résultat.

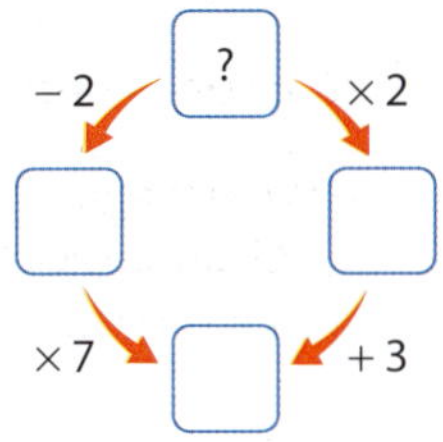

1. Peut-on choisir comme nombre de départ :

a. le nombre 1 ?

b. le nombre 2,5 ?

c. le nombre −3 ?

2. On note x le nombre de départ.

a. Écrire le résultat en fonction de x en utilisant le chemin de gauche.

b. Écrire le résultat en fonction de x en utilisant le chemin de droite.

c. En déduire une égalité que x doit vérifier.

Cette égalité s'appelle une équation d'inconnue x.

d. Pour quelle valeur de x cette égalité est-elle vraie ?

3. En suivant les mêmes étapes qu'à la question **2.**, trouver le nombre de départ du schéma ci-contre.

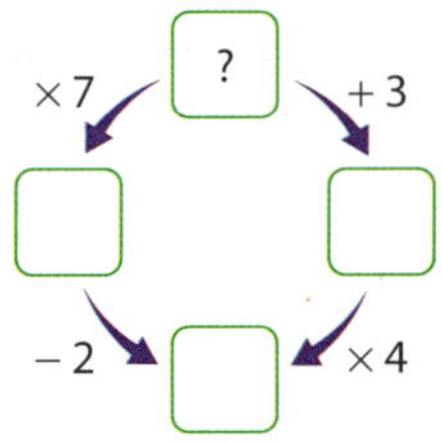

Cours

1 Connaitre la notion d'équation

Définition

Une **équation** est une égalité qui comporte au moins un nombre de valeur inconnue, généralement désigné par une lettre.

Cette égalité peut être vraie pour certaines valeurs de l'inconnue et fausse pour d'autres.

Exemple

$3 + x = 11$ est une équation d'inconnue x.

- Si $x = 8$, cette égalité est vraie : $3 + x = 3 + 8 = 11$.
- Si $x = 4$, cette égalité est fausse : $3 + x = 3 + 4 = 7$ et $7 \neq 11$.

Les deux membres de l'égalité ont pour valeur 11.

Définition

Une **solution** d'une équation est une valeur de l'inconnue pour laquelle l'égalité est vraie.

Exemple

On considère l'équation $3 + x = 11$.

- **Si $x = 8$:**
$3 + x = 3 + 8 = 11$
Les deux membres ont la même valeur, donc l'égalité est vraie.
On dit que 8 est une solution de l'équation $3 + x = 11$.

- **Si $x = 7$:**
$3 + x = 3 + 7 = 10$
Les deux membres n'ont pas la même valeur, donc l'égalité est fausse.
On dit que 7 n'est pas une solution de l'équation $3 + x = 11$.

Méthode

Pour tester si un nombre est une solution d'une équation d'inconnue x :

- on calcule le membre de gauche en remplaçant x par cette valeur ;
- on calcule le membre de droite en remplaçant x par cette valeur ;
- on observe si les deux membres sont égaux ou non, et on conclut.

Exemples

- On veut tester si 8 est une solution de l'équation $3x + 2 = 4x - 3$.
Si $x = 8$:
$3x + 2 = 3 \times 8 + 2 = 24 + 2 = 26$
$4x - 3 = 4 \times 8 - 3 = 32 - 3 = 29$
Les deux membres n'ont pas la même valeur donc 8 n'est pas une solution de l'équation $3x + 2 = 4x - 3$.

- On veut tester si 5 est une solution de l'équation $3x + 2 = 4x - 3$.
Si $x = 5$:
$3x + 2 = 3 \times 5 + 2 = 15 + 2 = 17$
$4x - 3 = 4 \times 5 - 3 = 20 - 3 = 17$
Les deux membres ont la même valeur donc 5 est une solution de l'équation $3x + 2 = 4x - 3$.

Savoir-faire

Apprends à l'aide des exercices résolus puis entraine-toi !

1 Connaitre la notion d'équation

1 On considère l'équation $2t + 3 = 5t - 9$.
1. -5 est-il une solution de cette équation ?
2. 4 est-il une solution de cette équation ?

Solution

1. Si $t = -5$:
$2t + 3 = 2 \times (-5) + 3 = -10 + 3 = -7$
$5t - 9 = 5 \times (-5) - 9 = -25 - 9 = -34$

On veut tester si, lorsque t vaut -5, l'égalité $2t + 3 = 5t - 9$ est vraie. Pour cela, on remplace t par -5 dans chaque membre de l'égalité et on regarde si les résultats sont égaux ou non.

$-7 \neq -34$: les deux membres n'ont pas la même valeur, l'égalité est donc fausse pour $t = -5$.
Ainsi, -5 n'est pas une solution de l'équation $2t + 3 = 5t - 9$.

2. Si $t = 4$:
$2t + 3 = 2 \times 4 + 3 = 8 + 3 = 11$
$5t - 9 = 5 \times 4 - 9 = 20 - 9 = 11$

On remplace t par 4 dans chaque membre de l'égalité et on regarde si les résultats sont égaux ou non.

Les deux membres ont la même valeur 11, l'égalité est donc vraie pour $t = 4$.
Ainsi, 4 est une solution de l'équation $2t + 3 = 5t - 9$.

À toi de jouer

2 On considère l'équation $4y + 10 = 6y - 7$.
- 1 est-il une solution de cette équation ? Et 8,5 ?

→ Corrigé p. 315

3 On considère le triangle et le carré ci-contre.
L'aire du triangle est donnée par l'expression littérale : $\dfrac{9 \times L}{2}$.
L'aire du carré est donnée par l'expression littérale : $L \times L$.
1. Géométriquement, que traduit l'équation $\dfrac{9 \times L}{2} = L \times L$?
2. 6 est-il une solution de cette équation ? Interpréter géométriquement ce résultat.

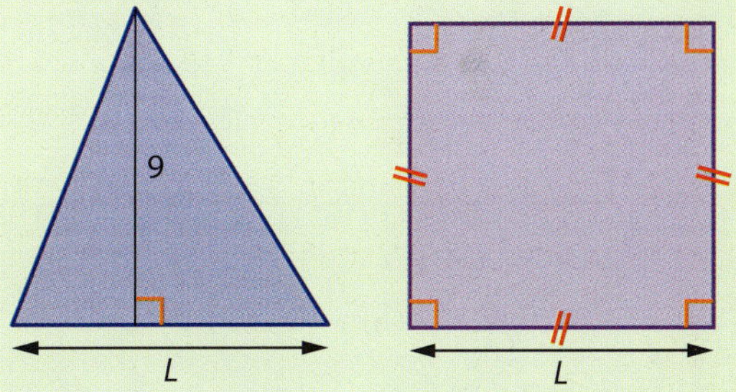

Solution

1. L'équation $\dfrac{9 \times L}{2} = L \times L$ traduit le fait que l'aire du triangle est égale à l'aire du carré.

2. Si $L = 6$:

$\dfrac{9 \times L}{2} = \dfrac{9 \times 6}{2} = \dfrac{54}{2} = 27$

On remplace L par 6 dans chaque membre de l'équation et on regarde si les résultats sont égaux ou non.

$L \times L = 6 \times 6 = 36$

$27 \neq 36$ donc 6 n'est pas une solution de l'équation $\dfrac{9 \times L}{2} = L \times L$. Les aires ne sont donc pas égales pour $L = 6$.

À toi de jouer

4 Dans l'exercice résolu **3**, le nombre 4,5 est-il une solution de l'équation $\dfrac{9 \times L}{2} = L \times L$?
Interpréter géométriquement ce résultat.

→ Corrigé p. 315

Cours

2 Résoudre une équation

Définition

Résoudre une équation, c'est trouver toutes les solutions de cette équation.

Remarque

Il arrive qu'une équation n'ait aucune solution.

Propriété

Une égalité reste vraie lorsque l'on ajoute (ou soustrait) un même nombre à chacun de ses membres.

a, b et k désignent des nombres.

Si $a = b$, alors : $a + k = b + k$ et $a - k = b - k$.

Exemple 1

On veut résoudre l'équation $x - 7 = 2$.

On **ajoute 7** à chacun de ses membres :

$x - 7 + 7 = 2 + 7$

$x = 9$

Ainsi, 9 est la solution de cette équation.

On peut vérifier cette solution en remplaçant x par 9 dans l'équation : $9 - 7 = 2$. Donc 9 est bien la solution de cette équation.

Exemple 2

On veut résoudre l'équation $5 + x = 1$.

On **soustrait 5** à chacun de ses membres :

$5 + x - 5 = 1 - 5$

$x = -4$

Ainsi, -4 est la solution de cette équation.

On peut vérifier cette solution en remplaçant x par -4 dans l'équation : $5 + (-4) = 1$. Donc -4 est bien la solution de cette équation.

Après avoir résolu une équation, on peut vérifier les calculs en remplaçant l'inconnue par le nombre trouvé.

Propriété

Une égalité reste vraie lorsque l'on multiplie (ou divise) chacun de ses membres par un même nombre non nul.

a, b et k désignent des nombres ($k \neq 0$).

Si $a = b$, alors : $a \times k = b \times k$ et $\frac{a}{k} = \frac{b}{k}$.

Exemple 1

On veut résoudre l'équation $\frac{x}{2} = 5$.

On **multiplie par 2** chacun de ses membres :

$\frac{x}{2} \times 2 = 5 \times 2$

$x = 10$

Ainsi, 10 est la solution de cette équation.

On peut vérifier cette solution en remplaçant x par 10 dans l'équation :

$\frac{10}{2} = 5$ donc 10 est bien la solution de cette équation.

Exemple 2

On veut résoudre l'équation $3x = -1$.

On **divise par 3** chacun de ses membres :

$\frac{3x}{3} = \frac{-1}{3}$

$x = -\frac{1}{3}$

Ainsi, $-\frac{1}{3}$ est la solution de cette équation.

On peut vérifier cette solution en remplaçant x par $-\frac{1}{3}$ dans l'équation :

$3 \times \left(-\frac{1}{3}\right) = \frac{-3}{3} = -1$ donc $-\frac{1}{3}$ est bien la solution de cette équation.

Savoir-faire

Apprends à l'aide des exercices résolus puis entraine-toi !

2 Résoudre une équation

5 Résoudre les équations suivantes.

a. $x+6=-10$

b. $2=x-7$

c. $7x=24{,}5$

d. $\dfrac{x}{3}=2$

Solution

a. $x+6-6=-10-6$ ◀ On soustrait 6 à chaque membre de l'équation.

$x=-16$

Ainsi, -16 est la solution de l'équation $x+6=-10$.

b. $2+7=x-7+7$ ◀ On ajoute 7 à chaque membre de l'équation.

$9=x$

Ainsi, 9 est la solution de l'équation $2=x-7$.

c. $\dfrac{7x}{7}=\dfrac{24{,}5}{7}$ ◀ On divise par 7 chaque membre de l'équation.

$x=3{,}5$

Ainsi, 3,5 est la solution de l'équation $7x=24{,}5$.

d. $\dfrac{x}{3}\times 3=2\times 3$ ◀ On multiplie par 3 chaque membre de l'équation.

$x=6$

Ainsi, 6 est la solution de l'équation $\dfrac{x}{3}=2$.

À toi de jouer

6 Résoudre les équations suivantes.

a. $x+11=9$

b. $8+x=10$

c. $x-11=3$

d. $x-5{,}9=10$

e. $4=2{,}5+x$

f. $12=x-(-6)$

7 Résoudre les équations suivantes.

a. $2x=9$

b. $-8x=15$

c. $\dfrac{x}{7}=6$

d. $\dfrac{x}{13}=-5$

e. $0{,}4x=16$

f. $3=\dfrac{x}{-4}$

→ Corrigé p. 315

8 Résoudre les équations suivantes.

a. $3x+7=25$

b. $2(1-2x)=9+3x$

Solution

a. $3x+7-7=25-7$

$3x=18$

$\dfrac{3x}{3}=\dfrac{18}{3}$

$x=6$

Ainsi, 6 est la solution de l'équation $3x+7=25$.

b. $2(1-2x)=9+3x$

$2-4x-2=9+3x-2$ ◀ On a développé le membre de gauche.

$-4x=7+3x$

$-4x-3x=7+3x-3x$

$-7x=7$

$\dfrac{-7x}{-7}=\dfrac{7}{-7}$

$x=-1$

Ainsi, -1 est la solution de l'équation $2-4x=9+3x$.

À toi de jouer

9 Résoudre les équations suivantes.

a. $8x+5=10$

b. $14=5x-9$

c. $6x-9=3x-15$

d. $3x+5=5x+7$

10 Résoudre les équations suivantes.

a. $3(x+5)=32$

b. $14=5(x-4)$

c. $6(x-2)=-3(x-1)+2$

→ Corrigé p. 315

3 Modéliser une situation

Méthode

Pour modéliser une situation à l'aide d'une équation, on suit les étapes suivantes :

① **Choix de l'inconnue**
On choisit l'inconnue, généralement notée x, qui désigne ce que l'on cherche.

② **Mise en équation**
On traduit les données de l'énoncé du problème par une équation.

③ **Résolution**
On résout l'équation en utilisant les propriétés du cours.

④ **Conclusion**
On interprète le résultat en rédigeant une phrase.

Exemple

Léa a acheté 19 bonbons de trois parfums différents : à la fraise, à la réglisse et à la menthe.
Elle constate qu'elle a 4 bonbons à la menthe et deux fois plus de bonbons à la réglisse qu'à la fraise.

- Combien a-t-elle de bonbons à la fraise ?

① **Choix de l'inconnue**
On choisit l'inconnue : on appelle x le nombre de bonbons à la **fraise**.

② **Mise en équation**
Il y a deux fois plus de bonbons à la **réglisse** qu'à la **fraise** donc le nombre de bonbons à la réglisse est égal à $2x$.
Comme il y a **4** bonbons à la **menthe**, le nombre total de bonbons est donc égal à $x + 2x + 4$.
Le nombre total de bonbons est aussi égal à 19.
On peut donc écrire l'équation : $x + 2x + 4 = 19$.

③ **Résolution**

$x + 2x + 4 = 19$ ◀ Dans le membre de gauche, on simplifie l'expression $x + 2x + 4$ qui devient $3x + 4$.

$3x + 4 = 19$

$3x + 4 - 4 = 19 - 4$ ◀ On soustrait 4 aux deux membres de l'égalité.

$3x = 15$

$\frac{3x}{3} = \frac{15}{3}$ ◀ On divise les deux membres par 3.

$x = 5$

④ **Conclusion**
Léa a donc acheté 5 bonbons à la fraise.

◀ On peut vérifier cette solution. Il y a :
- 5 bonbons à la fraise
- $2 \times 5 = 10$ bonbons à la réglisse
- 4 bonbons à la menthe

Soit un total de $5 + 10 + 4 = 19$ bonbons.

Savoir-faire

3 Modéliser une situation

11 Léa a trois bâtons. Le deuxième mesure 1,1 m de plus que le premier et le troisième mesure 0,3 m de moins que le premier. Bout à bout, les trois bâtons mesurent 4,7 m.
- Quelles sont les longueurs des trois bâtons ?

Solution

① **Choix de l'inconnue**

On appelle x la longueur du premier bâton.

◀ Il y a plusieurs inconnues, mais on peut exprimer les longueurs du 2e et du 3e bâton en fonction de la longueur du 1er bâton.

② **Mise en équation**

Longueur du premier bâton : x.

Longueur du deuxième bâton : $x + 1,1$.

Longueur du troisième bâton : $x - 0,3$.

◀ On traduit l'énoncé du problème en donnant une expression des longueurs des trois bâtons en fonction de x.

Bout à bout, les trois bâtons mesurent 4,7 m, ce qui peut être traduit par l'équation suivante :

$$x + x + 1,1 + x - 0,3 = 4,7$$

③ **Résolution de l'équation**

$x + x + 1,1 + x - 0,3 = 4,7$

$3x + 0,8 = 4,7$ ◀ On a réduit la somme $x + x + 1,1 + x - 0,3$.

$3x + 0,8 - 0,8 = 4,7 - 0,8$ ◀ On commence par **soustraire 0,8** aux deux membres de l'égalité.

$3x = 3,9$

$\frac{3x}{3} = \frac{3,9}{3}$

$x = 1,3$ ◀ On **divise par 3** les deux membres de l'égalité.

④ **Conclusion**

Le premier bâton mesure 1,3 m,
le deuxième 2,4 m (1,3 m + 1,1 m)
et le troisième 1 m (1,3 m − 0,3 m).

◀ On peut vérifier cette solution :
Total : 1,3 m + 2,4 m + 1 m = 4,7 m

À toi de jouer

12 Adil a trois stylos. Le stylo rouge mesure 1,3 cm de plus que le stylo bleu et le stylo vert mesure 0,4 cm de moins que le stylo bleu. Bout à bout, les trois stylos mesurent 36 cm.
- Quelles sont les longueurs des stylos ?

13 Un sac contient des billes bleues, rouges et vertes. Il y a 55 billes en tout.
Il y a 3 billes rouges de plus que de billes bleues et deux fois plus de billes vertes que de billes bleues.
- Quel est le nombre de billes de chaque couleur ?

14 La longueur du rectangle ABCD est égale au double de sa largeur et le périmètre de ce rectangle est de 42,9 cm.
- Quelles sont la largeur et la longueur de ce rectangle ?

→ Corrigé p. 315

Exercices

Ressources téléchargeables

Connaitre la notion d'équation

→ Savoir-faire p. 127

QUESTIONS FLASH

15 Pour chacune des égalités suivantes, dire si elle est vraie pour $x = 3$.

a. $23 - x = 20$
b. $3x + 1 = 2x + 4$
c. $11 + 2x = 17$
d. $10x + 6 = 306$
e. $4x + 6x = 27$
f. $5x - 16 = x - 4$

16 Pour chaque équation, identifier :

- l'inconnue ;
- le membre de gauche ;
- le membre de droite.

a. $3x + 2 = 5$ b. $5y - 7 = y + 13$ c. $z + 4 = z^2$

17 **Vrai ou faux ?**

a. -2 est une solution de l'équation $-2x = -4$.
b. 5 est une solution de l'équation $x - 5 = 0$.
c. 100 est une solution de l'équation $\frac{x}{10} = 10$.
d. -4 est une solution de l'équation $x + 7 = -11$.

18 Les nombres suivants sont-ils solution de l'équation $2x + 3 = 10 - 5x$?

-1 ; 0 ; 1

19 **Vrai ou faux ?**

a. 2 est une solution de l'équation $5 + t = 3t + 1$.
b. 5 est une solution de l'équation $5(t - 2) = 4t$.
c. 3 est une solution de l'équation $2(t + 1) = t^2$.

Questions flash supplémentaires

20 CALCUL MENTAL Associer chaque équation de la colonne rouge à sa solution de la colonne bleue.

$2y - 3 = 5y$	$y = 8$
$4y - 10 = 22$	$y = 2$
$3y = \frac{y}{2} + 5$	$y = -1$
$7(y + 1) = 9y - 1$	$y = 4$

21 CALCUL MENTAL On considère l'équation $3(x - 2) = x - 4$.
Laquelle des trois affirmations suivantes est correcte ?

a. 2 est une solution de l'équation, mais pas 1.
b. 1 est une solution de l'équation mais pas 2.
c. Ni 1 ni 2 ne sont solutions de l'équation.

22 Associer chaque équation de la colonne rouge à sa solution de la colonne bleue.

$\frac{x}{4} + 1 = 3$	$x = -11$
$\frac{x+1}{4} = 3$	$x = 8$
$x - 1 = -12$	$x = 2$
$\frac{x-2}{4} = 0$	$x = 11$

23 **1.** 5 est-il solution de l'équation $x^2 = 25$?
2. Montrer que -5 est également solution de l'équation $x^2 = 25$.
3. Montrer que l'équation $x^2 = 9$ a au moins deux solutions et préciser lesquelles.

MODE EXPERT

24 On considère l'équation suivante :

$$\frac{3x+2}{40x-145} = \frac{2}{13}$$

- 15 est-il solution de cette équation ? Détailler les calculs.

25 On considère l'équation $(3x - 2)(5x + 8) = 0$

1. Le nombre $\frac{4}{3}$ est-il solution de l'équation ?
2. Le nombre $\frac{2}{3}$ est-il solution de l'équation ?

Résoudre une équation

→ Savoir-faire p. 129

QUESTIONS FLASH

26 **Vrai ou faux ?**

a. Pour résoudre l'équation $x + 8 = 3$, on ajoute 8 à chacun de ses membres.
b. Pour résoudre l'équation $x - 3 = 5$, on ajoute 3 à chacun de ses membres.
c. Pour résoudre l'équation $4x = 5$, on soustrait 4 à chacun de ses membres.
d. Pour résoudre l'équation $7x = 2$, on divise par 7 chacun de ses membres.
e. Pour résoudre l'équation $\frac{x}{6} = 1$, on multiplie par 6 chacun de ses membres.

27 Pour chaque équation, dire si la meilleure proposition est celle de Lucas ou celle de Léila.

a. Pour résoudre l'équation $8x - 3 = 9$:

On commence par ajouter 3 aux deux membres.

On commence par diviser les deux membres par 8.

b. Pour résoudre l'équation $5 - 3x = 10$:

On commence par ajouter 3 aux deux membres.

On commence par soustraire 5 aux deux membres.

c. Pour résoudre l'équation $\frac{x}{4} = 13$:

On commence par ajouter 4 aux deux membres.

On commence par multiplier les deux membres par 4.

28 Pour chacune des équations suivantes, dire si l'opération choisie permet d'obtenir la solution.

a. Pour résoudre l'équation $x - 4 = 9$, on ajoute 4 aux deux membres de l'équation.

b. Pour résoudre l'équation $2x = 17$, on soustrait 2 aux deux membres de l'équation.

c. Pour résoudre l'équation $\frac{x}{5} = 11$, on multiplie les deux membres de l'équation par 5.

29 Dans chaque cas, choisir l'étiquette qui correspond à la bonne réponse. Justifier.

a. L'équation $5x + 6 = 10$ a la même solution que l'équation :

$5x = 4$ | $x + 6 = 2$

b. L'équation $5x + 3 = 2x + 8$ a la même solution que l'équation :

$3x + 3 = 8$ | $7x = 11$

c. L'équation $3x - 7 = x + 4$ a la même solution que l'équation :

$4x = 11$ | $2x = 11$

d. L'équation $9x - 2 = 10$ a la même solution que l'équation :

$9x = 12$ | $9x = 8$

Questions flash supplémentaires

30 Résoudre chaque équation.

a. $-2 + x = 5$ **b.** $-5x = 24$

c. $-2x + 5x = 36$ **d.** $x + 9 = 16$

e. $6x = 15$ **f.** $4x + 3x = 49$

31 Résoudre chaque équation.

a. $11 + x = 3$ **b.** $x - 4 = -6$

c. $x + 23 = 13{,}4$ **d.** $x + 6 = -76$

32 Résoudre chaque équation.

a. $11x = 88{,}44$ **b.** $7x = 714$

c. $\frac{x}{3} = 15$ **d.** $\frac{x}{10} = 270$

e. $6x = 15{,}3$ **f.** $17x - 5x = 120$

33 Résoudre chaque équation.

a. $3x = 4$ **b.** $3 + x = 4$

c. $\frac{x}{4} = 5$ **d.** $x - 4 = 5$

e. $11{,}7 = 3x$ **f.** $15{,}3 = 6 + x$

34 Résoudre chaque équation.

a. $\frac{3}{4}x = 5$ **b.** $4x - 3 = 11$

c. $7 - 8x = 56$ **d.** $6x - 4 = 3x + 14$

35 Résoudre chaque équation.

a. $9 - 2x = 11 + 4x$

b. $5x - 4 = 3x + 5$

c. $9{,}2 + 2{,}4x = 1{,}1 - 4{,}8x$

d. $\frac{4}{3}x + \frac{4}{5} = \frac{7}{6}x + \frac{17}{10}$

36 **1.** Développer et réduire l'expression $5(x - 3) - 3x + 7$.

2. Résoudre l'équation $5(x - 3) - 3x + 7 = 9$.

37 **1. a.** Développer et réduire l'expression $2(x - 7)$.

b. Développer et réduire l'expression $3(-x + 1)$.

2. Résoudre l'équation $2(x - 7) = 3(-x + 1)$.

38 Résoudre les équations suivantes :

a. $7(6 - 2x) - 3(4x + 1) = 0$

b. $10(x + 4) + 7(2x - 3) = 7$

Commence par développer et réduire le membre de gauche.

MODE EXPERT

39 Résoudre l'équation :

$$2(6 - 2x) + 5 = 3(4x + 1)$$

40 Résoudre l'équation :

$$\frac{6 - 2x}{2} = 10$$

41 Résoudre l'équation :

$$\frac{6 - 2x}{4} = \frac{7 + 3x}{2}$$

Exercices

Modéliser une situation

→ Savoir-faire p. 131

QUESTIONS FLASH

42 x désigne un nombre quelconque. Exprimer à l'aide d'une expression littérale la plus simple possible :
a. le double de x **b.** la somme de x et de 8
c. le tiers de x **d.** x soustrait à 13

43 x désigne un nombre quelconque. Exprimer à l'aide d'une expression littérale la plus simple possible :
a. la somme du double de x et de 5
b. la différence entre la moitié de x et 7
c. la somme de 12 et du quart de x
d. le produit de 3 par la somme de x et de 5

44 Voici un programme de calcul.

> Choisir un nombre.
> Le multiplier par 5.
> Ajouter 9.

On note x le nombre choisi au départ.
• Laquelle des expressions suivantes donne le nombre obtenu avec ce programme en fonction de x ?

$45x$ | $5(x + 9)$ | $5x + 9$

45 Axel doit résoudre le problème suivant :
Trouver la valeur de x telle que les deux figures suivantes aient le même périmètre.

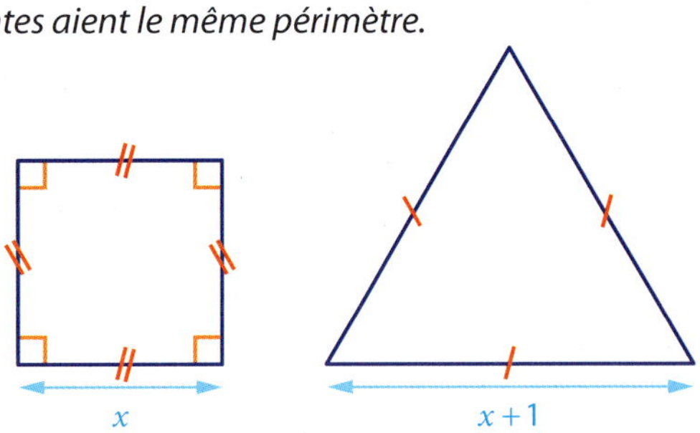

• Parmi les équations suivantes, lesquelles traduisent le problème posé ?
a. $4 + x = 3 + x + 3$ **b.** $4x = 3x + 3$
c. $4x = 3(x + 1)$ **d.** $4x = 3x + 1$

46 Emma doit résoudre le problème suivant :
La somme de quatre nombres entiers consécutifs est égale à 114. Quels sont ces quatre nombres ?
On note n le plus petit des quatre nombres.
Parmi les quatre équations suivantes, lesquelles traduisent les données du problème ?
a. $4n = 114$
b. $n + n + 1 + n + 1 + n + 1 = 114$
c. $n + n + 1 + n + 2 + n + 3 = 114$
d. $n + (n + 1) + (n + 2) + (n + 3) = 114$

47 Sophia doit résoudre le problème suivant :
Nolwenn a 5 ans et son grand frère Clément a 13 ans. Dans combien d'années auront-ils 100 ans à eux deux ?

On note x le nombre d'années cherché. Parmi les quatre équations suivantes, lesquelles traduisent les données du problème ?
a. $5x + 13x = 100$ **b.** $5 + 13 + x = 100$
c. $(5 + x) + (13 + x) = 100$ **d.** $5 + 13 + 2x = 100$

Questions flash supplémentaires

48 Le rectangle ABCD est formé de deux rectangles d'aire x et d'un carré d'aire 400.
Le rectangle EFGH est formé d'un rectangle d'aire x et d'un rectangle d'aire 540.

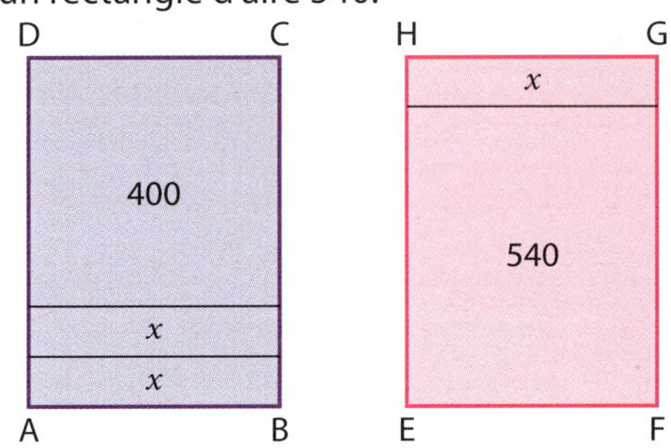

On souhaite déterminer les valeurs de x pour lesquelles les surfaces violette et rose ont la même aire.
1. Exprimer l'aire des rectangles ABCD et EFGH en fonction de x.
2. Traduire le problème posé par une équation puis résoudre cette équation.
3. Conclure.

49 Voici deux figures composées de segments perpendiculaires entre eux.

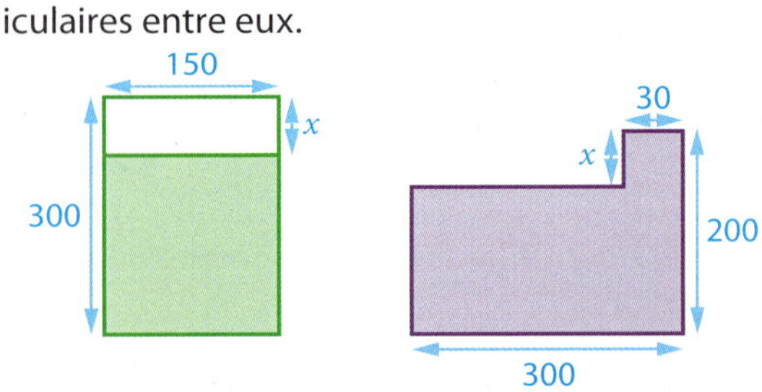

1. a. Exprimer l'aire de la partie colorée verte en fonction de x.

b. Exprimer l'aire de la partie colorée violette en fonction de x.
c. Pour quelle valeur de x ces deux aires sont-elles égales ? Détailler les étapes de la résolution.
2. Pour quelle valeur de x le périmètre de la figure verte est-il égal à 0,75 fois le périmètre de la figure violette ? Détailler les étapes de la résolution.

50 Justine doit résoudre le problème suivant.
Une collection de billes contient 15 billes de verre et 23 billes de fer. Cette collection pèse 226 g. Sachant qu'une bille de fer pèse 5,2 g de plus qu'une bille de verre, quelle est la masse d'une bille de verre ?

1. En choisissant comme inconnue la masse d'une bille de verre, notée x, exprimer la masse d'une bille de fer.
2. Traduire les données du problème par une équation.
3. Résoudre l'équation.
4. Vérifier la solution trouvée puis conclure.

51 Un immeuble est composé d'un rez-de-chaussée de hauteur 4,3 m, de 11 étages de même hauteur et d'un toit terrasse dont la hauteur est 1,5 fois celle d'un étage. La hauteur de cet immeuble est de 49,3 m.
1. En notant x la hauteur d'un étage, traduire les données du problème par une équation.
2. Résoudre cette équation.
3. En déduire la hauteur d'un étage.

52 Voici quatre situations et quatre équations :
ⓐ Samuel a 1 an et Stéphane 14 ans. Dans combien d'années Stéphane aura-t-il le double de l'âge de Samuel ?
ⓑ Inès a acheté un DVD à 14 € et un classeur, Maud a acheté un stylo à 4 € et un classeur. Inès a payé deux fois plus que Maud. Quel est le prix d'un classeur ?
ⓒ La somme d'un nombre et de 14 est égale à la somme de son double et de 1. Quel est ce nombre ?
ⓓ Je suis un rectangle de largeur 4. Mon périmètre est égal à ma longueur augmentée de 14. Quelle est ma longueur ?

① $x + 14 = 2x + 1$ ② $2(1 + x) = 14 + x$
③ $2(4 + x) = 14 + x$ ④ $4x = x + 14$

1. Associer chaque situation à l'équation qui peut la modéliser.
2. Résoudre les quatre équations et répondre aux quatre problèmes posés.

53 Je suis un nombre. Si on me multiplie par 2 et qu'on ajoute 5 au résultat, on obtient −14.
• Qui suis-je ?

54 Je suis un nombre. Si on me multiplie par 4 et qu'on soustrait 7 au résultat, on obtient mon triple.
• Qui suis-je ?

55 Je suis un nombre. Si on me triple et qu'on soustrait 4 au résultat, on obtient la somme de mon double et de 1.
• Qui suis-je ?

56 Soukeyna a trois ans de plus qu'Agnès et Xander a le double de l'âge d'Agnès. À eux trois, ils ont 107 ans.

• Quel est l'âge d'Agnès ?

MODE EXPERT

57 Amel a 4 ans de moins que Marine et Mohamed a le double de l'âge d'Amel. À eux trois, ils ont 38 ans.
• Donner l'âge d'Amel au mois près.

58 Au troisième trimestre, Sam a eu les notes suivantes aux trois premières évaluations en mathématiques :
- 11/20 coefficient 2
- 13/20 coefficient 1
- 18/20 coefficient 2

Son professeur a prévu une dernière évaluation qui sera notée sur 20 points et qui comptera coefficient 2.
1. Sam affirme que si sa note est égale à 13, alors sa moyenne du trimestre sera inférieure à 14/20. A-t-il raison ? Justifier.
2. En notant n la note de Sam à la dernière évaluation, écrire la formule du calcul de sa moyenne.
3. Quelle doit être sa note à la dernière évaluation pour que la moyenne du trimestre de Sam soit de 14/20 ? Justifier.

59 Six spaghettis crus sont posés côte à côte du plus petit au plus grand. Le dernier mesure 5,2 cm de plus que le premier. Le second mesure 1,4 cm de moins que le troisième. Le troisième mesure 3 cm de moins que le dernier. Il y a 8 mm d'écart entre le troisième et le quatrième spaghetti et 1 mm d'écart entre l'avant-dernier et le dernier. Lorsque les six spaghettis sont posés bout à bout, ils atteignent une longueur totale de 160,3 cm.

• Quelle est la longueur du spaghetti le plus petit ?

Faire le point

Version interactive du QCM

Vérifie tes connaissances.

QCM

Donner la ou les bonnes réponses parmi les trois proposées.

1 Connaitre la notion d'équation

	Réponse A	Réponse B	Réponse C
1. 15 est solution de :	$2x+1=31$	$x+15=0$	$3x+1=2x+16$
2. L'équation $9x-1=5$:	a pour solution 3.	a pour solution $\frac{2}{3}$.	n'a pas de solution.
3. 0 est solution de :	$2x+4=5x+4$	$2(x+3)=6$	$2x=4(x+2)-8$

2 Résoudre une équation

	Réponse A	Réponse B	Réponse C
1. En enlevant 7 à chaque membre de l'égalité $3t+7=12$, on obtient :	$-4t=5$	$3t=12$	$3t=5$
2. Une équation qui a la même solution que l'équation $5y-2=3y+1$ est :	$2y=3$	$10y-7=8$	$2(5y-3)=9$
3. Pour résoudre l'équation $7x+2=5x-6$, il est utile de commencer par :	ajouter $7x$ à chaque membre.	ajouter 6 à chaque membre.	diviser par 7 chaque membre.

3 Modéliser une situation

	Réponse A	Réponse B	Réponse C
1. Le problème « *Je suis un nombre. On m'ajoute 5, puis on multiplie par 3 le résultat. On trouve 21. Qui suis-je ?* » peut être modélisé par :	$x+15=21$	$3x+5=21$	$3x+15=21$
2. Le problème « *La somme de trois entiers consécutifs est égale à 258.* » peut être modélisé par :	$3x=258$	$3x+3=258$	$x+3=258$
3. Le problème « *J'ai acheté un crayon à 1,70 € et trois cahiers identiques. J'ai dépensé 9,20 € au total. Quel est le prix d'un cahier ?* » peut être modélisé par :	$3x=1{,}7+9{,}2$	$(1{,}7+3)x=9{,}2$	$1{,}7+3x=9{,}2$

→ Corrigé p. 315

Carte mentale

Ressource téléchargeable

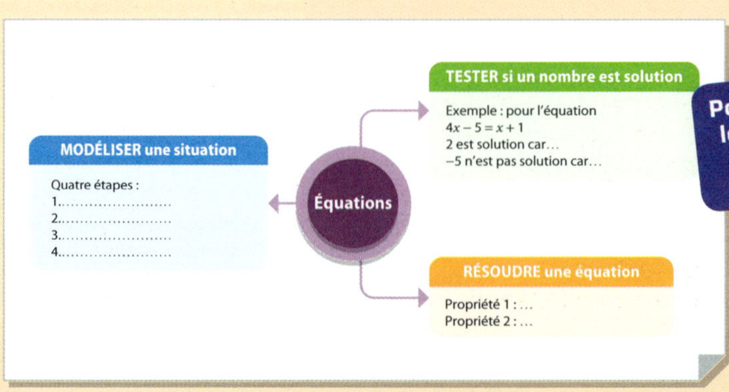

Pour t'aider à retenir le cours, télécharge et complète cette carte mentale.

Algorithmique et outils numériques

60 Julie et Nathan

Julie utilise le programme de calcul suivant :

> Choisir un nombre
> Multiplier par 6
> Ajouter 10

1. Écrire un script permettant d'afficher le résultat obtenu par Julie quel que soit le nombre choisi au départ.
2. À l'aide de ce script, trouver le résultat de ce programme si le nombre choisi est 7, puis si le nombre choisi est 2 078.
3. À l'aide de ce script, trouver le nombre qu'il faut choisir pour obtenir 22 comme résultat.
4. Nathan, quant à lui, utilise le script suivant :

Modifier le script de la question **1.** afin qu'il effectue le calcul de Julie et de Nathan puis teste s'ils obtiennent le même résultat.
5. Quels nombres Julie et Nathan peuvent-il choisir pour trouver le même résultat ?

61 Un carré magique

Dans un carré magique, les nombres, tous différents, sont disposés de sorte que leurs sommes sur chaque ligne, sur chaque colonne et sur chaque diagonale soient toutes égales à un même nombre.
On considère un carré de 3 lignes et 3 colonnes :

	A	B	C	D
1		6	9	21
2		?		
3				
4				

1. Montrer qu'en mettant 12 à la place du point d'interrogation, le carré ne peut pas être magique.
2. On suppose que le carré est magique. Avec un tableur, écrire des formules dans les cellules en jaune de sorte que le carré se remplisse automatiquement lorsqu'une valeur est saisie dans la cellule B2.
3. Vérifier les sommes de chaque ligne, chaque colonne et chaque diagonale en complétant les cellules qui bordent le carré.
4. Tester plusieurs nombres à la place du point d'interrogation. Est-il possible de rendre le carré magique ?
5. En appelant x le nombre mis à la place du point d'interrogation, compléter les autres cases du carré et écrire une équation pour trouver le nombre qui rend le carré magique.

62 Potager

M. Simon souhaite réaliser un potager rectangulaire dans son jardin rectangulaire de 12 m sur 8 m, comme sur la figure ci-dessous.

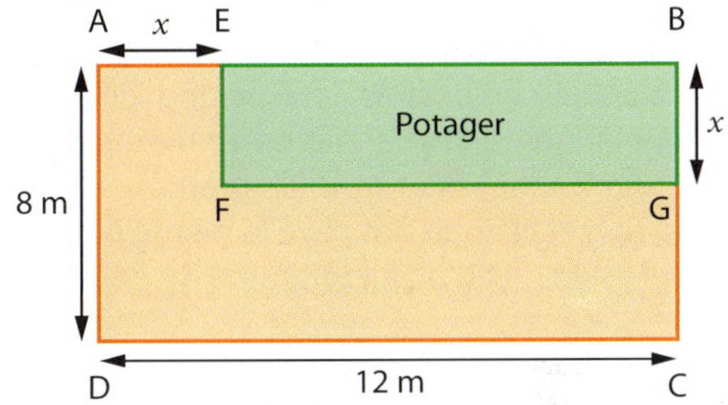

1. a. À l'aide d'un logiciel de géométrie dynamique, construire cette figure et afficher les aires des rectangles ABCD et EBGF.

> Construis le point E puis le cercle de centre E passant par A, puis les points F et G.

b. Placer approximativement le point E sur le segment [AB] pour que l'aire du potager soit égale au quart de l'aire du jardin.
2. a. Exprimer EB en fonction de x.
b. Exprimer l'aire du potager en fonction de x.
c. Montrer que x doit vérifier $12x - x^2 = 24$.
3. a. Réaliser et compléter la feuille de calcul suivante.

	A	B
1	x	$12x - x^2$
2	0	
3	1	
4	2	
5	3	

b. Donner un encadrement au mètre près de la valeur de x répondant au problème posé.
c. Modifier la feuille de calcul précédente pour donner une valeur approchée au décimètre près de la distance AE recherchée.

63 Équation du second degré

À l'aide d'un tableur, trouver les deux solutions de l'équation suivante :

$$10x^2 + 24x - 86 = 12x + 0,4$$

> Cette équation qui fait intervenir x^2 est appelée équation du second degré.

Problèmes

ceinture jaune · ceinture verte · ceinture noire

64 Devinette (1)
Modéliser

On multiplie un nombre par 3, puis on ajoute 7. On obtient 11 comme résultat.

- Quel est ce nombre ?

65 Devinette (2)
Modéliser, Communiquer

Un nombre est tel que la somme de son double et de 21 est égale à la somme de son quadruple et de 16.

- Quel est ce nombre ?

66 Chez le primeur
Modéliser, Communiquer

Tess a acheté un ananas à 2 € et cinq kilogrammes de nectarines. Chez le même primeur, Nathan a acheté trois ananas et trois kilogrammes de nectarines. Tess et Nathan ont payé le même montant.

- Quel est le prix d'un kilogramme de nectarines ?

67 Périmètres
Représenter, Modéliser, Communiquer

On considère la figure ci-dessous, où l'unité de longueur est le centimètre.

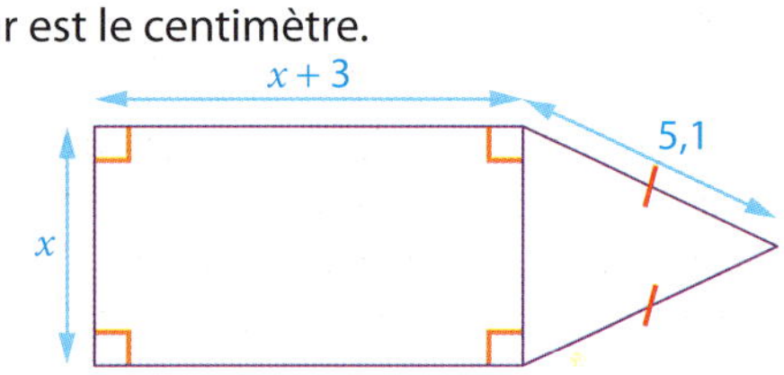

- Trouver la valeur de x pour que le périmètre du triangle soit égal au périmètre du rectangle.

68 Réchauffement climatique
Calculer, Modéliser

Emy vient de lire l'article suivant :

« Si rien n'est fait pour limiter les émissions de gaz à effet de serre, le réchauffement climatique pourrait atteindre 45,5 °F d'ici à la fin du siècle, entrainant des conséquences désastreuses pour les espèces et les écosystèmes. »

Source : The Huffington Post, 17/09/2019

Elle effectue d'autres recherches et trouve l'information suivante : « $T_F = 1{,}8T_C + 32$ où T_F est la température en Fahrenheit (°F) et T_C est la même température en Celsius (°C). »

- Selon cet article, de combien de degrés Celsius la Terre pourrait-elle se réchauffer d'ici à 2100 ?

69 C'est la rentrée !
Chercher, Modéliser, Communiquer

Pour la rentrée scolaire, Ewan achète 7 cahiers, 5 classeurs et un livre. Il paie au total 42,70 €. Le livre coute 11,25 €, et le cahier est deux fois moins cher que le classeur.

- Quel est le prix d'un classeur ? En déduire le prix d'un cahier.

70 Avec un triangle
Raisonner, Modéliser, Communiquer

On considère le triangle ci-dessous.

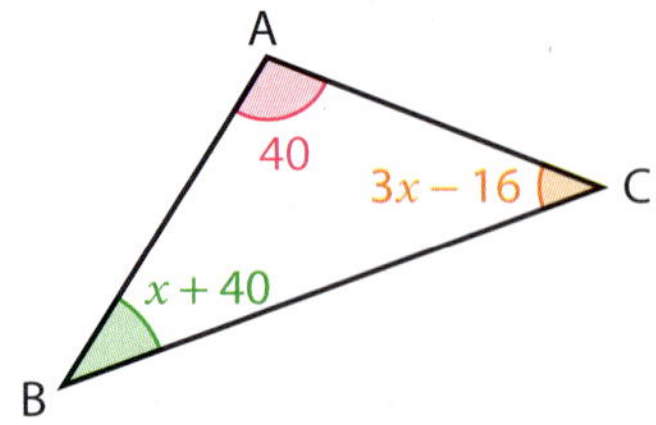

- Calculer les mesures des angles de ce triangle.

71 Avec un parallélogramme
Raisonner, Modéliser, Communiquer

On considère la figure ci-dessous, où l'unité de longueur est le centimètre.

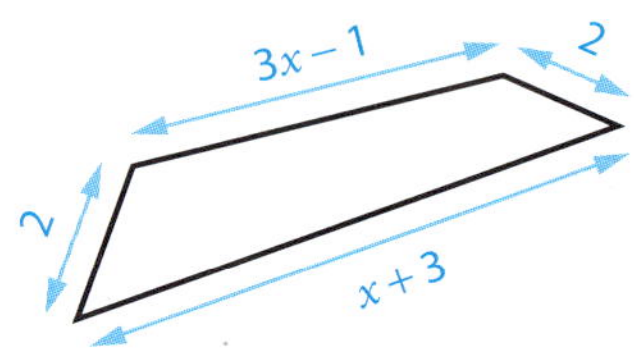

- Trouver la valeur de x pour que ce quadrilatère soit un parallélogramme.

72 Un rectangle
Raisonner, Modéliser, Représenter

La longueur d'un rectangle fait 14 m de plus que sa largeur. Le périmètre de ce rectangle mesure 378 m.

- Quelles sont les dimensions du rectangle ?

Tu peux faire un croquis.

73 Histoire d'âges
Chercher, Modéliser, Communiquer

Aujourd'hui, Ophélia a 11 ans et Martin 26 ans.

- Dans combien d'années l'âge de Martin sera-t-il le double de celui d'Ophélia ?

74 Consecutive integers
Chercher, Modéliser, Communiquer

The sum of three consecutive integers is 129.

- What are these three numbers?

75 Devinette (3)
Modéliser, Calculer

Quand on exécute le script ci-dessous, le lutin affiche 13,8.

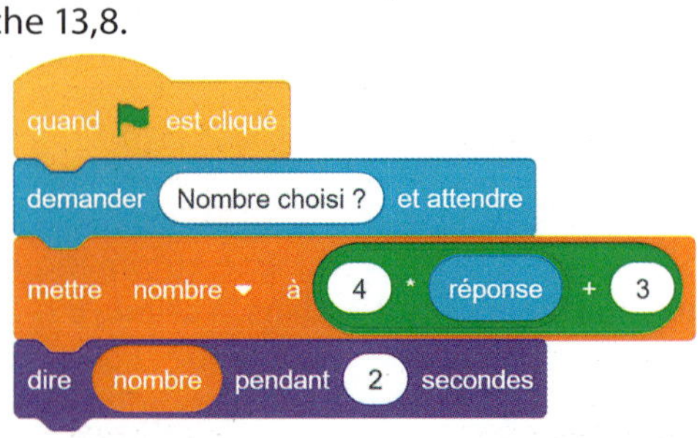

- Quel nombre a été saisi par l'utilisateur ?

76 One World Trade Center
Chercher, Modéliser, Représenter, Communiquer

Construit à New York, après le 11 septembre 2001, le One World Trade Center est le gratte-ciel le plus haut de l'hémisphère Ouest, et le 6e plus haut du monde.

Il est composé de 108 étages, d'un toit dont la hauteur est 7,8 fois celle d'un étage et d'une flèche de 124,3 m. Il culmine à 541,3 m.
- Quelle est la hauteur d'un étage ? Donner une valeur approchée au dixième de mètre près.

77 Location
Modéliser, Calculer

Voici les tarifs proposés par deux entreprises de location d'utilitaires.

RAPIDAUTO	EXPRESSCAR
3,20 € le kilomètre	165 € + 2,10 € le kilomètre

M. Fournier, qui a choisi le loueur Rapidauto, a payé le même montant que M. Bellion, qui a choisi le tarif Expresscar et parcouru la même distance que lui.
- Combien de kilomètres ont-ils parcourus ?

78 Le terrain
Modéliser, Raisonner, Représenter, Communiquer

Un terrain a la forme d'un rectangle. Sa longueur est le double de sa largeur. Si on augmente la largeur de son terrain de 15 m et diminue sa longueur de 3 m, on obtient un terrain carré.
- Déterminer la longueur et la largeur initiales de ce terrain.

Tu peux faire un croquis.

79 Moyenne
Modéliser, Calculer

Trystan a obtenu 10 et 17 aux deux premiers contrôles de mathématiques.
- Quelle note doit-il avoir au troisième contrôle pour obtenir 15 de moyenne ?

80 Trèfles
Chercher, Modéliser, Représenter, Communiquer

Le trèfle à quatre folioles est une mutation du trèfle blanc (*Trifolium repens*). Il y aurait environ 10 000 trèfles à trois folioles pour un trèfle à quatre folioles. Les experts conseillent de chercher les trèfles à quatre folioles plutôt au printemps, où ils poussent abondamment et avec des feuilles plus vertes.

Trifolium repens

Tetrafolium portbonheurensis

Plus rarement, on trouve aussi des trèfles à cinq ou six folioles, voire plus. En 2009, un Japonais a même cultivé un trèfle à 56 folioles !

Léila a cueilli 134 trèfles : certains ont trois folioles, d'autres en ont quatre. On compte en tout 408 folioles.
- Déterminer le nombre de trèfles à quatre folioles. Léila a-t-elle eu de la chance lors de sa cueillette ?

81 Les stations de métro
Modéliser, Calculer, Communiquer

Hector Guimard (1867-1942) est un architecte français et un représentant majeur de l'Art nouveau en France. Il est connu pour ses entrées du « Métropolitain » parisien.

Les éléments modulables permettent de réaliser des « édicules » (petites constructions dans l'espace public) destinés à couvrir les entrées des stations souterraines. Guimard crée 141 accès de ce type pour le métro parisien, entre 1900 et 1912.

$\frac{1}{11}$ de celles qui subsistent se trouvent sur la ligne 1, la moitié sur les lignes 2 et 3, le tiers sur les lignes 4 à 7.

Cinq entrées sont situées sur d'autres lignes.
- Combien d'entrées Guimard existe-t-il encore aujourd'hui ?

82 Une histoire de périmètre
Prise d'initiative

Chercher, Modéliser, Représenter

Sachant que AB = 8,4 cm, où placer le point M sur le segment [AB] pour que le carré et le triangle équilatéral aient le même périmètre ?

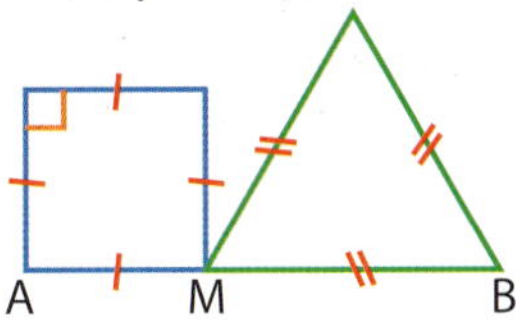

83 Problème de Viète
Prise d'initiative

Chercher, Modéliser, Communiquer

Construire un rectangle dont l'aire vaut 20 et la différence entre deux côtés vaut 8.

Voir point info p. 123.

Problèmes

84 L'allée du jardin

Chercher, Modéliser, Représenter, Communiquer

Dans un jardin rectangulaire de 30 m par 16 m, la municipalité d'une commune décide de faire deux allées de même largeur qui se croisent perpendiculairement, comme sur le schéma ci-dessous.

L'objectif du problème est de déterminer la largeur de la double allée pour que la surface végétalisée et l'allée aient la même aire.

On appelle x la largeur de l'allée.

1. Montrer que l'équation $(30 - x)(16 - x) = 46x - x^2$ modélise le problème.

2. Reproduire la feuille de calcul suivante dans un tableur, puis trouver les deux solutions de l'équation de la question **1**.

	A	B	C
1	x	(30-x)(16-x)	46x-x²
2			
3			

3. Une seule de ces solutions convient. Laquelle ? Pourquoi ?

85 Devinette (4)

Modéliser, Calculer

Tom a écrit le script ci-dessous.

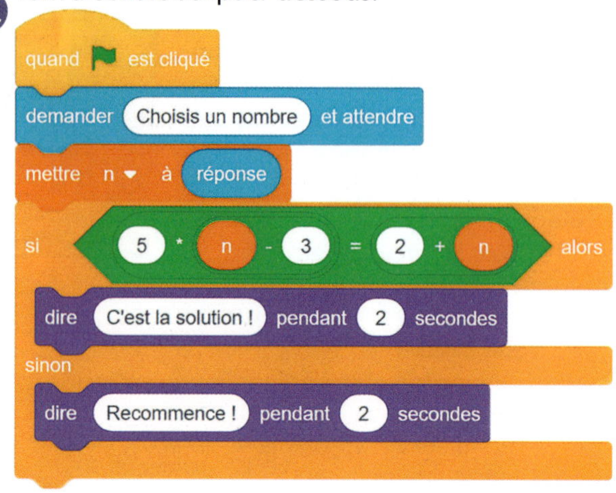

• Quel nombre doit être saisi par l'utilisateur pour que le lutin affiche « C'est la solution ! » ?

86 Un périmètre

Prise d'initiative

Chercher, Modéliser, Représenter, Communiquer

Les figures suivantes sont construites selon le même principe, en juxtaposant deux carrés.

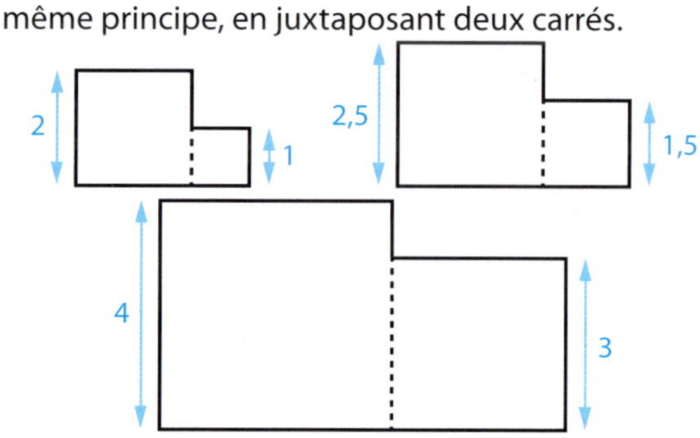

• Selon le même principe, tracer une figure ayant un périmètre de 55 cm.

DÉFIS & ÉNIGMES

87 Salade de fruits

88 La somme manquante

Chaque symbole représente une valeur numérique. Les sommes sont inscrites à la fin de chaque ligne et de chaque colonne.

• Quelle est la somme manquante, repérée par le point d'interrogation ?

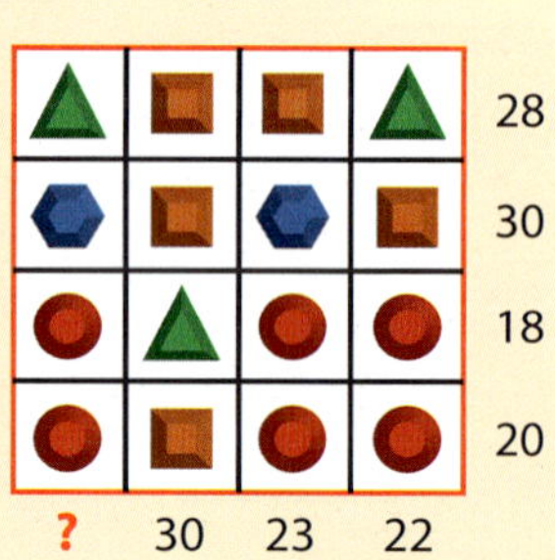

89 Peson à ressorts

Chercher, Modéliser, Calculer, Communiquer

Un peson à ressort est un appareil constitué d'un ressort muni d'un crochet. Lorsque l'on accroche une charge au crochet, l'allongement du ressort est proportionnel à la masse de la charge suspendue.

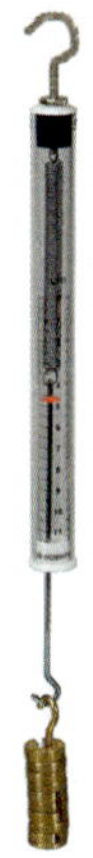

Doc. Exemples

Sur le schéma ci-dessous le même peson est représenté d'abord sans charge, de longueur ℓ, puis avec une charge où il s'est allongé de a, puis avec deux charges où il s'est allongé de b, qui est le double de a.

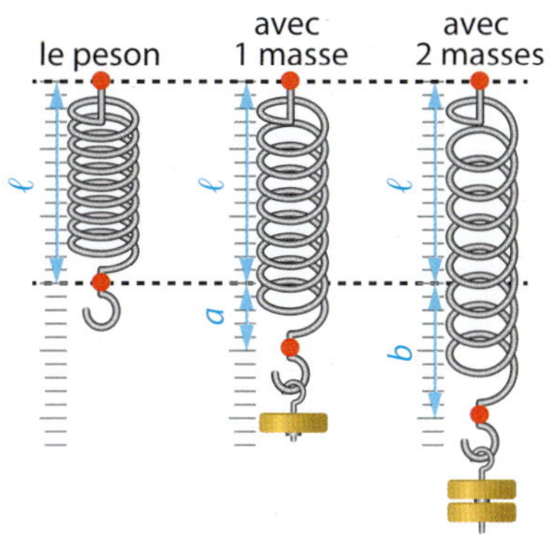

Le ressort d'un peson A, sans charge, a une longueur de 10 cm. Quand on lui suspend un objet de 3 kg, sa longueur devient 16 cm.
Le ressort d'un autre peson B, sans charge, a une longueur de 6 cm. Quand on lui suspend un objet de 2 kg, sa longueur devient 11 cm.

1. Trouver la masse d'un objet telle que la longueur des ressorts des deux pesons A et B soit la même, qu'il soit suspendu soit à l'un, soit à l'autre.

2. Quelle longueur les deux ressorts des pesons auront-ils avec la masse de cet objet ?

90 Aire de jeux (Prise d'initiative)

Chercher, Modéliser, Représenter, Calculer, Communiquer

Lors de son élection, le maire d'une commune annonce à ses électeurs le lancement des travaux d'une nouvelle aire de jeux.

Doc. 1 Plan de l'aire de jeux

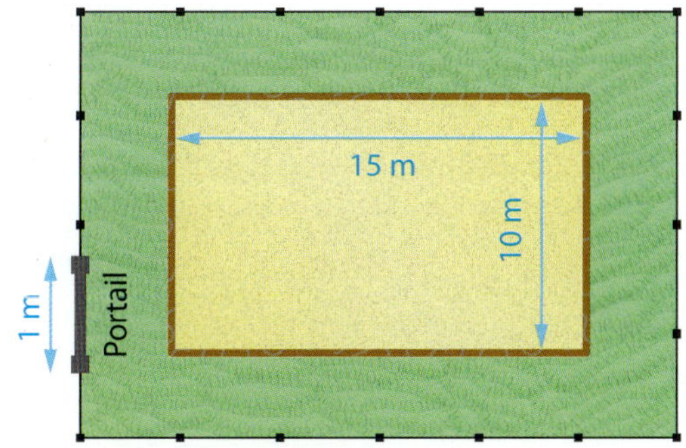

Longueur totale de la clôture : 85 m

Doc. 2 Conditionnement du gazon

3 kg de gazon
« sport et jeux »
Surface : 105 m^2
25,50 €/unité

5 kg de gazon
« sport et jeux »
Surface : 175 m^2
30,90 €/unité

10 kg de gazon
« sport et jeux »
Surface : 350 m^2
49,90 €/unité

1. Quelle doit être la largeur de la bande de gazon pour que la totalité de la clôture achetée soit utilisée ?

2. Combien coutera l'ensemencement du gazon ?

MISSION DÉMONSTRATION

Raisonnement — Conjecture et démonstration

À partir de l'observation de cas particuliers, on peut parfois énoncer une **conjecture**, c'est-à-dire un énoncé qu'on pense être vrai mais qui n'est pas encore démontré. Pour prouver que cette conjecture est vraie, il faut ensuite rédiger une **démonstration**.

91 Un magicien prête une calculatrice à un spectateur et lui demande : « Pensez à un nombre. Calculez son carré, ajoutez son triple, multipliez le résultat par 4, ajoutez 1, enlevez son double puis enlevez le quadruple de son carré. Quel nombre obtenez-vous ? ». Dès que le spectateur répond, le magicien lui annonce immédiatement le nombre qu'il avait choisi. Comment a-t-il fait ?

1. Conjecture
Tester le jeu avec plusieurs nombres puis énoncer une conjecture.

2. Démonstration
On note x le nombre pensé par le spectateur.

a. Exprimer, en fonction de x, le résultat obtenu après avoir suivi les instructions du magicien.

b. Simplifier l'expression obtenue et démontrer la conjecture émise précédemment.

Travailler autrement

Utilisable en AP

À chacun son parcours !

92 Résolution de problème

Socle D1 Je comprends et je m'exprime en utilisant les langages mathématiques. J'utilise les langages formels.

Socle D2 Je sais identifier un problème, m'engager dans une démarche de résolution, mobiliser les connaissances nécessaires, analyser et exploiter les erreurs, mettre à l'essai plusieurs solutions.

Socle D4 Je modélise pour représenter une situation.

On considère la figure suivante dans laquelle ABCD est un rectangle, M est un point appartenant au segment [AB], F est un point appartenant au segment [AD] et AFEM est un rectangle.

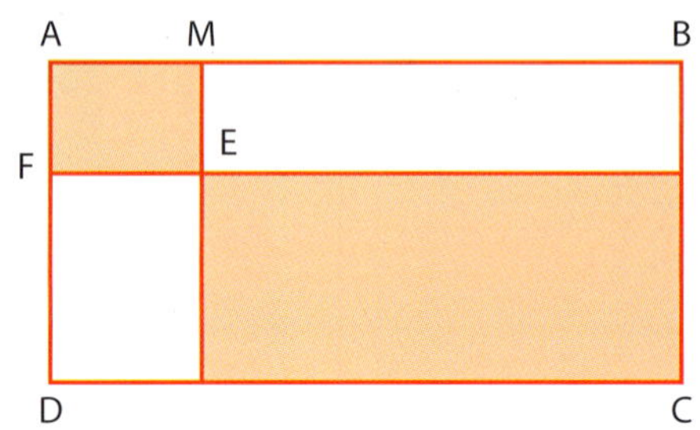

Question ceinture jaune

On suppose que AF = 2 cm, DC = 18 cm et BC = 12 cm.

- Pour quelle longueur AM les deux figures rouges ont-elles la même aire ?

Question ceinture verte

On suppose que AF = 2,5 cm, DC = 17,5 cm et BC = 12 cm.

- Pour quelle longueur AM les deux figures rouges ont-elles le même périmètre ?

Question ceinture noire

Les longueurs sont exprimées en centimètres.

On suppose que $AF = AM + 1$, $BC = 12$ et $DC = \frac{3BC}{2}$.

- Pour quelle longueur AM les deux figures rouges ont-elles le même périmètre ?

93 Résolution de problème

Socle D2 Je sais identifier un problème, m'engager dans une démarche de résolution, mobiliser les connaissances nécessaires, analyser et exploiter les erreurs, mettre à l'essai plusieurs solutions.

Socle D4 Je modélise pour représenter une situation.

Dans toutes les pyramides suivantes, chaque case doit contenir la somme des deux nombres qui se trouvent en dessous, quand ils existent.

Question ceinture jaune

- Compléter la pyramide suivante.

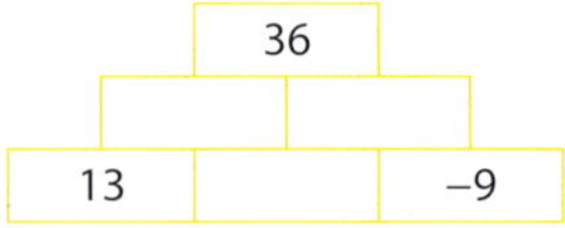

Question ceinture verte

- Compléter la pyramide suivante.

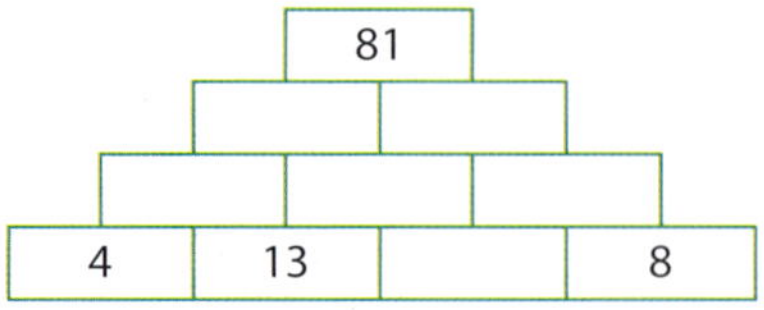

Question ceinture noire

- Compléter la pyramide suivante, en plaçant quatre nombres entiers consécutifs sur la ligne du bas.

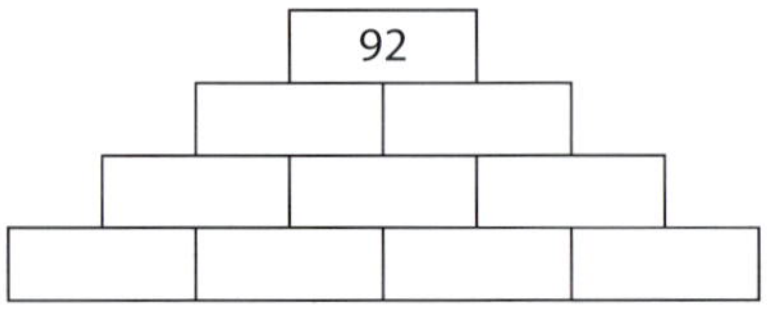

7 Grandeurs et proportionnalité

TA MISSION

Reconnaitre et traiter des situations de proportionnalité : déterminer et représenter des grandeurs composées.

POINT INFO

En 2019, Usain Bolt est l'homme le plus rapide du monde avec des pointes à 45 km/h. Le guépard quant à lui, monte à plus de 110 km/h. C'est un superbe sprinter, capable d'atteindre 70 km/h en seulement deux secondes, puis 90 km/h en une seconde de plus. Sur 500 m, il peut tenir une vitesse moyenne de 94 km/h mais ne dépasse pas 50 km/h sur les distances plus longues.

Voir problème n° 97 p. 162.

Activités

Prêts pour le décollage ?

QUESTIONS FLASH — Questions flash supplémentaires

① Le tableau ci-contre est-il un tableau de proportionnalité ?

10	3
15	4,5

② Le nombre de dents d'un être humain est-il proportionnel à son âge ?

③ Des framboises sont vendues 5 € le kg. Combien coutent 200 g de framboises ?

④ Émilie a couru 10 km en 50 min. Si elle gardait la même allure, en combien de temps pourrait-elle parcourir 30 km ?

⑤ Un pull à 50 € est soldé à –10 %. Quel est son nouveau prix ?

⑥ Dans une classe de 25 élèves, on compte 4 gauchers. Quel est le pourcentage de gauchers dans cette classe ?

⑦ L'égalité 2 h 30 min = 2,3 h est-elle vraie ?

⑧ L'égalité 3 h 15 min = 3,25 h est-elle vraie ?

⑨ Stéphane a fait une maquette de la tour Eiffel à l'échelle $\frac{1}{1\,000}$. Sachant que la tour Eiffel mesure 324 m de haut, quelle est la hauteur de sa maquette ?

⑩ Deux enfants se partagent 40 billes dans le ratio 7 : 3. Combien de billes ont-ils chacun ?

⑪ Dans un aéroport, le trajet d'une navette entre l'aérogare et l'avion a été représenté ci-dessous.

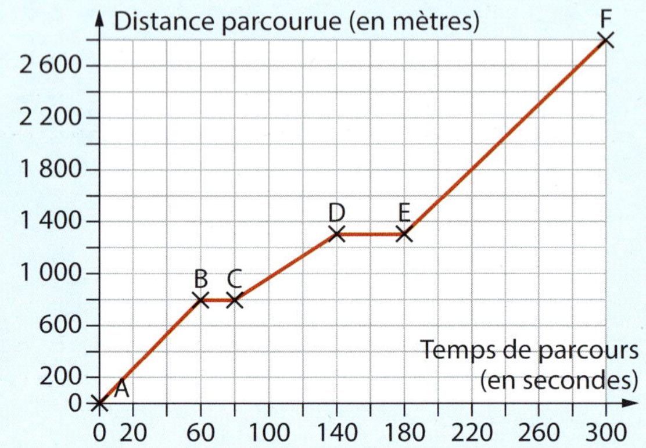

a. Donner l'abscisse et l'ordonnée du point B.

b. En combien de temps la navette a-t-elle parcouru 1,8 km ?

c. Quelle distance la navette a-t-elle parcourue en 5 min ?

d. Que s'est-il probablement passé entre la 60e et la 80e seconde ?

Activité 1 Représentations graphiques et proportionnalité

1. Un joueur lance son ballon de basket vers le panier ; on relève la hauteur du ballon à différents instants. Les résultats sont résumés dans le tableau ci-contre.

Temps (en s)	0,1	0,4	0,5	0,7	1
Hauteur (en m)	2,9	4,2	4,3	4,1	2,9

a. Représenter la hauteur du ballon en fonction du temps dans un repère orthogonal, en choisissant 1 cm pour 0,1 s sur l'axe des abscisses, et 1 cm pour 0,5 m sur l'axe des ordonnées.

b. La hauteur du ballon est-elle proportionnelle à la durée ? Justifier.

2. Voici trois situations représentées chacune de deux façons : par un tableau et par un graphique.

Tableau A : Pour la pâte à crêpes

Nombre d'œufs	3	4	6
Masse de farine (en g)	187,5	250	375

Tableau B : Consommation moyenne d'essence d'une voiture sur 100 km

Vitesse (km/h)	30	80	130
Volume d'essence consommé (en L)	5,2	6	7,8

Tableau C : Une unité anglo-saxonne de longueur : le pied

Longueur (en pieds)	3	4	6
Longueur (en cm)	91,44	121,92	182,88

Graphique 1

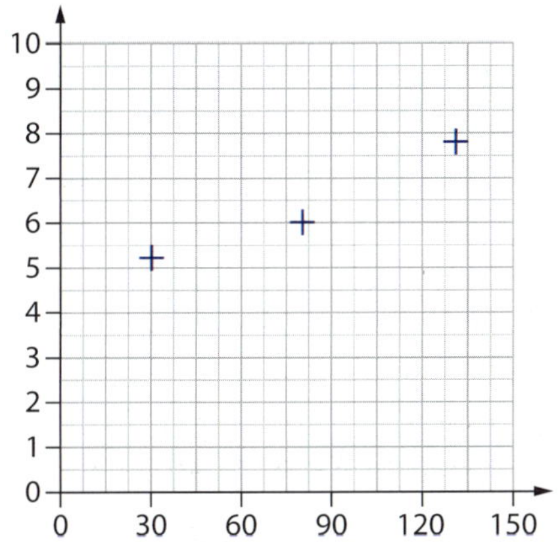

Graphique 2

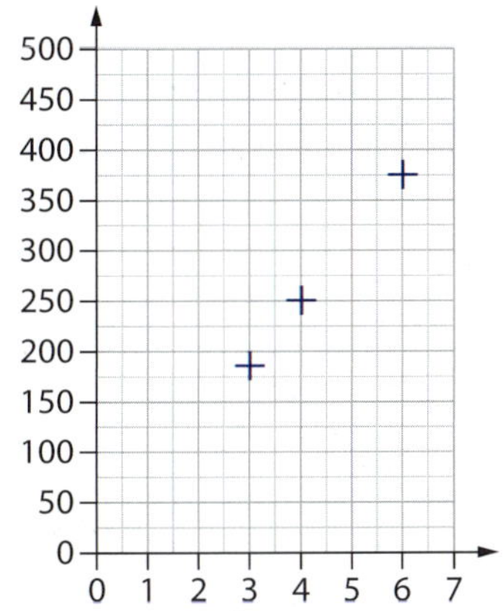

Graphique 3

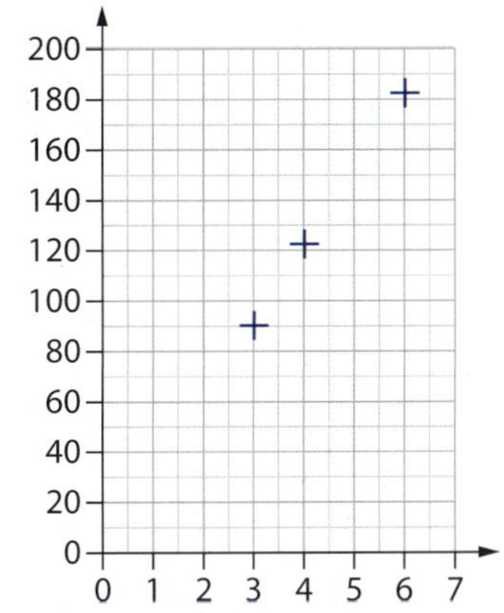

a. Quels tableaux traduisent une situation de proportionnalité ? Justifier.
b. Associer chaque graphique au tableau correspondant.
3. En utilisant les quatre exemples de cette activité, comment semble-t-on pouvoir reconnaitre une situation de proportionnalité sur un graphique ?

Activité 2 Piña Colada

La *Piña Colada* est un cocktail composé de jus d'ananas et de lait de coco, dans le ratio 3 : 2.

1. a. Recopier et compléter le tableau de proportionnalité ci-contre.

Quantité de jus d'ananas (en cL)	30	45		
Quantité de lait de coco (en cL)			50	80

b. Choisir deux colonnes parmi les quatre de ce tableau et calculer les produits $a \times x$ et $b \times c$, comme indiqué ci-contre.

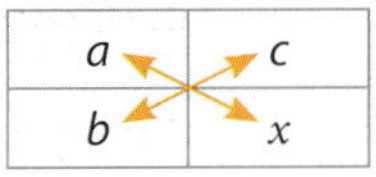

c. Recommencer plusieurs fois avec deux autres colonnes. Quelle conjecture peut-on formuler ?

2. a. On suppose que le tableau ci-dessus est un tableau de proportionnalité, avec a, b, c et x non nuls. Justifier l'égalité $\frac{b}{a} = \frac{x}{c}$.

b. En mettant ces deux quotients au même dénominateur, justifier que $a \times x = b \times c$.

Cette égalité est connue sous le nom d'égalité des produits en croix.

c. Déduire de la question **a.** que $x = c \times \frac{b}{a}$ puis que $x = \frac{c \times b}{a}$.

3. En utilisant cette égalité, calculer la quantité de lait de coco nécessaire si on utilise 50 cL de jus d'ananas.

Activité 3 Grandeurs produit et quotient

1. Un cheval galope à une vitesse constante de 15 m/s. Il parcourt ainsi 15 mètres chaque seconde.
a. Quelle distance parcourt-il en 2 min 15 s ?
b. Combien de temps lui faut-il pour parcourir 90 m ?
2. La vitesse moyenne d'un mobile est donnée par :

$$\text{Vitesse moyenne} = \frac{\text{Distance parcourue}}{\text{Temps de parcours}}$$

C'est une grandeur quotient. Si la distance parcourue est exprimée en kilomètres (km) et le temps de parcours en heures (h), on obtient une vitesse en kilomètres par heure (km/h).

a. À quelle vitesse moyenne roule un camion s'il parcourt 225 km en 2 h 30 min ?
b. Quelle distance parcourt un moineau en 42 min s'il vole à une vitesse moyenne de 45 km/h ?
3. L'énergie consommée par un appareil électrique est donnée par :

$$\text{Énergie} = \text{Puissance de l'appareil} \times \text{Temps de fonctionnement}$$

C'est une grandeur produit. Si la puissance de l'appareil est exprimée en Watts (W) et le temps de fonctionnement en heures (h), on obtient une énergie en Wattheures (Wh).

a. Si on s'éclaire avec une lampe de 60 W pendant 2 h 48 min, quelle énergie a-t-on consommée ?
b. Quelle est la puissance d'un appareil qui consomme 500 Wh en 1 h 45 min ?

Cours

1 Représenter graphiquement une grandeur en fonction d'une autre

Méthode

Lorsque l'on dispose de la représentation d'une **grandeur B** en fonction d'une **grandeur A**, la **grandeur A** se lit sur l'axe des **abscisses** et la **grandeur B** sur l'axe des **ordonnées**.

▸ Exemple

La courbe ci-contre représente la **hauteur** d'un plongeur qui saute d'une falaise en fonction du **temps**.
Cela signifie que le **temps** se lit sur l'axe des **abscisses** et la **hauteur** sur l'axe des **ordonnées**.

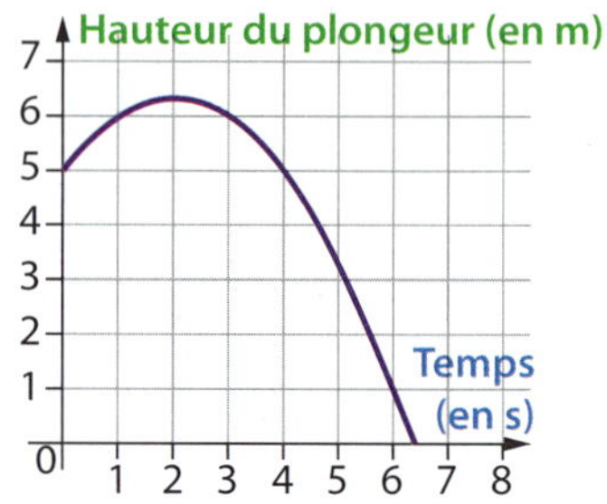

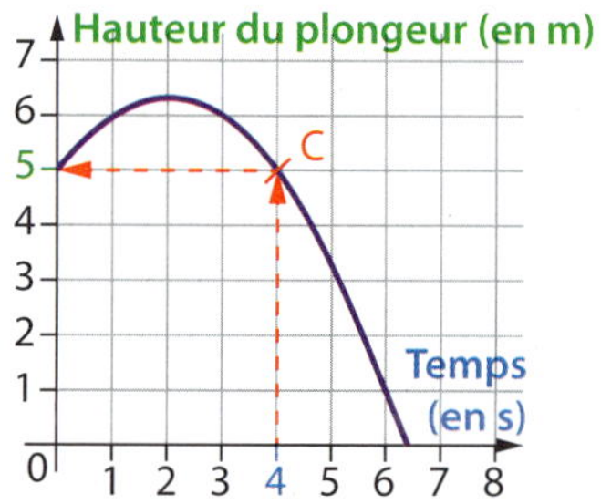

On souhaite connaitre la hauteur du plongeur au bout de 4 secondes : on place **4** sur l'axe des **abscisses** et on lit l'**ordonnée** du point correspondant **C**, c'est-à-dire **5**.
Au bout de 4 secondes, le plongeur est à une hauteur de 5 m.

Méthode

Pour représenter une grandeur en fonction d'une autre, on place les points correspondants sur un graphique.

▸ Exemple

On veut représenter graphiquement l'aire d'un carré en fonction de la longueur c de son côté, donnée par la formule :

$$\text{Aire} = c^2$$

On calcule, à l'aide de cette formule, des aires pour différentes valeurs de c et on construit un tableau de valeurs :

c	0	0,5	1	1,5	2	2,5	3
Aire	0	0,25	1	2,25	4	6,25	9
Point	A	B	C	D	E	F	G

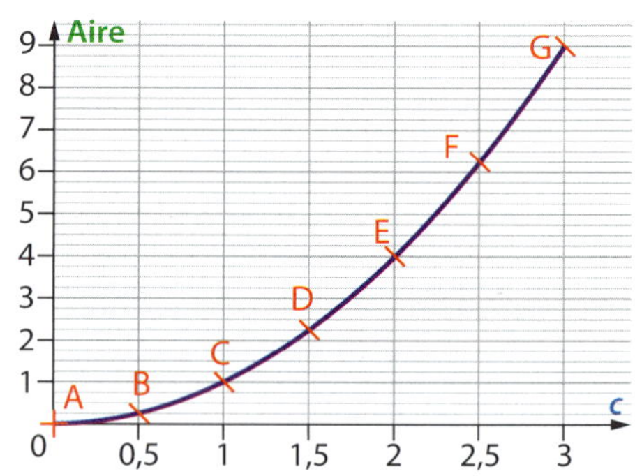

Puis on place les points correspondants sur un graphique, avec le côté c en **abscisses** et l'**aire** en **ordonnées**.
Par exemple, à une **longueur** de **1,5** correspond une **aire** de **2,25**. On place donc le point **D** de coordonnées (**1,5** ; **2,25**).
On ne peut pas calculer les coordonnées de tous les points puisqu'il y en a une infinité.
On se contente donc de placer quelques points, puis on les relie entre eux.

Quand on a un doute sur la manière de relier deux points, on peut toujours placer des points intermédiaires !

Savoir-faire

Apprends à l'aide des exercices résolus puis entraine-toi !

1 Représenter graphiquement une grandeur en fonction d'une autre

1 La courbe suivante donne la hauteur de l'eau dans le port de Saint-Malo en Bretagne le 12 aout 2019, en fonction de l'heure.

1. Quelle était la hauteur de l'eau à 16 h ?

2. À quels moments la hauteur de l'eau était-elle de 5 m ?

Horaires des marées à Saint-Malo

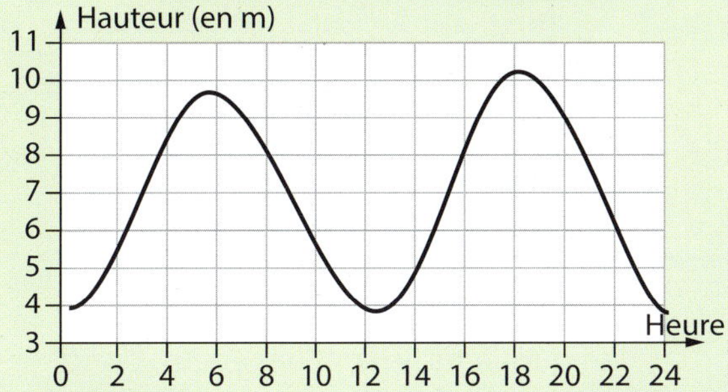

Source : maree.info

Solution

1. Le point de la courbe d'**abscisse 16** a pour **ordonnée 8**. Donc à **16 h**, la hauteur de l'eau était de **8 m**.

2. Quatre points de la courbe ont pour **ordonnée 5**, leurs **abscisses** sont environ :

1,75 ; **10,5** ; **14,25** et **22,5**

Ainsi la hauteur de l'eau était de **5 m** à environ **1 h 45**, **10 h 30**, **14 h 15** et **22 h 30** ce jour-là.

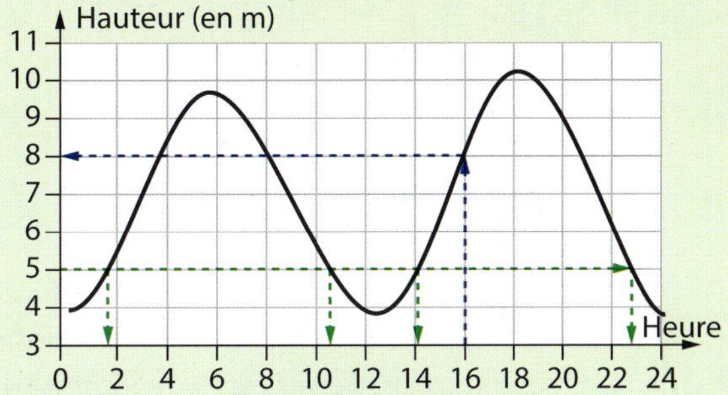

À toi de jouer

2 Répondre aux questions suivantes en utilisant la courbe de l'exercice précédent :

1. Quelle était la hauteur de l'eau à 20 h ?

2. À quels moments de la journée ont eu lieu les marées hautes ce jour-là ?

→ **Corrigé** p. 315

3 On a mesuré tous les deux jours la taille d'une plante qui pousse :

Temps (en jours)	0	2	4	6	8	10	12	14	16	18
Taille (en mm)	0	0	0	2	5	10	20	30	40	60

• Représenter graphiquement la taille de la plante en fonction du temps.

Solution

Le temps sera sur l'axe des abscisses et la taille sur l'axe des ordonnées.
Il faut choisir une échelle sur chaque axe, sachant que :
- en abscisses, les valeurs vont de 0 à 18 ;
- en ordonnées, les valeurs vont de 0 à 60.
On place ensuite les points et on obtient la courbe ci-contre.

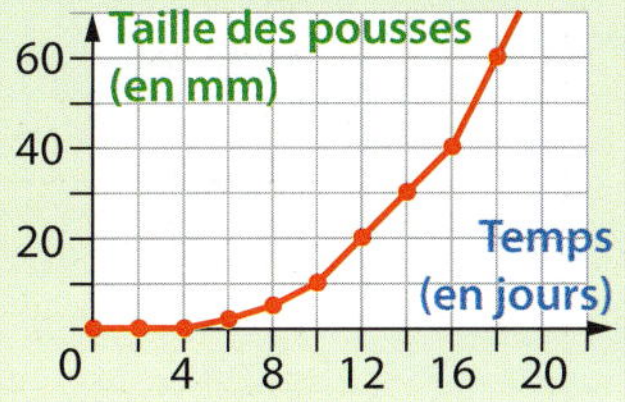

À toi de jouer

4 Le R407/C est un gaz principalement utilisé comme fluide frigorifique. On donne, pour ce gaz, la table de correspondance ci-contre.

• Représenter graphiquement la pression en fonction de la température.

Température (en °C)	–20	–14	–10	–4	0	4	10	16	20
Pression (en bars)	1,79	2,5	3,05	3,98	4,68	5,46	6,77	8,27	9,38

→ **Corrigé** p. 315

Cours

2 Reconnaitre une situation de proportionnalité

Définition

Deux grandeurs sont **proportionnelles** si les valeurs de l'une s'obtiennent en multipliant les valeurs de l'autre par un même nombre appelé **coefficient de proportionnalité**.

Méthode

Pour déterminer si deux grandeurs représentées dans un tableau sont proportionnelles, on peut calculer les quotients des valeurs correspondantes de ces grandeurs et les comparer.

▸ Exemple 1

1re grandeur	13	15	20
2e grandeur	67,6	78	104

$\frac{67,6}{13} = 5,2$ $\frac{78}{15} = 5,2$ $\frac{104}{20} = 5,2$

Tous les quotients sont égaux, donc ce tableau est un tableau de proportionnalité.
Les deux grandeurs sont proportionnelles, avec 5,2 pour coefficient de proportionnalité.

▸ Exemple 2

1re grandeur	5	12
2e grandeur	8	21

$\frac{8}{5} = 1,6$ $\frac{21}{12} = 1,75$

Les quotients ne sont pas égaux, donc ce tableau n'est pas un tableau de proportionnalité.
Les deux grandeurs ne sont pas proportionnelles.

Propriétés

- Si deux grandeurs sont proportionnelles, alors elles sont représentées par des points alignés avec l'origine du repère.
- Si deux grandeurs sont représentées par des points alignés avec l'origine du repère, alors ces grandeurs sont proportionnelles.

▸ Exemple 1

Lorsque l'eau coule d'un robinet, la quantité d'eau écoulée est proportionnelle au temps.

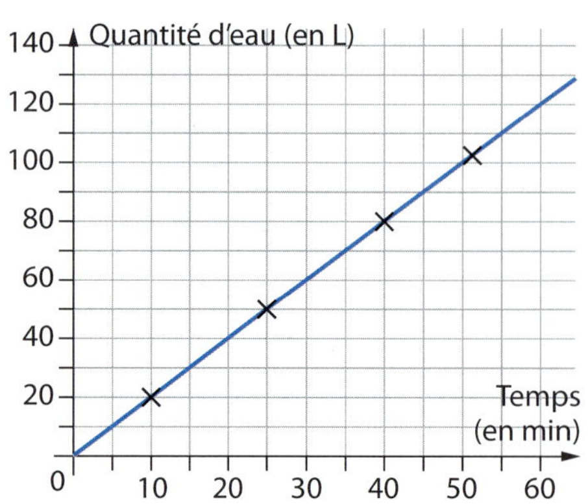

▸ Exemple 2

La puissance d'une éolienne n'est pas proportionnelle à la vitesse du vent.

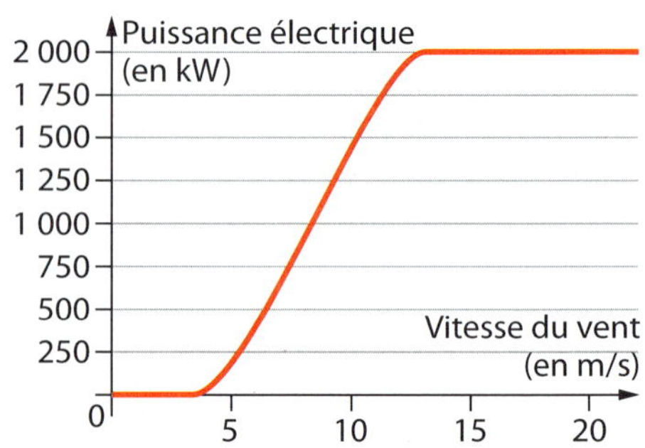

Savoir-faire

Apprends à l'aide des exercices résolus puis entraine-toi !

2 Reconnaitre une situation de proportionnalité

5 Le prix est-il proportionnel au nombre de punaises ?

Solution

On représente cette situation dans un tableau :

Nombre de punaises	20	50
Prix (en €)	1,30	3,25

On calcule les quotients des valeurs correspondantes de ces deux grandeurs :

$\frac{1,30}{20} = 0,065 \quad \frac{3,25}{50} = 0,065$

Les quotients sont égaux donc le prix est proportionnel au nombre de punaises.

À toi de jouer

6 Voici les prix de clés USB relevés dans un magasin.

Capacité (en Go)	16	32	64
Prix (en €)	5,20	10,40	15,60

- Le prix est-il proportionnel à la capacité ?

7 On a relevé la distance d'arrêt sur route sèche d'un véhicule en fonction de sa vitesse (en km/h). Voici les résultats obtenus :

Vitesse (en km/h)	50	80	110
Distance d'arrêt (en m)	25	64	121

- La distance d'arrêt sur route sèche est-elle proportionnelle à la vitesse du véhicule ?

8 Au cours de l'été 2018, Yohan avait loué un vélo sur l'ile de Ré et avait dépensé 29 € pour 4 jours. Pour l'été 2019, la location du même vélo lui a couté 65,25 € pour 9 jours. Le prix payé est-il proportionnel au nombre de jours de location ?

→ Corrigé p. 315

9 En utilisant le graphique suivant, calculer le prix de 300 m^3 d'eau.

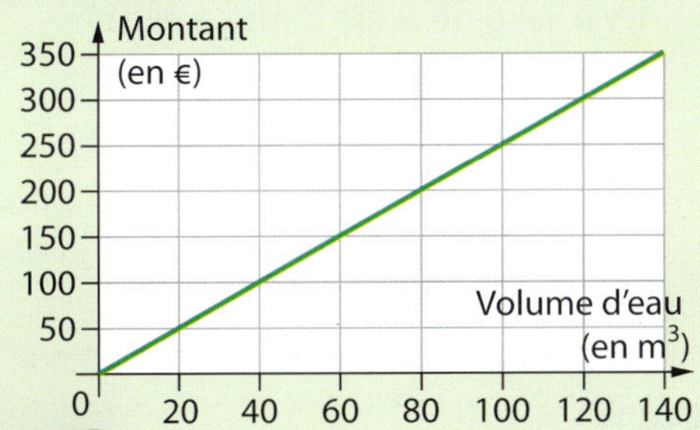

Solution

La représentation graphique est une droite passant par l'origine du repère, donc elle représente une situation de proportionnalité.

Graphiquement, on lit, par exemple que 100 m^3 coutent 250 €.

Donc 300 m^3 d'eau coutent : $3 \times 250\text{ €} = 750\text{ €}$.

À toi de jouer

10 Une usine fabrique différentes assiettes en porcelaine blanche bordées d'un liseré bleu.

On a représenté la longueur du liseré bleu en cm (à gauche) et le volume de porcelaine en cm^3 (à droite) en fonction du diamètre de l'assiette, en cm.

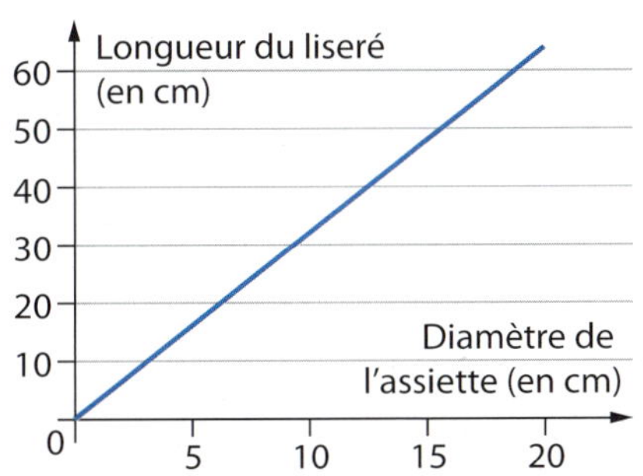

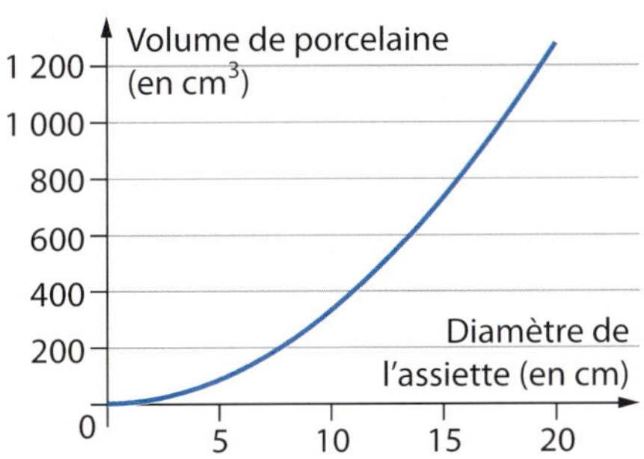

1. La longueur du liseré bleu est-elle proportionnelle au diamètre de l'assiette ?

2. Le volume de porcelaine est-il proportionnel au diamètre de l'assiette ?

→ Corrigé p. 315

Cours

3 Exploiter une situation de proportionnalité

Propriété

Dans une situation de proportionnalité, on peut utiliser **la règle de trois** ou **l'égalité des produits en croix.**

Les nombres a, b et c étant connus (a non nul), on a :

a	c
b	x

$\times \frac{b}{a}$

Égalité des produits en croix :

$a \times x = b \times c$

Règle de trois :

$x = \frac{b \times c}{a}$

▸ Exemple

Sur un plan, 4 cm représentent 45 m en réalité. Combien 7 cm sur ce plan représentent-ils en réalité ?

Distance sur le plan (en cm)	4	7
Distance réelle (en m)	45	x

$\times \frac{45}{4}$

Règle de trois : $x = \frac{7 \times 45}{4} = 7 \times 11{,}25 = 78{,}75$

7 cm sur le plan représentent 78,75 m en réalité.

Propriété

p désigne un nombre positif. Calculer p % d'une quantité revient à multiplier cette quantité par $\frac{p}{100}$.

▸ Exemple

Dans un muffin aux amandes de 60 g, il y a 9 % de sucre. Quelle quantité de sucre cela représente-t-il ?

On cherche 9 % de 60 g.

On doit multiplier 60 par $\frac{9}{100}$:

Masse de sucre (en g)	9	x
Masse de muffin (en g)	100	60

$\times \frac{9}{100}$

$\frac{9}{100} \times 60 = 0{,}09 \times 60 = 5{,}4$

Il y a 5,4 g de sucre dans ce muffin.

Remarque

Pour calculer un pourcentage, on peut exprimer une proportion de dénominateur 100 ou utiliser un tableau de proportionnalité.

Définitions

a, b, c, i, j, k sont des nombres strictement positifs. On dit que :

- Les nombres a et b **sont dans le ratio** $i : j$ si $\frac{a}{i} = \frac{b}{j}$.
- Les nombres a, b et c **sont dans le ratio** $i : j : k$ si $\frac{a}{i} = \frac{b}{j} = \frac{c}{k}$.

Propriétés

a, b, c désignent des nombres strictement positifs. Si a, b et c sont dans le ratio $2 : 3 : 7$, alors :

- Le tableau ci-contre est un tableau de proportionnalité.
- a est égal à $\frac{2}{12}$ du nombre $a + b + c$

(b et c sont respectivement égaux à $\frac{3}{12}$ et $\frac{7}{12}$ de ce nombre).

a	b	c
2	3	7

→ Mission démonstration p. 163

Remarque

Cette propriété reste vraie si on remplace 2, 3 et 7 par d'autres nombres strictement positifs.

Savoir-faire

Apprends à l'aide des exercices résolus puis entraine-toi !

3 Exploiter une situation de proportionnalité

11 98 kg de blé donnent environ 70 kg de farine. Quelle masse de blé serait nécessaire pour obtenir 120 kg de farine ?

Solution

On peut modéliser cette situation par un tableau de proportionnalité :

Masse de blé (kg)	98	x
Masse de farine (kg)	70	120

$x = \frac{98 \times 120}{70} = 168$ ◀ On calcule x en utilisant la règle de trois.

Il faut 168 kg de blé pour obtenir 120 kg de farine.

À toi de jouer

12 Un volailler vend des poulets. Leurs prix sont proportionnels à leurs masses. Un poulet de 1,35 kg coute 17,01 €. Quel est le prix d'un poulet pesant 1,75 kg ?

→ Corrigé p. 315

13 On fait geler un volume de 75 cL d'eau et on a obtenu 83 cL de glace. Quel est le pourcentage d'augmentation de ce volume ?

Solution

Le volume a augmenté de 8 cL.

Augmentation (en cL)	8	x
Volume initial (en cL)	75	100

$x = \frac{8 \times 100}{75} \approx 10{,}7$ ◀ On calcule x en utilisant la règle de trois.

Le volume a augmenté d'environ 10,7 % lorsque l'eau a gelé.

À toi de jouer

14 Selon une enquête réalisée en 2017 auprès de 5 800 personnes, 2 784 personnes affirment trier leurs déchets. À quel pourcentage des personnes interrogées cela correspond-il ?

15 On place une somme de 9 000 € à la banque sur un livret A, qui rapporte chaque année des intérêts à hauteur de 0,75 % de la somme disponible sur le livret. Calculer le montant des intérêts au bout d'une année.

16 Un éleveur possède 520 poulets. Au matin, il n'en retrouve que 498, les autres ayant été attaqués par des renards. Quel est le pourcentage de baisse du nombre de poulets (arrondir à l'unité) ?

→ Corrigé p. 315

17 Un chef d'entreprise verse une prime à trois employés, Mme X, M. Y et Mme Z, selon le ratio 3 : 7 : 5.
• Quelle sera la somme perçue par chacun des employés si la prime s'élève à 3 645 € ?

Solution

$3 + 7 + 5 = 15$ Mme X aura donc $\frac{3}{15}$ des 3 645 €, c'est-à-dire $\frac{3}{15} \times 3\,645$ soit 729 €.

M. Y obtiendra $\frac{7}{15}$ des 3 645 €, soit 1 701 €, et Mme Z aura $\frac{5}{15}$ des 3 645 €, soit 1 215 €.

À toi de jouer

18 Paul a tracé 36 polygones : des octogones et des rectangles dans le ratio correspondant aux nombres de côtés de chaque figure. Combien d'octogones et de rectangles a-t-il tracés ?

19 Un champ est partagé en trois parcelles dont les aires sont dans le ratio 2 : 3 : 5.
Si la plus petite parcelle obtenue a une aire de 3 050 m^2, quelle est la surface totale du champ ?

→ Corrigé p. 315

Cours

4 Utiliser des grandeurs quotients et des grandeurs produits

Définition

La **vitesse moyenne** $\boldsymbol{v}$ d'un mobile parcourant une distance d pendant un temps t est donnée par la formule :

$$\text{Vitesse} = \frac{\text{Distance}}{\text{Temps}} \text{ ou } v = \frac{d}{t}$$

Remarque

On a aussi : Distance = Vitesse × Temps et $\text{Temps} = \frac{\text{Distance}}{\text{Vitesse}}$.

Exemple

Une voiture parcourt 130 km en 2,5 h.
La distance est donnée en kilomètres et le temps en heures.
La vitesse moyenne est donc obtenue en kilomètres par heure, qu'on note km/h ou km.h^{-1}.
$\frac{130 \text{ km}}{2{,}5 \text{ h}} = 52$ km/h donc la vitesse moyenne est égale à 52 km/h.

Remarque

Lorsqu'un mobile se déplace à vitesse constante, la distance parcourue est proportionnelle au temps de parcours.

Définitions

- Quand on effectue le quotient de deux grandeurs, on obtient une **grandeur quotient**.
- Quand on effectue le produit de deux grandeurs, on obtient une **grandeur produit**.

Exemple 1

Le débit d'un robinet est une grandeur quotient donnée par la formule :

$$\text{Débit} = \frac{\text{Volume}}{\text{Temps}}$$

Si un robinet a un débit d'eau de 12 L/min, cela signifie que chaque minute, il s'écoule 12 litres d'eau et que le volume d'eau écoulé est proportionnel au temps.
Pour chercher combien de litres s'écoulent en 5 minutes, on effectue donc le calcul suivant :

$$\text{Volume} = 5 \text{ min} \times 12 \text{ L/min} = 60 \text{ L}$$

En 5 minutes, il s'écoule donc 60 litres d'eau.

Exemple 2

L'énergie consommée par un appareil électrique est une grandeur produit donnée par la formule :

$$\text{Énergie} = \text{Puissance} \times \text{Temps}$$

Si la puissance de l'appareil est exprimée en W (watts) et le temps de fonctionnement en heures, alors l'énergie consommée s'exprime en Wh (wattheures).
Par exemple, si un radiateur d'une puissance de 800 W fonctionne pendant 2 heures, il consomme :

$$E = 800 \text{ W} \times 2 \text{ h} = 1\,600 \text{ Wh}$$

En 2 heures, le radiateur consomme donc 1 600 Wh (wattheures), soit 1,6 kWh (kilowattheures).

Remarque

Il existe de nombreuses grandeurs quotients et grandeurs produits.
En particulier, l'aire est une grandeur produit : c'est le produit de deux longueurs. Par exemple, l'aire d'un rectangle est égale au produit de sa longueur par sa largeur.

Savoir-faire

Apprends à l'aide des exercices résolus puis entraine-toi !

4 Utiliser des grandeurs quotients et des grandeurs produits

20 **1.** Quelle est la vitesse moyenne en km/h d'un train ayant parcouru 510 km en 4 h 15 min ?
2. Exprimer cette vitesse en m/s (arrondir à l'unité).

Solution

1. Ici, la distance d vaut 510 km et la durée $t = 4\text{ h }15\text{ min} = 4\text{ h} + \frac{15}{60}\text{ h} = 4\text{ h} + 0{,}25\text{ h} = 4{,}25\text{ h}$.

$v = \frac{510\text{ km}}{4{,}25\text{ h}} = 120\text{ km/h}$ ◀ On utilise la formule : $v = \frac{d}{t}$.

La vitesse du train est donc de 120 km/h.

2. Le train parcourt 120 km en 1 heure, soit 120 000 m en 3 600 s donc $\frac{120\,000}{3\,600}$ m en 1 s, soit environ 33 m/s.

À toi de jouer

21 Quentin a parcouru 10 km en 2 h 30 min. Quelle est sa vitesse moyenne ?

22 Si je cours à 12 km/h, combien de temps me faut-il pour parcourir 1 km ?

23 Marion a roulé à 130 km/h pendant 3 h 15 min. Quelle distance a-t-elle parcourue ?

24 La masse volumique d'un matériau est une grandeur quotient donnée par la formule :
$\text{masse volumique} = \frac{\text{masse}}{\text{volume}}$. On sait que la masse volumique du fer est égale à 7,88 kg/dm^3.
1. Quelle est la masse d'un cube de fer de 3,5 dm^3 ?
2. Quel est le volume d'une barre de fer pesant 1 tonne ?

→ **Corrigé** p. 316

25 L'énergie d'un appareil électrique est donnée par la formule $E = P \times t$. Un téléviseur a une puissance de 120 watts.
• Quelle énergie, en wattheures, est dépensée pour une utilisation de 3 h 24 min ?

Solution

$\frac{24}{60} = 0{,}4$ donc 3 h 24 min = 3,4 h. ◀ On convertit les minutes en heures.
$E = 120\text{ W} \times 3{,}4\text{ h} = 408\text{ Wh}$

L'énergie dépensée par le téléviseur est de 408 wattheures.

À toi de jouer

26 La quantité de transport d'un vol de passagers se calcule en multipliant le nombre de passagers de ce vol par la distance parcourue en kilomètres.
1. Calculer la quantité de transport d'un vol ayant transporté 325 passagers sur une distance de 2 500 km.
2. La quantité de transport d'un vol Paris-Londres de 1 100 km est de 220 000 voyageurs-kilomètres. Combien y avait-il de passagers sur ce vol ?

→ **Corrigé** p. 316

Exercices

Représenter graphiquement une grandeur en fonction d'une autre

➜ **Savoir-faire** p. 147

QUESTIONS FLASH

27 Observer le graphique et répondre aux questions suivantes.

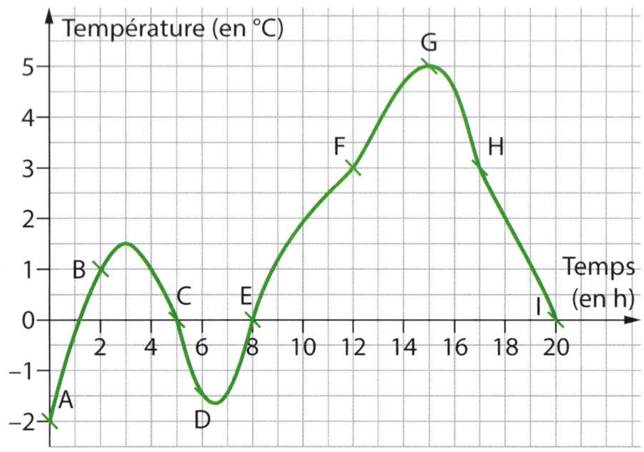

1. Le temps est-il représenté sur l'axe des abscisses ou des ordonnées ?

2. La température est-elle représentée sur l'axe des abscisses ou des ordonnées ?

3. A-t-on représenté le temps en fonction de la température ou la température en fonction du temps ?

4. Donner les coordonnées des 9 points utilisés pour tracer la courbe.

28 Associer à chaque situation sa représentation graphique de la vitesse en fonction du temps et justifier la réponse.

a. Un coureur pique un sprint vers la ligne d'arrivée.

b. Un coureur à l'arrêt se met à courir vite.

c. Un coureur fatigué ralentit sa course.

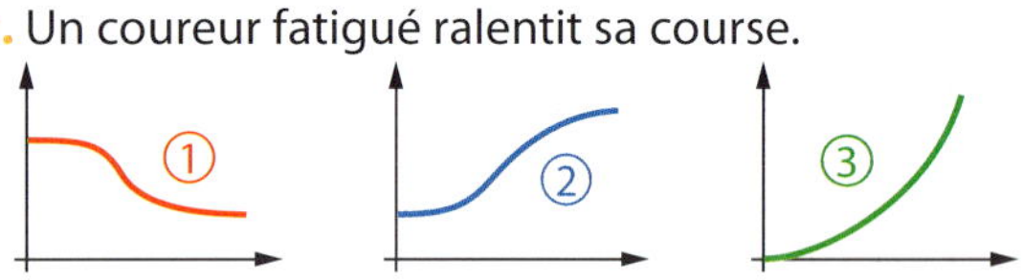

Questions flash supplémentaires

29 Lors d'une activité sportive, il est recommandé de surveiller son rythme cardiaque. Des recherches ont conduit à recommander une fréquence cardiaque maximale f, exprimée en battements par minute par :

$$f = 208 - 0{,}75 \times a$$

où a représente l'âge de la personne en années.

1. Calculer la fréquence cardiaque maximale recommandée à 40 ans.

2. Recopier et compléter le tableau suivant.

Âge (en années)	20	30	40	50	60	70	80
Fréquence (en battements par minute)							

3. Représenter graphiquement la fréquence cardiaque maximale en fonction de l'âge. On prendra en abscisse 1 carreau pour 10 années et en ordonnée 1 carreau pour 4 battements par minute (on pourra commencer à 140 en ordonnée).

30 • Associer chaque représentation graphique au tableau de valeurs qui lui correspond.

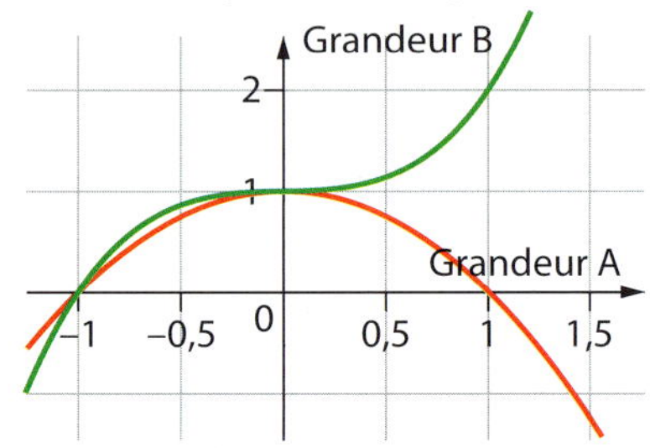

①

Grandeur A	–1	0	1
Grandeur B	0	1	2

②

Grandeur A	–1	0	1
Grandeur B	0	1	0

31 CALCUL MENTAL Une crème fraiche contient 30 % de matières grasses.

1. Reproduire et compléter le tableau suivant.

Quantité de crème fraiche (cL)	20	50	60	80
Quantité de matières grasses (cL)				

2. Représenter graphiquement la quantité de matières grasses en fonction de la quantité de crème fraiche.

MODE EXPERT

32 Après avoir rempli un tableau de valeurs, tracer la représentation graphique du volume d'un cylindre de hauteur 10 cm en fonction du rayon (en cm) d'une de ses bases.

33 La distance d'arrêt D d'un véhicule sur une route sèche dépend de sa vitesse v (en km/h) : cette distance D (en m) est donnée par :

$$D = \frac{v}{3{,}6} + \frac{v^2}{203{,}2}$$

• Représenter graphiquement la distance D en fonction de la vitesse v, pour des vitesses comprises entre 50 et 130 km/h.

Reconnaitre une situation de proportionnalité

➜ Savoir-faire p. 149

QUESTIONS FLASH

34 Dans chacun des cas suivants, les grandeurs sont-elles proportionnelles ?
a. La taille et la masse d'une personne.
b. L'aire et la masse d'une feuille de papier.
c. Le périmètre d'un carré et la longueur de son côté.
d. La longueur d'une clé USB et sa capacité de mémoire.

35 Le tableau suivant est-il un tableau de proportionnalité ?

Temps (en min)	1	2	5	8
Quantité d'eau (en L)	13	26	65	104

36 On considère le graphique suivant.

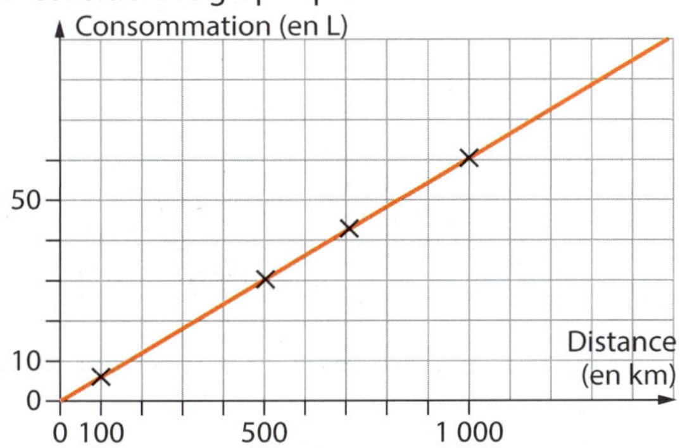

1. La consommation de carburant est-elle proportionnelle à la distance parcourue ? Justifier.
2. Quelle est la consommation de cette voiture pour 100 km ?

Questions flash supplémentaires

37 Chez un marchand de fruits et légumes, on voit :

• Recopier le tableau suivant et y répartir ces six fruits et légumes.

Le prix est proportionnel à la masse	Le prix est proportionnel à la quantité	Il n'y a pas proportionnalité

38 Les tableaux suivants sont-ils des tableaux de proportionnalité ?

a.

Nombre de stylos	2	3	4	5
Prix (en €)	3,30	4,95	6,50	7,95

b.

Au cinéma…	Mercredi	Jeudi
Nombre de spectateurs	2 515	1 031
Recette (en €)	17 605	10 848

39 Sur un site internet, Élodie consulte les prix pour faire imprimer des cartes professionnelles. Elle trouve les tarifs suivants.

Nombre de cartes	10	50	100	200
Prix (en €)	4,50	6,50	9	14

1. Le prix est-il proportionnel au nombre de cartes achetées ?
2. Représenter graphiquement le prix en fonction du nombre de cartes.
3. Élodie souhaite acheter 140 cartes professionnelles. D'après ce graphique, combien paiera-t-elle ?

40 En gelant, l'eau augmente de volume.

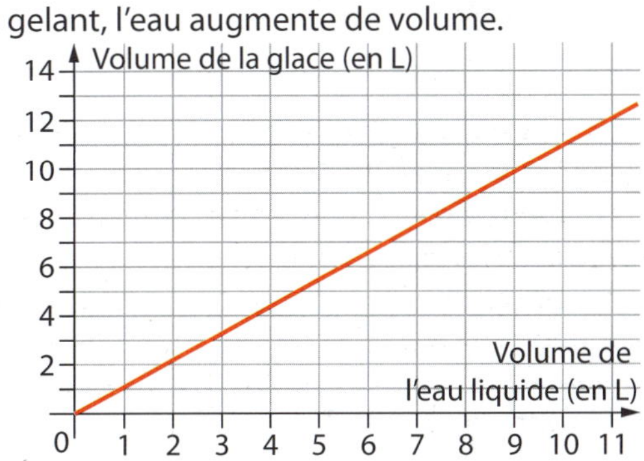

1. Le volume de la glace est-il proportionnel au volume d'eau liquide ? Justifier.
2. Quel volume d'eau liquide faut-il pour obtenir 11 L de glace ?
3. En déduire le coefficient de proportionnalité qui permet d'obtenir le volume de glace à partir du volume d'eau liquide.

MODE EXPERT

41 Dans un cinéma, la carte fidélité (payante à l'année) permet de payer le tarif réduit à chaque séance. En janvier 2020, Lina et Arthur ont acheté cette carte.
Le budget cinéma en 2020 a été de 136,50 € avec 17 séances pour Lina, et de 168 € avec 24 séances pour Arthur.
• Quel a été le budget cinéma de leur ami Lilian, possesseur de la carte, sachant qu'il a assisté à 26 séances ?

Exercices

Exploiter une situation de proportionnalité

→ Savoir-faire p. 151

QUESTIONS FLASH

42 Lorsque c'est possible, répondre à la question posée.
1. Dimitri mesure 125 cm à 8 ans. Combien mesurera-t-il à 16 ans ?
2. Sur un plan, 2 cm représentent 500 m. Sur ce plan, par quelle longueur sont représentés 2,5 km ?
3. 15 kg de gazon couvrent 600 m^2 de pelouse. Quelle masse de gazon faut-il pour couvrir 1 500 m^2 de pelouse ?

43 Calculer mentalement x en utilisant la règle de trois dans les tableaux de proportionnalité ci-dessous.

1 000	1,2
40	x

2,4	6
x	10

44 Dans un jus de 20 cL, il y a 6 cL de jus de mangue.
• Quel est le pourcentage de jus de mangue dans ce breuvage ?

45 L'effectif d'un collège a augmenté de 8 % en 1 an. Il y avait 500 élèves l'an dernier.
• Combien y en a-t-il cette année ?

46 On distribue 400 € entre Laure et Nathan selon le ratio 6 : 4.
• Combien reçoivent-ils chacun ?

47 Dans une recette de brownies, le sucre, le beurre et la farine sont dans le ratio 8 : 12 : 5.
• Quelle masse de chaque ingrédient sera nécessaire pour réaliser 500 g de brownies ?

Questions flash supplémentaires

48 Pour chacune des situations de proportionnalité ci-dessous, calculer le nombre x.

a.

Quantité (en kg)	0,675	1,580
Prix (en €)	12,15	x

b.

Temps de jeu (en min)	5	x
Prix (en €)	1,70	18,70

49 Un tuyau d'arrosage à débit constant fournit 45 L d'eau toutes les 3 minutes.
• Combien de temps faut-il pour remplir une piscine de 660 L avec ce tuyau ?

50 En janvier 2020, 4 $ valaient 3,50 €.
1. Combien d'euros obtenait-on avec 100 $?
2. Combien de dollars obtenait-on avec 100 € ?

51 Les bijoux en or sont généralement fabriqués avec de l'or « 18 carats », c'est-à-dire un alliage de métaux qui contient 75 % d'or pur.
• Pour fabriquer une alliance en or « 18 carats » de 4 grammes, de quelle masse d'or pur a-t-on besoin ?

52 51 % des capsules de café sont vendues par Internet. 5 % des capsules vendues par Internet sont inutilisables à la réception du colis (colis abimé) et doivent être échangées.
• Quel pourcentage des capsules vendues sont à échanger parce qu'elles ont été abimées pendant le transport ?

46 % 5 % 2,6 % 2,55 %

53 Carole prévoit d'acheter un bijou pendant les soldes. Elle voudrait savoir lequel offre le meilleur pourcentage de réduction.

Bague	Collier	Boucles d'oreilles

89 € Soldée à 74,76 €	115 € Réduction de 20,70 €	69 € Réduction de 17 %

• Que doit-on répondre à Carole ?

54 Un cocktail vitaminé est composé de jus de mandarine et de pamplemousse dans le ratio 3 : 5.
• Quels volumes de ces deux jus doit-on mélanger pour obtenir 3 L de ce cocktail ? Donner la réponse en cL.

55 Trois amis sportifs s'inscrivent pour un marathon en relais avec des distances au choix pour chacun. Ils optent pour une répartition selon le ratio 2 : 5 : 1.

> Le marathon est une épreuve de course à pied de 42 km environ.

• Quelle distance chacun devra-t-il parcourir ?

56 Anouk, Morgane et Vincent se partagent 540 € selon le ratio 4 : 5 : 3.
1. Quelle somme d'argent ont-ils chacun ?
2. Ils changent finalement d'avis et souhaiteraient répartir les 540 € selon le ratio 6 : 5 : 7. Dans cette nouvelle répartition, combien obtiennent-ils chacun ?

MODE EXPERT

57 Combien de fois faut-il baisser de 10 % une veste qui coute 65 € pour que son prix diminue au moins de moitié ?

58 Un rectangle a pour longueur 7 m, et ses dimensions sont dans le ratio 5 : 4. On augmente sa longueur de 10 % et sa largeur de 30 %.
1. Obtient-on un carré ? Justifier.
2. De quel pourcentage a augmenté son aire ?

Utiliser des grandeurs quotients et des grandeurs produits

→ Savoir-faire p. 153

QUESTIONS FLASH

59 Un parallélépipède rectangle a un volume de 200 m^3 et l'aire de sa base vaut 50 m^2. Quelle est sa hauteur ?

60 La masse volumique de l'eau est de 1 kg/L. Combien pèsent 500 mL d'eau ?

61 Une voiture parcourt 22 km en 15 min. Quelle est sa vitesse moyenne en km/h ?

62 Convertir ces durées en heures :
2 h 30 min 15 min 1 h 45 min

63 Donner en heures et minutes les durées suivantes :
3,5 h 4,75 h 1,2 h 5,4 h

64 Relier les unités correspondantes aux grandeurs.

Énergie	km/h
Débit	kg/m^3
Vitesse	Wh
Masse volumique	L/min

Questions flash supplémentaires

65 On calcule la puissance (en Watts) d'un appareil électrique à l'aide de la formule $P = U \times I$, où U est la tension (en Volts) et I l'intensité (en Ampères) du courant qui traverse l'appareil.
1. Sous quelle tension est branché un aspirateur de puissance 880 W traversé par un courant d'intensité 4 A ?
2. On lit sur une lampe 6 V-100 mA. Calculer la puissance (en W) consommée par cette lampe.

66 La masse volumique de l'aluminium est de 2,7 g/cm^3.
• Quelle est la masse de 120 cm^3 d'aluminium ?

67 La masse volumique du plomb est de 11,4 g/cm^3.
• Quel est le volume d'un morceau de plomb pesant 171 g ?

68 Une dalle de béton pesant 84 tonnes a un volume de 30 000 L.
• Calculer la masse volumique du béton (en kg/m^3).

69 La masse volumique du vinaigre est de 1 010 kg/m^3 et la masse volumique de l'huile est 920 kg/m^3. On mélange 2 cL de vinaigre et 6 cL d'huile.
• Quelle masse totale de vinaigrette obtient-on ?

70 Une mouette parcourt 4,2 km en 8 minutes.
• Quelle distance parcourt-elle en une heure si elle garde la même vitesse ?

71 Combien de temps faut-il pour parcourir 800 m à la vitesse moyenne de 40 km/h ?

72 Un TGV part de Paris à 6 h 50. Il passe en gare d'Angoulême à 8 h 20 (sans s'y arrêter) et il arrive en gare de Bordeaux 8 h 47. Il a parcouru 585 km entre Paris et Bordeaux.
1. Quelle a été la vitesse moyenne du train entre Paris et Bordeaux ?
2. En supposant que le train roule à cette même vitesse, quelle est la longueur du trajet entre Paris et Angoulême ?

73 Le record du monde du 400 m est actuellement détenu, pour les hommes, par le Sud-Africain Wayde van Niekerk, avec un temps de 43 s, établi le 14 aout 2016 lors des JO de Rio de Janeiro.
• Calculer sa vitesse moyenne en m/s puis en km/h (arrondir au dixième).

MODE EXPERT

74 L'énergie consommée (en Wh) par un appareil de puissance P (en W) en un temps donné t (en h) se calcule à l'aide de la formule $E = P \times t$. On exprime aussi parfois l'énergie en joules (1 J = 1 Ws).
• Calculer, en kilojoules, l'énergie consommée par un appareil de puissance 210 W fonctionnant de 9 h à 17 h 24.

Faire le point

Version interactive du QCM

QCM

Donner la ou les bonnes réponses parmi les trois proposées.

1 Représenter graphiquement une grandeur en fonction d'une autre

	Réponse A	Réponse B	Réponse C
Dans un circuit électrique, la puissance consommée P est donnée par la formule $P = 100 \times I^2$, où I est l'intensité du courant. La courbe représentant la puissance selon l'intensité du courant est :	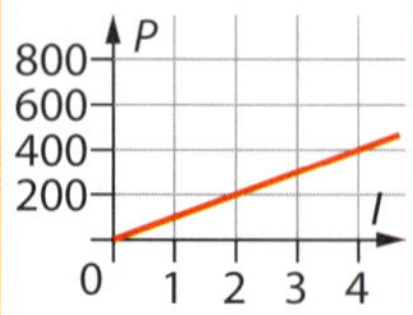	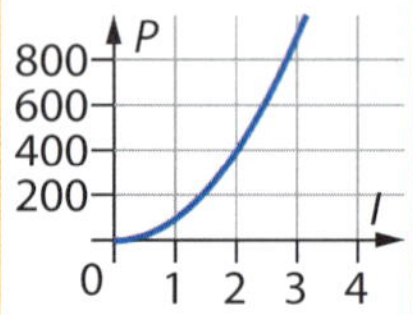	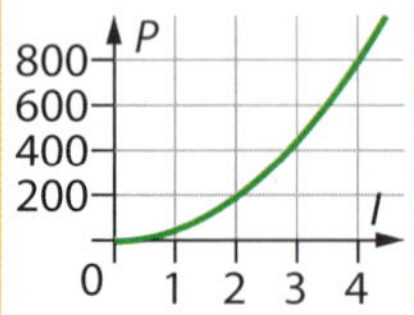

2 Reconnaitre une situation de proportionnalité

	Réponse A	Réponse B	Réponse C
1. Sur les trois graphiques de la question précédente, lequel représente une situation de proportionnalité ?	Le graphique de la réponse A	Le graphique de la réponse B	Le graphique de la réponse C
2. 3 stylos sont vendus 1,80 €, et 5 de ces mêmes stylos sont vendus 2,30 €. Le prix est-il proportionnel au nombre de stylos ?	Oui	Non	On ne peut pas savoir.

3 Exploiter une situation de proportionnalité

	Réponse A	Réponse B	Réponse C
1. Si 3,1 kg de pommes coutent 8,68 €, alors 2,5 kg de ces pommes coutent :	6,80 €	7 €	Plus de 4 €
2. Léa et Tom partagent 1 500 € dans le ratio 7 : 5. Léa reçoit :	875 €	625 €	125 €
3. Un manteau coutait 260 €. Il est soldé en juin à 221 €. Le pourcentage de remise est :	39 %	15 %	85 %

4 Utiliser des grandeurs quotients et des grandeurs produits

	Réponse A	Réponse B	Réponse C
1. À 120 km/h sur un trajet de 45 minutes, j'ai parcouru :	160 km	54 km	90 km
2. Un four électrique de puissance 3 080 W est branché sur du 220 V. Sachant que $P = U \times I$, quelle est l'intensité du courant qui le traverse ?	677 600 A	70 mA	14 A

→ Corrigé p. 316

Carte mentale

Ressource téléchargeable

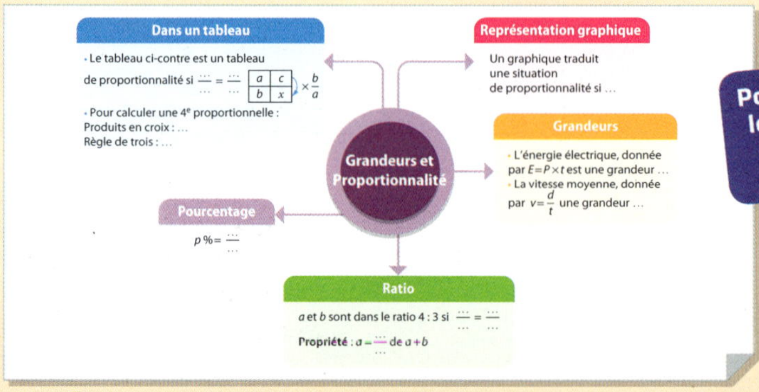

Pour t'aider à retenir le cours, télécharge et complète cette carte mentale.

Algorithmique et outils numériques

75 Tout augmente !

Mathéo est gérant d'un magasin. Il envisage de tester plusieurs hausses des prix des produits qu'il propose. Pour cela, il a écrit le script suivant :

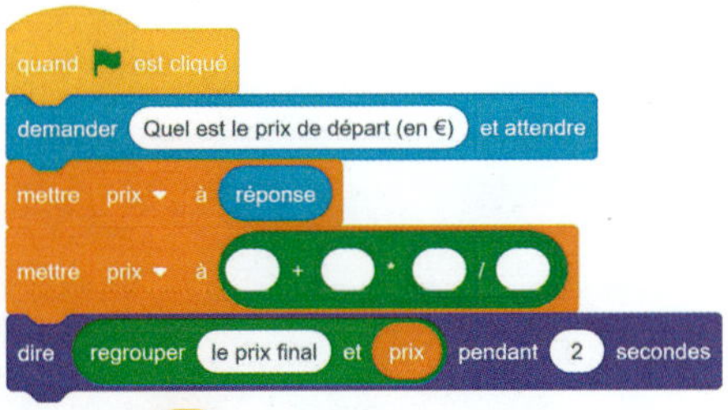

1. La variable prix a-t-elle la même valeur tout au long de l'exécution du script ?
2. Compléter le script pour qu'il corresponde à une augmentation de 10 % puis le tester avec un prix initial de 100 €.
3. a. Mathéo envisage à présent deux hausses de prix successives de 10 % chacune. Modifier le script pour qu'il affiche le bon résultat.
b. Tester le bon fonctionnement de ce script avec une valeur simple.
c. Mathéo pense que cela revient à augmenter le prix de départ de 20 % directement. Écrire un deuxième script qui correspond à une simple augmentation de 20 %.
d. Les deux scripts obtenus en **a.** et **c.** donnent-ils le même résultat lorsque l'utilisateur saisit une même valeur ? Que peut-on en conclure ?

76 Scratchy à vitesse variable

1. Écrire et tester un script qui va faire tracer au lutin un segment horizontal en partant de (0 ; 0) :
• dont la longueur sera donnée par l'utilisateur (maximum 350 pixels) ;
• à une vitesse donnée par l'utilisateur (maximum 500 pixels par seconde).
Pour cela, créer deux variables « longueur » et « vitesse », et utiliser la brique :

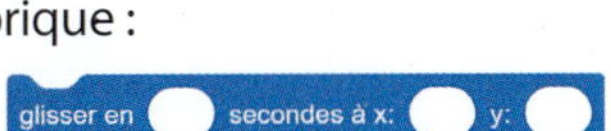

2. Compléter le script précédent pour tracer à présent un rectangle :
• dont la longueur sera donnée par l'utilisateur (maximum 350 pixels) ;
• dont le ratio *longueur : largeur* sera 5 : 2 ;
• à une vitesse donnée par l'utilisateur (maximum 500 pixels par seconde).

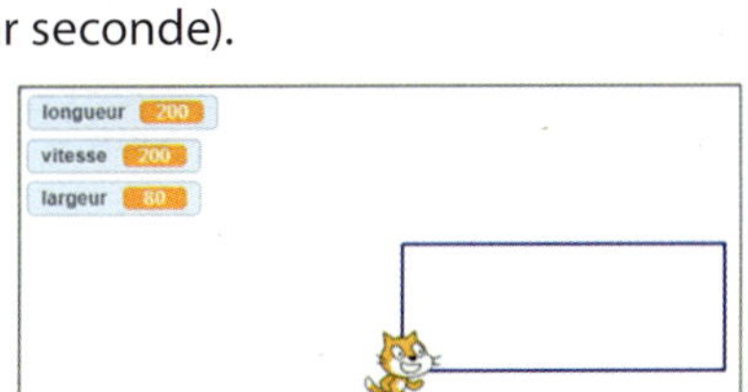

77 Au cinéma

Pour son anniversaire, Karim a reçu de l'argent pour aller au cinéma. Il veut savoir si la carte d'abonnement est intéressante pour lui.

1. Reproduire cette feuille de calcul dans un tableur.

	A	B	C	D	E	F	G
1	Nombre de places	0	2	4	6	8	10
2	Montant total sans abonnement (en €)						
3	Montant total avec abonnement (en €)						

2. Saisir des formules appropriées dans les cellules B2 et B3 puis les recopier vers la droite.
3. Dans le tableur, construire les graphiques associés à ces deux tarifs.
4. Le tarif plein est-il proportionnel au nombre de places ? Et le tarif abonnement ? Justifier en s'appuyant sur les graphiques.

78 À l'arrêt !

Le conducteur d'un véhicule roule à la vitesse v (en km/h). À la vue d'un obstacle, il parcourt une certaine distance (en m) avant de s'arrêter complètement. Cette distance d'arrêt (d_A) est la somme des distances de réaction (d_R) et de freinage (d_F). Sur route sèche, elle est donnée par la formule suivante :

$$d_A = d_R + d_F = \frac{v}{3,6} + \frac{v^2}{203,2}$$

où v désigne la vitesse du véhicule (en km/h).
Pour calculer cette distance d'arrêt, on utilise la feuille de calcul ci-dessous à reproduire.

> **Pour arrondir les résultats au centième par exemple, sélectionne les cellules souhaitées, fais un clic droit puis « format de cellule », « nombre » et donne le nombre de décimales voulu.**

	A	B	C	D	E	F	G	H	I	J	K	L
1	v (km/h)	30	40	50	60	70	80	90	100	110	120	130
2	dR (m)											
3	dF (m)											
4	dA (m)											

1. Sur route sèche, saisir des formules adéquates dans les cellules B2, B3 et B4 puis les recopier vers la droite.
2. En saisissant une nouvelle formule en B5, vérifier que la distance d'arrêt n'est pas proportionnelle à la vitesse.

Problèmes

ceinture jaune — ceinture verte — ceinture noire

79 Course cycliste

Chercher, Communiquer

Lors d'une étape, les distances parcourues par un cycliste ont été relevées toutes les heures après le départ :

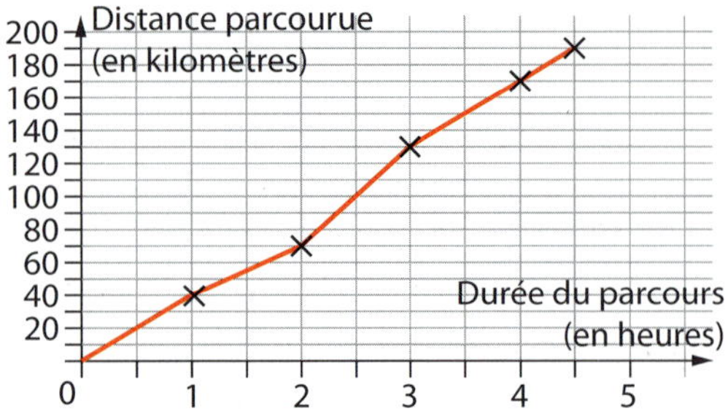

1. Quelle est la distance totale de cette étape ?
2. Quelle est la distance parcourue lors de la dernière demi-heure de course ?
3. Y a-t-il proportionnalité entre la distance parcourue et la durée de parcours de cette étape ? Justifier la réponse et proposer une explication.

80 En physique

Modéliser, Représenter, Calculer

On mesure l'intensité du courant qui traverse un conducteur ohmique et la tension électrique à ses bornes. On obtient les résultats suivants.

Intensité I (en ampères)	0,02	0,03	0,04	0,08
Tension U (en volts)	3	4,5	6	12

1. Représenter graphiquement la tension en fonction de l'intensité.
2. La tension est-elle proportionnelle à l'intensité ? Justifier graphiquement.
3. Calculer le coefficient de proportionnalité qui permet d'obtenir la tension à partir de l'intensité.

Ce coefficient s'appelle la résistance R du conducteur, elle se mesure en ohms. On a donc $U = R \times I$.

81 Pose de parquet

Modéliser, Calculer

M. Niousol veut recouvrir le sol de son salon de 30 m^2 avec du parquet flottant. Il doit prévoir une marge de 10 % de surface en plus en raison des découpes. Voici la référence qu'il trouve sur Internet :

• Combien de paquets doit-il acheter et combien paiera-t-il ?

82 Beaubourg

Modéliser, Représenter, Calculer

Le centre polyculturel Georges Pompidou (Paris) est un bâtiment de 166 m de longueur.

1. Grâce à la photo, estimer l'aire de sa façade principale.

2. Est-il correct de dire que les dimensions de cette façade sont approximativement dans le ratio 4 : 1 ?

83 En vacances

Chercher, Modéliser, Calculer

La famille de Naël a parcouru 686 km en voiture pour rejoindre son lieu de vacances. On a représenté ci-dessous la quantité d'essence dans le réservoir en fonction du temps.

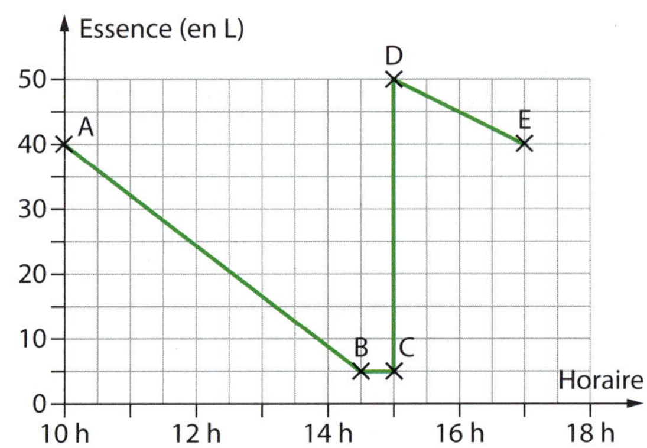

1. Recopier et compléter le tableau suivant.

A	Départ de la maison	10 h
De A à B	Autoroute	De 10 h à …
De B à C	Pause déjeuner	De … à …
De C à D	Remplissage du réservoir	… h
De D à E	Route nationale	De … h à … h
E	Arrivée	… h

2. Quelle quantité d'essence contenait le réservoir au départ ?
3. Combien de temps la famille s'est-elle arrêtée pour déjeuner ?
4. Quelle quantité d'essence a été ajoutée au cours du voyage ?
5. Quelle a été la vitesse moyenne sur ce trajet (incluant la pause) ?

84 Pas très équitable !

Représenter, Calculer

Mylo, Lina et Marius se partagent une somme d'argent selon le ratio 1 : 3 : 4.

1. Quel pourcentage de la somme totale représente la part de Mylo ? Et celle de Marius ?

2. Quel pourcentage de la part de Marius représente la part de Lina ?

3. Lina a obtenu 30 €. Quelle était la somme initiale à partager ?

85 Sur la paille

Modéliser, Calculer

Antonin est agriculteur et achète des bottes de paille au prix de gros de 40 euros la tonne. La masse d'un mètre cube de cette paille est égale à 120 kg. Ces bottes de paille sont des parallélépipèdes rectangles de dimensions 80 cm × 40 cm × 30 cm.

• Calculer le prix d'une de ces bottes de paille.

86 Ça fait du foin !

Modéliser, Représenter, Calculer

Le grenier de cette grange sert à stocker le foin. C'est un prisme droit de hauteur 10 m. Sa base est le triangle ABC isocèle en B.

1. La base [AC] du triangle ABC mesure 8 m, et le ratio *base : hauteur* pour ce triangle vaut 5 : 3. Combien mesure la hauteur issue de B de ce triangle ?

2. Techniquement, 80 % de ce grenier peut accueillir du foin. Quel volume de foin peut-on stocker dans ce grenier ?

3. Soucieux de l'environnement, le propriétaire fait installer des panneaux solaires sur un pan de son toit. Cette installation a fait passer sa facture annuelle d'électricité de 2 000 € à 1 450 €. Quel est le pourcentage d'économies réalisées ?

87 L'Europe dans le monde

Calculer

Année	Population de l'Europe	Population mondiale
1960	605 619 000	3 018 344 000
2019	749 214 989	7 637 548 000

1. Quel est le pourcentage d'augmentation de la population mondiale entre 1960 et 2019 ?
Même question pour la population de l'Europe.

2. Quel pourcentage de la population mondiale représentait l'Europe en 1960 ? En 2019 ?

3. On estime qu'entre 2019 et 2100, la population mondiale va encore augmenter de 46 %. Combien d'individus en plus par rapport à 2019 la planète devra-t-elle nourrir ?

88 Table en bois massif

Modéliser, Calculer

Un menuisier doit fabriquer une table en chêne massif formée d'un plateau rectangulaire de 1,20 m sur 4 m et d'épaisseur 10 cm. Celle-ci est posée sur quatre pieds de hauteur 0,85 m, chacun ayant une base carrée de côté 10 cm.

• Sachant que la masse volumique du chêne qu'il utilise est de 850 kg/m^3, combien pèsera cette table ?

89 On coule !

Représenter, Calculer

La masse volumique de l'eau vaut 1 g/cm^3 (1 cm^3 d'eau pèse donc 1 g). Un objet flotte dans l'eau si sa masse volumique est inférieure à celle de l'eau.

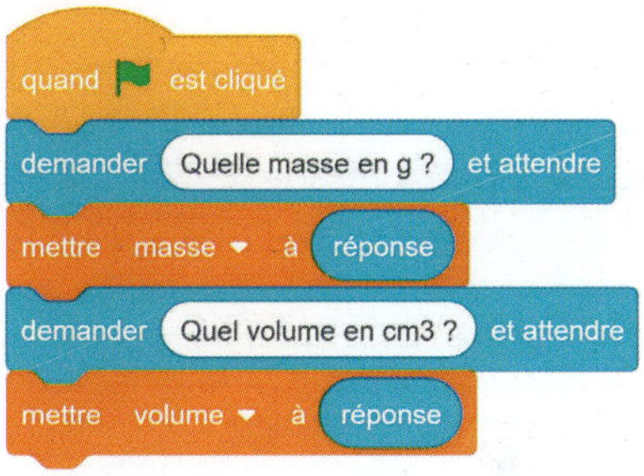

1. Quelles sont les variables qui interviennent dans ce script ?

2. Terminer le script pour que le lutin annonce « ça flotte ! » ou « ça coule ! » lorsque l'utilisateur entre la masse et le volume de l'objet.

3. Que va annoncer le lutin si l'utilisateur dispose d'une bille de mercure de 25 mm^3 pesant 33,86 cg ?

4. Que va annoncer le lutin si l'utilisateur dispose d'un flacon de pétrole de 4,5 dL pesant 360 g ?

5. Que faut-il changer dans le script pour savoir si l'objet flotte dans l'eau de mer, dont la masse volumique est supérieure de 2,5 % à celle de l'eau ?

90 Radar

Modéliser, Raisonner, Calculer

Un avion n'est plus très loin de l'aéroport où il doit atterrir. Le radar de la tour de contrôle émet un signal bref en direction de l'avion. Le signal atteint l'avion et revient au radar 0,000 3 seconde après son émission.

• Sachant que le signal se transmet à la vitesse de 18 millions de kilomètres par minute, à quelle distance du radar de la tour de contrôle se trouve l'avion ?

91 Sport en salle

Raisonner, Calculer

40 % des 85 femmes membres du club de sport Turbo Fit participent au cours collectif de fitness, contre 20 % des 70 hommes.

• Quel pourcentage des adhérents de ce club participe au cours de fitness ? Arrondir à l'unité.

Problèmes

92 Disparition de bactéries
Représenter, Calculer

Le tableau ci-dessous montre l'effet d'un détergent sur une bactérie. Les résultats ont été relevés toutes les heures à partir de la mise en contact du détergent.

Durée d'action du détergent (en h)	0	1	2	3	4	5	6
Nombre de bactéries (en milliers)	25	17	13	10	7	6,5	6

1. Représenter graphiquement le nombre de bactéries en fonction de la durée d'action du produit.
2. Calculer le pourcentage de disparition des bactéries au bout d'une heure, puis au bout de 6 heures.

93 Australia
Chercher, Calculer

1. What is the distance between Darwin and Melbourne as the crow flies ?
2. Estimate the surface area of Australia.

94 Format d'écran
Chercher, Représenter, Calculer

On dit qu'un écran est au format 16/9 si la longueur et la largeur de l'écran sont dans le ratio 16 : 9.

1. Si un écran de projection rectangulaire a pour longueur 660 cm, calculer sa largeur puis la longueur de sa diagonale.
2. On écrit un script sur Scratch qui, à partir d'une longueur d'écran donnée par l'utilisateur, permet de calculer sa largeur puis sa diagonale.
Voici le script incomplet :

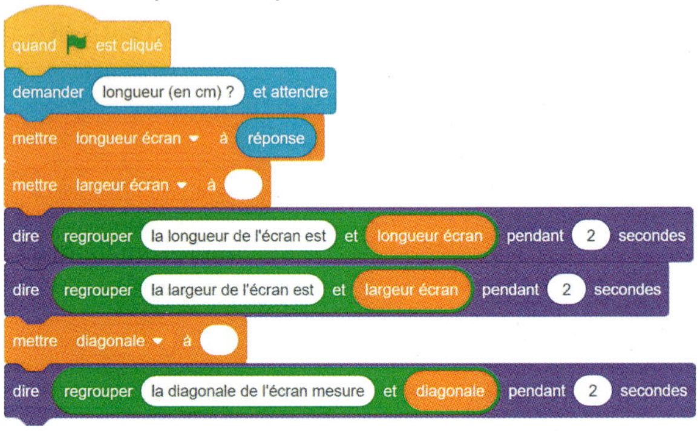

À l'aide des briques ci-dessous, compléter les lignes 4 et 7 du script qui permettent de calculer la largeur et la diagonale de l'écran.

3. Un téléviseur au format 16/9 a pour largeur 63 cm. Calculer sa longueur et sa diagonale, puis donner ces 3 dimensions en pouces (arrondir à l'unité).

Le pouce est une mesure de longueur anglo-saxonne.

DÉFIS & ÉNIGMES

95 Par Toutatis !
Obélix sculpte un bloc de pierre cubique pour son ami Astérix ; il pèse 1,4 tonne. Combien pèse le bloc destiné à son chien Idéfix dont toutes les longueurs sont deux fois plus petites ?

96 C'est plus ou c'est moins ?
On achète des céréales en vrac. Est-il plus avantageux d'avoir 30 % de produit en plus gratuit, ou une remise de 30 % sur le prix ?

97 Usain vs guépard
Sur une piste d'athlétisme, Usain a 39 m d'avance sur un guépard.
Usain court à 45 km/h et le guépard à 110 km/h.
- Au bout de combien de temps le guépard rattrapera-t-il Usain ?

Voir point info p. 143.

98 Ça grimpe dur !
Lola monte un col à vélo à 12 km/h et elle le redescend (par le même chemin) trois fois plus vite, le tout en 1 h 54 min. Quelle distance parcourt-elle ?

99 Réservoir d'eau

Calculer, Raisonner, Communiquer

On remplit le réservoir d'eau ci-contre, vide au départ, à raison d'un litre par seconde.

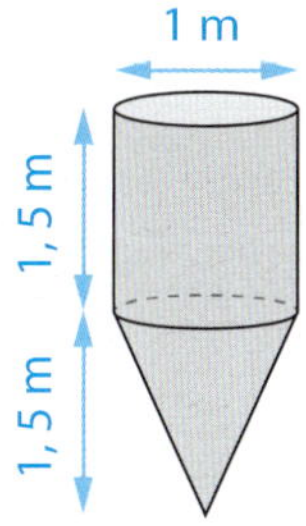

1. Lequel des graphiques suivants illustre la façon dont le niveau d'eau évolue dans le temps ? Justifier la réponse.

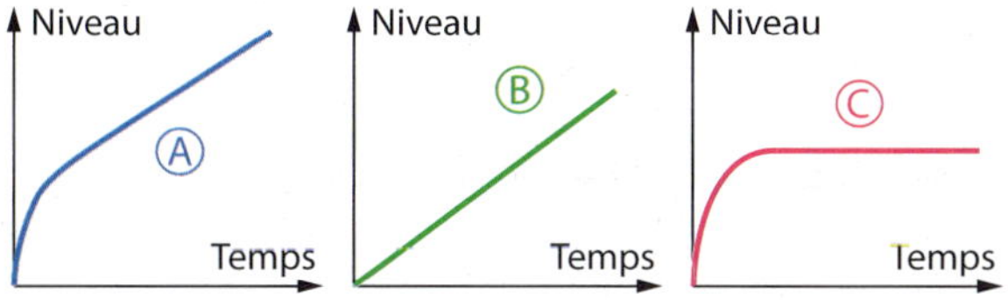

D'après PISA.

2. En combien de temps le réservoir sera-t-il rempli ?

100 Dernier tour

Prise d'initiative

Chercher, Calculer, Raisonner

Naïa est au pied du télésiège de Vars Sainte-Marie dans les Hautes-Alpes. Il est 11 h 35 et elle aimerait faire une dernière descente de la piste « l'Olympique » avant de retrouver son ami à 12 h à ce même endroit.

Doc. 1

La piste « l'Olympique » mesure 2 500 m. La vitesse moyenne de Naïa sur cette piste est de 9 km/h.

Doc. 2 Plan du télésiège et de la piste

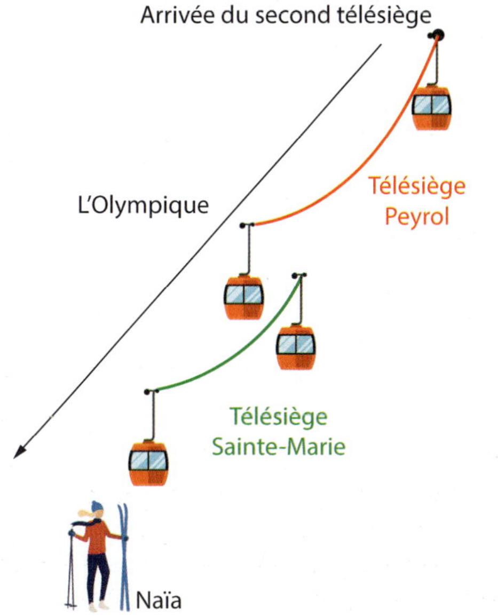

Le télésiège est en 2 tronçons :
- 1er tronçon (Sainte-Marie) : longueur 1 560 m, dénivelé 514 m, vitesse 5 m/s.
- 2e tronçon (Peyrol) : longueur 1,41 km, dénivelé 390 m, vitesse 4 m/s.

Le temps d'attente estimé entre les 2 tronçons est de 4 min 30 s.

• Sera-t-elle à l'heure ? Si non, à quelle vitesse faudrait-il qu'elle skie pour arriver à 12 h ?

MISSION DÉMONSTRATION

Démo de cours

On souhaite démontrer la propriété suivante.

a, b, c désignent des nombres positifs. Si a, b, c sont dans le ratio 2 : 3 : 7, alors :

• Le tableau ci-contre est un tableau de proportionnalité.

• a est égal à $\frac{2}{12}$ soit $\frac{1}{6}$ du nombre $a+b+c$.

a	b	c
2	3	7

101 **1.** a, b et c étant dans le ratio 2 : 3 : 7, quelle double égalité peut-on écrire d'après la définition du cours ?

2. Expliquer pourquoi cela signifie alors que le tableau ci-dessous est un tableau de proportionnalité.

a	b	c
2	3	7

3. Compléter le tableau de proportionnalité suivant :

a	b	c	$a+b+c$
2	3	7	…

4. En déduire le nombre par lequel il faut multiplier pour passer de la 4e à la 1re colonne.

a	b	c	$a+b+c$
2	3	7	…

× ?

5. Compléter alors l'égalité : $a = \ldots \times (a+b+c)$.

6. Que peut-on en conclure ?

102 En reprenant l'exercice précédent depuis la question **4.**, démontrer de la même façon que :

• b est égal à $\frac{1}{4}$ du nombre $a+b+c$

• c est égal à $\frac{7}{12}$ du nombre $a+b+c$

Travailler autrement

Utilisable en AP

À chacun son parcours !

103 Analyse de documents

Socle D4 Je sais prélever, organiser et traiter l'information utile.

Socle D4 Je sais résoudre un problème impliquant des grandeurs variées.

M. et Mme Roy viennent d'acheter un appartement dont voici le plan à l'échelle $\frac{1}{180}$.

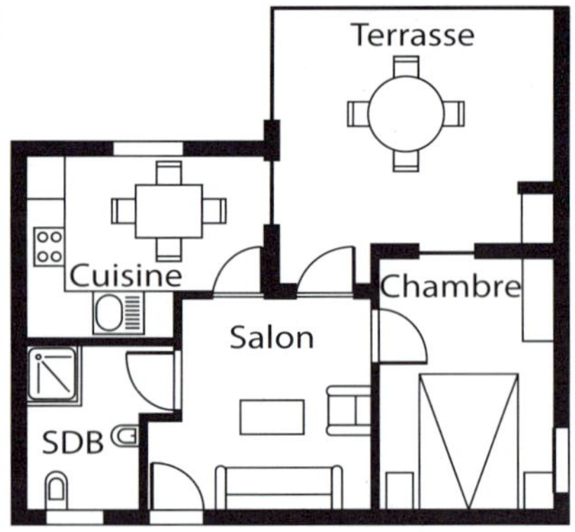

Questions ceinture jaune

1. Calculer la longueur et la largeur de la chambre, puis son aire en m^2.

2. La famille Roy achète un lit à 329 €, soldé à –32 %, combien va-t-elle dépenser ?

3. Les dimensions du lit sont de 160 × 200 cm. Quel pourcentage de la surface de la chambre reste-t-il ?

Questions ceinture verte

1. Le couple choisit un carrelage à 9,90 €/m^2 pour le sol de la cuisine. Quel sera le prix à payer en comptant un surcout de 30 % pour l'achat du matériel nécessaire à la pose ?

2. Les dimensions de la chambre sont-elles dans le ratio 3 : 2 ? Justifier.

Questions ceinture noire

1. Indiquer les 4 longueurs qui suffisent à calculer l'aire totale de l'appartement.

2. Quel pourcentage de la surface de l'appartement représente la surface du salon ?

3. La cuisine comporte les appareils électriques suivants dont on donne les puissances et le temps d'utilisation en mai 2020 :

- un frigo (300 W, utilisé en permanence),
- une cafetière (1 kW, 20 min par jour),
- un lave-vaisselle (1 500 W, 35 h).

1 KWh coutant 0,146 7 €, calculer le cout total d'utilisation de ces appareils en mai 2020.

104 Analyse de documents

Socle D4 Je sais prélever, organiser et traiter l'information utile.

Socle D4 Je sais résoudre un problème impliquant des grandeurs variées.

Sacha vit à Lyon. Il doit se rendre à Aix pour une réunion. Il part à 14 h 15. On a représenté graphiquement son trajet.

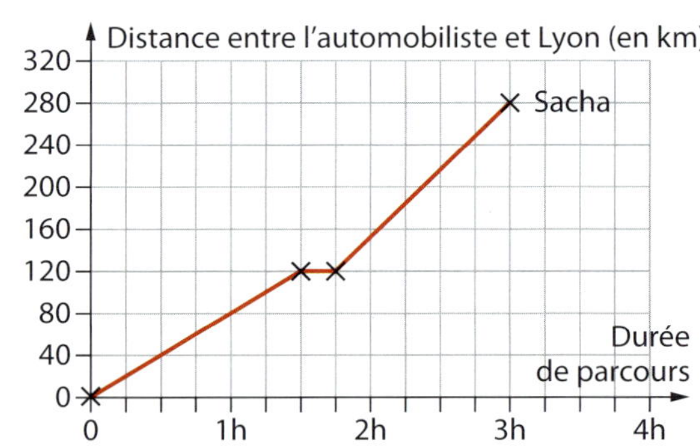

Questions ceinture jaune

1. La distance parcourue est-elle proportionnelle au temps écoulé ?

2. Calculer la vitesse moyenne de Sacha sur la première heure et demie.

3. Quelle est sa vitesse moyenne sur l'ensemble du trajet ?

Questions ceinture verte

1. Quelle est la vitesse moyenne de Sacha sur la deuxième partie de son parcours (après la pause) ?

2. La voiture de Sacha consomme en moyenne 6,2 L d'essence aux 100 km. Quel est le cout du carburant pour ce trajet, en supposant que le prix de l'essence est 1,416 € le litre ?

Questions ceinture noire

1. De quel pourcentage la vitesse de Sacha a-t-elle augmenté entre les deux parties de son trajet (avant et après la pause) ?

2. Zoé part d'Aix également à 14 h 15, en direction de Lyon. À quelle vitesse moyenne doit-elle rouler pour retrouver Sacha au début de sa pause ?

3. Reproduire et compléter le graphique avec le trajet de Zoé qui dure aussi 3 h avec une pause de 15 min.

8 Statistiques

TA MISSION

Étudier et comparer des séries de données, découvrir un nouvel indicateur de position.

JEU

Je suis une carte à jouer…

La fréquence de ma couleur (Cœur, Carreau, Trèfle, Pique) sur cette photo est de 0,4 et ma valeur est égale à la moyenne des valeurs de toutes ces cartes.

- Qui suis-je ?

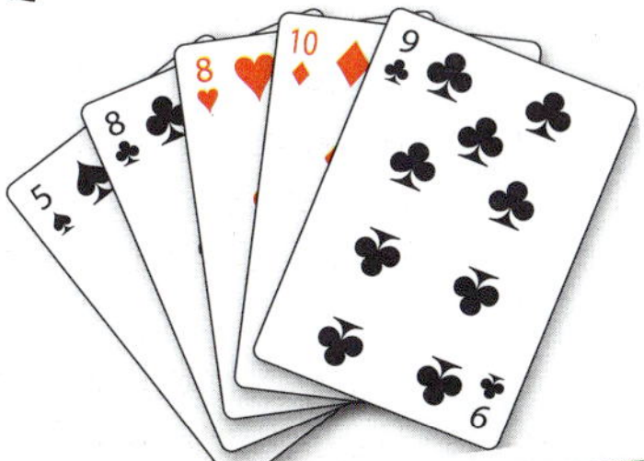

POINT INFO

En 1816, des perturbations sévères du climat détruisirent les récoltes de par le monde. Ce dérèglement météorologique demeura sans explication jusqu'en 1913, quand les scientifiques firent le lien entre cet été désastreux et l'éruption en 1815, d'une violence sans précédent, du stratovolcan Tambora en Indonésie.

Les études statistiques de séries climatiques historiques ont par ailleurs mis en évidence que la température moyenne à la surface du globe a augmenté de plus de 1 °C depuis 1860.

Voir problème 76 p. 183.

Activités

Prêts pour le décollage ?

QUESTIONS FLASH

Questions flash supplémentaires

① Léa a fait une étude sur la consommation mensuelle de données par téléphone portable :

Graphique 1 : Consommation moyenne en 2017

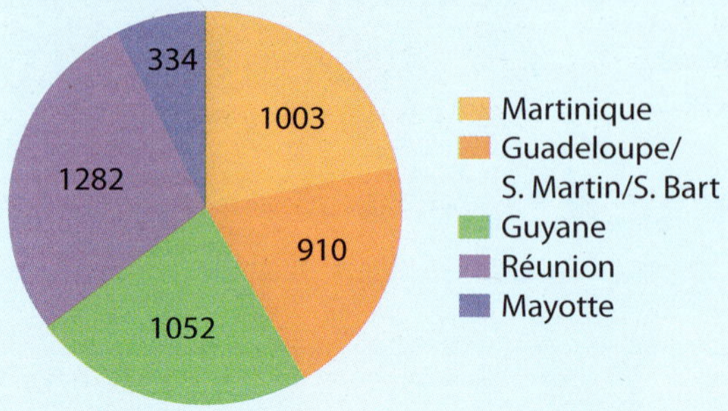

Graphique 2 : Consommation moyenne en 2017

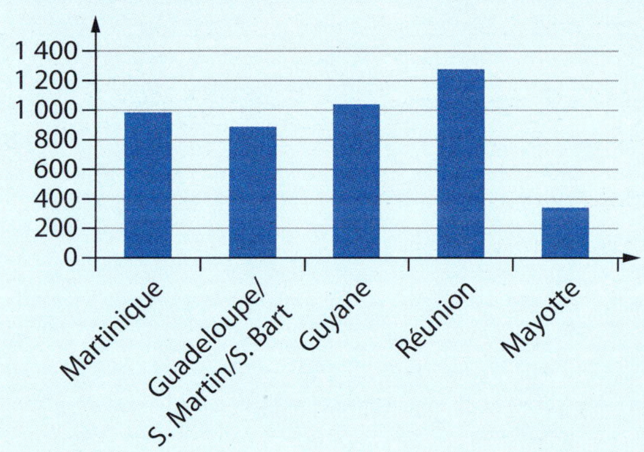

Graphique 3 : Consommation moyenne en 2016 et 2017

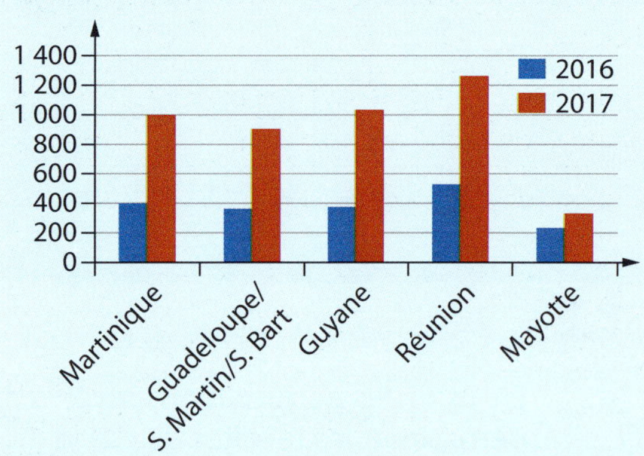

a. Donner le nom de chacun de ces graphiques.

b. Quel graphique est le plus adapté pour :
• classer par ordre croissant la consommation en 2017 ?
• voir l'évolution entre 2016 et 2017 ?
• connaitre la consommation précise à Mayotte en 2017 ?
• voir la répartition de la consommation dans les départements et collectivités d'outre-mer ?

② On lance 10 fois une pièce de monnaie et on note si la pièce tombe sur « Pile » (P) ou « Face » (F). Voici les résultats : F - F - P - F - P - F - P - P - P - P.
• Calculer la fréquence de la donnée « Face ».
Donner le résultat sous forme de pourcentage.

③ Léo a obtenu les notes suivantes : 11 ; 15 ; 13 ; 9.
Quelle est la moyenne de ses notes ?

④ Voici le temps de sommeil de Mariami cette semaine :

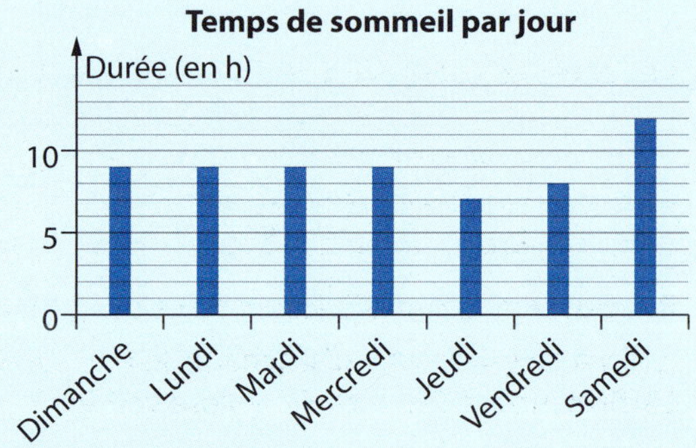

a. Mariami a-t-elle dormi au moins 8 heures chaque nuit ?

b. Donner un encadrement pertinent de son temps moyen de sommeil quotidien cette semaine.

⑤ Un commerçant s'est approvisionné en huitres en vue des fêtes de fin d'année. Il en a acheté 400 dont voici la répartition selon leur catégorie :

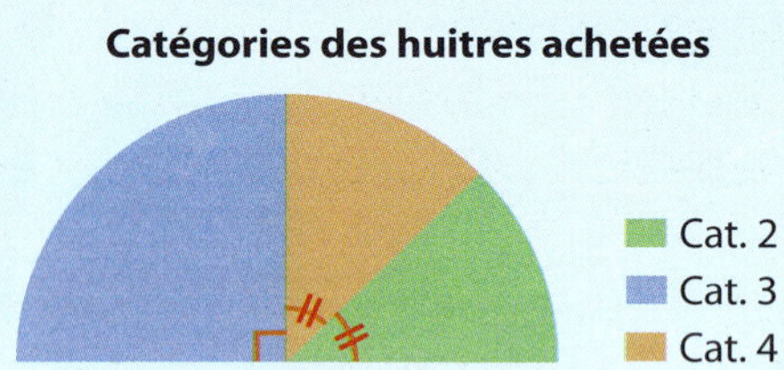

a. Quel est l'effectif de la catégorie 2 ?

b. Quel pourcentage représentent les catégories 3 et 4 réunies ?

⑥ On considère l'expression suivante :

$$\frac{3\times17+4\times12+2\times11+15}{10}$$

a. Cette expression est-elle une somme, un produit ou un quotient ?

b. Calculer mentalement le résultat.

Activité 1 Le sac à dos

Lucas et Noé partent ensemble en randonnée. Tout le long du trajet, Lucas porte son sac à dos, qui pèse 3 kg. Noé, qui porte l'eau et la nourriture, marche 5 km avec un sac de 6 kg. Après la pause déjeuner, son sac ne pèse plus que 2 kg et il parcourt ainsi les 15 derniers kilomètres.
À l'arrivée, Noé, très fatigué, se justifie : « Mon sac était plus lourd que le tien ! »
Lucas lui répond : « Mais le poids moyen que tu as porté sur toute la randonnée est exactement le même que le mien car, au début, tu as marché une petite distance avec un sac de 6 kg, puis tu as parcouru une longue distance avec un sac de seulement 2 kg. »

- Lucas a-t-il raison ? Écrire les calculs permettant de déterminer le poids moyen qu'a transporté Noé.

Activité 2 Semi-marathon

Éric et ses amis ont participé au semi-marathon de Bordeaux en octobre 2019. Voici leurs résultats en minutes :

127 ; 113 ; 110 ; 121 ; 111 ; 124 ; 111 ; 117 ; 124 ; 124 ; 127 ; 111 ; 130 ; 127 ; 113

1. Éric observe les temps de chacun et dit :
« J'ai obtenu le *temps du milieu* : la moitié d'entre vous ont obtenu un temps inférieur au mien et l'autre moitié un temps supérieur au mien ».

> Ce temps est appelé le *temps médian* de la série statistique.

Retrouver le temps d'Éric lors de ce semi-marathon. Expliquer la démarche.

2. Il y a eu une erreur d'affichage, le plus rapide a finalement mis 95 min.
L'affirmation d'Éric est-elle encore vérifiée ?

Activité 3 Le voyage au Futuroscope

Un concours a été organisé par le Futuroscope. Il s'agit de répondre à dix énigmes, chacune rapportant un nombre de points différent selon sa difficulté. Pour gagner un week-end au Futuroscope, il faut appartenir à la moitié des participants ayant obtenu le plus de points.

Les résultats du concours sont donnés dans le tableau ci-contre.

Nombre de points obtenus	10	12	15	16	17	18	22	25	26	27
Nombre de participants	2	3	6	10	9	10	15	11	8	6

1. Quel est le score minimum qu'il faut réaliser pour pouvoir profiter de ce voyage ?

2. Vérifier le résultat à l'aide de la calculatrice.

	Menu Statistiques	Données du tableau avec leur effectif	Calculer	Choisir
CASIO fx-92 Spéciale Collège	MENU 2 puis **1 : 1 variable**	x 10 EFFC 2	OPTN 3	Faire défiler jusqu'au résultat cherché.
TI-Collège Plus	stats	10 2 L1(2)=	2nde stats 1 (stats calc) 1-VAR STATS DONNEES: L1 L2 L3 EFF: 1 L1 L2 L3 CALC	Faire défiler jusqu'au résultat cherché.
NUMWORKS	Statistiques	Données Histogramme Boîte Stats Valeurs V1 Effectifs N1 Valeurs V2 10 2	Données Histogramme Boîte Stats V1/N1 Effectif total 2 Minimum 10	Faire défiler jusqu'au résultat recherché.

Cours

1 Représenter graphiquement des données

Définition

Un **diagramme en bâtons** est un diagramme dans lequel les hauteurs des bâtons sont proportionnelles aux effectifs des catégories.

Exemple

On a représenté la répartition des tailles de saumons pêchés dans l'Atlantique nord au cours d'une journée :

Taille (en cm)	50	52	54	56	58	60	62	64	66	68	70
Effectif	24	22	56	60	52	30	8	2	4	2	10

On lit l'effectif sur l'axe vertical.

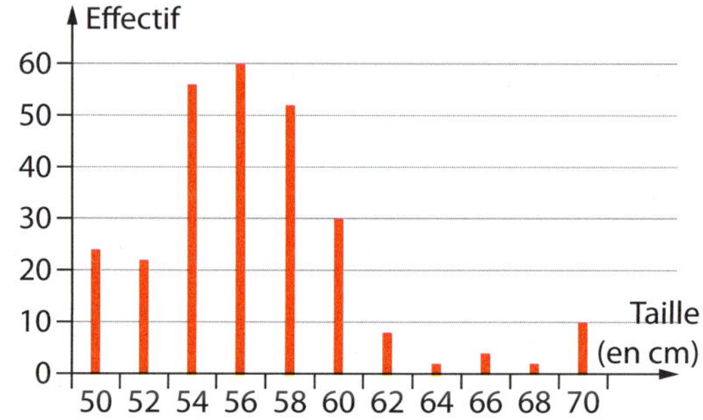

On lit la donnée étudiée sur l'axe horizontal.

Définition

Un **diagramme circulaire** est un diagramme dans lequel les mesures des angles des secteurs sont proportionnelles aux effectifs (ou aux fréquences) des catégories.

Exemple

On a représenté ci-dessous la consommation d'énergie primaire par type d'énergie en France en 2017.

Type d'énergie	Charbon	Énergie renouvelable	Gaz	Produits pétroliers	Nucléaire	Total
Fréquence	4 %	11 %	16 %	29 %	40 %	100 %
Angle	14°	40°	58°	104°	144°	360°

× 3,6

- La somme des fréquences en pourcentage est égale à 100 % et correspond à 360° sur le diagramme circulaire.
Il suffit donc de multiplier chaque effectif par 3,6 pour obtenir la mesure de l'angle correspondant.
- On reporte les résultats obtenus dans le tableau, puis on construit le diagramme.

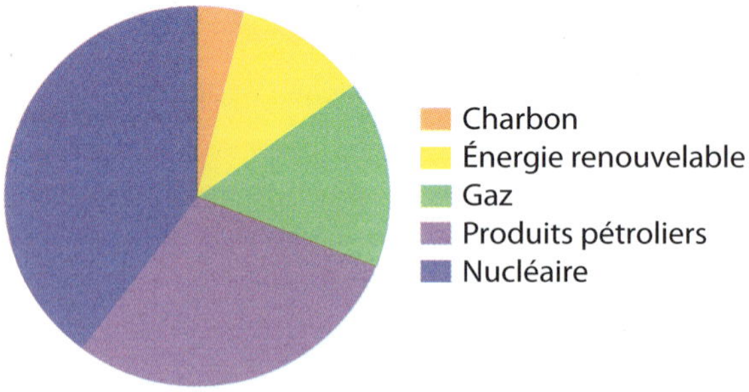

Remarque

On peut également construire un diagramme semi-circulaire. La somme des mesures des angles des secteurs est alors égale à 180°.

Savoir-faire

Apprends à l'aide des exercices résolus puis entraine-toi !

1 Représenter graphiquement des données

1 Mattéo part en colonie de vacances faire un stage de surf. Voici la répartition des enfants du groupe en fonction de leur âge.

Âge (en années)	10	11	12	13	14	15
Effectif	5	7	4	3	4	2

• Construire un diagramme en bâtons pour représenter la répartition des enfants de la colonie selon leur âge.

Solution

Répartition des enfants d'un stage de surf selon leur âge

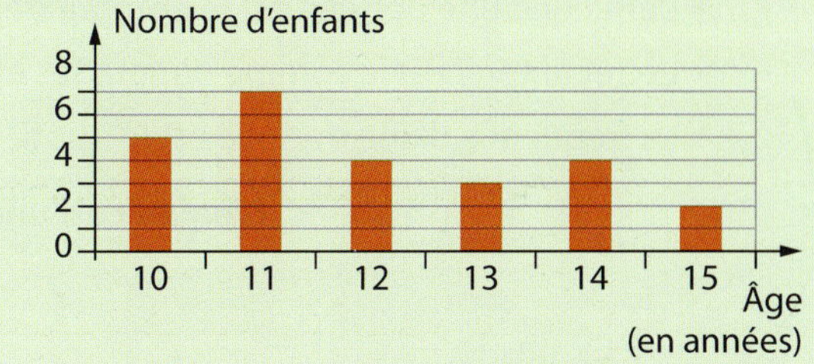

À toi de jouer

2 Lors d'une course automobile, on a relevé le nombre de tours effectués par les coureurs.
• Construire un diagramme en bâtons pour représenter la répartition des coureurs selon le nombre de tours effectués.

Nombre de tours	120	130	140	150	160	170
Effectif	3	5	6	3	2	1

→ Corrigé p. 316

3 Un magasin a interrogé tous les clients qui venaient d'acheter un nouveau téléphone portable. Voici les réponses obtenues à la question : « Qu'avez-vous fait de votre ancien téléphone ? ».

Affectation	Poubelle/ déchèterie	Retour magasin	Don	Revente
Fréquence	23 %	23 %	43 %	11 %

• Construire un diagramme circulaire pour représenter la répartition des téléphones portables selon leur affectation en seconde main.

Solution

Affectation	Poubelle/déchèterie	Retour magasin	Don	Revente
Fréquence	23 %	23 %	43 %	11 %
Angle (arrondi au degré)	83°	83°	154°	40°

$\times 3{,}6$

Répartition des téléphones mobiles selon leur affectation en seconde main

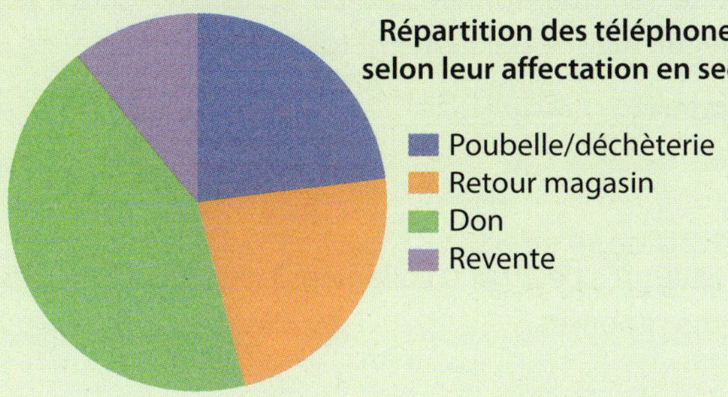

À toi de jouer

4 Le tableau ci-contre représente la répartition des ménages selon le nombre de voitures particulières possédées en 2016.
• Construire un diagramme circulaire représentant cette répartition.

Nombre de voitures	0	1	2 ou plus
Fréquence	19 %	47 %	34 %

→ Corrigé p. 316

2 Calculer une moyenne

Définitions

Dans une série de données :

- L'effectif d'une donnée est le nombre de fois où cette donnée apparait.
- L'effectif total est la somme de tous les effectifs.
- La fréquence d'une donnée est le quotient de son effectif par l'effectif total :

$$\textbf{Fréquence d'une donnée} = \frac{\text{effectif de la donnée}}{\text{effectif total}}$$

Exemple

Voici les réponses d'un groupe d'élèves à la question « Quelle est votre couleur préférée ? » :

bleu – **rouge** – **bleu** – **vert** – **violet** – **bleu** – **vert** – **rouge** – **vert** – **vert** – **violet** – **violet** – **rose** – **vert** – **orange** – **bleu** – **rouge** – **bleu** – **orange** – **vert**

On peut regrouper cette série de données dans un tableau.

Couleur	bleu	rouge	vert	orange	violet	rose	Total
Effectif	5	3	6	2	3	1	20
Fréquence	0,25	0,15	0,3	0,1	0,15	0,05	1

Effectif de la donnée « vert »

Fréquence de la donnée « orange » : $\frac{2}{20} = 0{,}1$

Effectif total

Propriétés

Dans une série de données :

- Une fréquence peut être donnée sous forme de fraction, de nombre décimal ou de pourcentage. C'est toujours un nombre compris entre 0 et 1.
- Les fréquences sont proportionnelles aux effectifs.
- La somme de toutes les fréquences est égale à 1.

Définition

La **moyenne pondérée** d'une série de données numériques est égale à la somme des produits de chaque donnée par son effectif, divisée par l'effectif total.

$$\textbf{Moyenne pondérée} = \frac{\text{somme des produits des données par leurs effectifs}}{\text{effectif total}}$$

Exemple

Un sondage a été réalisé auprès de 10 000 collégiens pour connaitre le nombre d'enfants présents dans leur foyer. Voici leurs réponses :

Nombre d'enfants	1	2	3	4	5	6
Nombre de familles	4 525	3 551	1 364	413	102	45

Pour calculer la moyenne du nombre d'enfants par famille, on effectue les produits du **nombre d'enfants** par le **nombre de familles**, on les additionne, puis on divise le résultat par le nombre total de familles.

$$\frac{1 \times 4\,525 + 2 \times 3\,551 + 3 \times 1\,364 + 4 \times 413 + 5 \times 102 + 6 \times 45}{4\,525 + 3\,551 + 1\,364 + 413 + 102 + 45} = \frac{18\,151}{10\,000} = 1{,}8151$$

Le nombre moyen d'enfants par famille est d'environ 1,8.

Savoir-faire

Apprends à l'aide des exercices résolus puis entraine-toi !

2 Calculer une moyenne

5 Mattéo part en colonie de vacances faire un stage de surf. Voici la répartition des enfants du groupe en fonction de leur âge.

Âge (en années)	10	11	12	13	14	15
Effectif	5	7	4	3	4	2

1. Quelles sont les données de cette série statistique ? Interpréter ces résultats par une phrase.
2. Quel est l'effectif total de cette série ? Traduire ce résultat par une phrase.
3. Quelle est la fréquence de la donnée 12 exprimée en % ? Traduire ce résultat par une phrase.

Solution

1. Les différentes données de la série sont 10 ; 11 ; 12 ; 13 ; 14 ; 15. Les enfants inscrits pour cette colonie ont 10, 11, 12, 13, 14 ou 15 ans.
2. $5+7+4+3+4+2=25$
25 enfants participent à cette colonie.

◀ L'effectif total est égal à la somme de tous les effectifs.

3. Il y a 4 enfants sur 25 qui ont 12 ans, donc la fréquence de la donnée 12 est $\frac{4}{25}=0{,}16=\frac{16}{100}$.
16 % des enfants inscrits à ce stage ont 12 ans.

◀ $\text{Fréquence}=\frac{\text{effectif}}{\text{effectif total}}$

À toi de jouer

6 Lors d'un entrainement d'athlétisme, on a relevé le nombre de tours de piste effectués par les coureurs.

Nombre de tours	3	4	5	6	7	8
Effectif	2	3	6	4	3	2

1. Quelles sont les valeurs prises par cette série statistique ? Interpréter ce résultat par une phrase.
2. Quel est l'effectif total de cette série ? Traduire ce résultat par une phrase.
3. Quelle est la fréquence en pourcentage de la donnée 6 ? Traduire ce résultat par une phrase.

→ Corrigé p. 316

7 On reprend les données de l'exercice **5**. Quel est l'âge moyen des enfants participant à la colonie de vacances ?

Solution

$$\frac{5\times10+7\times11+4\times12+3\times13+4\times14+2\times15}{25}=12$$

La moyenne d'âge des enfants est 12 ans.

◀ On ajoute l'âge de tous les enfants : 5 enfants ont 10 ans, 7 ont 11 ans… sur 25 enfants au total.

À toi de jouer

8 On reprend les données de l'exercice **6**. Calculer le nombre moyen de tours effectués par un coureur.

9 À la pâtisserie, Paul achète 3 tartelettes aux pommes à 2,10 € pièce, 6 éclairs à 2,30 € pièce et 2 choux à la crème à 2,20 € pièce.
• Quel est le prix moyen d'un gâteau ?

10 Lors de son examen au conservatoire, Lucile a obtenu les notes suivantes : 15 en solfège (coefficient 2), 18 en piano (coefficient 4), 14 en histoire de la musique (coefficient 1).
• Quelle moyenne a-t-elle obtenue à son examen ?

→ Corrigé p. 316

Cours

3 Déterminer une médiane

Définition

Dans une série ordonnée de données numériques, on appelle **médiane** un nombre qui partage cette série en deux séries de même effectif.

Méthode

Pour déterminer une médiane :

- On range les données de la série par ordre croissant.
- On cherche un nombre qui partage la série en deux séries de même effectif.

Exemple 1

L'effectif de la série est impair.

La médiane est une donnée de la série.

8 11 12 (13) 15 17 19

3 données — médiane — 3 données

La médiane de cette série est 13.
Cela signifie qu'il y a autant de données inférieures ou égales à 13 que de données supérieures ou égales à 13.

Exemple 2

L'effectif de la série est pair.

La médiane se trouve entre deux données de la série.

2 7 10 ↑ 11 14 19

3 données — médiane — 3 données

Tout nombre compris entre 10 et 11 partage la série en deux séries de même effectif.
En pratique, on prend pour médiane la valeur centrale.
Dans cet exemple, on prend donc pour médiane 10,5. Cela signifie qu'il y a autant de données inférieures à 10,5 que de données supérieures à 10,5.

Remarques

- La médiane ne dépend pas des données extrêmes de la série : dans les deux exemples précédents, si on remplace la donnée 19 par 100, la médiane reste la même.
- Calculer une médiane nécessite de trier les données d'une série, ce qui peut être long quand une série comporte un grand nombre de données.

On utilise alors généralement la fonction « MEDIANE » d'un tableur comme ci-dessous ou une calculatrice (voir p. 167).

	A	B	C	D	E	F	G	H	I	J	K	L	M	N	O	P	Q	R	S	T	U
1	**Série**	3	5	1	23	14	8	2	25	35	17	7	11	15	8	25	24	33	13	7	6
2	**Médiane**	12																			

Savoir-faire

Apprends à l'aide des exercices résolus puis entraine-toi !

3 Déterminer une médiane

11 On a relevé les tailles en mètres des 11 joueurs de l'équipe de France de football qui étaient sur la pelouse lors du coup d'envoi de la finale de la coupe du monde en 2018 :

1,88 1,91 1,75 1,78 1,82 1,84 1,86 1,91 1,68 1,92 1,75

• Déterminer la taille médiane de ces joueurs puis interpréter le résultat.

Solution

Il y a 11 données, on est dans le cas où l'effectif est impair. On classe les données de la série dans l'ordre croissant.

1,68 1,75 1,75 1,78 1,82 (1,84) 1,86 1,88 1,91 1,91 1,92

5 données — médiane — 5 données

La médiane correspond à la 6e donnée de la série classée dans l'ordre croissant. La taille médiane est donc 1,84 m. Cela signifie qu'il y a autant de joueurs dont la taille est inférieure ou égale à 1,84 m que de joueurs dont la taille est supérieure ou égale à 1,84 m.

À toi de jouer

12 On a relevé l'âge des 23 joueurs sélectionnés pour la coupe du monde de football 2018 :

31 33 25 22 22 23 22 32 25 24 25 27 31 28 25 23 21 24 31 27 22 19 25

• Déterminer l'âge médian de ces joueurs et interpréter le résultat.

→ Corrigé p. 316

13 On a demandé à 10 élèves le nombre de chansons qu'ils avaient téléchargées sur leur téléphone durant le mois écoulé. Voici leurs réponses :

7 20 1 8 0 9 10 3 9 4

• Déterminer le nombre médian de chansons téléchargées et interpréter ce résultat.

Solution

Il y a 10 données, on est dans le cas où l'effectif est pair. On classe les données de la série dans l'ordre croissant.

0 1 3 4 7 ○ 8 9 9 10 20

5 données — la médiane est un nombre entre 7 et 8 — 5 données

La médiane est comprise entre la 5e et la 6e donnée de la série classée dans l'ordre croissant. On prend la donnée centrale entre 7 et 8, soit 7,5. Le nombre médian de chansons téléchargées est 7,5.
Cela signifie qu'il y a autant d'élèves qui ont téléchargé moins de 7,5 chansons que d'élèves qui ont téléchargé plus de 7,5 chansons.

À toi de jouer

14 Voici les températures maximales sur les 10 premiers jours du mois de septembre 2019 à Bordeaux :

23,3 25,2 27,5 27,7 22,9 23 20,3 22,4 22,3 21,3

• Déterminer la température médiane sur les 10 premiers jours de septembre 2019 à Bordeaux et interpréter ce résultat.

→ Corrigé p. 316

Exercices

Ressources téléchargeables

Représenter graphiquement des données

➜ **Savoir-faire** p. 169

QUESTIONS FLASH

15 50 logements sont notés par des locataires en leur attribuant un nombre d'étoiles. On représente leur répartition dans le graphique suivant.

Répartition des hébergements selon leur nombre d'étoiles

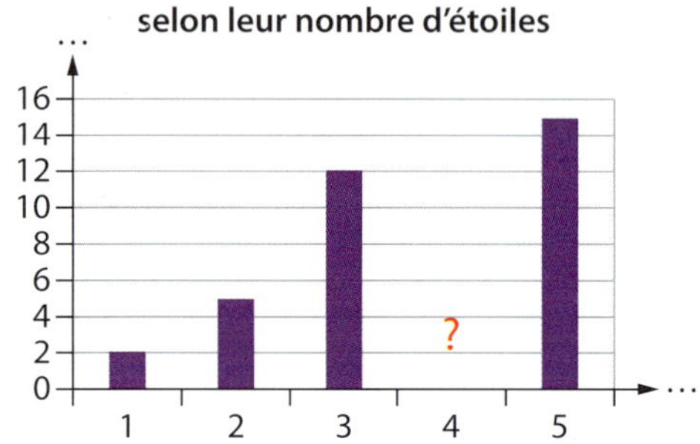

1. Comment se nomme ce type de graphique ?
2. Que doit-on écrire à la place des pointillés au bout des axes du graphique ?
3. Quel est le nombre maximal d'étoiles attribuées ?
4. Combien d'hébergements ont obtenu 3 étoiles ?
5. Quelle doit être la hauteur du bâton correspondant aux hébergements ayant obtenu 4 étoiles ?

16 Dans un diagramme semi-circulaire, à quelles mesures d'angles correspondent les pourcentages suivants : 50 % ? 10 % ? 30 % ?

17 Le graphique ci-dessous représente la répartition des émissions de gaz à effet de serre selon le mode de transport dans l'Union européenne.

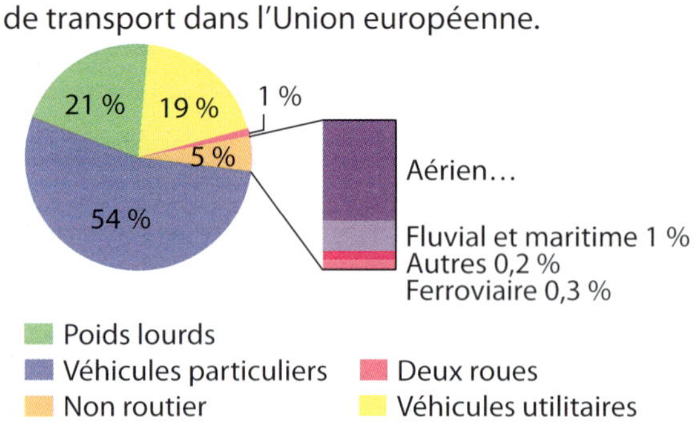

Source : Citepa 2017

1. Quelle est la part des véhicules particuliers dans les émissions de gaz à effet de serre des transports dans l'Union européenne ?
2. Quelle est la part du transport aérien dans les émissions de gaz à effet de serre des transports dans l'Union européenne ?

Questions flash supplémentaires

18 On donne ci-dessous la répartition des fermes bio en France.

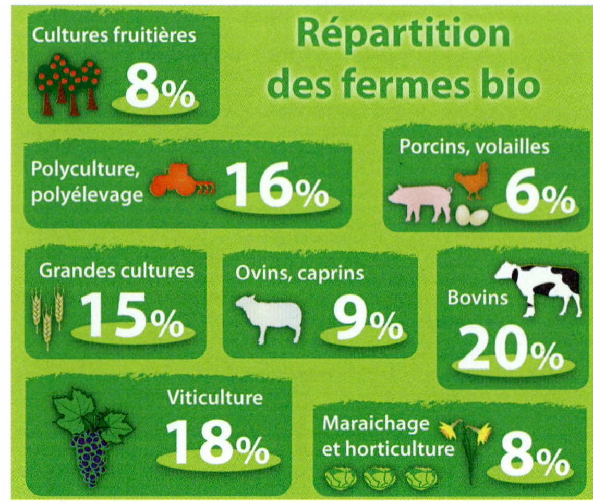

• Représenter cette répartition par un diagramme en bâtons.

19 Ce graphique représente l'évolution de la présence de la loutre dans les départements français.

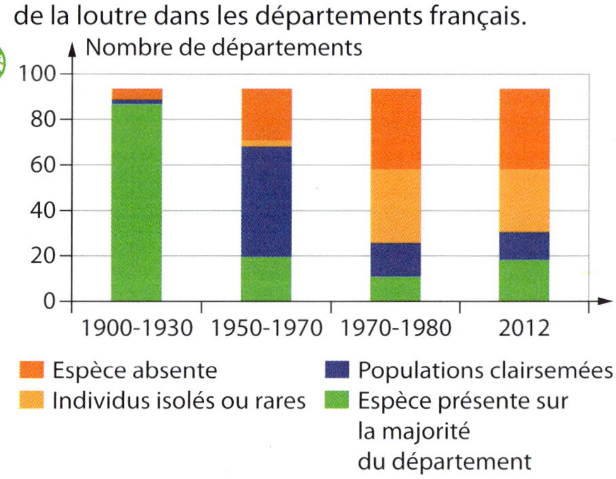

Source : statistiques.developpement-durable.gouv.fr

1. Dans combien de départements la loutre est-elle absente en 2012 ?
2. Dans combien de départements la loutre est-elle présente sur la majorité du département entre 1970 et 1980 ?
3. Commenter en quelques mots l'évolution de la présence de la loutre entre 1900 et 2012.

20 Voici un diagramme semi-circulaire représentant la répartition des lieux de vacances préférés d'un groupe d'élèves :

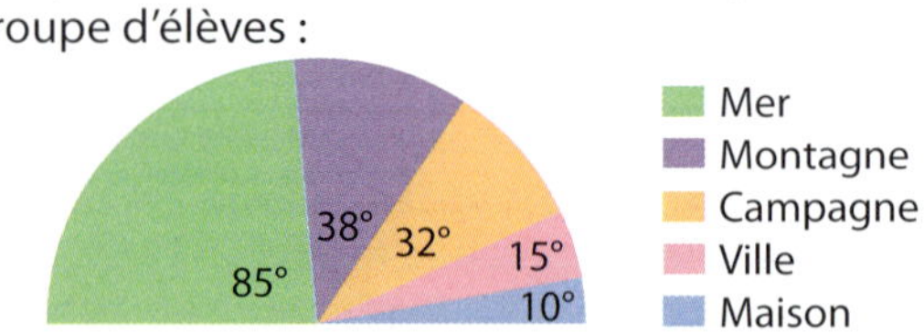

• Quel est le pourcentage d'élèves qui préfèrent passer des vacances à la mer ? Arrondir à l'unité près.

21 Emma a relevé les informations données par son baromètre au mois de septembre.

• Construire un diagramme circulaire correspondant à ce relevé.

25 **Vrai ou faux ?**

On considère la série suivante.

Valeur	5	6	8
Effectif	4	2	2

1. L'effectif total de cette série est 19.

2. La fréquence de la donnée 8 est $\frac{8}{2}$.

3. La fréquence de la donnée 5 est 0,5.

4. La moyenne de cette série est inférieure à 8.

5. La moyenne de cette série est 8,5.

Questions flash supplémentaires

MODE EXPERT

22 Dans le tableau ci-dessous, on a noté la répartition du cout moyen de l'énergie selon le type de chauffage en 2015.

Type de chauffage	Cout de l'énergie de chauffage	Cout de l'énergie hors chauffage
Gaz de ville	850	500
Électricité	1 100	100
Fioul	1 100	800
Bois	450	1 000

• Représenter l'ensemble de ces données à l'aide d'un seul diagramme en bâtons.

26 Roméo a demandé à ses camarades de classe le nombre de frères et sœurs que chacun avait. Voici les données qu'il a relevées :

2 1 2 4 1 0 1 1 0 2 3 1 0 1 2

1. Construire un tableau permettant de regrouper ces résultats.

2. Calculer le pourcentage de camarades de Roméo ayant 2 frères et sœurs.

3. Calculer le pourcentage de camarades de Roméo ayant au moins 2 frères et sœurs.

4. Calculer la moyenne de cette série statistique de deux façons différentes.

27 On a relevé la pointure de chaussure des 20 élèves d'une classe de maternelle.

Valeur	25	26	27	28	29	30	Total
Effectif	1	4		5	3		20
Fréquence			0,3				

1. Quelles sont les données de cette série statistique ?

2. Recopier et compléter le tableau ci-dessus.

3. La fréquence de la donnée 27 est 0,3 : rédiger une phrase pour traduire ce résultat.

4. Oihan affirme que la moyenne de cette série est 26. A-t-il raison ?

Calculer une moyenne

→ Savoir-faire p. 171

QUESTIONS FLASH

23 Voici un échantillon de solides :

Recopier et compléter le tableau suivant.

Solide	Cylindre	Pyramide	Boule
Effectif	...	...	...
Fréquence (en %)	...	...	...

24 Calculer la moyenne de chacune des séries suivantes.

a.	6	3	7	5	4	
b.	20	14	15	11		
c.	8	4	5	7	6	9

28 À la sortie d'un TGV Paris-Lyon, on interroge des passagers sur le tarif de leur trajet.

Le tableau ci-dessous donne la répartition des passagers interrogés selon le prix de leur billet.

Prix du billet (en €)	25	38	40	41	65
Effectif	14	12	25	32	27

1. Combien de passagers ont été interrogés ?

2. Calculer le prix moyen d'un billet sur ce trajet.

3. Quel est le pourcentage de billets à 40 € arrondi à l'unité près ?

4. Peut-on affirmer que 50 % des billets coutent au moins 40 € ?

29 Voici les notes sur 20 obtenues par Haïzé ce trimestre :

12 (coefficient 2) 15 (coefficient 1)

9 (coefficient 2) 15 (coefficient 1)

• Quelle est sa moyenne trimestrielle ?

Exercices

30 Une piscine municipale pratique trois tarifs : 2 €, 4 € et 5 €. Voici la répartition des recettes d'une journée :

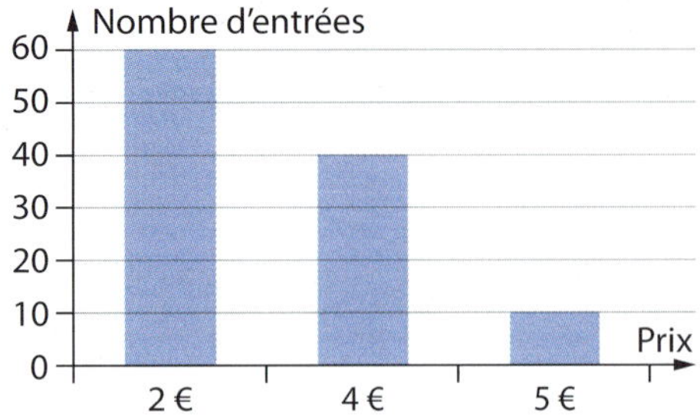

1. Les entrées à 2 € représentent-elles plus de la moitié du nombre d'entrées ?
2. Quelle est la recette moyenne par entrée ?

31 On donne la série statistique suivante.

24 35 28 …

• Trouver la dernière donnée pour que la moyenne soit 30.

32 Lola et Zoé ont demandé à chaque élève de leur classe le nombre d'applications qu'ils ont utilisées la veille. Elles ont organisé les réponses dans le tableau ci-dessous :

Nombre d'applications	0	1	2	3	4	5
Nombre d'élèves	6	5	3	3	2	3

Elles veulent calculer le nombre moyen d'applications utilisées. Voici leurs calculs :

Lola :
$$\frac{0\times6+1\times5+2\times3+3\times3+4\times2+5\times3}{15}$$

Zoé :
$$\frac{0\times6+1\times5+2\times3+3\times3+4\times2+5\times3}{5+3+3+2+3}$$

• Quelles erreurs ont été commises ?

33 Voici un relevé de températures en °C :

9 ; 12 ; 12 ; 12 ; 9 ; 13 ; 12 ; 13 ; 12 ; 12

Luc a tapé la séquence suivante sur sa calculatrice pour calculer la température moyenne :

$$2\times9+6\times12+2\times13\div10$$

• A-t-il tapé la bonne séquence ? Justifier.

MODE EXPERT

34 Voilà les 4 premières notes de Tom en technologie ce trimestre : 12 17 14 13

• Quelle note doit-il avoir à son dernier devoir pour que sa moyenne augmente de 1 point ?

Déterminer une médiane

➜ Savoir-faire p. 173

QUESTIONS FLASH

35 Quelle est la médiane de chacune des séries statistiques suivantes ?
a. 7 15 18 20 21
b. 45 46 50 53

36 **1.** Donner une série de 7 données dont la médiane est 12.
2. Donner une série de 8 données dont la médiane est 9 sachant que 9 n'appartient pas à la série.

37 **Vrai ou faux ?**
a. La médiane d'une série est toujours égale à l'une des données de cette série.
b. Dans une série de 7 données, la médiane est la 4e valeur.
c. La médiane et la moyenne d'une série peuvent être égales.
d. Si on augmente la donnée maximale d'une série statistique, alors la médiane augmente aussi.

38 Chaque année, une association organise une exposition de céramique. Voici les résultats de la fréquentation de la première semaine de l'exposition.

Jour	L	Ma	Me	J	V	S	D
Effectif	12	8	9	14	6	28	23

1. Peut-on affirmer que plus de la moitié des visites ont eu lieu le weekend ?
2. Plus d'un quart des visites ont eu lieu le même jour. Lequel ?
3. À partir de quel jour au moins un quart des visites ont-elles déjà eu lieu ?

Questions flash supplémentaires

39 Voici les prix en euros de onze bracelets exposés dans la vitrine d'une bijouterie :

99 37 42 56 49 88 105 79 109 269 99

• Déterminer le prix médian d'un bracelet et interpréter ce résultat.

40 Dans un aéroport, voici le nombre de valises enregistrées en soute par chacune des quatorze familles interrogées :

3 2 2 1 2 3 1 2 4 3 0 5 4 3

• Déterminer la médiane de cette série et interpréter ce résultat.

41 **1.** Écrire une série de 13 données différentes dont la médiane est 5.
2. Écrire une série de 8 données différentes dont la médiane est 11.

42 Voici les températures moyennes mensuelles de l'eau de mer à Majorque pour l'année 2015 :

Mois	J	F	M	A	M	J	J	A	S	O	N	D
T (en °C)	14	13	14	15	17	21	24	25	24	21	18	15

• Déterminer la médiane de cette série et interpréter ce résultat.

43 Ousmane doit déterminer l'âge médian des équipiers d'un voilier. Voici les données qu'il a relevées :

Âge des équipiers	18	20	22	27	30
Nombre d'équipiers	2	5	1	3	1

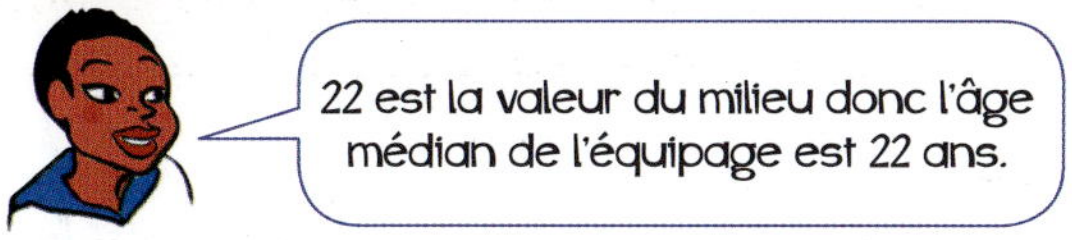

• A-t-il raison ? Sinon expliquer son erreur et donner la bonne réponse.

44 Ce diagramme en bâtons représente la répartition des notes des élèves d'une classe de 4e lors d'un devoir de mathématiques :

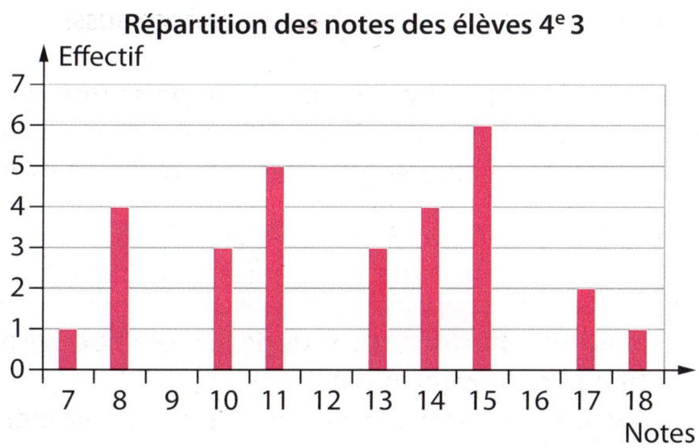

• Déterminer la médiane de cette série statistique. Interpréter ce résultat

45 Voici une série statistique de 13 données :
25 ; 23 ; 15 ; 15 ; 13 ; 10 ; 23 ; 24 ; 13 ; 14 ; 19 ; 12 ; 11
• Téa annonce que la médiane de cette série est 23. Quelle erreur a-t-elle commise ?

46 On a posé la question suivante aux élèves d'une classe de 4e : « En moyenne, combien de fois par mois vas-tu au cinéma ? ». On a obtenu les réponses suivantes.

Nombre de séances	0	1	2	3	4
Effectif	9	5	8	1	2

• Déterminer le nombre médian de séances de cinéma. Interpréter ce résultat.

47 Voici la liste des prix en euros relevés sur la carte du restaurant « À la bonne fourchette ».

Entrées : 12,5 ; 8,50 ; 9 ; 12 ; 14 ; 9,5 ; 10 ; 10
Plats : 14 ; 22,50 ; 19 ; 18,50 ; 19 ; 21 ; 30 ; 22,50 ; 19 ; 19 ; 19 ; 22,50 ; 17,50 ; 14 ; 18,50
Desserts : 13 ; 9 ; 7,50 ; 9,50 ; 4,50 ; 5

1. Déterminer et interpréter le prix médian :
a. des entrées ;
b. des plats ;
c. des desserts.
2. Le chef ajoute à la carte 2 plats, un à 13 € et un autre à 32 €. Cela va-t-il changer le prix médian des plats ?

48 Un biologiste a réalisé une étude sur la taille des souris utilisées dans son laboratoire après un traitement.

Taille (en cm)	8	9	10	11	12	13	15
Effectif	20	45	37	29	17	34	16

• En utilisant la calculatrice, déterminer la taille médiane des souris de ce laboratoire après le traitement. Interpréter ce résultat.

MODE EXPERT

49 Les élèves d'une classe de terminale *production aquacole* du lycée de la mer de Gujan Mestras, près du bassin d'Arcachon, ont noté la taille des bars de 1 an élevés dans leurs bassins.

Taille (en cm)	8	9	10	11	12
Effectif	43	61	93	118	85

• Déterminer sans calculatrice la taille médiane des bars de 1 an élevés au lycée de la mer de Gujan Mestras. Interpréter ce résultat.

50 Une compétition de savate est réservée aux minimes, cadets et juniors. Voici un diagramme représentant la répartition par âge lors de cette compétition.

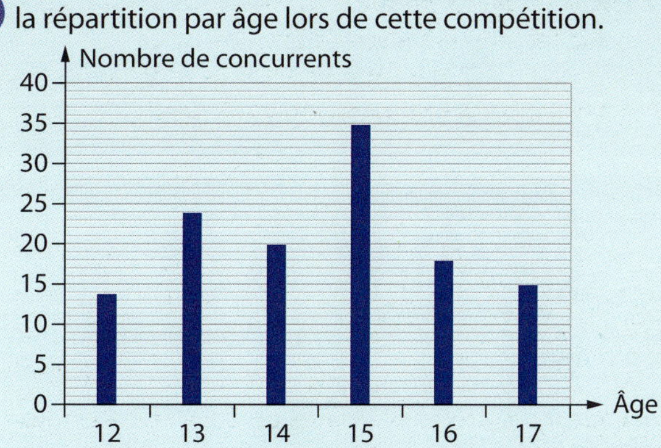

• Déterminer sans calculatrice l'âge médian des concurrents.

Faire le point

Version interactive du QCM

Vérifie tes connaissances.

QCM

Donner la ou les bonnes réponses parmi les trois proposées.

1 Représenter graphiquement des données

	Réponse A	Réponse B	Réponse C
1. Quel ou quels diagrammes représentent cette répartition ? Données : 2 ; 4 ; 5 ; 7 Effectif : 2 ; 5 ; 3 ; 10		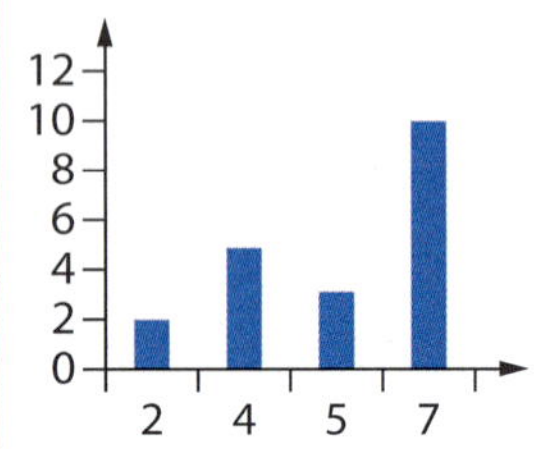	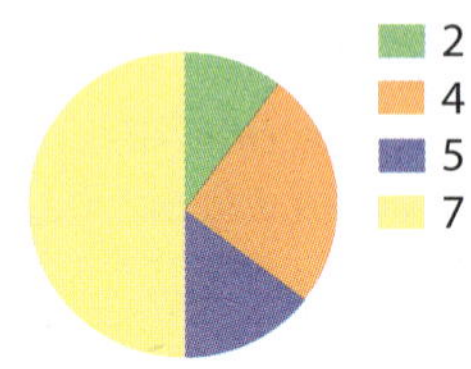

Données	2	4	5	7
Effectif	2	5	3	10

2 Calculer une moyenne

	Réponse A	Réponse B	Réponse C
1. Dans une série statistique de 25 données, la fréquence de la donnée 12 est 0,4. Quel est l'effectif de cette donnée ?	10	4,8	12
2. Un élève a lancé un javelot 6 fois à 28 m, 3 fois à 30 m et 1 fois à 32 m. La distance moyenne d'un lancer est :	27 m	29 m	30 m

3 Déterminer une médiane

	Réponse A	Réponse B	Réponse C
1. Le salaire médian d'une entreprise est 1 775 €. On peut affirmer que :	Au moins un salarié a un salaire égal à 1 775 €.	Au moins 50 % des salariés ont un salaire supérieur ou égal à 1 775 €.	Au moins 50 % des salariés ont un salaire inférieur ou égal à 1 775 €.
2. La médiane de la série 55 ; 53 ; 67 ; 48 ; 32 est :	51	53	67
3. La médiane de la série 35 ; 25 ; 28 ; 30 est :	26,5	29	30

→ Corrigé p. 316

Carte mentale

Ressource téléchargeable

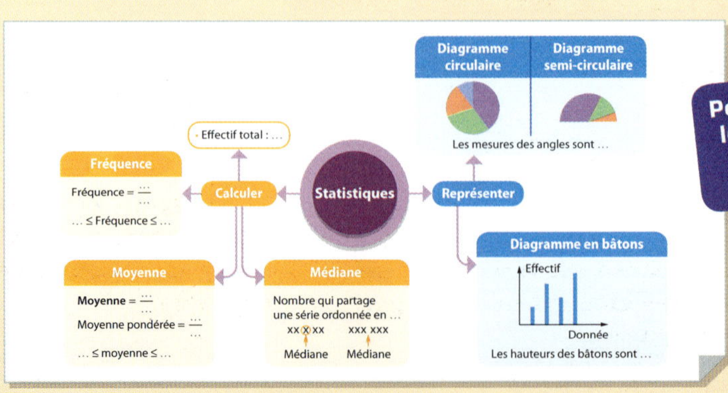

Pour t'aider à retenir le cours, télécharge et complète cette carte mentale.

Algorithmique et outils numériques

51 Sondage

Anna souhaite sonder les élèves de sa classe pour connaitre les types de transports qu'ils utilisent pour venir au collège.
Voici le début de son script :

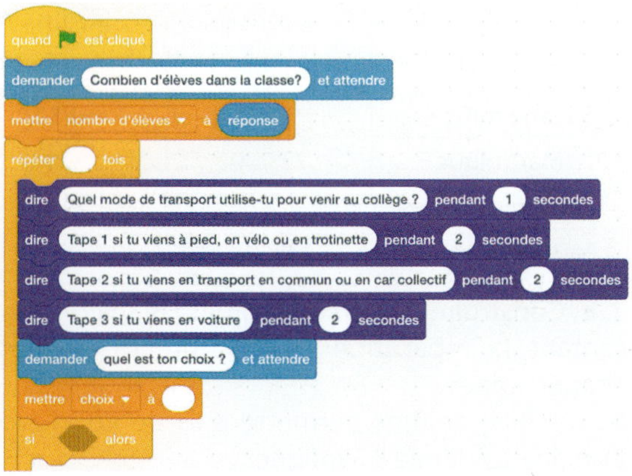

• Compléter son script pour qu'il affiche la répartition en pourcentage de chacun des modes de transport.

52 Restaurant

Un restaurateur propose le midi, du lundi au vendredi, des formules différentes :

Plat : 9,90 €
Entrée + plat ou plat + dessert : 11,80 €
Entrée + plat + dessert : 13,50 €

1. Il veut calculer sa recette de midi pour cette semaine. Pour cela, il utilise un tableur.
Reproduire cette feuille de calcul dans un tableur :

	A	B	C	D	E	F
1	Formule	9,9	11,8	13,5		
2	Quantité	50	115	72		
3	Total (en €)					
4						
5	Recette de midi					
6	Prix moyen					

a. Dans la cellule F2, il entre « =somme(B2:D2) ». Quel nombre apparait ? Que représente ce nombre ?
b. Quelle formule peut-il entrer dans la cellule B3, puis recopier cette formule en C3 et D3.
c. Comment faire pour obtenir, dans la cellule B5, la recette du midi ?
2. a. Le restaurateur voudrait également connaitre le prix moyen d'un repas dans son restaurant.
Quelle formule peut-il entrer dans la cellule B6 ?
b. Il trouve que ce prix est un peu élevé. À quel tarif aurait-il dû proposer ses formules pour que ce prix moyen soit d'environ 11,50 € ?

Tu peux faire des essais successifs.

c. En appliquant ces nouveaux tarifs la semaine suivante, le restaurateur peut-il être certain que le prix moyen du repas sera de 11,50 € ?

53 Consommation électrique

Quentin voudrait connaitre la consommation des appareils électriques dans son appartement.

Appareil électrique	Puissance (en W)
Télévision	200
Ordinateur	100
Imprimante	800
Radio-réveil	15
Éclairage	60
Chargeur	5

1. a. Calculer la puissance moyenne de ces six appareils.
b. Déterminer la puissance médiane et en donner la signification.
2. Quentin se rappelle de la formule vue en cours de physique : $E = P \times t$ où E est l'énergie en Joules, P la puissance en Watts et t la durée d'utilisation en heures.
Il décide de calculer l'énergie consommée par tous ses appareils au cours d'une journée à l'aide d'un tableur.

	A	B	C	D	E
1	Appareil	Puissance (en W)	Durée (en h)	Énergie (en J)	Proportion énergies consommées (en %)
2	Télévision	200	3		
3	Ordinateur	100	2		
4	Imprimante	800	0,1		
5	Radio-réveil	15	0,2		
6	Éclairage	60	4		
7	Chargeur	5	0,5		

a. Recopier cette feuille de calcul.
b. Entrer des formules appropriées dans les cellules D2 et E2, puis les recopier vers le bas.
3. a. À l'aide de l'assistant graphique du tableur, représenter par un diagramme circulaire la répartition des énergies consommées en faisant apparaitre les pourcentages.
b. Rédiger un commentaire de quelques lignes sur ce diagramme.

54 Le temps du déjeuner

Les réponses à la question « Combien de temps consacrez-vous à votre repas de midi ? » sont inscrites ci-dessous sur la feuille de calcul d'un tableur. Le temps moyen des personnes interrogées est 27,4 min.

	A	B	C	D	E	F	G	H
1	Temps (en min)	5	15	25	35		Effectif total	Temps moyen (en min)
2	Effectif	1	2	12				27,4

1. Combien de personnes prennent 35 minutes pour déjeuner ?
2. Représenter ces réponses par un diagramme en bâtons à l'aide de l'assistant graphique du tableur.
3. Rédiger un commentaire de quelques lignes sur ce graphique.

Problèmes

ceinture jaune — ceinture verte — ceinture noire

55 Déchets consommables

Représenter, Chercher, Calculer

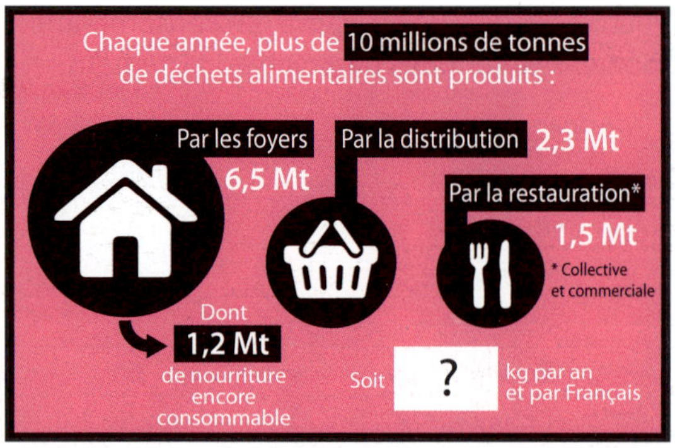

Source : Ministère de l'Agriculture

La population française est d'environ 67 millions.

1. Représenter ce schéma à l'aide d'un diagramme en bâtons.

2. Calculer la moyenne par Français de déchets qui pourraient être consommés au lieu d'être jetés en une année.

56 Consommation d'eau

Représenter

En très grande majorité, nous nous servons de l'eau du robinet pour notre hygiène et le nettoyage de notre foyer. Chaque personne consomme ainsi, en moyenne, 137 litres par jour, répartis entre la douche (49 litres), la chasse d'eau (25 litres), la lessive (25 litres), la vaisselle (12 litres), le ménage (8 litres) et l'arrosage des plantes (8 litres). Les 10 litres restants sont utilisés pour la préparation des repas (9 litres) et pour la boisson (1 litre).

Ces données ne tiennent pas compte des 63 L qui correspondent aux consommations collectives auxquelles chacun participe : écoles, hôpitaux, milieu professionnel, etc.

1. Construire un diagramme circulaire montrant la répartition d'utilisation de l'eau du robinet par une personne au cours d'une journée.

2. Est-il exact que le volume d'eau utilisé pour la douche représente environ 25 % de notre consommation d'eau ?

57 Tea drinking

Calculer

According to a 2013 survey, British people, who are 64,1 million inhabitants, drink 60,2 billion cups of tea a year.

• Calculate the average number of cups drunk every day and then the average number of cups one person drinks every day.

58 Chikungunya

Représenter, Communiquer

Une épidémie de chikungunya, une maladie infectieuse transmise par un moustique, a frappé les Antilles et la Guyane en 2014 et 2015.

Département	Nombre de cas en 2014	Nombre de cas en 2015
Guadeloupe	81 200	150
Guyane française	9 050	5 830
Martinique	72 200	320
Saint-Barthélemy	1 393	317
Saint-Martin (FR)	4 830	600

1. a. Construire deux diagrammes circulaires représentant la répartition du nombre de cas pour chaque année.

b. Ces diagrammes permettent-ils de voir l'évolution de l'épidémie ? Expliquer.

2. a. Sur un même diagramme en bâtons, représenter la répartition du nombre de cas pour chaque année.

b. Expliquer pourquoi un tel diagramme est pertinent.

59 Salaires

Raisonner, Calculer, Communiquer

Voici les salaires mensuels nets en € pour chacun des sept employés de deux PME :

PME A : 1 231 1 231 1 360 1 420 2 630 3 021 5 620

PME B : 1 859 1 950 2 050 2 359 2 668 2 768 2 859

1. Calculer la moyenne et la médiane des salaires pour chaque PME.

2. En France, selon une étude de l'INSEE, le salaire net mensuel médian s'élevait à 1 789 € en 2016. Quant au salaire net moyen, il atteignait 2 238 €.
Comment expliquer cette différence ?

60 Lecteurs

Modéliser, Calculer, Communiquer

On a demandé à un groupe de personnes :
« Combien de livres avez-vous lus lors de ces douze derniers mois ? »
Voici le diagramme circulaire qui illustre leurs réponses :

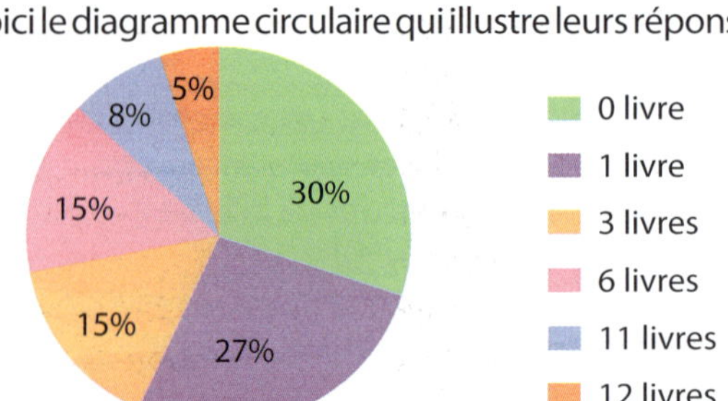

1. Quel est le nombre moyen de livres lus par personne dans ce groupe ?

2. Quel est le nombre minimum de livres lus par la moitié des personnes interrogées ?

61 Sondage

Calculer, Communiquer

Jules et Elsa posent à 20 personnes la question suivante : « As-tu un animal de compagnie ? »
Ils souhaitent réaliser un script qui affiche le pourcentage de personnes qui ont répondu oui.

1. Comment peut-on compléter leur script ?

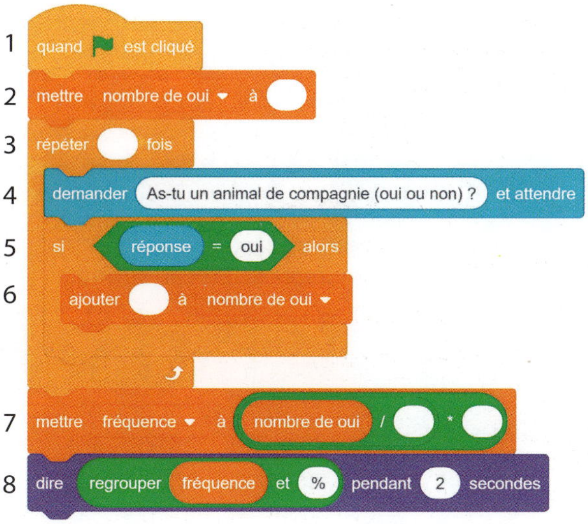

2. 15 personnes ont répondu « oui ». Quelle valeur est affichée ?

62 SMS

Modéliser, Calculer, Communiquer

On demande à certains élèves des classes de 4e B et 4e C du collège Jean Cocteau de compter le nombre de SMS qu'ils ont envoyé pendant un week-end.
Le lundi on récupère les résultats dans un tableur.

	A	B	C	D	E	F	G	H	I	J	K	L	M	N	O	P	Q
1	Classe	Nombres de SMS envoyés													Total	Moyenne	Médiane
2	4B	67	0	9	0	6	5	19	12	15	0	21	7	34	195	15	9
3	4C	12	1	6	20	0	16	18	1	3	33				110	11	9

1. Paul affirme que la moitié des élèves interrogés en 4e C ont envoyé plus de 12 SMS. A-t-il raison ?

2. Parmi les formules suivantes, choisir celle(s) que l'on peut écrire dans la cellule O2 puis recopier vers le bas.

=67+0+9+0+6+5+19+12+15+0+21+7+34

=B2+N2

=SOMME(B2:N2)

=B2+C2+D2+E2+F2+G2+H2+I2+J2+K2+L2+M2+N2

3. Quelles formules ont pu être écrites dans les cellules P2 et Q2 du tableur ?

4. Calculer le nombre moyen de SMS envoyés pendant le week-end par l'ensemble de ces élèves de 4e.

5. Calculer le nombre médian de SMS envoyés pendant le week-end par l'ensemble de ces élèves de 4e.

63 Trop lourds ?

Représenter, Calculer

Dans un collège, une enquête a été menée sur « le poids des cartables des élèves demi-pensionnaires ». Pour cela, on a pesé le cartable de 100 élèves du collège.

Les résultats de cette enquête sont représentés dans le diagramme en bâtons ci-dessous.

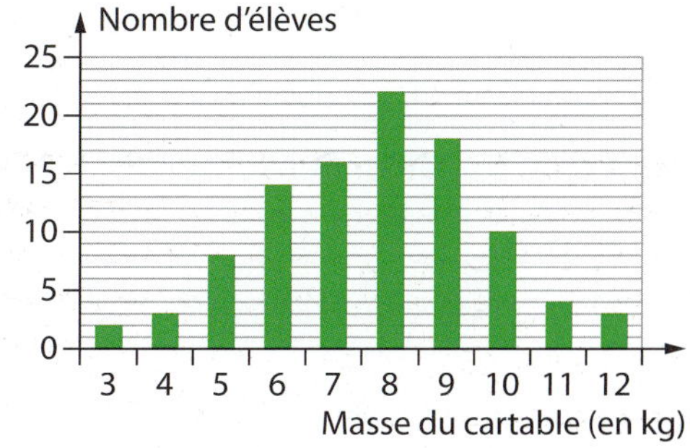

1. En utilisant le mode statistique de la calculatrice, calculer la moyenne et la médiane de cette série statistique. Interpréter les résultats.

2. Quel est le pourcentage d'élèves dont la masse du cartable est inférieure ou égale à 4 kg ?

3. Quel est le pourcentage d'élèves dont la masse du cartable est strictement supérieure à 11 kg ?

4. On décide de supprimer de la série, les données utilisées pour le calcul des pourcentages des questions **2.** et **3.** Déterminer alors les nouvelles masses moyennes et médianes de cette série. Comparer ces résultats avec les résultats de la question **1.**

64 Coefficients

Raisonner, Communiquer

Pour calculer la moyenne trimestrielle de leurs élèves, Fanny et Guillaume ont choisi différents coefficients en fonction du type d'évaluation (devoir maison, test rapide, évaluation bilan).

Fanny

Type d'évaluation	DM	Test	Bilan
Coefficient	1	2	4

Guillaume

Type d'évaluation	DM	Test	Bilan
Coefficient	0,5	1	2

Les élèves de Fanny trouvent injuste que les coefficients de leurs bilans soient plus élevés que ceux des élèves de Guillaume.

- Que penser de la réaction des élèves de Fanny ?

65 Code de la route

Raisonner, Calculer

65 candidats sur les 100 candidats présents ont réussi un test de code de la route. La moyenne de l'ensemble des candidats a été de 6. La moyenne de ceux qui ont réussi est de 8.

- Quelle est la moyenne de ceux qui ont échoué ?

Problèmes

66 Max à table !

Calculer, Communiquer

Max tient un restaurant et souhaite comptabiliser le nombre de repas servis et la recette au fur et à mesure de la soirée.
Pour cela, il a réalisé le script suivant.

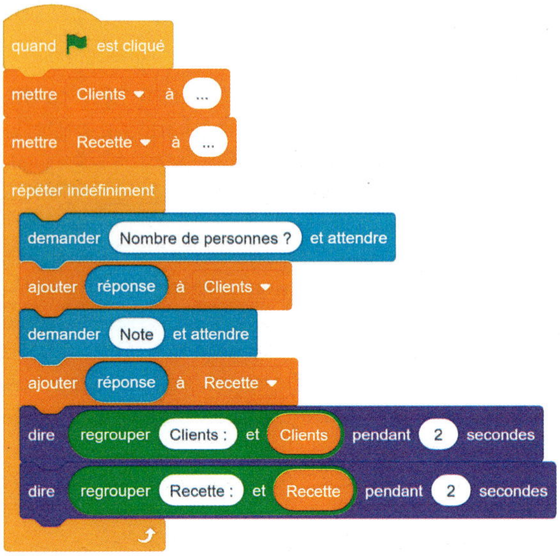

1. À quelles valeurs Max doit-il initialiser les variables Clients et Recette en début de script ?

2. Dans le tableau ci-dessous, Max a noté les informations du début de la soirée.

	Ticket 1	Ticket 2	Ticket 3	Ticket 4
Nombre de personnes	4	3	5	2
Note	86	44	72	34

a. Qu'affiche ce script après avoir saisi les informations du ticket 1 ?
b. Qu'affiche ce script après avoir saisi les informations du ticket 4 ?

3. Comment modifier ce script pour qu'il affiche aussi le prix moyen d'un repas pour une personne ?

67 Embarquement immédiat

Calculer, Communiquer

Une hôtesse de l'air fait embarquer les voyageurs dans l'ordre décroissant des prix de leur billet. Elle utilise un compteur manuel qui augmente de 1 chaque fois qu'un passager embarque.

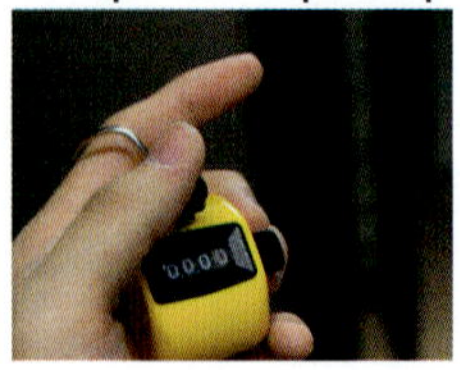

Le compteur permet d'obtenir ce qu'on appelle des « effectifs cumulés ».

1. Recopier et compléter le tableau suivant.

	Business class	Enfants en UM	Classe éco Y	Classe éco Z	Groupe scolaire
Prix par pers. (en €)	1 200	538	452	398	371
Effectif	50	12	120	100	25
Effectif cumulé	50	62			

2. Quel est l'effectif total de cette série ?
3. Déterminer le prix moyen d'un billet.
4. En utilisant la dernière ligne du tableau, déterminer le prix médian d'un billet. Interpréter ce résultat.

68 Hiti et Kalu Prise d'initiative

Raisonner, Calculer, Communiquer

Hiti et Kalu sont deux entreprises de cent salariés chacune qui ont publié les salaires nets moyens de leurs employés (en francs pacifiques).

	Entreprise Hiti		Entreprise Kalu	
	Salaire	Effectif	Salaire	Effectif
Hommes	168 000	50	180 000	20
Femmes	120 000	50	132 000	80

Ayrton affirme à sa sœur : « En moyenne, les salariés sont mieux payés chez Kalu. »
• Que peut-on en penser ?

D'après DNB Polynésie, 2010.

DÉFIS & ÉNIGMES

69 Les notes

Lilou a obtenu les notes suivantes :
16 ; 12 ; 17 ; 13 ; 5 ; 8 ; 10 ; 14 ; 9 ; 16
• Quelles sont les deux notes qu'elle pourrait enlever en ne changeant ni sa moyenne, ni sa médiane ?

70 L'âge du capitaine

Neuf matelots sont sur un bateau. L'âge moyen est de 24 ans et l'âge médian de 25 ans.
Le capitaine, qui est le plus âgé, monte à bord. L'âge moyen augmente alors de 3 ans et l'âge médian ne bouge pas.
Le plus jeune des matelots a 35 ans de moins que le capitaine et seulement deux d'entre eux ont le même âge.

1. Quel est l'âge du capitaine ?
2. Donner une liste d'âges possibles pour les matelots. Y a-t-il plusieurs possibilités ?

71 Germination
Prise d'initiative

Chercher, Raisonner, Calculer, Communiquer

Un professeur de SVT demande aux 29 élèves d'une classe de 6e de faire germer des graines de blé chez eux.

Doc. 1 Protocole de l'expérience

- Mettre les graines en culture sur du coton dans une boite placée dans une pièce éclairée (température entre 20 °C et 25 °C).
- Arroser une fois par jour.
- Possibilité de couvrir les graines avec un film transparent pour éviter l'évaporation de l'eau.

Doc. 2 Définition

Plantule : jeune plante du début de la germination jusqu'au moment où elle peut vivre par ses propres moyens.

Doc. 3 Critère de réussite de l'expérience

Taille de la plantule à 10 jours $\geqslant$ 14 cm.

Doc. 4 Relevé des tailles des plantules des élèves à 10 jours

Taille en cm	0	8	12	14	16	17	18	19	20	21	22
Effectif	1	2	2	4	2	2	3	3	4	4	2

1. Combien de plantules mesurent au plus 12 cm ?
2. Calculer la taille moyenne d'une plantule. En donner une valeur approchée au dixième.
3. Déterminer la taille médiane d'une plantule et interpréter le résultat.
4. Quel pourcentage des élèves de la classe a bien réussi l'expérience ?
5. Le professeur a également suivi le même protocole et a réussi l'expérience. Si on ajoute la donnée du professeur à cette série, que peut-on dire de la médiane ?

72 Répartition de salaires

Calculer, Communiquer

La courbe ci-dessous représente la répartition des salaires des employés d'une entreprise.

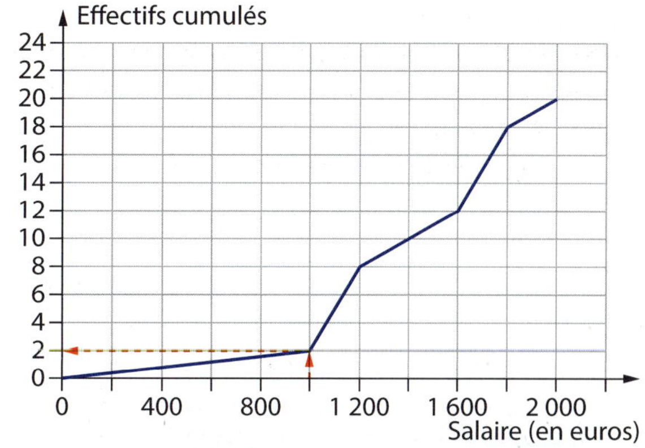

L'effectif cumulé d'une donnée est le nombre d'employés dont le salaire est inférieur ou égal à cette donnée. Par exemple, on peut lire que 2 salariés ont un salaire inférieur ou égal à 1 000 €.

1. Combien de salariés ont un salaire inférieur ou égal à 1 600 € ?
2. Combien de salariés ont un salaire compris entre 1 200 € et 1 600 € ?
3. Combien y a-t-il de salariés au total ?
4. Quel est le salaire maximal dans cette entreprise ?
5. Déterminer la médiane de cette série statistique par lecture graphique. Interpréter ce résultat.

73 L'année 1816
Prise d'initiative

Chercher, Modéliser, Représenter, Calculer, Communiquer

L'année 1816 est parfois appelée « l'année sans été ». En effectuant des recherches, expliquer pourquoi en s'appuyant sur des graphiques et indicateurs statistiques.

Voir point info p. 165.

MISSION DÉMONSTRATION

Raisonnement — Raisonnement par disjonction de cas

Raisonner par **disjonction de cas** consiste à étudier plusieurs cas différents pour chercher et rédiger la réponse, en traitant toutes les possibilités.

74 On considère la série ordonnée de notes suivante :

7 ; 8,5 ; 10,5 ; 11 ; 12 ; 12 ; 13 ; 13 ; 14,5 ; 19 ; 19 ; 19

• Que devient la médiane lorsque l'on ajoute une donnée supplémentaire à cette série ?

Tu pourras considérer les cas suivants :
- la note ajoutée est comprise entre 12 et 13 ;
- la note ajoutée est strictement inférieure à 12 ;
- la note ajoutée est strictement supérieure à 13.

75 La moyenne des trois premières notes de Silvia est 15. Elle obtient une 4e note.

• Comment évolue sa moyenne ? On pourra étudier plusieurs cas.

Travailler autrement

Utilisable en AP

À chacun son parcours !

76 Résoudre un problème

Socle D1 Je calcule et j'interprète une fréquence, une moyenne, une médiane.

Socle D2 Je sais identifier un problème, m'engager dans une démarche de résolution, mobiliser les connaissances nécessaires.

Voici les temps d'attente en minutes généralement constatés dans deux parcs d'attractions.

Parc Saturnus :

28 ; 1 ; 5 ; 16 ; 26 ; 25 ; 28 ; 30 ; 16

Parc Galaximus :

Temps d'attente (en min)	10	15	20	25	30	55
Nombre d'attractions	5	10	5	4	3	1

Questions ceinture jaune

Luc passe une journée dans le parc Saturnus.

1. Il a attendu 20 min lors de sa première attraction. Est-ce supérieur au temps d'attente moyen des attractions ?

2. Quelle est la proportion d'attractions dont le temps d'attente est supérieur à 25 min ? inférieur à 25 min ? Que peut-on en conclure ?

Questions ceinture verte

1. Quel est le temps moyen, en minutes et secondes, affiché à l'entrée du parc Galaximus ?

2. Quelle information supplémentaire apporterait l'affichage du temps d'attente médian ? Déterminer ce temps.

Question ceinture noire

• Comparer les temps d'attente de ces deux parcs. Rédiger une réponse détaillée et argumentée.

77 Analyse de documents

Socle D1 J'interprète un graphique/Je calcule et j'interprète des indicateurs statistiques.

Socle D4 J'extrais d'un document les informations utiles, je les organise.

Doc. 1 Températures moyennes à Bordeaux en 1968

Écart aux normales 1981-2010 : température moyenne −1,1 °C

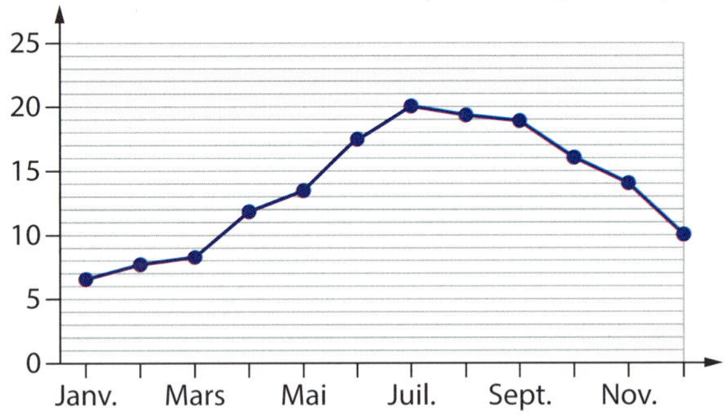

Doc. 2 Températures moyennes en °C en 2018 à Bordeaux

	Janv.	Fév.	Mars	Avr.	Mai	Juin
Temp.	9,4	5,1	9,8	14,5	16,7	21,1
	Juil.	**Aout**	**Sept.**	**Oct.**	**Nov.**	**Déc.**
Temp.	23,4	23,5	20,6	15,2	10,8	9,7

Doc. 3

La température moyenne annuelle en France en 2018, proche de 14 °C, est environ 1,4 °C au-dessus de la température moyenne de référence, calculée sur la période 1981-2010. Cet écart fait de l'année 2018 la plus chaude en France depuis au moins un siècle.

Questions ceinture jaune

1. Quelle est la température moyenne de référence en France sur la période 1981-2010 ?

2. La température moyenne annuelle à Bordeaux en 2018 est-elle supérieure à celle de la France en 2018 ?

3. Déterminer la température médiane à Bordeaux en 2018 et interpréter ce résultat.

Questions ceinture verte

1. De combien de degrés la température moyenne à Bordeaux a-t-elle augmenté entre 1968 et 2018 ?

2. Que peut-on dire de la température médiane pour ces deux années ?

3. Comparer la température moyenne à Bordeaux en 2018 à la température moyenne de référence à Bordeaux sur la période 1981-2010.

4. Conclure sur l'évolution de la température à Bordeaux entre 1968 et 2018.

Question ceinture noire

• À l'aide des documents ci-dessus, décrire l'évolution de la température à Bordeaux. Les arguments devront s'appuyer sur des graphiques et indicateurs statistiques.

9 Probabilités

TA MISSION

Apprendre à calculer des probabilités.

JEU

Le but du jeu *Puissance 4* est d'aligner 4 pions de la même couleur horizontalement, verticalement ou en diagonale. Akim a les pions rouges et Zoé a les jaunes. Ils se sont laissé déconcentrer et ne savent plus qui doit jouer au prochain tour. Pour éviter une dispute, un ami attrape un pion et le met dans le jeu au hasard.

- Qui a le plus de chances de gagner ?

POINT INFO

Le **réchauffement climatique** est un phénomène d'augmentation de la température des océans et de l'atmosphère terrestre. Plusieurs signes indirects font constater le réchauffement, comme la fonte des glaciers. Des scientifiques, sur la base de quatre hypothèses différentes, ont **modélisé** quatre scénarios RCP (pour Representative Concentration Pathway). Chaque scénario RCP donne une variante jugée **probable** du climat.

Voir problème 94 p. 203.

Activités

Prêts pour le décollage ?

QUESTIONS FLASH Questions flash supplémentaires

① Paule propose un jeu avec une pièce à son petit-fils : « Pile je gagne, Face tu perds ». Quelles sont les chances de gagner de son petit-fils ?

Pile Face

② Lilou affirme : « J'ai autant de chance de piocher une boule bleue dans les deux urnes. » Hermione lui rétorque : « Tu as tort. »

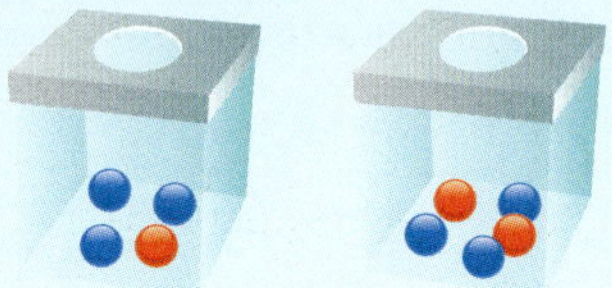

Urne 1 Urne 2

- Qui a raison ?

③ Marie affirme : « 100 % des gagnants au Loto ont tenté leur chance ! ». Que penser de son affirmation ?

④ Dans une salle de concert, il y a 34 enfants et 126 adultes. On choisit une personne au hasard dans la salle. Quelle est la probabilité qu'il s'agisse d'un enfant ?

⑤ Sachant que le bébé est un garçon, quelle est la proportion de garçons dans cette famille ?

⑥ Louis demande à sa petite-fille Camellia de choisir dans sa tête un nombre entre 1 et 10 au hasard.

Quelles sont les chances, pour Louis, de deviner du premier coup le nombre choisi ?

⑦ Camellia a écrit chaque lettre de son prénom sur des cartons et demande maintenant à son grand-père de choisir au hasard un carton.

Louis a-t-il plus de chances de tirer une consonne ou une voyelle ?

Activité 1 De la vie courante aux probabilités

1. Voici cinq évènements et cinq expressions :

Évènements	Expressions
A : Une grossesse aboutit à la naissance d'une fille. B : Une personne pèse plus de 1 000 kg. C : Des rollers ont des roues. D : À la plage, on se baigne. E : On trouve une perle dans une huitre.	1. Très fréquent 2. Une fois sur deux 3. Jamais 4. Toujours 5. Peu fréquent

Recopier le schéma ci-contre représentant des proportions de chances et placer au-dessus de chaque flèche le numéro de l'expression et la lettre d'un évènement pouvant lui être associé.

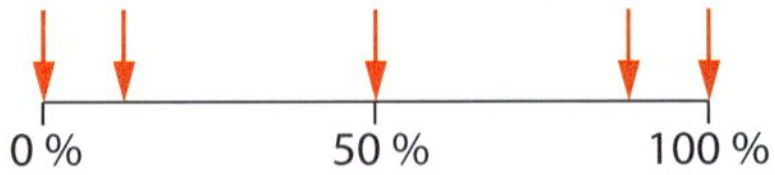

2. Voici cinq évènements et différentes façons d'exprimer la probabilité qu'ils ont de se réaliser :

Évènements	Expressions	Probabilité en langage courant	Valeur de la probabilité
A : On obtient 7 en lançant un dé cubique. B : On obtient « Face » en lançant une pièce. C : On obtient un as en tirant une carte au hasard dans un jeu de 32 cartes. D : On obtient une consonne en tirant au hasard une lettre de l'alphabet. E : Un gagnant au loto a joué au loto.	1. Impossible 2. Certain 3. Peu probable 4. Dans 50 % des cas 5. Très probable	I. Une chance sur deux II. Aucune chance III. Une chance sur huit IV. Toutes les chances V. Dix chances sur treize	• 1 • Environ 0,77 • 0 • 0,125 • 0,5

Recopier et compléter le tableau suivant.

Évènement (lettre)	Expression (numéro)	Probabilité en langage courant (chiffre romain)	Valeur de la probabilité
			0,5
		V	
E			
	3		
			0

Activité 2 Devinette

Dans une urne opaque, il y a 16 boules de trois couleurs différentes : des rouges, des bleues et des noires.

1. Ousmane sait combien il y a de boules de chaque couleur et veut le faire deviner à sa petite sœur Camellia. Pour cela, il lui donne deux indices :
– Il y a autant de boules noires que de boules rouges.
– Si je tire une boule dans l'urne, j'ai une chance sur quatre que ce soit une boule bleue.
Aider Camellia à deviner combien il y a de boules de chaque couleur.

2. Camellia ajoute deux boules noires dans l'urne et affirme : « Maintenant j'ai 50 % de chance de tirer une boule noire. » A-t-elle raison ? Expliquer pourquoi.

Activité 3 Dé non truqué

1. On lance un dé équilibré à 6 faces et on regarde le numéro du dessus.
a. Y a-t-il un numéro qui a plus de chances de sortir qu'un autre ?
b. Donner la probabilité de chaque issue.

2. Quelle serait la probabilité de chaque issue avec un dé équilibré à :
a. 10 faces ? **b.** 20 faces ? **c.** n faces ? (où n est un entier strictement positif quelconque)

3. Calculer la probabilité de chacun des évènements suivants avec un dé équilibré à 6 faces.
A : « Obtenir un numéro inférieur ou égal à 2 »
B : « Obtenir un numéro supérieur ou égal à 4 »
C : « Obtenir un numéro strictement inférieur à 5 »
D : « Obtenir un numéro pair »

Activité 4 À la carte

On dispose des cartes ci-contre. On les retourne, on mélange le jeu et on tire une carte au hasard.
On définit les évènements suivants :
A : « La carte tirée est noire »
B : « La carte tirée est un as »
C : « La carte tirée est un 9 »

1. Calculer la probabilité de chacun des évènements A, B et C.

2. On considère l'évènement : « La carte tirée n'est pas un as ». On dit que cet évènement est l'évènement contraire de B et on le note $\overline{B}$.
a. Calculer sa probabilité $p(\overline{B})$.
b. Quelle relation y a-t-il entre $p(B)$ et $p(\overline{B})$?

3. a. Décrire par une phrase les évènements $\overline{A}$ et $\overline{C}$.
b. Calculer les probabilités des évènements $\overline{A}$ et $\overline{C}$, notées $p(\overline{A})$ et $p(\overline{C})$.

Cours

1 Modéliser une expérience aléatoire

Définitions

- Selon l'issue obtenue lors d'une expérience aléatoire, un **évènement** peut être **réalisé** ou non.
- On peut décrire un évènement par une phrase ou en donnant la liste des issues qui le réalisent.

▸ Exemple

On lance un dé cubique et on observe le numéro inscrit sur la face du dessus.
Cette expérience aléatoire comporte 6 issues : 1, 2, 3, 4, 5 et 6.

Définition

Modéliser une expérience aléatoire, c'est associer une probabilité à chaque issue de sorte que :

- la **probabilité d'une issue** soit un nombre compris entre 0 et 1, qui peut s'interpréter comme la « proportion de chances » d'obtenir cette issue ;
- la somme des probabilités de toutes les issues soit égale à 1.

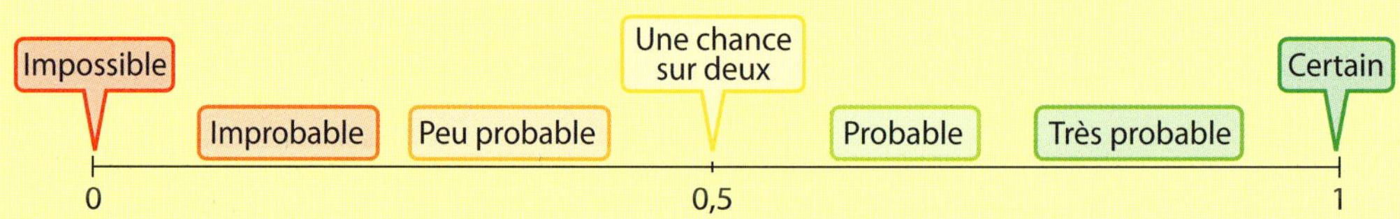

▸ Exemple

On lance une pièce équilibrée et on regarde la face du dessus. Cette expérience aléatoire comporte deux issues : « Pile » et « Face ».

La probabilité d'obtenir « Pile » est égale à $\frac{1}{2}$ (ou 0,5 ou encore 50 %). La probabilité d'obtenir « Face » est égale à $\frac{1}{2}$.

On peut exprimer une probabilité sous forme décimale, de fraction de pourcentage…

La somme des probabilités des deux issues de cette expérience aléatoire est égale à $\frac{1}{2}+\frac{1}{2}=1$.

Définition

Lorsque toutes les issues d'une expérience aléatoire ont la même probabilité, on dit que les issues sont **équiprobables**.

▸ Exemple

Lorsqu'on lance un dé cubique équilibré, chaque face a autant de chances d'être obtenue que les autres. Les issues sont donc équiprobables.

Propriété

n désigne un nombre entier positif. Si une expérience aléatoire comporte n issues équiprobables, la probabilité de chacune d'elles est égale à $\frac{1}{n}$.

→ Mission démonstration p. 203

▸ Exemple

Lorsqu'on lance un dé cubique équilibré, l'expérience aléatoire comporte 6 issues équiprobables. Chaque issue a donc une probabilité égale à $\frac{1}{6}$.

Savoir-faire

1 Modéliser une expérience aléatoire

1 On tire au hasard une boule dans l'urne ci-contre et on note sa couleur.
1. Donner la liste des issues de cette expérience aléatoire.
2. Quelle est l'issue la plus probable ?

Solution

1. Cette expérience comporte 4 issues : rouge, bleu, noir et blanc.
2. L'issue la plus probable est « blanc » car les boules blanches sont plus nombreuses que les autres.

À toi de jouer

2 On fait tourner la roue ci-dessous et on note la couleur indiquée par la flèche.
1. Donner la liste des issues de cette expérience aléatoire.
2. Quelle est l'issue la plus probable ?

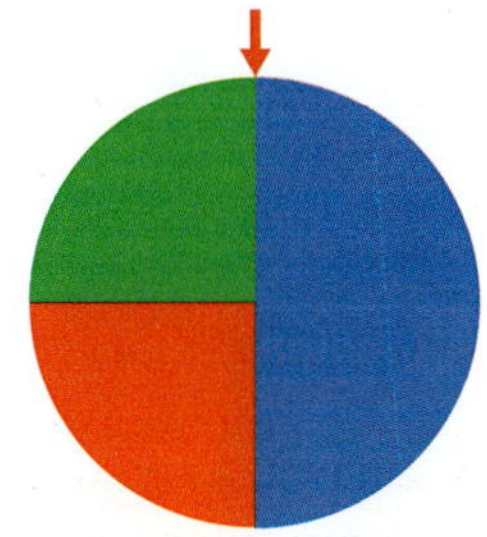

→ Corrigé p. 316

3 Une urne contient 10 boules numérotées de 0 à 9. On tire une boule au hasard et on regarde son chiffre.
1. Donner la liste des issues de cette expérience aléatoire.
2. Donner la probabilité de chacune de ces issues.

Solution

1. Cette expérience aléatoire comporte 10 issues : 0 ; 1 ; 2 ; 3 ; 4 ; 5 ; 6 ; 7 ; 8 ; 9.
2. Les 10 chiffres ont tous la même probabilité d'être obtenus.
La probabilité de chaque issue est donc égale à $\frac{1}{10}$.

À toi de jouer

4 On choisit au hasard une voyelle de l'alphabet.
1. Donner la liste des issues de cette expérience aléatoire.
2. Donner la probabilité de chacune de ces issues.

→ Corrigé p. 316

5 On lance un dé truqué à six faces pour lequel on a :

Issue	1	2	3	4	5	6
Probabilité	0,3	0,1		0,2	0,1	0,2

• Quelle est la probabilité d'obtenir le 3 ?

Solution

La somme des probabilités de toutes les issues est égale à 1.
Or $0,3 + 0,1 + 0,2 + 0,1 + 0,2 = 0,9$.
Ainsi, la probabilité d'obtenir 3 vaut : $1 - 0,9 = 0,1$ (ou $\frac{1}{10}$).

À toi de jouer

6 Dans un sac, on a des jetons noirs, rouges et verts. On tire un jeton au hasard et on observe sa couleur.
La probabilité de certaines issues est donnée dans le tableau suivant.

Issue	noir	rouge	vert
Probabilité	0,29	0,34	

• Quelle est la probabilité d'obtenir un jeton vert ?

→ Corrigé p. 316

Cours

2 Déterminer la probabilité d'un évènement

Définitions

- Un **évènement** est un ensemble d'issues. On peut le décrire par une phrase ou en donnant la liste de ses issues.
- Lors d'une expérience aléatoire, on dit qu'un évènement est **réalisé** si l'on a obtenu l'une de ses issues.

▸ Exemple

On lance un dé cubique et on observe le numéro inscrit sur la face du dessus.
Cette expérience aléatoire comporte 6 issues : 1, 2, 3, 4, 5 et 6.
On considère l'évènement « Obtenir un multiple de 3 ». On note A cet évènement.
Si on obtient l'issue 3 ou 6, on dit que l'évènement A est réalisé.
Si on obtient l'issue 1, 2, 4 ou 5, on dit que l'évènement A n'est pas réalisé.

Définition

La **probabilité d'un évènement** est égale à la somme des probabilités des issues qui le réalisent.

▸ Exemple

On lance un dé cubique truqué pour lequel, on a :

Issue	1	2	3	4	5	6
Probabilité	0,3	0,1	0,4	0,1	0,05	0,05

Les issues qui réalisent l'évènement « Obtenir un nombre impair » sont 1, 3 et 5.
$0{,}3 + 0{,}4 + 0{,}05 = 0{,}75$
La probabilité de cet évènement est donc égale à 0,75.

Propriété

La probabilité d'un évènement est un nombre compris entre 0 et 1.

Propriété

Dans une expérience aléatoire où toutes les issues sont équiprobables, la probabilité d'un évènement A, notée $P(\text{A})$, vaut :

$$P(\text{A}) = \frac{\text{nombre d'issues qui réalisent l'évènement A}}{\text{nombre total d'issues}}$$

→ Mission démonstration p. 203

▸ Exemple

On lance un dé cubique équilibré, et on note A l'évènement « Obtenir un nombre strictement supérieur à 4 ».
Le dé est équilibré donc toutes les issues sont équiprobables.
Les issues qui réalisent l'évènement A sont 5 et 6.
Il y a donc :

- 2 issues qui réalisent l'évènement A ;
- 6 issues au total.

La probabilité de l'évènement A est donc : $P(\text{A}) = \frac{2}{6} = \frac{1}{3}$

Savoir-faire

2 Déterminer la probabilité d'un évènement

7 On choisit au hasard un élève d'une classe de 4e dans un collège et on note son âge.

Âge	12 ans	13 ans	14 ans	15 ans
Probabilité	$\frac{3}{100}$	$\frac{79}{100}$	$\frac{17}{100}$	$\frac{1}{100}$

• Quelle est la probabilité de choisir un élève qui a 13 ans ou moins ?

Solution

Les issues qui réalisent l'évènement « Choisir un élève de 13 ans ou moins » sont : 12 ans et 13 ans.

$$\frac{3}{100}+\frac{79}{100}=\frac{82}{100}$$

La probabilité de cet évènement est donc égale à $\frac{82}{100}$ ou encore 0,82.

À toi de jouer

8 Dans la classe de Dimitri, on choisit un élève au hasard et on s'intéresse au nombre de frères et sœurs qu'il a.

Nombre de frères et sœurs	0	1	2	3
Probabilité	$\frac{2}{25}$	$\frac{13}{25}$	$\frac{8}{25}$	$\frac{2}{25}$

• Quelle est la probabilité de choisir un élève qui a au moins deux frères et sœurs ?

→ Corrigé p. 316

9 Un distributeur contient 30 bonbons au citron et 70 bonbons à l'orange. En mettant une pièce de 1 €, on obtient un bonbon au hasard.
• Quelle est la probabilité qu'il soit au citron ?

Solution

Il y a 100 bonbons dans ce distributeur (30 + 70). Cette expérience a donc 100 issues, chaque bonbon a la même probabilité que les autres d'être obtenu.
L'évènement A « Obtenir un bonbon au citron » est réalisé si on obtient un des 30 bonbons au citron.
Ainsi, la probabilité que le bonbon soit au citron est égale à $P(\text{A})=\frac{30}{100}=0{,}3$.

À toi de jouer

10 Dans un cellier, il y a 10 bouteilles de jus d'orange, 10 bouteilles d'eau pétillante et 10 bouteilles de soda. On prend une bouteille au hasard dans ce cellier.
• Quelle est la probabilité qu'il s'agisse d'une boisson gazeuse ?

11 Dans un placard, il y a 3 polos rouges, 2 bleus et 5 verts. On prend un polo au hasard dans ce placard.
• Quelle est la probabilité qu'il soit vert ?

→ Corrigé p. 316

12 On place 15 boules numérotées de 1 à 15 dans une urne et on tire une boule au hasard. Les boules portant un numéro pair sont vertes, celles portant un numéro impair sont rouges.
1. Quelle est la probabilité d'obtenir un multiple de 4 ?
2. Quelle est la probabilité d'obtenir une boule rouge ?

Solution

1. Il y a 15 issues équiprobables pour cette expérience et 3 issues réalisent l'évènement « Obtenir un multiple de 4 » : 4, 8 et 12.
La probabilité de cet évènement vaut donc $\frac{3}{15}=\frac{1}{5}=0{,}2$.
2. 8 boules ont un numéro impair : 1, 3, 5, 7, 9, 11, 13 et 15. La probabilité de l'évènement « Obtenir une boule rouge » vaut donc $\frac{8}{15}$.

À toi de jouer

13 On considère une urne opaque contenant les boules ci-dessous.

On regarde la couleur ainsi que la lettre inscrite sur la boule. Déterminer la probabilité d'obtenir une boule :
a. Violette
b. Avec une consonne
c. Rose avec une voyelle
d. Violette avec une lettre du mot « MATHS »

→ Corrigé p. 316

Cours

3 Utiliser des évènements contraires

Définitions

- Un évènement **impossible** est un évènement qui ne peut jamais se réaliser, quel que soit le résultat de l'expérience aléatoire.
- Un évènement **certain** est un évènement qui se réalise toujours, quel que soit le résultat de l'expérience aléatoire.

Exemples

On lance un dé à 6 faces et on regarde le numéro de la face du dessus.
- « Obtenir 7 » est un évènement impossible. Cet évènement n'est réalisé par aucune issue de l'expérience.
- « Obtenir un numéro inférieur à 10 » est un évènement certain. Lors de l'expérience aléatoire, cet évènement est réalisé quelle que soit l'issue obtenue.

Propriétés

- La probabilité d'un évènement impossible est égale à 0.
- La probabilité d'un évènement certain est égale à 1.

Définition

L'évènement **contraire** d'un évènement A est l'évènement qui se réalise chaque fois que A n'est pas réalisé : il est réalisé par toutes les issues qui ne réalisent pas l'évènement A.

Cet évènement est noté $\overline{\mathrm{A}}$.

Exemple

Au grenier se trouve un carton contenant des boules de Noël. Il y a 3 boules rouges, 2 vertes et 4 bleues. Marina monte au grenier et prend une boule au hasard dans le carton pour décorer le sapin.
L'évènement contraire de l'évènement A « Obtenir une boule bleue » est l'évènement $\overline{\mathrm{A}}$ « Ne pas obtenir une boule bleue », c'est-à-dire « Obtenir une boule rouge ou une boule verte ».

Propriété

La somme des probabilités d'un évènement et de son contraire vaut 1.

Si A désigne un évènement, $P(\mathrm{A})+P(\overline{\mathrm{A}})=1$.

Remarque

On peut en déduire que $P(\overline{\mathrm{A}})=1-P(\mathrm{A})$.

Exemple

Avec l'exemple précédent, la probabilité que Marina prenne une boule bleue est :
$P(\mathrm{A})=\dfrac{4}{3+2+4}=\dfrac{4}{9}$ donc $P(\overline{\mathrm{A}})=1-P(\mathrm{A})=\dfrac{9}{9}-\dfrac{4}{9}=\dfrac{5}{9}$

Donc la probabilité que Marina ne prenne pas une boule bleue est égale à $\dfrac{5}{9}$.

Savoir-faire

3 Utiliser des évènements contraires

14 On croise une personne dans la rue et on lui demande son âge.
1. Citer un évènement impossible.
2. Citer un évènement certain.

Solution

1. On peut citer par exemple l'évènement :
« La personne a 2 000 ans ».
2. On peut citer par exemple : « La personne a entre 0 et 150 ans ».

À toi de jouer

15 On croise une personne dans la rue et on lui demande sa taille.
1. Citer un évènement impossible.
2. Citer un évènement certain.

16 On lance un dé à dix faces, numérotées de 1 à 10 et on regarde le nombre inscrit sur sa face supérieure.
1. Citer un évènement impossible.
2. Citer un évènement certain.

→ **Corrigé** p. 316

17 On lance un dé truqué à six faces pour lequel on a :

Issue	1	2	3	4	5	6
Probabilité	0,1	0,3	0,05	0,25	0,1	0,2

On appelle A l'évènement « Obtenir un multiple de 3 ».
1. Quelles issues réalisent l'évènement $\overline{A}$?
2. Déterminer $P(\overline{A})$.

Solution

1. Les issues réalisant l'évènement A sont 3 et 6, donc les issues réalisant l'évènement $\overline{A}$ sont les autres issues : 1, 2, 4 et 5.
2. 1re méthode
On utilise les issues réalisant l'évènement $\overline{A}$:
$P(\overline{A}) = P(1) + P(2) + P(4) + P(5)$
$P(\overline{A}) = 0{,}1 + 0{,}3 + 0{,}25 + 0{,}1 = 0{,}75$
2e méthode
On commence par calculer la probabilité de l'évènement A :
$P(A) = P(3) + P(6) = 0{,}05 + 0{,}2 = 0{,}25$
Puis $P(\overline{A}) = 1 - P(A) = 1 - 0{,}25 = 0{,}75$

À toi de jouer

18 On choisit au hasard un mois de l'année.
On considère l'évènement A : « Le nom du mois contient la lettre J ».
1. Décrire par une phrase l'évènement $\overline{A}$.
2. Quelles issues réalisent l'évènement $\overline{A}$?
3. Quelle est la probabilité de l'évènement $\overline{A}$?

19 On tire une carte au hasard parmi les cartes suivantes.

On considère l'évènement B :
« On tire une figure ».
1. Décrire par une phrase l'évènement $\overline{B}$.
2. Quelles issues réalisent l'évènement $\overline{B}$?
3. Quelle est la probabilité de l'évènement $\overline{B}$?

→ **Corrigé** p. 316

Exercices

Ressources téléchargeables

Modéliser une expérience aléatoire

➜ Savoir-faire p. 189

QUESTIONS FLASH

20 Eden lance un dé cubique équilibré 5 fois de suite. Elle obtient à chaque fois le numéro 4. Elle affirme être sûre d'obtenir 4 au sixième lancer.
• A-t-elle raison ?

21 Reformuler la phrase « On a 2 chances sur 5 de tirer une boule rouge dans cette urne » en exprimant une probabilité sous forme d'une fraction, d'un nombre décimal, puis d'un pourcentage.

22 On lance un dé équilibré à 12 faces.
• A-t-on plus de chances d'obtenir le 4 ou le 12 ?

23 On considère une issue quelconque d'une expérience aléatoire quelconque. Est-il possible que la probabilité de cette issue soit égale aux valeurs suivantes ? Justifier.

a. 0,3 **b.** – 0,1 **c.** 2,4 **d.** $\frac{53}{27}$
e. $\frac{45}{97}$ **f.** 0 **g.** 530 % **h.** 1

24 On lance deux dés cubiques non truqués et on additionne les résultats obtenus sur les faces du dessus.
• Donner les issues de cette expérience aléatoire.

Questions flash supplémentaires

25 CALCUL MENTAL On lance un dé truqué à 8 faces et on regarde la face du dessus. Les probabilités sont indiquées dans le tableau suivant.

Issue	1	2	3	4	5	6	7	8
Probabilité	0,1	0,1	0,2	0,2	0,1	0,1	0,2	0,1

• Expliquer pourquoi cela est impossible.

26 Que signifie la phrase « Les chances de gagner à ce jeu sont de 25 % » ? Choisir la bonne réponse :
a. Si 100 personnes jouent à ce jeu, alors 25 gagneront à coup sûr.
b. En moyenne, une personne sur quatre gagne à ce jeu.
c. Si la même personne joue 100 fois à ce jeu, elle gagnera exactement 25 fois.
d. La probabilité de gagner à ce jeu est de 25.

27 On tire au hasard une boule dans l'urne ci-contre et on note sa couleur.
• Donner les issues de cette expérience aléatoire ainsi que leur probabilité.

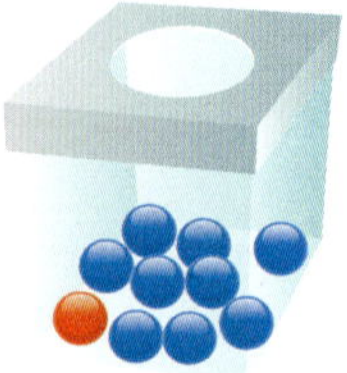

28 On possède trois dés cubiques :
• un dé bleu, qui est plombé et qui tombe toujours sur le 6 ;
• un dé rouge, qui est équilibré ;
• un dé vert, qui est truqué de telle sorte que la probabilité d'obtenir le 6 vaut deux fois la probabilité d'obtenir n'importe quel autre résultat.

Tableau A

Issue	1	2	3	4	5	6
Probabilité	$\frac{1}{6}$	$\frac{1}{6}$	$\frac{1}{6}$	$\frac{1}{6}$	$\frac{1}{6}$	$\frac{1}{6}$

Tableau B

Issue	1	2	3	4	5	6
Probabilité	$\frac{1}{7}$	$\frac{1}{7}$	$\frac{1}{7}$	$\frac{1}{7}$	$\frac{1}{7}$	$\frac{2}{7}$

Tableau C

Issue	1	2	3	4	5	6
Probabilité	0	0	0	0	0	1

• Associer chaque dé à son tableau de probabilité.

29 Dans une entreprise, le ratio *hommes* : *femmes* est de 4 : 3. On croise une personne de cette entreprise et on regarde s'il s'agit d'un homme ou d'une femme.
• Donner les issues de cette expérience aléatoire ainsi que leur probabilité.

MODE EXPERT

30 CALCUL MENTAL Voici les effectifs de l'atelier de mathématiques d'un collège :

	6e	5e	4e	3e
Nombre de filles	3	4	6	2
Nombre de garçons	2	2	4	8

On croise un élève de cet atelier et on regarde s'il s'agit d'un garçon ou d'une fille.
• Quelle est l'issue la plus probable ? Justifier.

31 CALCUL MENTAL
On considère le programme de calcul suivant :
• Quelle est la probabilité que le nombre annoncé soit pair ? Justifier.

> Choisir un nombre
> Lui ajouter 3
> Multiplier le résultat par 6
> Annoncer le résultat

Déterminer la probabilité d'un évènement

→ Savoir-faire p. 191

QUESTIONS FLASH

32 On lance un dé à 6 faces portant toutes le numéro 0.

- Qui a raison ?

33 Le téléphone portable de Jade contient 300 chansons, dont 15 sont interprétées par son groupe préféré. Elle active le mode « lecture aléatoire » qui choisit au hasard une chanson parmi l'ensemble du répertoire.
- Quelle est la probabilité que Jade écoute l'une des chansons de son groupe préféré ? Exprimer cette probabilité sous forme fractionnaire, décimale puis sous forme d'un pourcentage.

34 Dans le cartable de Jérémy, il y a 15 billes dont 7 arc-en-ciel. Il sort de son sac une bille au hasard.
- Quelle est la probabilité que Jérémy sorte une bille arc-en-ciel ?

35 Cédric possède 8 cartes « Flash » et 7 cartes « Magie ». Il demande à sa sœur Arwen de choisir l'une de ces cartes au hasard.
- Quelle est la probabilité qu'elle tire une carte « Magie » ?

36 Un sachet de 12 bonbons contient 5 bonbons à la fraise, les autres sont au citron. On choisit un bonbon au hasard.
- Quelle est la probabilité que le bonbon choisi soit au citron ?

Questions flash supplémentaires

37 Relier chaque évènement à sa probabilité.

Expérience / Évènement			Probabilité
On lance une pièce de monnaie. On obtient « Pile ».	•	•	0,75
On lance un dé cubique équilibré. On obtient un numéro inférieur à 10.	•	•	0
Dans une classe, 3 élèves sur 5 sont des filles. On choisit un élève au hasard. C'est une fille.	•	•	0,5
Il y a chaque jour une chance sur quatre qu'il pleuve dans une certaine ville. On choisit un jour au hasard. Il ne pleut pas.	•	•	0,6
On choisit un français au hasard. Il mesure 4 m.	•	•	1

38 Dans un jeu de 32 cartes, il y a quatre catégories : cœur, carreau, pique et trèfle. Dans chaque catégorie, il y a 8 cartes : 7, 8, 9, 10, valet, dame, roi et as.

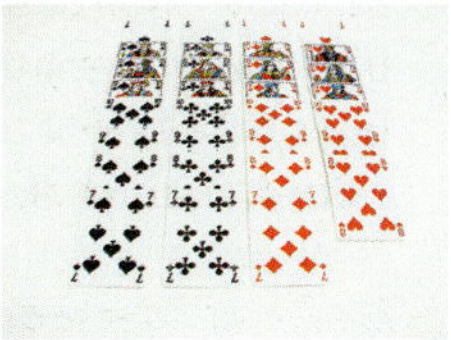

On tire une carte au hasard dans ce jeu.
1. Quelle est la probabilité d'obtenir un trèfle ?
2. Quelle est la probabilité d'obtenir un valet ?
3. Quelle est la probabilité d'obtenir une carte rouge ?

39 Au casino, les roulettes comportent 37 cases : 18 rouges, 18 noires et 1 verte. On lance une bille en faisant tourner la roue et on regarde la couleur de la case sur laquelle elle s'arrête.

- A-t-on 50 % de chances de tomber sur le rouge ?

40 CALCUL MENTAL La mère de Kevin lui permet de prendre un bonbon au hasard dans un sachet opaque.
Le nombre de bonbons de chaque couleur contenus dans le sachet est illustré par le graphique suivant.

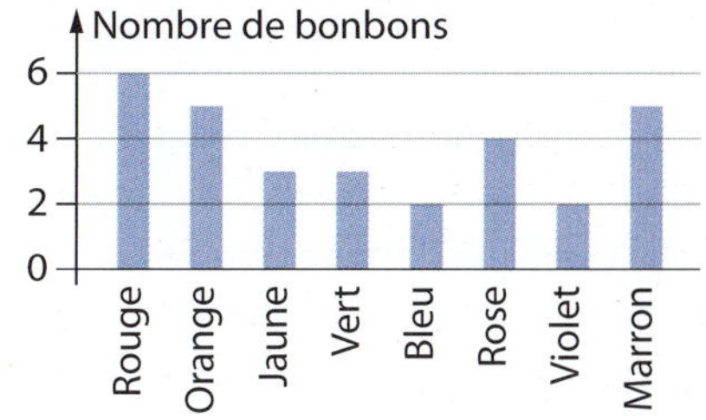

Quelle est la probabilité que Kevin prenne un bonbon rouge ? Choisir la bonne réponse :
a. 10 % **b.** 20 % **c.** 25 % **d.** 50 %

D'après PISA.

41 CALCUL MENTAL Un commerçant propose des boissons sur une plage. Il en a 50, réparties dans des bouteilles de même forme : 11 thés glacés, 13 jus d'orange, 18 bouteilles d'eau et des sodas. Il prend au hasard une bouteille.
- Quelle est la probabilité qu'il sorte un soda ?

Exercices

42 On lance un dé cubique truqué et on regarde la face du dessus. Certaines probabilités sont indiquées dans le tableau suivant.

Obtenir un …	1	2	3	4	5	6
Probabilité	$\frac{1}{20}$	$\frac{4}{20}$		$\frac{1}{10}$	$\frac{3}{10}$	$\frac{4}{20}$

• Quelle est la probabilité d'obtenir un 3 ?

43 On place dans une urne six jetons sur lesquels sont inscrites les lettres du prénom « MARION ». On pioche un jeton au hasard. On considère les évènements suivants.

E_1 : « On obtient un R. »

E_2 : « On obtient une voyelle. »

E_3 : « On obtient une lettre du mot CHANCE. »

• Pour chaque évènement, donner les issues qui le réalisent et calculer sa probabilité.

44 On regarde le calendrier du mois de décembre et on choisit un jour au hasard.

1. Quelle est la probabilité de tomber sur un jour pair ?

2. Quelle est la probabilité de tomber sur un jour de réveillon ?

45 Lors d'une partie d'échecs, chaque joueur possède seize pièces de même couleur (blanche ou noire). Il existe six types de pièces :

Chaque joueur possède un roi, une dame, deux fous, deux tours, deux cavaliers et huit pions. On range toutes les pièces du jeu dans un sac et on en pioche une au hasard.

1. Quelle est la probabilité d'obtenir une pièce blanche ?

2. Quelle est la probabilité d'obtenir un roi ?

3. Quelle est la probabilité d'obtenir la dame blanche ?

4. Quelle est la probabilité d'obtenir une tour ?

5. Quelle est la probabilité d'obtenir un pion noir ?

6. Quelle est la probabilité d'obtenir une pièce dont la hauteur est plus petite que le cavalier ?

46 On présente à Mahena deux sachets d'autocollants. Le premier contient sept autocollants dorés et cinq argentés. Le second contient dix autocollants dorés et six argentés.

• Dans quel sachet Mahena doit-elle piocher pour avoir plus de chances d'avoir un autocollant doré ?

MODE EXPERT

47 Dans une trousse se trouvent 3 trombones rouges et 5 trombones verts. On en tire un au hasard.

1. Quelle est la probabilité que le trombone tiré soit rouge ?

2. On ajoute dans cette urne 2 trombones rouges et 2 trombones verts. Najwa affirme que la probabilité de tirer un trombone rouge est inchangée.
A-t-elle raison ? Justifier.

48 Un sac contient 10 billes rouges, 6 billes vertes, 4 billes jaunes et des billes roses. On tire une bille au hasard.

• Sachant que la probabilité de tirer une bille rose est égale à $\frac{1}{5}$, calculer le nombre de billes roses.

Utiliser des évènements contraires

→ Savoir-faire p. 193

QUESTIONS FLASH

49 On lance un dé cubique équilibré.

1. Soit S l'évènement « Obtenir un numéro strictement supérieur à 2 ».

a. Décrire par une phrase l'évènement $\overline{S}$.

b. Quelles sont les issues qui réalisent l'évènement $\overline{S}$?

2. Soit M l'évènement « Obtenir un numéro multiple de 3 ».

a. Décrire par une phrase l'évènement $\overline{M}$.

b. Quelles sont les issues qui réalisent l'évènement $\overline{M}$?

50 Dans la classe de Lucille, il y a 45 % de filles. On choisit un élève au hasard dans cette classe.

• Quelle est la probabilité que ce soit un garçon ?

51 On considère une expérience aléatoire. Soit A un évènement.

• Si $P(A) = 0{,}4$, que vaut $P(\overline{A})$?

52 On considère une expérience aléatoire. Soit B un évènement.

• Si $P(B) = 0{,}281$, que vaut $P(\overline{B})$?

53 Choisir la ou les bonnes propositions pour compléter la phrase suivante.
La probabilité qu'un évènement A ne se réalise pas est égale à $\frac{2}{5}$. La probabilité de l'évènement A est donc égale à :
a. $\frac{2}{5}$ **b.** $\frac{3}{5}$ **c.** $\frac{5}{3}$ **d.** $\frac{3}{10}$ **e.** 1 **f.** 0,6
g. 0,4 **h.** 60 % **i.** 25 % **j.** 40 % **k.** 100 %

54 On lance une pièce mal équilibrée pour laquelle la probabilité de l'évènement F « Obtenir Face » est de 0,74.
1. Décrire par une phrase l'évènement $\overline{F}$.
2. Quelle est la probabilité de l'évènement $\overline{F}$?

Questions flash supplémentaires

55 On écrit le mot « HASARD » sur un morceau de papier. On découpe ensuite toutes les lettres et on les met dans un chapeau. On tire une lettre au hasard. On appelle R l'évènement « Obtenir un R ».
1. Calculer $P(\text{R})$. **2.** Calculer $P(\overline{\text{R}})$.

56 Louka ne parvient pas à se décider sur la salade qu'il va commander au restaurant. Il demande au serveur de choisir au hasard à sa place.

CHÈVRE : Salade, tomates, chèvre
OCÉANE : Salade, tomates, crevette, saumon
ITALIENNE : Salade, tomates, mozzarella, olives
FERMIÈRE : Salade, tomates, poulet, pommes de terre
NIÇOISE : Salade, tomates, thon, œuf dur, maïs, olives

1. Calculer la probabilité de l'évènement S : « La salade contient des olives ».
2. Décrire par une phrase l'évènement $\overline{S}$.
3. Calculer la probabilité de l'évènement $\overline{S}$.

57 CALCUL MENTAL Un jeu de tarot comporte 78 cartes :
- 56 cartes « classiques »
- 21 atouts (numérotés de 1 à 21)
- un joker appelé « excuse »

On choisit une carte au hasard.
1. Quelle est la probabilité de l'évènement « Ne pas obtenir l'excuse » ?
2. Quelle est la probabilité de l'évènement « Ne pas obtenir un atout » ?

58 Une urne contient vingt boules numérotées de 1 à 20. On tire une boule au hasard et on note son numéro. On considère l'évènement G : « Obtenir un nombre strictement supérieur à 15 ».
1. Quelle est la probabilité de l'évènement G ?
2. Décrire par une phrase l'évènement $\overline{G}$.
3. Quelle est la probabilité de l'évènement $\overline{G}$?

59 CALCUL MENTAL Dans une boite contenant 3 boules vertes, 6 boules bleues et 6 boules rouges, on tire une boule au hasard.
- Quelle est la probabilité de tirer une boule qui ne soit pas rouge ?

60 Voici les effectifs des trois classes de 4e d'un collège :

	4e A	4e B	4e C	Total
Filles	12	11	14	37
Garçons	13	15	10	38
Total	25	26	24	75

1. On croise un élève de 4e de ce collège. Quelle est la probabilité que ce soit une fille ?
2. On croise un élève de 4e A. Quelle est la probabilité que ce soit un garçon ?
3. On croise une fille de 4e de ce collège.
a. Quelle est la probabilité qu'elle soit en 4e B ?
b. Quelle est la probabilité qu'elle ne soit pas en 4e B ?

MODE EXPERT

61 Dans une classe, il y a 40 % de filles. $\frac{3}{4}$ des filles et $\frac{4}{5}$ des garçons jouent régulièrement aux jeux vidéo.
1. On choisit au hasard un élève de cette classe. Quelle est la probabilité qu'il s'agisse d'une fille ? Quelle est la probabilité qu'il s'agisse d'un garçon ?
2. On choisit au hasard une fille de cette classe. Quelle est la probabilité que celle-ci ne joue pas aux jeux vidéo ?
3. On choisit au hasard un élève de cette classe. Quelle est la probabilité que celui-ci ne joue pas aux jeux vidéo ?

62 Voici la répartition des quatre groupes sanguins A, O, B et AB dans la population française.

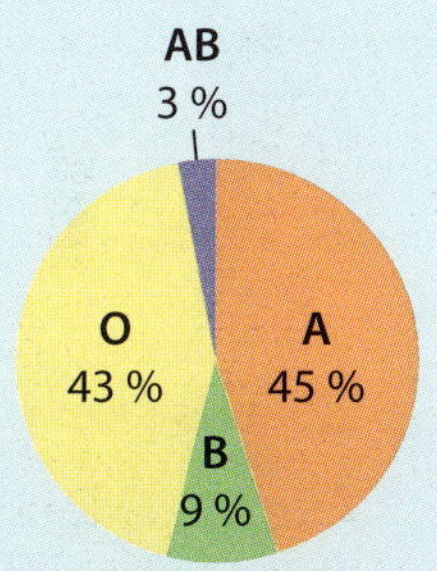

On choisit une personne au hasard dans la population française.
1. Calculer de deux façons différentes la probabilité que cette personne ne soit pas du groupe O.
2. Pour chaque groupe, le sang peut posséder ou non le facteur Rhésus. Si le sang d'un individu possède ce facteur, il est dit de Rhésus positif (Rh+), sinon il est dit de Rhésus négatif (Rh–).
Pour chaque groupe sanguin, dans la population française, la répartition des Rhésus est la suivante :

Groupe	A	B	AB	O
Rh+	85 %	86 %	83 %	85 %
Rh–	15 %	14 %	17 %	15 %

Un individu de groupe O et de Rhésus négatif est appelé « donneur universel ».
On choisit au hasard une personne dans la population française.
- Quelle est la probabilité de ne pas obtenir un donneur universel ?

Faire le point

Version interactive du QCM

Vérifie tes connaissances.

QCM

Donner la ou les bonnes réponses parmi les trois proposées.

1 Modéliser une expérience aléatoire

	Réponse A	Réponse B	Réponse C
1. Une urne contient 6 enveloppes noires et 6 enveloppes blanches. On tire une enveloppe au hasard. On peut dire que :	On a 1 chance sur 2 de tirer une enveloppe noire.	On a 50 % de chances de tirer une enveloppe blanche.	On a 6 chances sur 6 de tirer une enveloppe blanche.
2. On lance un dé équilibré à 12 faces numérotées de 1 à 12. On peut dire que :	Les issues sont équiprobables.	Toutes les issues ont pour probabilité 0,12.	On a 1 chance sur 12 d'obtenir chaque issue.

2 Déterminer la probabilité d'un évènement

	Réponse A	Réponse B	Réponse C
1. On lance un dé équilibré à six faces et on regarde la face du dessus. La probabilité d'obtenir un chiffre impair est égale à :	50 %	$\frac{3}{6}$	$\frac{1}{2}$
2. La probabilité de tirer une boule rouge dans une urne contenant 3 boules rouges et 5 boules bleues vaut :	$\frac{3}{5}$	$\frac{5}{3}$	$\frac{3}{8}$
3. (voir tableau ci-dessous) La probabilité de l'évènement « Le résultat est pair » vaut :	0,2	0,25	0,45

Tableau de la question 3 :

Issue	1	2	3	4
Probabilité	0,4	0,25	0,15	0,2

3 Utiliser des évènements contraires

	Réponse A	Réponse B	Réponse C
1. On lance un dé cubique équilibré dont les faces sont numérotées de 1 à 6. L'évènement contraire de « Obtenir 4 » est :	« Ne pas obtenir 4 »	« Obtenir un nombre autre que 4 »	« Obtenir 1 ; 2 ; 3 ; 5 ou 6 »
2. On lance un dé cubique équilibré dont les faces sont numérotées de 1 à 6. L'évènement « Obtenir 7 » est un évènement :	contraire	certain	impossible
3. Soit A un évènement. Si $P(\text{A}) = 0,73$, alors $P(\overline{\text{A}})$ vaut :	On ne peut pas savoir.	0,27	$\frac{1}{73}$

→ Corrigé p. 316

Carte mentale

Ressource téléchargeable

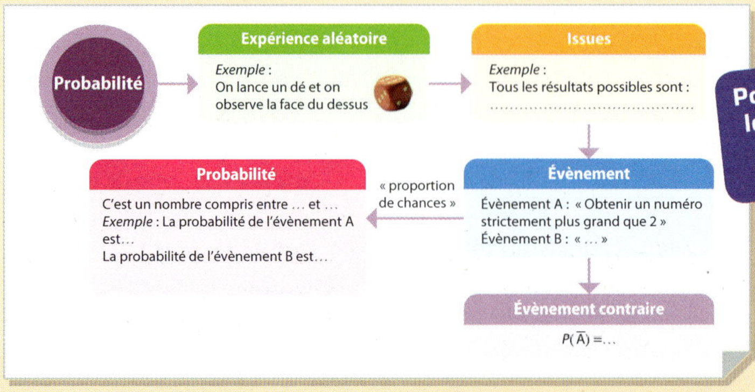

Pour t'aider à retenir le cours, télécharge et complète cette carte mentale.

Algorithmique et outils numériques

63 Aléatoire ?

Une boite est remplie d'étiquettes comportant tous les nombres pairs compris entre 1 et 20. On pioche une étiquette au hasard et on regarde le nombre obtenu.

On considère l'évènement A « Obtenir un nombre inférieur à 7 ».

1. Expliquer pourquoi le script suivant permet de simuler cette expérience aléatoire :

2. Compléter le script afin qu'il permette de réaliser l'expérience et tester si l'évènement A est réalisé.

3. Déterminer la probabilité que l'évènement A soit réalisé.

4. Marc affirme : « Si je réalise 20 fois l'expérience, j'obtiendrai trois fois un nombre inférieur à 7 ».
Tester si son affirmation est vraie en utilisant 20 fois le programme simulant l'expérience. Marc a-t-il raison ? Expliquer pourquoi.

64 Simulation en programmation (Prise d'initiative)

1. a. Écrire un script qui permet de simuler l'expérience aléatoire suivante :
On pioche une boule au hasard dans l'urne suivante et on regarde sa couleur.

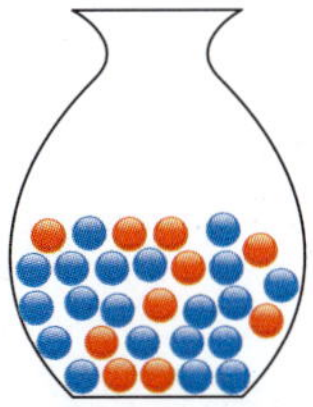

Le bloc « nombre aléatoire entre 1 et 10 » donne la valeur d'un nombre entier choisi au hasard entre 1 et 10 inclus.

b. Dire si l'affirmation suivante est vraie : « Si on exécute trois fois le programme, on obtiendra deux fois bleu et une fois rouge. »

2. a. Modifier le script pour qu'il permette de simuler l'expérience aléatoire suivante :
On pioche une boule au hasard dans une urne contenant trois boules rouges, deux boules bleues et cinq boules vertes, et on regarde sa couleur.

b. Réaliser l'expérience plusieurs fois et observer si « rouge » est plus fréquent que « bleu ».

On peut éventuellement utiliser « répéter … fois » et une variable pour compter.

c. L'évènement V : « Obtenir une boule verte » est-il plus probable que l'évènement B : « Obtenir une boule bleue » ? Justifier.

65 Soutien aléatoire en probabilités

Un professeur a prévu 1 h de soutien pour 9 élèves de 4e sur les probabilités le lundi de 17 h à 18 h.
Il a préparé les trois exercices de mathématiques suivants :

Exercice 1

a. Simuler, à l'aide d'un tableur, le choix d'un nombre entier compris entre 4 et 9 inclus.
b. Calculer la probabilité d'obtenir 5.

Exercice 2

a. Simuler, à l'aide d'un tableur, le choix d'un âge en années, compris entre 5 ans et 15 ans inclus.
b. Calculer la probabilité d'obtenir 8 ans.

Exercice 3

a. Simuler, à l'aide d'un tableur, le choix d'une salle de classe, les numéros possibles étant 200, 201, jusqu'à 205.
b. Calculer la probabilité d'obtenir la salle 204.

Pour introduire la séance de soutien, il projette au tableau la liste des élèves et leur attribue l'un des trois exercices de manière aléatoire avec la feuille de calcul suivante :

C2 =ALEA.ENTRE.BORNES(1;3)

	A	B	C
1	Prénom	NOM	**Numéro d'exercice**
2	Luc	ABLA	**3**
3	Marie	AUBIN	
4	Mohamed	BURO	
5	Lola	DORET	
6	Max	GUIROT	
7	Syriane	HOUDI	
8	Lou	MANDON	
9	Marie	SICARD	
10	Elouan	TAROT	

La fonction « ALEA.ENTRE.BORNES(*min* ; *max*) » donne un nombre entier choisi au hasard par l'ordinateur entre les nombres *min* et *max* (*min* et *max* étant inclus). Chaque nombre a autant de chances d'être obtenu que les autres.

Par exemple, la formule «=ALEA.ENTRE.BORNES(1;6)» permet de simuler le lancer d'un dé cubique, on remplace l'expérience de lancer réel d'un dé cubique équilibré par une expérience de tirage d'un nombre entier au hasard entre 1 et 6.

1. Recopier et compléter la feuille de calcul du professeur.

2. Le professeur a prévu 3 exemplaires de chacun des exercices, en a-t-il suffisamment dans tous les cas ? Expliquer pourquoi et proposer une autre façon de s'organiser.

3. Faire les trois exercices proposés par le professeur.

Problèmes

ceinture jaune — ceinture verte — ceinture noire

66 Devinez !

Raisonner, Chercher

On souhaite mettre des jetons bleus et rouges dans un sac de telle sorte qu'on ait 3 chances sur 5 de tirer un jeton bleu.

• Combien peut-on mettre de jetons de chaque sorte dans le sac ?

67 Fruit en vrac

Raisonner, Calculer

Sur les faces d'un dé équilibré à 6 faces, on écrit chacune des lettres du mot « BANANE ». On lance le dé et on regarde la lettre inscrite sur la face supérieure.

1. Quelle est la probabilité d'obtenir la lettre N ?

2. Quelle est la probabilité d'obtenir une voyelle ?

68 Roland Garros 2015

Modéliser, Calculer

Il y a eu 1 852 actes de kinésithérapie effectués par des masseurs auprès des joueurs et joueuses pendant le tournoi de Roland Garros en 2015. Parmi ces actes figuraient 328 soins d'échauffement, 662 traitements de maladies et tous les autres étaient des séances de massage de récupération.

On choisit au hasard un acte de kinésithérapie effectué lors de ce tournoi.

• Quel est l'acte le plus probable ? Quelle est sa probabilité ?

69 Le b-a-ba

Raisonner, Calculer

Angélique apprend l'alphabet et connait maintenant 19 lettres. Elle possède un seau contenant chaque lettre de l'alphabet une seule fois. Elle prend une lettre au hasard dans ce seau.

• Quelle est la probabilité qu'Angélique ne la connaisse pas ?

70 Des dés

Calculer, Communiquer

On a deux dés truqués, un bleu et un rouge. Avec le dé bleu, on a les probabilités suivantes :

Issue	1	2	3	4	5	6
Probabilité	$\frac{1}{20}$	$\frac{1}{5}$	$\frac{3}{20}$	$\frac{1}{10}$	$\frac{3}{10}$	$\frac{1}{5}$

Avec le dé rouge, on a les probabilités suivantes :

Issue	1	2	3	4	5	6
Probabilité	$\frac{1}{5}$	$\frac{1}{10}$	$\frac{1}{10}$	$\frac{1}{10}$	$\frac{3}{10}$	$\frac{1}{5}$

• Avec quel dé vaut-il mieux jouer si on veut avoir le plus de chances d'obtenir un résultat pair ?

71 Le coup du lapin

Modéliser, Communiquer

Voici un extrait d'un cahier d'élève.

• Inventer une expérience aléatoire pouvant amener à cette production.

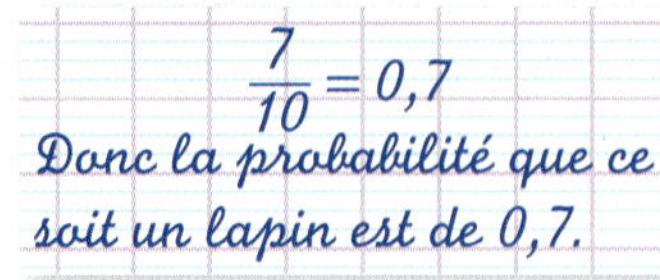

72 Deux sur trois

Chercher, Modéliser, Communiquer

Décrire une expérience aléatoire comportant 3 issues dont deux d'entre elles exactement ont la même probabilité d'être obtenues.

73 Que choisir ? (1)

Chercher, Calculer, Représenter

Dans un jeu de 52 cartes, il y a 4 catégories : cœur (♥), carreau (♦), pique (♠) et trèfle (♣).

Dans chaque catégorie il y a 13 cartes : 2, 3, 4, 5, 6, 7, 8, 9, 10, valet, dame, roi et As.

On tire au hasard une carte dans le jeu.

• Ranger les évènements suivants du plus probable au moins probable. Justifier.

- A : « Obtenir un cœur »
- B : « Obtenir une figure »
- C : « Obtenir un as »
- D : « Obtenir un 2 rouge »

74 T'as d'beaux yeux !

Représenter, Calculer

Dans la classe de Thomas, si on choisit un élève au hasard parmi les 25, la probabilité qu'il ait les yeux marron vaut 0,8.

• Combien d'élèves ont les yeux marron dans la classe de Thomas ?

75 Combien ? CALCUL MENTAL

Raisonner, Calculer

Dans une urne, on a mis 50 boules, des noires et des blanches. On sait que la probabilité de tirer une boule blanche vaut $\frac{3}{10}$.

• Combien y a-t-il de boules de chaque sorte dans l'urne ?

76 Rollers

Représenter, Raisonner, Calculer

Le tableau ci-dessous donne la répartition des licenciés de la fédération française de Roller sports par catégorie d'âge en 2014.

Catégorie	Âge	Nombre total de licences
Super Mini	De 3 à 6 ans	2 969
Mini	De 7 à 8 ans	5 895
Poussin	De 9 à 10 ans	7 059
Benjamin	De 11 à 12 ans	6 216
Minime	De 13 à 14 ans	4 634
Cadet	De 15 à 16 ans	2 946
Junior	De 17 à 18 ans	1 849
Senior	19 ans et plus	25 692
	Total	**57 260**

Source : Fédération française de roller sports.

La fédération décide de faire gagner une paire de rollers à un licencié de cette année. Celui-ci sera tiré au sort parmi les licenciés.

1. Quelle est la probabilité que le gagnant soit un minime ?

2. Calculer la probabilité que le gagnant ait moins de 19 ans.

77 Bleu, blanc, rouge

Chercher, Représenter

Une roue est partagée en trois zones : une zone bleue, une zone blanche et une zone rouge. On fait tourner une fois cette roue et on note la couleur du secteur. La probabilité de tomber sur la zone rouge est 0,2 et celle de ne pas tomber sur la zone blanche est 0,3.

• Quelle est la probabilité de tomber sur la zone bleue ?

78 Qui a raison ?

Raisonner, Calculer

Élodie a demandé à 150 élèves de 5e de son collège s'ils étaient nés au printemps, en été ou en automne, puis elle a construit le tableau suivant :

Saison	Printemps	Été	Automne	Hiver
Nombre	52	36	30	

Marina lui dit qu'elle peut trouver la probabilité, pour un élève de 5e de ce collège pris au hasard, d'être né en hiver. Élodie lui répond que ce n'est pas possible.

• Élodie a-t-elle raison ? Justifier.

79 Raffle

Calculer, Communiquer

500 raffle tickets are sold. Only one ticket can win the first prize.

1. Charlie buys one ticket. What is the probability that he wins the first prize?

2. The probability that Kelly wins the first prize is $\frac{1}{100}$.
How many tickets did she buy?

80 Arnaque ?

Raisonner, Communiquer

Owen propose un jeu à Nour : « Dans un sac, je mets un jeton avec le numéro 1, deux jetons avec le numéro 2… et 6 jetons avec le numéro 6. Tu tires un jeton au hasard dans ce sac. Si le numéro est plus grand que 4, tu gagnes, sinon, je gagne. Tu as plus de chances de gagner que moi ! »

• Owen a-t-il raison ?

81 Que choisir ? (2) Prise d'initiative

Chercher, Calculer, Représenter

On tire au hasard une carte dans un jeu de 52 cartes.

• Inventer deux évènements différents qui ont une probabilité comprise entre 0,2 et 0,3. Justifier.

Voir la composition d'un jeu de cartes dans le problème 73 p. 200.

82 Nombre mystère Prise d'initiative

Chercher, Modéliser, Raisonner

```
1 quand [drapeau] est cliqué
2 demander (Choisir un entier entre 1 et 50.) et attendre
3 dire (Je tente de deviner...) pendant (2) secondes
4 mettre test à (nombre aléatoire entre (1) et (50))
5 si <(test) = (réponse)> alors
6     dire (J'ai gagné !) pendant (2) secondes
7 sinon
8     dire (J'ai perdu !) pendant (2) secondes
```

1. Lorsqu'on clique sur le drapeau vert, quelle est la probabilité que le lutin dise « J'ai gagné ! » ?

2. On souhaite changer la consigne de la ligne 2 du script en « Choisir un nombre entier pair compris entre 1 et 50 ».

a. Quelles modifications doit-on apporter au script afin qu'il modélise cette nouvelle expérience ?

b. Quelle sera alors la probabilité que le lutin dise « J'ai gagné ! » ?

3. Proposer une façon de modifier le script de sorte que la probabilité que le lutin dise « J'ai perdu… » soit de 0,2.

Problèmes

83 Touché, coulé !

Modéliser, Calculer

À la bataille navale, les bateaux d'Alexandre sont placés comme sur la grille ci-dessous :

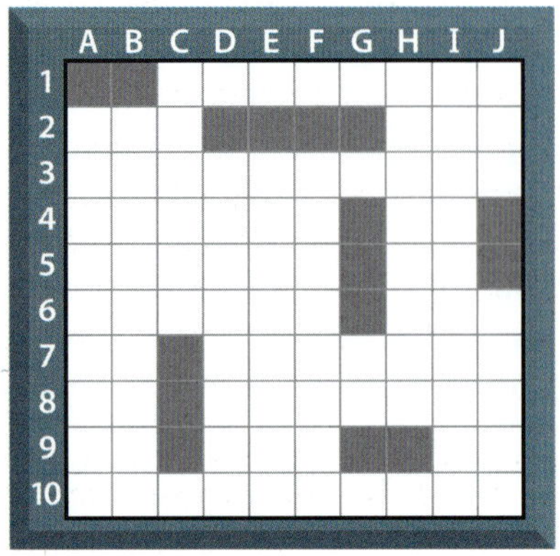

Pauline désigne au hasard une des cases de la grille.

1. Quelle est la probabilité qu'un bateau soit touché ?

2. Quelle est la probabilité que Pauline « tire dans l'eau » ?

3. Un porte-avion est un bateau long de 4 carreaux. Quelle est la probabilité que Pauline touche le porte-avion d'Alexandre ?

84 Devinette ou calcul ?

Chercher, Raisonner, Calculer

Un distributeur de bonbons contient 450 bonbons. Il y a des bonbons rouges, roses et orange. La probabilité de tirer un bonbon rose est de $\frac{2}{9}$.

À l'aide de ces informations, est-il possible de calculer :

a. Le nombre de bonbons roses ?

b. Le nombre de bonbons rouges ?

c. Le nombre de bonbons orange ?

85 La cible

Modéliser, Communiquer

On considère le script suivant.

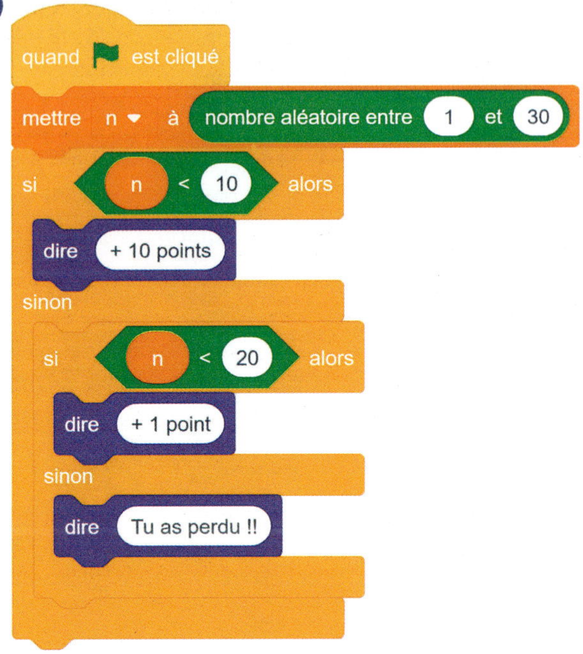

1. Inventer une expérience aléatoire que ce script permet de simuler.

2. Quelle est la probabilité de gagner 10 points ?

3. Quelle est la probabilité de perdre ?

DÉFIS & ÉNIGMES

86 Les lutins

Un carton contient 100 lutins, dont au moins un est vert. Quand on prend deux lutins au hasard, il y en a toujours au moins un qui est rouge.

- Combien y a-t-il de lutins rouges dans le carton ?

87 Labyrinthe

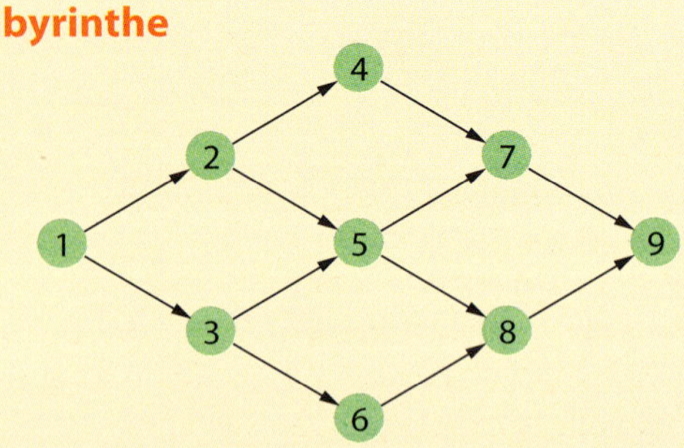

On part du 1 pour arriver au 9 en suivant les flèches au hasard et en ajoutant les nombres rencontrés en chemin.

Par exemple, le chemin 1 → 2 → 4 → 7 → 9 donne un total de 23.

- A-t-on plus de chances que le total soit pair ou impair ?

88 Les poulaillers

Chercher, Modéliser, Calculer

M. Marchand a 100 poules rousses, 64 poules noires et 1 poule blanche. Tous les soirs, il fait rentrer ses poules au hasard dans trois poulaillers différents : il y a toujours deux fois plus de poules dans le poulailler B que dans le poulailler A, et un cinquième des poules dans le poulailler C.

- Quelle est la probabilité que, ce soir, la poule blanche rentre dans le poulailler A ?

89 Action humanitaire

Chercher, Calculer, Communiquer

Des militaires larguent par avion des vivres et des médicaments sur des zones difficiles d'accès par la route. Voici, vue du ciel, une zone de largage rectangulaire composée d'une zone d'herbe (en vert) et de marécages (en bleu) :

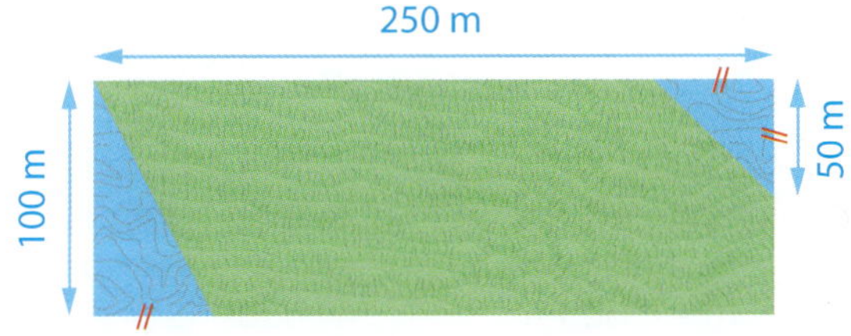

- Si le largage est effectué au hasard sur la zone, quelle est la probabilité que le matériel largué ne tombe pas sur la zone marécageuse ?

On admet que la probabilité de tomber sur une zone est proportionnelle à son aire.

90 Évolution du climat

Chercher, Modéliser, Communiquer

Avec le réchauffement climatique, les vagues de chaleur devraient s'intensifier, être plus fréquentes et s'étendre géographiquement.

Voir point info p. 185.

Léonard a acheté sa maison dans la zone géographique ci-dessous, en prenant soin qu'elle soit dans une partie où la moyenne estivale ne dépassait pas les 26 °C sur la période 1976-2005.

- Selon le scénario RCP4.5 et en comparant les deux cartes, quelle est la probabilité que sa maison soit toujours dans une zone où la moyenne estivale ne dépasse pas les 26 °C dans les années 2071-2100 ?

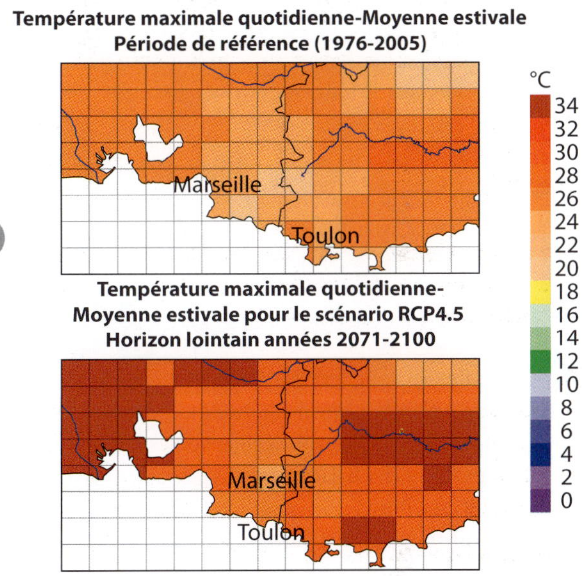

D'après GREC-SUD.

MISSION DÉMONSTRATION

Démo de cours

91 On veut démontrer la propriété suivante :

> n désigne un nombre entier positif. Si l'expérience aléatoire comporte n issues équiprobables, la probabilité de chacune d'elles est égale à $\frac{1}{n}$.

On considère une expérience aléatoire où toutes les issues sont équiprobables. On note n le nombre d'issues.

1. On note p la probabilité de chaque issue. Justifier que $n \times p = 1$.

2. En déduire la propriété ci-dessus.

92 On veut démontrer la propriété suivante :

> Dans une expérience aléatoire où toutes les issues sont équiprobables, la probabilité d'un évènement A vaut :
> $$P(A) = \frac{\text{nombre d'issues qui réalisent l'évènement A}}{\text{nombre total d'issues}}$$

On considère une expérience aléatoire où toutes les issues sont équiprobables. On note n le nombre d'issues. On note A un évènement et k le nombre d'issues qui réalisent l'évènement A.

1. Déterminer la probabilité d'une issue.

2. En déduire la propriété ci-dessus.

Travailler autrement

Utilisable en AP

À chacun son parcours !

93 Résolution de problème

Socle D4 Je sais prélever, organiser et traiter l'information utile.

Socle D2 Je m'exprime à l'écrit pour expliquer ou argumenter de façon claire et organisée.

Yann et Zoé visitent le Palais de la découverte à Paris. Dans la salle Pi, ils voient une frise circulaire affichant les 704 premières décimales du nombre π que le mathématicien anglais William Shanks (1812-1882) calcula « à la main » en 1873.
Voici le début de l'écriture du nombre π :

3,141 592 653 589 793 238 462 643 383 279

Yann et Zoé inventent un jeu, qu'ils nomment le « jeu de π » :

Sur un parcours de 100 cases, on place successivement les 100 premiers chiffres du nombre π. Les joueurs placent leurs pions sur le départ. Chacun leur tour, ils lancent un dé équilibré à six faces et avancent d'autant de cases que la valeur affichée par le dé, puis ils ajoutent la valeur de la case à leur total de points. Le gagnant sera le joueur qui aura atteint 36 points le premier.

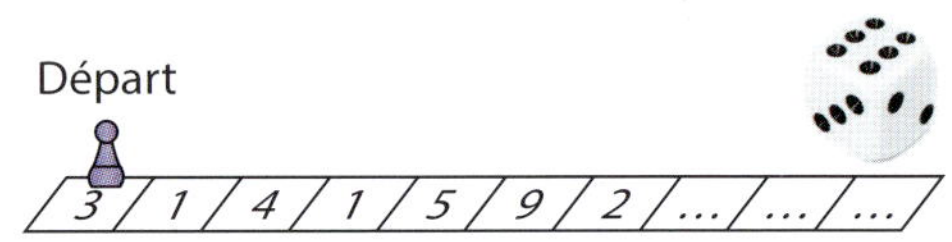

Exemple : Si le joueur fait 4 au premier lancer, il avance de 4 cases et tombe sur le chiffre 5, donc il gagne 5 points.

Questions ceinture jaune

1. Quelle est la probabilité de gagner 1 point au premier lancer ?
2. Quelle est la probabilité de gagner plus de 8 points au premier lancer ?
3. Si Yann a gagné 2 points au premier lancer et 8 points au deuxième lancer, quelle est la probabilité qu'il atteigne un total de 17 points après le troisième lancer ? Justifier.

Questions ceinture verte

1. Yann a déjà joué un coup. Au deuxième lancer, il a la même probabilité d'obtenir 9 points que d'obtenir 5 points. Qu'avait-il obtenu comme résultat au premier lancer de dé ? Justifier.
2. Zoé ne gagne aucun point lors de son 5e lancer. Yann lui dit « Tu as surement mal compté les cases lors des 4 lancers précédents ! ». Pourquoi peut-il affirmer cela ?

Questions ceinture noire

1. Yann affirme qu'il est possible de gagner en 4 coups. Est-ce vrai ? Justifier.
2. Lors des deux premiers coups, Zoé a cumulé 17 points. Elle affirme alors qu'elle a une chance sur trois d'obtenir 9 points au troisième coup. A-t-elle raison ? Justifier.

94 Résolution de problème

Socle D2 Je m'exprime à l'écrit pour expliquer ou argumenter de façon claire et organisée.

Socle D4 Je modélise pour représenter une situation ; je rends compte de ma démarche.

On tire une boule au hasard dans l'urne ci-contre et on regarde sa couleur.

Questions ceinture jaune

1. Quelles sont les issues de cette expérience aléatoire ?
2. Quelle est la probabilité de tirer une boule rouge ou verte ?
3. Quelle est la probabilité de ne pas tirer une boule noire ?

Questions ceinture verte

1. Quelles sont les issues de cette expérience aléatoire ?
2. Déterminer la probabilité de chacune des issues.
3. Si on ajoute dans l'urne 2 boules de chaque couleur, est-ce que la probabilité de chaque issue change ? Justifier.

Question ceinture noire

Avant le tirage, Marc ajoute des boules noires et des boules rouges dans l'urne.
Il tire une première boule : elle est noire.
Il tire une seconde boule : elle est rouge.
Il affirme alors qu'au troisième tirage, les trois évènements suivants sont équiprobables.

A : « Tirer une boule rouge »
B : « Tirer une boule noire »
C : « Tirer une boule ni rouge ni noire »

• Quelles boules Marc avait-il ajoutées ?

10 Construction et transformation de figures

TA MISSION

Découvrir de nouvelles façons de transformer des figures.

JEU

Ousmane et Kim descendent une piste de ski. Kim a laissé une trace dans la neige, elle est déjà en bas. Ousmane part en suivant exactement la même trajectoire.

- Où va-t-il arriver ?

POINT INFO

Le **palais de l'Alcazar** est un chef-d'œuvre de l'art arabe qui se dresse à Séville en Espagne.

Sur les murs et les plafonds de l'édifice, on observe des régularités : des figures et des couleurs répétitives, obtenues à l'aide de transformations du plan (symétries et translations).

Voir problème 80 p. 223.

Activités

Prêts pour le décollage ?

QUESTIONS FLASH — Questions flash supplémentaires

1 On considère la figure ci-dessous, composée de triangles équilatéraux superposables.

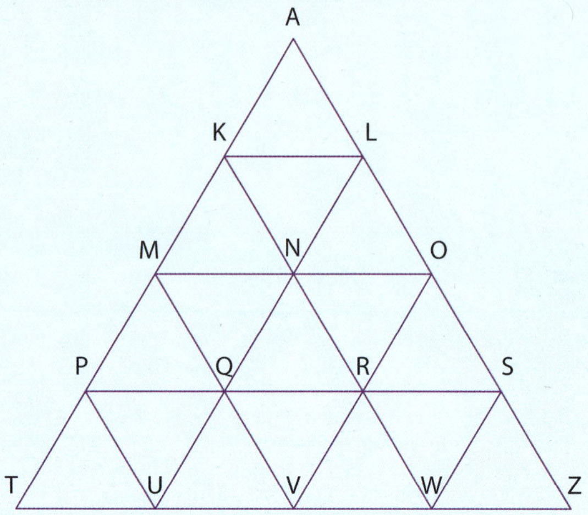

a. Quel est le symétrique de KLN par la symétrie de centre N ?
b. Quel est le symétrique de AKL par la symétrie d'axe (MO) ?
c. Citer une symétrie pour laquelle le triangle KMN est le symétrique du triangle MNQ.
d. Citer une symétrie pour laquelle le triangle ORS est le symétrique du triangle QRV.

2 Pour chacun de ces panneaux, indiquer s'il a des axes de symétrie et/ou un centre de symétrie.

Sens interdit à tout véhicule

Danger général

Danger électrique

3 Donner mentalement les carrés des nombres suivants :

2 3 4 5 6 7 8 9 10 11 12

4 Calculer l'aire d'un rectangle de longueur 3 cm et de largeur 5 cm.

5 Calculer la valeur exacte du périmètre et de l'aire d'un disque de rayon 4 cm.

6 Louis réalise une maquette de voiture. Sur le modèle original, la longueur de la voiture est de 400 cm, sur sa maquette elle est de 20 cm.
- Que peut-on dire de la taille de la maquette par rapport à la taille de la voiture ?

Activité 1 Déjà vu !

On crée une figure à l'aide d'un logiciel de géométrie dynamique.

1. À l'aide de l'outil « polygone » , construire un triangle ABC.

2. À l'aide de l'outil « symétrie centrale » , tracer le symétrique du triangle ABC par rapport au point C.

3. À l'aide de l'outil « symétrie axiale » , tracer le symétrique du triangle ABC par rapport à la droite (AB).

4. Avec l'outil « aire » 

, mesurer les aires du triangle ABC et de ses symétriques et déplacer le point A.

5. Quelles propriétés sont illustrées par cette construction dynamique ?

Activité 2 C'est par là !

1. Cette frise a-t-elle un axe de symétrie ? Un centre de symétrie ?

2. Cette frise a été construite à partir d'un motif. Représenter ce motif à l'aide du quadrillage.

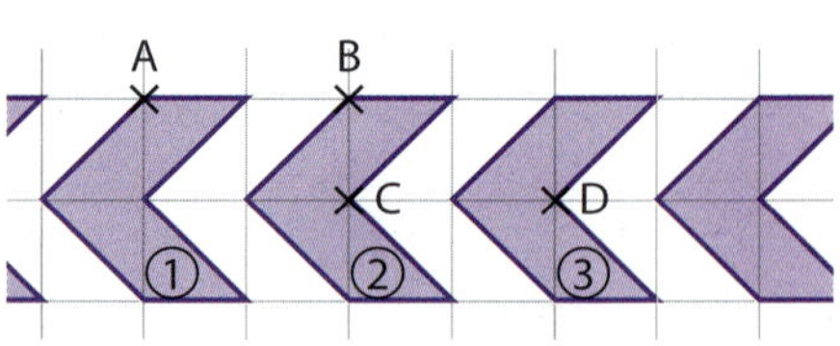

3. À l'aide des points de la figure :
a. Décrire les caractéristiques du déplacement à effectuer pour passer du motif ① au motif ②.
b. Décrire les caractéristiques du déplacement à effectuer pour passer du motif ② au motif ③.
c. Comparer ces deux déplacements. Comment pourrait-on les schématiser sur le dessin ?

Activité 3 Miss Liberty

De retour de son voyage à New York, Candice souhaite faire un collage photo autour de la statue de la Liberté avec la photo ci-contre :

Photo modèle

Pour cela, elle en a fait plusieurs tirages de tailles différentes :

1. Comparer ces différents tirages par rapport à la photo modèle en calculant le rapport de leur longueur par celle de la photo modèle.

2. En prenant les mesures nécessaires sur les photos correspondantes, recopier et compléter le tableau ci-dessous.

	Longueur du tirage (cm)	Largeur du socle (cm)	Hauteur du socle (cm)	Angle formé par la robe et la tablette (degrés)
Photo modèle				
Photo ①				
Photo ②				

3. a. En utilisant les rapports calculés à la question **1.**, que remarque-t-on sur les dimensions des photos ① et ② par rapport à la photo modèle ?
b. Formuler une propriété qui semble être vérifiée sur les longueurs d'un agrandissement ou d'une réduction.

4. a. Quel constat peut-on faire sur les angles mesurés ?
b. Formuler une propriété qui semble être vérifiée sur les angles d'un agrandissement ou d'une réduction.

5. a. Sur chaque photo, on assimile le socle de la statue à un rectangle. Calculer l'aire de ce rectangle sur la photo modèle, puis sur les photos ① et ②.
b. Formuler une propriété qui semble être vérifiée sur les aires d'un agrandissement ou d'une réduction.

Cours

1 Transformer une figure par symétrie

Définition

Soit *d* une droite.

- **Si un point A n'appartient pas à la droite *d***, alors son **symétrique par rapport à la droite *d*** est le point A′ tel que *d* est la médiatrice du segment [AA′].
- **Si un point B appartient à la droite *d***, alors son **symétrique par rapport à la droite *d*** est lui-même.

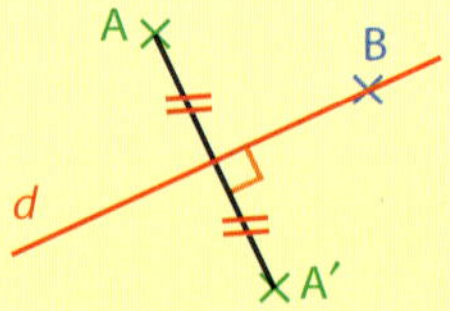

Définition

Soit $\mathscr{F}$ une figure et *d* une droite.

On appelle **symétrique de la figure $\mathscr{F}$ par rapport à la droite *d***, la figure obtenue en construisant le symétrique de chaque point de la figure $\mathscr{F}$. La droite *d* est appelée **axe de symétrie**.

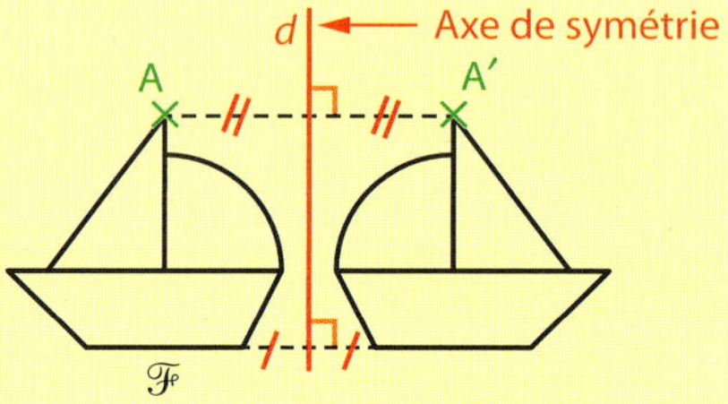

Propriétés

- Deux figures symétriques par rapport à une droite *d* sont superposables : elles se superposent quand on « plie » le long de cette droite.
- La symétrie axiale conserve les alignements, les mesures des angles, les longueurs et les aires.

Définition

Soit O un point. Par la symétrie de centre O :

- le symétrique d'**un point C distinct de O** est le point C′ tel que O est le milieu du segment [CC′] ;
- le symétrique du **point O** est lui-même.

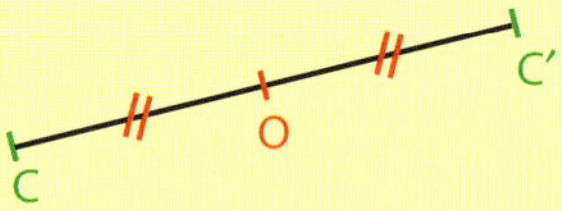

Définition

Soit $\mathscr{F}$ une figure et O un point.

On appelle **symétrique de la figure $\mathscr{F}$ par rapport au point O**, la figure obtenue en construisant le symétrique de chaque point de la figure $\mathscr{F}$ par rapport à O. Le point O est appelé **centre de symétrie**.

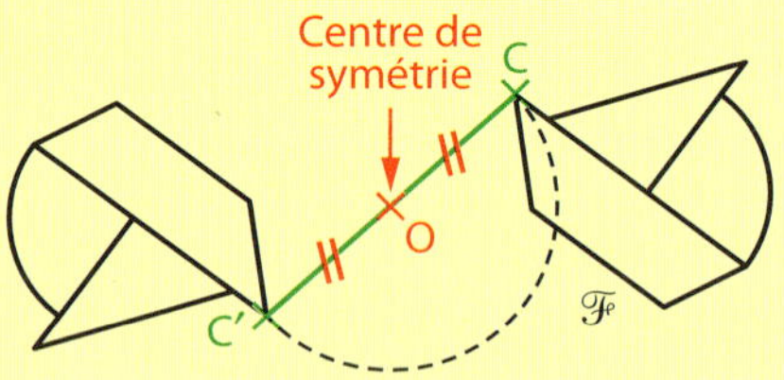

Propriétés

- Deux figures symétriques par rapport à un point O sont superposables : elles se superposent lorsqu'on effectue un demi-tour autour du point O.
- La symétrie centrale conserve les alignements, les mesures des angles, les longueurs et les aires.
- Si deux droites sont symétriques par rapport à un point, alors elles sont parallèles.

Savoir-faire

Apprends à l'aide des exercices résolus puis entraine-toi !

1 Transformer une figure par symétrie

1 Construire le symétrique de la figure $\mathscr{F}_1$ par rapport à la droite *d*.

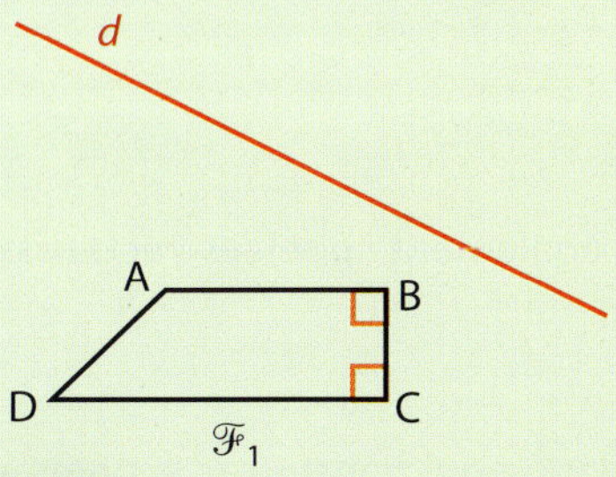

Solution

- On commence par tracer les symétriques des points A et B.
- On utilise ensuite les propriétés de la figure $\mathscr{F}_1$ et de la symétrie axiale : on construit les images C′ et D′ afin d'obtenir un trapèze A′B′C′D′ superposable au trapèze ABCD.

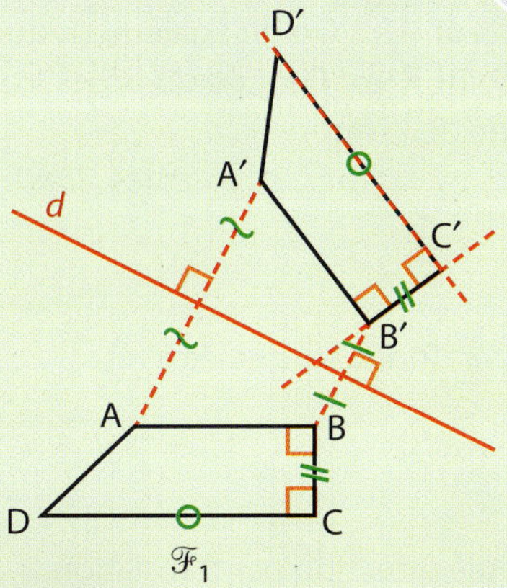

À toi de jouer

2 Reproduire le triangle vert à l'aide du quadrillage et construire son symétrique par rapport à la droite *d*.

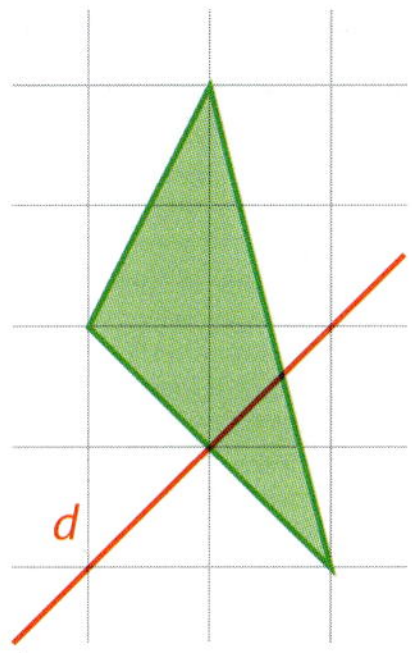

→ Corrigé p. 316

3 Construire le symétrique de la figure $\mathscr{F}_2$ par rapport au point D.

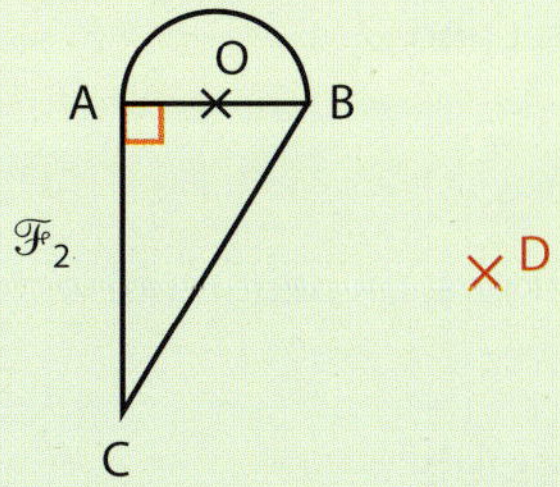

Solution

- On commence par tracer les symétriques des points A et B.
- On utilise ensuite les propriétés de la figure $\mathscr{F}_2$ et de la symétrie centrale : on construit l'image C′ afin d'obtenir un triangle rectangle A′B′C′ superposable au triangle rectangle ABC.
- On trace le demi-cercle de diamètre [A′B′].

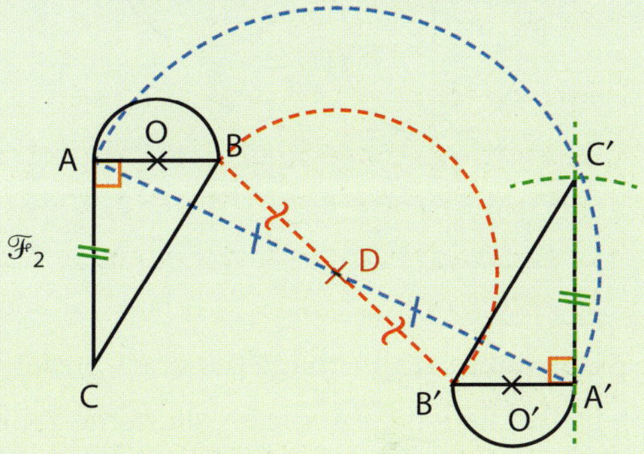

À toi de jouer

4 Reproduire le polygone VENUS et construire son image par la symétrie de centre O.

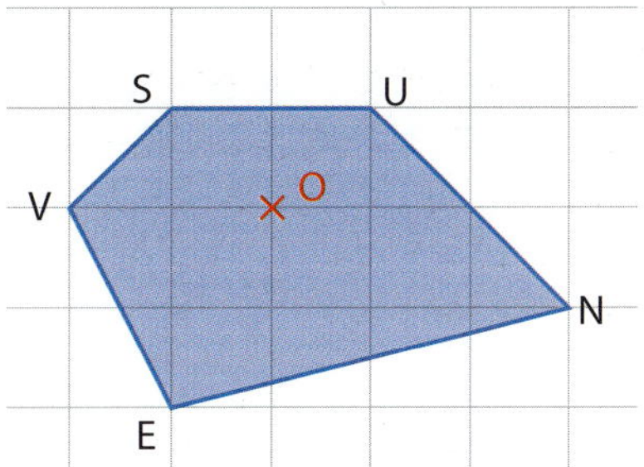

5 **1.** Sans utiliser de quadrillage, construire un rectangle LUNE et placer deux points distincts S et I à l'extérieur de LUNE.
2. Construire le symétrique de LUNE par la symétrie d'axe (SI), puis par la symétrie de centre I.

→ Corrigé p. 316

Cours

2 Transformer une figure par translation

Définition

Transformer une figure par **translation**, c'est la faire glisser selon :
- une direction ;
- un sens ;
- une longueur.

Sur une figure, on peut représenter ce glissement par des flèches, également appelées **vecteurs**.

▸ Exemple

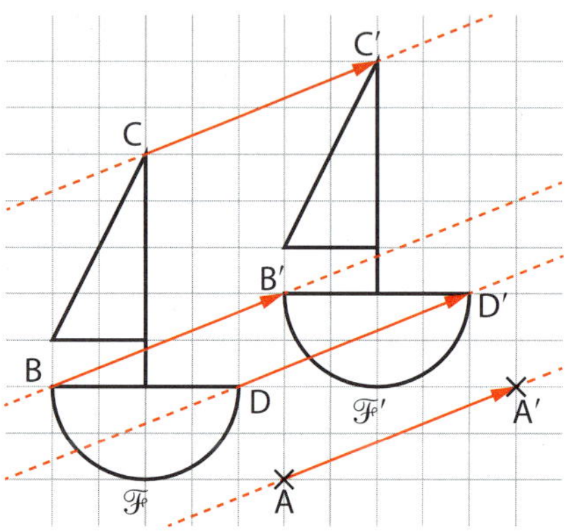

On considère la translation qui transforme le point A en A'.
- La **direction** de la translation est donnée par la droite (AA'). Les droites (BB'), (CC') et (DD') sont parallèles à (AA').
- Le **sens** est donné par le sens de la flèche qui va de A vers A'.
- La **longueur** est donnée par la longueur AA'. Les longueurs BB', CC' et DD' sont égales à AA'.

La flèche qui va de A vers A' est appelée **vecteur** et peut être notée $\overrightarrow{AA'}$. On peut alors dire que cette translation est **la translation de vecteur** $\overrightarrow{AA'}$. On dit également que, par cette translation, le point A' est **l'image** du point A et que la figure $\mathscr{F}'$ est **l'image** de la figure $\mathscr{F}$.

Propriétés

- Une figure et son image par une translation sont superposables.
- La translation conserve les alignements, les mesures des angles, les longueurs et les aires.

Définitions

- Une frise est constituée d'un motif qui est reproduit dans une seule direction par translation.
- Un pavage est constitué d'un motif qui est reproduit dans deux directions par des translations et qui permet de recouvrir le plan sans trou, ni superposition.

▸ Exemples

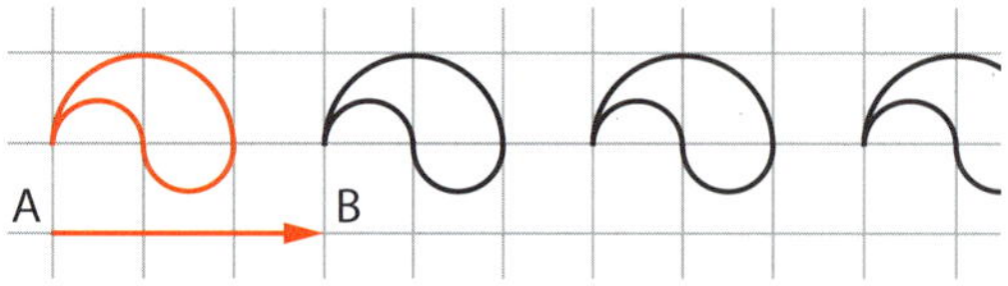

Motif de la frise :

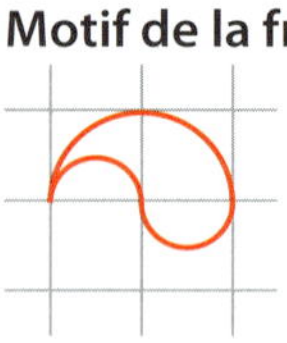

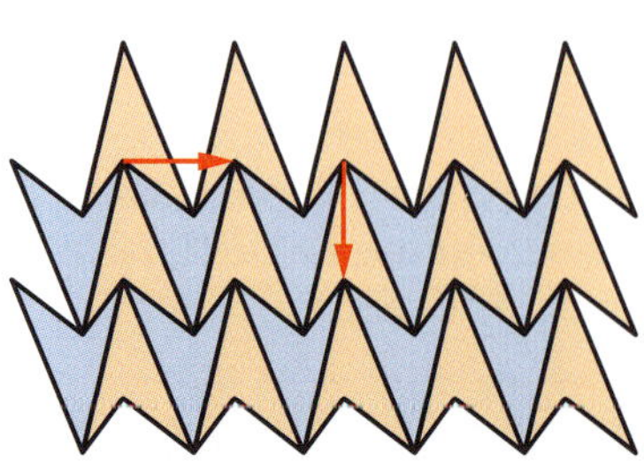

Motif du pavage :

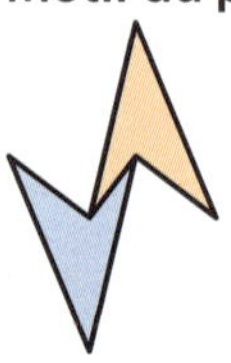

Apprends à l'aide des exercices résolus puis entraine-toi !

2 Transformer une figure par translation

6 Construire l'image de la figure $\mathscr{F}$ par la translation de vecteur $\overrightarrow{GH}$.

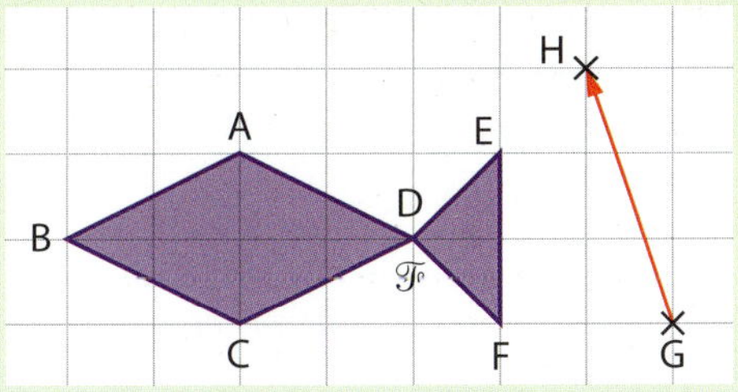

Solution

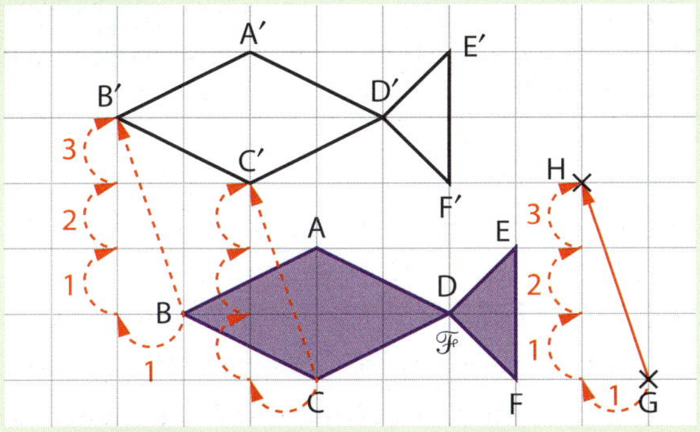

- On commence par étudier, à l'aide du quadrillage, le glissement permettant de passer du point G au point H.
- On reproduit ce glissement à partir des points B et C. On obtient leurs images B′ et C′.
- On complète en construisant une figure superposable (on peut vérifier l'image de chaque point).

À toi de jouer

7 En utilisant un quadrillage, construire un trapèze ROME et son image par la translation de vecteur $\overrightarrow{RM}$.

→ Corrigé p. 317

8 Dessiner un motif qui permet de construire ce pavage par translation et tracer les vecteurs associés à cette translation.

Solution

On peut construire ce pavage à partir du motif ci-contre et avec les deux translations dont les vecteurs sont représentés en rouge.

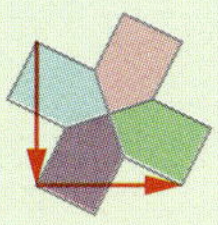

À toi de jouer

9 **1.** Dessiner un motif qui permet de construire cette frise par translation.

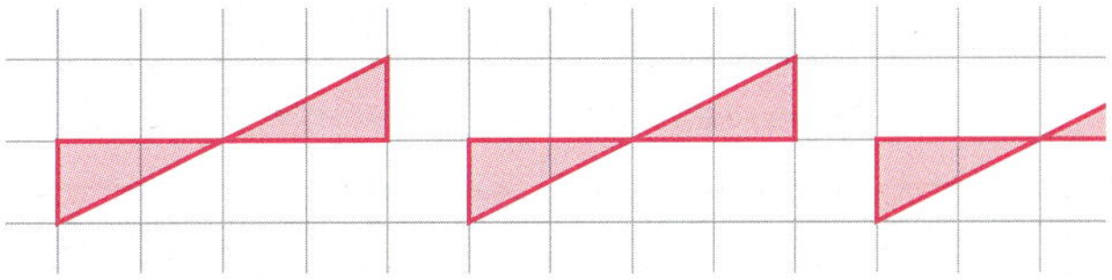

2. Tracer le vecteur associé à cette translation.

→ Corrigé p. 317

Cours

3 Agrandir et réduire une figure

Définition

Soit k un nombre strictement positif.

Multiplier toutes les longueurs d'une figure par k, c'est faire :

- un **agrandissement** de rapport k si $k > 1$;
- une **réduction** de rapport k si $k < 1$.

Exemple

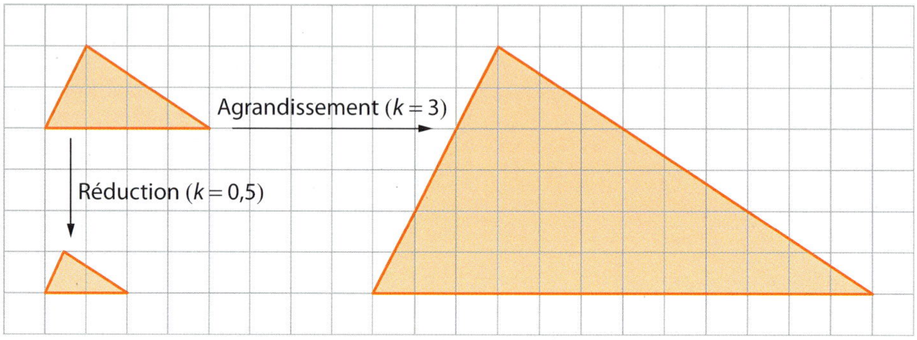

Propriété

Lors d'un agrandissement ou d'une réduction, les mesures des angles sont conservées.

Propriété

Soit k un nombre strictement positif.

Lorsque toutes les longueurs d'une figure sont multipliées par k :

- les aires sont multipliées par k^2 (soit $k \times k$) ;
- les volumes sont multipliés par k^3 (soit $k \times k \times k$).

Exemple 1

On réalise un agrandissement de rapport 3 d'un carré de 1 cm de côté.

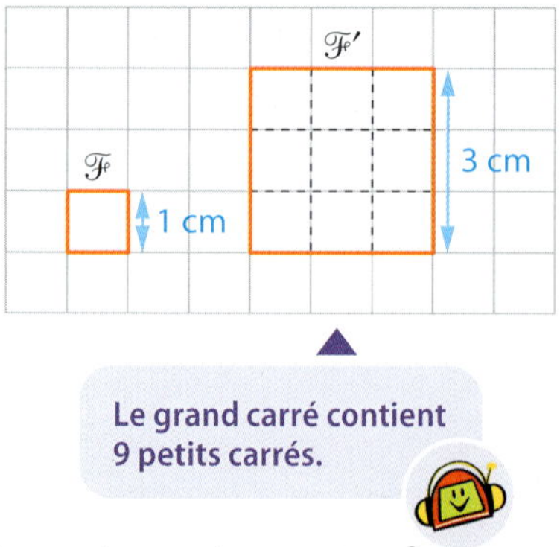

$\text{Aire}_{\mathcal{F}} = 1 \text{ cm} \times 1 \text{ cm} = 1 \text{ cm}^2$

$\text{Aire}_{\mathcal{F}'} = 3 \text{ cm} \times 3 \text{ cm} = 9 \text{ cm}^2$

La longueur de chaque côté a été multipliée par 3, l'aire a été multipliée par 3^2, donc par 9.

Exemple 2

On réalise un agrandissement de rapport 2 d'un cube de 1 cm de côté.

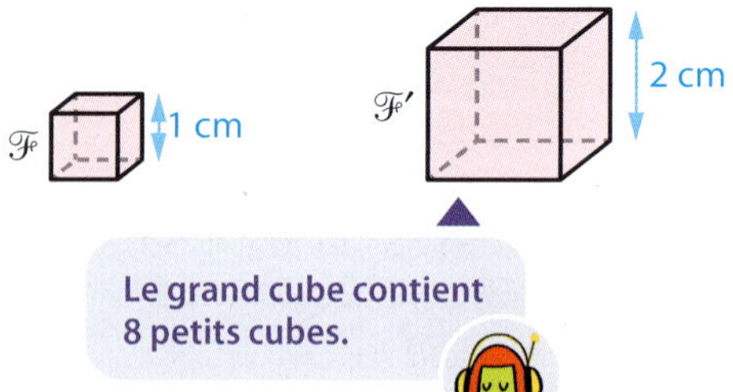

$\text{Volume}_{\mathcal{F}} = 1 \text{ cm} \times 1 \text{ cm} \times 1 \text{ cm} = 1 \text{ cm}^3$

$\text{Volume}_{\mathcal{F}'} = 2 \text{ cm} \times 2 \text{ cm} \times 2 \text{ cm} = 8 \text{ cm}^3$

La longueur de chaque arête a été multipliée par 2, le volume a été multiplié par 2^3, donc par 8.

Savoir-faire

Apprends à l'aide des exercices résolus puis entraine-toi !

3 Agrandir et réduire une figure

10 Construire la réduction de rapport $\frac{1}{2}$ de la figure bleue.

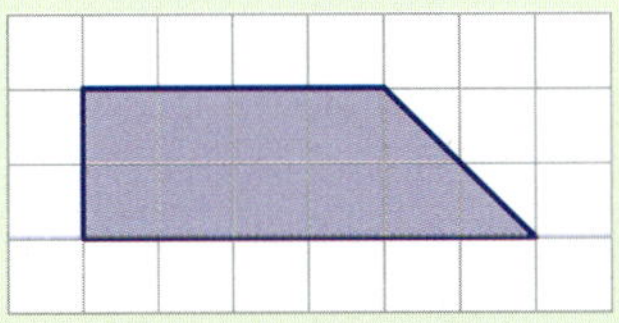

Solution

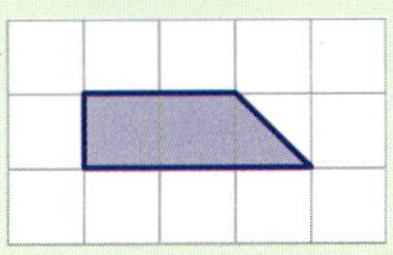

On multiplie toutes les longueurs de la figure bleue par $\frac{1}{2}$ mais on conserve les mesures des angles.

11 Tracer un triangle équilatéral de côté 2 cm. Construire un agrandissement de ce triangle de rapport 1,5 en justifiant.

Solution

$2\text{ cm} \times 1{,}5 = 3\text{ cm}$
Le triangle agrandi est un triangle équilatéral de côté 3 cm.

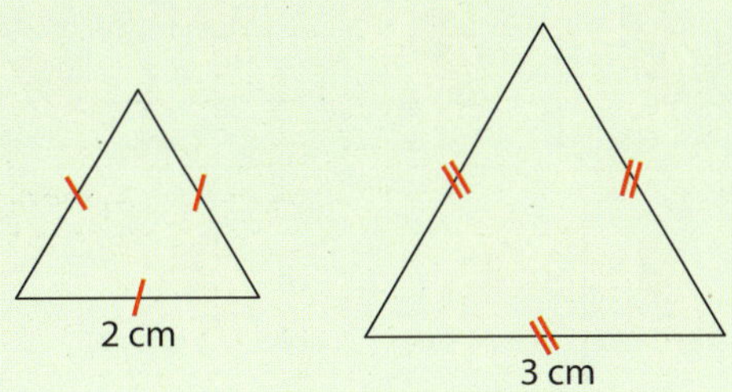

À toi de jouer

12 **1.** Reproduire la figure ci-contre.

2. Construire une réduction de rapport $\frac{1}{2}$ de cette figure.

3. Construire un agrandissement de rapport 1,5 de cette figure.

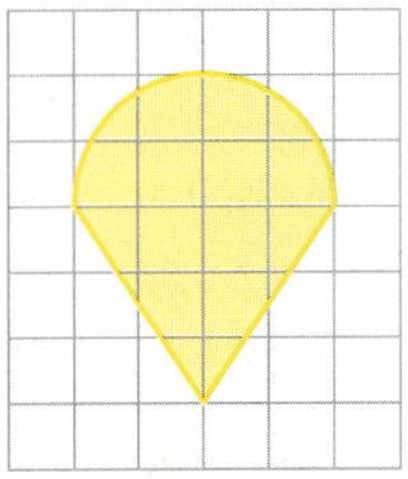

→ Corrigé p. 317

13 ABCD est un rectangle dont l'aire est égale à 32 cm^2.
EFGH est un agrandissement de ABCD de rapport 3.
1. Quelle est la nature du quadrilatère EFGH ?
2. Calculer l'aire du quadrilatère EFGH.

Solution

1. Comme un agrandissement conserve les mesures des angles et que ABCD est un rectangle, alors EFGH est un rectangle.
2. EFGH est un agrandissement de ABCD de rapport 3, donc :

$$\begin{aligned}\text{Aire}_{\text{EFGH}} &= \text{Aire}_{\text{ABCD}} \times 3^2 \\ &= 32\text{ cm}^2 \times 9 \\ &= 288\text{ cm}^2\end{aligned}$$

L'aire de EFGH est 288 cm^2.

À toi de jouer

14 On considère une figure dont l'aire est 12 cm^2.

1. Quelle est l'aire d'une réduction de cette figure de rapport $\frac{1}{2}$?

2. Quelle est l'aire d'un agrandissement de cette figure de rapport 1,5 ?

→ Corrigé p. 317

Exercices

Ressources téléchargeables

Transformer une figure par symétrie

→ Savoir-faire p. 209

QUESTIONS FLASH

15 **1.** Dans chacun des cas suivants, préciser pourquoi les figures ne sont pas symétriques par rapport à la droite.

a.

b.

c.

d.

2. Dans chacun des cas suivants, préciser pourquoi les figures ne sont pas symétriques par rapport au point O.

a.

b.

c.

Questions flash supplémentaires

16 Pour décorer son cahier, Nina a commencé à écrire son prénom en chinois.

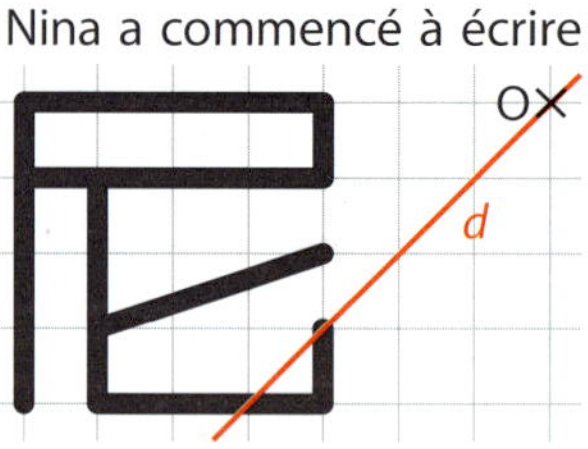

1. À l'aide du quadrillage, reproduire le début de son prénom, la droite d et le point O.

2. Construire le symétrique de cette calligraphie :

a. par rapport à la droite d ;

b. par rapport au point O.

17 Reproduire et compléter la figure ci-contre avec un minimum de carrés pour qu'elle admette la droite rouge pour axe de symétrie.

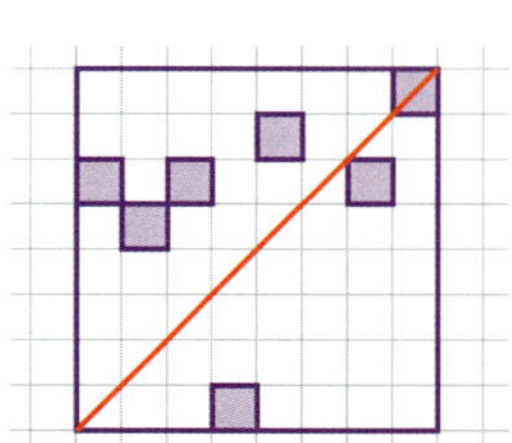

18 Reproduire et compléter la figure ci-contre avec un minimum de carrés pour qu'elle admette le point O pour centre de symétrie.

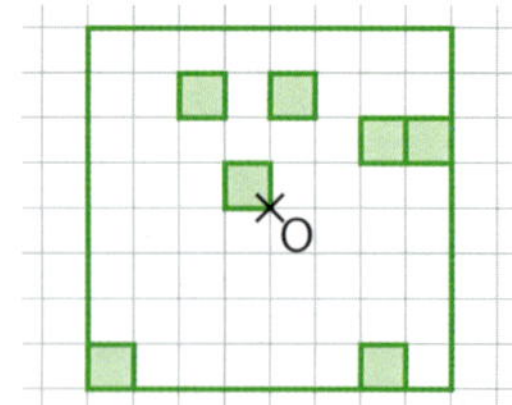

19 Construire une figure sur le modèle de celle proposée puis construire son symétrique par rapport à la droite d, puis par rapport au point A.

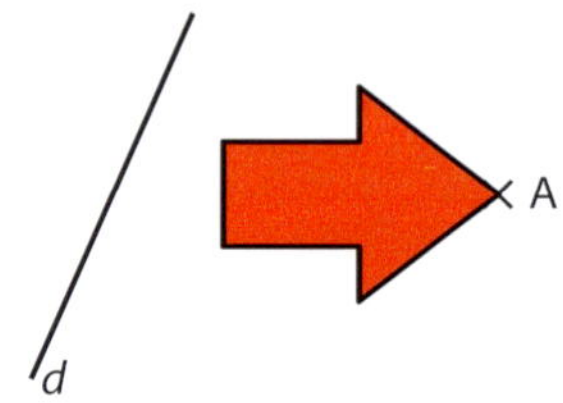

20 **1.** Tracer un losange VBNJ tel que VB = 3 cm et $\widehat{\text{VBN}} = 40°$.

2. Tracer le symétrique de VBNJ par rapport à la droite (BN). Noter V′ le symétrique de V et J′ le symétrique de J.

3. Justifier que le segment [V′J′] mesure 3 cm.

4. Quelle est la mesure de l'angle $\widehat{\text{V'BN}}$?

21 **1.** Construire un triangle BIL rectangle en I tel que BI = 4,2 cm et IL = 7,5 cm.

2. Placer un point H à l'extérieur du triangle BIL.

3. Construire le symétrique B′I′L′ de BIL par rapport à H.

4. Calculer l'aire du triangle B′I′L′.

MODE EXPERT

22 Sur la figure ci-contre, le point E est l'image du point A par la symétrie d'axe d, où d est une droite qui a été effacée.

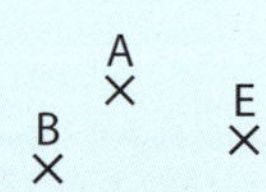

1. Construire une figure sur le modèle de celle proposée puis la compléter en construisant la droite d puis le point F, l'image de B par la symétrie d'axe d.

2. Quelle est la nature du quadrilatère AEFB ?

23 Les caténaires d'une ligne de tramway sont fixées à un câble central par deux barres métalliques, comme sur le schéma ci-dessous.

Les caténaires sont les câbles qui alimentent en électricité les trains ou les tramways.

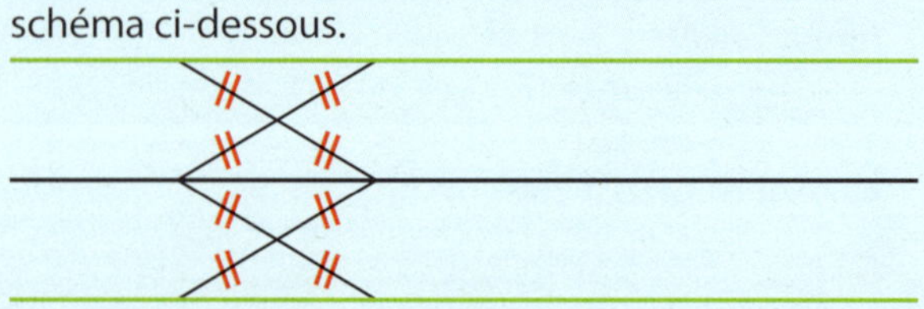

• Justifier que les deux caténaires, représentées en vert, ne se couperont pas.

Transformer une figure par translation

→ Savoir-faire p. 211

QUESTIONS FLASH

24 Dans chacun des cas suivants, indiquer si la figure $\mathcal{F}_2$ est l'image de la figure $\mathcal{F}_1$ par la translation qui transforme A en B. Si ce n'est pas le cas, expliquer pourquoi.

a.

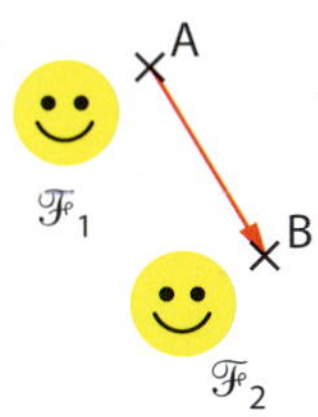

b.

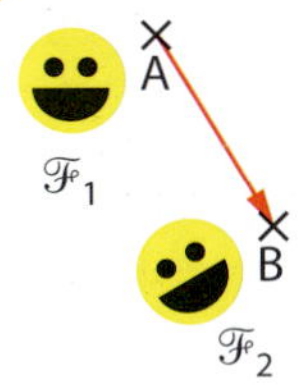

c.

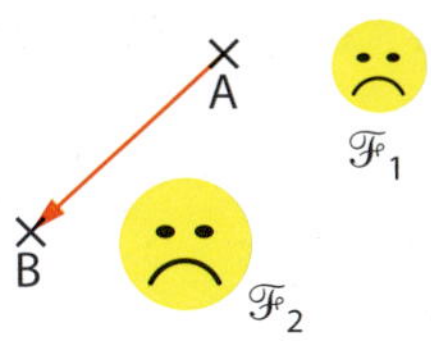

d.

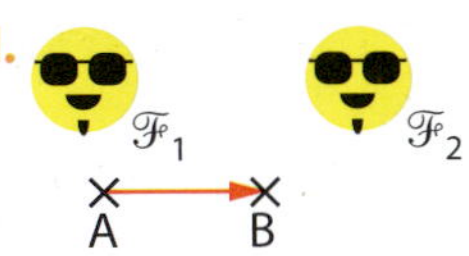

25 Dans chacun des cas suivants, indiquer si la figure $\mathcal{F}_2$ est l'image de la figure $\mathcal{F}_1$ par la translation de vecteur $\overrightarrow{IJ}$. Si ce n'est pas le cas, expliquer pourquoi.

a.

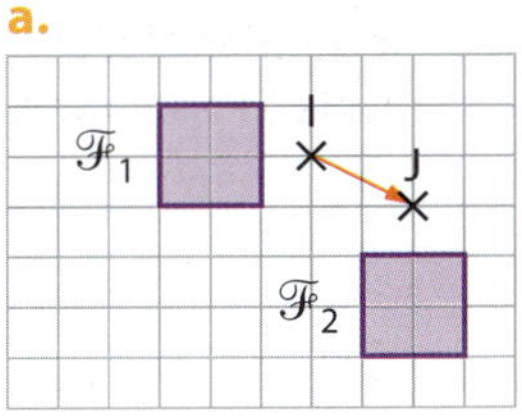

b.

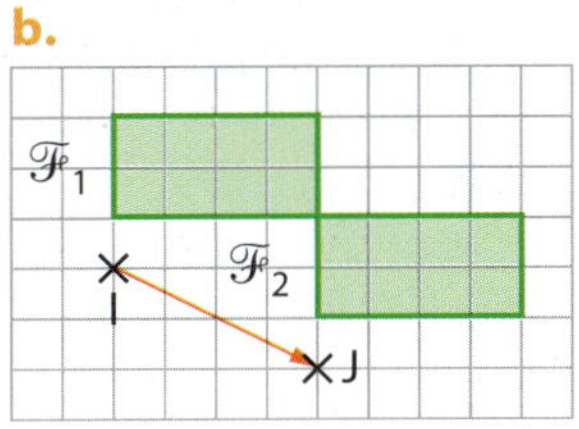

c.

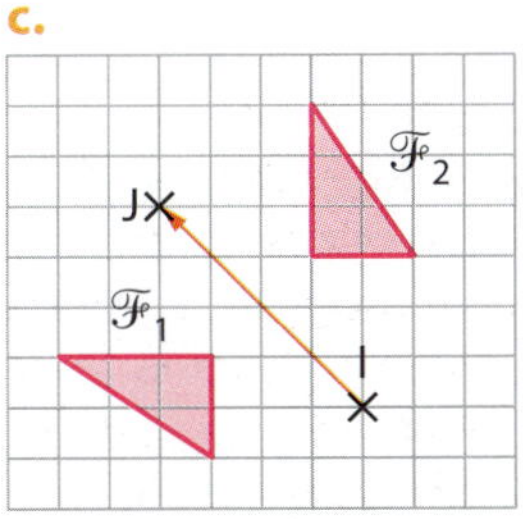

d.

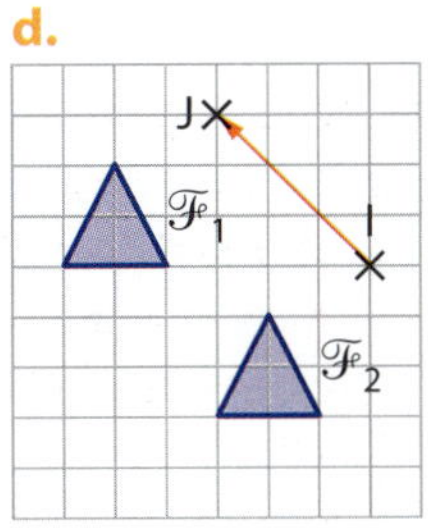

26 Parmi les bandes décoratives suivantes, dire lesquelles sont des frises et en donner un motif.

a.

b.

c.

27 Associer chaque pavage au couple de translations qui permet de le construire.

a.

b.

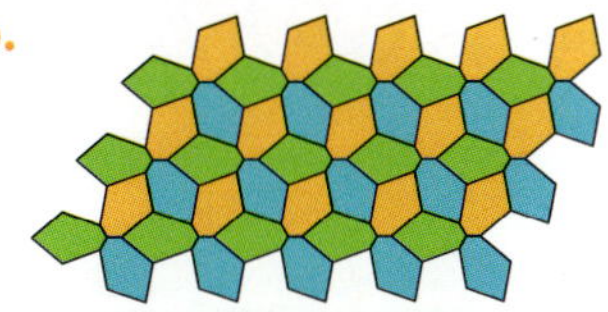

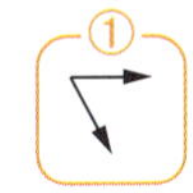

c.

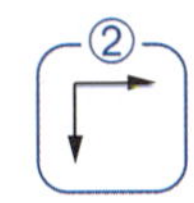

d.

Questions flash supplémentaires

28 TRANSLIO est un pavé droit que l'on a représenté ci-dessous en perspective cavalière.

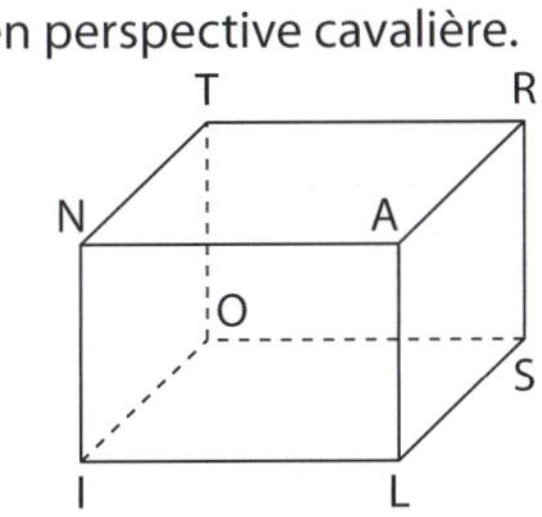

Par la translation qui transforme L en S, quelle est :

a. l'image du point I ?

b. l'image du point N ?

c. l'image du point A ?

29 Dans chacun des cas suivants, reproduire la note de musique, puis construire son image à main levée par la translation de vecteur $\overrightarrow{IJ}$.

a.

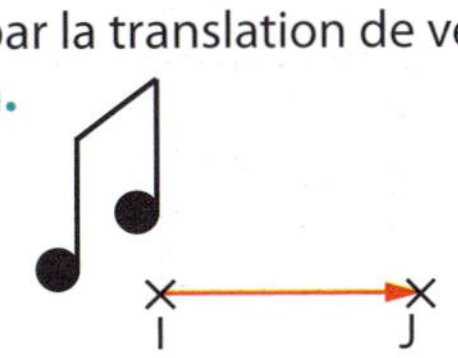

b.

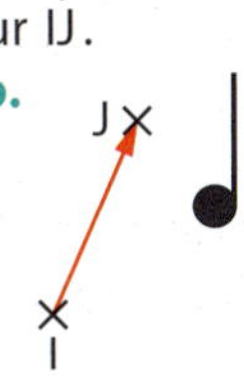

30 Reproduire chaque figure puis construire, en utilisant le quadrillage, son image par la translation de vecteur $\overrightarrow{IJ}$.

a.

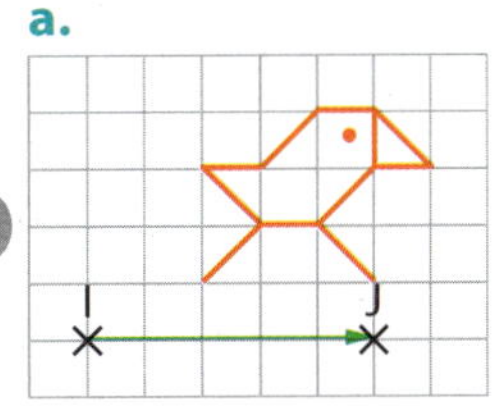

b.

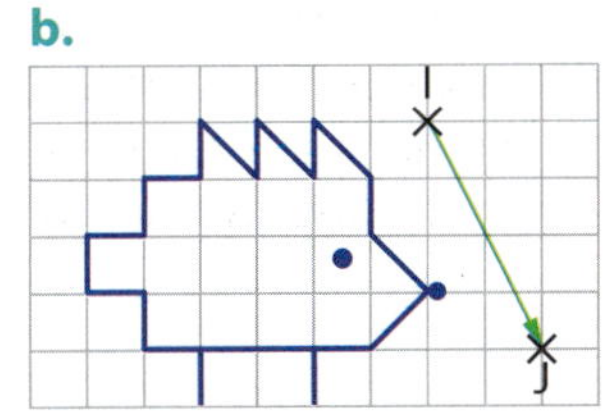

Exercices

31 Reproduire la figure ci-contre puis, en utilisant le quadrillage, construire son image par la translation de vecteur $\overrightarrow{AB}$.

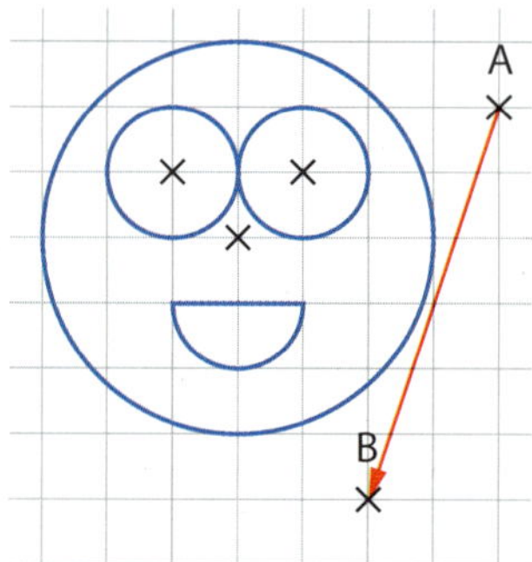

32 Le triangle S′I′C′ est l'image du triangle SIC par la translation de vecteur $\overrightarrow{CC'}$.

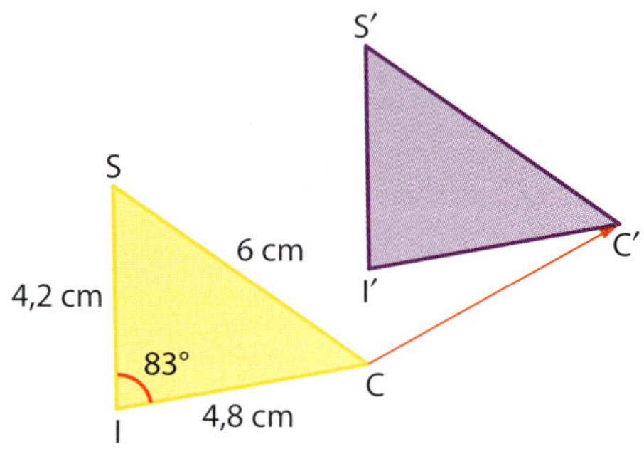

En justifiant les réponses, recopier et compléter les phrases suivantes.

a. Le côté [S′I′] mesure … cm.

b. La mesure de l'angle $\widehat{S'I'C'}$ est égale à … °.

c. Le périmètre du triangle S′I′C′ est égal à … cm.

33 $\mathscr{C}'$ est l'image d'un cercle $\mathscr{C}$ de 5 cm de diamètre et de centre O par la translation qui transforme O en O′.

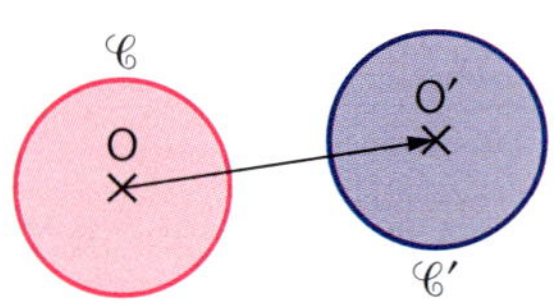

• Calculer le périmètre de $\mathscr{C}'$.

34 **1.** Construire un triangle MAX rectangle en A tel que MA = 4 cm et AX = 6 cm.

2. Construire l'image du triangle MAX par :

a. la translation de vecteur $\overrightarrow{AM}$;

b. la translation de vecteur $\overrightarrow{MA}$.

3. Calculer l'aire de chacun de ces trois triangles.

35

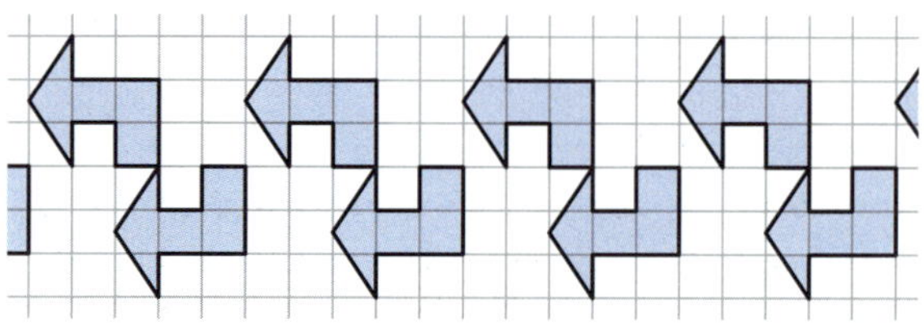

1. Construire un motif qui permet de construire cette frise par translation ainsi qu'un vecteur associé à cette translation.

2. Reproduire cette frise sur une feuille quadrillée.

36 Tracer à main levée un motif du pavage ci-dessous ainsi que les vecteurs des deux translations qui permettent de l'obtenir.

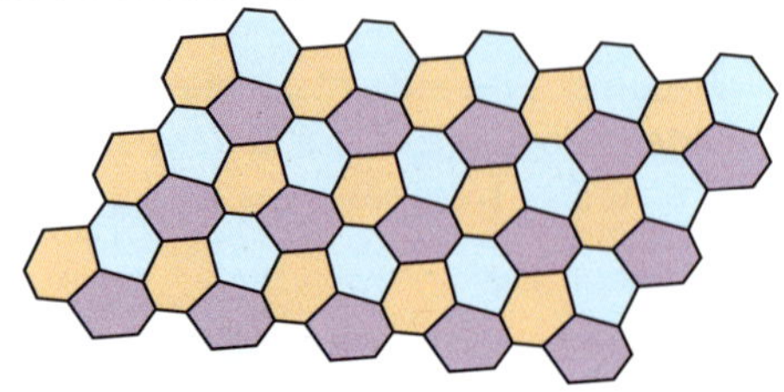

MODE EXPERT

37 **1.** Reproduire le trapèze ABCD ci-contre.

2. Construire l'image de ce trapèze par la translation de vecteur $\overrightarrow{AC}$. Noter A′, B′, C′ et D′ les images respectives de A, B, C et D.

3. Déterminer la mesure de l'angle $\widehat{C'B'D}$. Justifier.

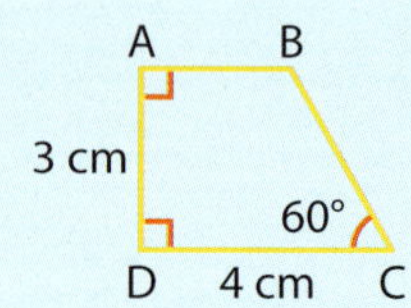

38 Réaliser un pavage avec le motif ci-contre et décrire les translations qui permettent de le construire.

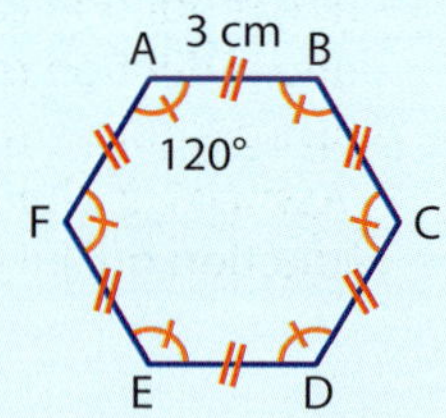

Agrandir et réduire une figure

➔ Savoir-faire p. 213

QUESTIONS FLASH

39

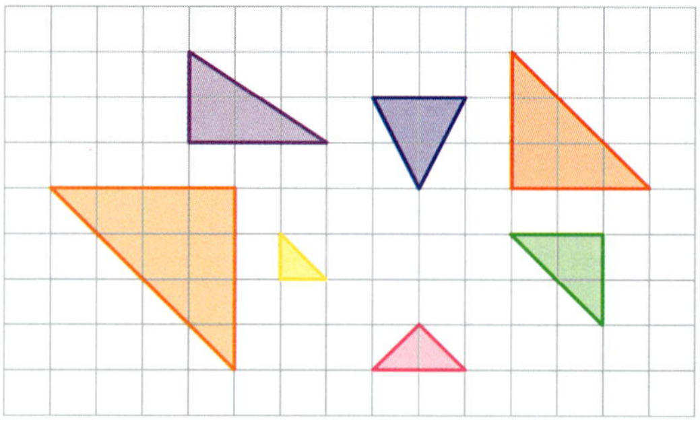

Citer si possible les triangles qui sont :

a. un agrandissement du triangle vert ;

b. une réduction du triangle vert ;

c. un agrandissement du triangle violet ;

d. une réduction du triangle rouge ;

e. une réduction du triangle bleu.

40 Pour chaque dessin, Enzo a tracé une réduction ou un agrandissement de la figure rose.

• À chaque fois, l'une des constructions n'est pas correcte. Laquelle ? Expliquer l'erreur d'Enzo.

41 Rob1, Rob2, Rob3 et Rob4 sont des agrandissements ou des réductions de Robot.

Il y a :
- un agrandissement de rapport 1,5 ;
- une réduction de rapport 0,25 ;
- une réduction de rapport 0,5 ;
- un agrandissement de rapport 1,2.

• Associer à chaque robot l'agrandissement ou la réduction qui lui convient.

Questions flash supplémentaires

42 Reproduire chaque note de musique, puis en construire à main levée :

a. un agrandissement de rapport 4 ;

b. une réduction de rapport 0,5.

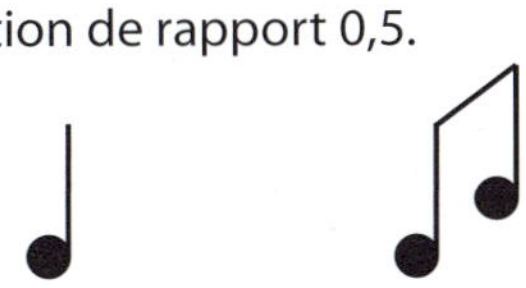

43 Reproduire la figure ci-contre sur un quadrillage, puis en construire un agrandissement de rapport 3.

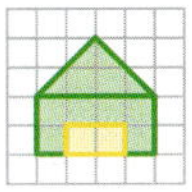

44 Reproduire la figure ci-contre sur un quadrillage, puis en construire une réduction de rapport $\frac{1}{3}$.

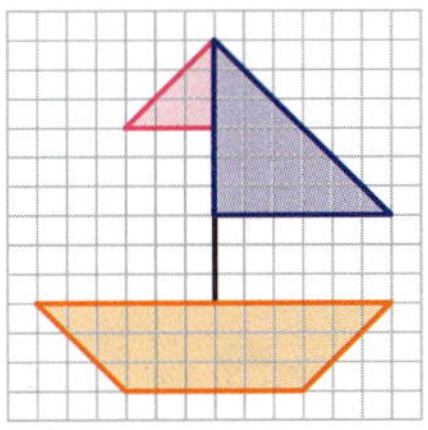

45 Réaliser une réduction de rapport 0,8 puis un agrandissement de rapport 2,5 de la figure ci-contre.

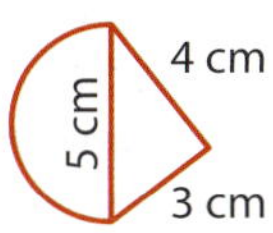

46 Dans chacun des cas suivants, dire si le triangle RST est une réduction ou un agrandissement du triangle ABC et en préciser le rapport.

a.

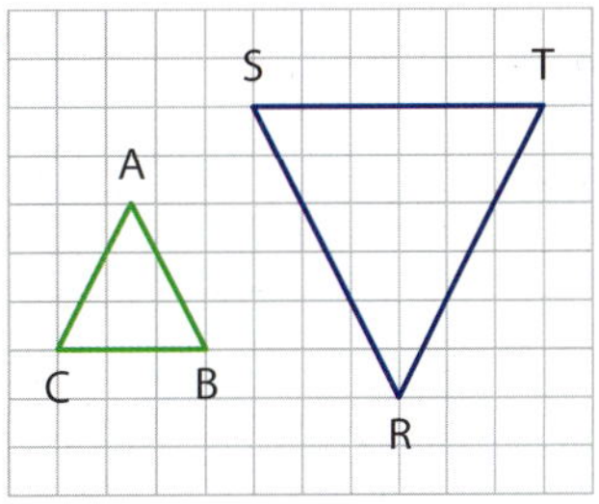

b.

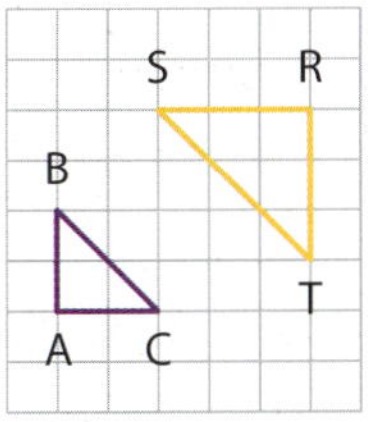

c.

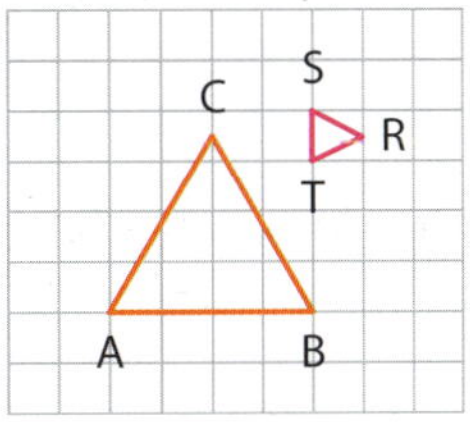

47 Un disque a pour aire 4π dm^2. Déterminer l'aire d'un agrandissement de rapport 1,8 de ce disque.

48 Candice a commencé à construire un carré C'A'R'E' qui est un agrandissement de rapport 5 d'un carré CARE, mais cet agrandissement ne rentre pas sur sa feuille.

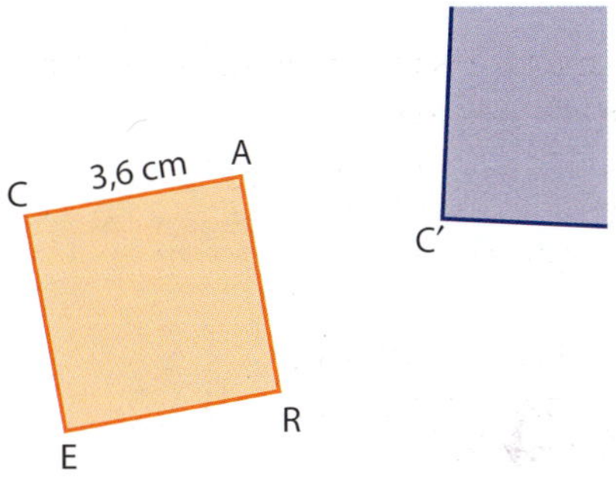

• Calculer le périmètre et l'aire de C'A'R'E'.

49 Un cylindre a pour volume 12π dm^3. Déterminer la valeur exacte du volume d'un agrandissement de rapport 1,3 de ce cylindre.

50 Adrien a tracé trois réductions d'un tétraèdre ABCD de rapports respectifs 0,5 ; 0,3 et 0,2. Le tétraèdre ABCD a un volume de 12 cm^3.

• Quel est le volume des trois réductions en cm^3 ?

MODE EXPERT

51 Asya a perdu la consigne de son exercice de géométrie. Sur son brouillon, elle a dessiné deux triangles à main levée sous lesquels est notée leur aire. Le premier a une aire de 5 cm^2, le second de 1,25 dm^2.

• Aider Asya à retrouver le rapport d'agrandissement qui a permis d'obtenir le second triangle à partir du premier.

Faire le point

Version interactive du QCM

Vérifie tes connaissances.

QCM

Donner la ou les bonnes réponses parmi les trois proposées.

1 Transformer une figure par symétrie

	Réponse A	Réponse B	Réponse C
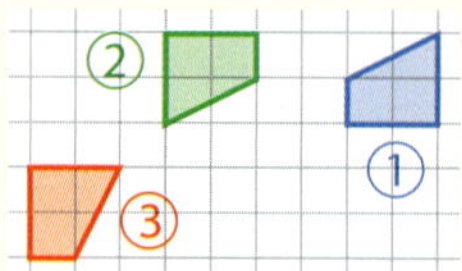 Pour passer de la figure ① à la figure ②, puis à la figure ③, on peut effectuer successivement :	une symétrie axiale, puis une symétrie centrale.	une symétrie centrale, puis une symétrie centrale.	une symétrie centrale, puis une symétrie axiale.

2 Transformer une figure par translation

	Réponse A	Réponse B	Réponse C
1. Dans quel(s) cas la figure rouge est-elle l'image de la figure bleue par la translation de vecteur $\overrightarrow{AB}$?	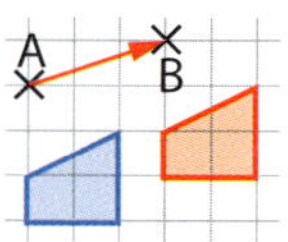	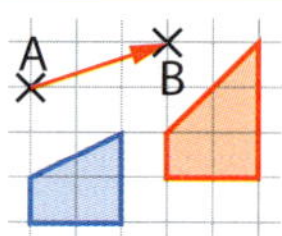	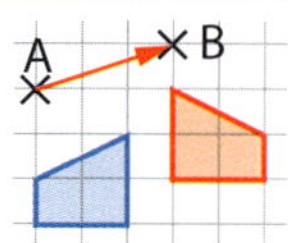
2.  Un motif de la frise ci-dessus est :			
3. On peut affirmer qu'il existe une translation qui permet de passer : 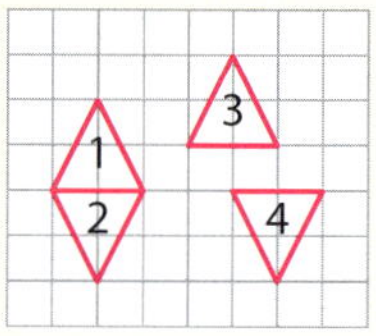	du triangle 1 au triangle 3.	du triangle 1 au triangle 4.	du triangle 2 au triangle 4.

3 Agrandir et réduire une figure

	Réponse A	Réponse B	Réponse C
1. Dans quel(s) cas la figure violette est un agrandissement de la figure verte ?			
2. Si on multiplie par 3 toutes les longueurs d'un rectangle, son aire est multipliée par :	3	6	9

→ Corrigé p. 317

Carte mentale

Ressource téléchargeable

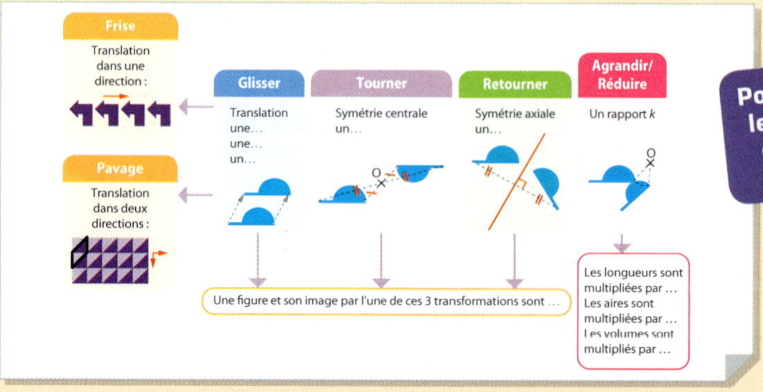

Pour t'aider à retenir le cours, télécharge et complète cette carte mentale.

Algorithmique et outils numériques

52 Droite et translation

1. Avec un logiciel de géométrie dynamique, créer une droite (RS).
2. Placer deux points I et J n'appartenant pas à cette droite, tels que (IJ) soit parallèle à (RS).
3. En utilisant l'outil « translation », construire la droite (R'S'), image de la droite (RS) par la translation qui transforme I en J.
4. Que peut-on dire de la droite (R'S') ?

53 Rectangle et translation

1. Avec un logiciel de géométrie dynamique, créer un rectangle TRUC.
2. Placer un point I à l'intérieur de ce rectangle.
3. Construire l'image du rectangle TRUC par la translation de vecteur $\overrightarrow{TI}$.

54 Une propriété des translations

1. Avec un logiciel de géométrie dynamique, créer une droite (LV).
2. Placer deux points A et B n'appartenant pas à cette droite, tels que (AB) ne soit pas parallèle à (LV).
3. Construire l'image de la droite (LV) par la translation qui transforme A en B.
4. En utilisant l'outil « relation » a=b, préciser la position de la droite (LV) et de son image.
5. Changer la direction du déplacement. Vérifier la position des deux droites.
6. Quelle propriété des translations peut-on observer ?

55 Pico le lutin

La commande ci-dessous permet d'augmenter ou de réduire la taille d'un lutin.

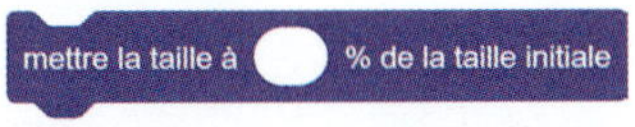

• Compléter le programme suivant pour que le lutin « Pico » s'agrandisse ou se réduise du pourcentage demandé et qu'il dise « Que j'ai grandi ! » ou « Que je suis petit ! » selon la réponse donnée.

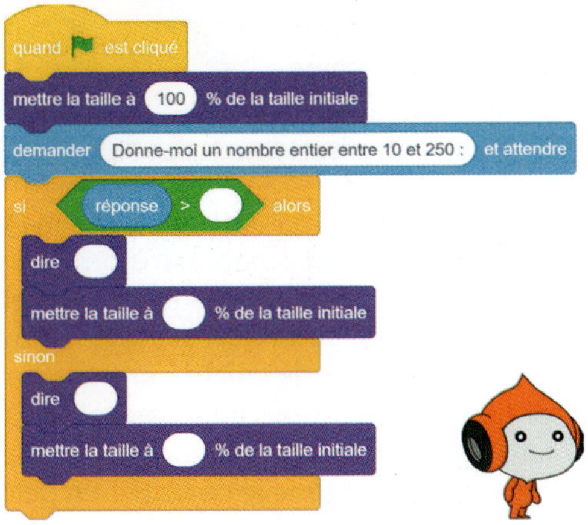

56 Le mur

1. Compléter la partie de programme ci-contre qui permet de tracer un rectangle de longueur 100 et de largeur 50.

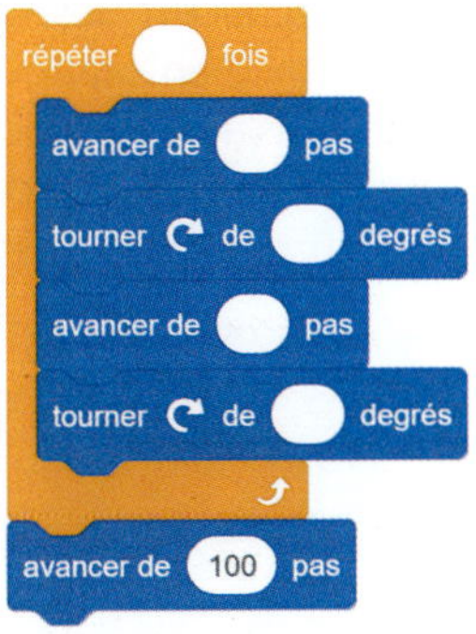

2. On souhaite réaliser le pavage ci-dessous à l'aide de ce programme.

a. Compléter le début de programme ci-contre sachant que :

- pour commencer, le lutin a été positionné en $x = -240$ et $y = 180$ et que cinq rectangles ont été tracés pour obtenir la rangée du haut ;

- pour obtenir la deuxième ligne, le lutin a été positionné en $x = -190$ et $y = 130$ et que quatre rectangles ont été tracés.

b. Compléter le programme pour obtenir les 7 rangées du mur.

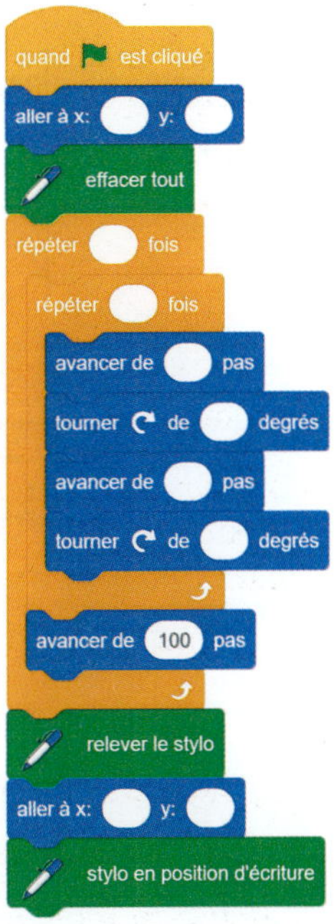

57 Pavage Prise d'initiative

Réaliser un pavage sur Scratch s'inspirant du motif ci-contre.

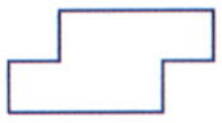

58 Un autre pavage Prise d'initiative

Réaliser un pavage sur un logiciel de géométrie dynamique en utilisant un hexagone régulier (c'est-à-dire un hexagone dont tous les côtés ont la même longueur et tous les angles ont la même mesure).

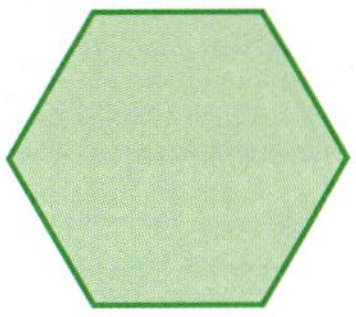

Problèmes

ceinture jaune ceinture verte ceinture noire

59 Constructions

Communiquer

Dans chacun des cas suivants, Tom, Léa et Lucie ont tracé en orange l'image de la figure verte par la translation associée au vecteur représenté en rouge. Lequel a tracé la bonne figure ? Expliquer les erreurs des deux autres.

a.

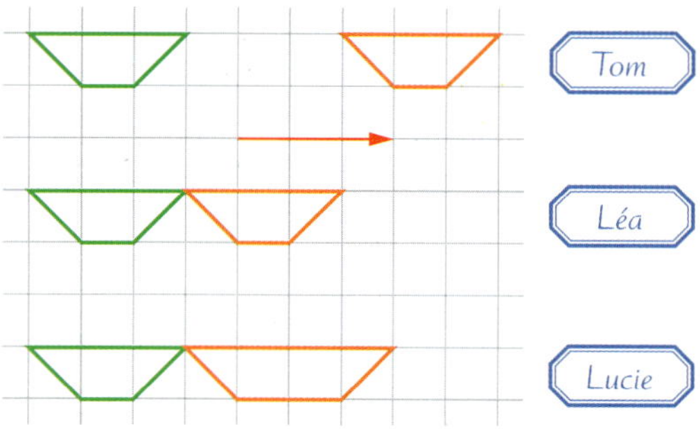

b.

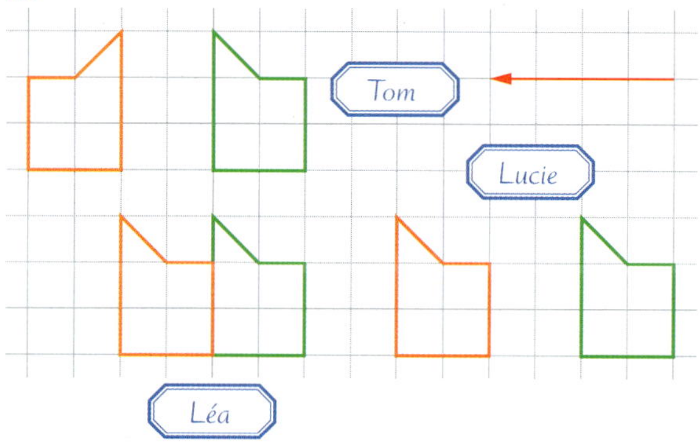

c.

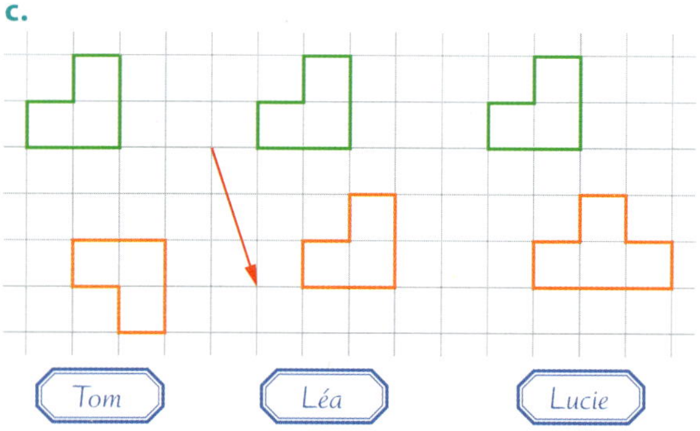

60 Des tortues

Représenter, Chercher

Voici une esquisse inspirée de l'artiste M.C. Escher :

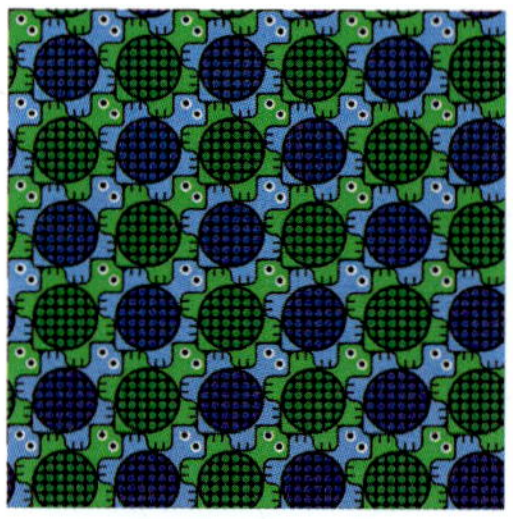

• Sans tenir compte de la couleur, repérer un motif de cette œuvre et expliquer comment elle a été construite à partir de ce motif.

61 Invader

Représenter

Sur une balise du port de La Vigne, dans la commune de Lège-Cap-Ferret, l'artiste Invader avait posé une mosaïque, représentée ci-dessous.

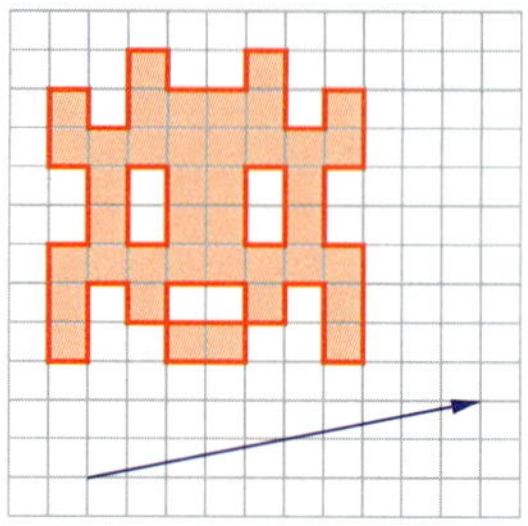

1. Reproduire la figure.

2. Construire son image par la translation associée au vecteur représenté en bleu.

62 Un triangle dans tous ses états

Chercher

Chacun des triangles ②, ③ et ④ est l'image du triangle ① par une transformation.

• Décrire précisément chacune de ces transformations.

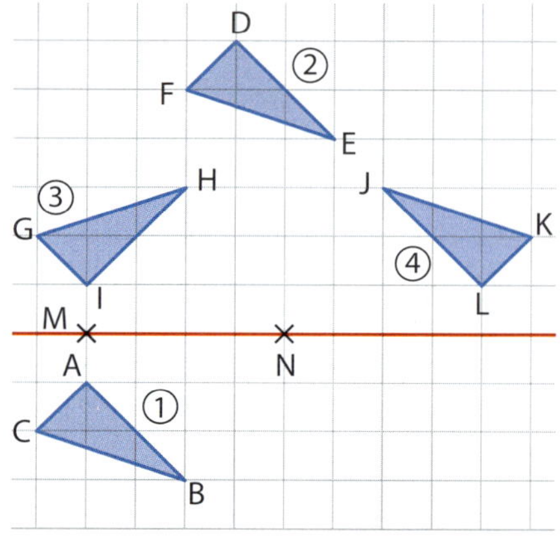

63 Sous les pavages, la plage

Chercher

Au mois d'aout, sur la plage d'Arcachon, il y a beaucoup de monde et de parasols de forme hexagonale qui réalisent parfois un pavage de la plage.

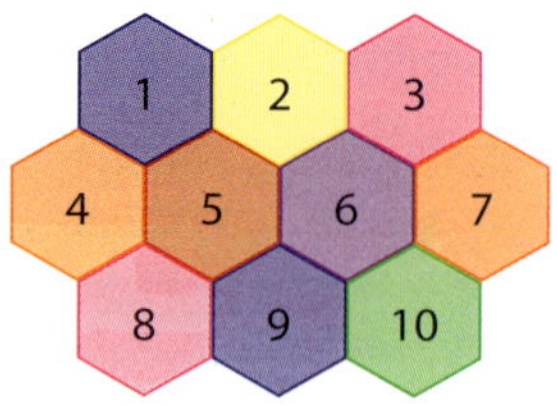

1. Nicolas est sous le parasol qui est l'image du parasol 1 par la translation qui transforme le parasol 2 en parasol 10. Sous quel parasol est Nicolas ?

2. Luna est sous le parasol qui est le symétrique du parasol 5 par la symétrie axiale qui transforme le parasol 1 en parasol 3. Sous quel parasol est Luna ?

3. Amine est sous le parasol dont l'image par la translation qui transforme le parasol 4 en parasol 8 est le parasol 7. Sous quel parasol se trouve Amine ?

64 Poussée par le vent

Représenter, Chercher

Pour se rendre le 23 septembre 2019 à un sommet de L'ONU sur le climat, Greta Thunberg avait refusé de prendre l'avion à cause des émissions de carbone que ce moyen de transport génère. Elle est donc arrivée en bateau à voile.

La figure ci-dessous représente les contraintes de navigation en mer pour un bateau à voile (le polygone orange) :

- la translation de vecteur $\overrightarrow{VE}$ représente le déplacement qu'effectuerait le bateau pendant une seconde, s'il n'était soumis qu'au vent ;
- la translation de vecteur $\overrightarrow{CO}$ représente le déplacement qu'effectuerait le bateau pendant une seconde, s'il n'était soumis qu'au courant.

Le bateau étant soumis au vent et au courant, on peut considérer qu'il effectue chaque seconde ces deux déplacements.

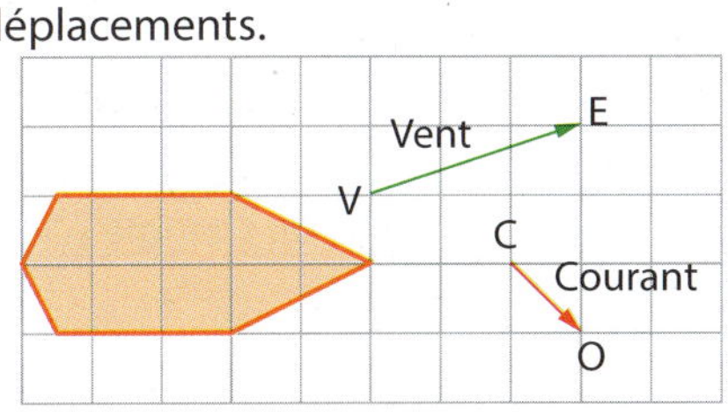

1. Reproduire la figure.
2. Construire l'image du bateau orange par la translation de vecteur $\overrightarrow{VE}$. Colorier en bleu le bateau obtenu.
3. Construire l'image du bateau bleu par la translation de vecteur $\overrightarrow{CO}$. Colorier en jaune le bateau obtenu.
4. Quelle transformation permet de passer directement du bateau orange au bateau jaune ? Dans quelle direction le bateau se déplace-t-il ?

65 Cocktail de transformations

Représenter

On a tracé sur un quadrillage un polygone ABCDEFG.

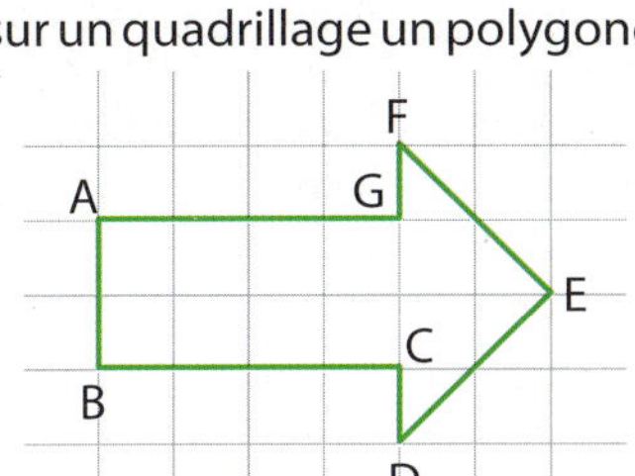

1. Reproduire cette figure en utilisant le quadrillage.
2. Sur ce quadrillage, construire l'image du polygone ABCDEFG :
a. par la symétrie de centre B ;
b. par la translation qui transforme A en E ;
c. par la symétrie d'axe (DE).

66 Papier cadeau

Modéliser

Hamza est graphiste dans une entreprise qui fabrique du papier cadeau. Il a créé cette année des pavages géométriques. Voici l'un de ses modèles.

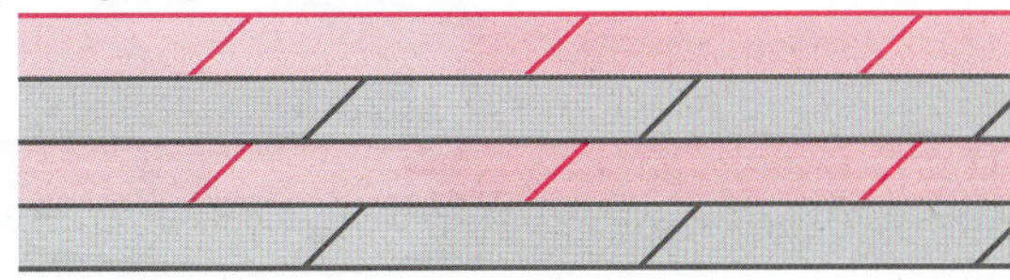

1. Donner un motif de ce pavage sans tenir compte de la couleur.
2. Quelle touche doit être pressée pour obtenir le motif du pavage ci-dessus ? Quelle est la nature du motif que l'on obtiendrait avec l'autre script ?

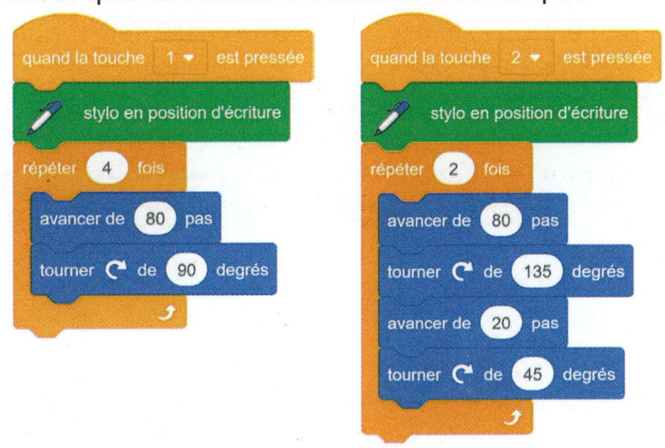

3. Décrire les deux transformations qui permettent d'obtenir ce pavage.

67 Photos

Raisonner, Calculer

L'entreprise « Click » propose des agrandissements de photos à ses clients. Voici ce que l'on voit sur son site internet :

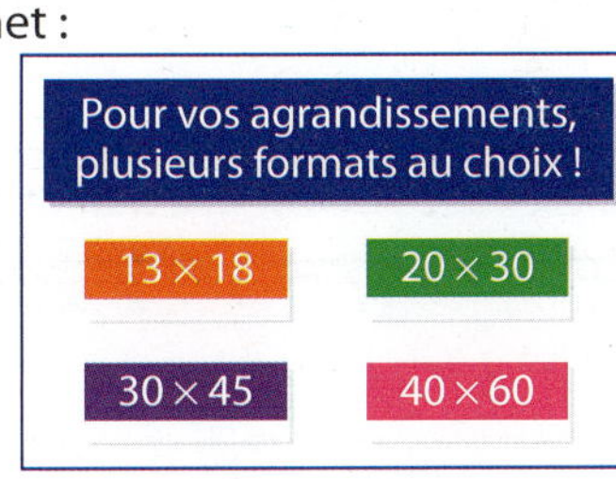

1. Sachant que le format normal d'une photo est 10 × 15, déterminer quel format parmi ceux proposés n'est pas correct. Justifier la réponse.
2. Pour les autres formats, donner le coefficient d'agrandissement.

68 Globule rouge

Calculer

On assimile la forme d'un globule rouge à un disque dont le diamètre mesure 8 µm.

On l'observe au microscope muni d'une lentille de coefficient d'agrandissement $k = 10$.

- Calculer l'aire que semble avoir le globule rouge observé au microscope.

8 µm

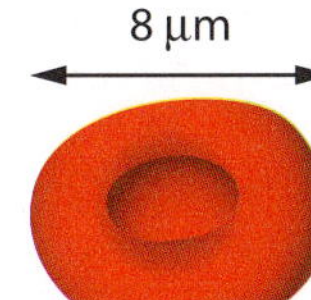

Vue de surface

Problèmes

69 Crossover

Calculer

Sur la documentation technique du C3 Aircross, on peut lire que le coffre a un volume minimum de 410 L et que la masse à vide du véhicule est 1 159 kg.

Benoît possède un modèle réduit à $\frac{1}{20}$ de ce véhicule.

1. Calculer le volume en cL du coffre de ce modèle réduit.

2. Peut-on calculer la masse de ce modèle réduit ?

70 La tour Pey Berland (Prise d'initiative)

Calculer

La tour Pey Berland à Bordeaux est le clocher déporté de la cathédrale Saint André. Elle mesure 66 m de haut.

Erwan veut acheter une réduction de cette tour pour la mettre dans la bibliothèque de sa chambre. L'espace entre deux étagères est de 15 cm.

Il a le choix entre plusieurs modèles :

- une réduction de rapport 0,002
- une réduction de rapport 0,002 27
- une réduction de rapport 0,002 5

• Aider Erwan à choisir le modèle le plus adapté à sa bibliothèque.

71 The stencil

Communiquer, Chercher

Lily found the frieze below in a magazine.

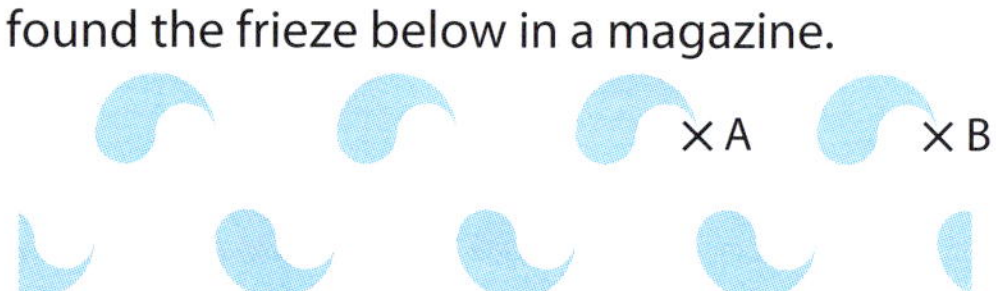

She wants to paint it horizontally on the wall of her room using the following stencil :

• Give her all the instructions she needs in order to reproduce the frieze using the stencil.

72 Des triangles en pagaille

Chercher

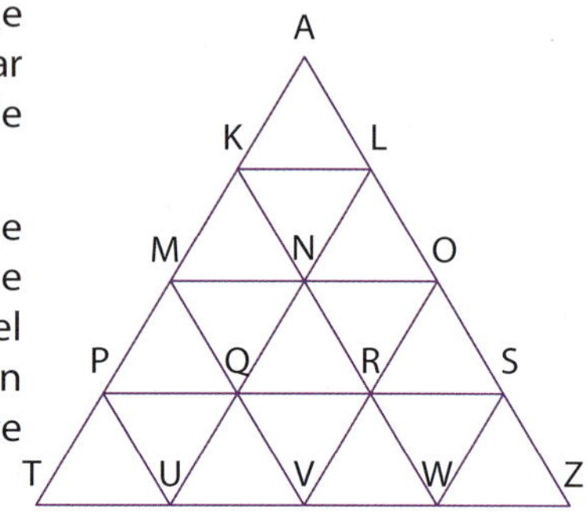

1. Quelle est l'image du triangle KNM par la translation de vecteur $\overrightarrow{KM}$?

2. QRV est l'image de KLN par une translation. Quel vecteur peut-on associer à cette translation ?

3. PTU est l'image d'un triangle par la translation de vecteur $\overrightarrow{RP}$. Quel est ce triangle ?

4. KLN est une réduction du triangle AMO. Quel en est le rapport ?

5. Citer un agrandissement du triangle MTV de rapport 2.

6. Citer une réduction du triangle ATZ de rapport 0,25.

73 Triangles

Chercher, Calculer

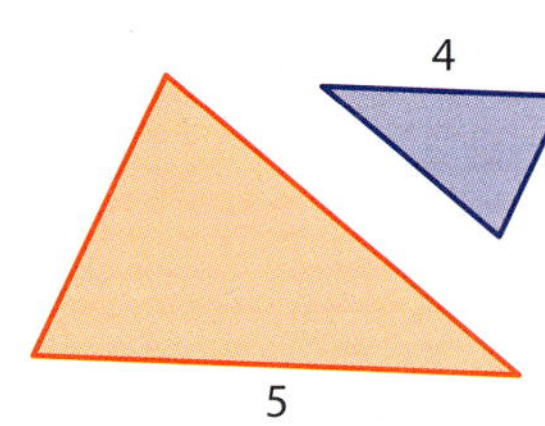

Le triangle bleu est une réduction du triangle rouge. L'aire du triangle rouge est de 18 cm^2.

• Calculer l'aire du triangle bleu.

DÉFIS & ÉNIGMES

74 Une montagne de triangles

Combien de triangles sont tracés dans cette figure ?

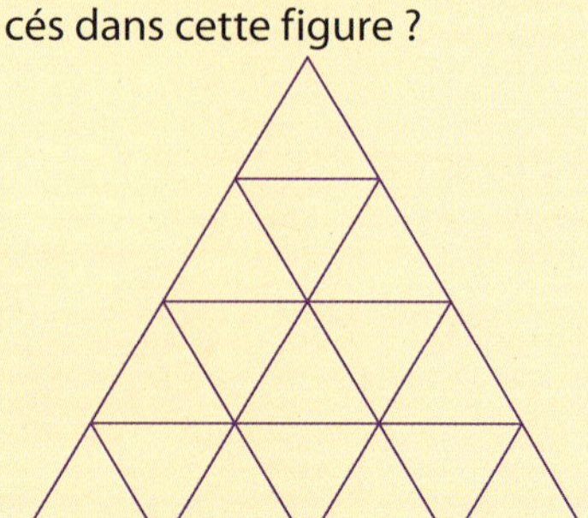

75 Un papillon en danger

Il faut protéger le papillon des araignées en leur bloquant le passage avec des rochers.

• Décrire toutes les translations qu'il faut appliquer à chaque rocher pour sauver le papillon.

76 Des carrés comme des poupées russes

Modéliser, Représenter

Nolann travaille sur un programme. Voici ci-contre une copie de son écran.

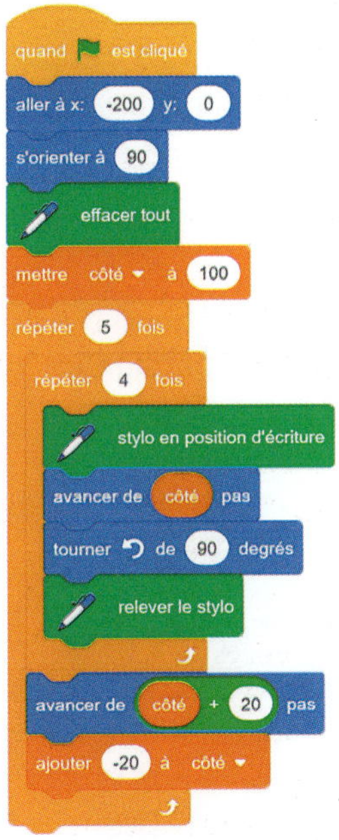

1. Quelle est la longueur du côté du premier carré tracé ?

2. Combien de carrés sont tracés ?

3. Le deuxième carré est une réduction du premier carré. Quel est le coefficient de réduction ?

4. Représenter la figure obtenue si le programme est exécuté. On prendra comme échelle 1 cm pour 20 pixels.

77 Cubes

Communiquer

Voici un tableau inspiré du travail de M.C. Escher.

• Décrire cette œuvre en utilisant des transformations mathématiques.

78 Composée

Représenter, Raisonner

1. Reproduire cette figure.

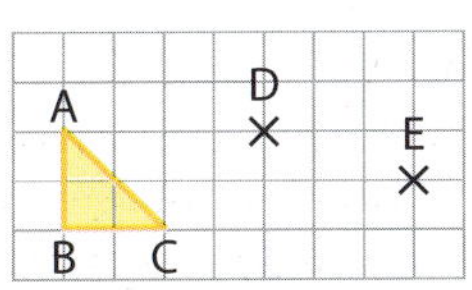

2. Construire le symétrique A′B′C′ de ABC par la symétrie de centre D.

3. Construire le symétrique A″B″C″ de A′B′C′ par la symétrie de centre E.

4. Décrire une transformation par laquelle le triangle ABC a pour image le triangle A″B″C″.

79 Empilement *Prise d'initiative*

Calculer

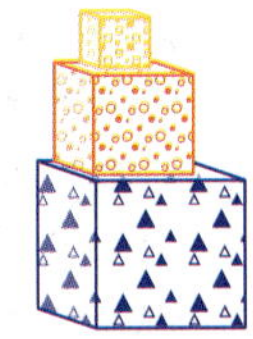

Sachant que le grand cube a une arête de 20 cm et que les cubes au-dessus sont des réductions successives de coefficient $\frac{9}{10}$, le volume total de cet empilement est-il supérieur ou inférieur à 20 L ?

80 Alcazar de Séville *Prise d'initiative*

Chercher, Représenter

L'Alcazar est un palais fortifié à Séville construit au IXe siècle. En visitant ce palais, on peut découvrir la frise ci-dessous.

Voir point info p. 205.

• À l'aide du document ci-dessous, construire un motif de cette frise sans tenir compte des couleurs.

Doc.

Le motif a un axe de symétrie et est constitué d'un grand trapèze, représenté ci-dessous, et qui est reproduit 5 fois par réduction avec les rapports suivants :

0,8 ; 0,7 ; 0,6 ; 0,5 ; 0,3

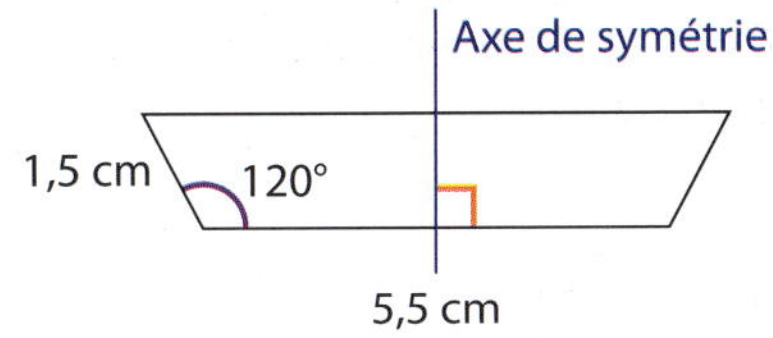

MISSION DÉMONSTRATION

Raisonnement Décomposer un problème en plusieurs étapes

Certains problèmes doivent se résoudre en plusieurs étapes. Après avoir tracé une figure, on recherche dans le cours les propriétés nécessaires pour répondre à la consigne. **Chaque propriété à utiliser constitue une étape de la résolution du problème.** On rédige ensuite la réponse étape par étape.

81 Soient ABC un triangle et CB′C′ son image par la translation de vecteur $\overrightarrow{AC}$.

• En suivant les étapes ci-contre, démontrer que les segments [BC′] et [B′C] se coupent en leur milieu.

Étape 1 : Démontrer que les droites (BB′) et (CC′) sont parallèles et que les longueurs BB′ et CC′ sont égales.

Étape 2 : En déduire la nature du quadrilatère BCC′B′.

Étape 3 : Conclure.

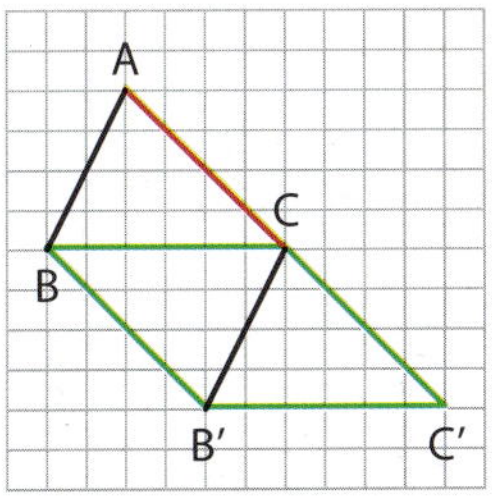

Travailler autrement

Utilisable en AP

À chacun son parcours !

82 Analyse de document

Socle D1 Je produis et j'utilise des représentations d'objets tels que schémas ou figures géométriques.

Socle D4 Je pratique le calcul mental et écrit, exact et approché.

Le triangle de Sierpinski est une fractale réalisée par Waclaw Sierpinski en 1915 à partir d'un triangle équilatéral. Ce triangle est d'abord partagé en quatre triangles équilatéraux dont celui du centre est blanc. Chaque nouveau triangle de couleur est partagé selon la même règle répétée à l'infini.

Voici les premières transformations pour obtenir un triangle de Sierpinski :

> Une fractale est une figure obtenue à partir d'une figure géométrique qui est constamment modifiée suivant une règle précise à partir de la dernière figure transformée, et cela à l'infini.

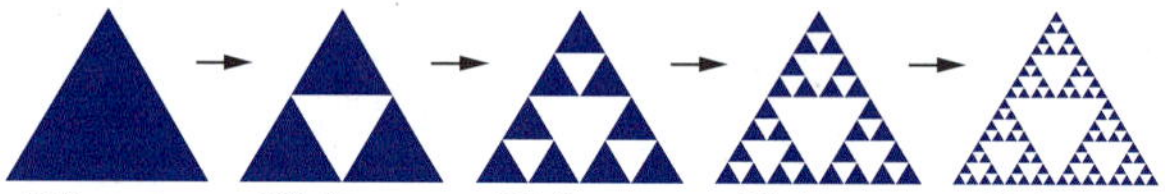

Questions ceinture jaune

1. Que représente le triangle blanc central par rapport au triangle initial ?

2. Construire le triangle de Sierpinski à la 2e étape à partir d'un triangle équilatéral de 8 cm de côté sur papier ou à l'aide d'un logiciel de géométrie dynamique.

Question ceinture verte

• Sachant que le premier triangle équilatéral a une aire de 1 cm^2, calculer l'aire du plus petit triangle coloré à la 3e étape du triangle de Sierpinski.

Question ceinture noire

• Sachant que le premier triangle équilatéral a une aire de 1 cm^2, calculer l'aire de la partie colorée du triangle de Sierpinski à la 4e étape.

83 Analyse de document

Socle D1 Je produis et j'utilise des représentations d'objets tels que schémas ou figures géométriques.

Socle D2 Je m'exprime à l'écrit pour expliquer ou argumenter de façon claire et organisée.

Voici un labyrinthe. Pour atteindre la case « Arrivée », il faut passer d'une case à une autre case (qui la touche soit par un côté, soit par un sommet) en utilisant les transformations suivantes : symétrie axiale, symétrie centrale ou translation.

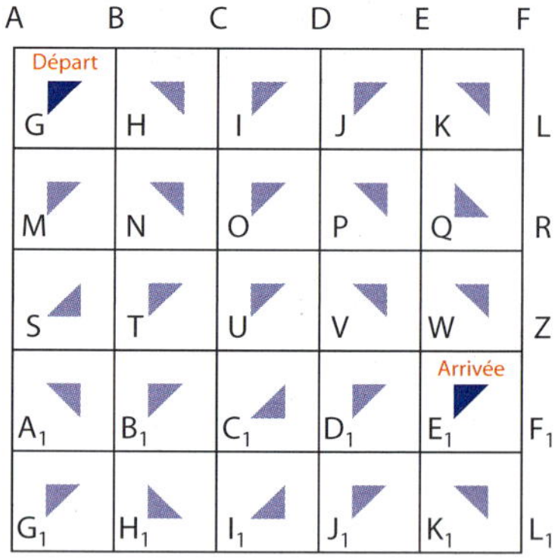

Questions ceinture jaune

1. Existe-t-il un chemin qui permet de sortir du labyrinthe en utilisant uniquement des translations ? Si oui, lequel ?

2. Existe-t-il un chemin qui permet de sortir du labyrinthe en utilisant uniquement des symétries axiales ? Si oui, lequel ?

3. Existe-t-il un chemin qui permet de sortir du labyrinthe en utilisant uniquement des symétries centrales ? Si oui, lequel ?

Question ceinture verte

• Trouver un chemin qui permet de sortir du labyrinthe et qui utilise au moins une symétrie axiale, une symétrie centrale et une translation. Décrire ce chemin en donnant les caractéristiques des transformations utilisées.

Question ceinture noire

• Trouver le chemin le plus court pour sortir du labyrinthe. Le décrire en donnant les caractéristiques des transformations utilisées.

11 Triangles et quadrilatères

TA MISSION

Reconnaitre des triangles égaux et des parallélogrammes.

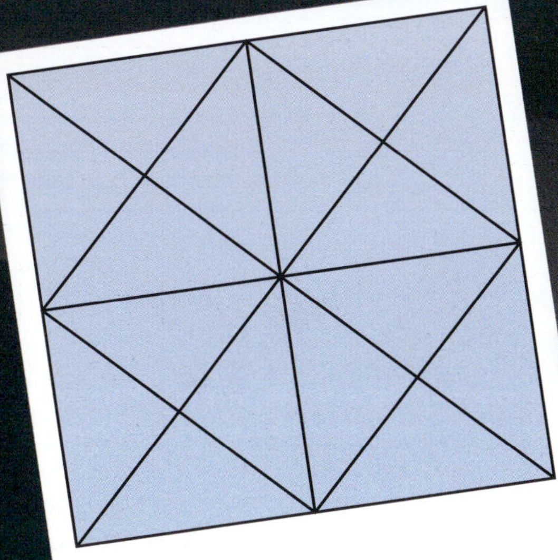

JEU

Sur cette figure, combien voit-on :
- de carrés ?
- de rectangles ?
- de parallélogrammes ?

POINT INFO

Victor Vasarely est un plasticien hongrois du XXe siècle, naturalisé français en 1961. Il a travaillé dans le domaine de l'art abstrait, développant son propre modèle géométrique utilisant un nombre limité de couleurs.

Il a également travaillé pour des agences publicitaires ; il a en particulier repensé avec son fils le logo de la marque Renault.

Voir problème n° 72 p. 241.

Activités

Prêts pour le décollage ?

QUESTIONS FLASH Questions flash supplémentaires

① Calculer mentalement la mesure de l'angle $\widehat{BCA}$:

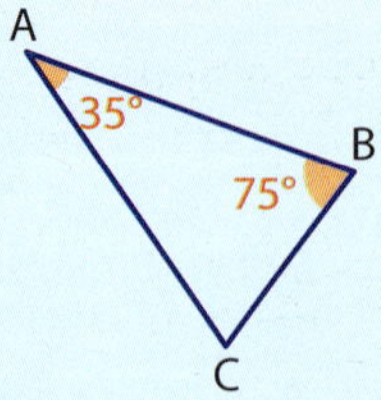

② On considère la figure suivante.

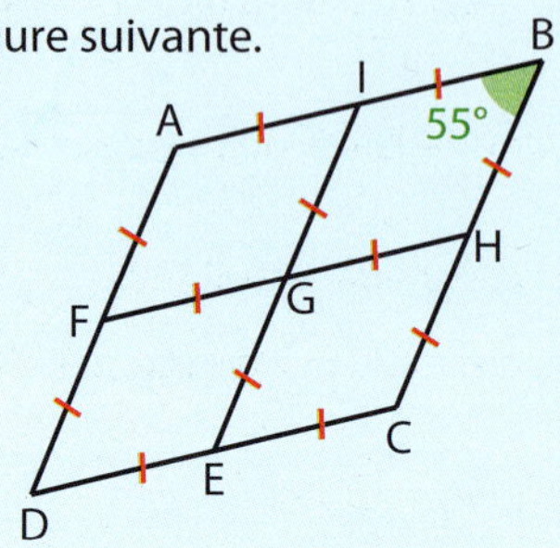

a. Combien y a-t-il de losanges ?
b. Combien y a-t-il de parallélogrammes ?

③ Sur la figure ci-contre, les droites *d* et *d'* sont parallèles et les points A, O, C sont alignés.

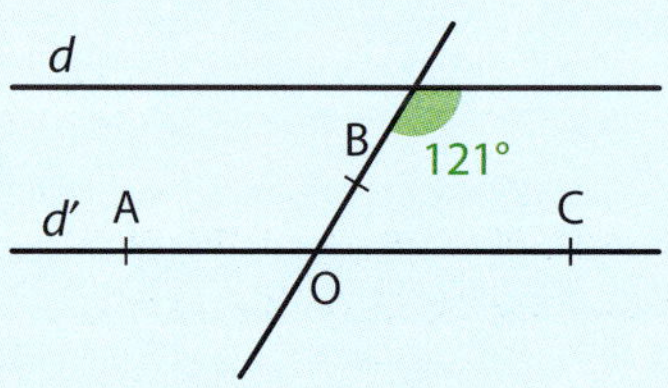

Déterminer la mesure de $\widehat{AOB}$ puis de $\widehat{BOC}$.

④ Voici des quadrilatères tracés à main levée.

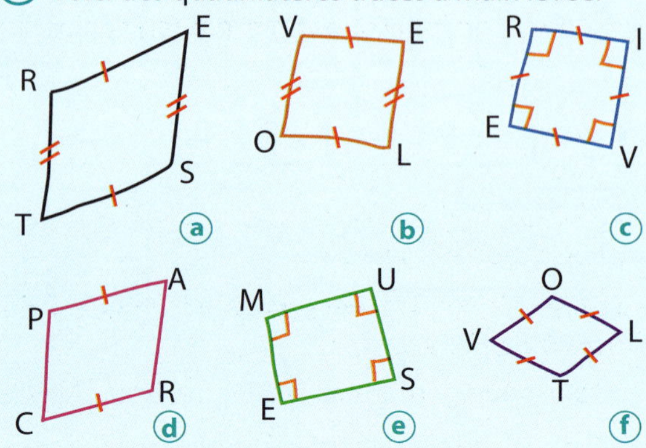

a. Lesquels sont des parallélogrammes ?
b. Lesquels sont des losanges ?
c. Lesquels sont des rectangles ?

⑤ On considère le parallélogramme EFGH ci-dessous.

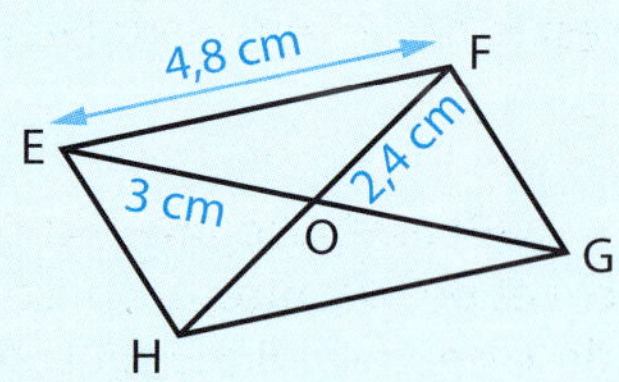

Quelles sont les longueurs OH ? OG ? HG ?

Activité 1 Tous égaux !

On dit que deux triangles sont égaux lorsque les longueurs de leurs côtés sont égales deux à deux.

1. Parmi les triangles suivants, trouver ceux qui sont égaux :

Si deux triangles sont égaux, alors ils sont superposables.

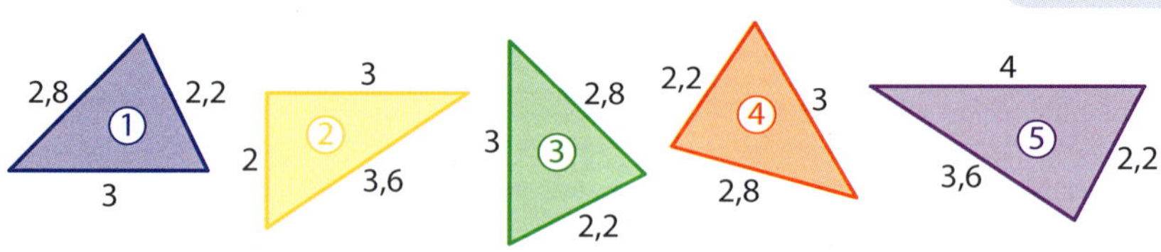

2. On a représenté à main levée 3 triangles ayant chacun deux côtés mesurant 3,6 cm et 4 cm et un angle de 34°. Trouver ceux qui sont égaux au triangle ABC.

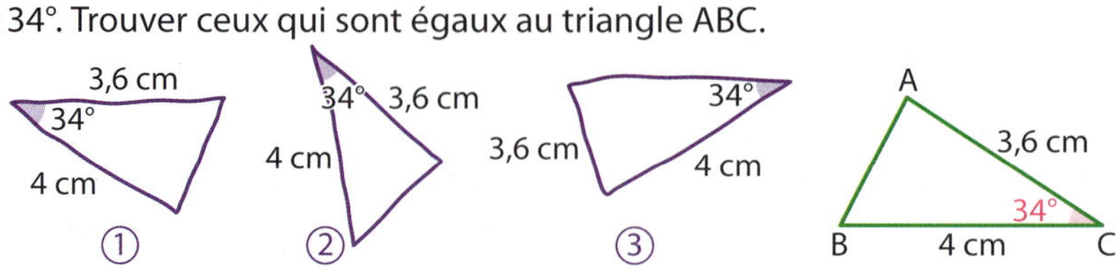

3. On a représenté à main levée 3 triangles, ayant chacun un côté mesurant 3,2 cm et deux angles de 52°et 72°. Trouver ceux qui sont égaux au triangle DEF.

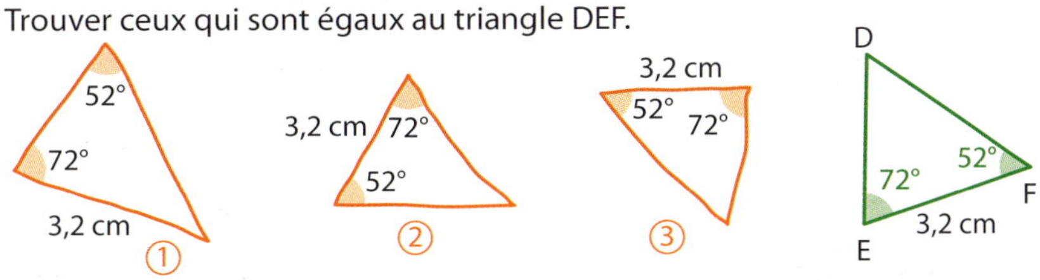

4. À l'aide des questions précédentes, conjecturer des conditions pour que deux triangles soient égaux.

Activité 2 Parallélogramme ou pas ?

Pour chacun des énoncés ci-dessous, répondre à la question à l'aide d'un raisonnement utilisant une des propriétés rappelées en bleu.

Énoncé 1 : [KL] et [MN] sont deux segments non perpendiculaires de même milieu I et de longueurs respectives 8 cm et 6 cm.

- Faire une figure à main levée. Quelle est la nature du quadrilatère KMLN ?

Énoncé 2 : ABC est un triangle tel que AB = 2 cm, AC = 6 cm et BC = 7 cm. La parallèle à (AB) passant par C et la parallèle à (BC) passant par A se coupent en O.

- Faire une figure à main levée. Quelle est la nature du quadrilatère ABCO ?

Énoncé 3 : EFGH est un rectangle tel que EF = 6 cm et FG = 2,3 cm. Les points I et J appartiennent à (HG) et on a HI = GJ = 1 cm.

- Quelle est la nature du quadrilatère EIJF ?

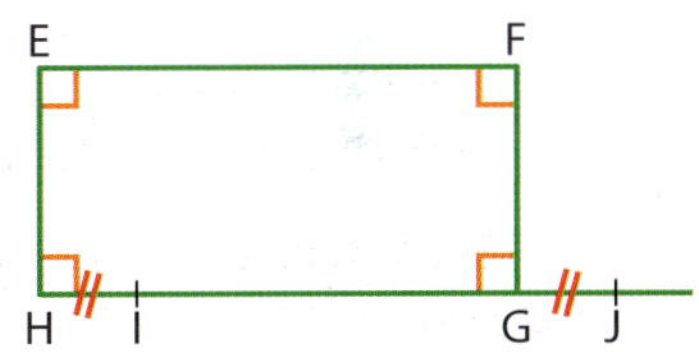

Énoncé 4 : [OP] est un segment de longueur 6 cm. Les cercles $\mathscr{C}_1$ et $\mathscr{C}_2$ ont pour rayon 4 cm et pour centres respectifs O et P. R est un point de $\mathscr{C}_1$ et de $\mathscr{C}_2$, Q est le point de $\mathscr{C}_2$ tel qu'indiqué sur la figure ci-contre.

- Quelle est la nature du quadrilatère OPQR ?

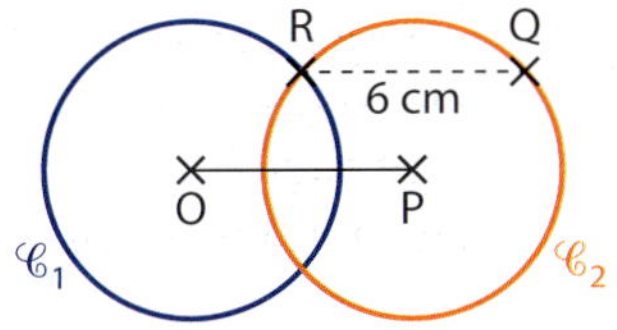

Propriété 1 : Si les côtés opposés d'un quadrilatère sont parallèles deux à deux, alors c'est un parallélogramme.

Propriété 2 : Si les diagonales d'un quadrilatère se coupent en leur milieu, alors c'est un parallélogramme.

Propriété 3 : Si les côtés opposés d'un quadrilatère non croisé sont deux à deux de même longueur, alors c'est un parallélogramme.

Propriété 4 : Si deux côtés opposés d'un quadrilatère non croisé sont parallèles et de même longueur, alors c'est un parallélogramme.

Activité 3 Avec des diagonales

1. a. Avec un logiciel de géométrie dynamique placer 3 points A, B et O non alignés. Avec l'outil Symétrie centrale, construire les points C et D symétriques respectifs de A et B par rapport à O.
b. Quelle est la nature du quadrilatère ABCD ? Justifier.

2. a. Avec l'outil Distance ou Longueur, mesurer les longueurs des diagonales [AC] et [BD] et déplacer les points de telle sorte qu'elles soient égales.
b. Quelle semble être alors la nature du quadrilatère ABCD ? Le vérifier avec l'outil Angle.

3. a. Avec l'outil Angle mesurer un angle entre les diagonales [AC] et [BD] et déplacer les points de telle sorte que cet angle soit droit.
b. Quelle semble être alors la nature du quadrilatère ABCD ? Le vérifier avec l'outil Distance ou Longueur.

4. Quelles propriétés a-t-on mises en évidence aux questions 2. et 3. ?

Cours

1 Reconnaitre des triangles égaux

Définition

Deux triangles sont **égaux** lorsque leurs côtés sont deux à deux de même longueur.

Exemple

Les triangles ABC et EFG sont égaux car :

- AB = EF
- AC = EG
- CB = FG

On peut aussi dire que ces deux triangles sont « isométriques ».

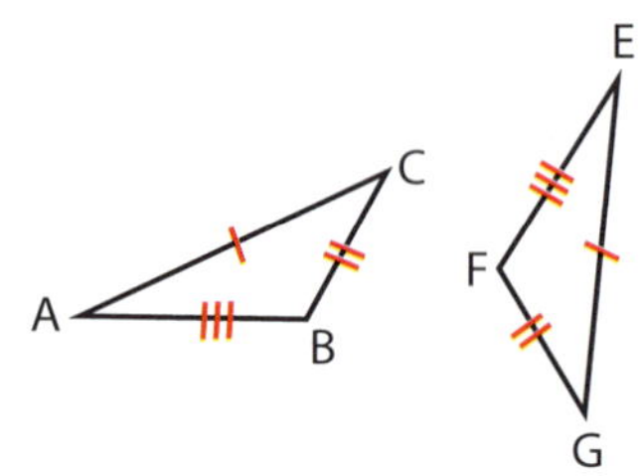

Propriété

Si deux triangles sont égaux, alors leurs angles sont deux à deux de même mesure.

Exemple

Les triangles ABC et EDF sont des triangles égaux, donc :

- $\widehat{A} = \widehat{F}$
- $\widehat{B} = \widehat{D}$
- $\widehat{C} = \widehat{E}$

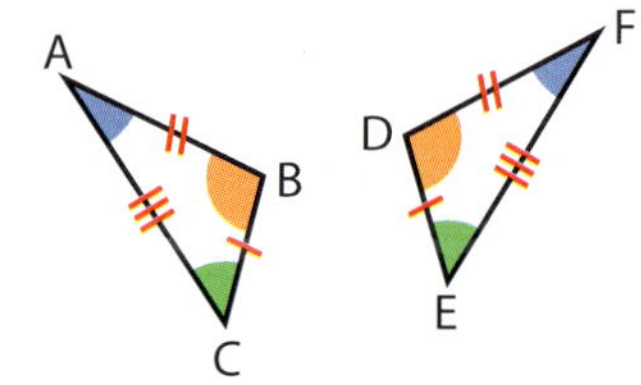

Remarques

- La réciproque de cette propriété est fausse : si deux triangles ont leurs angles deux à deux de même mesure, alors ils ne sont pas forcément égaux.
- Deux triangles égaux sont donc superposables.

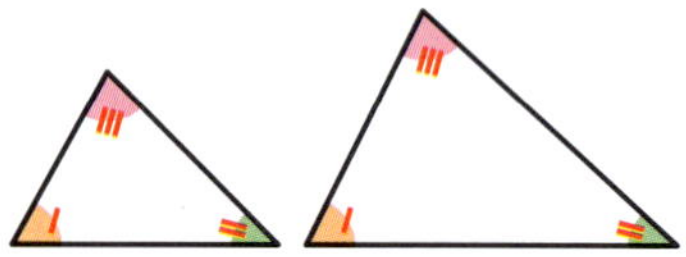

Propriété

Si deux triangles ont, deux à deux, un angle de même mesure compris entre deux côtés respectivement de même longueur, alors ils sont égaux.

Exemple

- AB = A′B′
- BC = B′C′
- $\widehat{B} = \widehat{B'}$

Donc les triangles ABC et A′B′C′ sont égaux.

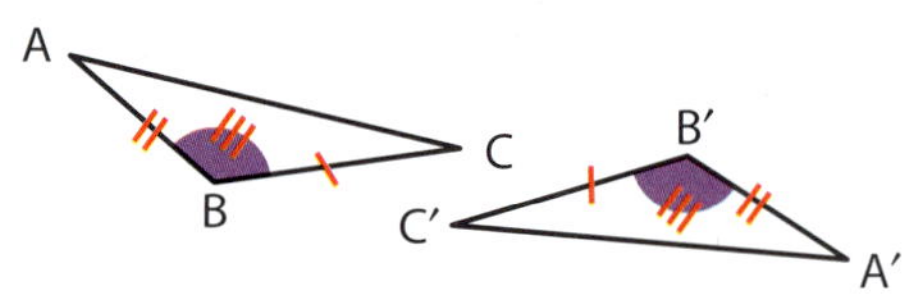

Propriété

Si deux triangles ont, deux à deux, un côté de même longueur compris entre deux angles respectivement de même mesure, alors ils sont égaux.

Exemple

- BC = B′C′
- $\widehat{B} = \widehat{B'}$
- $\widehat{C} = \widehat{C'}$

Donc les triangles ABC et A′B′C′ sont égaux.

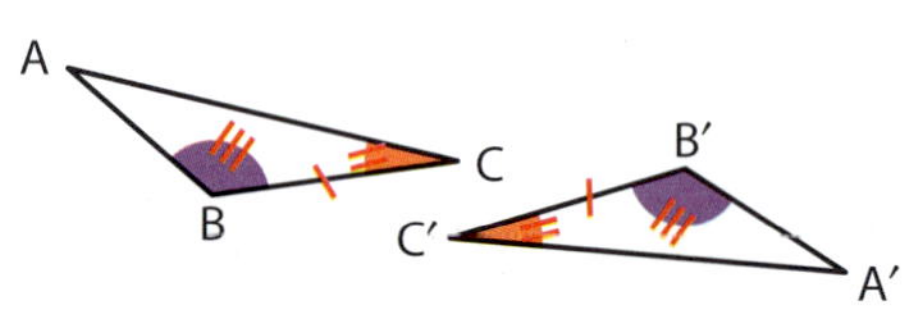

Apprends à l'aide des exercices résolus puis entraine-toi !

1 Reconnaitre des triangles égaux

1 ABC est un triangle et ABD est son symétrique par rapport à la droite (AB).

• Justifier que les triangles ABC et ABD sont égaux.

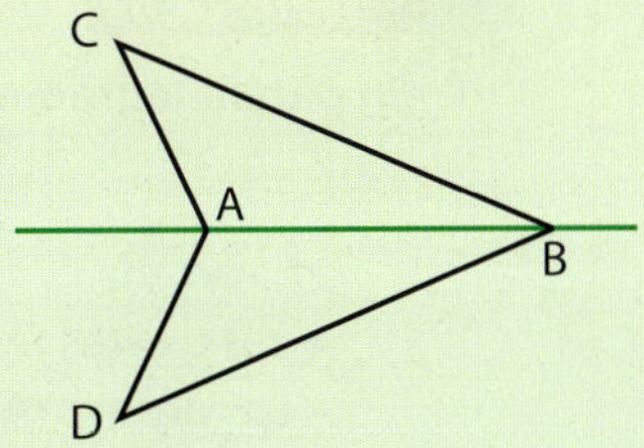

Solution

On cherche des côtés de même longueur et des angles de même mesure dans les deux triangles.

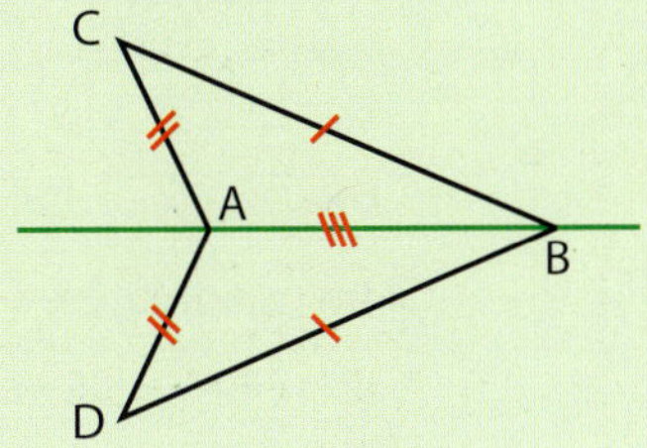

Les triangles ABC et ABD ont un côté commun : [AB].
La symétrie conserve les longueurs donc BC = BD et AC = AD.
Les triangles ABC et ABD ont leurs côtés deux à deux de même longueur donc ce sont des triangles égaux.

À toi de jouer

2 Soit ABC un triangle isocèle en A.
Soit *d* la médiatrice du segment [BC]. Elle coupe [BC] en H.

• Justifier que ABH et ACH sont des triangles égaux.

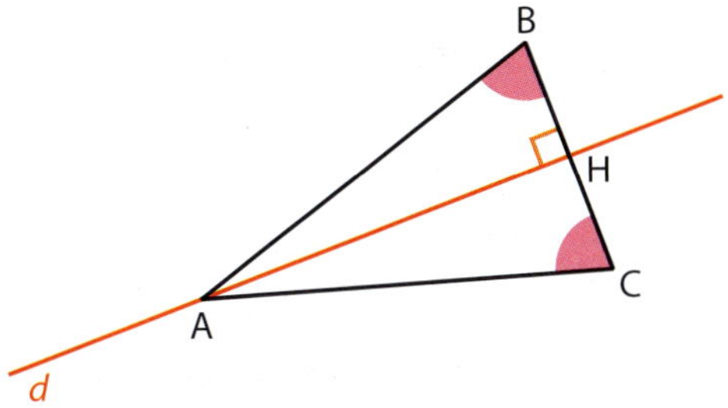

→ Corrigé p. 317

3 Justifier que ADB et ACB sont des triangles égaux.

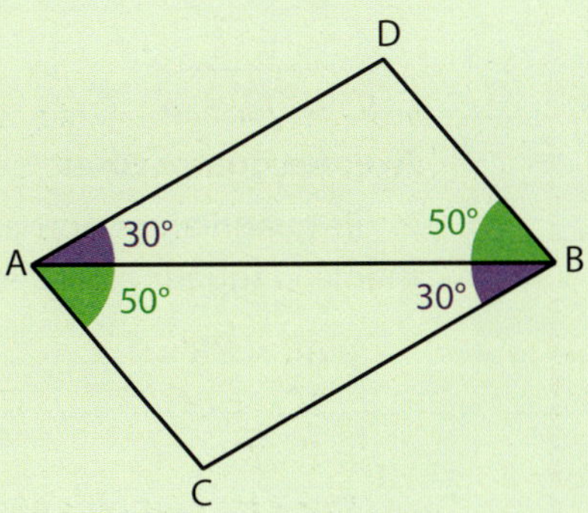

Solution

On cherche des côtés de même longueur et des angles de même mesure dans les deux triangles.

Les triangles ABD et ABC ont un côté commun : [AB].
Ces deux triangles ont deux angles de mesures respectives 30° et 50°. Le côté commun est bien compris entre deux angles de même mesure.
Donc ADB et ABC sont des triangles égaux.

À toi de jouer

4 On considère les deux triangles ci-contre.

1. Calculer la mesure de l'angle $\widehat{EDF}$.

2. Justifier que les triangles ABC et DEF sont égaux.

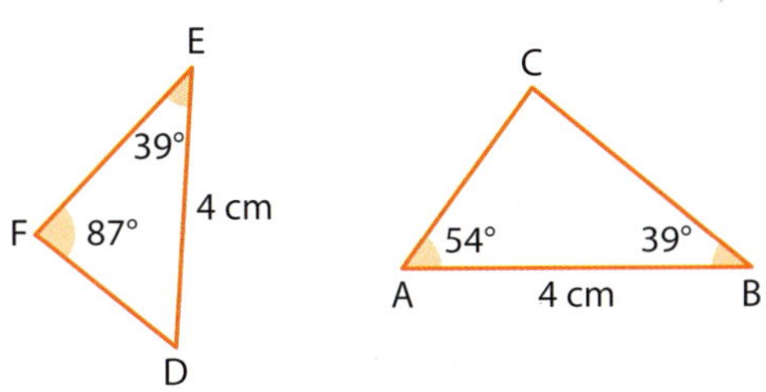

→ Corrigé p. 317

Cours

2 Connaitre le parallélogramme

Définition

Un **parallélogramme** est un quadrilatère dont les côtés opposés sont deux à deux parallèles.

Exemple

- Les droites (AB) et (DC) sont parallèles.
- Les droites (AD) et (BC) sont parallèles.

Donc le quadrilatère ABCD est un parallélogramme.

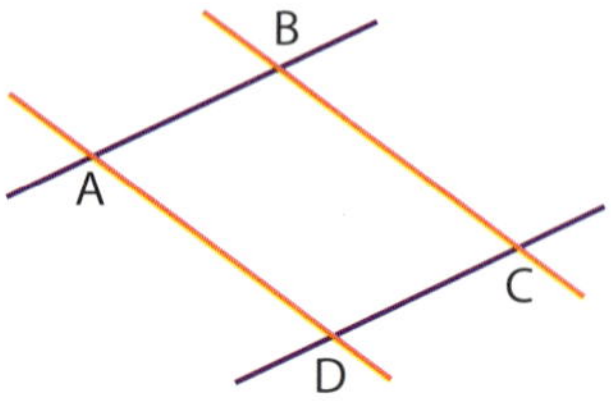

Propriétés

Si un quadrilatère est un parallélogramme, alors :

- ses diagonales se coupent en leur milieu.
- ses côtés opposés sont deux à deux de même longueur.
- ses angles opposés sont deux à deux de même mesure.

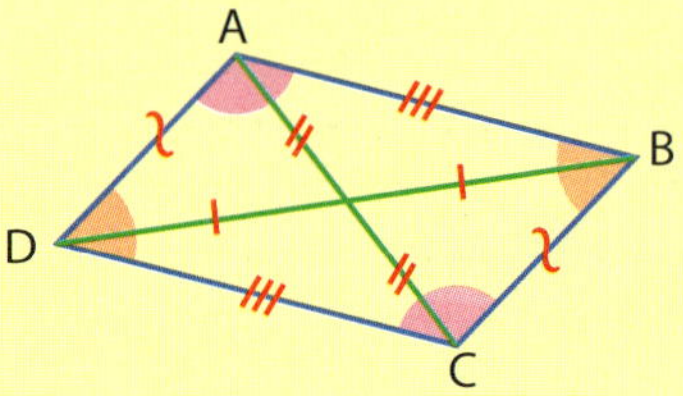

Propriété

Avec les diagonales

Si les diagonales d'un quadrilatère se coupent en leur milieu, alors c'est un parallélogramme.

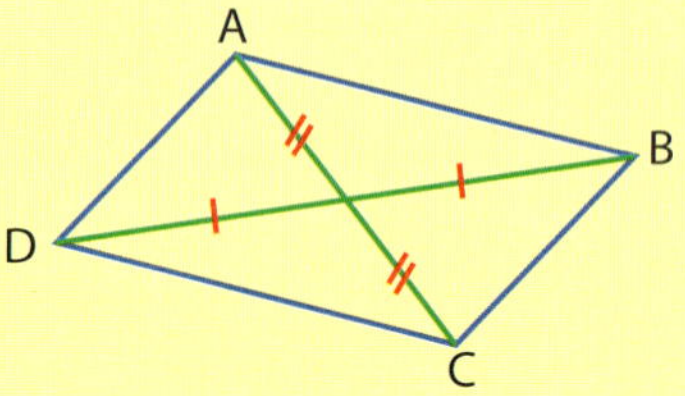

Propriété

Avec les quatre côtés

Si un quadrilatère non croisé a ses côtés opposés deux à deux de même longueur, alors c'est un parallélogramme.

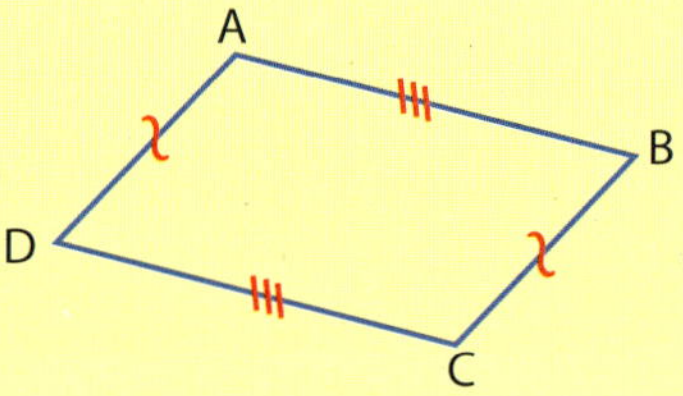

Si les côtés d'un quadrilatère sont deux à deux parallèles, on peut aussi conclure que c'est un parallélogramme (c'est la définition d'un parallélogramme !).

Propriété

Avec deux côtés

Si un quadrilatère non croisé a deux côtés opposés parallèles et de même longueur, alors c'est un parallélogramme.

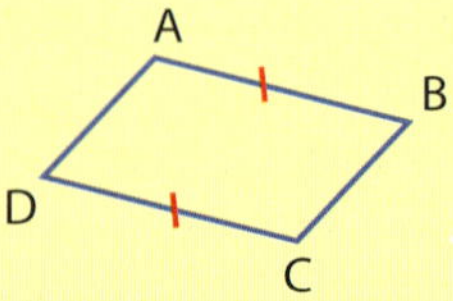

Apprends à l'aide des exercices résolus puis entraine-toi !

2 Connaitre le parallélogramme

5 VRAI est un parallélogramme de centre O tel que : VO = 1,8 cm, RV = 4,4 cm et IV = 2,1 cm.
1. Déterminer les longueurs AI, RA et VA.
2. Construire le parallélogramme VRAI en vraie grandeur.

Solution

1.

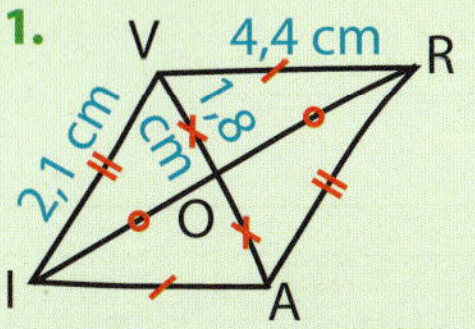

On commence par faire une figure à main levée, puis on cite les propriétés du parallélogramme utilisées.

VRAI est un parallélogramme, donc ses côtés opposés sont deux à deux de même longueur et ses diagonales se coupent en leur milieu.
AI = RV = 4,4 cm
RA = VI = 2,1 cm
VA = 2 × 1,8 cm = 3,6 cm

2.

On construit d'abord le triangle VAR puis le point I avec le compas et enfin on trace le parallélogramme VRAI.

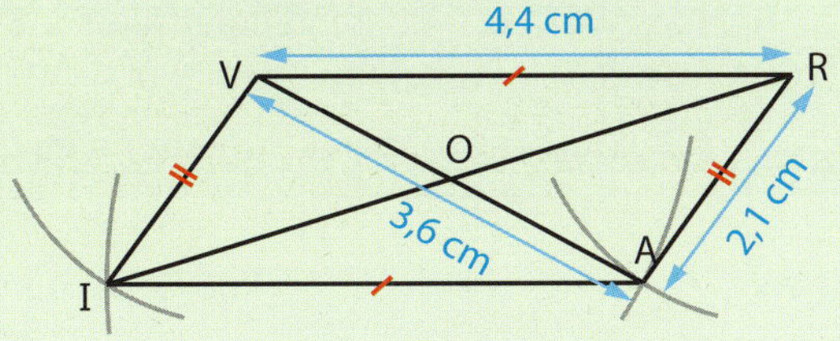

À toi de jouer

6 FAUX est un parallélogramme tel que :
$\widehat{FAU} = 54°$, FA = 7,4 cm et AU = 4,2 cm.
1. Faire une figure à main levée.
2. Construire FAUX en vraie grandeur.

7 TRAC est un parallélogramme tel que :
$\widehat{CRT} = 60°$, $\widehat{CTR} = 32°$ et CA = 6,6 cm.
1. Faire une figure à main levée.
2. Construire TRAC en vraie grandeur.

→ Corrigé p. 317

8 A, B et M sont trois points non alignés. A′ et B′ sont les symétriques des points A et B par rapport au point M.
- Faire une figure à main levée et déterminer la nature du quadrilatère AB′A′B.

Solution

On se rappelle la définition de la symétrie tout en faisant une figure à main levée, puis on cite la propriété caractéristique qui permet de conclure.

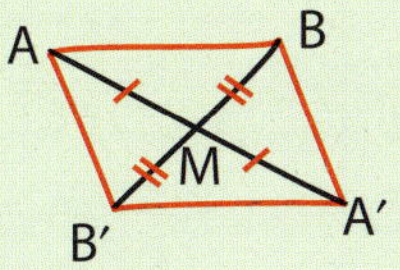

Les points A′ et B′ sont les symétriques respectifs des points A et B par rapport à M, donc M est le milieu des segments [AA′] et [BB′].
Les diagonales du quadrilatère ABA′B′ se coupent en leur milieu, donc AB′A′B est un parallélogramme.

À toi de jouer

9 DRAP est un quadrilatère tel que :
DR = AP = 6,4 cm et les droites (DR) et (AP) sont parallèles.
- Quelle est la nature du quadrilatère DRAP ? Justifier.

10 PRIM est un quadrilatère tel que :
MI = PR = 5 cm et IR = PM = 7 cm.
- Quelle est la nature du quadrilatère PRIM ? Justifier.

→ Corrigé p. 317

Cours

3 Connaitre les parallélogrammes particuliers

Définition

Un **rectangle** est un quadrilatère qui a quatre angles droits.

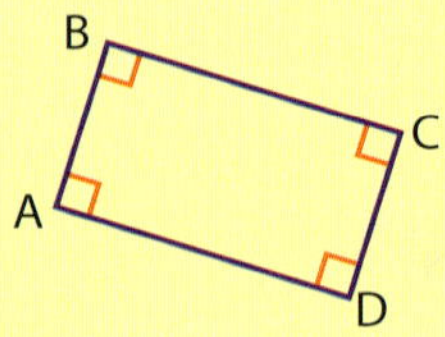

Propriétés

- Si ABCD est un rectangle, alors ABCD est un parallélogramme dont les diagonales ont même longueur.
- Si ABCD est un parallélogramme et que ses diagonales ont même longueur, alors c'est un rectangle.

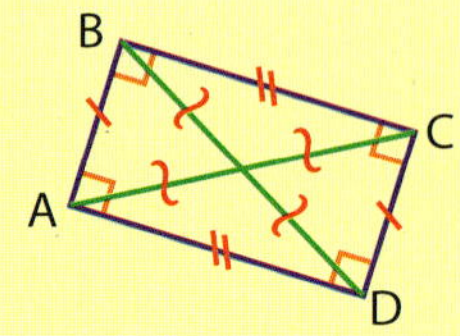

Définition

Un **losange** est un quadrilatère qui a quatre côtés de même longueur.

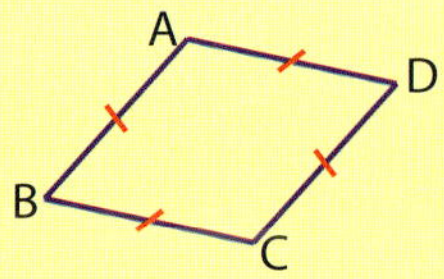

Propriétés

- Si ABCD est un losange, alors ABCD est un parallélogramme dont les diagonales sont perpendiculaires.
- Si ABCD est un parallélogramme et que ses diagonales sont perpendiculaires, alors c'est un losange.

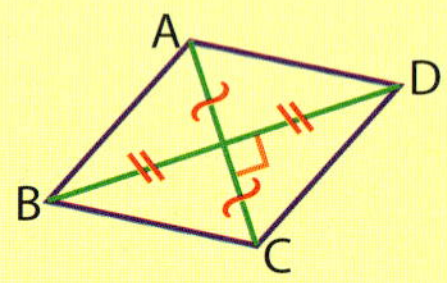

Définition

Un **carré** est un quadrilatère qui a quatre angles droits et quatre côtés de même longueur.

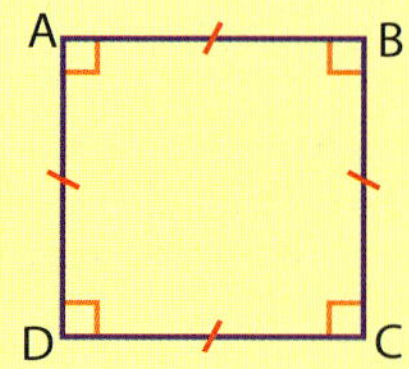

Propriétés

- Si ABCD est un carré, alors ABCD est un parallélogramme dont les diagonales sont perpendiculaires et de même longueur.
- Si ABCD est un parallélogramme et que ses diagonales sont perpendiculaires et ont même longueur, alors c'est un carré.

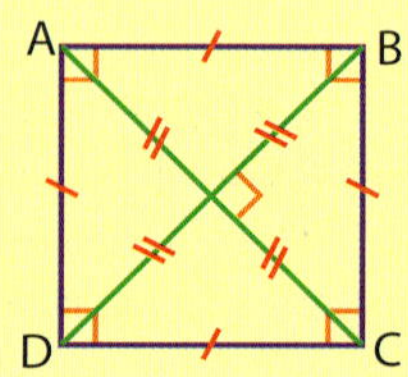

Un carré est à la fois un parallélogramme, un rectangle et un losange !

Savoir-faire

Apprends à l'aide des exercices résolus puis entraine-toi !

3 Connaitre les parallélogrammes particuliers

11 TRUC est un rectangle tel que TU = 5 cm et RU = 4 cm.
- Déterminer les longueurs TC et RC. Justifier.

Solution

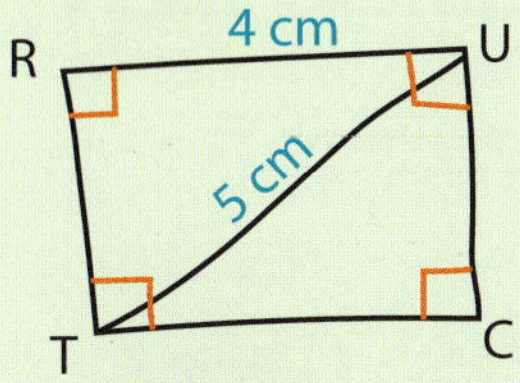

On commence par faire une figure à main levée puis, pour justifier, on cite la propriété utilisée.

TRUC est un rectangle donc ses côtés opposés sont deux à deux de même longueur et ses diagonales ont même longueur.
Donc TC = RU = 4 cm et RC = TU = 5 cm.

À toi de jouer

12 MOIN est un losange.
- Que peut-on dire des droites (MI) et (ON) ? Justifier.

13 PLUS est un rectangle tel que US = 5 cm et PU = 8 cm.
- Quelles sont les longueurs de PL et LS ? Justifier.

→ Corrigé p. 317

14 Dans la figure ci-contre, [AC] et [DB] sont deux diamètres perpendiculaires d'un cercle de centre I.
- Quelle est la nature de ABCD ? Justifier.

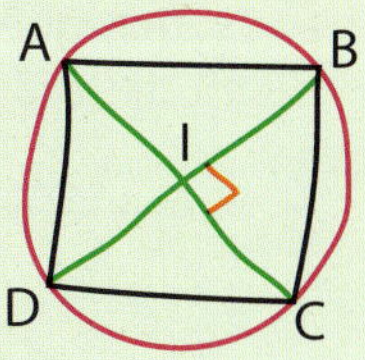

Solution

- ABCD semble avoir 4 angles droits et 4 côtés de même longueur. Il semble que ABCD soit un carré.

On conjecture la réponse sur la figure.

- [AC] et [DB] sont deux diamètres d'un cercle de centre I, donc I est le milieu des segments [AC] et [BD].
Les diagonales du quadrilatère ABCD se coupent en leur milieu, donc ABCD est un parallélogramme.

On cherche d'abord à montrer que ABCD est un parallélogramme. Pour cela, on utilise les diagonales.

- [AC] et [DB] sont deux diamètres d'un cercle de centre I donc AC = BD.
De plus, on sait d'après l'énoncé que [AC] et [BD] sont perpendiculaires.
Le parallélogramme ABCD a ses diagonales de même longueur et perpendiculaires, donc ABCD est un carré.

On montre ensuite que ABCD est un carré. Pour cela, on utilise aussi les diagonales.

À toi de jouer

15 [BA] et [CD] sont deux diamètres perpendiculaires d'un cercle de centre O.
F et E sont deux points distincts du segment [BA] tels que OF = OE.
1. Quelle est la nature du quadrilatère BDAC ? Justifier.
2. Quelle est la nature du quadrilatère DECF ? Justifier.

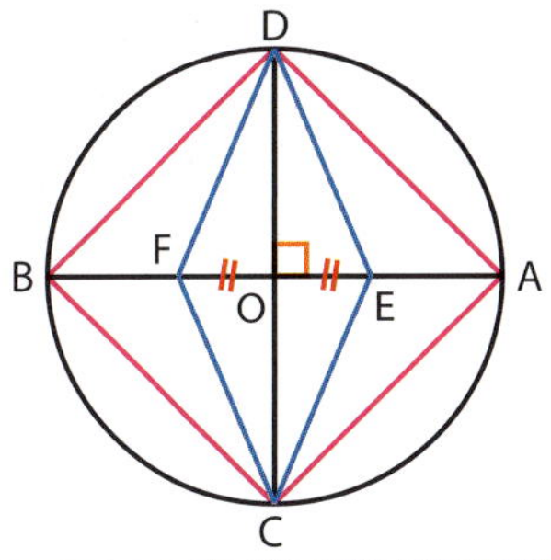

→ Corrigé p. 317

Exercices

Ressources téléchargeables

Reconnaitre des triangles égaux

→ Savoir-faire p. 229

QUESTIONS FLASH

16 Dans la figure ci-dessous, quelle est la mesure de l'angle $\widehat{ACB}$?

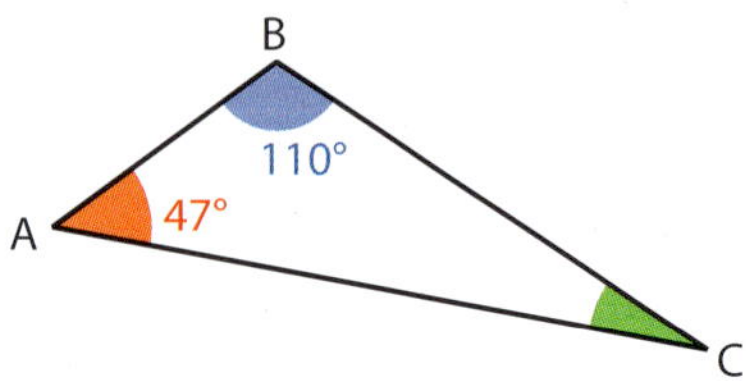

17 Dans la figure ci-contre, ABC est un triangle isocèle en A. Quelle est la mesure de l'angle $\widehat{BAC}$?

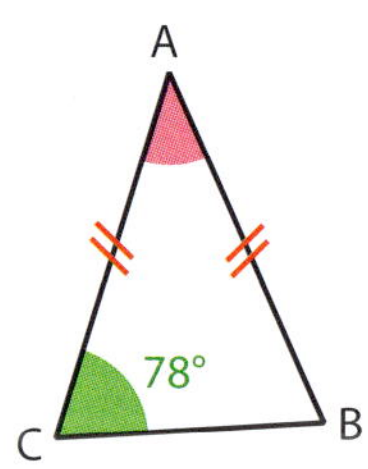

18 Justifier que ABC et RST représentés ci-dessous sont des triangles égaux.

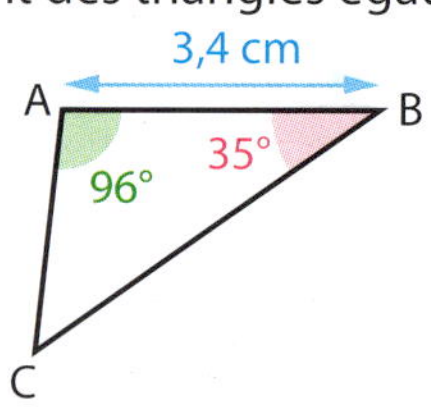

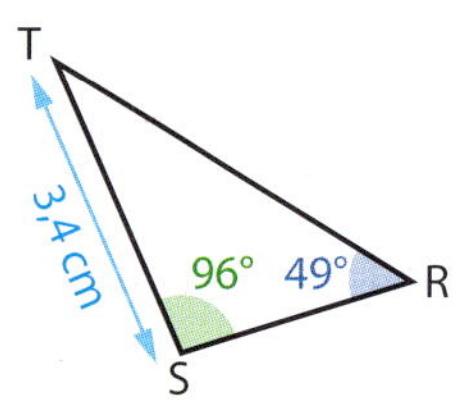

19 Dans la figure ci-contre, A, O et B sont trois points alignés. Justifier que ACO et BCO sont deux triangles égaux.

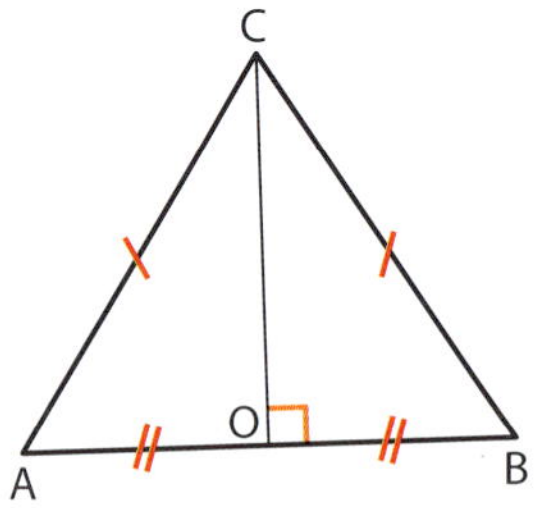

Questions flash supplémentaires

20 Dire si les affirmations suivantes sont vraies ou fausses. Si elles sont vraies, les démontrer, si elles sont fausses, donner un contre-exemple.

a. Deux triangles équilatéraux sont forcément égaux.

b. ABCD est un rectangle. Les triangles ABC et ADC sont forcément égaux.

c. ABC et DEF sont deux triangles tels que $\widehat{D} = \widehat{A}$; $\widehat{B} = \widehat{E}$ et $\widehat{C} = \widehat{F}$.
Les triangles ABC et DEF sont forcément égaux.

21 Un professeur demande à ses élèves de construire un triangle sur leur cahier : « ABC est un triangle tel que AB = 7 cm, $\widehat{ABC} = 30°$ et $\widehat{BAC} = 80°$ ».

• Tous les triangles construits par les élèves seront-ils égaux ? Justifier.

22 Dans la figure ci-dessous, B est un point du segment [AL] et K est un point du segment [BC].

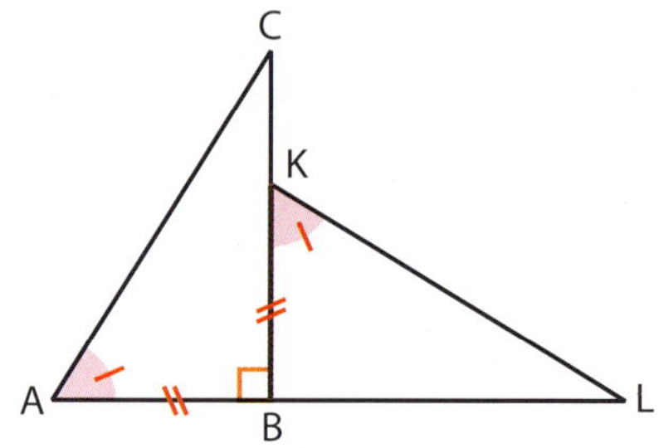

1. Les triangles ABC et BKL sont-ils égaux ? Justifier.
2. Donner une longueur égale à AB.
3. Donner une longueur égale à AC.
4. Donner une longueur égale à BC.
5. Donner un angle de même mesure que $\widehat{C}$.

23 Dans la figure ci-contre, SUT est un triangle équilatéral. P, M et O sont des points appartenant respectivement aux segments [ST], [UT] et [US] tels que SP = MT = UO.

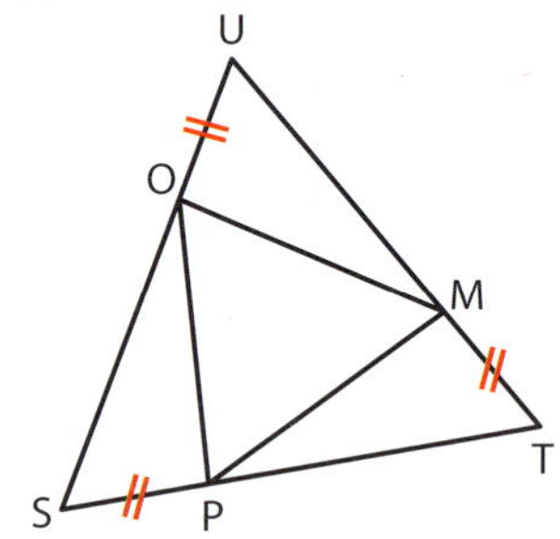

1. Prouver que les triangles SPO, MTP et UOM sont égaux.
2. Quelle est la nature du triangle OMP ? Justifier.

24 Sur la figure ci-contre, les droites d_1 et d_2 sont parallèles et les droites (BH) et (EC) se coupent en F.

• Démontrer que les longueurs BF et FH sont égales.

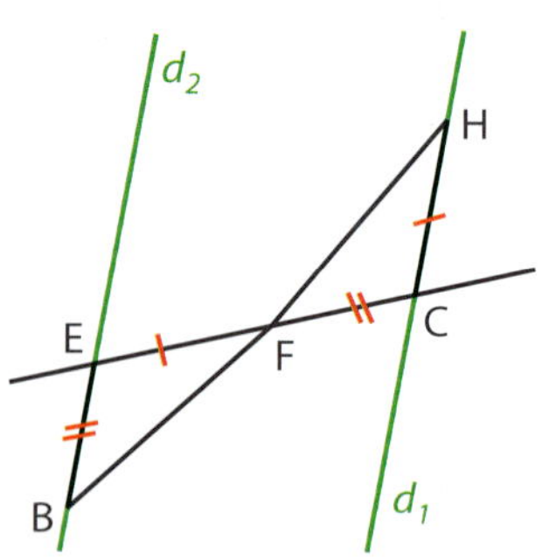

25 ABCD est un carré. I est milieu de [AB].
1. Justifier que AID et BIC sont deux triangles égaux.
2. Quelle est la nature du triangle IDC ? Justifier.

26 Sur un quadrillage, reproduire la figure suivante.
Réaliser, à partir du segment [DE], quatre triangles différents, égaux au triangle ABC.
Utiliser une couleur différente pour chaque triangle.

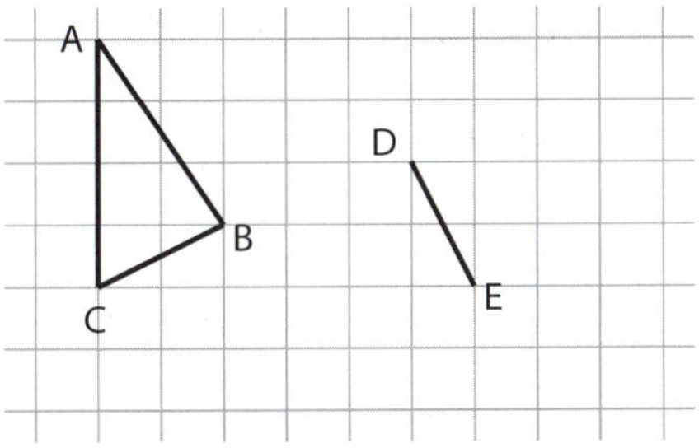

27

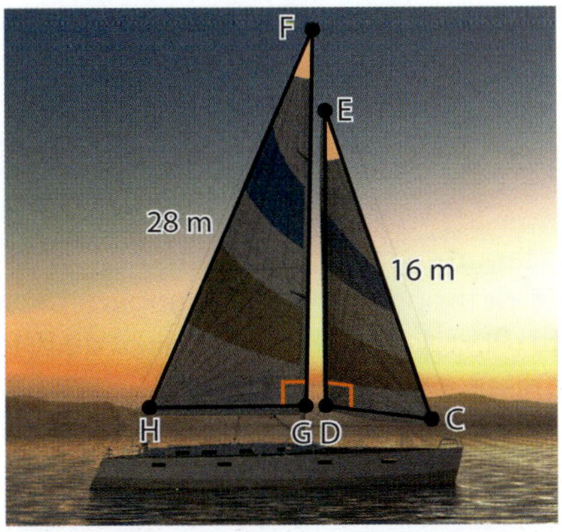

On peut modéliser les deux voiles de ce bateau par les deux triangles suivants :

- CDE rectangle en D tel que CE = 16 m.
- FGH rectangle en G tel que FH = 28 m et $\widehat{HFG} = \widehat{CED}$.

1. Justifier que les angles des deux triangles sont deux à deux de même mesure.
2. Les triangles CDE et HGF sont-ils égaux ?
3. Par quel nombre faudrait-il multiplier les longueurs des côtés de la voile CDE pour obtenir deux triangles égaux ?

MODE EXPERT

28 ABCDE est un pentagone régulier : tous ses côtés sont de même longueur et les cinq angles de sommet O ont la même mesure. Prouver que le triangle BDE est isocèle.

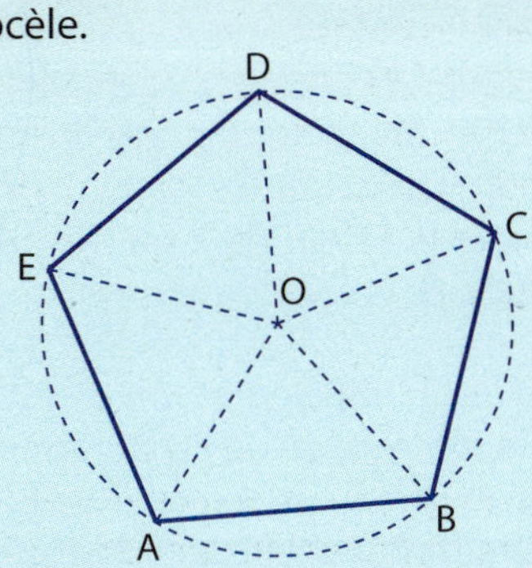

Connaitre le parallélogramme

➜ Savoir-faire p. 231

QUESTIONS FLASH

29 Quels instruments de géométrie faut-il pour construire chaque parallélogramme suivant en vraie grandeur ?

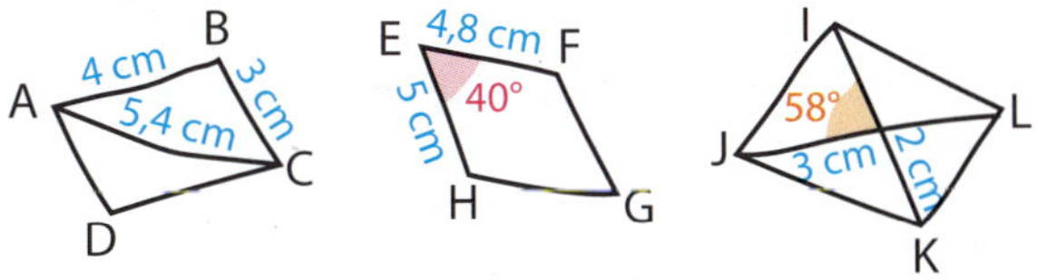

30 MNOP est un parallélogramme tel que :
MN = 4 cm et NO = 5,1 cm

- Quelle propriété permet de connaitre les longueurs MP et OP ?

31 Pour chacun des trois parallélogrammes, déterminer la longueur ou l'angle demandé. Justifier.

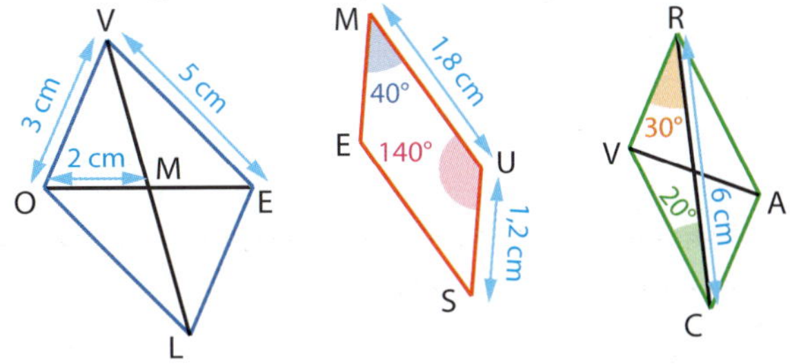

EO = … $\widehat{MES}$ = … $\widehat{RCA}$ = …

32 Parmi ces figures à main levée, lesquelles permettent d'affirmer que WXYZ est un parallélogramme ?

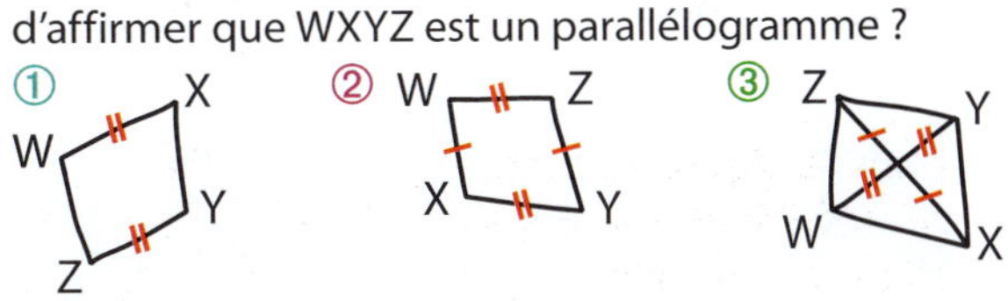

33 Dans la figure ci-dessous, L et O sont des points du segment [AB], P et U sont des points du segment [CD] tels que LO = PU.

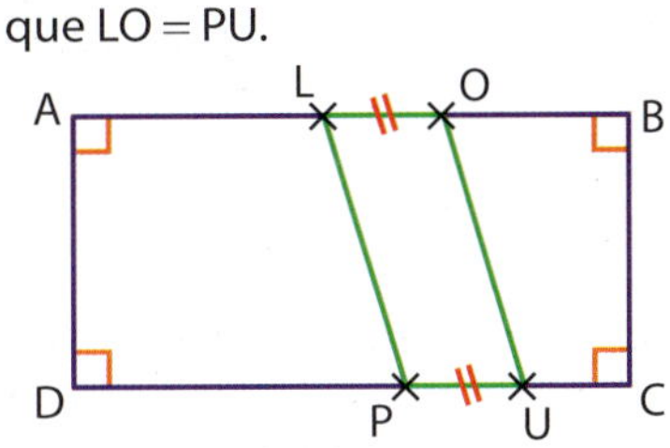

1. Pourquoi les segments [LO] et [PU] sont-ils parallèles ?
2. Quelle propriété permet de justifier que LOUP est un parallélogramme ?

Questions flash supplémentaires

Exercices

34 Construire en vraie grandeur les trois parallélogrammes de l'exercice **31**.

35 Construire un parallélogramme JEAN de centre O tel que JE = 8 cm, EA = 4,5 cm et JO = 3,7 cm.

36 **1.** Tracer un triangle JOL tel que : JO = 5,2 cm, LO = 4,6 cm et JL = 3,1 cm.
2. Construire le point I tel que JOLI soit un parallélogramme.

37 **1.** RIVE est un parallélogramme de centre S tel que :
ES = 4,5 cm, IV = 8 cm et RI = 3 cm
GOAL est un parallélogramme tel que :
$\widehat{GOA} = 85°$, $\widehat{OGA} = 20°$ et GO = 6 cm
Associer chaque mesure à la propriété qui est utilisée pour la trouver.

RE	•	①	Les angles opposés d'un parallélogramme ont même mesure.
SI	•	②	Les diagonales d'un parallélogramme se coupent en leur milieu.
LA	•	③	La somme des mesures des angles d'un triangle est égale à 180°.
$\widehat{OAG}$	•	④	Les côtés opposés d'un parallélogramme sont de même longueur.
$\widehat{GLA}$	•		

2. Construire RIVE et GOAL en vraie grandeur.

38

Le Dockland office (construit en 2005) est un immeuble de bureaux sur l'Elbe (port de Hambourg - Allemagne). Les architectes ont imaginé l'immeuble en forme de bateau. La façade visible sur la photo est un parallélogramme dont les côtés mesurent environ 85 m et 50 m.
Cet édifice est incliné à 24° par rapport au niveau de l'eau.
• Construire cette façade à l'échelle $\frac{1}{1000}$.

39 Lou construit cet objet avec ses mécanos. Les trous sont espacés régulièrement.
• Justifier que cette pièce peut être modélisée par un parallélogramme.

40 Pour chacun des quadrilatères ci-dessous, utiliser les codages pour répondre à la question :
« Peut-on affirmer que c'est un parallélogramme ? »
Si oui, indiquer la propriété utilisée.

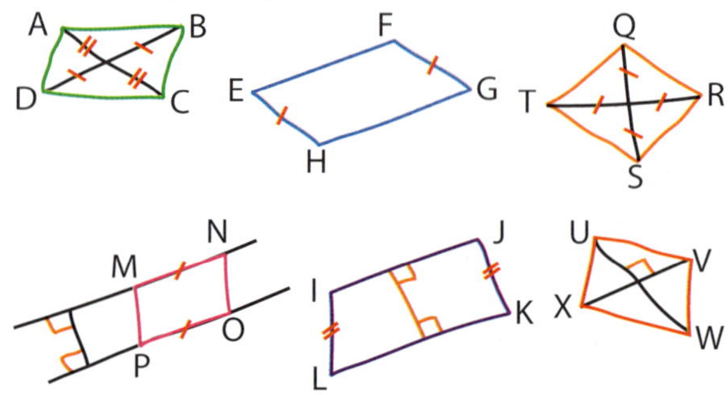

41 **1.** Tracer un segment [PL] et nommer M son milieu. Placer deux points O et I n'appartenant pas à la droite (PL) tels que M soit le milieu de [OI]. Tracer le quadrilatère POLI.
2. Montrer que POLI est un parallélogramme.

42 **1.** Tracer un carré KARO de côté 5 cm. Placer le point U, milieu du côté [KA]. Placer le point T, milieu du côté [OR]. Tracer le quadrilatère KURT.
2. Montrer que les segments [KU] et [RT] sont parallèles et de même longueur.
3. En déduire la nature du quadrilatère KURT.

43 Sur la figure ci-dessous, ADCB et BCEF sont des parallélogrammes.
• Prouver que ADEF est un parallélogramme.

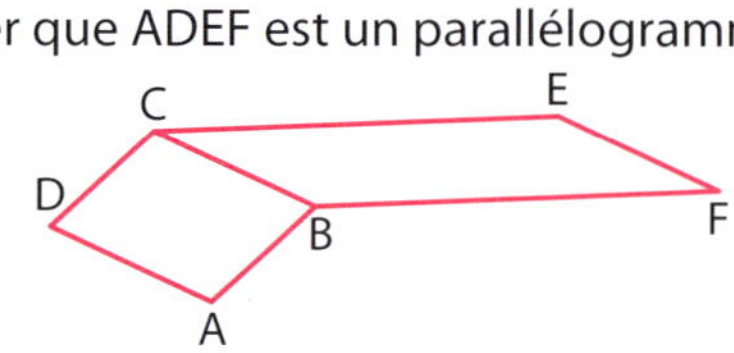

44 ABCD est un parallélogramme de centre O.
E est le milieu de [AO] et F est le milieu de [CO].
• Prouver que EBFD est un parallélogramme.

MODE EXPERT

45 ABCD est un parallélogramme. x est un nombre positif. $\widehat{ABC} = x$ et $\widehat{DAB} = 2x + 15$.
• Déterminer la valeur de x puis la mesure de tous les angles de ce parallélogramme.

46 ABCD est un parallélogramme, I est le milieu de [AB] et E le symétrique de D par rapport à I.
• Démontrer que B est le milieu de [CE]. On pourra notamment s'intéresser à la nature de ADBE.

Connaitre les parallélogrammes particuliers

→ Savoir-faire p. 233

QUESTIONS FLASH

47 **Vrai ou faux ?**

a. Si ABCD est un rectangle, alors ses diagonales ont la même longueur.

b. Si EFGH est un losange, alors ses diagonales sont perpendiculaires et ont la même longueur.

c. Un carré est forcément un losange.

d. Un losange est forcément un carré.

48 En s'aidant des codages, indiquer si chaque quadrilatère est un parallélogramme, un rectangle, un losange ou un carré. Justifier.

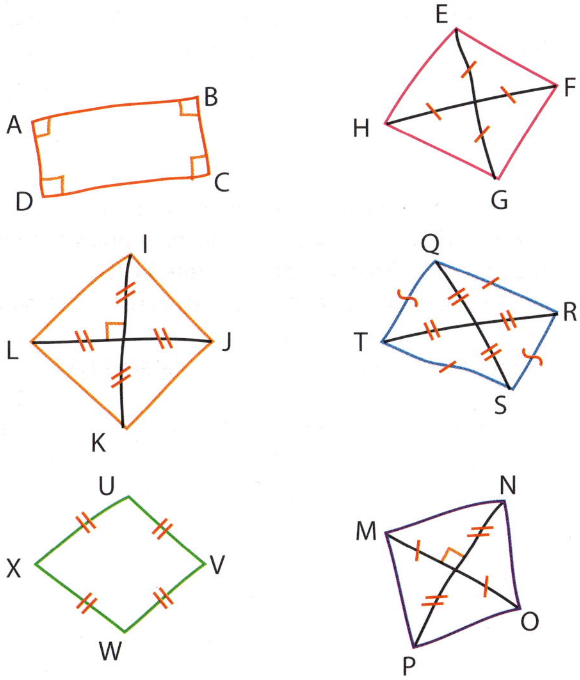

Questions flash supplémentaires

49 Pour chacune des figures à main levée et codées ci-dessous, donner sa nature et faire une construction en vraie grandeur.

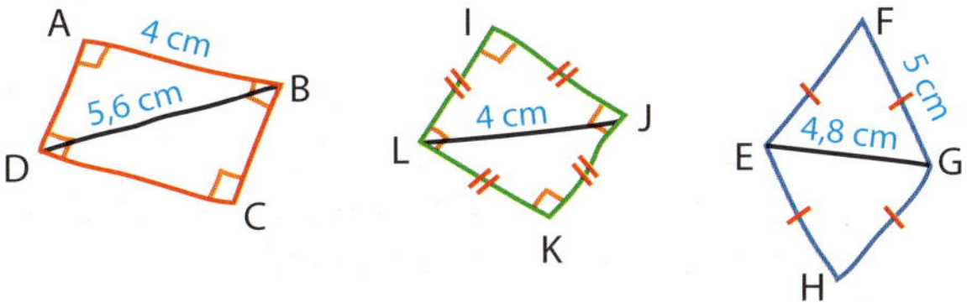

50 **1.** MARC est un parallélogramme tel que $\widehat{MCA} = 67°$, $\widehat{CAM} = 23°$ et CA = 5,4 cm. Construire en vraie grandeur ce parallélogramme.

2. Le parallélogramme MARC est-il particulier ? Justifier.

51 VRAI est un rectangle de centre O tel que IO = IV = 2 cm.

1. Faire une figure à main levée de ce rectangle.

2. Quelle propriété permet d'affirmer que IR = 4 cm ?

3. Quelle propriété permet d'affirmer que VA = 4 cm ?

4. Construire en vraie grandeur le rectangle VRAI.

52 Dans la cathédrale de Burgos en Espagne, on peut admirer une magnifique voute étoilée.
[AT] et [CE] sont des diamètres du cercle tracé ci-dessous.

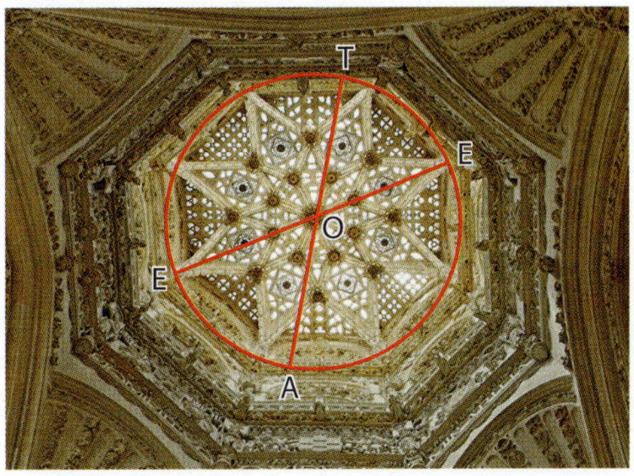

• Quelle est la nature du quadrilatère ACTE ? Justifier.

53 **1.** Construire un carré VELO de centre M et de côté 3,6 cm. Tracer les droites (VL) et (EO) en rouge.
Tracer le cercle de centre M et de rayon 4 cm. Il coupe la droite (OE) en deux points : nommer ces points I et A.

2. Justifier que les droites (VL) et (EO) sont perpendiculaires.

3. Justifier que VILA est un parallélogramme.

4. Montrer que VILA est un losange.

54 PAGE est un parallélogramme de centre O tel que : PA = 5 cm, AG = 7 cm et PG = 6 cm.

1. Faire une figure à main levée, puis une construction en vraie grandeur. Tracer la droite (PG).
Tracer le cercle de diamètre [AE]. Ce cercle coupe la droite (PG) en deux points : nommer ces points R et M. Tracer le quadrilatère RAME.

2. Montrer que RAME est un parallélogramme.

3. Montrer que RAME est un rectangle.

MODE EXPERT

55 $\mathscr{C}$ et $\mathscr{C}'$ sont deux cercles distincts de centre O.

• À l'aide d'une règle non graduée uniquement, construire un parallélogramme (non rectangle) sur cette figure.

56 x est un nombre positif. Un rectangle a pour longueur $5x + 1$ et pour largeur $3x + 2$. Son périmètre est égal à 14.

• Prouver que ce rectangle est un carré.

Faire le point

Version interactive du QCM

Vérifie tes connaissances.

QCM

Donner la ou les bonnes réponses parmi les trois proposées.

1 Reconnaitre des triangles égaux

	Réponse A	Réponse B	Réponse C
1. Le triangle ABC est un triangle équilatéral et OA = OB = OC. Combien y a-t-il de triangles égaux ? 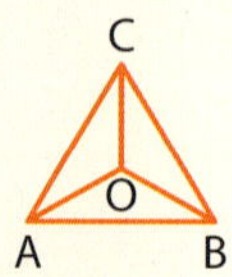	2	3	4
2. Deux triangles sont égaux si :	ils ont un côté de même longueur.	leurs côtés sont deux à deux de même longueur.	leurs angles sont deux à deux de même mesure.

2 Connaitre le parallélogramme

	Réponse A	Réponse B	Réponse C
1. Si TRAC est un parallélogramme, alors :	RC = TA	TR = CA	$\widehat{ART} = \widehat{TCA}$
2. Ce quadrilatère est un parallélogramme car : 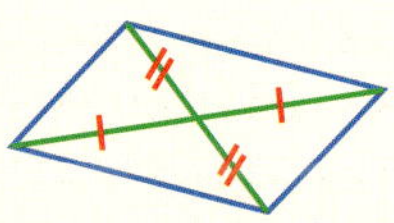	ses diagonales sont de même longueur.	ses côtés opposés sont deux à deux de même longueur.	ses diagonales se coupent en leurs milieux.
3. SEUL est un quadrilatère tel que (SE) // (LU). Pour démontrer que SEUL est un parallélogramme, on peut démontrer en plus que :	(SL) // (EU)	SE = SL	SE = LU

3 Connaitre les parallélogrammes particuliers

	Réponse A	Réponse B	Réponse C
1. Si un parallélogramme a ses diagonales perpendiculaires, alors :	c'est un losange.	c'est un rectangle.	c'est un carré.
2. Un rectangle est-il un parallélogramme ?	Oui, toujours.	Non, jamais.	Parfois.
3. Ce quadrilatère est : 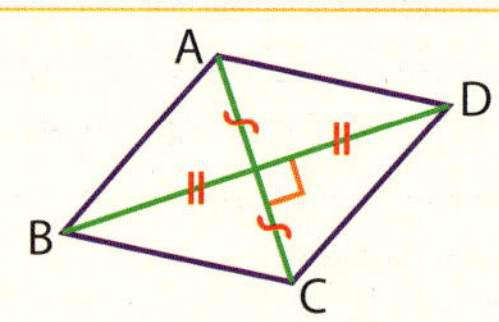	un parallélogramme.	un rectangle.	un losange.
4. Un quadrilatère ABCD est tel que AB = DC, AD = BC et AC = BD. Ce quadrilatère est :	un parallélogramme.	un rectangle.	un losange.

→ Corrigé p. 137

Carte mentale

Ressource téléchargeable

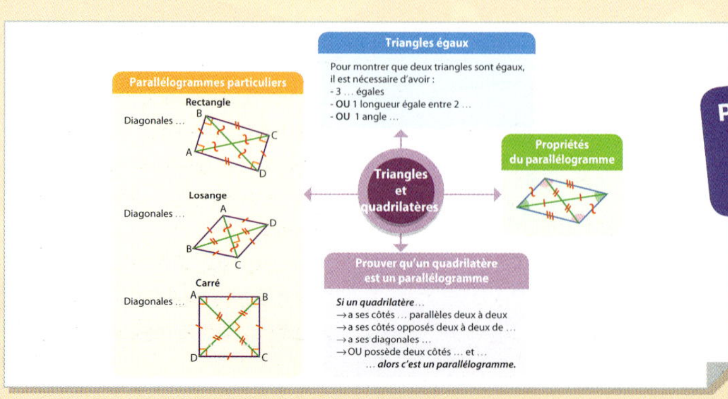

Pour t'aider à retenir le cours, télécharge et complète cette carte mentale.

Algorithmique et outils numériques

57 Frise

1. Démontrer que dans un parallélogramme, deux angles consécutifs ont toujours pour somme 180°.

2. Compléter le script afin de tracer le parallélogramme présenté ci-contre.

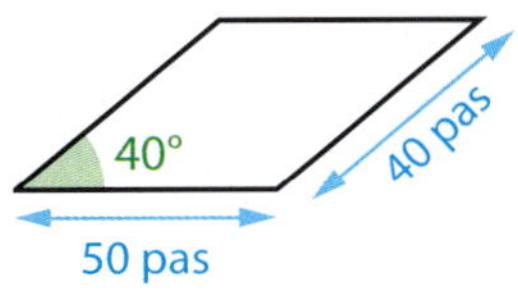

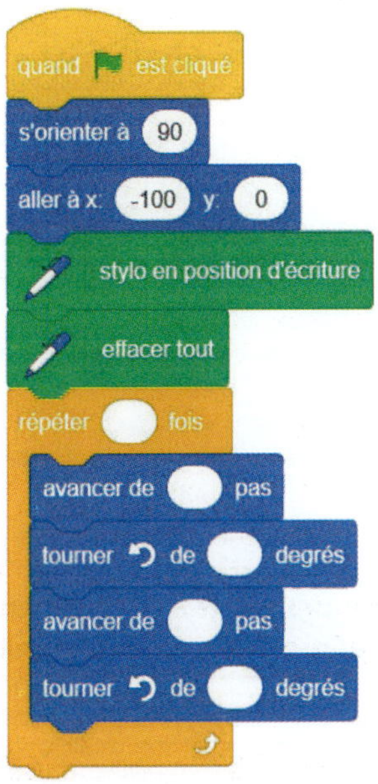

3. Modifier le script afin de tracer un losange.

4. Compléter le script afin de tracer une frise composée de losanges comme ci-dessous.

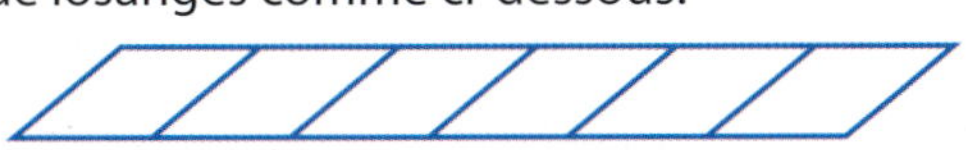

5. Modifier le script précédent afin de tracer une frise composée de carrés.

58 Œuvre d'art dynamique

En utilisant les commandes ci-après, réaliser un script sur Scratch qui, lorsque le drapeau vert est cliqué, masque le lutin et trace 100 triangles isocèles égaux à celui ci-contre.

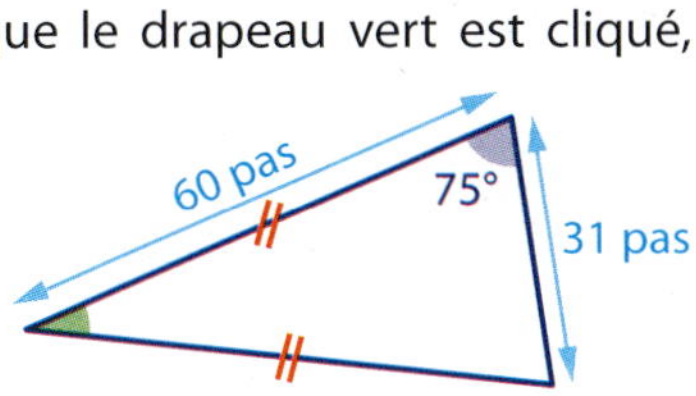

Le script devra également :

- positionner et orienter aléatoirement le lutin à chaque fois ;
- choisir aléatoirement une couleur (entre 0 et 100) et une taille (entre 1 et 3) de stylo pour chacun.

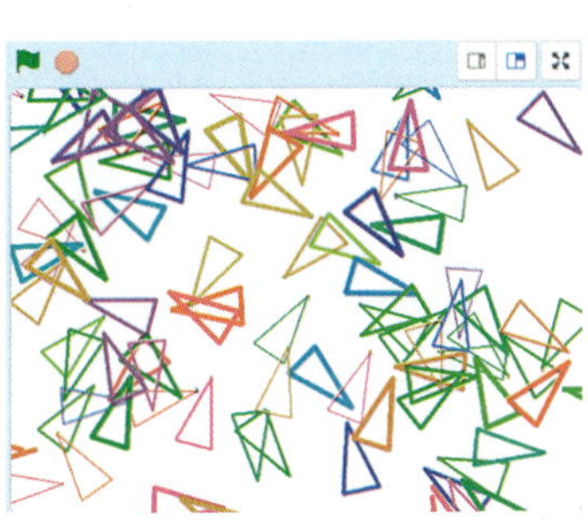

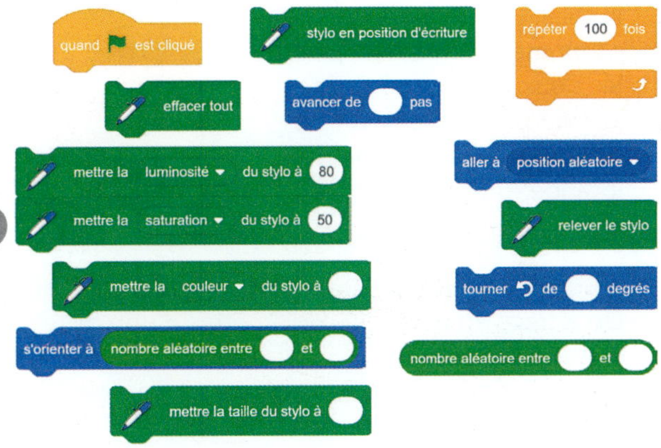

59 Quadrilatère de Varignon

Suivre les instructions suivantes dans un logiciel de géométrie dynamique.

> Pierre Varignon (1654-1722) était un célèbre mathématicien français.

1. a. Avec l'outil Polygone, tracer un quadrilatère ABCD quelconque.

b. Avec l'outil Milieu ou centre placer E, F, G et H les milieux respectifs de [AB], [BC], [CD] et [DA].

c. Tracer le polygone EFGH. Déplacer les points A, B, C et D. Quelle semble être la nature du quadrilatère EFGH ?

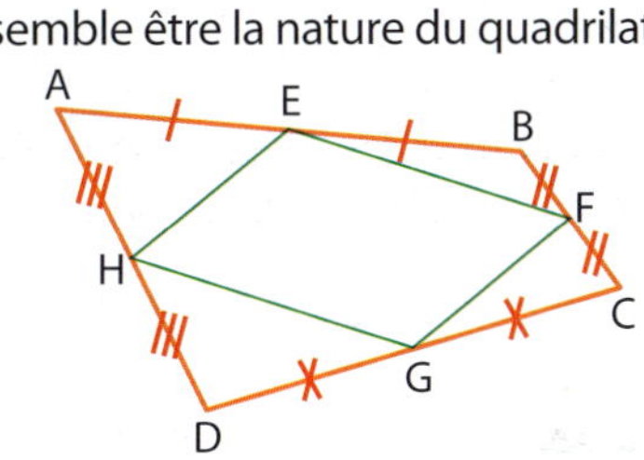

d. Vérifier la réponse à la question précédente en utilisant l'outil Relation sur deux côtés opposés de ce quadrilatère.

e. En utilisant des outils adéquats et en déplaçant les points A, B, C et D, donner des conditions sur les diagonales de ABCD pour que EFGH soit :

- un rectangle
- un losange
- un carré

2. a. Dans la barre de saisie, afficher le périmètre de EFGH.
Avec l'outil Segment, tracer les diagonales [AC] et [BD] et afficher dans la barre de saisie la somme des longueurs de ces deux segments.
Quelle conjecture peut-on formuler sur les deux résultats obtenus ?

> Dans la barre de saisie du logiciel, on peut effectuer des calculs.
> Par exemple, pour calculer la somme des longueurs AC et BD, on saisit :
> =AC+BD

b. Avec l'outil Aire, afficher les aires des quadrilatères ABCD et EFGH. Quelle conjecture peut-on formuler sur ces deux aires ?

Problèmes

ceinture jaune · ceinture verte · ceinture noire

60 Cerf-volant
Raisonner

• Comment doit-on placer les deux bâtons qui tiennent la toile pour obtenir un cerf-volant qui a la forme d'un losange ? Justifier.

61 En piste !
Représenter, Raisonner, Calculer

On a tracé en blanc deux diamètres d'une piste de cirque circulaire.

1. Quelle est la nature de la figure tracée en rouge ? Justifier.

2. La piste a un diamètre de 10 m. Construire le quadrilatère rouge à l'échelle $\frac{1}{200}$ sachant que ses diagonales forment un angle de 40°.

62 Rectangulaire
Représenter, Raisonner

Manon a écrit le script ci-contre qui comporte deux variables.

1. a. En prenant 1 cm pour 20 pas, tracer la figure obtenue lorsque l'on clique sur le drapeau vert.

b. À la fin du tracé, quelles sont les coordonnées du lutin et comment est-il orienté ?

> Rappel : l'instruction « s'orienter à 90 » signifie que l'on s'oriente vers la droite.

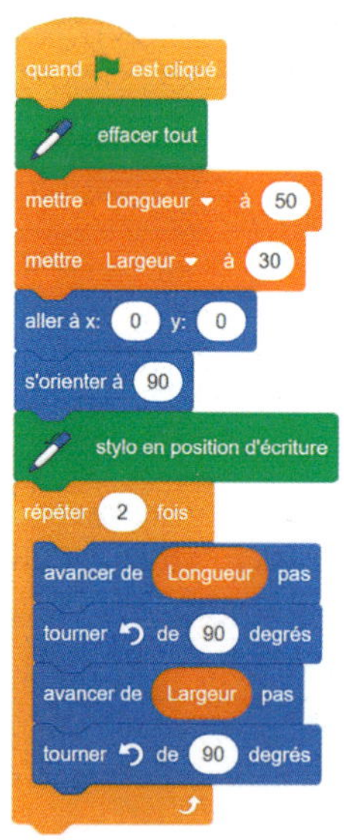

2. Manon ajoute les commandes ci-contre à la suite du script précédent. Que va tracer le lutin avec ce nouveau script ? Compléter la figure tracée en **1. a.**

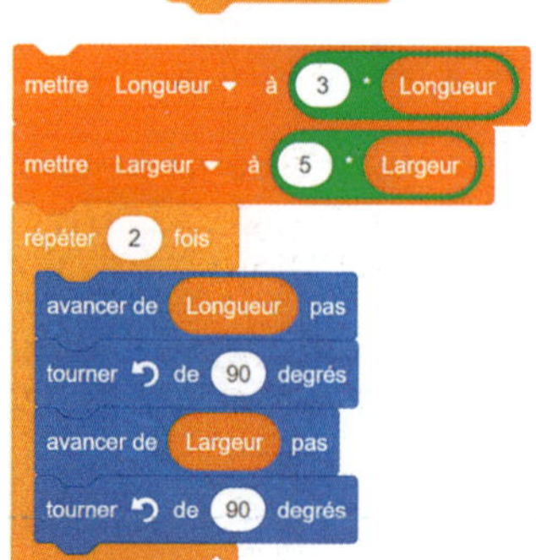

3. Lorsque l'on exécute le programme, quelles sont les coordonnées du point d'arrivée et dans quelle direction le lutin est-il orienté ?

63 Même longueur
Raisonner

1. Tracer un triangle quelconque DEF et construire à l'extérieur les triangles équilatéraux DES et FER.

2. Prouver que les triangles DER et SEF sont égaux.

3. Que peut-on en déduire sur les longueurs SF et DR ? Justifier.

64 Viaduc de Millau
Chercher, Raisonner, Calculer

Le viaduc de Millau est un pont à haubans (câbles) inauguré en 2004. Il est constitué de 7 pylônes avec 11 paires de haubans chacun. Les haubans sont symétriques par rapport au pylône qui les supporte.

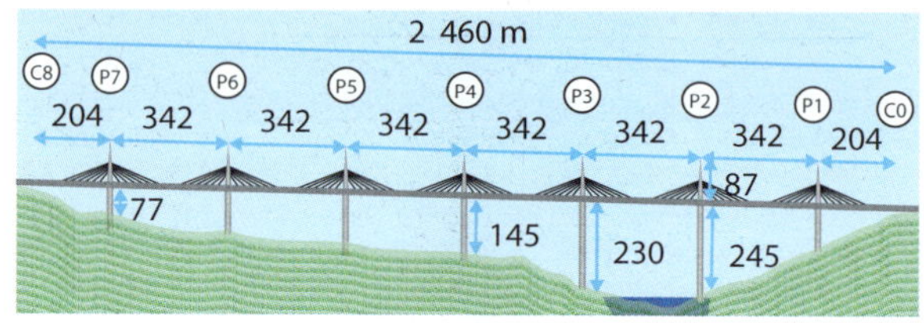

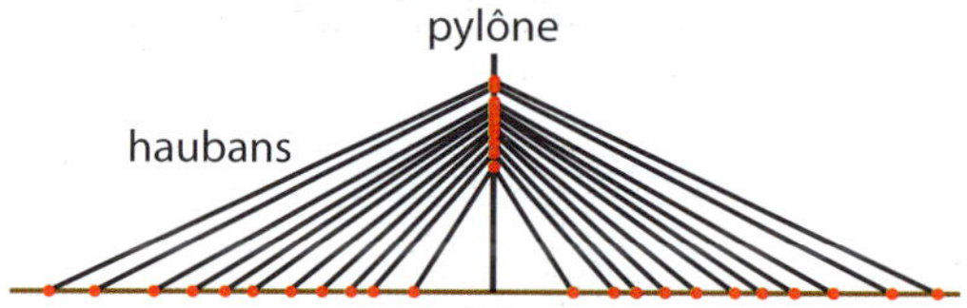

Ordre d'implantation du câble sur le pylône en partant du haut	Longueur des câbles	Hauteur d'implantation du câble sur le pylône par rapport au tablier	Angle d'inclinaison du câble avec le pylône
1	182 m	71,1 m	67°
2	165 m	69,9 m	65°
3	144 m	65,5 m	63°
4	130 m	63,1 m	61°
5	119 m	61,4 m	59°
6	108 m	59 m	57°
7	95 m	55,8 m	54°
8	84 m	54,2 m	50°
9	74 m	50,9 m	47°
10	66 m	47,7 m	44°
11	55 m	43,7 m	35°

1. À partir des documents, expliquer pourquoi chaque pylône et les haubans qui y sont attachés forment 11 paires de triangles rectangles égaux. Illustrer cette explication avec une figure pour deux triangles égaux.

2. Tous les 20 ans, il est nécessaire de changer les haubans du viaduc.
Déterminer la longueur nécessaire de câbles pour le rénover intégralement.

65 Égalité

Raisonner

1. Construire un parallélogramme ABCD et un carré ABEF.

2. Prouver que les triangles ADF et BCE sont égaux.

3. Que peut-on en déduire pour les longueurs DF et CE ? Justifier.

66 Sans équerre ! (1)

Représenter, Raisonner

1. Construire un rectangle en utilisant uniquement le compas et une règle non graduée.

2. Justifier la construction en prouvant que la figure obtenue est bien un rectangle.

67 Sans équerre ! (2)

Représenter, Raisonner

1. Construire un carré en utilisant uniquement le compas et une règle non graduée.

2. Justifier la construction en prouvant que la figure obtenue est bien un carré.

68 Tangram

Représenter, Raisonner, Calculer

Le tangram suivant est constitué de 7 pièces de bois, posées les unes contre les autres sans espace entre elles, qui forment le quadrilatère ABFE :

- deux grands triangles égaux ABC et EFG rectangles et isocèles respectivement en C et G ;
- un triangle GJE rectangle isocèle en J ;
- deux petits triangles égaux BHI et DEJ, rectangles et isocèles respectivement en B et D ;
- un parallélogramme GHIJ ;
- un carré CDJI.

Les points B, H, G et F sont alignés ainsi que les points A, C, D et E. I est le milieu [BC].

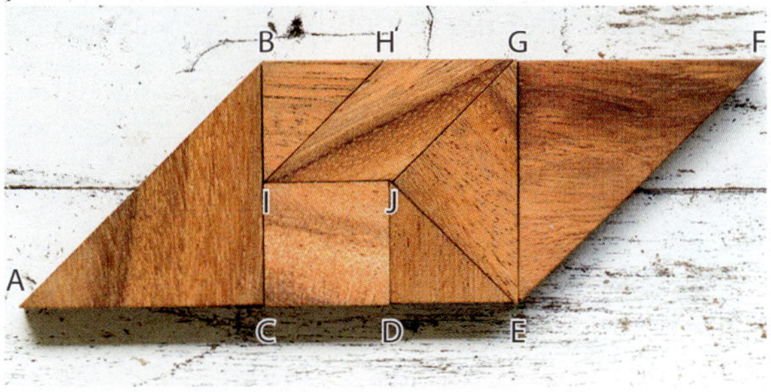

1. Prouver que les droites (AB) et (FE) sont parallèles et que AB = FE. En déduire la nature du quadrilatère BAEF.

2. Sachant que AC = 5 cm, calculer l'aire de BAEF.

3. Construire en vraie grandeur un rectangle (non carré) à partir de 3 pièces du tangram. Calculer son aire.

4. On peut réaliser un carré avec ces 7 pièces comme le montre la photo ci-contre. Comparer les aires et les périmètres du parallélogramme BAEF et de ce carré.

69 Meow...

Représenter

Using all the pieces of the tangram in exercise 68 (AC = 5 cm), draw this cat.

70 Ronds dans l'eau (1)

Représenter, Raisonner

1. a. Tracer deux cercles $\mathscr{C}_1$ et $\mathscr{C}_2$ de même centre O et de rayons respectifs 2 cm et 5 cm.

b. Tracer [AB] et [CD] deux diamètres respectifs de $\mathscr{C}_1$ et $\mathscr{C}_2$ non perpendiculaires et tels que A, B, C et D ne soient pas alignés.

c. Quelle est la nature du quadrilatère ACBD ? Justifier.

d. Citer deux triangles égaux de la figure. Justifier.

2. Tracer un autre diamètre [EF] du cercle $\mathscr{C}_2$. Quelle est la nature du quadrilatère DFCE ? Donner tous les cas possibles et justifier.

3. Construire de nouveau les cercles $\mathscr{C}_1$ et $\mathscr{C}_2$.

a. Placer quatre points B, R, U et T sur ces cercles tels que BRUT soit un losange.

b. Expliquer la méthode de construction et justifier qu'on obtient bien un losange.

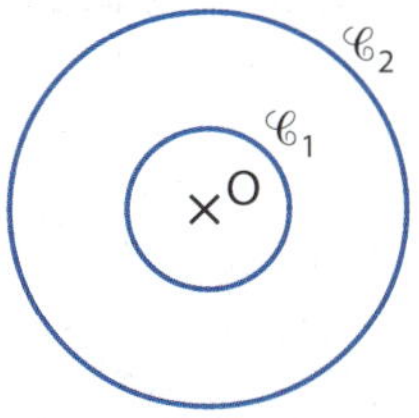

71 Ronds dans l'eau (2)

Représenter, Raisonner

1. a. Placer deux points A et B distincts.

b. Tracer deux cercles $\mathscr{C}_1$ et $\mathscr{C}_2$ de centres A et B, de même rayon et sécants en deux points C et D.

c. Montrer que ADBC est un losange.

2. a. Tracer les diamètres [DE] et [CF] du cercle $\mathscr{C}_1$ et les diamètres [DG] et [CH] du cercle $\mathscr{C}_2$.

b. Montrer que FDCE et DHGC sont deux rectangles symétriques par rapport à la droite (DC).

3. Montrer que FDGC est un parallélogramme.

4. Montrer que FG = EH.

5. Montrer que FDBA est un parallélogramme.

6. Montrer que les droites (EH), (CD), (GF) et (BA) sont concourantes.

72 Comme Vasarely

Représenter

Voir point info p. 225.

Cette œuvre du plasticien hongrois Vasarely est exposée en Normandie, au château de Vascœuil. Elle est composée de 12 losanges superposables.

- Reproduire et colorier cette œuvre en prenant des losanges dont l'angle aigu mesure 60° et les côtés 4 cm.

Problèmes

73 Changer une roue

Modéliser, Calculer, Raisonner

Un cric est un appareil qui permet de surélever une voiture au niveau d'une roue afin de changer un pneu crevé. Le cric se place sous le châssis de la voiture, comme sur la photo ci-dessous.

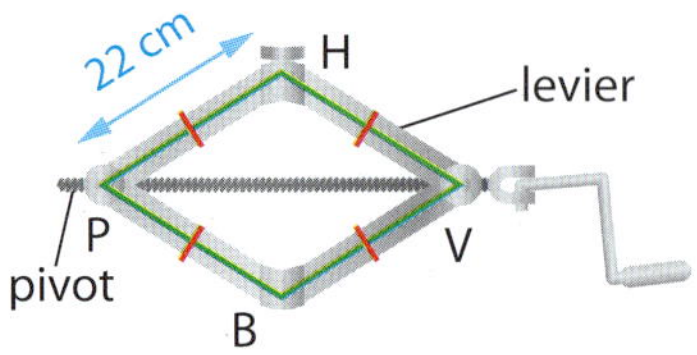

La manivelle fait tourner le pivot qui permet d'écarter ou de rapprocher les deux bras articulés.
Ces bras articulés liés par le pivot peuvent être modélisés par un quadrilatère PHVB dont la diagonale [PV] est le pivot. On a alors : PH = HV = VB = BP = 22 cm.
Lucie veut changer sa roue. Avant de commencer, le châssis de sa voiture est 15 cm au-dessus de la route. Pour pouvoir sortir la roue, le châssis de la voiture doit être 29 cm au-dessus de la route.

1. Le pivot est horizontal. Prouver que l'axe (BH) est vertical et qu'il est un axe de symétrie du cric.

2. a. Dessiner le cric à l'échelle $\frac{1}{10}$ lorsque Lucie le place sous la voiture. On admettra que BH est la distance entre la route et le châssis.

b. Donner une valeur approchée de la longueur PV du pas de vis dans cette position.

3. a. Dessiner le cric à l'échelle $\frac{1}{10}$ dans la position finale, lorsque Lucie peut changer la roue.

b. Donner une valeur approchée de la longueur PV du pas de vis dans cette position.

74 Promenade dans un carré (Prise d'initiative)

Représenter, Raisonner

On prend 1 cm pour 40 pas.

1. a. Représenter sur papier la figure obtenue si le programme ci-contre est exécuté.

b. Sur cette figure, placer le point P indiquant la position du lutin à la fin du script. Indiquer son orientation par une flèche.

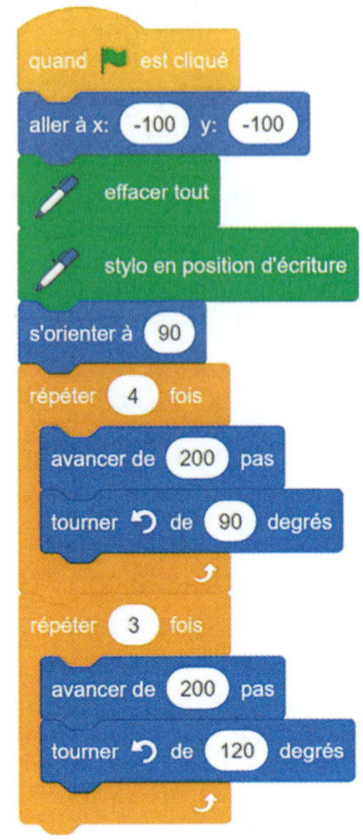

2. On ajoute les instructions ci-dessous à la suite du script précédent.

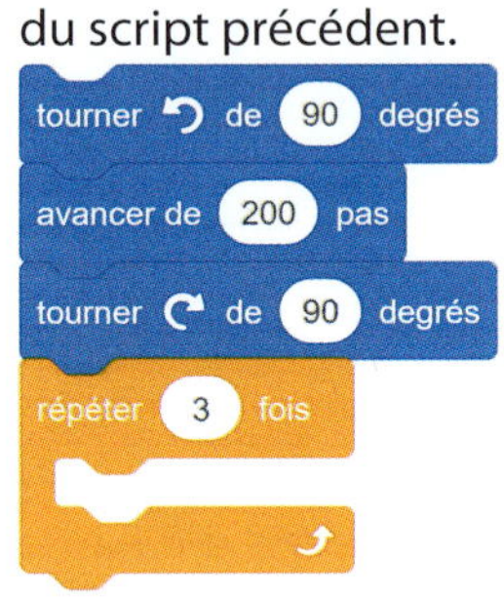

Quelles commandes peut-on insérer dans le bloc « répéter 3 fois » pour obtenir la figure ci-contre ?

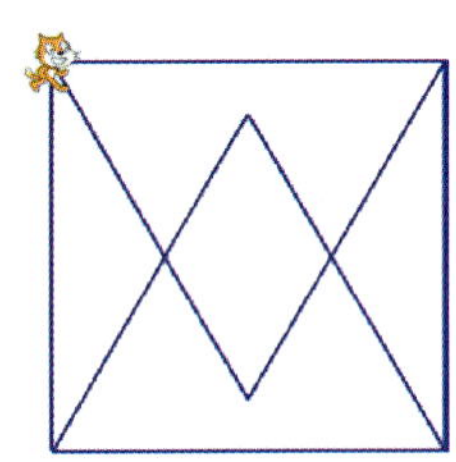

3. a. Démontrer que les triangles à droite et à gauche de la figure sont isocèles et égaux.

b. En déduire que le quadrilatère au centre de la figure est un losange.

DÉFIS & ÉNIGMES

75 Un tas de carrés

• Combien peut-on voir de carrés sur cette figure ?

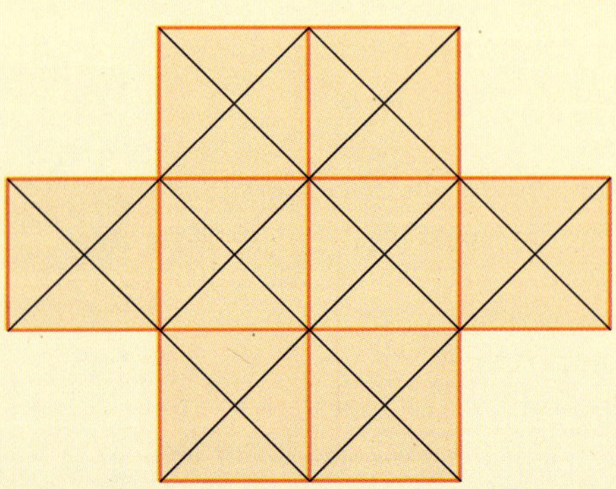

76 Carrés et allumettes

• Dans la figure ci-contre, déplacer 3 allumettes pour obtenir une figure composée uniquement de 3 carrés.

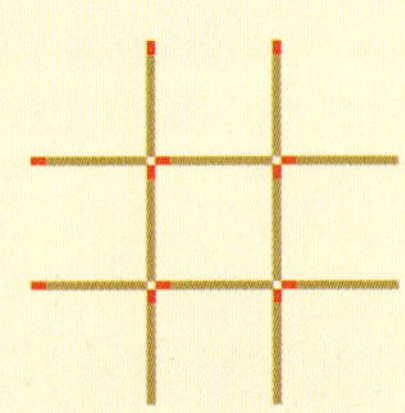

77 Assemblage

En assemblant 4 de ces 5 pièces on peut former un carré.

• Quelle est celle qui reste ?

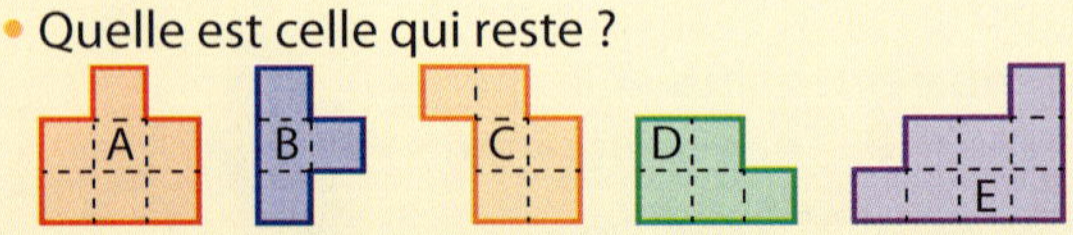

78 Un rectangle bien encadré
Prise d'initiative

Représenter, Raisonner

Construire un rectangle PINK puis placer :
- le point R, symétrique de K par rapport à P ;
- le point O, symétrique de P par rapport à I ;
- le point S, symétrique de I par rapport à N ;
- le point E, symétrique de N par rapport à K.

1. Démontrer que les triangles POR et SNE sont égaux.
On admettra de même que les triangles KER et SIO sont égaux.

2. En déduire la nature du quadrilatère ROSE.

3. Yan affirme que l'aire de ROSE est 5 fois plus grande que celle de PINK. A-t-il raison ? Justifier.

79 Un beau résultat
Raisonner, Calculer

Soient un carré ABCD et deux points E et F respectivement sur [CD] et [BC] tels que DE = CF.

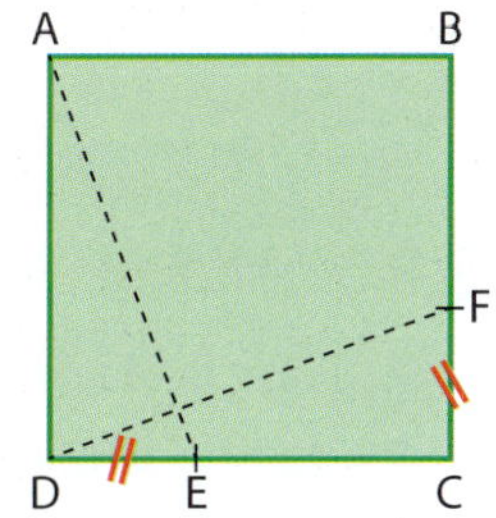

1. a. Démontrer que les triangles ADE et DFC sont égaux.

b. Que peut-on en déduire pour les longueurs DF et AE ? Justifier.

2. a. Démontrer que $\widehat{DAE} = \widehat{CDF}$.

b. En utilisant les angles de la figure, en déduire que les droites (DF) et (AE) sont perpendiculaires.

MISSION DÉMONSTRATION

Raisonnement **Le raisonnement déductif**

Pour démontrer un résultat, on peut faire un raisonnement déductif dont l'élément de base est l'**ilot déductif** (voir ci-contre). Ces ilots peuvent s'enchainer les uns aux autres ; la démonstration se fait alors en plusieurs étapes.

Un ilot déductif

1. Données	2. Une règle	3. Conclusion
(Informations certaines obtenues par l'énoncé ou par un ilot déductif précédent)	(Propriété, définition …)	Une nouvelle donnée

80
ABCD est un rectangle. E et F sont les symétriques respectifs de B et de D par rapport à C.

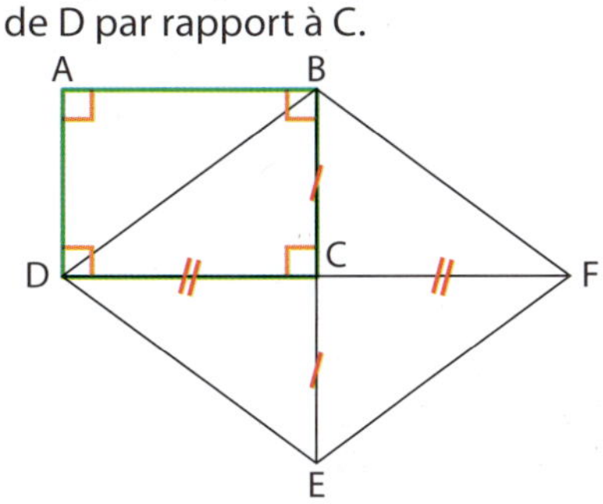

- Démontrer que DBFE est un losange en rédigeant trois étapes à l'aide des ilots suivants.

1er ilot : on démontre que C est le milieu de [BE] et [DF].

Données	Définition	Conclusion
E et F sont les symétriques de B et D par rapport à C.	Le symétrique d'un point M par rapport à I est le point M′ tel que I est le milieu de [MM′].	C est donc le milieu des segments [BE] et [DF].

2e ilot : on démontre que DBFE est un parallélogramme.

Données	Propriété	Conclusion
C est le milieu des segments [BE] et [DF].	Si les diagonales d'un quadrilatère …	DBFE est un parallélogramme.

3e ilot : on démontre que DBFE est un losange.

Données	Propriété	Conclusion
…	Si …	DBFE est un losange.

Travailler autrement

Utilisable en AP

À chacun son parcours !

81 Résolution de problème

Socle D1 Je sais utiliser des propriétés géométriques pour reconnaitre des objets.

Socle D4 Je sais prélever, organiser et traiter l'information utile.

Socle D4 Je sais analyser, argumenter et mener différents types de raisonnement.

Soit EFGH un parallélogramme de centre O.
La perpendiculaire à la droite (FH) passant par E coupe (FH) en I.
La perpendiculaire à la droite (FH) passant par G coupe (FH) en K.

Questions ceinture jaune

1. Construire une figure.
2. Expliquer pourquoi OE = OG et $\widehat{EOI} = \widehat{GOK}$.
3. En utilisant les angles des triangles EOI et GOK, démontrer que $\widehat{OEI} = \widehat{OGK}$.
4. En déduire que les triangles OEI et OGK sont égaux.
5. Démontrer alors que EIGK est un parallélogramme.

Questions ceinture verte

1. Construire une figure.
2. Démontrer que les triangles EIH et FGK sont égaux.
3. En déduire la nature du quadrilatère IGKE.

Questions ceinture noire

1. Construire une figure.
2. Démontrer que les triangles OEI et OGK sont égaux.
3. Les perpendiculaires à la droite (EG) passant par H et F coupent (EG) respectivement en L et J. Quelle est la nature du quadrilatère ILJK ? Justifier.

82 Résolution de problème

Socle D1 Je sais utiliser des propriétés géométriques pour reconnaitre des objets.

Socle D4 Je sais prélever, organiser et traiter l'information utile.

Socle D4 Je sais analyser, argumenter et mener différents types de raisonnement.

ABCDEF est un hexagone régulier inscrit dans un cercle de centre O et de rayon 7 cm. Les 6 côtés ont la même longueur. Les 6 angles de sommet O mesurent chacun 60°.

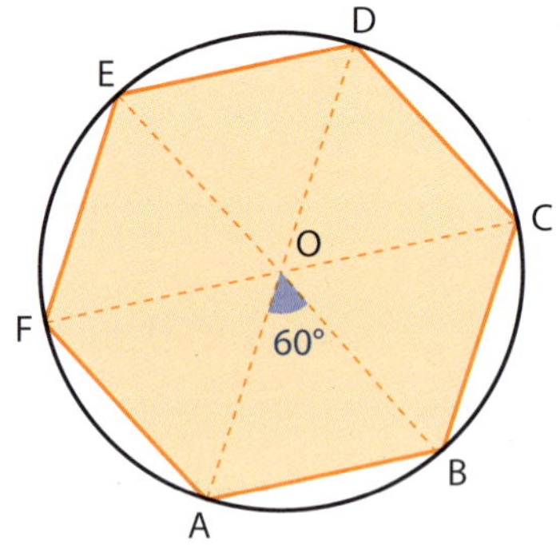

Questions ceinture jaune

1. Construire l'hexagone régulier ABCDEF, en commençant par le cercle.
2. En utilisant uniquement les points de la figure, tracer un rectangle. Justifier ce tracé en utilisant une propriété.
3. a. Quelle est la nature du triangle OEF ? Justifier.
b. En utilisant uniquement les points de la figure, tracer un losange. Justifier ce tracé en utilisant une propriété.

Questions ceinture verte

1. Calculer la mesure de l'angle $\widehat{FED}$.
2. Démontrer que les triangles FED, DCB et BAF sont égaux.
3. En déduire la nature du triangle FDB.
4. Soit M le symétrique de B par rapport à C. Démontrer que EFCM est un parallélogramme.

Questions ceinture noire

1. Construire la figure puis les points G et H, symétriques respectifs du point B par rapport à C et D.
2. Quelle est la nature du quadrilatère BGHE ? Justifier.

12 Théorème de Thalès

TA MISSION

Calculer des longueurs et reconnaitre des droites parallèles.

JEU

Sauvé par le codage !

• Quel trajet emprunter pour atteindre l'une des sorties ?

Le déplacement est horizontal ou vertical. Les cases autorisées sont celles où l'on peut affirmer que les deux droites rouges sont parallèles.

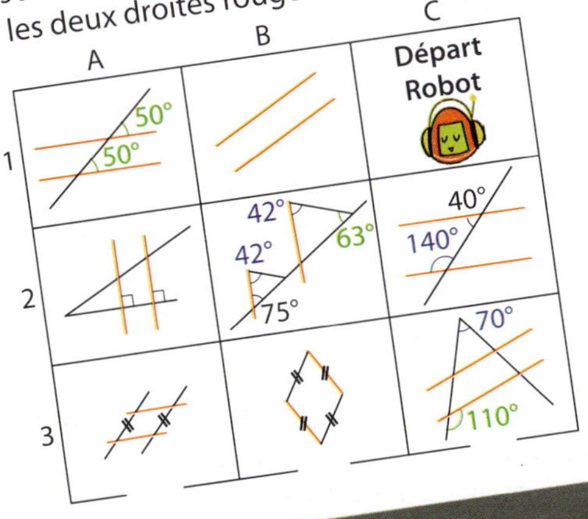

POINT INFO

Thalès de Milet fut l'un des « Sept sages » de la Grèce antique. On lui attribue de nombreux exploits, comme la prédiction de l'éclipse de soleil du 28 mai de l'an –585 et le calcul de la hauteur de la Pyramide de Khéops en Égypte.

Voir problème 51 p. 259.

Activités

Prêts pour le décollage ?

QUESTIONS FLASH Questions flash supplémentaires

1 Le tableau suivant est-il un tableau de proportionnalité ?

2	3	7
0,6	0,9	2,1

2 Compléter le tableau de proportionnalité suivant :

3		7,5	10,5
2	4		

3 Déterminer le nombre x tel que :

a. $\frac{x}{12} = \frac{5}{3}$ **b.** $\frac{2}{5} = \frac{3}{x}$ **c.** $\frac{4}{6} = \frac{x}{9}$ **d.** $\frac{2}{x} = \frac{8}{27}$

4 Les quotients suivants sont-ils égaux ?

a. $\frac{3}{7}$ et $\frac{27}{63}$ **b.** $\frac{5,4}{3,7}$ et $\frac{16,2}{10,1}$

c. $\frac{7}{9}$ et $\frac{11}{14}$ **d.** $\frac{10}{11}$ et $\frac{14}{15,4}$

5 **a.** Sur la demi-droite graduée ci-dessous, on veut placer le point M tel que $AM = \frac{4}{3}AB$.

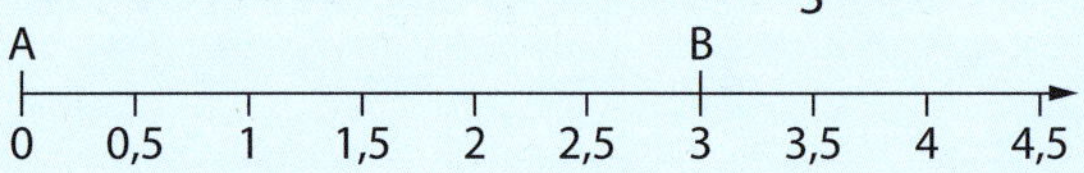

Le point M appartient-il au segment [AB] ? Quelle est son abscisse ?

b. Quelle est l'abscisse du point N tel que $AN = \frac{5}{6}AB$?

6 On considère la figure ci-après où les points A, M et P sont alignés ainsi que les points T, M, R et S. Les affirmations suivantes sont-elles vraies ?

a. P ∈ (AM) **b.** P ∈ [AM] **c.** A ∈ [PM]
d. S ∈ [TM] **e.** T ∈ [MR] **f.** T ∈ [SR]

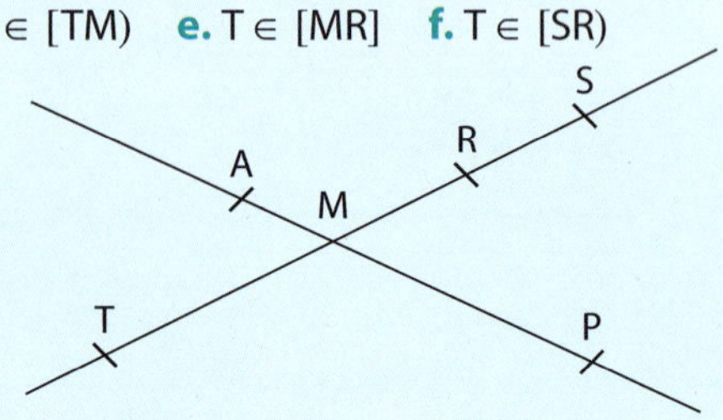

7 Sur les figures ci-dessous, les droites *d* et *d'* sont-elles parallèles ?

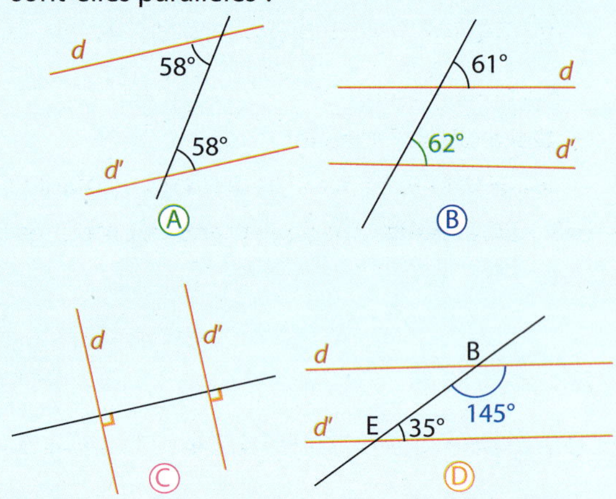

Activité 1 Avec des droites parallèles

1. a. À l'aide d'un logiciel de géométrie dynamique, tracer deux triangles « emboités » ABC et AMN tels que :
- les droites (MN) et (BC) sont parallèles ;
- M ∈ [AB) et N ∈ [AC).

Choisir une couleur différente pour chaque triangle.

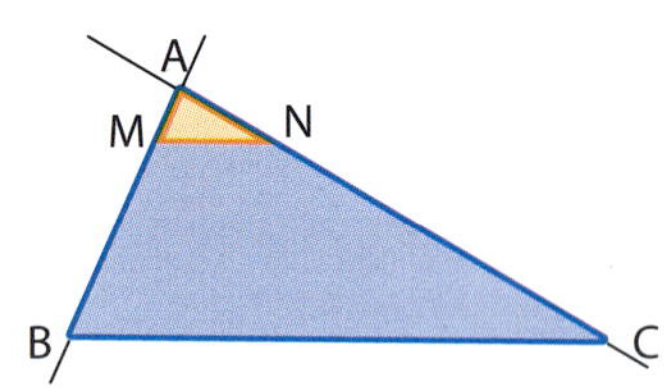

b. Avec le tableur, réaliser un tableau indiquant les longueurs des côtés de chacun des triangles. Insérer une dernière ligne pour calculer les rapports $\frac{AM}{AB}$, $\frac{AN}{AC}$ et $\frac{MN}{BC}$.

	A	B	C	D
1	Triangle ABC	AB=3.5	AC=4.6	BC=6
2	Triangle AMN	AM=0.7	AN=0.92	MN=1.2
3		AM/AB=0.2	AN/AC=0.2	MN/BC=0.2

2. a. Expliquer pourquoi les résultats affichés dans les lignes 1 et 2 du tableau sont proportionnels.

b. À l'aide de la question précédente, comment peut-on caractériser le triangle AMN à partir du triangle ABC ?

3. a. Déplacer le point M sur la demi-droite [AB). Que remarque-t-on ?

b. Déplacer les points A, B et C pour faire des observations dans d'autres triangles. Que peut-on constater ?

c. Quelle propriété peut-on ainsi conjecturer ?

Cette propriété porte le nom de « Théorème de Thalès ». Elle a été démontrée de plusieurs façons différentes au cours de l'histoire.

Activité 2 Avec des rapports de distances différents

Un professeur a demandé à ses élèves de tracer deux triangles ABC et AMN « emboités » tels que :
• M ∈ [AB) et N ∈ [AC) • AM = 1 cm, AB = 5 cm, AN = 1,5 cm et AC = 8 cm

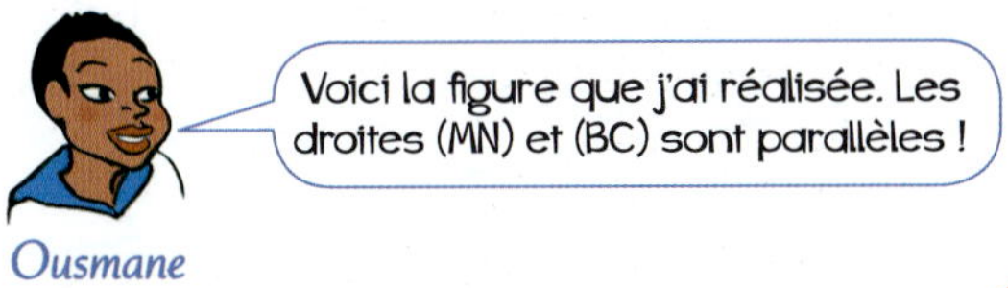

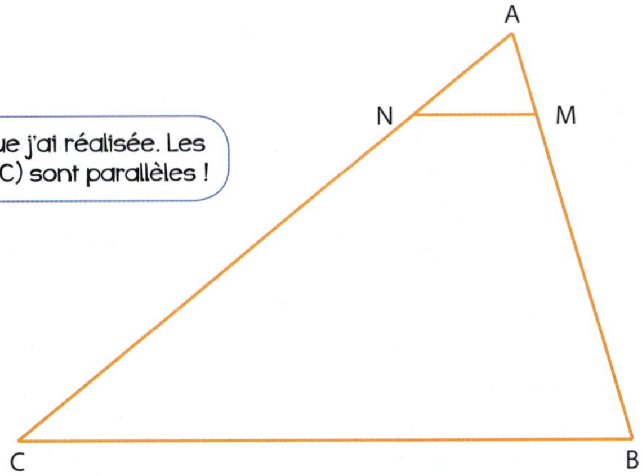

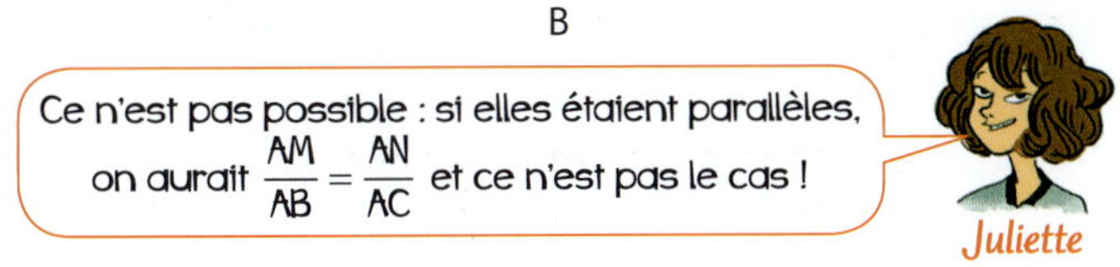

1. Réaliser la construction demandée par le professeur.

2. Calculer les rapports $\frac{AM}{AB}$ et $\frac{AN}{AC}$.

3. Qui a raison ? Justifier.

4. En généralisant le raisonnement, recopier et compléter la propriété énoncée ci-dessous.
« Si ABC et AMN sont deux triangles emboités tels que M ∈ [AB), N ∈ [AC) et $\frac{AM}{AB} \neq \frac{AN}{AC}$ alors … »

Activité 3 Avec des rapports de distances égaux

On veut construire deux triangles ABC et AMN « emboités » tels que :
• M ∈ [AB) et N ∈ [AC) • $\frac{AM}{AB} = \frac{AN}{AC}$

1. Lola a réalisé la figure ci-dessous à l'aide d'un logiciel de géométrie dynamique et de son tableur. Expliquer pourquoi sa figure semble correcte.

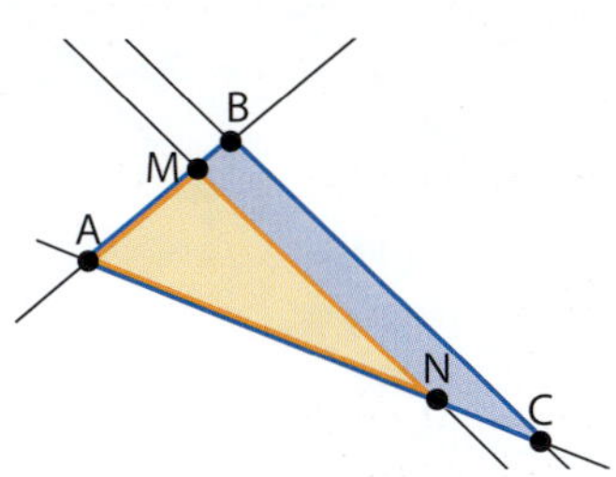

	A	B
1	AM/AB	AN/AC
2	0.78	0.78

2. Que peut-on conjecturer pour les droites (MN) et (BC) ?

3. En procédant comme Lola avec un logiciel de géométrie dynamique et l'affichage du tableur, construire une autre figure correcte.
Déplacer les points pour obtenir plusieurs figures différentes tout en gardant des triangles « emboités », des points alignés et des rapports égaux.

4. Que peut-on conjecturer pour les droites (MN) et (BC) ?
Écrire un énoncé précis et complet de la propriété conjecturée.

Cette propriété est la « réciproque » du théorème de Thalès. Elle a été démontrée de plusieurs façons au cours de l'histoire (voir « Mission démonstration » p. 261).

Cours

1 Calculer des longueurs avec le théorème de Thalès

Théorème

Théorème de Thalès (triangles emboités)

Si ABC et AMN sont deux triangles tels que :

- M est un point de la demi-droite [AB),
- N est un point de la demi-droite [AC),
- les droites (MN) et (BC) sont parallèles,

alors $\frac{AM}{AB} = \frac{AN}{AC} = \frac{MN}{BC}$.

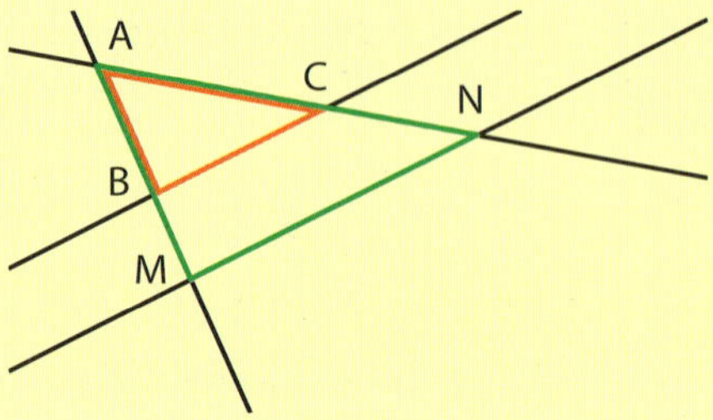

Remarques

- On a également $\frac{AB}{AM} = \frac{AC}{AN} = \frac{BC}{MN}$.
- Les côtés correspondants des triangles ABC et AMN sont proportionnels.
- Le triangle ABC est un agrandissement ou une réduction du triangle AMN.

Longueurs des côtés de AMN	AM	AN	MN
Longueurs des côtés correspondants de ABC	AB	AC	BC

$\times \frac{AB}{AM}$

▸ Exemple

Dans la figure ci-dessous, les droites (RE) et (TO) se coupent en P et les droites (OR) et (TE) sont parallèles.

On veut calculer la longueur PE puis la longueur OR.

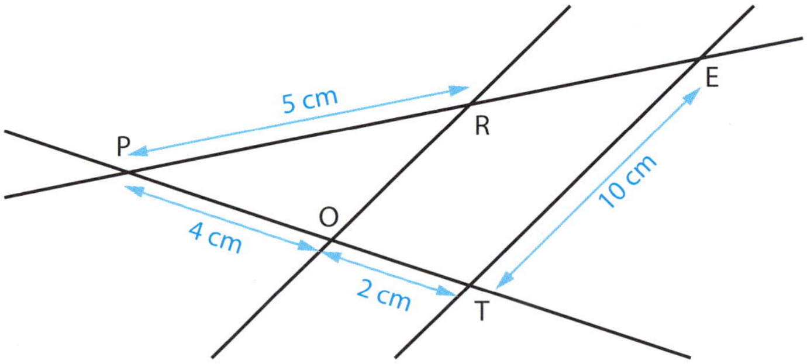

POR et PTE sont deux triangles tels que :

- T est un point de la demi-droite [PO) ;
- E est un point de la demi-droite [PR) ;
- les droites (OR) et (TE) sont parallèles.

D'après le théorème de Thalès, on a donc : $\frac{PO}{PT} = \frac{PR}{PE} = \frac{OR}{TE}$.

En utilisant l'égalité des deux premiers rapports et en remplaçant les longueurs connues par leurs valeurs, on a donc : $\frac{4}{6} = \frac{5}{PE}$.

On utilise l'égalité des produits en croix et on trouve : $PE = \frac{5 \times 6}{4} = \frac{30}{4} = \frac{15}{2} = 7{,}5$ cm.

En utilisant l'égalité du premier et du dernier rapport et en remplaçant les longueurs connues par leurs valeurs, on a donc : $\frac{4}{6} = \frac{OR}{10}$.

On utilise l'égalité des produits en croix et on trouve : $OR = \frac{10 \times 4}{6} = \frac{40}{6} = \frac{20}{3} \approx 6{,}7$ cm.

Savoir-faire

Apprends à l'aide des exercices résolus puis entraine-toi !

1 Calculer des longueurs avec le théorème de Thalès

1 Dans la figure ci-contre, les droites (BG) et (SK) se coupent en E, les droites (GK) et (BS) sont parallèles et on a BS = 7,3 cm ; BE = 6,2 cm ; KE = 3,8 cm ; GE = 2,7 cm.

- Calculer une valeur approchée au mm près des longueurs GK et SE.

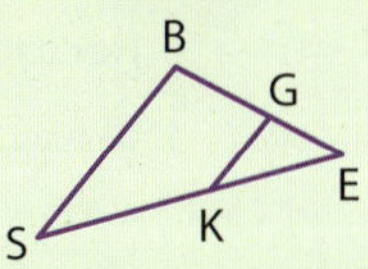

Solution

1re étape : vérification des conditions

EBS et EGK sont deux triangles tels que :
- G est un point de la demi-droite [EB) ;
- K est un point de la demi-droite [ES) ;
- les droites (GK) et (BS) sont parallèles.

On peut donc utiliser le théorème de Thalès.

On vérifie d'abord si les conditions d'utilisation du théorème de Thalès sont bien respectées.

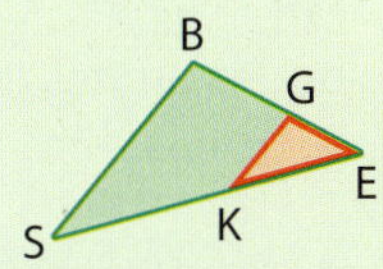

2e étape : écriture de l'égalité des rapports

D'après le théorème de Thalès, on a :

$$\frac{EG}{EB} = \frac{EK}{ES} = \frac{GK}{BS}$$

← Côtés du triangle EGK (numérateurs)
← Côtés du triangle EBS (dénominateurs)

Le point E, sommet commun des deux triangles, se retrouve 4 fois.

3e étape : calcul des longueurs cherchées

On remplace les longueurs connues par leurs valeurs :

$$\frac{2,7}{6,2} = \frac{3,8}{ES} = \frac{GK}{7,3}$$

On utilise le quotient connu et celui où se trouve la longueur cherchée.

Calcul de GK :

On a : $\frac{2,7}{6,2} = \frac{GK}{7,3}$. On utilise le produit en croix qui donne : $GK = \frac{2,7 \times 7,3}{6,2} \approx 3,2$ cm.

Calcul de ES :

On a : $\frac{2,7}{6,2} = \frac{3,8}{ES}$. On utilise le produit en croix qui donne : $ES = \frac{3,8 \times 6,2}{2,7} \approx 8,7$ cm.

On vérifie la cohérence des résultats en vérifiant l'ordre de grandeur. Ici, les longueurs des côtés du triangle BES doivent être entre 2 à 3 fois plus grandes que celles du triangle EGK.

À toi de jouer

2 Dans la figure ci-dessous, les droites (EL) et (AS) se coupent en O et les droites (LS) et (EA) sont parallèles.

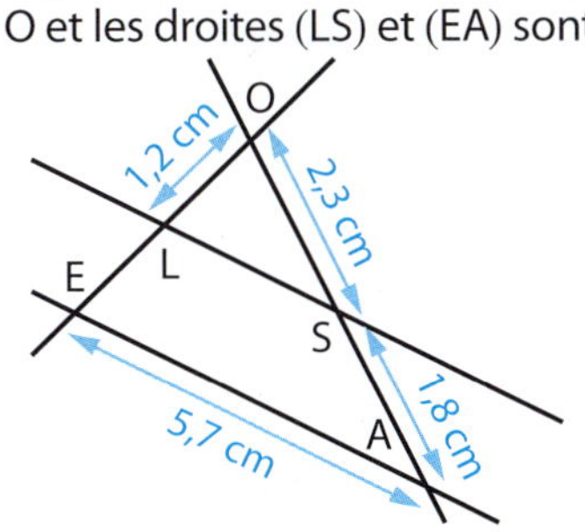

- Calculer une valeur approchée au mm près des longueurs OE et LS dans la figure ci-dessus.

3 Dans la figure ci-dessous, les droites (OL) et (MP) se coupent en E et les droites (PL) et (MO) sont parallèles.

On donne : EP = 5,6 cm ; EL = 3,7 cm ; EO = 6,3 cm et PL = 4,8 cm.

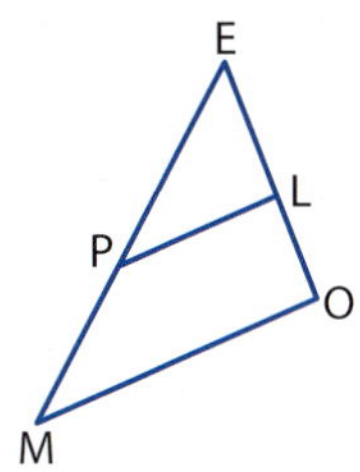

- Calculer une valeur approchée au mm près des longueurs PM et MO.

→ Corrigé p. 318

2 Reconnaitre des droites parallèles

Théorème

Réciproque du théorème de Thalès (triangles emboités) :

Si ABC et AMN sont deux triangles tels que :

- M est un point de la demi-droite [AB),
- N est un point de la demi-droite [AC),
- $\dfrac{AM}{AB} = \dfrac{AN}{AC}$,

alors les droites (BC) et (MN) sont parallèles.

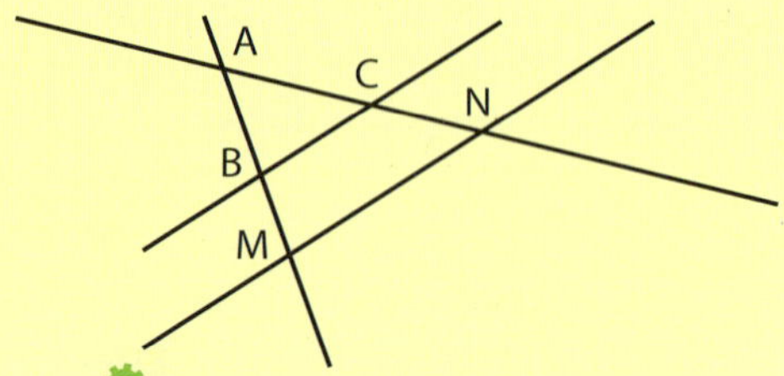

→ Mission démonstration p. 261

Méthode

ABC et AMN sont deux triangles tels que M est un point de la demi-droite [AB) et N est un point de la demi-droite [AC). Deux cas se présentent :

- Si $\dfrac{AM}{AB} = \dfrac{AN}{AC}$, alors les droites (BC) et (MN) sont parallèles et $\dfrac{AM}{AB} = \dfrac{AN}{AC} = \dfrac{MN}{BC}$.
- Si $\dfrac{AM}{AB} \neq \dfrac{AN}{AC}$, alors les droites (BC) et (MN) ne sont pas parallèles.

▸Exemples

Dans la figure ci-contre, ABC et ADE sont deux triangles tels que B est un point de la demi-droite [AD) et C est un point de la demi-droite [AE).

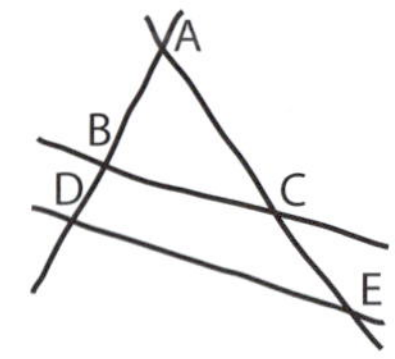

- On se place dans le cas où AB = 5,4 cm ; AD = 7,2 cm ; AC = 6,6 cm et AE = 8,8 cm.
$\dfrac{AD}{AB} = \dfrac{7,2}{5,4}$ et $\dfrac{AE}{AC} = \dfrac{8,8}{6,6}$.
On calcule les produits en croix :
$$5,4 \times 8,8 = 47,52 \text{ et } 7,2 \times 6,6 = 47,52$$
Ils sont égaux donc $\dfrac{AD}{AB} = \dfrac{AE}{AC}$.
L'égalité de Thalès est vérifiée, on peut en conclure que les droites (BC) et (DE) sont parallèles.

- On se place dans le cas où AB = 2,4 cm ; AD = 4,8 cm ; AC = 1,8 cm ; AE = 3,8 cm.
$\dfrac{AD}{AB} = \dfrac{4,8}{2,4}$ et $\dfrac{AE}{AC} = \dfrac{3,8}{1,8}$.
On calcule les produits en croix :
$$2,4 \times 3,8 = 9,12 \text{ et } 4,8 \times 1,8 = 8,64$$
Ils ne sont pas égaux donc $\dfrac{AD}{AB} \neq \dfrac{AE}{AC}$.
L'égalité de Thalès n'est donc pas vérifiée, on peut en conclure que les droites (BC) et (DE) ne sont pas parallèles.

Remarque

Dans le premier cas, on a utilisé la réciproque du théorème de Thalès. Mais dans le second cas, c'est le théorème de Thalès qui est utilisé. En effet, si les droites (BC) et (DE) étaient parallèles, alors d'après le théorème de Thalès, l'égalité de Thalès serait vérifiée. Comme ce n'est pas le cas, les droites (BC) et (DE) ne sont pas parallèles.

Propriété

Dans un triangle, la droite qui passe par les milieux de deux côtés est parallèle au troisième côté.

Remarque

Cette propriété est un cas particulier de la réciproque du théorème de Thalès : c'est le cas où les rapports sont égaux à $\dfrac{1}{2}$.

Savoir-faire

Apprends à l'aide des exercices résolus puis entraine-toi !

2 Reconnaitre des droites parallèles

4 Dans la figure ci-contre, les droites (AL) et (JM) se coupent en C. On a également : AC = 2 cm, CM = 3 cm, CJ = 10,5 cm et CL = 7 cm.

- Les droites (AM) et (LJ) sont-elles parallèles ?

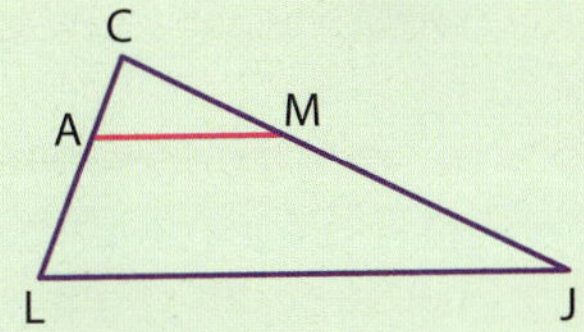

Solution

1re étape : on vérifie le positionnement des points
CAM et CLJ sont deux triangles tels que :
- A est un point de la demi-droite [CL].
- M est un point de la demi-droite [CJ].

2e étape : on cherche si l'égalité de Thalès est vérifiée ou non
$\frac{CA}{CL}=\frac{2}{7}$ et $\frac{CM}{CJ}=\frac{3}{10,5}$
Or, $2\times 10,5=21$ et $7\times 3=21$.
Donc $\frac{CA}{CL}=\frac{CM}{CJ}$: l'égalité de Thalès est vérifiée.

3e étape : on conclut
Les droites (AM) et (LJ) sont parallèles.

Pour tester l'égalité de deux fractions, on utilise souvent les produits en croix car on peut calculer leurs valeurs exactes.

À toi de jouer

5 Dans la figure ci-contre, les droites (EB) et (JN) se coupent en S. On a également : SB = 21,6 cm, SN = 24 cm, SE = 56,7 cm, SJ = 63 cm.

- Les droites (BN) et (EJ) sont-elles parallèles ?

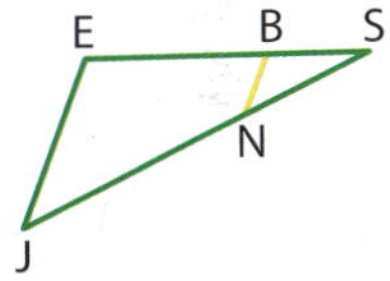

→ Corrigé p. 318

6 Dans la figure ci-contre, les droites (EB) et (CD) se coupent en A. On a également : AC = 6,7 cm, AD = 10,5 cm, AB = 8,4 cm et AE = 12,5 cm.

- Les droites (BC) et (DE) sont-elles parallèles ?

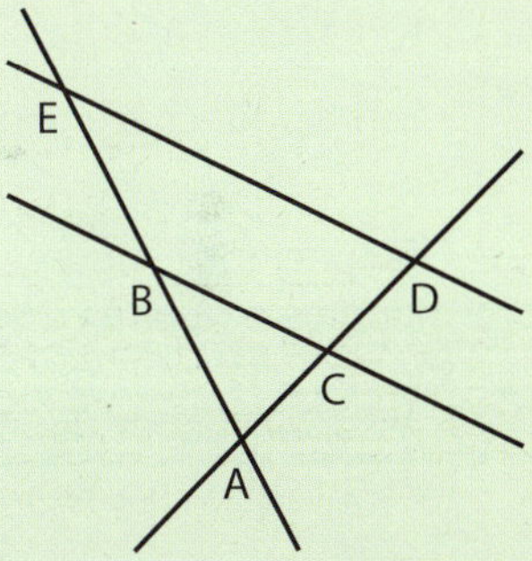

Solution

1re étape : on vérifie le positionnement des points
AED et ABC sont deux triangles tels que :
- B est un point de la demi-droite [AE].
- C est un point de la demi-droite [AD].

2e étape : on cherche si l'égalité de Thalès est vérifiée ou non
$\frac{AC}{AD}=\frac{6,7}{10,5}$ et $\frac{AB}{AE}=\frac{8,4}{12,5}$
$6,7\times 12,5=83,75$ et $10,5\times 8,4=88,2$.

Donc $\frac{AC}{AD}\neq\frac{AB}{AE}$: l'égalité de Thalès n'est pas vérifiée.

3e étape : on conclut
Les droites (BC) et (DE) ne sont pas parallèles.

À toi de jouer

7 Dans la figure ci-contre, les droites (BE) et (CD) se coupent en A.

- Les droites (ED) et (BC) sont-elles parallèles ?

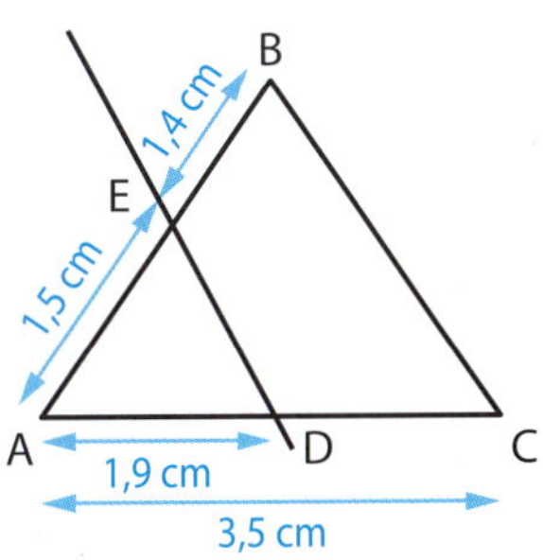

→ Corrigé p. 318

Exercices

Calculer des longueurs avec le théorème de Thalès

➜ Savoir-faire p. 249

QUESTIONS FLASH

8 Chacune des figures est constituée de deux triangles emboités.

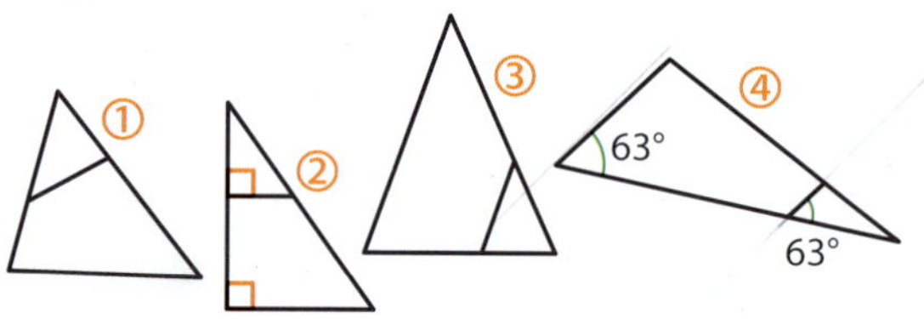

• Dans quelles figures peut-on utiliser le théorème de Thalès ? Justifier.

9 Chacune des figures est constituée de deux triangles emboités dont les côtés tracés en rouge sont parallèles.

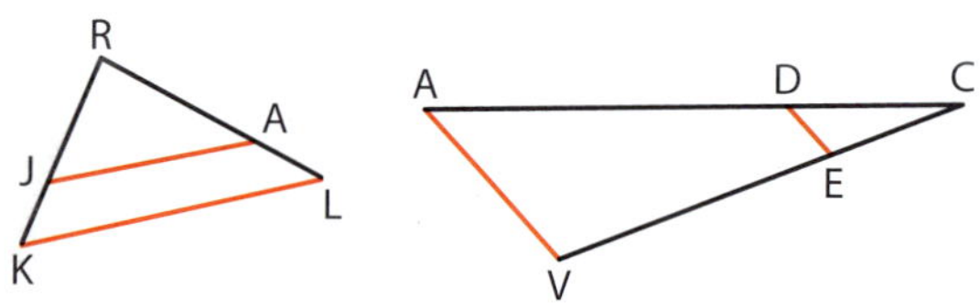

• Écrire pour chacune d'elles les égalités de Thalès.

10 Chacune des figures est constituée de deux triangles emboités dont les côtés tracés en rouge sont parallèles.
• Associer chaque configuration de Thalès aux égalités qui lui correspondent.

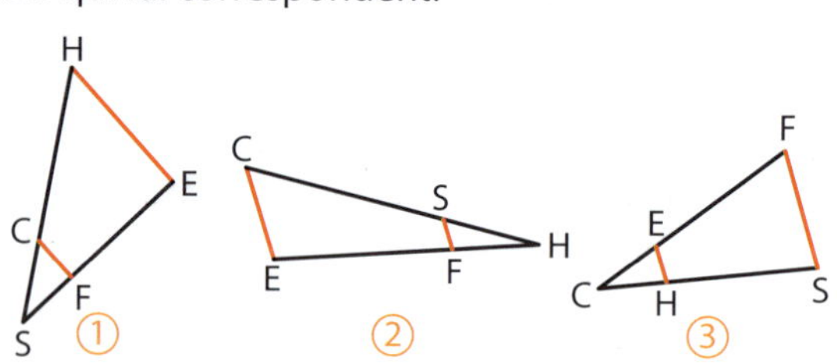

ⓐ $\frac{CE}{CF} = \frac{CH}{CS} = \frac{EH}{FS}$ ⓑ $\frac{SH}{SC} = \frac{SE}{SF} = \frac{EH}{FC}$

ⓒ $\frac{SF}{CE} = \frac{SH}{CH} = \frac{FH}{HE}$

11 Dans chaque cas, déterminer la valeur de x :

a. $\frac{x}{8} = \frac{3}{4}$ **b.** $\frac{x}{9} = \frac{2}{6}$ **c.** $\frac{4}{5} = \frac{x}{15}$ **d.** $\frac{4}{x} = \frac{10}{11}$

Questions flash supplémentaires

12 Dans la figure suivante, les droites (TJ) et (RI) se coupent en S et les droites (TR) et (IJ) sont parallèles.

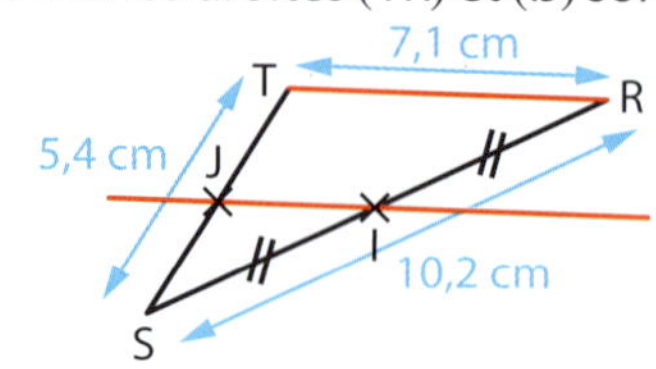

• Quelle est la longueur du segment [SJ] ?

13 Dans la figure ci-contre, les droites (RM) et (SN) se coupent en O et les droites (MN) et (RS) sont parallèles. Indiquer pour chacune des affirmations ci-dessous si elle est vraie ou fausse :

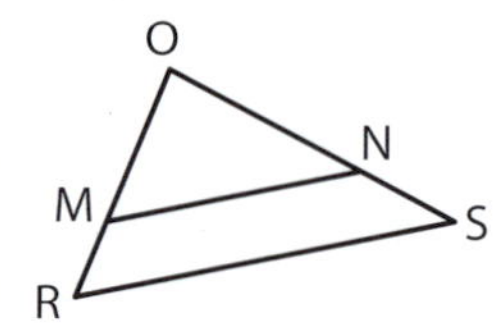

a. $\frac{ON}{OS} = \frac{OM}{OR} = \frac{RS}{MN}$ **b.** $\frac{OM}{MR} = \frac{ON}{NS} = \frac{MN}{RS}$

c. $\frac{OM}{OR} = \frac{ON}{OS} = \frac{MN}{RS}$ **d.** $\frac{RS}{MN} = \frac{OS}{ON} = \frac{OR}{OM}$

14 Dans la figure ci-contre, les droites (BD) et (TS) se coupent en X, les droites (SD) et (TB) sont parallèles et les longueurs sont données en cm.
• Calculer les longueurs XB et TB.

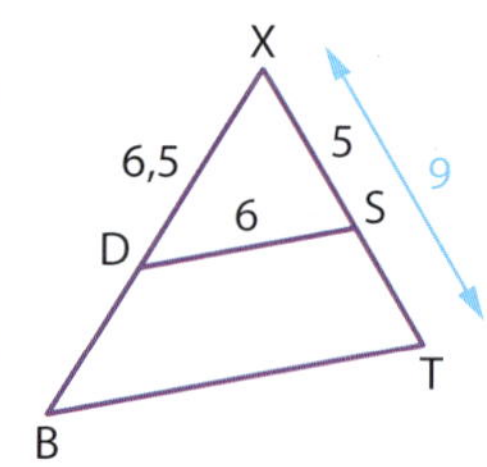

15 Dans la figure ci-contre, les droites (BD) et (CE) se coupent en A et les droites (DE) et (BC) sont parallèles.
• Calculer les longueurs DE et AE.

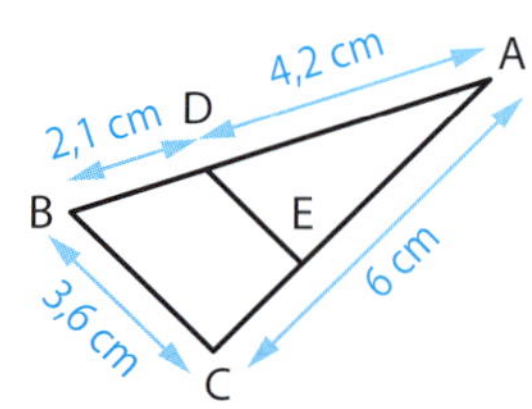

16 CALCUL MENTAL Dans la figure suivante, les droites (SG) et (FH) se coupent en T et les droites (GH) et (SF) sont parallèles. On cherche la longueur TS.

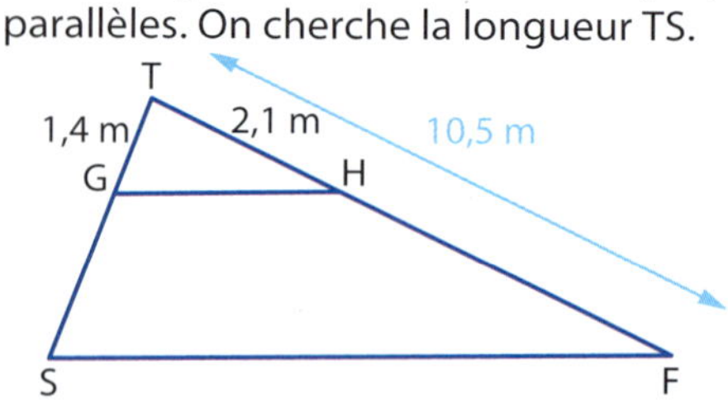

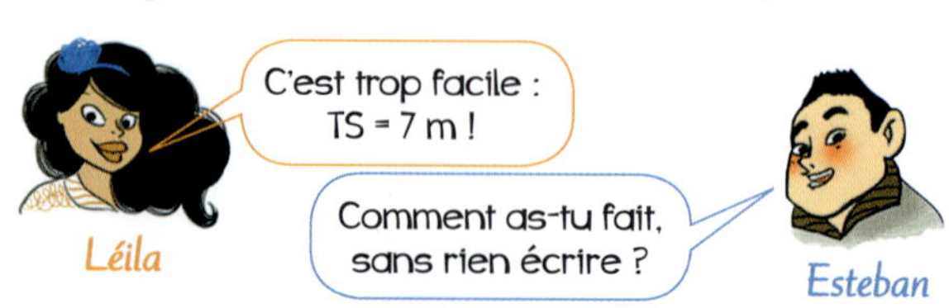

• Expliquer la méthode utilisée par Léila.

17 On considère la figure ci-contre où :
- les points X, E, K et F sont alignés ;
- les points X, J, D et T sont alignés ;
- les droites (EJ), (KD) et (FT) sont parallèles.

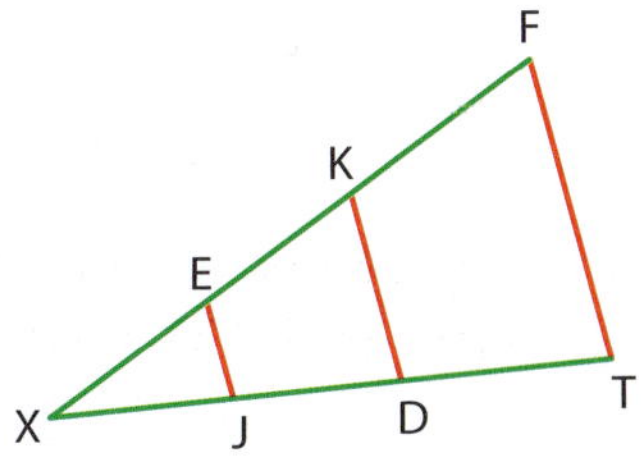

• Écrire toutes les égalités de Thalès.

18 Dans la figure ci-contre, les droites (BD) et (CE) se coupent en A et les droites (DE) et (BC) sont parallèles. On donne les longueurs suivantes :
AD = 3,7 dm ; AB = 5,3 dm ; DE = 4,1 dm et AE = 5,7 dm.

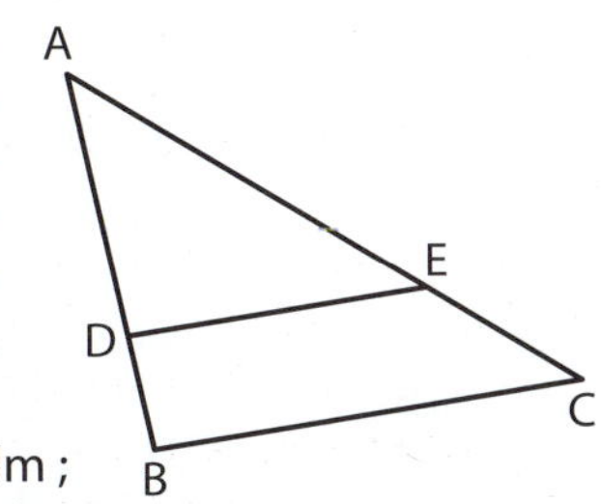

• Calculer une valeur approchée, au centimètre près, des longueurs BC et EC.

19 Pour trouver la hauteur d'une éolienne, on a les renseignements suivants :
- les points O, A et C sont alignés ;
- les points O, B et D sont alignés ;
- OA = 11 m, AC = 594 m et AB = 1,5 m.

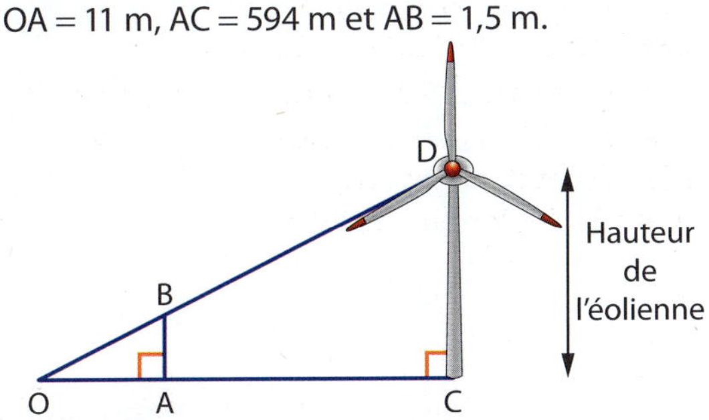

1. Démontrer que les droites (AB) et (CD) sont parallèles.
2. Calculer la hauteur CD de l'éolienne.

D'après DNB 2009.

20 Dans la figure ci-contre, les droites (AD) et (BE) se coupent en C et les droites (DE) et (AB) sont parallèles. On donne les longueurs suivantes : CD = 3 cm, AD = 5 cm et BC = 9 cm.

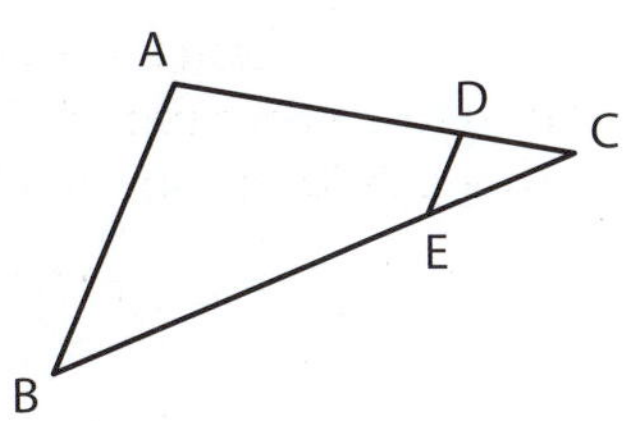

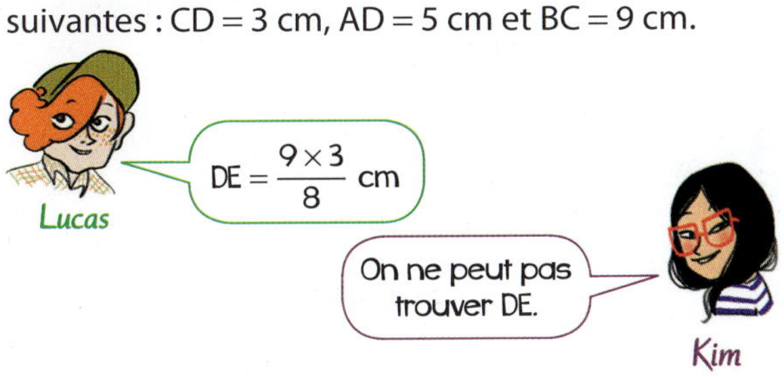

• Qui a raison ?

21 ABC est un triangle tel que AC = 4,8 cm et BC = 5,4 cm.
I ∈ [AB], J ∈ [BC] et (IJ) // (AC).
• Calculer BJ puis IJ.

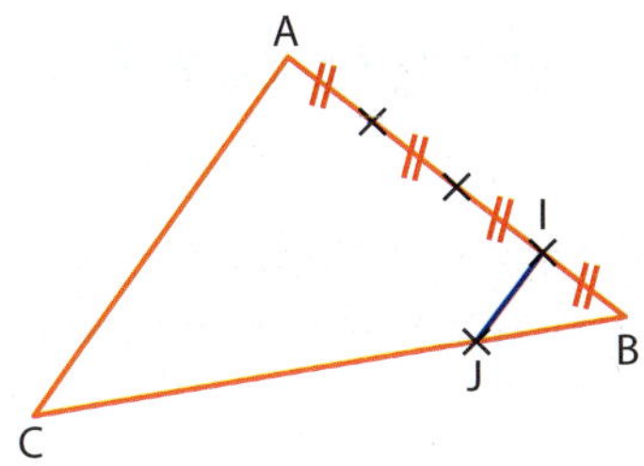

22 **1.** Construire un triangle RAT tel que RA = 6 cm, RT = 8 cm et AT = 4,5 cm. Sur le segment [RT], placer le point H tel que RH = 5 cm. La parallèle à la droite (AT) passant par H coupe le segment [RA] en S.
2. Calculer les longueurs SH et RS.

23 Lors d'une sieste sur la plage, Robin a remarqué qu'il était en parfait alignement avec le sommet d'un parasol et le sommet du phare. Il a pris des mesures et a réalisé le schéma ci-dessous pour trouver une estimation de la hauteur du phare.
Les points B, J et R sont au sol, qui est horizontal.
Le parasol et le phare sont perpendiculaires au sol.

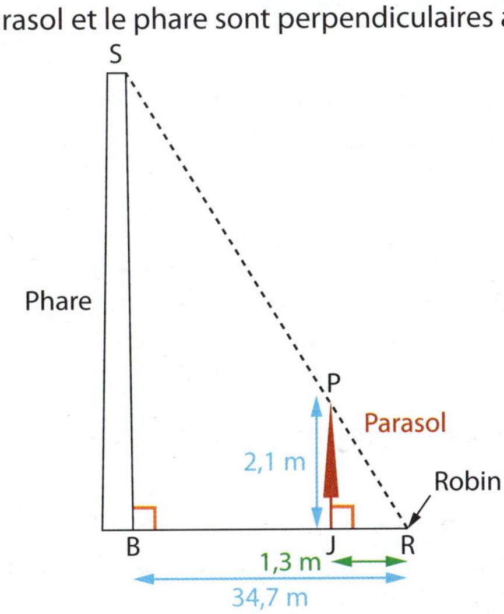

• Quelle hauteur, arrondie au mètre, va-t-il trouver à l'aide de son plan ? Justifier la réponse.

D'après DNB 2016.

24 Dans la figure ci-dessous, les droites (DB) et (EC) se coupent en A. On donne les longueurs suivantes :
AB = 7,2 cm ; BD = 3,4 cm ; AE = 19,08 cm ; DE = 14,4 cm

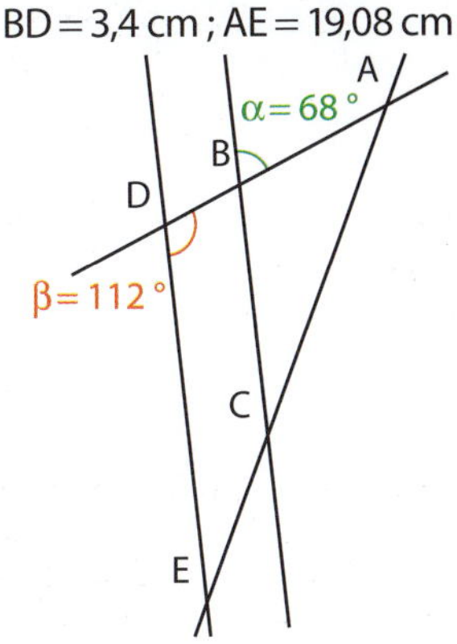

1. Prouver que les droites (BC) et (DE) sont parallèles.
2. Calculer CE et BC.

Exercices

25 Dans la figure ci-dessous, les droites (EG) et (FH) se coupent en C et les droites (GH) et (EF) sont parallèles. On a :
CG = 2,4 cm ; CH = 4 cm ; CE = 7,5 cm ; EF = 9 cm

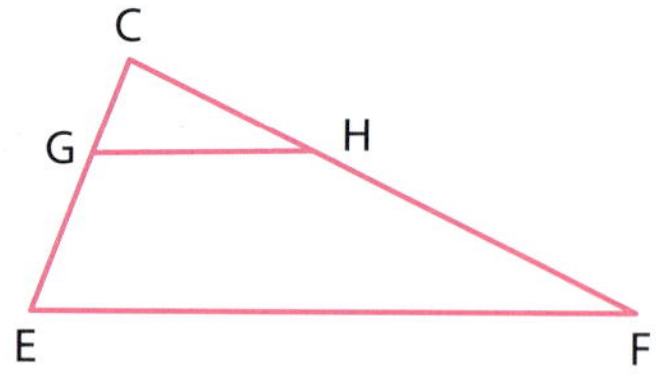

- Calculer le périmètre du trapèze GHFE.

MODE EXPERT

26 OABC est un carré de côté 7 cm. O, A et E sont alignés et AE = 2 cm.

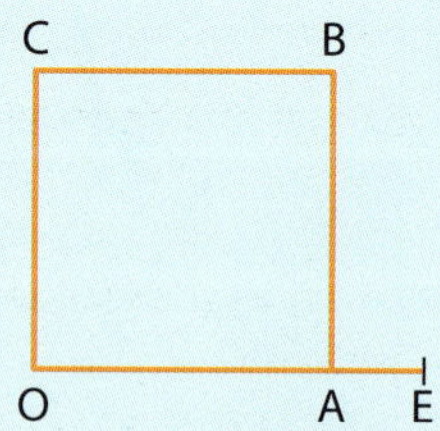

1. a. Reproduire la figure ci-dessus.
b. Construire la droite parallèle à la droite (CE) passant par A ; cette droite coupe le segment [OC] en M.
2. Calculer OM.
3. a. Construire le rectangle OMNE.
b. Montrer que l'aire du rectangle OMNE est égale à l'aire du carré OABC.

27 Dans la figure ci-contre, les droites (DS) et (BT) sont parallèles ainsi que les droites (SR) et (TQ).
On donne : DS = 3 cm, XR = 5 cm et XQ = 8 cm.

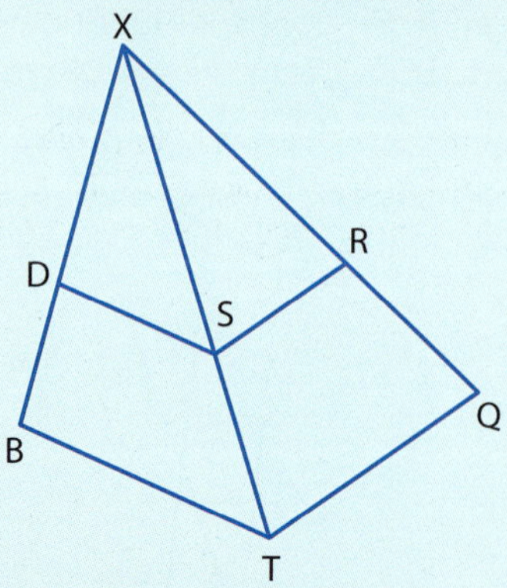

1. Calculer le quotient $\frac{XS}{XT}$.
2. En déduire la longueur BT.

Reconnaitre des droites parallèles

→ Savoir-faire p. 251

QUESTIONS FLASH

28 Les quotients suivants sont-ils égaux ?
a. $\frac{6}{5}$ et $\frac{18}{15}$ **b.** $\frac{7,2}{3,6}$ et $\frac{10}{5}$ **c.** $\frac{6,2}{9,1}$ et $\frac{2}{3}$

29 Pour chaque figure, les droites *d* et *d′* sont-elles parallèles ?

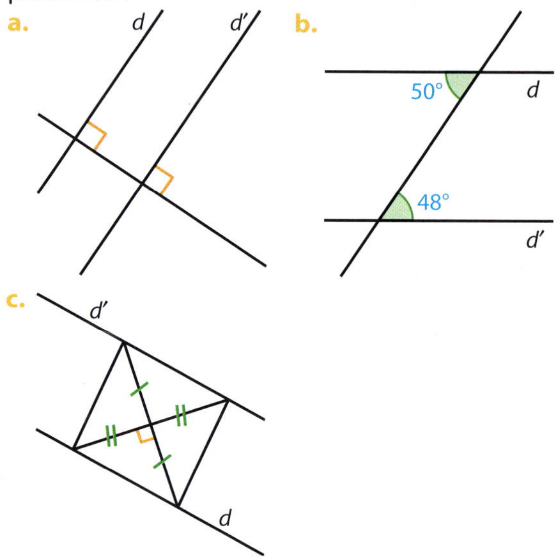

30 Chacune des figures suivantes est constituée de deux triangles emboités.

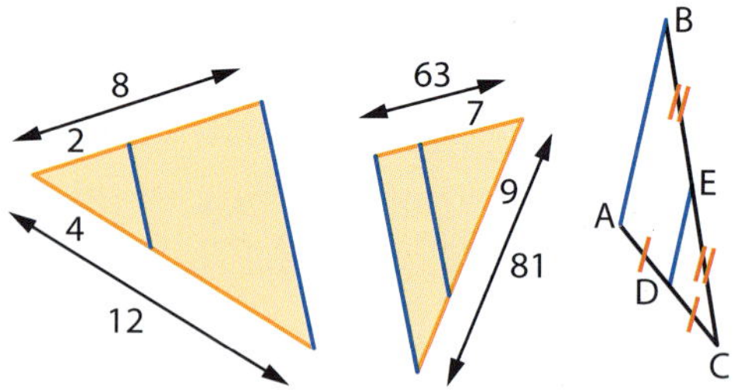

- Les droites représentées en bleu sont-elles parallèles ?

Questions flash supplémentaires

31 Dans la figure ci-contre, les droites (AD) et (TS) se coupent en B.
- Démontrer que les droites (DS) et (AT) sont parallèles.

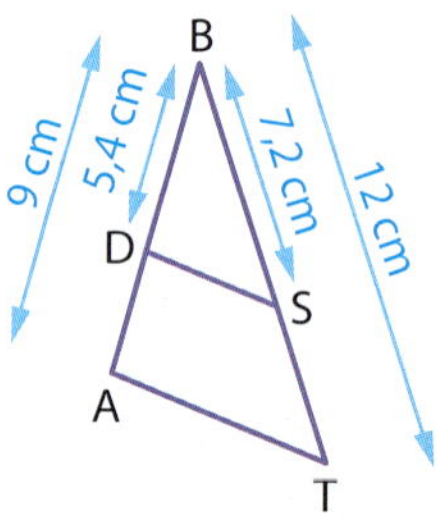

32 Les quotients suivants sont-ils égaux ? Justifier.

a. $\frac{7}{9}$ et $\frac{10}{13}$ **b.** $\frac{1,4}{0,6}$ et $\frac{4,9}{2,1}$ **c.** $\frac{1,8}{4,8}$ et $\frac{3,3}{8,8}$

33 Dans la figure ci-dessous, les droites (CE) et (BF) se coupent en A.

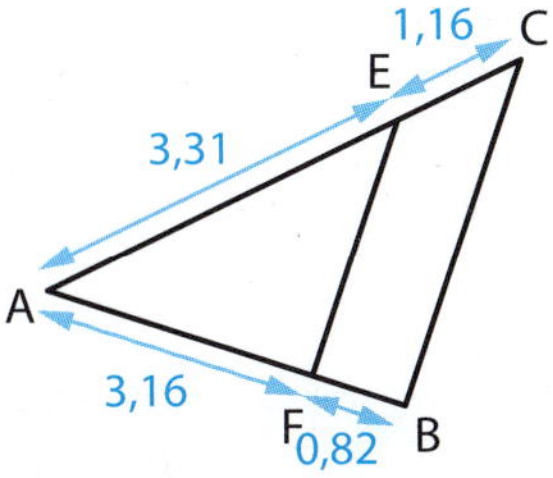

• Les droites (EF) et (BC) sont-elles parallèles ? Justifier.

34 Dans la figure ci-dessous, les droites (AE) et (BG) se coupent en D.

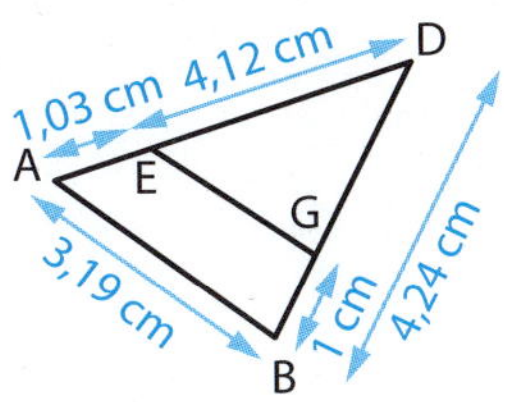

• Les droites (EG) et (AB) sont-elles parallèles ? Justifier.

35 Jérémy a installé une étagère pyramidale dans sa chambre. Il a l'impression que les deux plateaux ne sont pas parallèles.

• A-t-il raison ? Justifier.

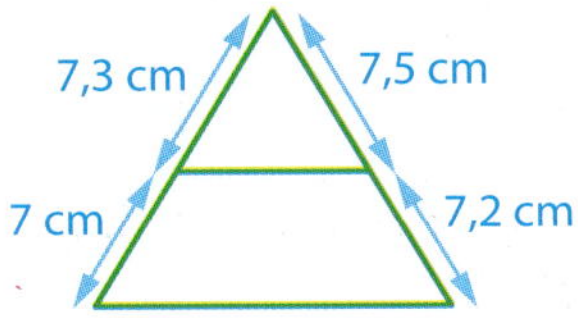

36 Dans la figure ci-dessous, où l'unité de longueur est le cm, les droites (CE) et (BD) se coupent en A.

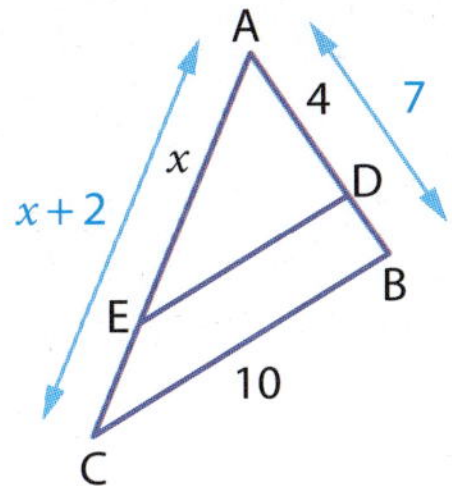

1. Les droites (ED) et (CB) sont-elles parallèles pour $x = 3$? Justifier.

2. Les droites (ED) et (CB) sont-elles parallèles pour $x = \frac{8}{3}$? Justifier.

37 **1.** Construire le triangle RAS tel que : SA = 4,5 cm, AR = 3,4 cm et $\widehat{SAR} = 65°$.

2. Sur la demi-droite [AS), placer le point W tel que AW = 5,5 cm.

3. Sur la demi-droite [AR), placer le point K tel que AK = 4,2 cm.

4. Les droites (RS) et (KW) sont-elles parallèles ? Justifier.

38 Dans la figure ci-dessous, les droites (KN) et (AR) se coupent en I.

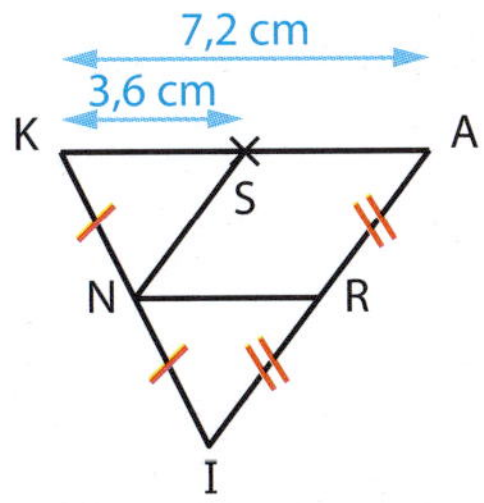

• Montrer que NSAR est un parallélogramme.

39 Dans la figure ci-dessous, les droites (CJ) et (BI) se coupent en A.

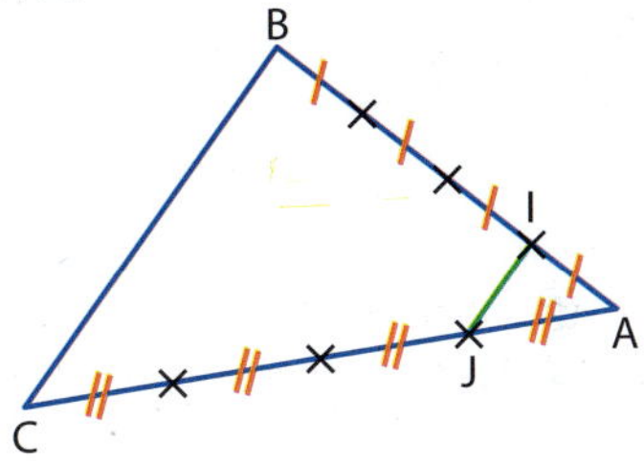

• Les droites (BC) et (IJ) sont-elles parallèles ? Justifier.

40 **1. a.** Tracer un triangle ACF tel que AC = 7,2 cm, CF = 5,4 cm et AF = 8,1 cm.

b. Sur le segment [AC], placer le point B tel que AB = 4 cm.

c. Sur le segment [AF], placer le point E tel que AE = 4,5 cm.

2. Démontrer que les droites (BE) et (CF) sont parallèles.

3. a. Sur la demi-droite [AC), placer le point D tel que AD = 13 cm.

b. Les droites (CE) et (DF) sont-elles parallèles ? Justifier.

MODE EXPERT

41 Dans la figure ci-dessous, les points E, L, M, F sont alignés ainsi que les points E, P, N, J.
Les droites (MP) et (FN) sont parallèles, ainsi que les droites (LN) et (MJ).

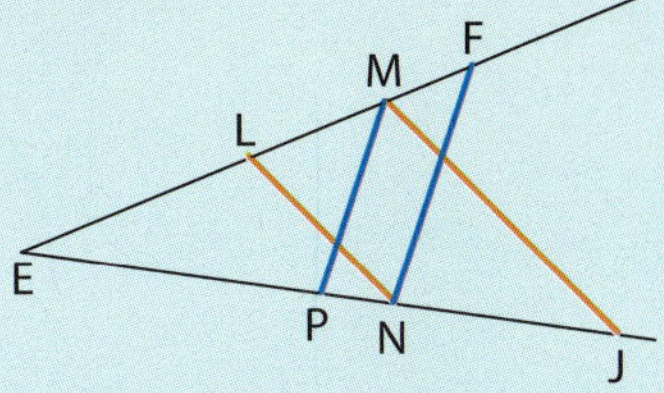

• Les droites (LP) et (FJ) sont-elles parallèles ? Justifier.

Faire le point

Version interactive du QCM

Vérifie tes connaissances.

QCM

Donner la ou les bonnes réponses parmi les trois proposées.

1 Calculer des longueurs avec le théorème de Thalès

		Réponse A	Réponse B	Réponse C
Dans la figure ci-dessous, (BM) et (CN) se coupent en A et (MN) et (BC) sont parallèles. 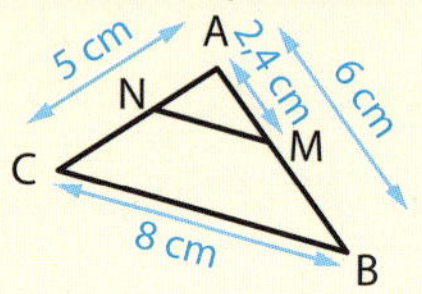	**1.** On peut écrire les égalités suivantes :	$\frac{AN}{NC}=\frac{AM}{MB}=\frac{NM}{BC}$	$\frac{AN}{AC}=\frac{AM}{AB}=\frac{NM}{BC}$	$\frac{AC}{AN}=\frac{AB}{AM}=\frac{BC}{NM}$
	2. Quelle est la longueur AN ?	1,25 cm	2 cm	2,88 cm
	3. Quelle est la longueur MN ?	1,8 cm	2 cm	3,2 cm

2 Reconnaitre des droites parallèles

		Réponse A	Réponse B	Réponse C
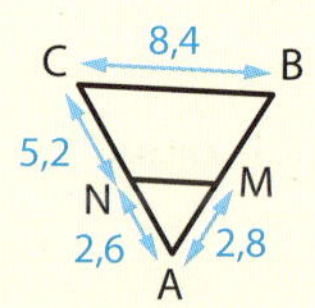	**1.** Dans la figure ci-contre, (BM) et (CN) se coupent en A. Les droites (BC) et (MN) sont-elles parallèles ?	Oui	Non	On ne peut pas savoir.
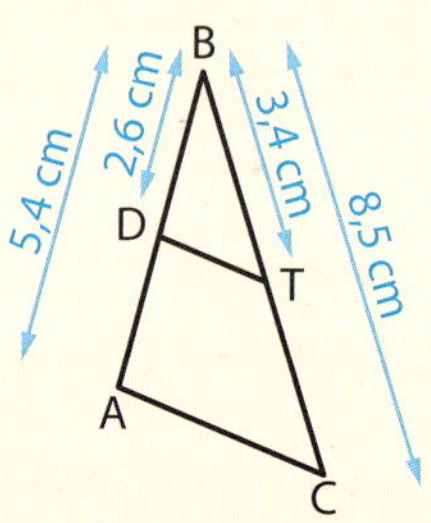	**2.** Dans la figure ci-contre, (AD) et (CT) se coupent en B. Les droites (DT) et (AC) sont-elles parallèles ?	Oui	Non	On ne peut pas savoir.

→ Corrigé p. 318

Carte mentale

Ressource téléchargeable

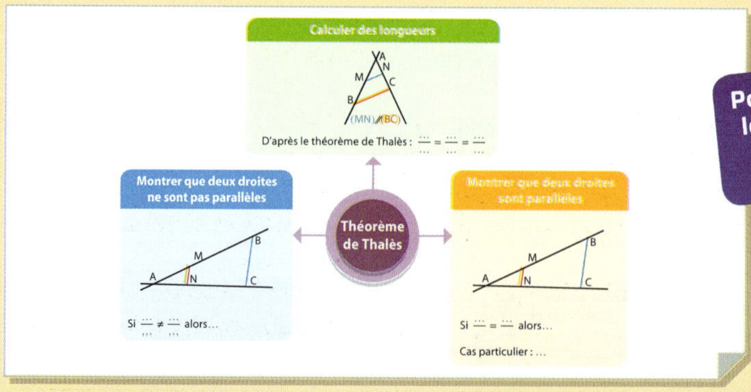

Pour t'aider à retenir le cours, télécharge et complète cette carte mentale.

Algorithmique et outils numériques

42 Constructions de triangles emboités

On considère la figure $\mathscr{F}$ ci-dessous où :

- TSE est un triangle équilatéral de côté 300 ;
- TBC est une réduction du triangle TSE à l'échelle $\frac{1}{4}$;
- les points T, B et S sont alignés ainsi que les points T, C et E.

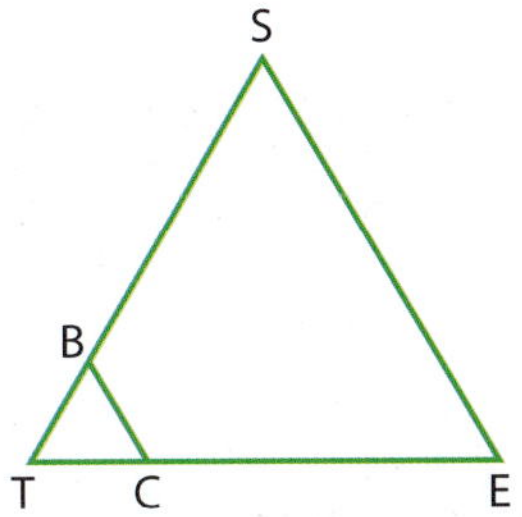

1. En utilisant la commande 

, réaliser un script permettant de construire un triangle équilatéral dont la longueur des côtés est donnée par la variable côté.

2. Réaliser la figure $\mathscr{F}$ à l'aide du script suivant.

3. Écrire un nouveau script permettant de réaliser deux triangles équilatéraux emboités de dimensions variables. À chaque exécution du script, l'utilisateur devra pouvoir choisir la longueur des côtés du grand triangle et l'échelle de réduction, sous forme décimale, du petit triangle.

4. Modifier ce script pour obtenir trois triangles équilatéraux emboités.

43 Point de concours

ABC est un triangle et I est le milieu du côté [BC]. S est un point du segment [AI].

Les parallèles à (AB) et (AC) passant par S coupent le segment [BC] respectivement en K et L.

1. Construire une figure à l'aide d'un logiciel de géométrie dynamique.

2. Faire afficher les longueurs IK et IL puis déplacer le point S. Que peut-on conjecturer pour IK et IL ?

3. Démontrer cette conjecture à l'aide du théorème de Thalès.

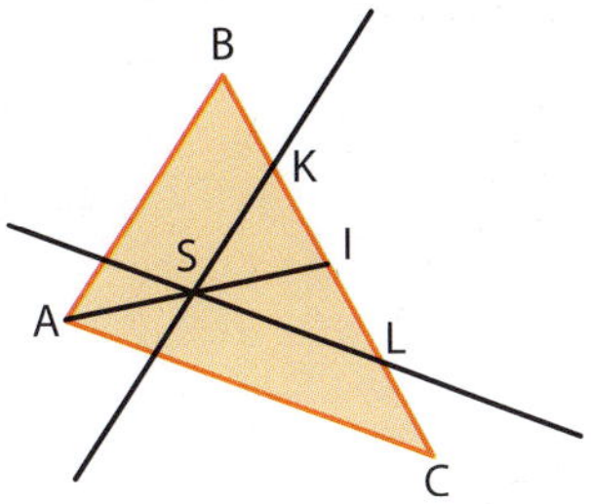

44 Une longueur inconnue

Les triangles ABC et ADE sont tels que :

- D ∈ [AB)
- E ∈ [AC)
- (DE) // (BC)

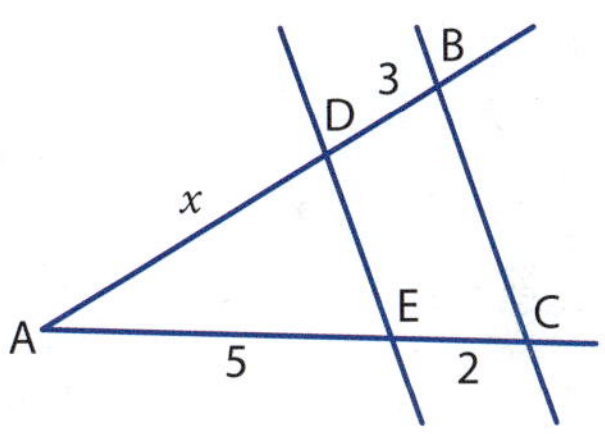

On veut déterminer la longueur AD notée x.

1. D'après le théorème de Thalès, quelles égalités de quotients peut-on écrire ?

2. Nous allons étudier deux méthodes pour déterminer x.

a. À l'aide d'un tableur, réaliser la feuille de calcul suivante.

	A	B	C	D
1	x	0,5	1	1,5
2	x/(x+3)	1/7	1/4	1/3

Quelle formule a-t-on saisie dans la cellule B2 ? La recopier vers la droite.

Utiliser cette feuille de calcul pour déterminer la longueur AD.

b. Par le calcul et à partir de la question **1.**, résoudre l'équation obtenue en écrivant l'égalité des produits en croix.

Vérifier la solution trouvée en la comparant au résultat obtenu à l'aide du tableur.

Problèmes

ceinture jaune — ceinture verte — ceinture noire

45 Le nid de vautour

Modéliser, Calculer

Jimmy est allongé sur la berge d'une rivière dans un canyon. Il a planté, à la verticale, à 40 cm de sa tête, son bâton de marche qui mesure 1,2 m de haut. Il observe, dans l'alignement de l'extrémité de son bâton, un nid de vautour au sommet de la falaise.
La situation est schématisée ci-dessous.

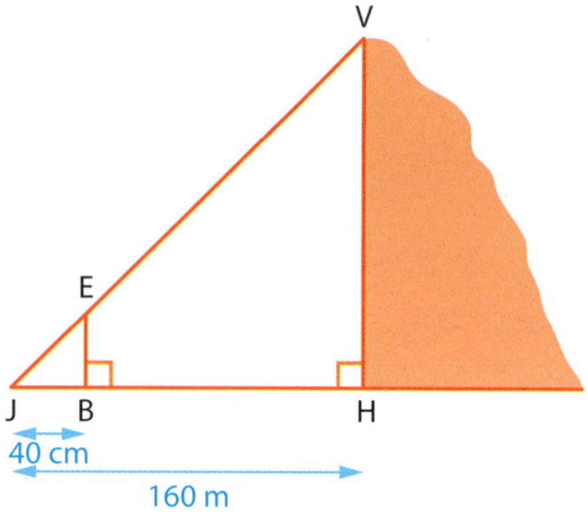

• Calculer la hauteur de la falaise.

46 L'escabeau

Modéliser, Calculer

Un escabeau est positionné sur le sol horizontal comme l'indique le schéma ci-contre.
On a : SD = 113,6 cm, SB = 35,5 cm, SC = 141,9 cm et SA = 43 cm.

• Le plateau représenté par le segment [AB] est-il horizontal ?

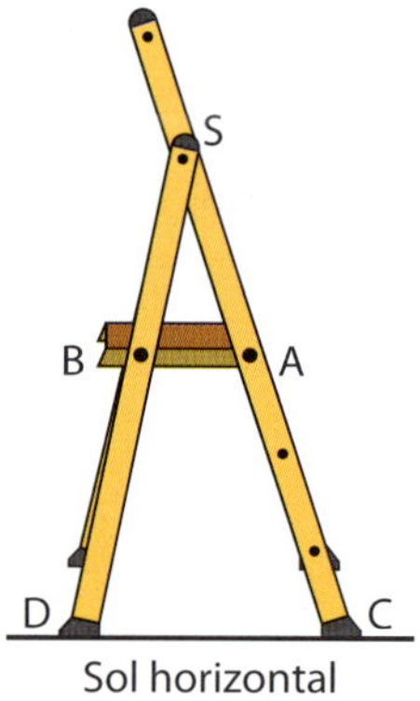

47 Bricolage

Modéliser, Calculer

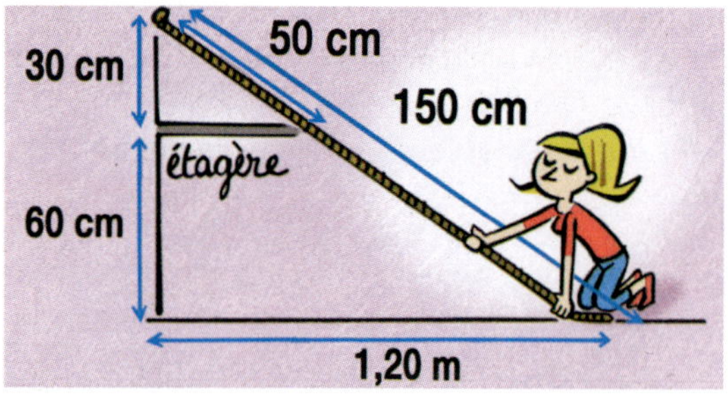

Maëlys installe une étagère contre un mur.
Pour vérifier que son installation est bien horizontale, elle aligne un mètre de menuisier contre le bord de l'étagère. Une extrémité du mètre se trouve contre le mur et l'autre se situe au sol.
Maëlys fait alors plusieurs mesures comme indiqué sur le schéma.

1. L'installation de Maëlys est-elle bien horizontale ?
2. Quelle est la profondeur de l'étagère ?

48 Questions manquantes

Communiquer

Sur la figure ci-contre, les droites (OA) et (KS) se coupent en R et les droites (SA) et (OK) sont parallèles.
On sait que :
SA = 5 cm, OA = 3,8 cm,
OR = 6,84 cm et KR = 7,2 cm.

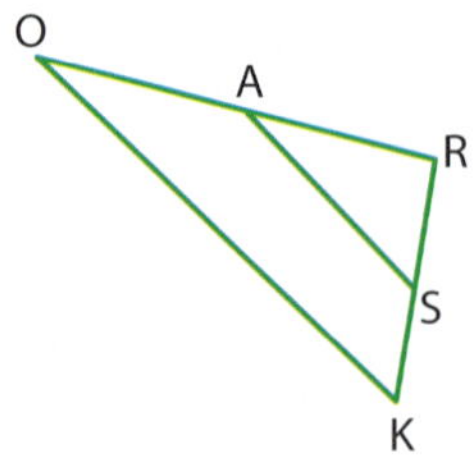

Les questions de cet exercice ont été effacées, mais il reste ci-dessous les calculs effectués par un élève, en réponse aux questions manquantes.

1. $6{,}84 - 3{,}8 = 3{,}04$
2. $\dfrac{5 \times 6{,}84}{3{,}04} = 11{,}25$
3. $7{,}2 + 6{,}84 + 11{,}25 = 25{,}29$

• En utilisant tous les calculs, écrire les questions auxquelles l'élève a répondu, puis rédiger précisément ses réponses.

D'après DNB 2011.

49 Longueur du parcours

Calculer

Voici un schéma du parcours du cross organisé par le collège. Les points D, E, A sont alignés ainsi que les points D, F, B.
Noah a commencé à écrire un programme sur Scratch permettant de dessiner le parcours. Il a créé et placé le lutin *Button5* pour représenter la balise B.

• Compléter son programme ci-dessous en justifiant les calculs.

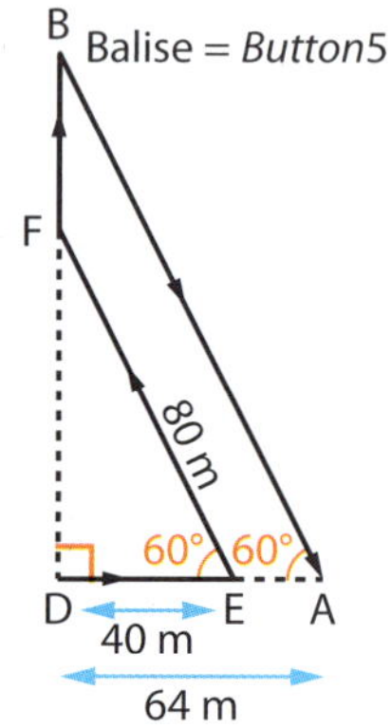

50 Musée de Berlin
Chercher, Modéliser

Alexander a pris quelques notes lors de sa visite de Berlin :

« Lorsque je suis allé visiter un musée d'une architecture bien particulière, j'ai bien observé la tour en forme de prisme et j'ai réussi à faire certaines mesures au sol. La base de la tour est un trapèze rectangle. Les deux côtés du trapèze qui sont parallèles mesurent 10,6 m et 20 m. Le côté qui est perpendiculaire mesure 6,6 m. En ce milieu de matinée, les rayons du soleil parvenaient déjà chaudement sur moi et sur la tour. J'ai remarqué que lorsque l'extrémité de mon ombre coïncidait exactement avec le bout de l'ombre de la tour, mon ombre mesurait 1,18 m alors que ma taille est de 1,82 m. Au même moment, j'ai alors mesuré l'ombre de la tour sur le sol : elle faisait 15,56 m. »

Le schéma n'est pas réalisé à l'échelle.

1. Quelle est la hauteur de la tour ?

2. Quel est son volume ?

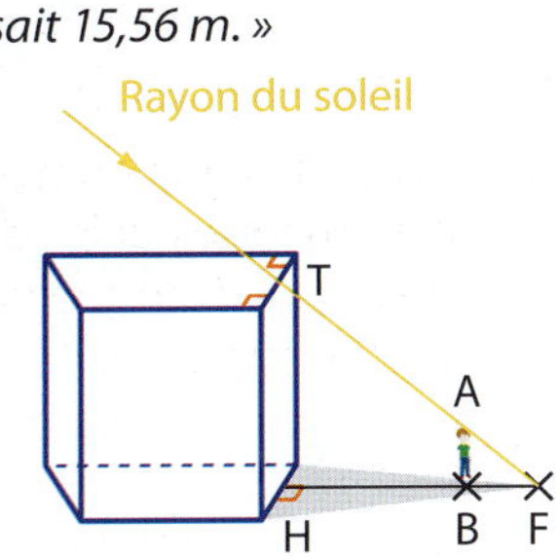

51 La pyramide de Khéops
Modéliser, Calculer

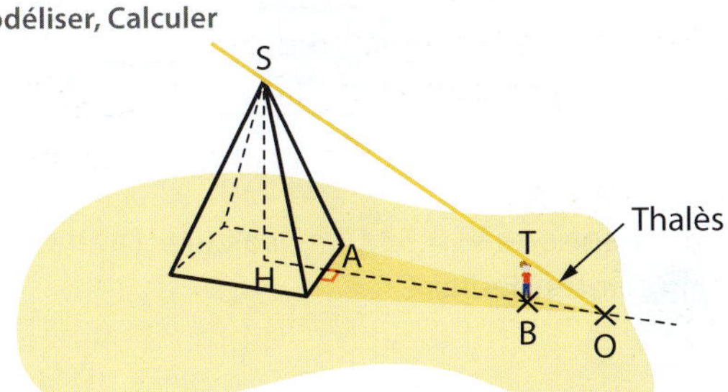

Voir point info p. 245.

Selon la légende, Thalès, qui mesurait 1,73 m, s'est placé devant la pyramide de Khéops de manière à ce que l'extrémité de son ombre coïncide avec l'extrémité de l'ombre de la pyramide comme indiqué sur l'illustration ci-dessus. Il mesura alors son ombre BO et la portion de l'ombre AO de la pyramide visible sur le sol. Il trouva respectivement 3,5 m et 163,4 m. La base carrée de la pyramide a pour côté 231 m et pour centre H.

- Déterminer la hauteur de la pyramide de Khéops.

52 L'éclipse
Calculer, Raisonner

La situation ci-dessous représente une éclipse totale de Soleil pour l'observateur terrestre T. En effet, ainsi positionnée entre le Soleil et l'observateur, la Lune occulte totalement la lumière du Soleil. Le diamètre de la Lune est de 3 500 km et celui du Soleil de 1 400 000 km. L'observateur terrestre T est situé à 149 600 000 km du centre du Soleil.

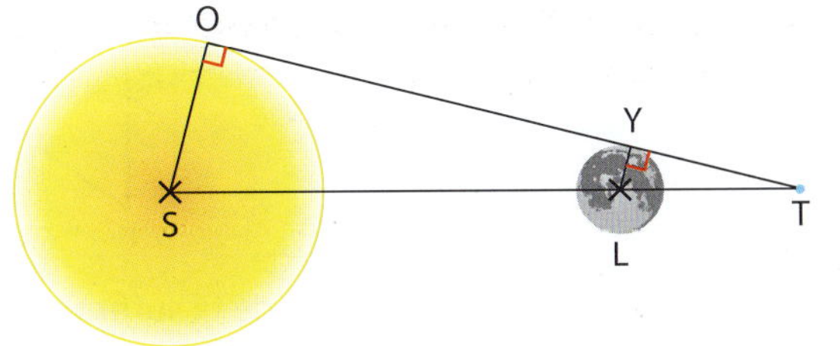

1. Calculer la distance TL entre le centre de la Lune et l'observateur terrestre dans la situation schématisée ci-dessus.

2. Lors de l'éclipse du Soleil du 11 aout 1999, visible en France, la distance de l'observateur terrestre T au centre de la Lune était de 373 000 km. L'éclipse était-elle totale pour cet observateur ?

53 Big Ben
Calculer

Charlie took a photo of "Big Ben" which is 316 ft high.

The length of his arm is about 1.5 ft.

1 ft (1 foot) = 30,48 cm
1 inch = 2,54 cm

1. Copy then complete the figure below and indicate the known dimensions.

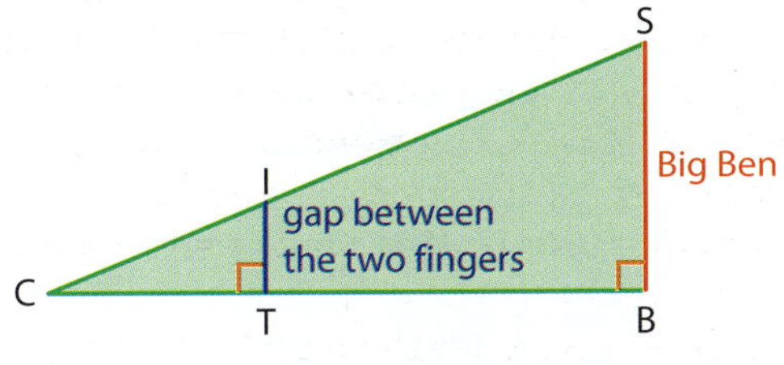

2. How far from Big Ben did Charlie take this photo?

Problèmes

54 La voile

Calculer, Raisonner

Un centre nautique souhaite réparer une voile qui a la forme du triangle PMW ci-contre.

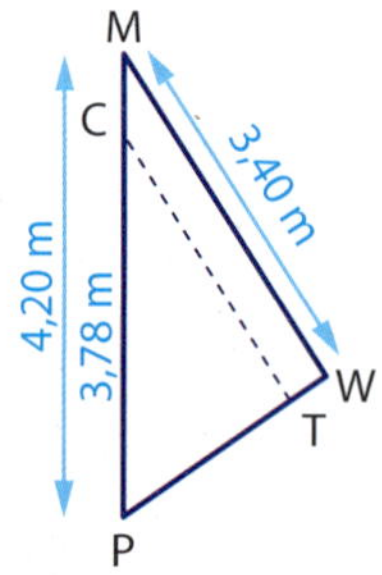

1. On souhaite faire une couture suivant le segment [CT] qui est parallèle à (MW).

a. Quelle sera la longueur de cette couture ?

b. La quantité de fil nécessaire est le double de la longueur de la couture. Est-ce que 7 mètres de fil suffiront ?

2. Une fois la couture terminée, on effectue les mesures suivantes : PT = 1,88 m et PW = 2,30 m. La couture est-elle parallèle à (MW) ?

55 À l'aide d'un script (Prise d'initiative)

Calculer, Modéliser

On considère le script ci-dessous et la capture d'écran de la figure qu'il a permis de réaliser.

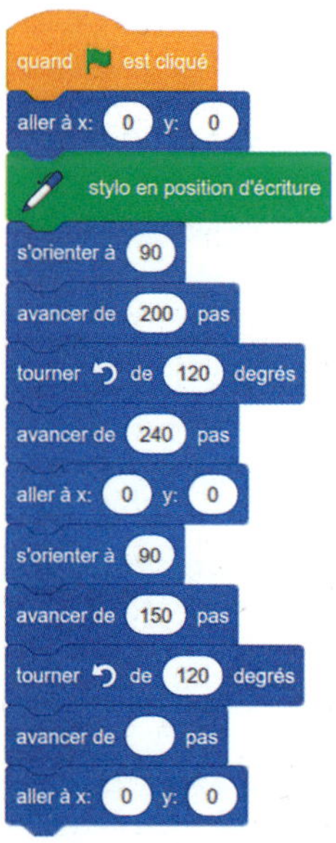

• Compléter la case qui a été effacée dans le script. Justifier.

56 La figure de Desargues

Raisonner

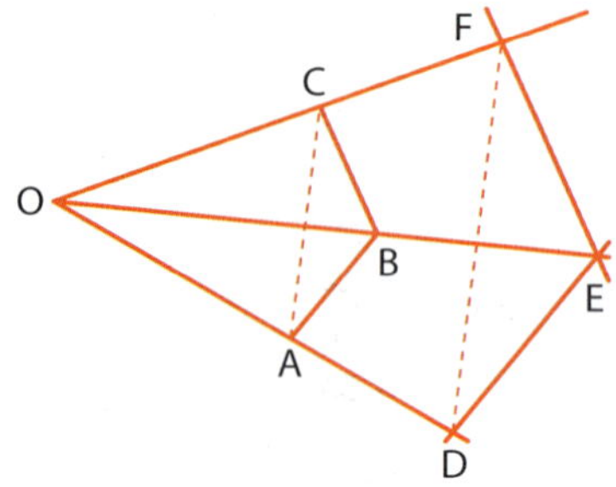

Les points O, A, D sont alignés ainsi que les points O, B, E et les points O, C et F.

On a : (AB) // (DE) et (BC) // (FE).

• Démontrer que les droites (AC) et (DF) sont parallèles.

57 Funiculaire à eau

Calculer, Modéliser, Chercher

Le schéma ci-dessous illustre une ligne de funiculaire.

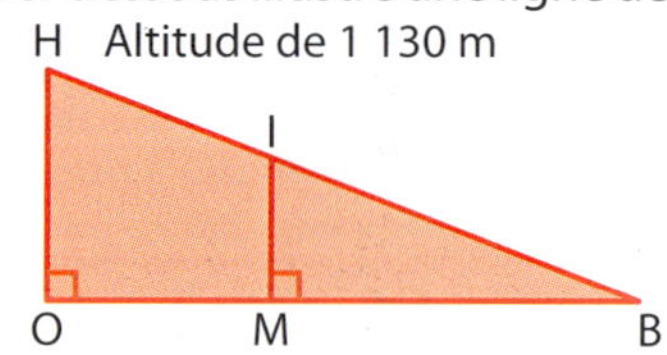

La ligne de funiculaire [BH], d'une longueur totale très proche de 614 m, est composée de deux parties successives de part et d'autre d'une station intermédiaire I. Les points B, I et H sont alignés.

La distance OB est égale à 560 m.

La pente moyenne sur toute la ligne est de 45 %. Cela signifie que lorsqu'on effectue un déplacement horizontal de 100 m, l'altitude est augmentée (ou diminuée) de 45 m.

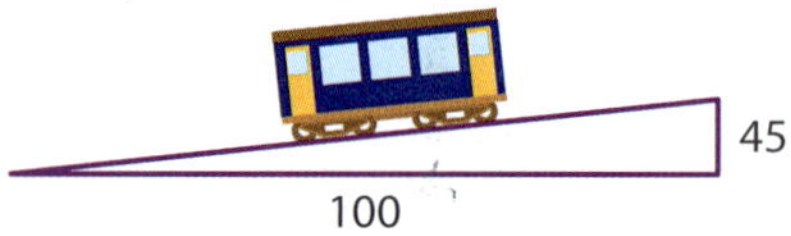

1. Calculer OH.

2. Sachant que IB = 337,7 m, calculer l'altitude de la station intermédiaire I.

DÉFIS & ÉNIGMES

58 Partage

On considère un segment [AB] d'une longueur quelconque.

• Placer un point M sur ce segment tel que $AM = \frac{2}{7}$ AB sans utiliser les graduations de la règle.

Tu peux d'abord construire sur la même figure un segment [AC] en reportant sept fois une même longueur avec le compas.

59 Tours du monde

La Tour Montparnasse mesure 210 m.

• Combien mesure La Jin Mao Tower et la Tour Shangaï ?

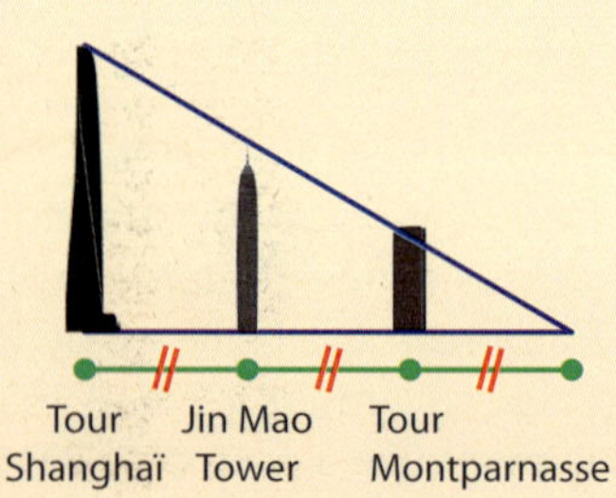

60 Jeu vidéo

Calculer, Modéliser

Dans un jeu vidéo, on déplace une balle à l'intérieur d'un triangle ABC parallèlement aux côtés. Le point de lancement M de la balle est situé sur le segment [AB]. La balle rebondit deux fois (une première fois en N et une seconde fois en F) puis s'arrête à nouveau sur le segment [AB] en un point noté S. Le point de départ M de la balle est situé à 3,2 cm du point B.

- Déterminer la position du point S.

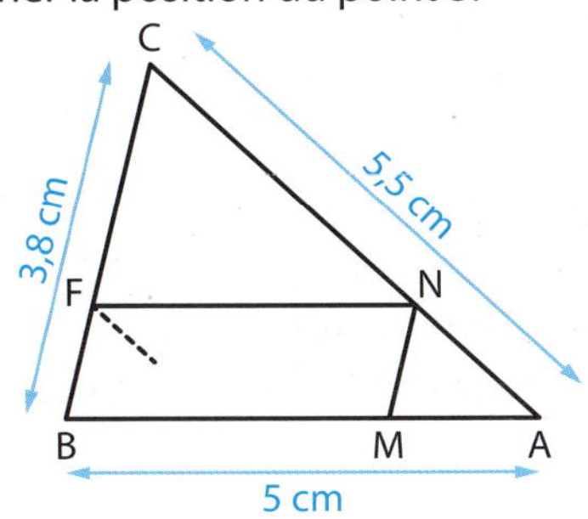

61 Constructions de nombres

Représenter, Raisonner

1. a. Reproduire le repère suivant puis, sur l'axe des abscisses, placer le point P d'abscisse 2. Tracer la droite (PJ) puis la parallèle à (PJ) passant par I. Elle coupe l'axe des ordonnées en R.

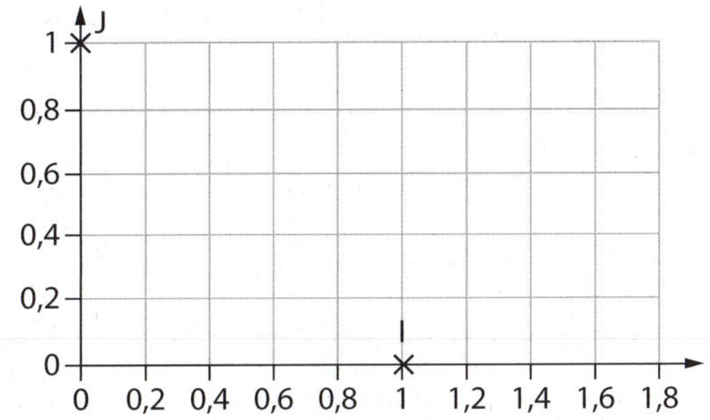

b. Déterminer l'ordonnée de R par le calcul.

2. Réaliser la même construction en plaçant sur l'axe des abscisses le point P′ d'abscisse 5. Déterminer l'ordonnée du point R′ ainsi obtenu.

3. a. Si on réalise la même construction avec P″, un point quelconque de la demi-droite [OI), que peut-on conjecturer pour l'ordonnée du point R″ obtenu ?

b. Démontrer cette conjecture en notant x l'abscisse de P″.

62 À la montagne

Prise d'initiative

Modéliser, Calculer

Manon effectue une descente à ski sur une piste, sans faire de virage, à une vitesse constante de 120 km/h. Elle part à une altitude de 2 750 m et finit sa descente à une altitude de 1 850 m. Elle passe à côté d'un grand sapin au bout de 24 s.

- Sachant qu'elle met 1 min 12 s pour finir sa descente, à quelle altitude est planté ce sapin ?

MISSION DÉMONSTRATION

Démo de cours — Réciproque du théorème de Thalès (triangles emboités)

On veut démontrer la propriété suivante.

Si ABC et AMN sont deux triangles tels que :

- M est un point de la demi-droite [AB),
- N est un point de la demi-droite [AC),
- $\dfrac{AM}{AB} = \dfrac{AN}{AC}$,

alors les droites (BC) et (MN) sont parallèles.

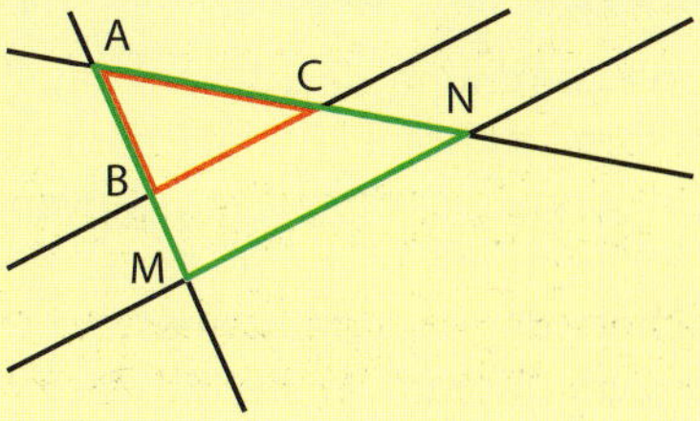

63 On suppose que ABC et AMN sont deux triangles tels que M est un point de la demi-droite [AB), N est un point de la demi-droite [AC) et $\dfrac{AM}{AB} = \dfrac{AN}{AC}$.

On raisonne par l'absurde : on suppose que les droites (MN) et (BC) ne sont pas parallèles, puis on montre que cela conduit à une impossibilité.

1. On suppose que (MN) et (BC) ne sont pas parallèles.

Il existe alors un point P de la demi-droite [AC) distinct de N tel que (MP) et (BC) soient parallèles.

Réaliser une figure et placer le point P.

2. Les droites (MP) et (BC) étant parallèles, quelles égalités de rapports peut-on en déduire ?

3. En déduire que $\dfrac{AN}{AC} = \dfrac{AP}{AC}$.

4. Que peut-on en déduire pour les points N et P ? D'après la supposition de départ, cela est-il possible ?

5. Conclure.

Travailler autrement

Utilisable en AP

À chacun son parcours !

64 Résolution de problème

Socle D4 Je résous des problèmes impliquant des grandeurs variées.

Socle D1 Je connais les principes de base de l'algorithmique.

On veut déterminer certaines caractéristiques d'un pont suspendu au-dessus d'un fleuve à l'aide de pylônes verticaux et de haubans. On s'intéresse à la partie encadrée que l'on a schématisée ci-contre. Les haubans sont régulièrement espacés entre les points O et P.

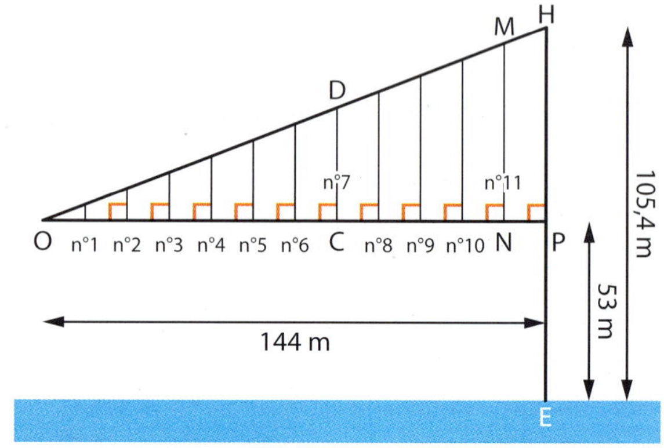

Questions ceinture jaune

1. Calculer la hauteur du pylône [PH].

2. Calculer la longueur du hauban [NM]. Arrondir au mètre près.

Questions ceinture verte

1. Calculer la hauteur du hauban [CD]. Arrondir au mètre près.

2. Pour effectuer des travaux, on a suspendu une barre d'acier verticalement entre le milieu du câble [OH] et le tablier du pont [OP]. Calculer la longueur de cette barre.

Questions ceinture noire

1. Calculer la hauteur des haubans [MN] et [CD].

2. On considère le script suivant :

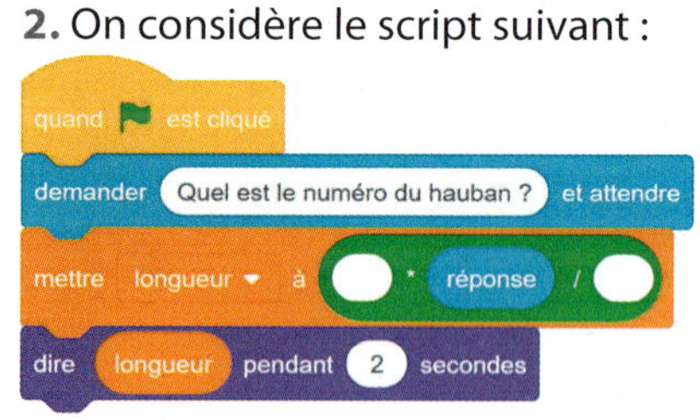

Que permet-il d'afficher ? Compléter ce script.

3. Qu'affiche le script précédent si on choisit 4 comme numéro de hauban ?

65 Résolution de problème

Socle D4 Je résous des problèmes impliquant des grandeurs variées ; j'analyse et j'argumente.

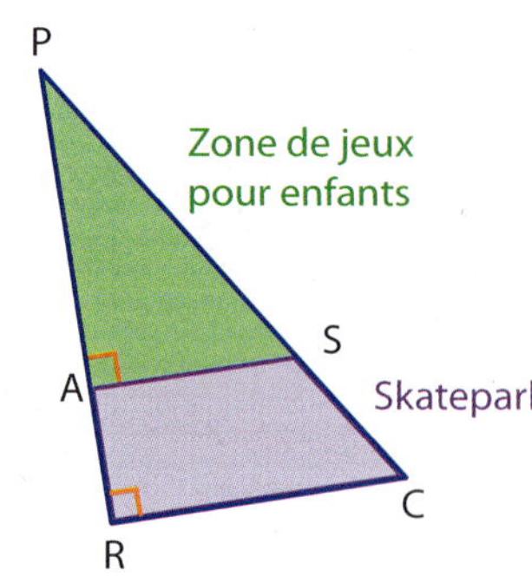

Une commune décide d'aménager un terrain comme le montre le schéma ci-contre. Les points P, A et R sont alignés ainsi que les points P, S et C.

On connait les dimensions suivantes : PA = 30 m, AR = 10 m et RC = 24 m.

La commune souhaite semer du gazon sur la zone de jeux pour enfants. Elle achète des sacs de graines pour gazon à 13,90 € l'unité. Chaque sac permet de couvrir une surface de 140 m^2.

Questions ceinture jaune

1. Calculer l'aire de la zone de jeux.

2. Quel budget doit prévoir la commune ?

Questions ceinture verte

1. Calculer l'aire de la zone de jeux et celle du skatepark.

2. Quel est le montant de l'économie réalisée si on échange les deux zones ?

Question ceinture noire

Les jeunes de la commune sont mécontents car l'aire du skatepark est moins grande que celle de l'aire de jeux.

Ils proposent de découper le terrain de la même façon mais avec A comme milieu de [PR].

Ils affirment que cela permettrait de n'acheter qu'un sac de graines de gazon au lieu de deux.

- Ont-ils raison ?

D'après DNB 2016.

13 Triangles rectangles

TA MISSION

Calculer des longueurs et des angles dans un triangle rectangle et reconnaitre si un triangle est rectangle ou non.

JEU

• Combien peut-on tracer de triangles rectangles différents, à partir des sommets de ces de deux carrés juxtaposés ?

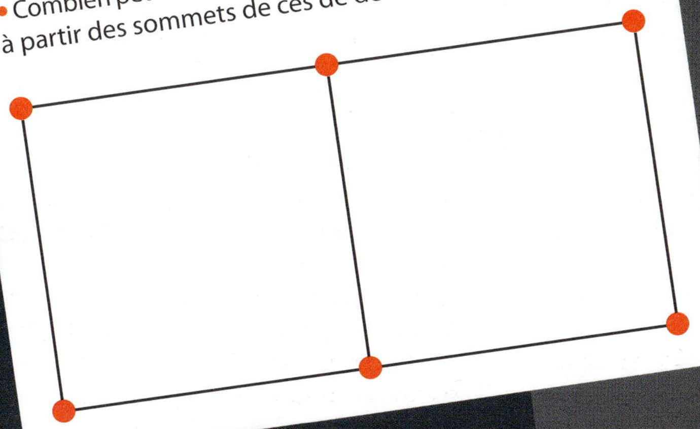

POINT INFO

En Égypte ancienne, en 2000 avant J.-C., les arpenteurs se servaient d'une corde à 13 nœuds pour s'assurer d'avoir des angles droits. Elle est encore utilisée aujourd'hui pour la construction du château fort de Guédelon pour lequel les ouvriers utilisent les techniques du Moyen Âge.

Voir problème 102 p. 283.

Activités

Prêts pour le décollage ?

QUESTIONS FLASH — Questions flash supplémentaires

① La somme des mesures des angles d'un triangle est égale à :
a. 90° **b.** 180° **c.** 360°

② Marie a tracé un triangle EFG rectangle en G. Elle mesure les longueurs des trois côtés et trouve :
EF = 7 cm ; EG = 4 cm et FG = 2 cm
Louis affirme qu'elle s'est trompée. Comment peut-il en être sûr ?

③ **a.** Pour chaque figure ci-dessous, déterminer les mesures des angles rouges.

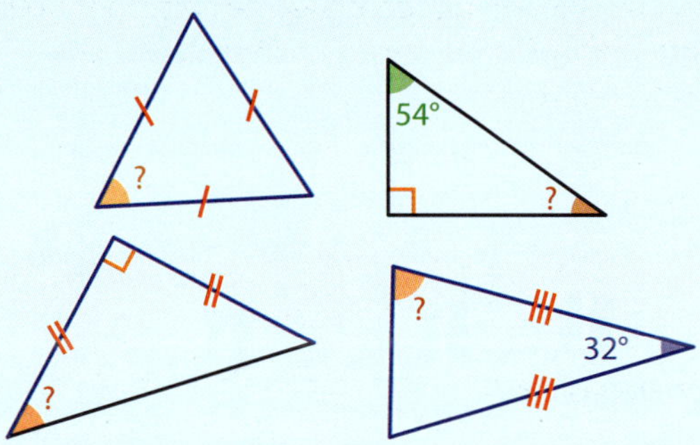

b. Préciser la nature de chaque triangle.

④ Les points A, B et C sont-ils alignés sur la figure ci-dessous ?

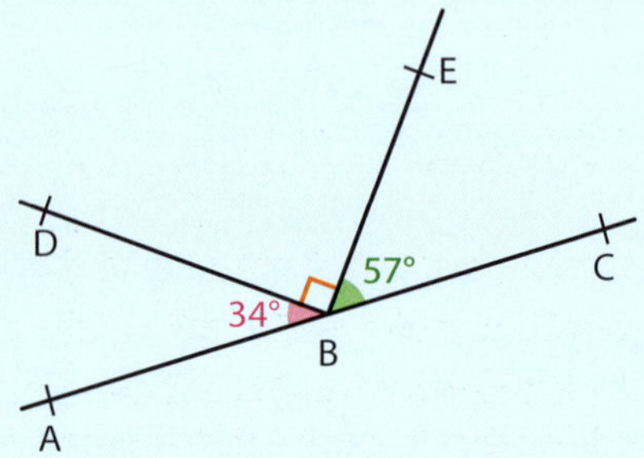

⑤ **a.** Quelle est l'aire d'un carré de côté 4 cm ?
b. Quelle est l'aire d'un rectangle de longueur 5 dm et de largeur 20 cm ?
c. Quelle est l'aire d'un triangle rectangle dont les côtés de l'angle droit mesurent 7 m et 6 m ?

⑥ **Vrai ou faux ?**
a. $5^2 = 10$ **b.** $3{,}5^2 = 3{,}5 \times 2$ **c.** $6 \times 6 = 36$
d. $2^2 + 8^2 = 10^2$ **e.** $5^2 = 5 + 5$ **f.** $10^2 - 5^2 = 75$

Activité 1 Un puzzle avec des triangles

1. Tracer et découper huit triangles rectangles identiques.
Sur chacun d'eux, coder l'angle droit, et noter a et b les longueurs des deux côtés de l'angle droit ($a \leqslant b$).

2. Tracer deux carrés identiques ABCD et MNOP de côté $a + b$.

3. a. Sur le carré ABCD, coller quatre des triangles rectangles comme ci-contre.
b. Justifier que le quadrilatère EFGH est un losange.
c. Justifier que la somme des angles $\widehat{AEH}$ et $\widehat{FEB}$ est égale à 90°.
d. En déduire la mesure de l'angle $\widehat{FEH}$.
e. Que peut-on en déduire pour le quadrilatère EFGH ? Quelle est son aire ?

4. a. Sur le carré MNOP, coller quatre des triangles rectangles comme ci-contre.
b. Justifier que l'aire du carré EFGH (Figure 1) est égale à la somme des aires des carrés MIQL et QJOK (Figure 2).
c. Écrire cette égalité en utilisant les longueurs a, b et c.

5. a. Construire une troisième figure : le triangle bleu et les trois carrés gris (des figures 1 et 2) basés sur les côtés du triangle.
b. Compléter la phrase suivante : « Dans un triangle rectangle, le carré de la longueur de … est égal à la somme des … »

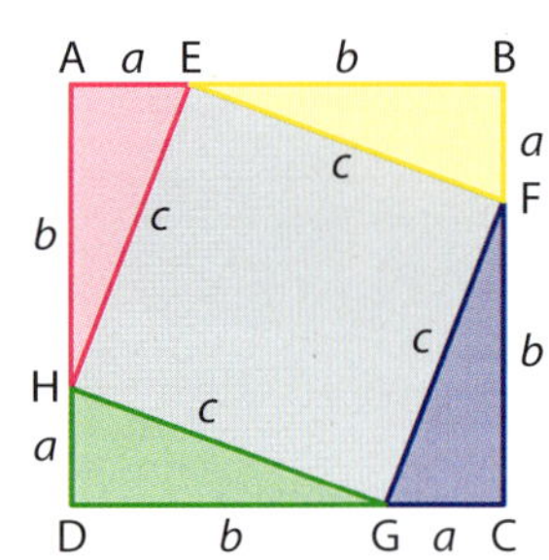

Figure 1

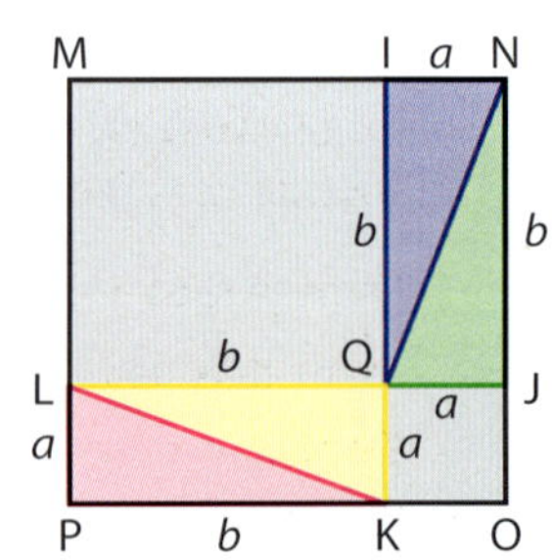

Figure 2

Ce théorème est appelé théorème de Pythagore. De nombreuses autres démonstrations ont été proposées au cours de l'histoire.

Activité 2 Triangle rectangle ou non ?

Naissia a tracé à l'aide d'un logiciel de géométrie un triangle ABC puis a fait afficher dans un tableur la valeur de « BC^2 » dans la cellule A2 et la valeur de « $AB^2 + AC^2$ » dans la cellule B2.
Naissia affirme : « Le triangle ABC est rectangle en A ! »
Tom rétorque : « C'est impossible car si le triangle était rectangle en A, on aurait $BC^2 = AB^2 + AC^2$. »

- Qui a raison ? Justifier.

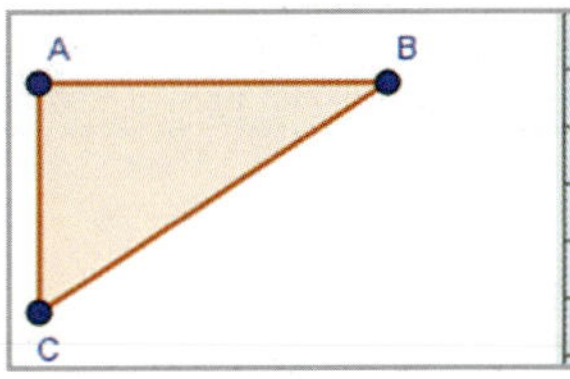

	A	B
1	AB^2+AC^2	BC^2
2	35.96	35.69
3		
4		
5		

Activité 3 Des carrés et des aires

1. Un carré a pour côté 8 cm. Quelle est son aire ?

2. Un carré a une aire de 25 cm^2. Quelle est la longueur de son côté ?

3. Un carré a une aire de 74 cm^2. On veut déterminer la longueur de son côté.
a. À l'aide de la calculatrice, tester différentes valeurs et donner un encadrement de cette longueur au dixième.
b. Il existe une touche sur la calculatrice permettant de calculer une valeur approchée de cette longueur. Quelle est cette touche ? Donner une valeur approchée de la longueur du côté du carré au millième.
c. Comment écrit-on la valeur exacte de la longueur du côté de ce carré ?

Activité 4 Reconnaitre un triangle rectangle

1. À l'aide d'un logiciel de géométrie dynamique, tracer un triangle ABC et afficher les mesures des trois angles du triangle.

2. Dans un tableur, afficher la valeur de « BC^2 » dans la cellule A2 et la valeur de « $AB^2 + AC^2$ » dans la cellule B2.

3. a. À l'aide de la souris, déplacer le point C de façon à trouver un triangle ABC tel que $BC^2 = AB^2 + AC^2$.
b. Quelle est alors la nature du triangle ABC ?
c. Écrire un énoncé précis et complet de la propriété conjecturée.

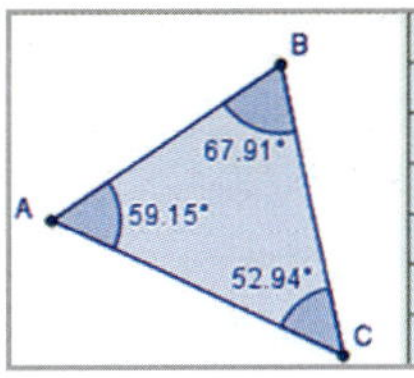

	A	B
1	BC^2	AB^2+AC^2
2	9.41	19.09
3		
4		
5		
6		

Cette propriété s'appelle la « réciproque » du théorème de Pythagore. Elle a été démontrée de nombreuses façons au cours de l'histoire.

Activité 5 Des quotients et des angles

1. À l'aide d'un logiciel de géométrie dynamique, tracer deux demi-droites [Ax) et [Ay).

2. Tracer deux droites perpendiculaires à [Ax) coupant respectivement [Ax) en B et en D et [Ay) en C et en E. On obtient alors deux triangles rectangles ABC et ADE.

3. Dans le tableur, afficher les valeurs de $\frac{AB}{AC}$ et de $\frac{AD}{AE}$ respectivement dans les cellules A1 et B1.

4. Déplacer le point D le long de la demi-droite [Ax). Que peut-on conjecturer ?

5. Afficher la mesure de l'angle $\widehat{CAB}$. Taper sur la calculatrice cos $\widehat{CAB}$ (en remplaçant $\widehat{CAB}$ par sa mesure). Que peut-on constater ?

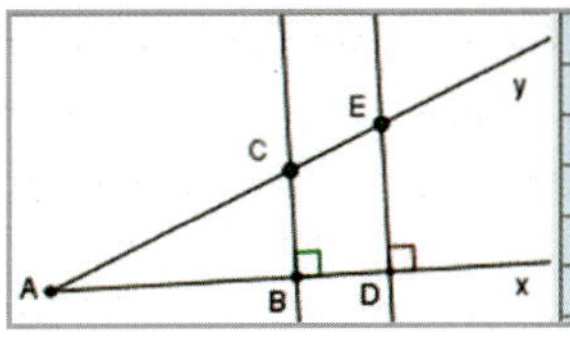

	A	B
1	0.92	0.92
2		
3		
4		
5		

Une démonstration de cette conjecture est proposée p. 283.

Cours

1 Calculer la longueur d'un côté d'un triangle rectangle

Définition **Propriété**

Dans un triangle rectangle, le côté opposé à l'angle droit est le plus grand des trois côtés.
On l'appelle l'**hypoténuse** du triangle.

▸ Exemple

ABC est un triangle rectangle en A.
Le plus grand côté du triangle ABC est le côté [BC].
On dit que [BC] est l'hypoténuse du triangle ABC.

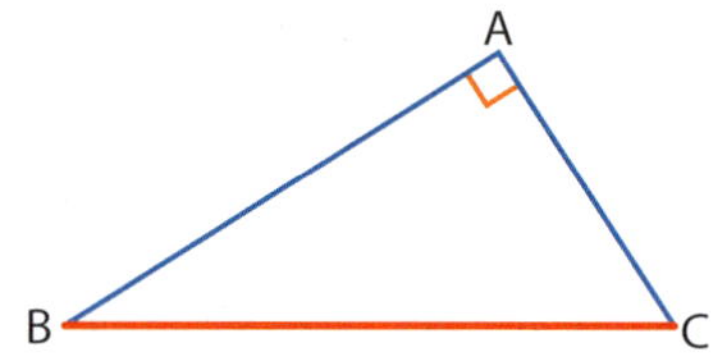

Le mot « hypoténuse » vient du grec *hypo* (sous) et *teinô* (tendre) : c'est le côté qui « sous-tend » l'angle droit.

Théorème

Théorème de Pythagore

Si un triangle est rectangle, alors le carré de la longueur de l'hypoténuse est égal à la somme des carrés des longueurs des deux autres côtés.

Autrement dit, si un triangle ABC est rectangle en A, alors $BC^2 = AB^2 + AC^2$.

Cette égalité est appelée « égalité de Pythagore ».

▸ Exemples

• Le triangle ABC ci-contre est rectangle en A.
On peut donc écrire l'égalité de Pythagore :

$$BC^2 = AB^2 + AC^2$$

↑ hypoténuse

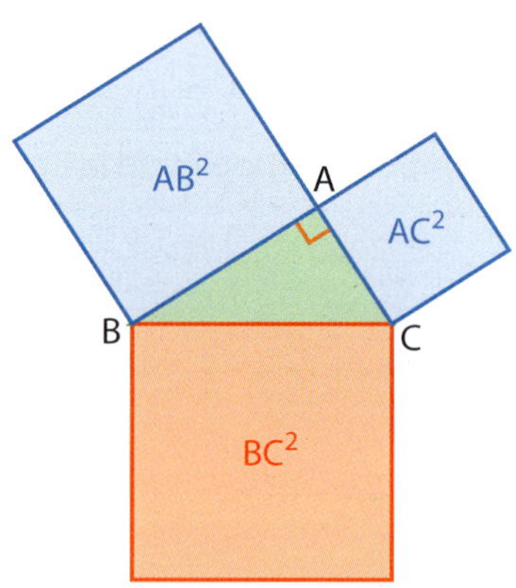

• IJK est un triangle rectangle en I tel que IJ = 3 cm et IK = 4 cm.
D'après le théorème de Pythagore :

$JK^2 = IJ^2 + IK^2$

$JK^2 = 3^2 + 4^2$

$JK^2 = 9 + 16$

$JK^2 = 25$

$JK = 5$ cm ◂ $5^2 = 5 \times 5 = 25$

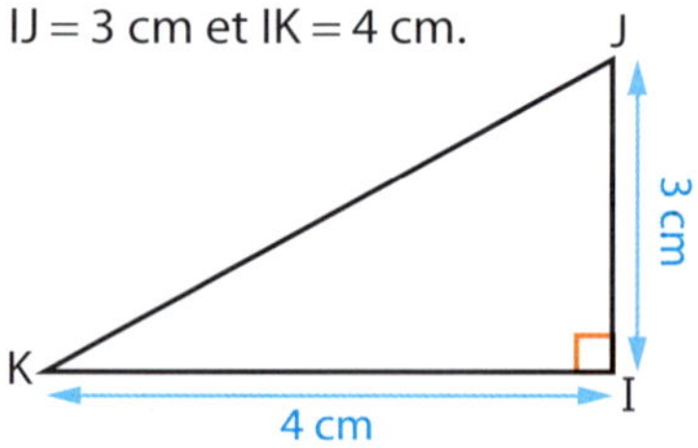

Remarque

Dans un triangle rectangle, quand on connait les longueurs de deux côtés, l'égalité de Pythagore permet de calculer la longueur du troisième côté.

Savoir-faire

1 Calculer la longueur d'un côté d'un triangle rectangle

Apprends à l'aide des exercices résolus puis entraine-toi !

1 **1.** Écrire l'égalité de Pythagore dans un triangle KSI rectangle en S.
2. Écrire l'égalité de Pythagore dans un triangle SUD rectangle en D.

Solution

1. L'**hypoténuse** est le côté [KI].
L'égalité de Pythagore dans ce triangle est : $KI^2 = KS^2 + SI^2$.
2. L'**hypoténuse** est le côté [SU].
L'égalité de Pythagore dans ce triangle est : $SU^2 = SD^2 + DU^2$.

Quand la figure n'est pas tracée, on peut s'aider d'une figure à main levée pour repérer plus facilement l'hypoténuse.

À toi de jouer

2 **1.** Écrire l'égalité de Pythagore dans un triangle UDH rectangle en H.
2. Écrire l'égalité de Pythagore dans un triangle EST rectangle en S.
3. Écrire l'égalité de Pythagore dans tous les triangles rectangles tracés dans la figure ci-contre, où A, B et E sont alignés.

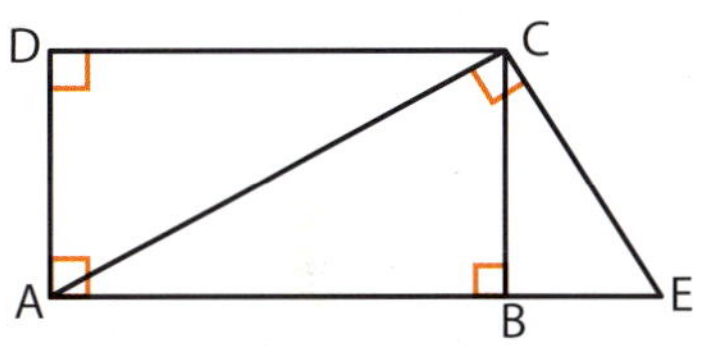

→ Corrigé p. 318

3 ABC est un triangle rectangle en B tel que AB = 12 cm et BC = 9 cm.
• Calculer la longueur AC.

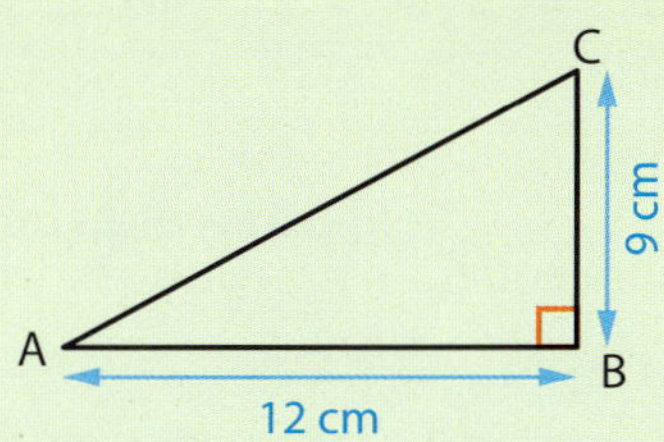

Solution

On indique le triangle rectangle dans lequel on se place, ainsi que le théorème utilisé.

ABC est un triangle rectangle en B.
D'après le théorème de Pythagore :
$AC^2 = AB^2 + BC^2$
$AC^2 = 12^2 + 9^2$
$AC^2 = 144 + 81$
$AC^2 = 225$
AC = 15 cm

On cherche le nombre positif dont le carré est égal à 225. On trouve 15 car $15^2 = 225$.

À toi de jouer

4 KLM est un triangle rectangle en L tel que KL = 5 cm et ML = 12 cm.
• Calculer MK.

→ Corrigé p. 318

5 EFG est un triangle rectangle en E tel que EG = 40 cm et FG = 41 cm.
• Calculer la longueur EF.

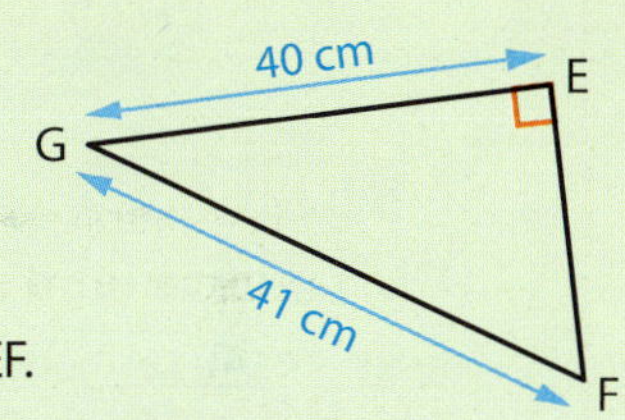

Solution

On indique le triangle rectangle dans lequel on se place, ainsi que le théorème utilisé.

EFG est un triangle rectangle en E.
D'après le théorème de Pythagore :
$GF^2 = EG^2 + EF^2$
$41^2 = 40^2 + EF^2$
$1\,681 = 1\,600 + EF^2$
$EF^2 = 1\,681 - 1\,600$
$EF^2 = 81$
EF = 9 cm

On cherche le nombre positif dont le carré est égal à 81. On trouve 9 car $9^2 = 81$.

À toi de jouer

6 EFG est un triangle rectangle en F tel que EG = 25 cm et FG = 7 cm.
• Calculer EF.

→ Corrigé p. 318

Cours

2 Calculer une racine carrée

Définition

La racine carrée d'un nombre positif a est le nombre positif dont le carré est égal à a.
Elle est notée $\sqrt{a}$ et se lit « racine carrée de a ».

▸Exemple

$\sqrt{25} = 5$ car $5^2 = 25$
$\sqrt{12} \approx 3{,}464$

Remarque

Beaucoup de racines carrées ne sont pas des nombres rationnels (on ne peut pas les écrire sous forme de fraction).
On peut en trouver une valeur approchée avec la calculatrice.

Définition

Un carré parfait est le carré d'un nombre entier.

▸Exemple

$\square^2$ ↓ / $\sqrt{\square}$ ↑													
	0	1	2	3	4	5	6	7	8	9	10	11	12
	0	1	4	9	16	25	36	49	64	81	100	121	144

Remarque

La racine carrée d'un carré parfait est donc un nombre entier.

Si tu retiens ces carrés parfaits, tu gagneras du temps dans les exercices !

Méthode

La racine carrée permet d'exprimer des longueurs quand on utilise le théorème de Pythagore.

▸Exemple

Dans la figure ci-contre, quelle est la longueur du côté [JK] ?

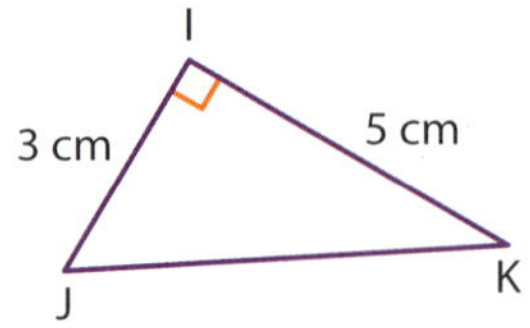

IJK est un triangle rectangle en I. Donc, d'après le théorème de Pythagore :
$JK^2 = IJ^2 + IK^2$
$JK^2 = 3^2 + 5^2$
$JK^2 = 9 + 25$
$JK^2 = 34$
Donc $JK = \sqrt{34}$ cm : c'est la valeur exacte de la longueur JK.
On peut également en donner une valeur approchée grâce à la calculatrice (voir séquences ci-dessous). On obtient : $JK \approx 5{,}83$ cm.

TI	2nde, x^2 ($\sqrt{\ }$), 3, 4, entrer, ◂▸
Casio	SECONDE, x^2, 3, 4, SECONDE, EXE
Numworks	$\sqrt{\ }$, 3, 4, EXE

Savoir-faire

Apprends à l'aide des exercices résolus puis entraine-toi !

2 Calculer une racine carrée

7 À l'aide de la calculatrice, donner une valeur approchée au centième près des nombres suivants :

$\sqrt{67}$; $\sqrt{103}$; $\sqrt{23,74}$; $\sqrt{85,75}$

Solution

On obtient $\sqrt{67} \approx 8,1853$, qui est plus proche de 8,19 que de 8,18. Au centième près, on arrondit donc à 8,19.

- $\sqrt{67} \approx 8,19$
- $\sqrt{103} \approx 10,15$
- $\sqrt{23,74} \approx 4,87$
- $\sqrt{85,75} \approx 9,26$

À toi de jouer

8 À l'aide de la calculatrice, donner une valeur approchée au centième des nombres suivants :

$\sqrt{53}$; $\sqrt{275}$; $\sqrt{32,84}$; $\sqrt{75,72}$

→ Corrigé p. 318

9 Sans calculatrice, donner un encadrement à l'unité près de $\sqrt{34}$.

Solution

$25 < 34 < 36$
donc $\sqrt{25} < \sqrt{34} < \sqrt{36}$
donc $5 < \sqrt{34} < 6$.

On cherche les carrés parfaits qui encadrent 34, puis on écrit leurs racines carrées (qui sont dans le même ordre).

À toi de jouer

10 Sans calculatrice, donner un encadrement à l'unité près de $\sqrt{21}$, $\sqrt{42}$ et $\sqrt{71}$.

→ Corrigé p. 318

11 EFG est un triangle rectangle en G tel que EG = 2,5 cm et EF = 4,8 cm.
- Calculer la valeur exacte de GF, puis une valeur approchée au millimètre près de GF.

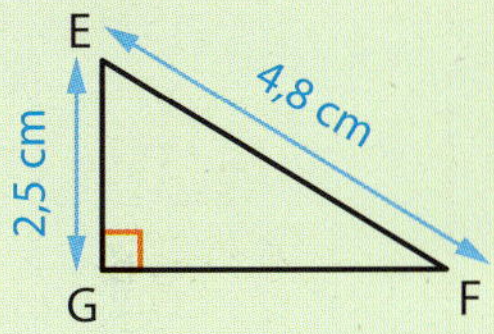

Solution

EFG est un triangle rectangle en G. D'après le théorème de Pythagore :
$EF^2 = EG^2 + GF^2$
$4,8^2 = 2,5^2 + GF^2$
$23,04 = 6,25 + GF^2$
$GF^2 = 23,04 - 6,25$
$GF^2 = 16,79$
$GF = \sqrt{16,79}$
La valeur exacte de GF est $\sqrt{16,79}$ cm.
Une valeur approchée de GF au millimètre près est 4,1 cm.

Le nombre positif dont le carré est 16,79 s'écrit $\sqrt{16,79}$.

À toi de jouer

12 **1.** ABC est un triangle rectangle en B tel que AB = 5 cm et BC = 7 cm. Calculer la valeur exacte puis une valeur approchée au millimètre près de la longueur AC.
2. IJK est un triangle rectangle en J tel que JK = 2,6 m et IK = 4,5 m. Calculer la valeur exacte puis une valeur approchée au centimètre près de la longueur IJ.

→ Corrigé p. 318

3 Reconnaitre si un triangle est rectangle

Théorème

Réciproque du théorème de Pythagore

On considère un triangle ABC. Si $BC^2 = AB^2 + AC^2$, alors le triangle ABC est rectangle en A.

Remarque

La « réciproque » d'un théorème s'obtient en « échangeant » ses hypothèses et sa conclusion. Si un théorème s'énonce « Si **Affirmation 1**, alors **Affirmation 2** », la réciproque de ce théorème est : « Si **Affirmation 2**, alors **Affirmation 1** ». Il arrive qu'un théorème soit vrai mais que sa réciproque soit fausse.

Méthode

Soit ABC un triangle dont le plus grand côté est [BC].

- Si $BC^2 = AB^2 + AC^2$, alors le triangle ABC est rectangle en A.
- Si $BC^2 \neq AB^2 + AC^2$, alors le triangle ABC n'est pas rectangle.

▸Exemple 1

On donne la figure ci-contre. Le triangle SUT est-il rectangle ?

[ST] est le plus grand côté.

$ST^2 = 5^2$	$SU^2 + UT^2 = 3^2 + 4^2$
$ST^2 = 25$	$SU^2 + UT^2 = 9 + 16$
	$SU^2 + UT^2 = 25$

On a donc $ST^2 = SU^2 + UT^2$.

L'égalité de Pythagore est vérifiée donc le triangle SUT est rectangle en U.

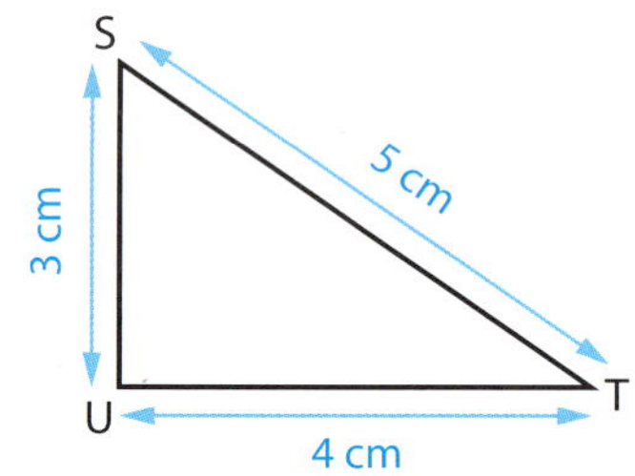

▸Exemple 2

On donne la figure ci-contre. Le triangle IJK est-il rectangle ?

[JK] est le plus grand côté.

$JK^2 = 8^2$	$IJ^2 + IK^2 = 4^2 + 7^2$
$JK^2 = 64$	$IJ^2 + IK^2 = 16 + 49$
	$IJ^2 + IK^2 = 65$

On a donc $JK^2 \neq IJ^2 + IK^2$.

L'égalité de Pythagore n'est pas vérifiée donc le triangle IJK n'est pas rectangle.

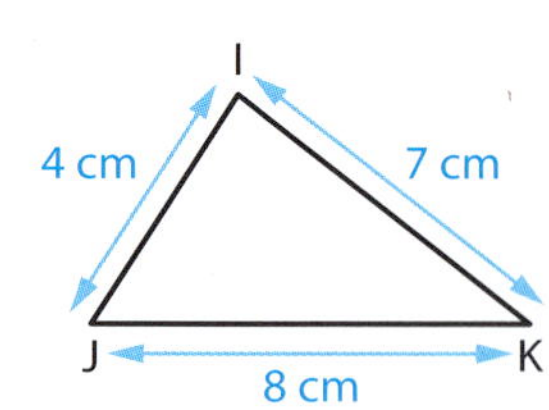

Remarque

Dans l'**exemple 1**, on a utilisé la réciproque du théorème de Pythagore.
Mais dans l'**exemple 2**, c'est le théorème de Pythagore qui est utilisé : si le triangle IJK était rectangle, alors d'après le théorème de Pythagore, l'égalité $JK^2 = IJ^2 + IK^2$ serait vérifiée (car [JK] est le plus grand côté). Ce n'est pas le cas, donc le triangle IJK n'est pas rectangle.

Ce type de raisonnement est appelé un « raisonnement par l'absurde » (voir p. 303).

Savoir-faire

Apprends à l'aide des exercices résolus puis entraine-toi !

3 Reconnaitre si un triangle est rectangle

13 Le triangle ABC représenté ci-dessous est-il rectangle ?

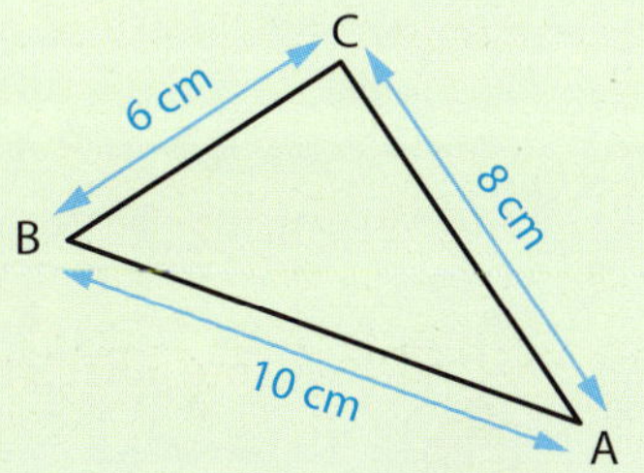

Solution

On cherche si l'égalité de Pythagore est vérifiée dans ce triangle.
On repère le plus grand côté qui serait l'hypoténuse si le triangle était rectangle, puis on calcule séparément :
- le carré du plus grand côté ;
- la somme des carrés des deux autres côtés.

[AB] est le plus grand côté.

$AB^2 = 10^2$

$AB^2 = 100$

$BC^2 + AC^2 = 6^2 + 8^2$

$BC^2 + AC^2 = 36 + 64$

$BC^2 + AC^2 = 100$

Donc $AB^2 = BC^2 + AC^2$.
L'égalité de Pythagore est vérifiée donc ABC est un triangle rectangle en C.

N'oublie pas de préciser en quel sommet le triangle est rectangle.

14 Le triangle IJK représenté ci-dessous est-il rectangle ?

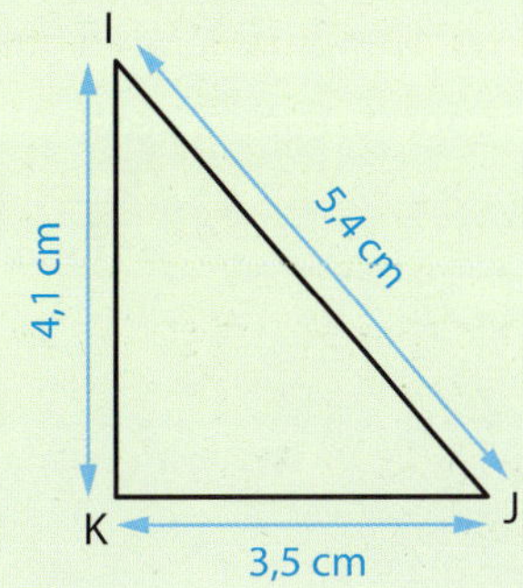

Solution

On cherche si l'égalité de Pythagore est vérifiée dans ce triangle.
On repère le plus grand côté qui serait l'hypoténuse si le triangle était rectangle, puis on calcule séparément :
- le carré du plus grand côté ;
- la somme des carrés des deux autres côtés.

[IJ] est le plus grand côté.

$IJ^2 = 5{,}4^2$

$IJ^2 = 29{,}16$

$IK^2 + KJ^2 = 4{,}1^2 + 3{,}5^2$

$IK^2 + KJ^2 = 16{,}81 + 12{,}25$

$IK^2 + KJ^2 = 29{,}06$

Donc $IJ^2 \neq IK^2 + KJ^2$.
L'égalité de Pythagore n'est pas vérifiée donc IJK n'est pas un triangle rectangle.

À toi de jouer

15 On considère un triangle MDR tel que MD = 8 cm, MR = 15 cm et DR = 17 cm.

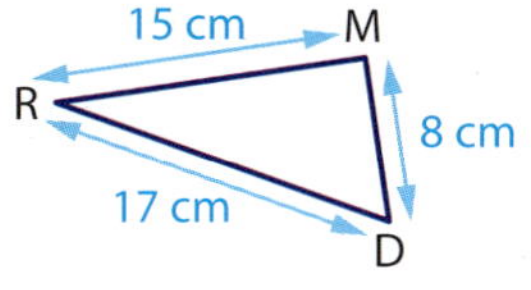

- Le triangle MDR est-il rectangle ?

16 On considère un triangle PRS tel que PR = 5 cm, SR = 12 cm et PS = 11 cm.

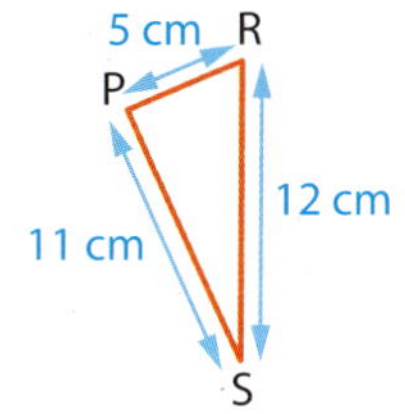

- Le triangle PRS est-il rectangle ?

→ Corrigé p. 318

Cours

4 Déterminer un angle dans un triangle rectangle

Propriété **Définition**

Soit ABC un triangle rectangle en B.

Le rapport $\frac{AB}{AC}$ ne dépend que de la mesure de l'angle $\widehat{A}$.

Ce rapport est appelé cosinus de l'angle $\widehat{A}$ et est noté $\cos \widehat{A}$.

$$\cos \widehat{A} = \frac{\text{longueur du côté adjacent à } \widehat{A}}{\text{longueur de l'hypoténuse}} = \frac{AB}{AC}$$

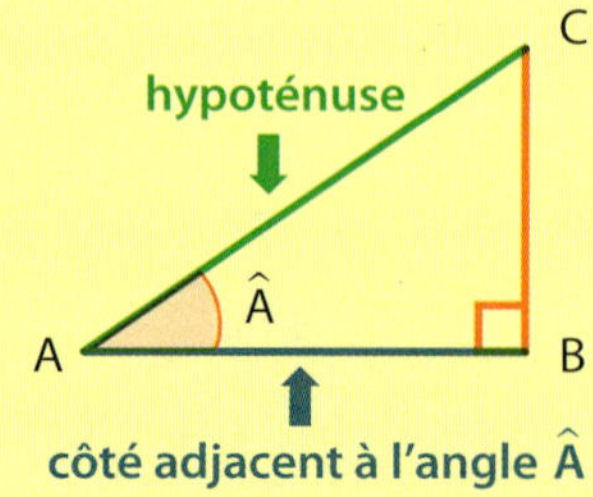

→ Mission démonstration p. 283

▸ Exemple

Dans le triangle rectangle ABC ci-contre, on a :

$$\cos \widehat{A} = \frac{AB}{AC} = \frac{3}{5} = 0{,}6$$

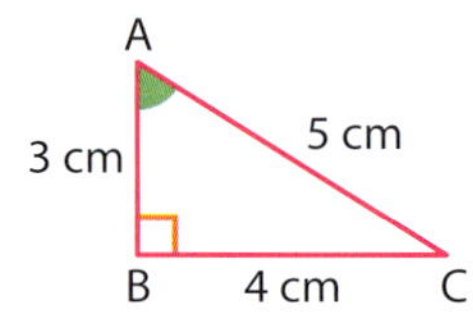

Remarque

Le cosinus d'un angle est un rapport de deux longueurs : il n'a donc pas d'unité.

Propriété

Le cosinus d'un angle aigu est un nombre compris entre 0 et 1.

Remarque

Cette propriété découle du fait que l'hypoténuse d'un triangle rectangle est le côté le plus long du triangle. Dans la formule $\cos \widehat{A} = \frac{\text{longueur du côté adjacent à } \widehat{A}}{\text{longueur de l'hypoténuse}} = \frac{AB}{AC}$, le dénominateur est donc toujours supérieur au numérateur, donc le rapport est toujours inférieur à 1.

Méthode

Dans un triangle rectangle, on peut déterminer la mesure d'un angle en calculant son cosinus et en utilisant la calculatrice.

▸ Exemple

Dans le triangle rectangle ABC ci-contre, on a :

$$\cos \widehat{A} = \frac{AB}{AC} = \frac{3}{5} = 0{,}6$$

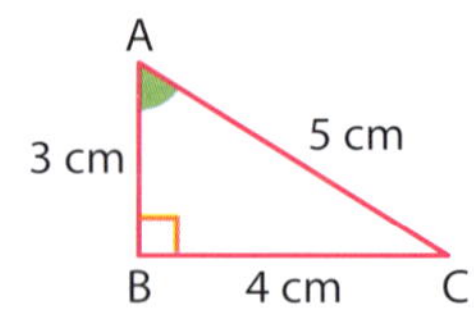

Avec la calculatrice, on tape :

TI	2nde, cos (arccos), 0, ",", 6, entrer
Casio	SECONDE, cos (Arccos), 0, ",", 6, EXE
Numworks	shift, cos (acos), 0, ".", 6, EXE

La valeur approchée de la mesure de l'angle $\widehat{A}$ ainsi obtenue est : $\widehat{A} \approx 53°$.

Savoir-faire

Apprends à l'aide des exercices résolus puis entraine-toi !

4 Déterminer un angle dans un triangle rectangle

17 Le triangle TOI est rectangle en O tel que TO = 6 cm, OI = 4,5 cm et TI = 7,5 cm.

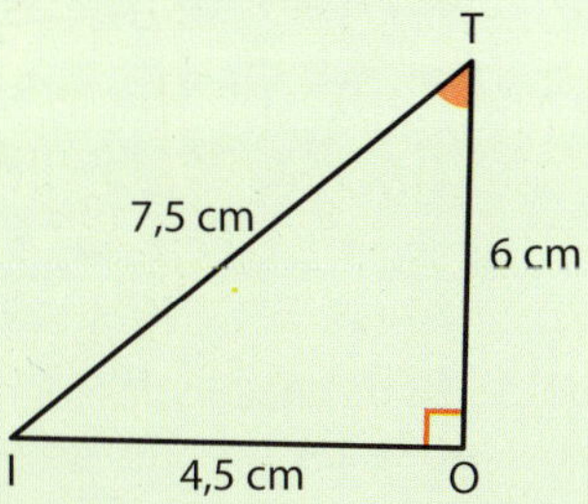

• Calculer une valeur approchée au degré près de l'angle $\widehat{OTI}$.

Solution

On indique le triangle rectangle dans lequel on se place et on repère son hypoténuse et le côté adjacent à l'angle $\widehat{OTI}$.

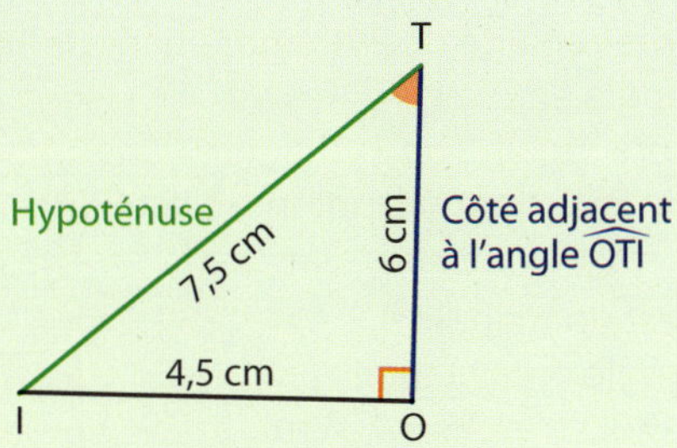

Dans le triangle TOI rectangle en O :

$$\cos \widehat{OTI} = \frac{TO}{TI} = \frac{6}{7,5} = 0,8$$

Avec la calculatrice, on obtient :

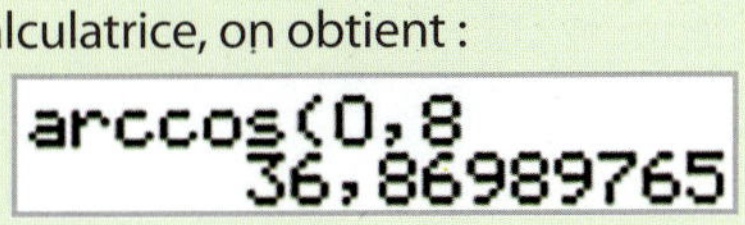

On conclut : $\widehat{OTI} \approx 37°$.

18 Le triangle FED est rectangle en E tel que ED = 4 m et FD = 6 m.

• Calculer une valeur approchée au degré près de l'angle $\widehat{FDE}$.

Solution

On commence par tracer le triangle à main levée. On repère l'angle droit, l'hypoténuse, l'angle que l'on cherche et son côté adjacent.

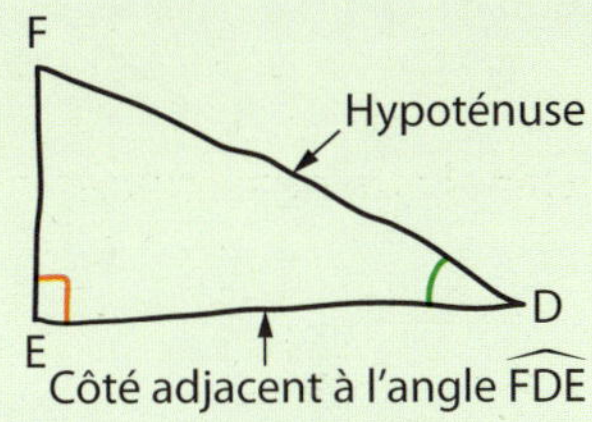

Dans le triangle FED rectangle en E :

$$\cos \widehat{FDE} = \frac{ED}{FD} = \frac{4}{6}$$

Ici le cosinus n'a pas de valeur décimale exacte. Pour plus de précision, on garde la fraction.

Sur la calculatrice, on tape la séquence suivante :

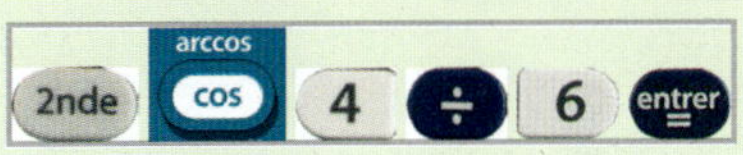

Il s'affiche :

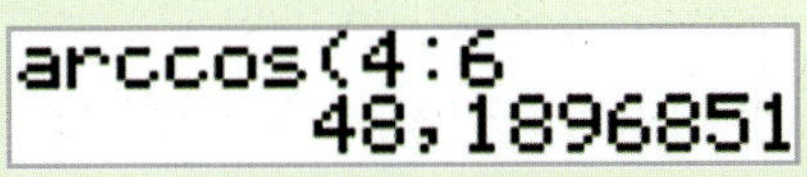

On conclut : $\widehat{FDE} \approx 48°$.

À toi de jouer

19 On considère un triangle PER rectangle en E tel que PE = 3,5 m et PR = 5 m. Calculer une valeur approchée de l'angle $\widehat{EPR}$ au degré près.

20 On considère un triangle IJK rectangle en I tel que IK = 5,2 cm et JK = 7,3 cm. Calculer une valeur approchée de l'angle $\widehat{IKJ}$ au degré près.

→ Corrigé p. 318

Exercices

Ressources téléchargeables

Calculer la longueur d'un côté d'un triangle rectangle

→ Savoir-faire p. 267

QUESTIONS FLASH

21 Dans la figure ci-contre, les droites (AE) et (CD) se coupent en B. Nommer tous les triangles rectangles de cette figure et indiquer leur hypoténuse.

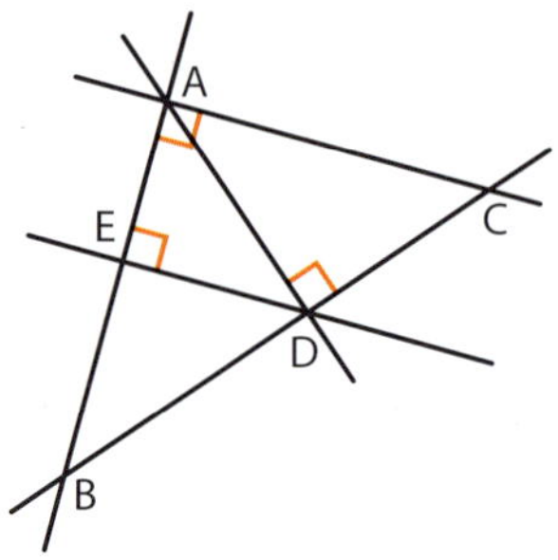

22 Associer chaque triangle rectangle à l'égalité de Pythagore qui lui correspond.

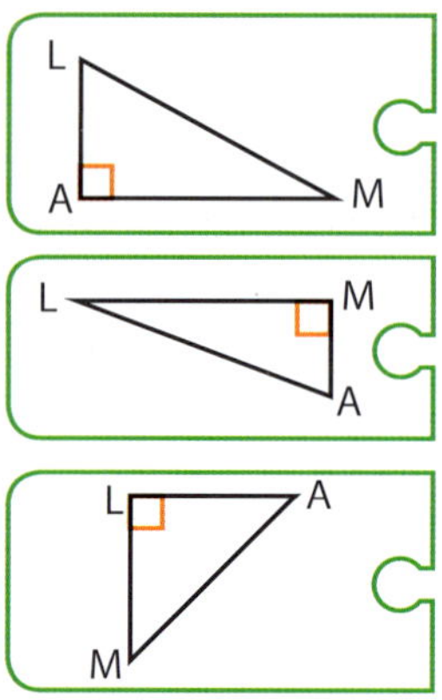

$AM^2 = AL^2 + LM^2$

$LA^2 = LM^2 + AM^2$

$LM^2 = LA^2 + AM^2$

23 Pour chacun des triangles suivants, indiquer s'il est possible d'écrire l'égalité de Pythagore. Si oui, l'écrire.

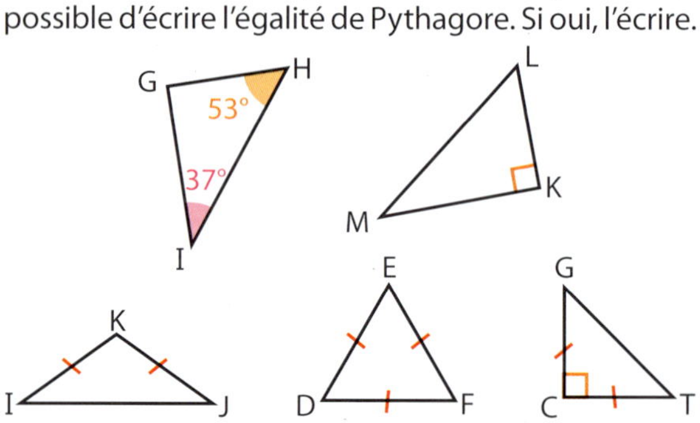

24 Calculer :
a. 7^2 **b.** 6^2 **c.** 11^2 **d.** 15^2 **e.** 10^2 **f.** 12^2

Questions flash supplémentaires

25 Dans la figure ci-contre, les droites (PS) et (BC) se coupent en D, (SC) et (PB) se coupent en T, et A est un point de (ST).
- Nommer tous les triangles rectangles tracés de cette figure et indiquer leur hypoténuse.

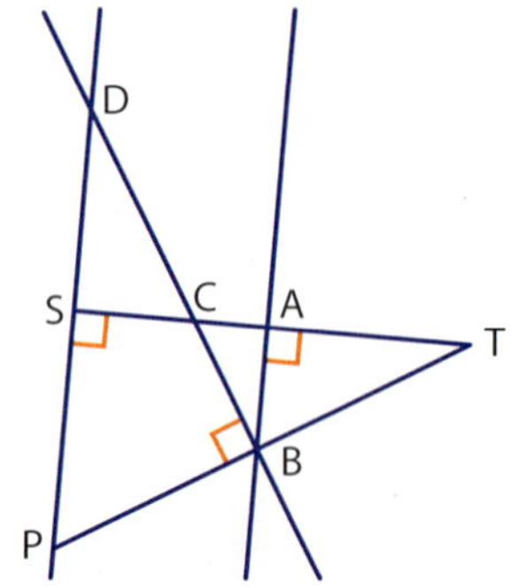

26 Citer l'hypoténuse de chacun des triangles rectangles ci-dessous et écrire les égalités de Pythagore associées.

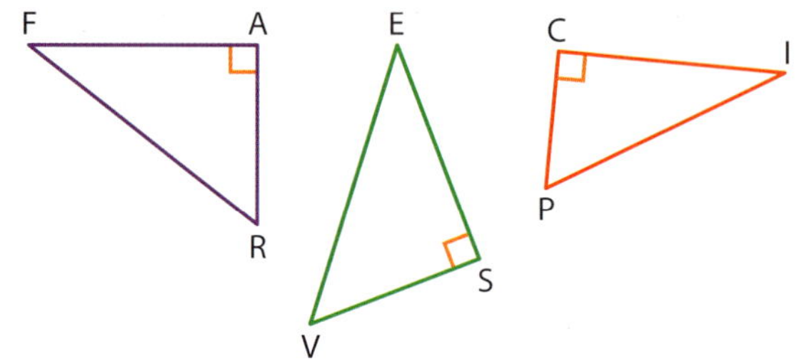

27 **1.** Écrire l'égalité de Pythagore dans un triangle FER rectangle en E.
2. Écrire l'égalité de Pythagore dans un triangle rectangle PMS dont l'hypoténuse est [PM].

28 APS est un triangle rectangle en A tel que AP = 3,6 cm et AS = 4,8 cm.
- Calculer la longueur PS.

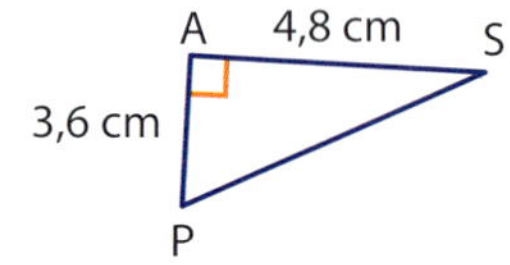

29 KLM est un triangle rectangle en L tel que KL = 6,9 dm et LM = 9,2 dm.
- Calculer la longueur KM.

30 DSL est un triangle rectangle en S tel que DS = 12 cm et DL = 13 cm.
- Calculer la longueur SL.

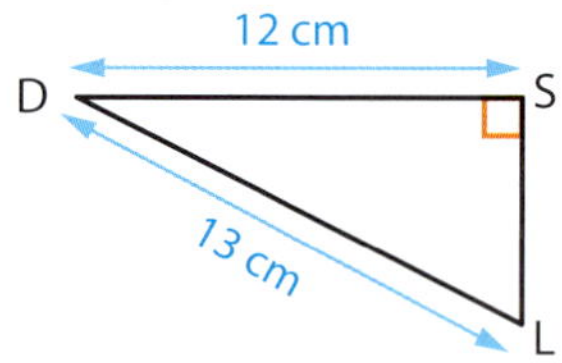

31 KFC est un triangle rectangle en F tel que KC = 20 cm et KF = 16 cm.
- Calculer la longueur CF.

32 Dans la figure ci-contre, H est un point du segment [BC].
1. Calculer HB.
2. Calculer AC.

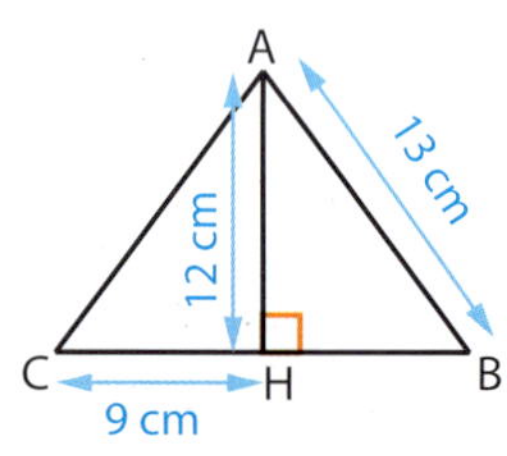

MODE EXPERT

33 On considère la figure ci-contre.

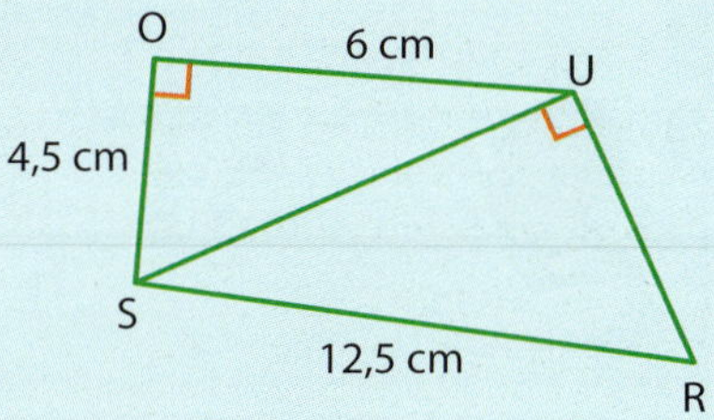

• Calculer la longueur UR.

34 PQRS est un rectangle de centre T.
On a : PQ = 15 cm et ST = 8,5 cm.
• Calculer l'aire du rectangle PQRS.

Calculer une racine carrée

→ Savoir-faire p. 269

QUESTIONS FLASH

35 Compléter les phrases suivantes par « le carré » ou « la racine carrée ».

a. 4 est … de 16 **b.** 9 est … de 3
c. 81 est … de 9 **d.** 10 est … de 100

Pour les exercices **36** à **40**, calculer mentalement.

36 Calculer :
$A = 5^2$ $B = 7^2$ $C = 8^2$ $D = 0{,}6^2$ $E = 0{,}3^2$

37 Trouver les longueurs suivantes.
a. $AB^2 = 25$ donc $AB = \ldots$ **b.** $PR^2 = 121$ donc $PR = \ldots$

38 Un carré a une aire de 64 cm².
• Combien mesure son côté ?

39 Calculer :
$A = \sqrt{36}$ $B = \sqrt{100}$ $C = \sqrt{0{,}81}$ $D = \sqrt{144}$

40 Donner un encadrement à l'unité près de :
$A = \sqrt{78}$ $B = \sqrt{45}$ $C = \sqrt{87}$ $D = \sqrt{27}$

Questions flash supplémentaires

41 CALCUL MENTAL Donner un encadrement à l'unité près de :
$A = \sqrt{105}$ $B = \sqrt{18}$ $C = \sqrt{94}$ $D = \sqrt{23}$

42 CALCUL MENTAL Dans chaque cas, compléter par un nombre entier si cela est possible.
a. $8 < \sqrt{\ldots} < 9$ **b.** $3 < \sqrt{\ldots} < 4$ **c.** $10 < \sqrt{\ldots} < 11$
d. $1 < \sqrt{\ldots} < 2$ **e.** $20 < \sqrt{\ldots} < 21$ **f.** $0 < \sqrt{\ldots} < 1$

43 CALCUL MENTAL Chaque nombre du nuage bleu a sa valeur approchée dans le nuage jaune.
• Sans utiliser la calculatrice, associer chaque racine carrée à sa valeur approchée.

44 Recopier et compléter ce tableau en donnant une valeur approchée au centième près si besoin.

a	3,3			5,8		50	
a^2		2,3	14		10		5,8

45 Donner une valeur approchée au dixième près de la racine carrée des nombres suivants.
a. 267 **b.** 487 **c.** 712 **d.** 2 429

46 On considère le triangle LMN ci-contre.
• Calculer une valeur approchée de la longueur LM au millimètre près.

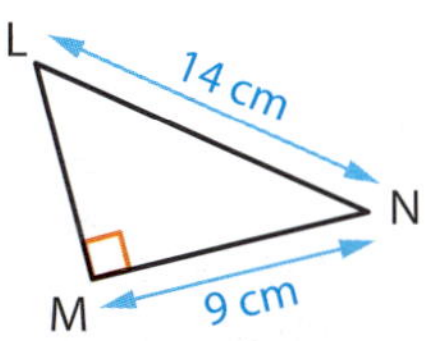

47 GHK est un triangle rectangle en K tel que GK = 9 cm et HK = 8 cm.
• Calculer la valeur exacte de la longueur GH, puis en donner une valeur approchée au millimètre près.

48 PAR est un triangle rectangle en A tel que AR = 5,1 cm et PR = 70 mm.
1. Construire ce triangle et calculer la longueur PA.
2. Lélia et Lucas ont trouvé les résultats suivants à cette question.

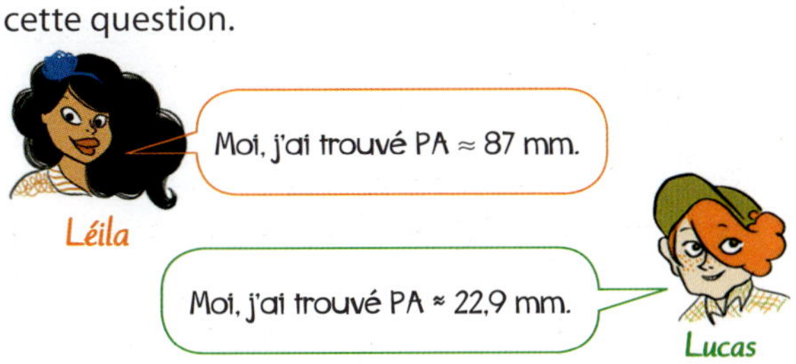

a. Les deux élèves ont fait chacun une erreur. Laquelle ?
b. Que pourrait-on leur conseiller pour éviter qu'ils refassent ce même type d'erreur ?

49 On considère un rectangle de longueur 8,5 m et de largeur 4,3 m.
1. Calculer une valeur approchée au dixième près de la longueur de sa diagonale.
2. Construire ce rectangle à l'échelle $\frac{1}{100}$.
3. À l'aide de cette figure, vérifier la vraisemblance du résultat trouvé à la question **1.**

Exercices

MODE EXPERT

50 Dans la figure ci-dessous, H est le pied de la hauteur du triangle ABC issue de A.

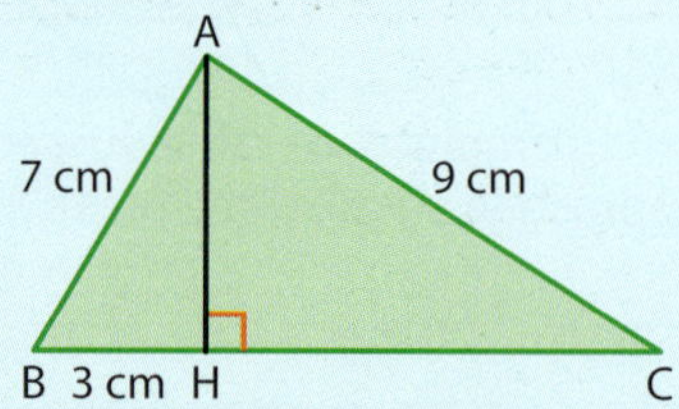

- Calculer l'aire du triangle ABC.

51 CALCUL MENTAL On donne :
$75^2 = 5\,625$; $76^2 = 5\,776$; $77^2 = 5\,929$; $78^2 = 6\,084$
1. Donner un encadrement à l'unité de $\sqrt{6\,000}$ et de $\sqrt{5\,700}$.
2. Donner la valeur de $\sqrt{57{,}76}$ et $\sqrt{592\,900}$.

Reconnaitre si un triangle est rectangle

➜ Savoir-faire p. 271

QUESTIONS FLASH

52 **Vrai ou faux ?**
On considère un triangle ABC dont le plus grand côté est [BC].
a. Si $BC^2 = AB^2 + AC^2$, alors ABC est rectangle en C.
b. Si $BC^2 \neq AB^2 + AC^2$, alors ABC n'est pas rectangle.
c. Si $BC^2 = AB^2 + AC^2$, alors ABC est rectangle en A.
d. Si $BC^2 = AB^2 + AC^2$, alors ABC est rectangle en B.

53 Le triangle gris est-il rectangle ?

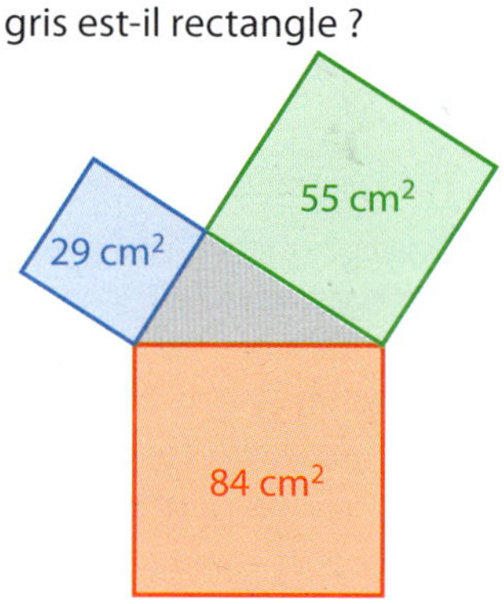

54 **1.** Un triangle dont les côtés ont pour longueur 3 cm, 4 cm et 5 cm est-il rectangle ?
2. Un triangle dont les côtés ont pour longueur 6 cm, 7 cm et 8 cm est-il rectangle ?

Questions flash supplémentaires

55

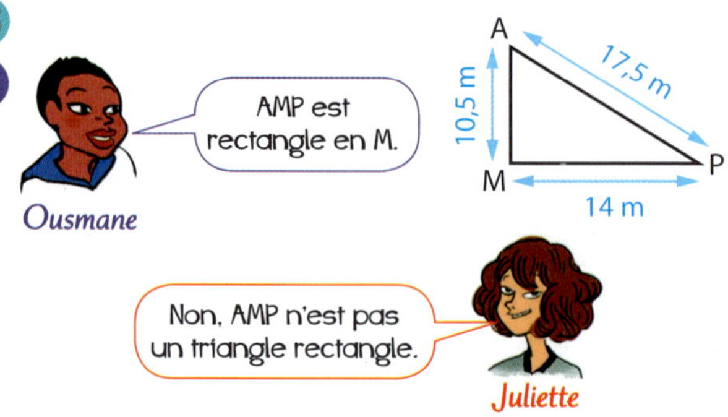

- Qui a raison ?

56 **1.** Construire un triangle UTS tel que UT = 5,4 cm, US = 7,2 cm et TS = 9 cm.
2. Démontrer que le triangle UTS est rectangle en U.

57 XYZ est un triangle tel que XY = 36 m, YZ = 55 m et XZ = 42 m.
- Démontrer que le triangle XYZ n'est pas rectangle.

58 **1.** Construire un triangle PAF tel que PA = 3,5 cm, AF = 5 cm et PF = 6,1 cm.
2. Le triangle PAF est-il rectangle ? Justifier la réponse.

59 MOT est un triangle tel que, OT = 5,2 m, MT = 650 cm et MO = 39 dm.
- Le triangle MOT est-il rectangle ? Justifier la réponse.

60 MDR est un triangle tel que MD = 13,5 m, MR = 10,8 m et RD = 8,1 m.
- Le triangle MDR est-il rectangle ? Justifier la réponse.

61 Dans un triangle VER, on a : $VE^2 \neq VR^2 + RE^2$.

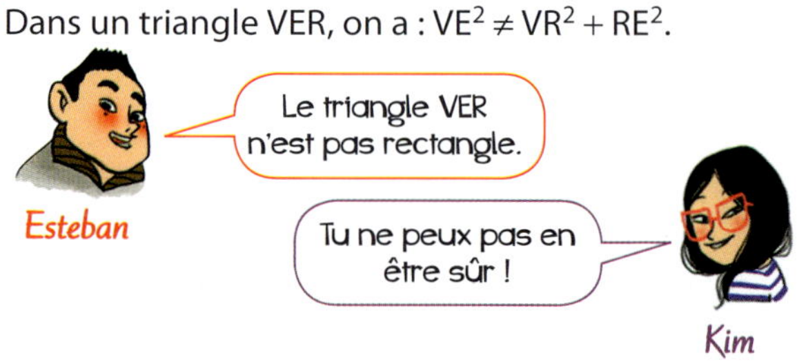

- Qui a raison ?

MODE EXPERT

62 GHJ est un triangle tel que GH = 7,8 cm, HJ = 7,2 cm et GJ = 3 cm. JHI est un triangle tel que JI = 2,1 cm et HI = 7,5 cm.

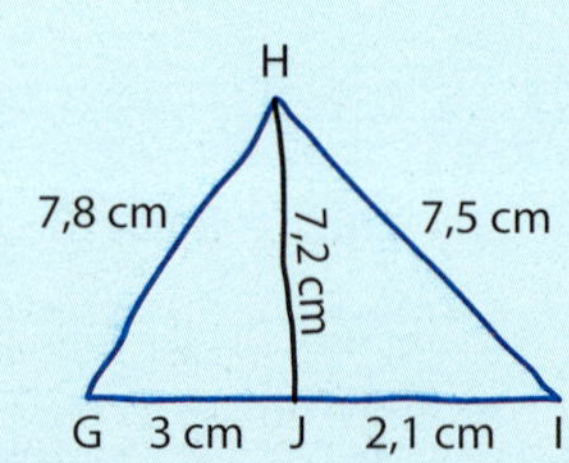

- Calculer l'aire du triangle GHI. Justifier.

Déterminer un angle dans un triangle rectangle

→ Savoir-faire p. 273

QUESTIONS FLASH

63 Pour chaque triangle ci-dessous, nommer le côté adjacent à l'angle marqué en vert.

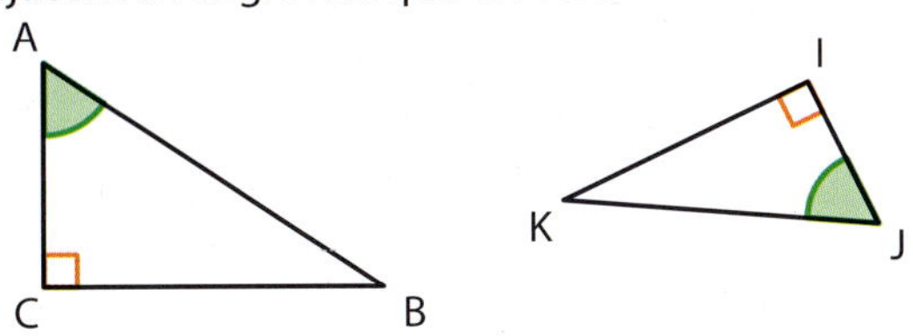

64 **1.** De quelle couleur est l'angle $\widehat{TVS}$?
2. Quel est son côté adjacent ?

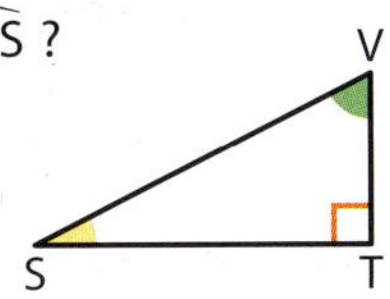

65 Pour chaque triangle ci-dessous, donner les expressions de $\cos \widehat{EFG}$.

a.

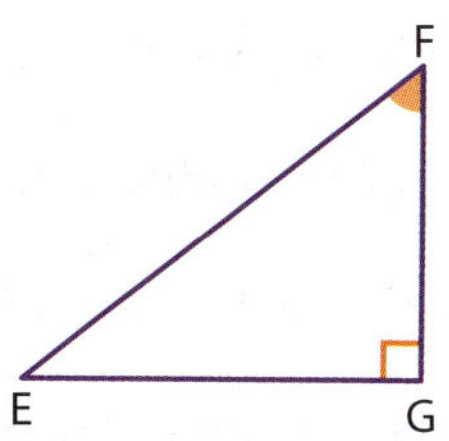

b.

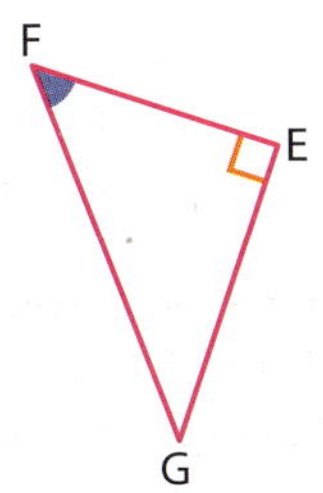

66 Pour chaque triangle ci-dessous, calculer mentalement le cosinus de l'angle bleu.

a.

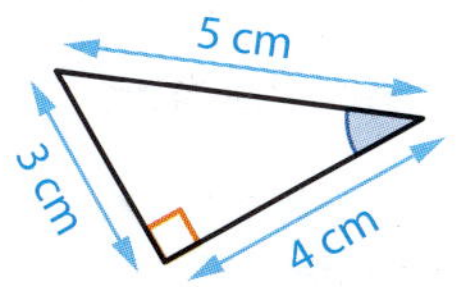

b.

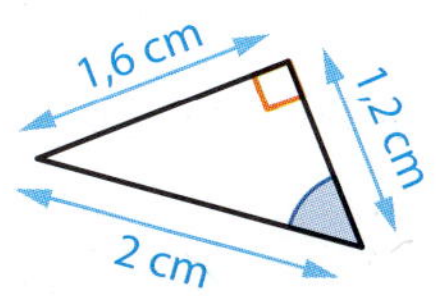

67 Paola a fini son exercice et a écrit $\cos \widehat{A} = 2,7$. Sans faire aucun calcul, Timothée lui assure qu'elle a commis une erreur.
• Comment a-t-il fait ?

68 Dans chaque cas, calculer une mesure approchée au degré près de l'angle.

$\cos \widehat{A} = 0,65$ $\cos \widehat{B} = 0,37$ $\cos \widehat{C} = 0,84$

Questions flash supplémentaires

69 HKL est un triangle rectangle en H. Recopier les expressions correctes parmi celles ci-dessous :

a. $\cos \widehat{HKL} = \frac{HK}{KL}$ **b.** $\cos \widehat{HLK} = \frac{HK}{KL}$ **c.** $\cos \widehat{LKH} = \frac{LK}{KH}$

d. $\cos \widehat{KLH} = \frac{HL}{KL}$ **e.** $\cos \widehat{HKL} = \frac{HL}{KL}$ **f.** $\cos \widehat{HLK} = \frac{HL}{HK}$

70 **1.** Construire un triangle SUR rectangle en R tel que SR = 4 cm et SU = 7 cm.
2. Calculer le cosinus de l'angle $\widehat{RSU}$. En déduire une mesure approchée au degré près de l'angle $\widehat{RSU}$.
3. Vérifier la vraisemblance de votre calcul en mesurant l'angle $\widehat{RSU}$ avec un rapporteur.

71 Pour chaque triangle, calculer le cosinus de l'angle vert, puis en déduire une mesure approchée de cet angle au dixième près.

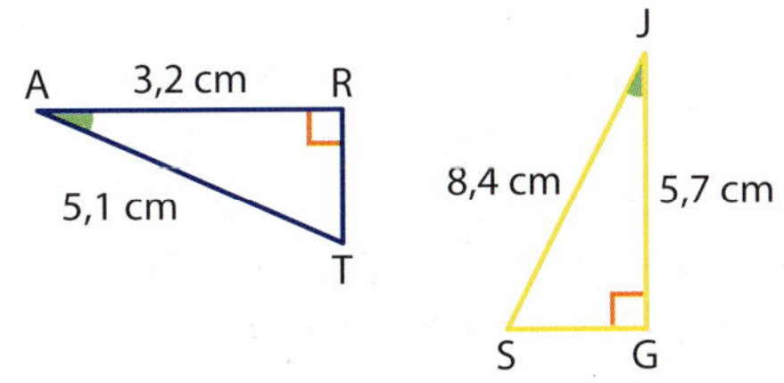

72 On considère un triangle FIN rectangle en F tel que : IN = 10,56 m et FN = 6,75 m.
• Calculer une mesure approchée au degré près de l'angle $\widehat{FNI}$.

73 On considère les deux triangles ci-dessous :

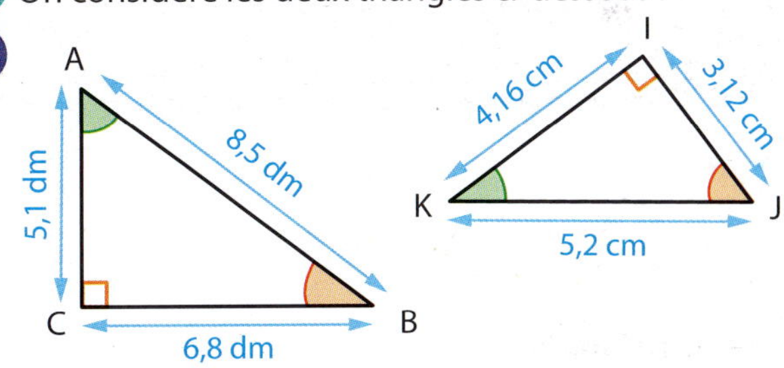

Pour chaque triangle :
a. Calculer le cosinus de l'angle vert et de l'angle rouge.
b. En déduire une mesure approchée au degré près de chaque angle.
c. Calculer la somme des mesures des angles vert et rouge. Que constate-t-on ? Est-ce toujours le cas ? Justifier.

MODE EXPERT

74 Déterminer les mesures approchées des quatre angles colorés de la figure ci-dessous :

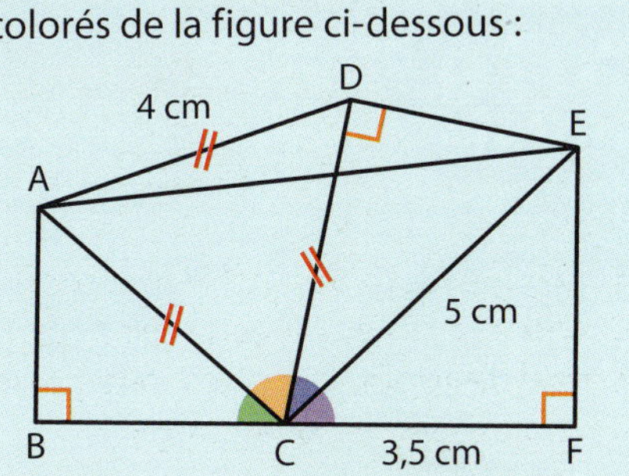

Faire le point

Version interactive du QCM

Vérifie tes connaissances.

QCM

Donner la ou les bonnes réponses parmi les trois proposées.

1 Calculer la longueur d'un côté d'un triangle rectangle

		Réponse A	Réponse B	Réponse C
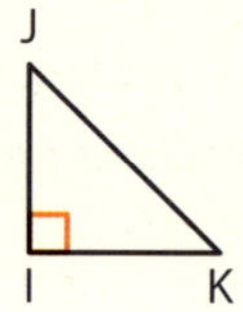	**1.** L'hypoténuse de IJK est :	[IJ]	[IK]	[JK]
	2. On peut affirmer que :	$KJ^2 = KI^2 + IJ^2$	$KI^2 = KJ^2 + JI^2$	$JI^2 + IK^2 = JK^2$
	3. Si KI = 6 cm et IJ = 8 cm, alors KJ = …	10 cm	12 cm	14 cm

2 Calculer une racine carrée

	Réponse A	Réponse B	Réponse C
1. $\sqrt{4} = \dots$	2	8	16
2. Une valeur approchée de $\sqrt{128}$ est :	11,31	64	11,314
3. Un encadrement à l'unité de $\sqrt{89}$ est :	$8 < \sqrt{89} < 9$	$8{,}9 < \sqrt{89} < 9$	$9 < \sqrt{89} < 10$
4. Dans un triangle DEF rectangle en F tel que DE = 5,6 cm et EF = 3,1 cm, une valeur approchée de DF est :	2,5 cm	6,4 cm	4,7 cm

3 Reconnaitre si un triangle est rectangle

	Réponse A	Réponse B	Réponse C
1. Le triangle RTU, tel que TR = 5,7 cm, RU = 7,6 cm et TU = 9,5 cm, est-il rectangle ?	Oui, il est rectangle en T.	Oui, il est rectangle en R.	Non, il n'est pas rectangle.
2. PLU est un triangle tel que PL = 3,7 cm, LU = 8,3 cm et PU = 7,4 cm. Ce triangle est-il rectangle ?	Oui	Non	On ne peut pas savoir.

4 Déterminer un angle dans un triangle rectangle

		Réponse A	Réponse B	Réponse C
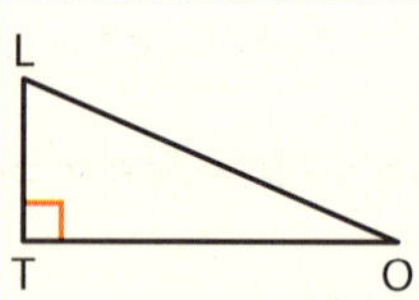	**1.** Dans le triangle rectangle LTO, on a :	$\cos \widehat{TLO} = \dfrac{LT}{LO}$	$\cos \widehat{TLO} = \dfrac{OL}{LT}$	$\cos \widehat{LOT} = \dfrac{OT}{LO}$
	2. Si LO = 7,9 cm et LT = 4,8 cm alors :	$\widehat{TLO} \approx 52{,}6°$	$\widehat{TLO} \approx 52{,}58°$	$\widehat{TLO} \approx 53°$

→ Corrigé p. 318

Carte mentale

Ressource téléchargeable

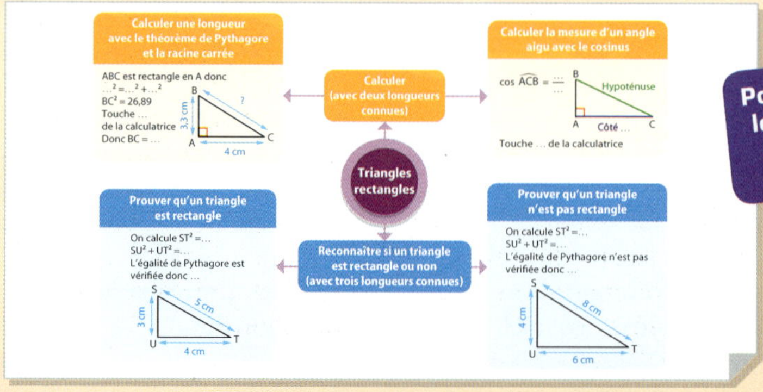

Pour t'aider à retenir le cours, télécharge et complète cette carte mentale.

Algorithmique et outils numériques

75 Algorithme et test

Jeremy souhaite écrire un script pour tester si un triangle de côté a, b, c est rectangle.

1. À l'aide des commandes ci-dessous, écrire ce script.

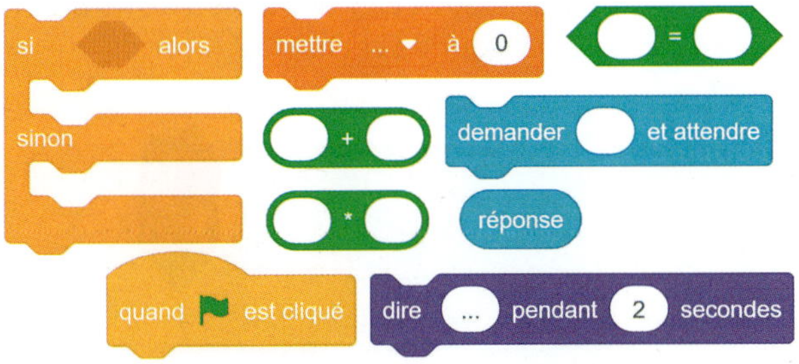

2. Alicia exécute ce script en entrant les valeurs $a = 6$, $b = 8$ et $c = 10$. Quel est le message affiché ? Est-il correct ?

76 Cercle circonscrit

1. Conjecture

a. À l'aide d'un logiciel de géométrie dynamique, tracer un cercle C de centre O. Tracer un diamètre [ST] puis placer un point R sur le cercle distinct de S et de T.

b. Déplacer le point R sur le cercle et conjecturer la nature du triangle RST.

c. Afficher les longueurs des segments [RS], [RT] et [ST]. Calculer RS^2, RT^2 puis ST^2. Ces résultats permettent-ils de démontrer la conjecture formulée à la question précédente ?

2. Démonstration

a. Construire le symétrique V de R par rapport au point O.

b. Quelle est la nature du quadrilatère RSVT ? Justifier la réponse.

c. En déduire la nature du triangle RST.

d. Énoncer la propriété que l'on vient de démontrer.

77 La méthode de Héron

On veut déterminer des valeurs approchées de plus en plus précises de $\sqrt{5}$ à l'aide de la méthode de Héron décrite ci-dessous :

- Choisir une valeur approchée v de $\sqrt{5}$.
- Calculer la moyenne de v et de $\frac{5}{v}$.
- Choisir cette moyenne comme nouvelle valeur approchée de $\sqrt{5}$.
- Recommencer le processus.

1. Donner un encadrement le plus précis possible du nombre $\sqrt{5}$ à l'aide de deux entiers.

2. Prendre le plus petit des deux entiers comme valeur approchée de $\sqrt{5}$ puis, à l'aide d'un tableur, appliquer la méthode de Héron comme cela est proposé dans la feuille de calcul ci-après.

	A	B
1	2,00000000000000000000	
2	2,25000000000000000000	
3	2,2361111111111000000	

Configure l'affichage des cellules avec un grand nombre de chiffres après la virgule.

a. Quelle formule a-t-on entrée dans la cellule A2 ?

b. Déterminer une valeur approchée au cent-millionième de $\sqrt{5}$. Vérifier avec la calculatrice.

3. Utiliser la même démarche pour donner des valeurs approchées de plus en plus précises de $\sqrt{7}$.

78 Optimiser la situation !

Un grand jeu dans la piscine du camping est annoncé : chaque participant devra partir de l'échelle E, nager jusqu'à toucher la paroi de la piscine [PA] en un point T puis aller récupérer la bouée B le plus rapidement possible.

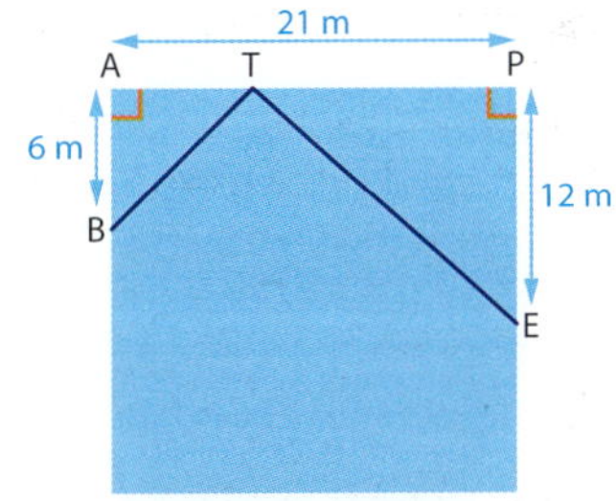

Pablo réfléchit à minimiser la distance à parcourir pour avoir davantage de chances d'être le plus rapide.

1. Utiliser un logiciel de géométrie dynamique pour illustrer la situation. Afficher le tableur et y inscrire la somme des distances ET + TB. Déplacer le point T sur le segment [PA] pour déterminer le trajet le plus court.

2. Pablo propose une autre méthode.

Il trace le symétrique B′ du point B par rapport à la droite (PA) puis place le point T à l'intersection des droites (B′E) et (PA).

Il affirme que le trajet E → T → B ainsi tracé est le plus court.

a. Réaliser la figure proposée par Pablo.

b. Pablo a-t-il raison lorsqu'il affirme avoir trouvé le trajet le plus court ? Expliquer pourquoi.

3. À l'aide du théorème de Pythagore, calculer la valeur exacte de la distance totale à parcourir en suivant le trajet présenté par Pablo. Comparer avec le résultat trouvé à la question **1.**

Problèmes

ceinture jaune · ceinture verte · ceinture noire

79 Console de jeu

Calculer

Pour son anniversaire, Tim a reçu une console de jeu.

- Quelle est la longueur de la diagonale de l'écran rectangulaire ? Arrondir au mm près.

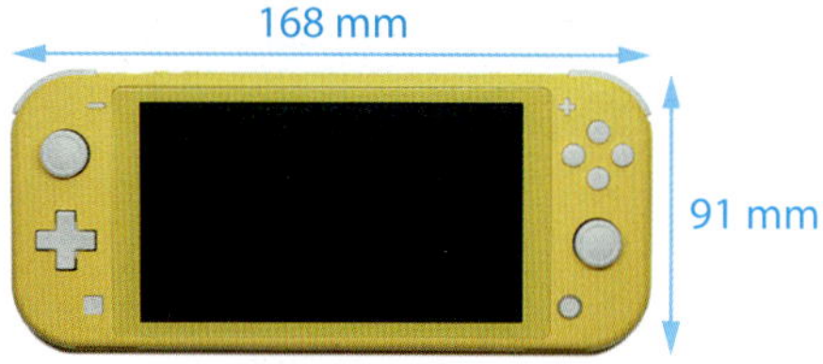

80 S'échapper vite !

Calculer

Pour échapper à la cuisson, Lucien le batracien part d'un bord de la casserole circulaire et nage 18 cm en direction du sud avant de rencontrer un bord. Il repart alors en direction de l'est sur 24 cm où il trouve le manche de la casserole et parvient à se faire la belle…

- À l'aide du schéma ci-dessous, calculer le rayon de la casserole.

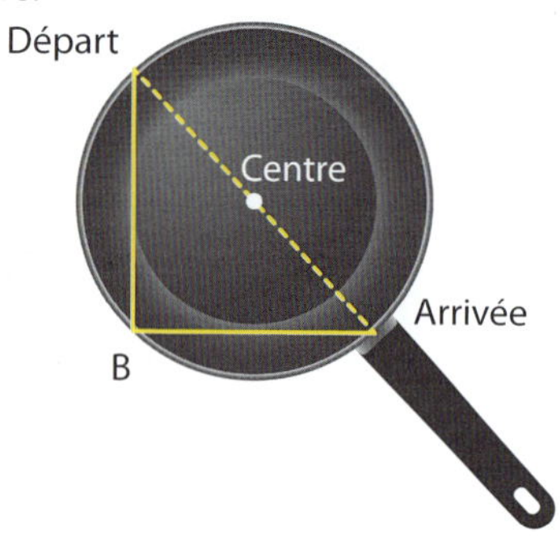

81 Distance à vol d'oiseau

Calculer

Maxime souhaiterait déterminer la distance à vol d'oiseau entre Limoges et Montauban. Pour cela, il a tracé un triangle rectangle comme ci-dessous.

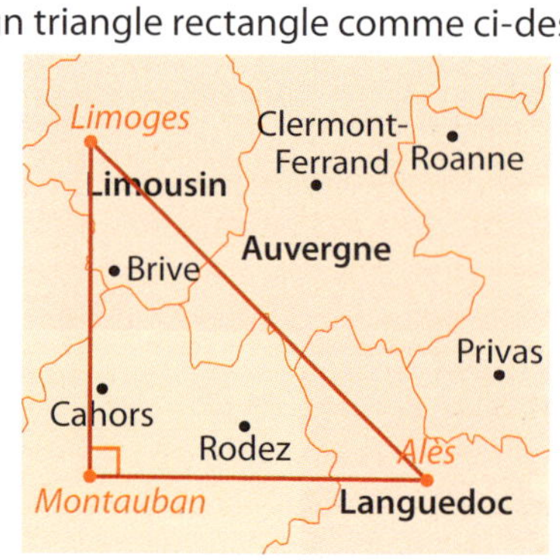

Il sait que la distance à vol d'oiseau d'Alès à Limoges est de 294 km et celle d'Alès à Montauban est de 219 km.

- Calculer une valeur approchée de cette distance au km près.

82 L'arbre

Calculer, Modéliser

Giulia veut connaitre la hauteur de l'arbre planté dans son jardin. Avec un mètre laser, elle a relevé que 10 m la séparaient de la cime de l'arbre. Par ailleurs, elle a mesuré qu'elle se trouvait à 7 m du pied de l'arbre.

- Quelle est la hauteur de cet arbre ? Arrondir au cm près.

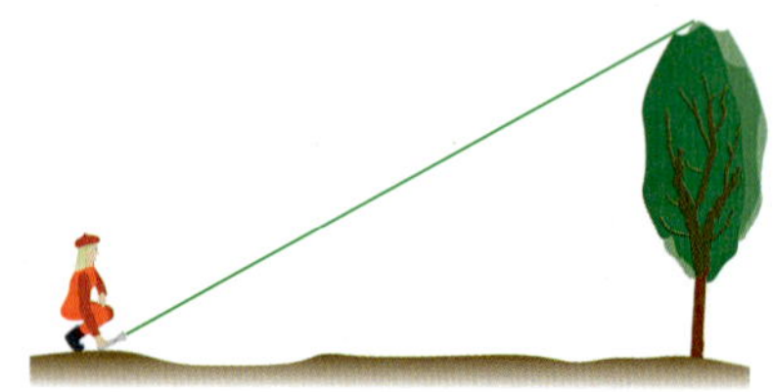

83 Maison-collège

Calculer, Modéliser

Pour aller de la maison au collège, Paul doit parcourir 800 m en contournant le stade de foot.

- De combien peut-il diminuer son trajet en passant par la diagonale du stade ? Arrondir au m près.

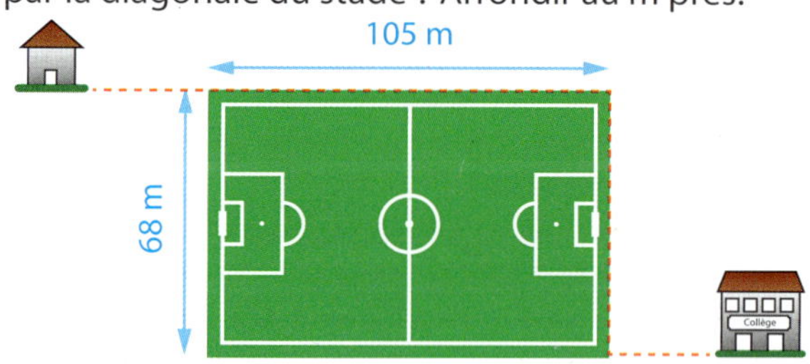

84 Aménagement du jardin

Calculer

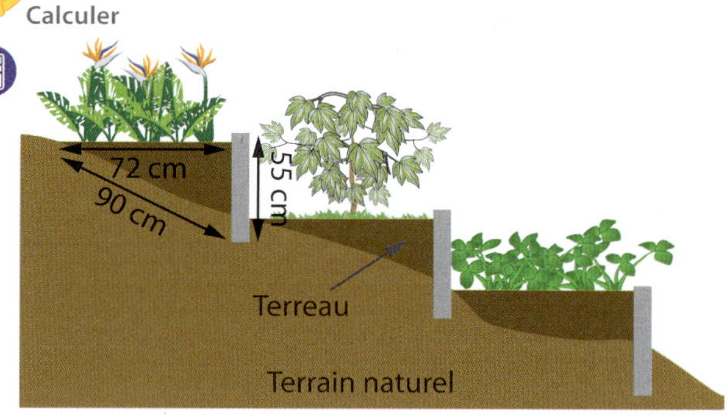

Djamila vient d'aménager son jardin dont le terrain naturel est en pente. Elle a souhaité créer des massifs en escaliers. Pour cela, elle a installé des bordures de 55 cm de hauteur pour maintenir le terreau qu'elle a apporté pour faire ses plantations.

- Ses bordures sont-elles perpendiculaires au sol ?

85 L'échelle

Modéliser, Calculer

Le drone de Juliette est coincé dans un arbre à une hauteur de 4 m. Elle part chercher une échelle qui mesure 5 m. Elle place le pied de l'échelle à 1,50 m du pied de l'arbre, qui est vertical.

- Juliette pourra-t-elle atteindre son drone ?

86 Parallélogramme

Représenter, Raisonner, Calculer

ABCD est un parallélogramme tel que AB = 4,9 cm, BC = 11,9 cm et AC = 12,9 cm.

- Ce parallélogramme est-il un rectangle ? Justifier.

87 Cabane dans les arbres

Calculer

Une cabane est construite dans un arbre. Pour des raisons de sécurité, l'angle formé entre l'échelle et l'horizontale ne doit pas dépasser 60°.

- À l'aide des dimensions indiquées sur la figure, déterminer si la position de l'échelle respecte cette règle de sécurité.

88 CALCUL MENTAL Des aires

Calculer, Raisonner

Les figures jaune et bleue sont des carrés.

- Calculer mentalement la longueur BC. Justifier.

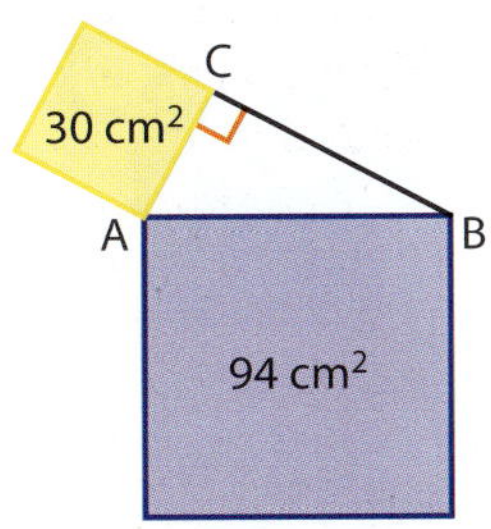

89 Des angles

Calculer, Raisonner

GKL est un triangle tel que GK = 80 mm, GL = 89 mm et KL = 39 mm.

- Quelles sont les mesures arrondies au degré près de chacun des angles de ce triangle ? Justifier sans mesurer à l'aide du rapporteur.

90 Construction de triangle

Calculer

Maeva a commencé un script pour réaliser la figure ci-dessous.

- Compléter les pointillés du script pour que la figure soit tracée correctement.

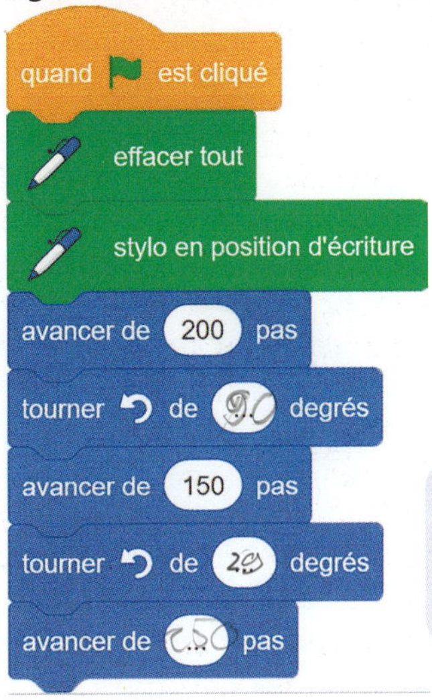

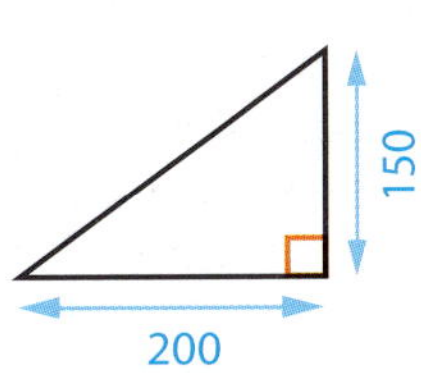

La précision du tracé sera suffisante si on arrondit la mesure de l'angle au centième.

91 Les communications

Calculer

Un signal électromagnétique est envoyé par un émetteur à un satellite qui le réémet ensuite vers un récepteur.

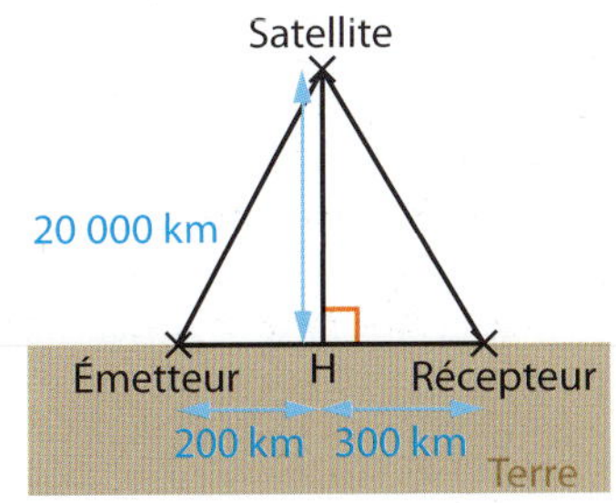

1. À l'aide des distances indiquées sur le schéma, calculer la distance parcourue par le signal. Arrondir au km près.

2. Sachant que le signal a une vitesse de propagation de 300 000 km/s, calculer la durée entre l'émission et la réception de ce signal.

92 Moulin à pivot

Calculer, Représenter

Un moulin à vent transforme l'énergie du vent en mouvement rotatif au moyen d'ailes. C'est l'ancêtre de l'éolienne. Le moulin ci-contre a la forme d'un parallélépipède rectangle posé sur un socle et est surmonté d'un toit en forme de prisme droit dont la base est un triangle isocèle. Un escalier permet d'accéder à la porte d'entrée.

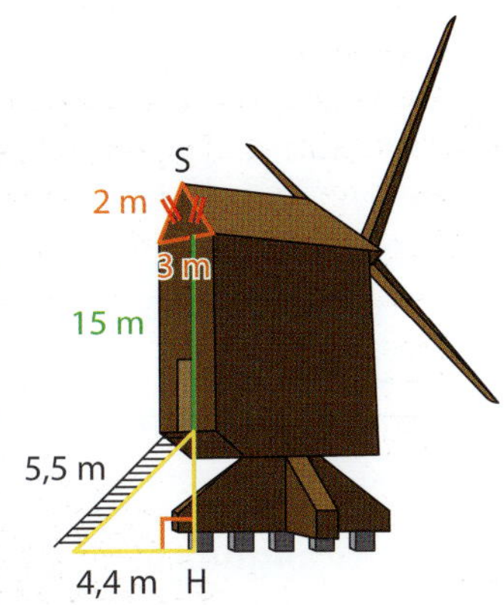

- À l'aide des distances indiquées sur le schéma, calculer une valeur approchée au cm près de la hauteur totale SH de ce moulin.

93 Poster

Calculer, Modéliser, Communiquer

John has just spent a few days in London. He is about to come back home. He bought a poster representing Big Ben. In order not to damage his purchase, he put it into a 48-cm-long cylindric tube.

- Will he be able to put this tube into his suitcase?

94 Cerf-volant

Calculer, Raisonner

Elsa s'est inscrite à un atelier DIY (« do it yourself ») pour fabriquer un cerf-volant selon le modèle ci-contre.

- Sachant que la surface de sa toile est de 2 m², quelle doit être la longueur du bambou ? Arrondir au dm près.

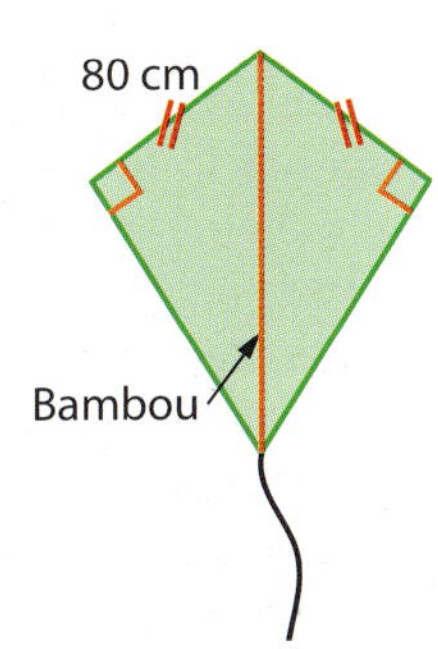

Problèmes

95 Les voiliers

Calculer, Représenter

Le cap d'un voilier est l'angle exprimé en degrés (de 0° à 360°) entre le nord et l'axe de sa coque, en tournant dans le sens des aiguilles d'une montre.

Deux voiliers A et B se trouvent tous deux à 561 m de la côte et se dirigent vers le phare à l'entrée du port.

La situation est représentée sur le schéma ci-dessous.

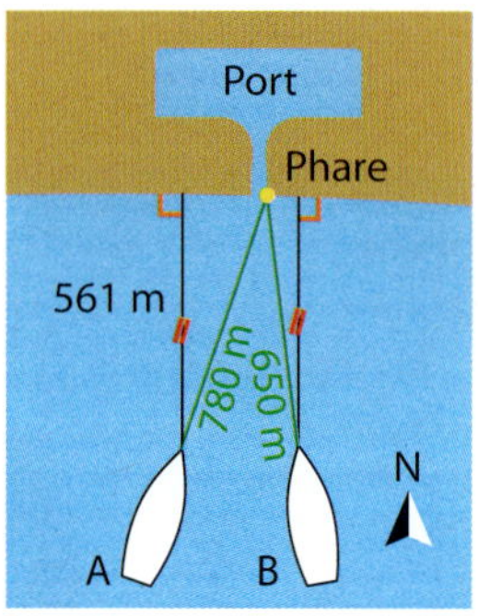

• Calculer le cap de chaque voilier. Arrondir chaque résultat au degré près.

96 Points alignés ?

Représenter, Raisonner, Calculer

On considère un triangle ABC rectangle en A tel que AB = 12 cm et AC = 9 cm. K est le point de [AB] tel que AK = 5,1 cm et M est le point de [AC] tel que AM = 5,1 cm. L est le quatrième sommet du carré AKLM.

1. Réaliser une figure.

2. a. Les points B, L et C semblent-ils alignés ?

b. Calculer les valeurs exactes de BL et CL.

c. Calculer la valeur exacte de BC.

d. À l'aide de la calculatrice, comparer BL + CL et BC. Que peut-on en déduire concernant la réponse à la question **2. a.** ?

97 L'escargot de Pythagore

Communiquer, Calculer

La capture d'écran ci-dessous représente la figure obtenue après avoir exécuté le script avec le lutin *Wizard-toad*.

Le lutin *Button5* est immobile et positionné au point de départ du *Wizard-toad*.

1. Quelles sont les coordonnées du point de départ du lutin *Wizard-toad* ?

2. Calculer la longueur de l'hypoténuse du premier triangle tracé. Comment s'appelle-t-elle dans le script ?

3. Calculer la valeur exacte de la longueur de l'hypoténuse du deuxième triangle tracé, puis du troisième.

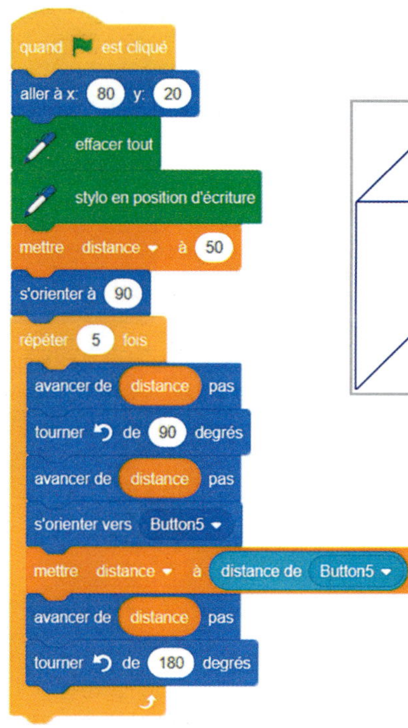

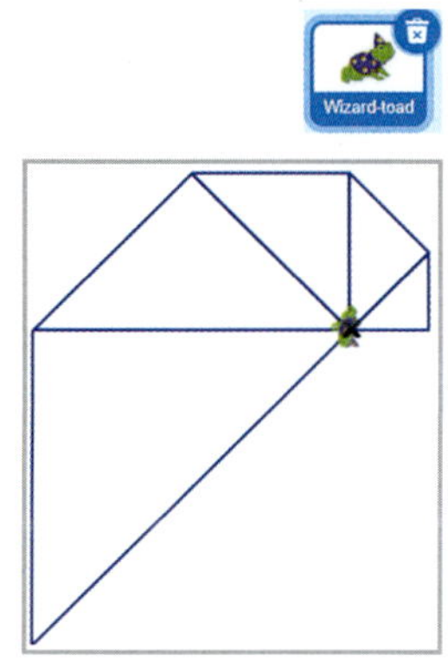

DÉFIS & ÉNIGMES

98 Quelles sont les dimensions d'un carré dont la diagonale mesure 1 m ?

99 Avec les instruments de géométrie et sans effectuer de mesure, construire un carré d'aire 5 cm² à l'aide les segments ci-dessous représentés en grandeurs réelles.

1 cm 2 cm

100 **1.** Reproduire la figure ci-contre où l'on a tracé un arc de cercle de rayon 1.

2. Sachant que cos 60° = 0,5, construire sur la figure un angle de 60° sans utiliser le rapporteur ni le compas.

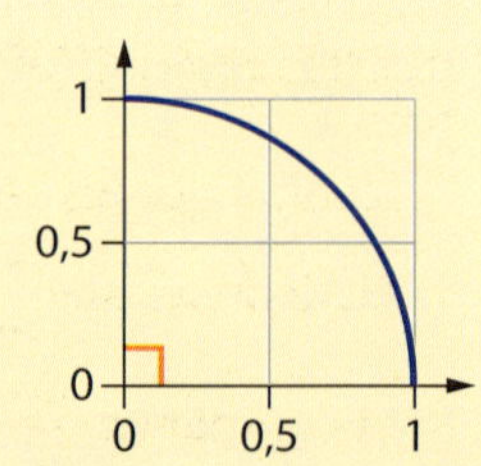

101 Le barrage
Prise d'initiative

Calculer, Raisonner

L'énergie hydraulique a plusieurs avantages, notamment celui de ne pas dégager de gaz à effet de serre. L'exploitation de l'énergie potentielle des cours d'eau n'est cependant pas sans impact sur l'environnement s'il s'agit de retenues d'eau artificielles.

Le niveau d'eau d'un lac de barrage est repéré sur la paroi inclinée du barrage par des graduations régulièrement espacées allant de 0 à 8. La distance entre chaque graduation est de $\sqrt{2}$ m.

La situation est schématisée ci-dessous. On suppose que le sol est horizontal, que la surface de l'eau est en face de la graduation 7 et que le triangle OJM est isocèle en J.

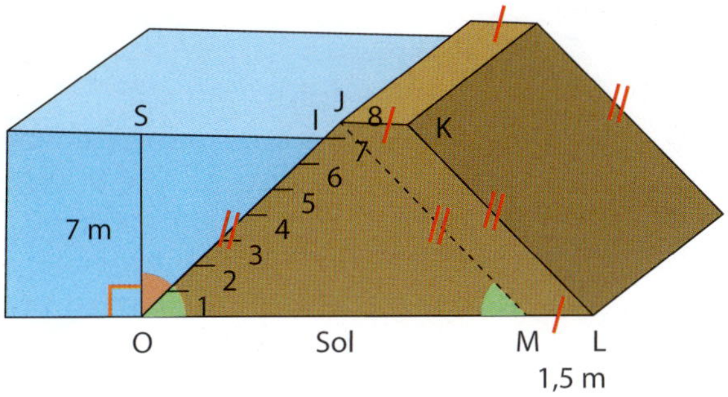

• Combien mesure la largeur OL de la base du barrage ?

102 Corde à treize nœuds
Prise d'initiative

Communiquer, Raisonner

En Égypte ancienne, en 2000 avant J.-C., les arpenteurs se servaient d'une corde à 13 nœuds équidistants pour s'assurer d'avoir des angles droits lors de l'établissement des limites des champs.

Voir point info p. 263.

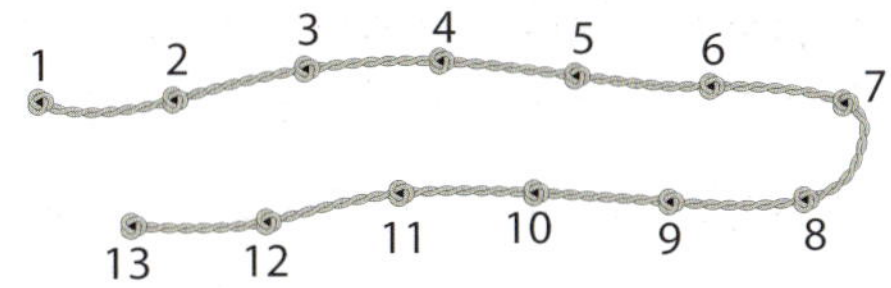

• Comment les Égyptiens pouvaient-ils se servir de cette corde pour s'assurer d'avoir des angles droits ?

103 Patron
Prise d'initiative

Représenter, Calculer

On considère la pyramide ci-dessous de base rectangulaire telle que AB = 7 cm, BC = 5 cm et de hauteur SO = 4 cm.

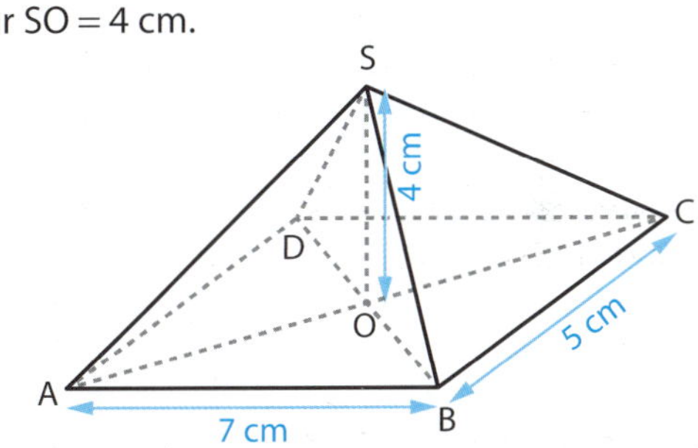

• Construire un patron de cette pyramide en détaillant tous les calculs.

MISSION DÉMONSTRATION

Démo de cours

On veut démontrer la propriété suivante.

Soit ABC un triangle rectangle en B.

Le rapport $\frac{AB}{AC}$ ne dépend que de la mesure de l'angle $\widehat{A}$.

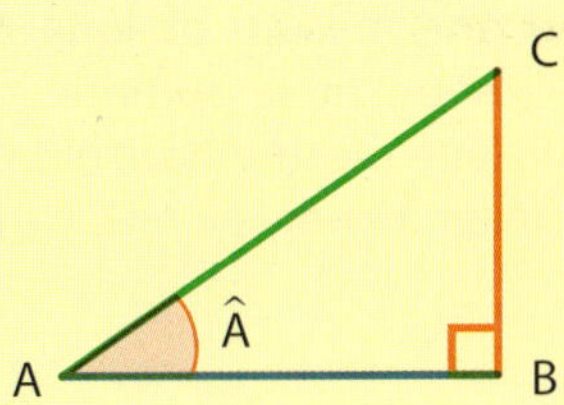

104 On considère un triangle ABC rectangle en B et un triangle AB′C′ rectangle en B′ tel que les angles $\widehat{C'AB'}$ et $\widehat{CAB}$ soient égaux et tel que B′ appartienne à la demi-droite [AB).

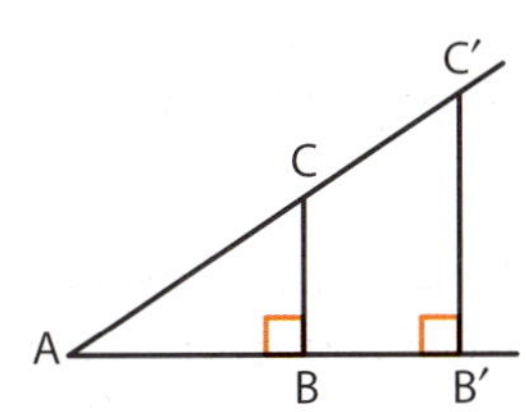

1. Justifier que les deux triangles ABC et AB′C′ sont dans une configuration de Thalès.

2. En déduire que $\frac{AB}{AC} = \frac{AB'}{AC'}$.

3. Les quotients $\frac{AB}{AC}$ et $\frac{AB'}{AC'}$ sont égaux à un même nombre. Comment appelle-t-on ce nombre qui ne dépend que de l'angle $\widehat{A}$?

Travailler autrement

Utilisable en AP

À chacun son parcours !

105 Résolution de problème

Socle D1 J'utilise les langages formels (lettres, symboles…) propres aux mathématiques.

Socle D4 J'analyse, argumente, mène différents types de raisonnements.

On considère la figure ci-contre. $\mathcal{A}_1$, $\mathcal{A}_2$ et $\mathcal{A}_3$ désignent les aires respectives des demi-disques violet, rose et jaune.

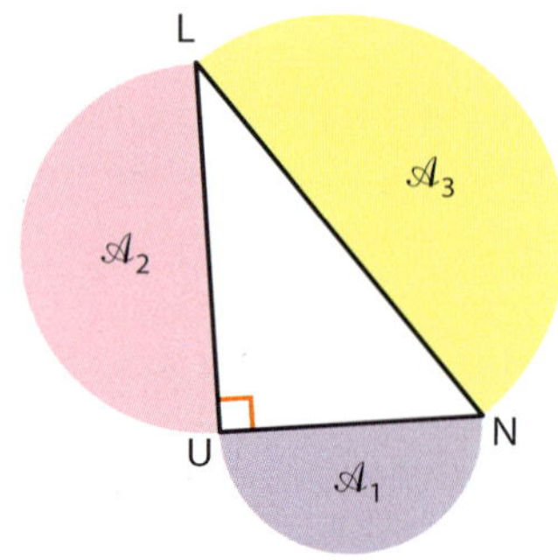

Questions ceinture jaune

On a LU = 8 cm et UN = 6 cm.

1. Calculer la longueur LN.

2. a. Calculer $\mathcal{A}_1$.

b. Calculer $\mathcal{A}_2$.

c. Calculer $\mathcal{A}_3$.

3. Effectuer la somme de $\mathcal{A}_1$ et $\mathcal{A}_2$. Que remarque-t-on ?

Questions ceinture verte

On a LU = 8 cm et UN = 6 cm.

1. Calculer la longueur LN.

2. a. Calculer $\mathcal{A}_1$,$\mathcal{A}_2$ et $\mathcal{A}_3$.

3. Effectuer la somme de $\mathcal{A}_1$ et $\mathcal{A}_2$. Que remarque-t-on ?

4. Refaire l'exercice avec LU = 8 cm et UN = 4 cm. Le constat fait à la question 3. est-il toujours vrai ?

Questions ceinture noire

On veut démontrer que la somme des aires des demi-disques rose et violet est égale à l'aire du demi-disque jaune.

On pose : UN = a, UL = b et LN = c.

1. Écrire l'égalité de Pythagore pour ce triangle LUN.

2. Exprimer $\mathcal{A}_1$ en fonction de a ; $\mathcal{A}_2$ en fonction de b et $\mathcal{A}_3$ en fonction de c.

3. Exprimer la somme de $\mathcal{A}_1$ et $\mathcal{A}_2$, puis utiliser l'égalité de la question **1.** pour conclure.

106 Analyse de documents

Socle D1 J'utilise les principes du système de numération décimal et les langages formels (lettres, symboles…) propres aux mathématiques, notamment pour effectuer des calculs et modéliser des situations.

Un télémètre laser permet de mesurer les distances avec un rayon laser au moyen de différentes fonctions.

Situation 1 - Pythagore simple

Pour déterminer la hauteur d'un objet vertical reposant sur le sol, on effectue une mesure oblique L_1 entre le télémètre et le sommet de l'objet ; puis une mesure horizontale L_2 entre le télémètre et le « pied de l'objet ».

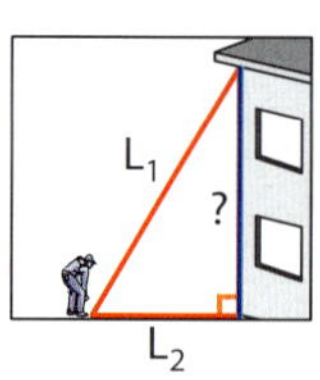

Situation 2 - Double mesure de Pythagore

À l'aide d'un trépied, on effectue les mesures des trois distances L_1, L_2 et L_3 comme indiquées sur le schéma. Cela permet d'obtenir la hauteur d'un objet ne reposant pas sur le sol.

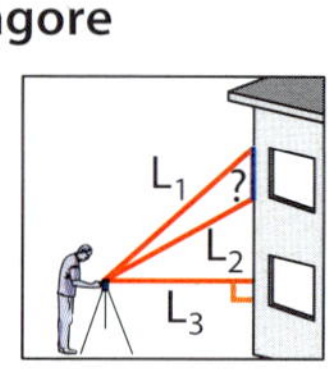

Question ceinture jaune

Dans la situation 1, le télémètre laser affiche L_1 = 9,4 m et L_2 = 5 m.

• Quelle est la hauteur de l'immeuble ? Arrondir au m près.

Question ceinture verte

Dans la situation 2, le télémètre laser affiche L_1 = 7 m et L_2 = 6 m et L_3 = 3 m.

• Quelle est la dimension du montant vertical de la fenêtre ? Arrondir au cm près.

Question ceinture noire

Dans la situation illustrée ci-contre, le télémètre laser affiche L_1 = 1,20 m ; L_2 = 2 m et L_3 = 2,65 m.

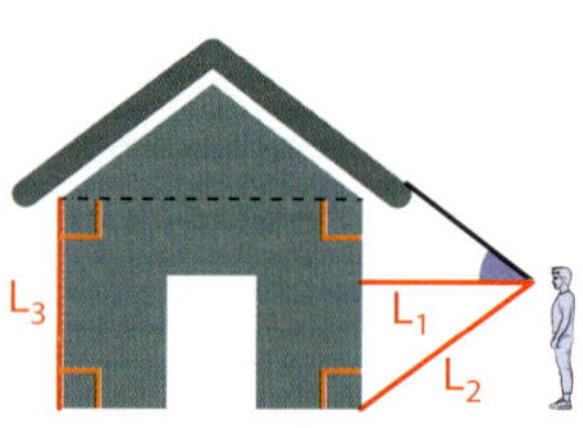

• Calculer la pente du toit, c'est-à-dire la mesure de l'angle bleu formé par le toit et l'horizontale. Arrondir au degré près.

14 Solides de l'espace

TA MISSION

Connaitre de nouveaux solides et te repérer dans l'espace.

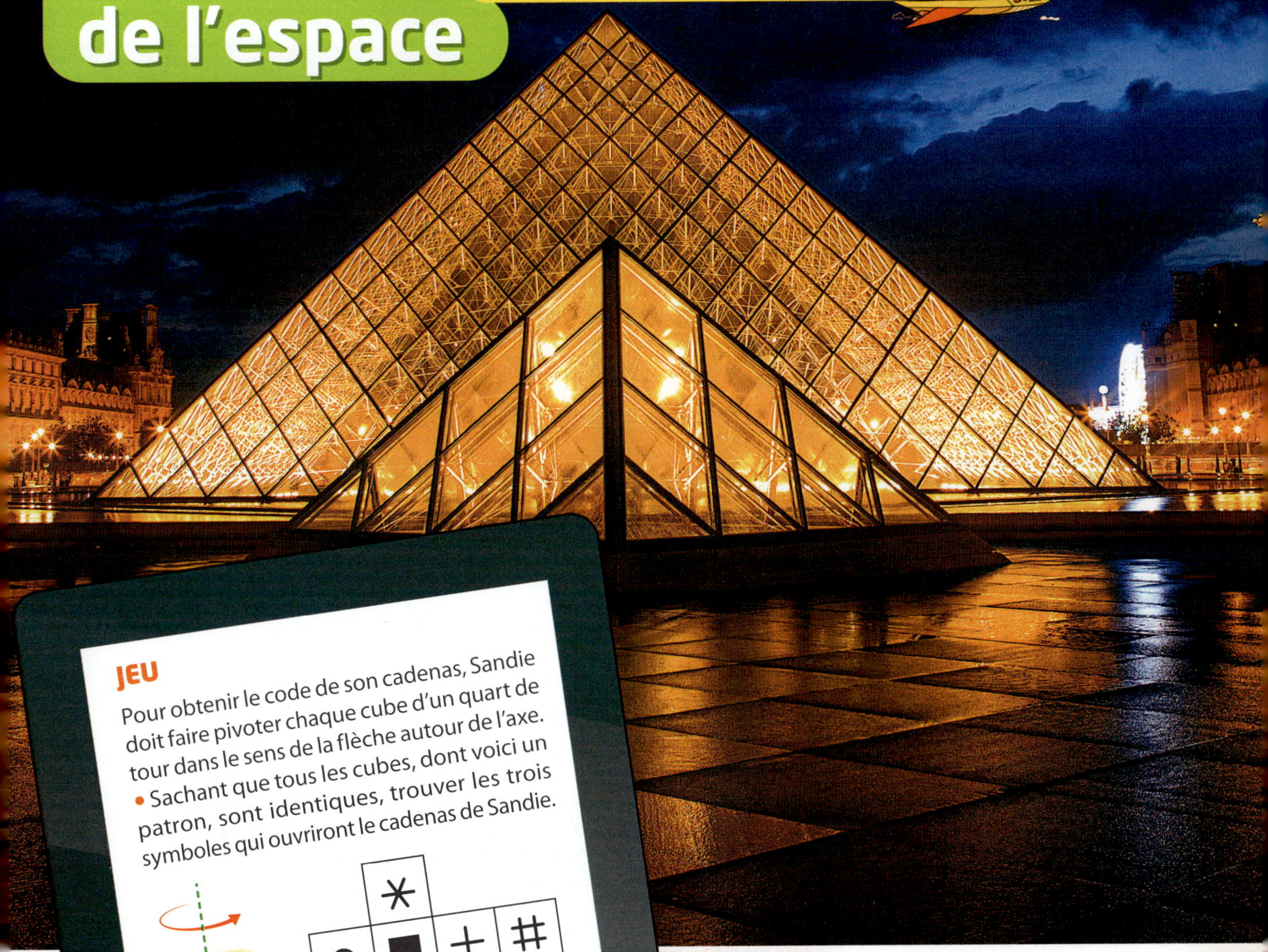

JEU

Pour obtenir le code de son cadenas, Sandie doit faire pivoter chaque cube d'un quart de tour dans le sens de la flèche autour de l'axe.

• Sachant que tous les cubes, dont voici un patron, sont identiques, trouver les trois symboles qui ouvriront le cadenas de Sandie.

POINT INFO

La Pyramide du Louvre est une œuvre de l'architecte Ieoh Ming Pei située au centre de la cour Napoléon du musée du Louvre, à Paris. Elle est recouverte de 603 losanges et 70 triangles en verre.

Il s'agit d'une pyramide régulière dont la base est un carré de côté 35,5 m, de hauteur 21,6 m et dont les quatre arêtes qui partent du sommet mesurent toutes 33,1 m.

Voir problème 58 p. 300.

Activités

Prêts pour le décollage ?

QUESTIONS FLASH Questions flash supplémentaires

1 **a.** Donner le nom mathématique de chacun de ces solides.

b. Classer ces solides en deux catégories : sans pointe et avec pointe.

2 Compléter :

a. $12\ cm^2 = \dots\ mm^2$ **b.** $25\ 000\ cm^3 = \dots\ dm^3$
c. $47\ m^3 = 47\ 000\ 000 \dots$ **d.** $56\ dm^3 = 0,056 \dots$
e. $23\ L = \dots\ dm^3$ **f.** $2\ 300\ L = \dots\ m^3$
g. $25\ L = \dots\ mL$ **h.** $50\ mL = \dots\ cm^3$

3 Quel solide obtient-on en faisant tourner le rectangle ci-contre autour du côté représenté en rouge ?

4 Donner le nom du solide qui correspond à chaque patron.

a. **b.** **c.**

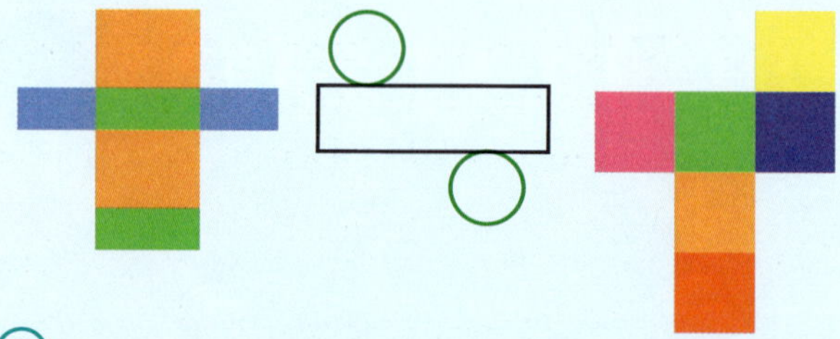

5 Donner la formule permettant de calculer l'aire de chaque figure.

a. **b.** **c.** **d.**

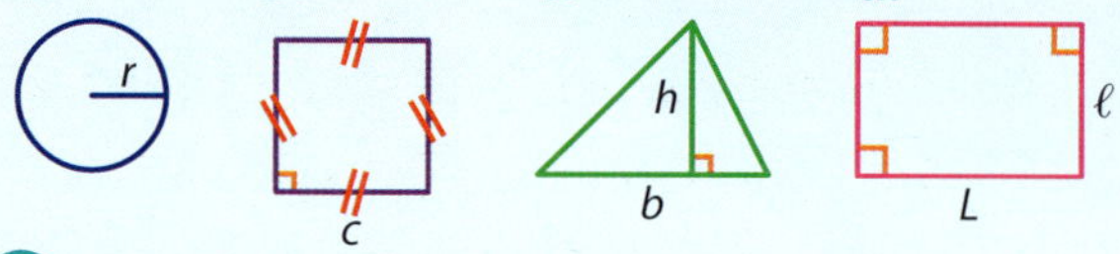

6 Calculer le volume des solides suivants

a. **b.** **c.**

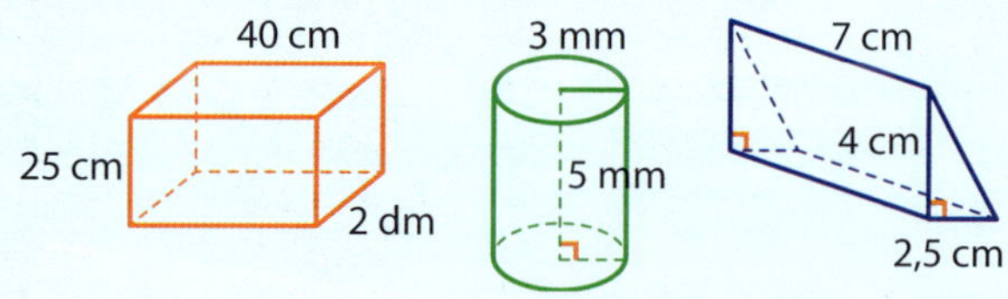

Activité 1 Balade sur un pavé

1. Une fourmi se déplace sur la fenêtre de Sam.
Pour expliquer à son copain Valentin où elle s'est arrêtée, il lui dit qu'elle est en (–1 ; 2).
Qu'a-t-il voulu dire ?

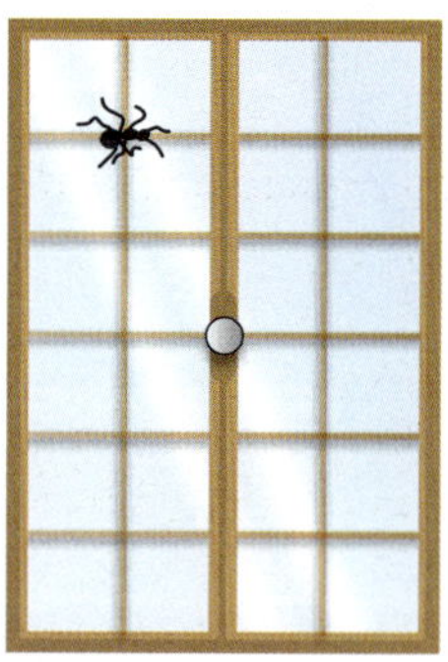

2. La fourmi se déplace maintenant sur un pavé droit. Peut-on indiquer de la même manière où se trouve la fourmi ?

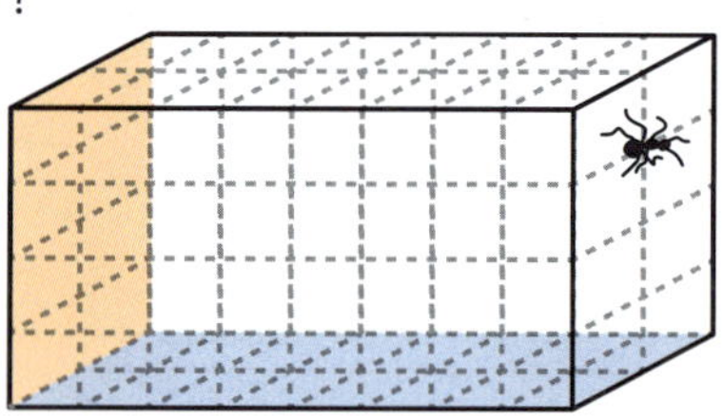

Activité 2 Assemblage

ABCDEFGH est un cube.

1. Quelle est la nature du solide AEFGH ? Donner :
- le nombre et la nature des faces ;
- le nombre de sommets ;
- le nombre d'arêtes.

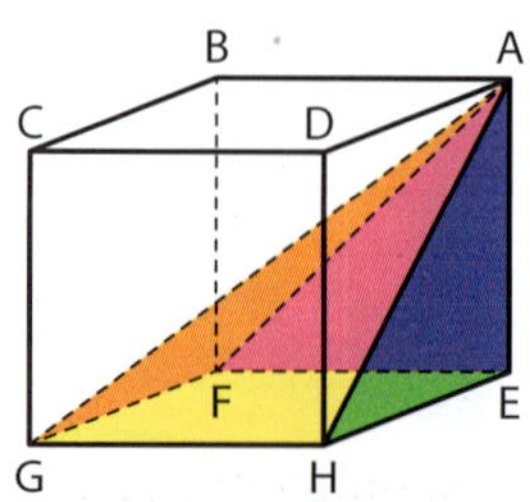

2. Construire un patron de ce solide.

3. Assembler le solide obtenu avec celui d'autres élèves. Combien de solides identiques faut-il pour reconstruire le cube ?

4. Proposer une formule générale permettant de calculer le volume de ce type de solide.

Activité 3 Ça tourne

1. Quel solide obtient-on lorsqu'on fait tourner ce triangle rectangle autour de l'axe représenté en bleu ?

2. Représenter ce solide en perspective cavalière.

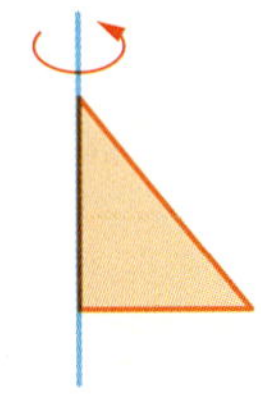

Activité 4 C'est la fête

Kim veut fabriquer des chapeaux pour sa fête à partir de celui qu'elle a déjà.

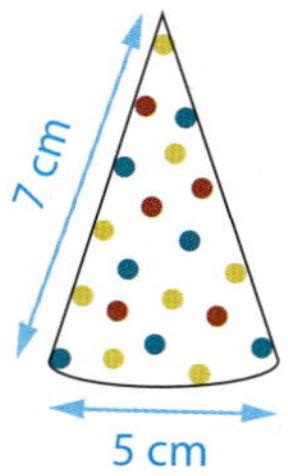

1. Parmi les croquis suivant lequel peut l'aider dans sa réalisation ?

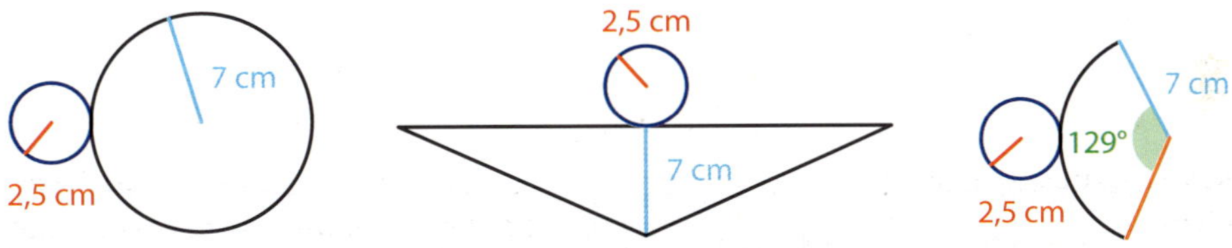

2. Expliquer les mesures sur le croquis choisi puis construire le patron du chapeau de Kim.

Activité 5 Expérience

Eneko remplit un cône de révolution avec de l'eau qu'il verse ensuite dans un cylindre gradué de même rayon et de même hauteur comme sur le schéma ci-dessous :

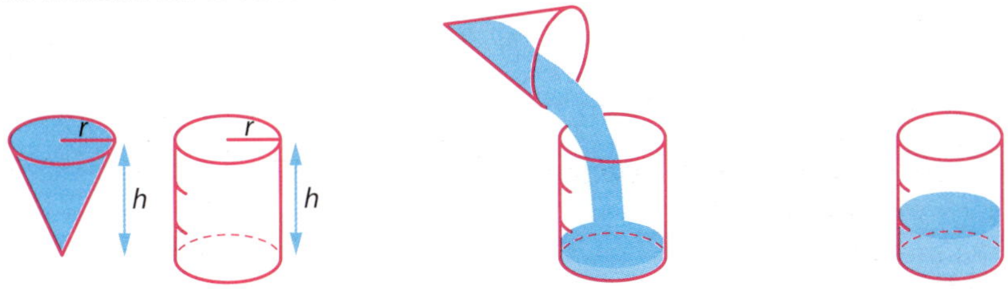

Étape 1 **Étape 2** **Étape 3**

- Déterminer une formule permettant de calculer le volume du cône.

Cours

1 Se repérer dans un parallélépipède rectangle

Définition

Un **parallélépipède rectangle**, appelé aussi **pavé droit**, est un solide qui a 6 faces rectangulaires, 8 sommets et 12 arêtes.

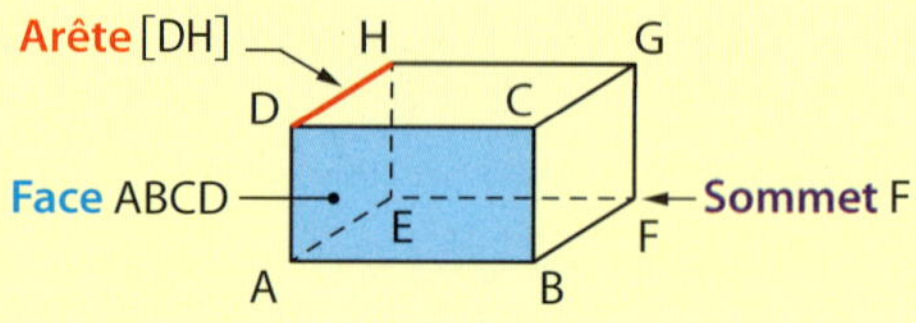

Remarques

- Un pavé droit est un prisme droit particulier dont la base est un rectangle.
- Un cube est un pavé droit particulier dont les 6 faces sont des carrés superposables.

Propriété

Le volume d'un prisme droit, et donc d'un pavé droit, est donné par la formule :

$$\mathcal{V} = \text{aire de la base} \times \text{hauteur}$$

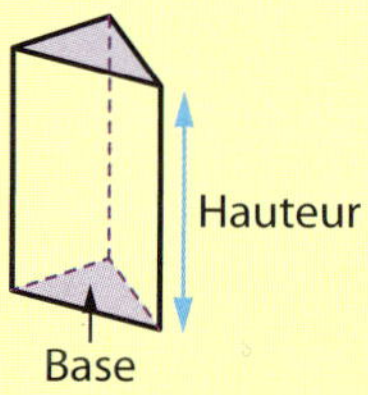

Dans le cas du pavé droit, cette formule peut aussi s'écrire :

$$\mathcal{V} = \text{longueur} \times \text{largeur} \times \text{hauteur}$$

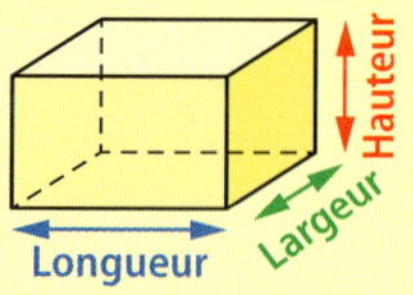

Définition

Tout point M d'un parallélépipède rectangle peut être repéré à partir d'un sommet et des arêtes partant de ce sommet. Un point M est repéré par trois nombres, appelés les coordonnées de M :

- x_M est son abscisse ;
- y_M est son ordonnée ;
- z_M est son altitude.

On note : $M(x_M ; y_M ; z_M)$.

▸Exemple

Dans le repère tracé ci-contre :

- D est l'origine du repère ;
- la droite (Dx) est l'axe des abscisses ;
- la droite (Dy) est l'axe des ordonnées ;
- la droite (Dz) est l'axe des altitudes.
- Coordonnées de quelques points :

D(0 ; 0 ; 0)	A(2 ; 0 ; 0)	C(0 ; 3 ; 0)
H(0 ; 0 ; 3)	B(2 ; 3 ; 0)	F(2 ; 3 ; 3)

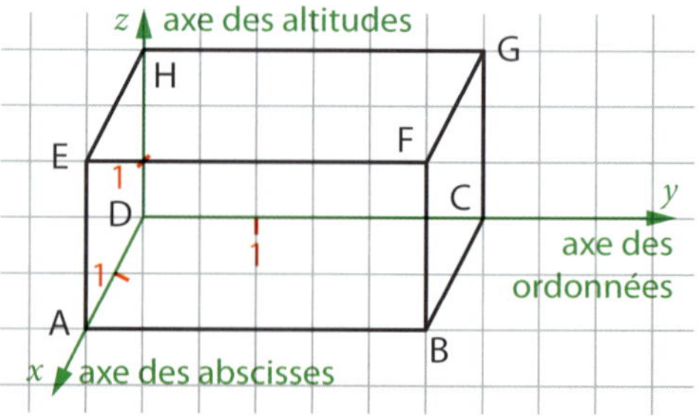

Savoir-faire

Apprends à l'aide des exercices résolus puis entraine-toi !

1 Se repérer dans un parallélépipède rectangle

1 On considère le parallélépipède rectangle ABCDEFGH et le repère d'origine A ci-contre.

1. Donner les coordonnées du point G.

2. Placer le point I de coordonnées (2 ; 4 ; 2) et préciser à quelle face il appartient.

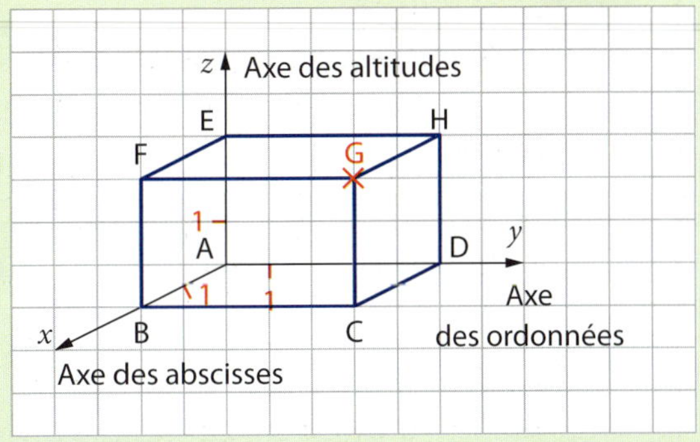

Solution

1. Les coordonnées du point G sont (2 ; 5 ; 3).

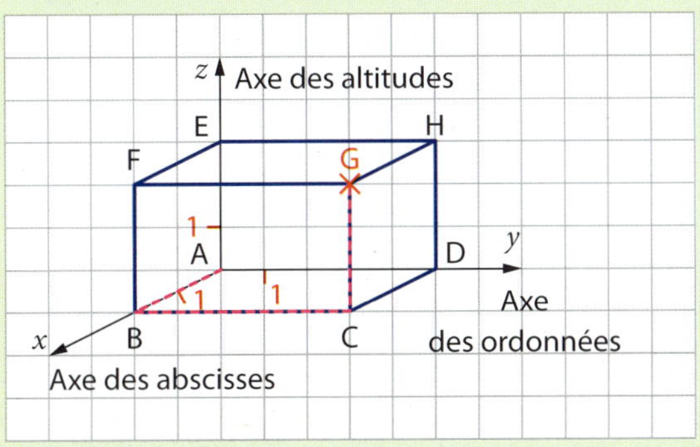

En partant de A, on avance de :
- 2 unités suivant l'axe des abscisses (Ax) ;
- 5 unités suivant l'axe des ordonnées (Ay) ;
- 3 unités suivant l'axe des altitudes (Az).

Fais attention à l'ordre des coordonnées !

2.

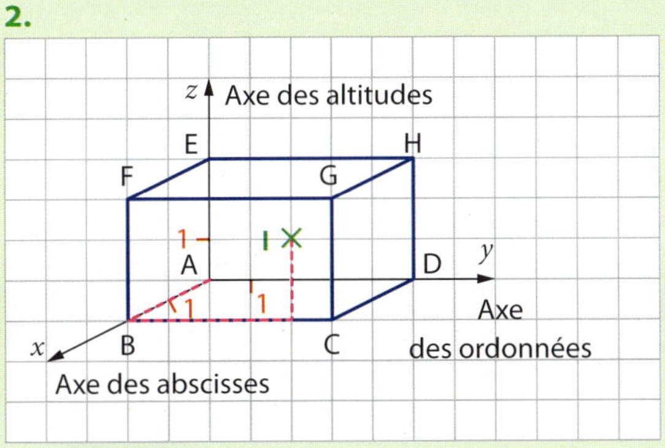

En partant de A, on avance de :
- 2 unités suivant l'axe des abscisses (Ax) ;
- 4 unités suivant l'axe des ordonnées (Ay) ;
- 2 unités suivant l'axe des altitudes (Az).

Le point I appartient à la face FGCB.

À toi de jouer

2 On considère le parallélépipède rectangle ABCDEFGH et le repère d'origine A ci-contre.

1. Donner les coordonnées des points A, E, B, D et C.

2. Reproduire la figure et placer les points I(0 ; 2 ; 3) et J(2 ; 5 ; 3) et préciser à quelle face ils appartiennent.

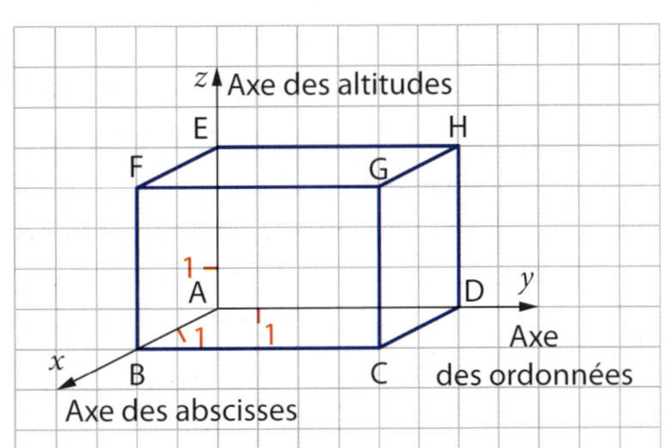

→ Corrigé p. 318

2 Connaitre et représenter une pyramide

Définitions

- Une pyramide de **sommet** S est un solide dont :
  - la **base** est un polygone (triangle, quadrilatère…) ;
  - les **faces latérales** sont des triangles de sommet S.
- La **hauteur** d'une pyramide de sommet S est le segment [SH] perpendiculaire au plan de la base, où H est un point de ce plan.

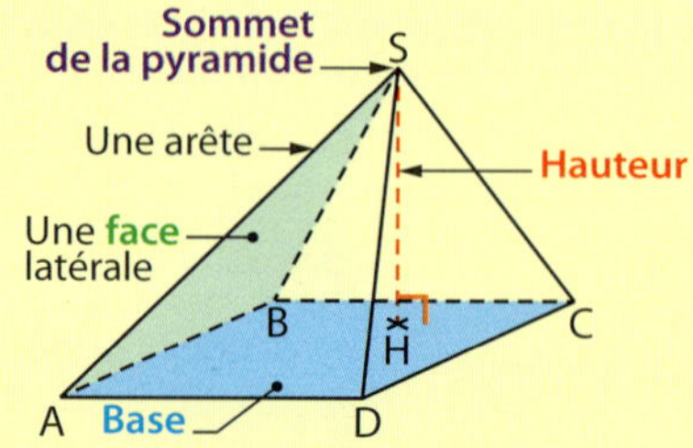

Vue en perspective cavalière

Patron d'une pyramide à base carrée

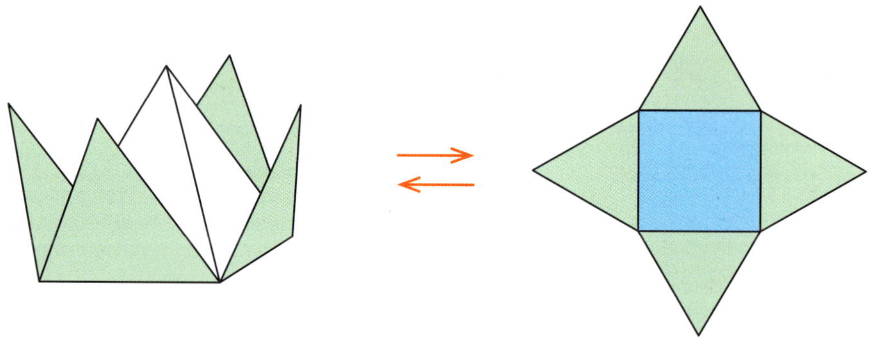

Remarques

- Une pyramide dont la base est un triangle est appelée un **tétraèdre**.
- Un **polygone régulier** est un polygone dont tous les côtés sont de même longueur et dont tous les angles sont de même mesure. Ses sommets appartiennent tous à un même cercle dont le centre est appelé centre du polygone.
- Une pyramide régulière est une pyramide dont la base est un polygone régulier et dont la hauteur passe par le centre de sa base. Ses faces latérales sont des triangles isocèles égaux.

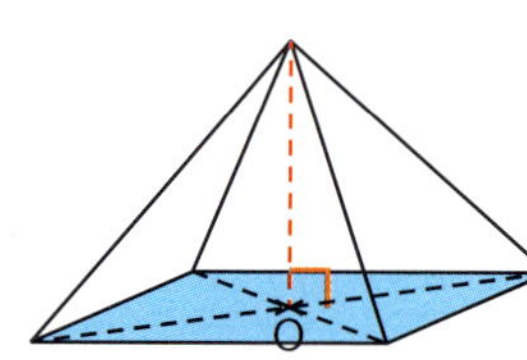

Propriété

- Le volume $\mathcal{V}$ d'une pyramide est donné par la formule :

$$\mathcal{V} = \frac{\text{aire de la base} \times \text{hauteur}}{3}$$

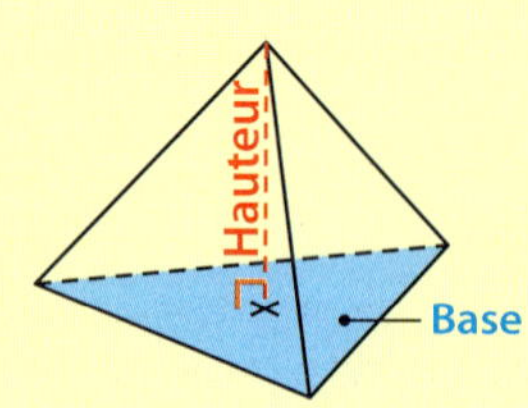

▸Exemple

Le volume d'une pyramide à base carrée de côté 4 cm et de hauteur 6 cm est donné par le calcul :

$$\mathcal{V} = \frac{4\text{ cm} \times 4\text{ cm} \times 6\text{ cm}}{3} = 32\text{ cm}^3$$

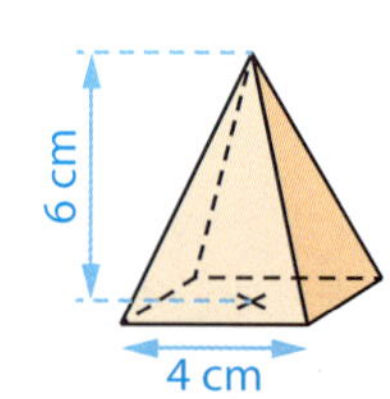

Savoir-faire

Apprends à l'aide des exercices résolus puis entraine-toi !

2 Connaitre et représenter une pyramide

3 Tracer un patron d'une pyramide à base carrée dont toutes les arêtes mesurent 4 cm.

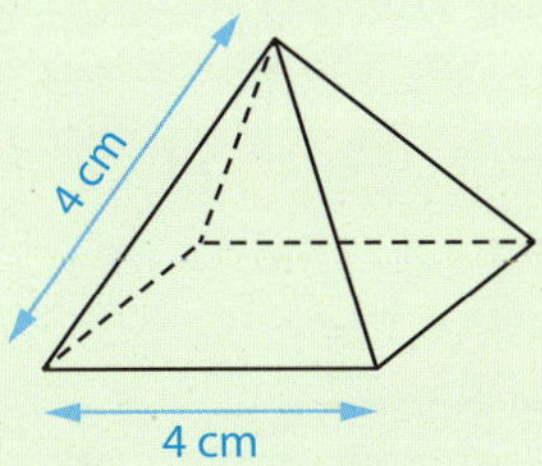

Solution

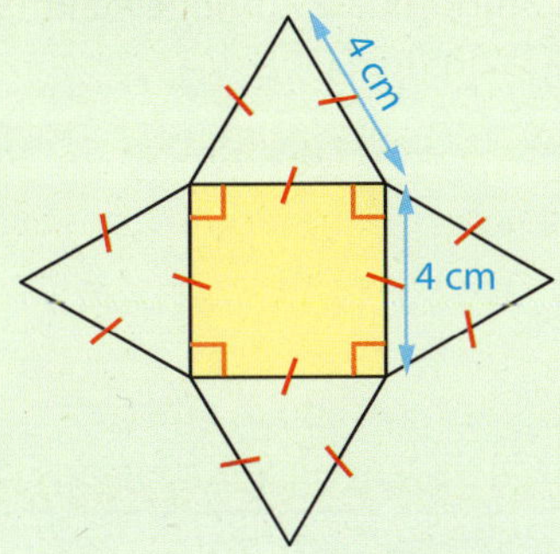

On trace d'abord la base, qui est un carré de côté 4 cm. Puis on trace les faces latérales qui sont des triangles équilatéraux de côté 4 cm.

À toi de jouer

4 Construire le patron d'une pyramide dont toutes les faces sont des triangles équilatéraux de côté 3 cm.

→ Corrigé p. 318

5 Calculer le volume d'une pyramide à base rectangulaire de longueur 95 cm, de largeur 6,7 dm et de hauteur 1,5 m. Donner le résultat en dm^3.

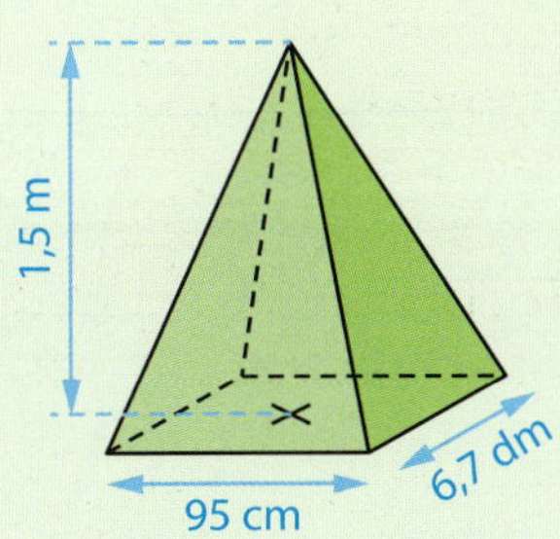

Solution

Pour calculer le volume de la pyramide, toutes les longueurs doivent être dans la même unité. Le résultat est demandé en dm^3 donc on convertit toutes les longueurs en dm.

95 cm = 9,5 dm et 1,5 m = 15 dm.

La base de la pyramide est un rectangle d'aire

$\mathscr{A} = \text{longueur} \times \text{largeur} = 9{,}5 \text{ dm} \times 6{,}7 \text{ dm}$.

Sa hauteur mesure 15 dm.

$$\mathscr{V} = \frac{\text{aire base} \times \text{hauteur}}{3}$$
$$= \frac{9{,}5 \text{ dm} \times 6{,}7 \text{ dm} \times 15 \text{ dm}}{3}$$
$$= \frac{954{,}75}{3} \text{ dm}^3$$
$$= 318{,}25 \text{ dm}^3$$

À toi de jouer

6 Calculer le volume d'une pyramide à base carrée de côté 5,4 cm et de hauteur 6,3 cm.

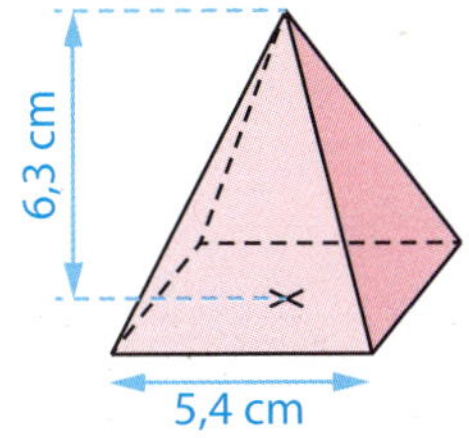

7 Calculer le volume d'une pyramide de hauteur 345 cm et qui a pour base un rectangle de longueur 58 dm et de largeur 4,2 m.

→ Corrigé p. 318

Cours

3 Connaitre et représenter un cône de révolution

Définition

Un **cône de révolution** de sommet S est un solide obtenu par la rotation d'un triangle SOM rectangle en O, autour de la droite (SO).

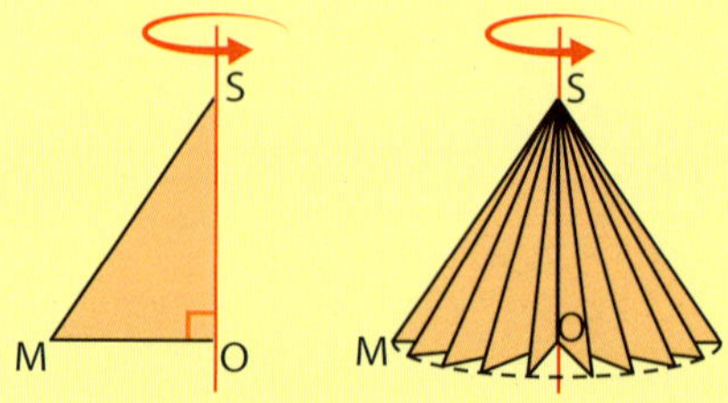

Définitions

On considère un cône généré par un triangle SOM rectangle en O.

- Le disque de centre O et de rayon OM est la **base** du cône.
- Le segment [MS] est appelé une **génératrice** du cône.
- Le point S est appelé le **sommet** du cône.
- Le segment [SO] est appelé la **hauteur** du cône.

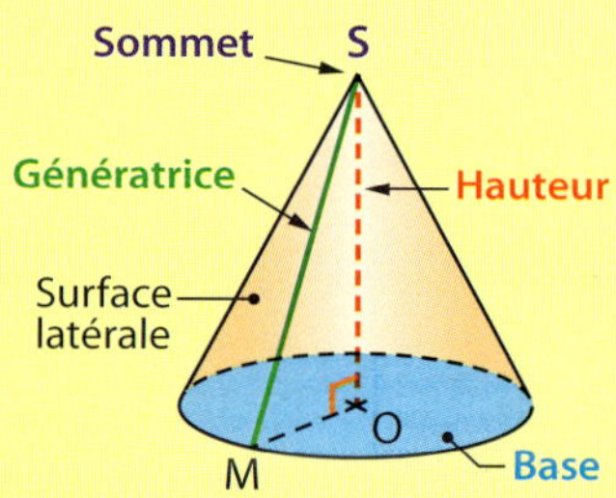

Vue en perspective cavalière

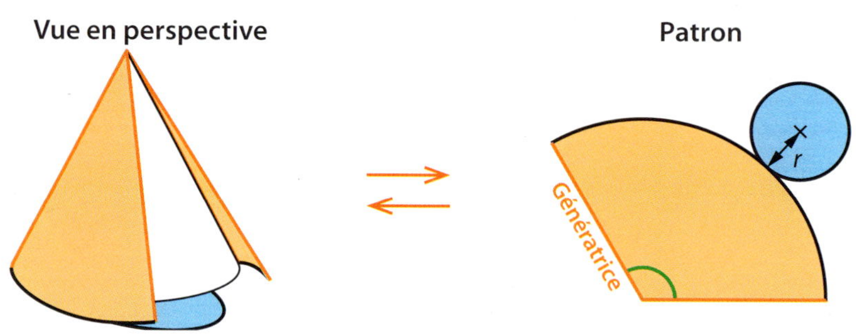

Propriété

- Le volume $\mathscr{V}$ d'un cône de révolution est donné par la formule :

$$\mathscr{V} = \frac{\text{aire de la base} \times \text{hauteur}}{3}$$

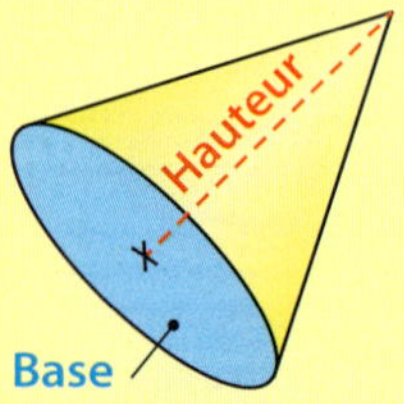

Exemple

Le volume d'un cône de hauteur 5 cm et de base un disque de rayon 2 cm est donné par le calcul :

$$\mathscr{V} = \frac{\pi \times 2\text{ cm} \times 2\text{ cm} \times 5\text{ cm}}{3} = \frac{20\pi\text{ cm}^3}{3} \approx 21\text{cm}^3$$

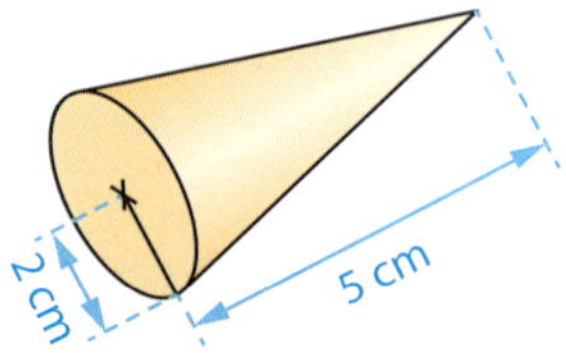

Savoir-faire

Apprends à l'aide des exercices résolus puis entraine-toi !

3 Connaitre et représenter un cône de révolution

8 Construire un patron du cône ci-dessous.

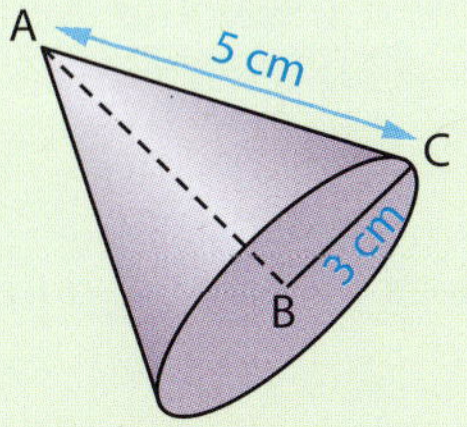

Solution

On commence par faire un patron à main levée, puis on calcule la longueur du cercle de rayon 3 cm qui correspond à la longueur de l'arc de cercle entre M et M′.

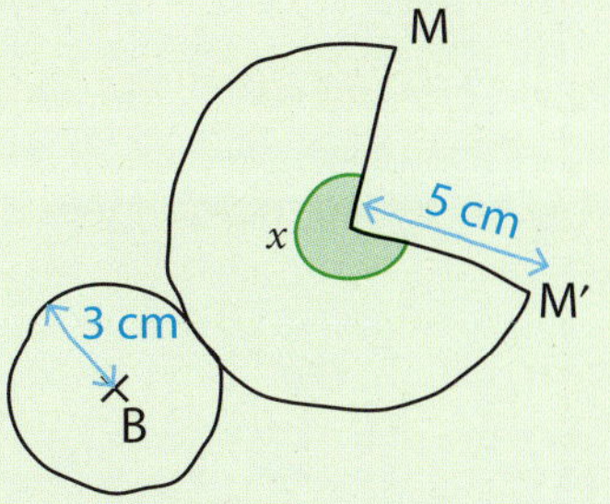

Longueur de l'arc de cercle entre M et M′ :
$2 \times \pi \times 3\text{ cm} = 6\pi\text{ cm}$

On calcule ensuite la mesure de l'angle x, sachant que la longueur d'un arc de cercle est proportionnelle à la mesure de son angle.

Mesure de l'angle (en °)	360	x
Longueur de l'arc (en cm)	10π	6π

$\times \dfrac{360}{10\pi}$

$x = \dfrac{6\pi \times 360°}{10\pi} \approx 216°$. On peut alors construire le patron en vraie grandeur.

À toi de jouer

9 Construire un patron du cône obtenu en faisant tourner le triangle rectangle ci-contre autour du côté [AB].

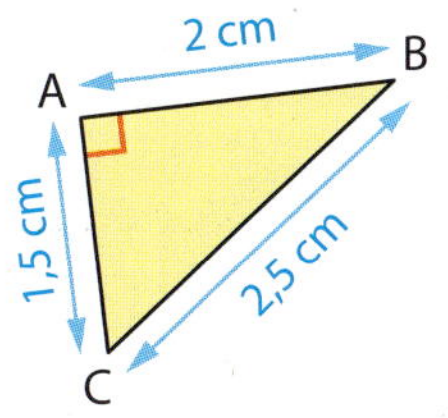

→ Corrigé p. 318

10 Calculer le volume d'un cône de révolution de rayon 21 cm et de hauteur 15 dm. Donner le résultat en dm^3 arrondi au dixième.

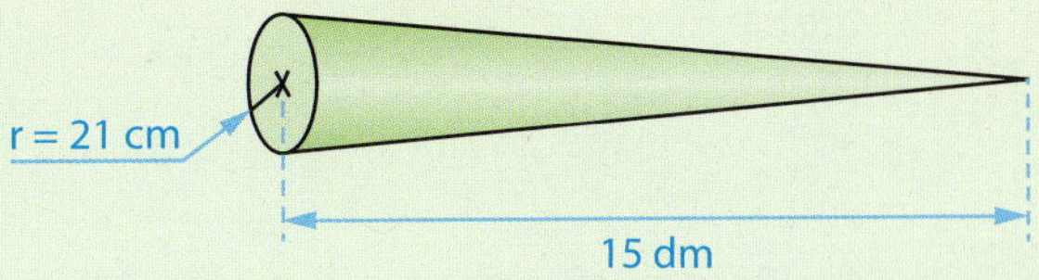

Solution

Le résultat est demandé en dm^3, on convertit donc toutes les longueurs en dm.

21 cm = 2,1 dm
La base du cône est un disque de rayon 2,1 dm et la hauteur mesure 15 dm.

$\mathcal{V} = \dfrac{\text{aire}_{\text{base}} \times \text{hauteur}}{3} = \dfrac{\pi \times r \times r}{3} = \dfrac{\pi \times 2{,}1\text{ dm} \times 2{,}1\text{ dm} \times 15\text{ dm}}{3} \approx 69{,}3\text{ dm}^3$.

À toi de jouer

11 Calculer le volume d'un cône de révolution de rayon 6,7 cm et de hauteur 5,6 dm. En donner la valeur exacte en cm^3, puis une valeur approchée à l'unité près.

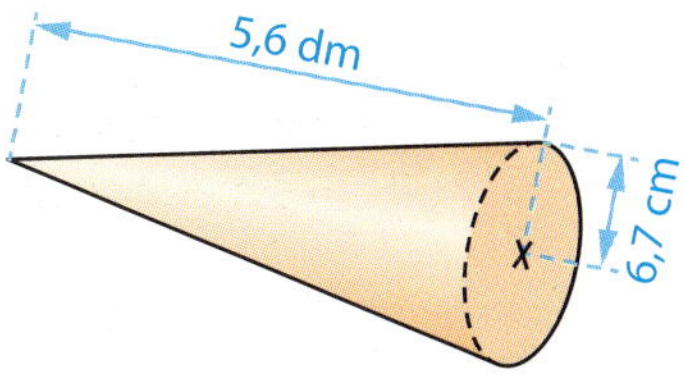

→ Corrigé p. 318

Exercices

Ressources téléchargeables

Se repérer dans un parallélépipède rectangle

➜ Savoir-faire p. 289

QUESTIONS FLASH

12 Donner les coordonnées des points A, B, C et D.

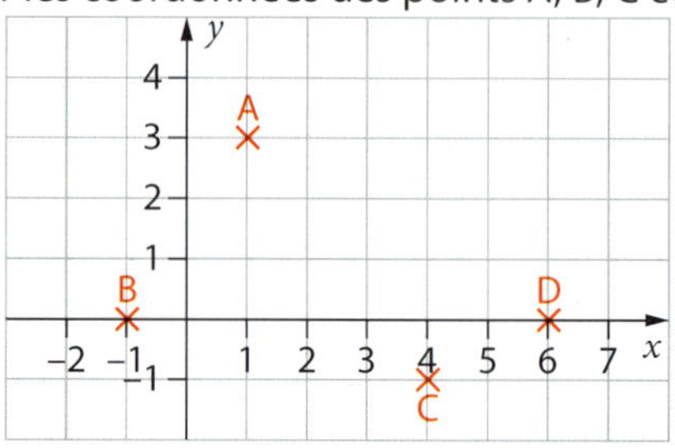

13 **Vrai ou faux ?**

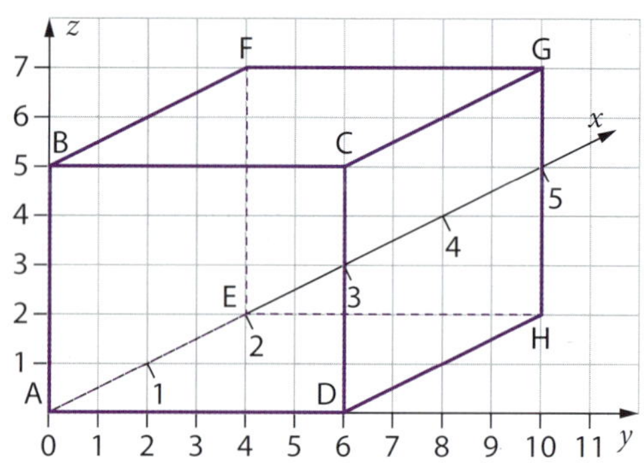

Dans le repère d'origine A représenté ci-dessus :

a. L'abscisse du point E est 2.

b. L'abscisse du point C est 3.

c. Le point G a la même ordonnée que le point D.

d. L'altitude du point F est 7.

e. L'ordonnée du point H est 10.

f. Le point G a la même altitude que le point B.

14 On considère le pavé droit ci-dessous et le repère d'origine A.

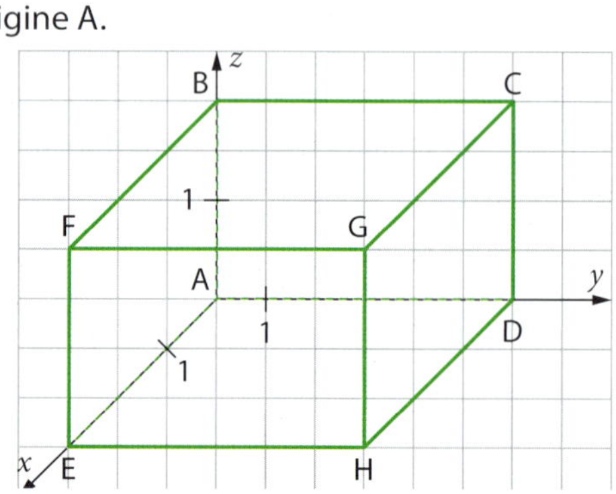

1. Compléter par la valeur qui convient.

a. L'altitude du point E est …

b. L'abscisse des points E, F, G et H est …

c. L'ordonnée des points C, G, H et D est …

d. L'altitude du point F est …

2. Compléter par les mots : abscisse, ordonnée, altitude.

a. Le point D a pour … 6.

b. Le point F a pour … 3.

c. Le point H a pour … 0.

d. Les points A, B, C et D ont la même …

e. Le point G a la même … que le point B.

f. Le point E a la même … que le point G.

3. Donner les coordonnées du point A, du point F, du point D et du point G.

Questions flash supplémentaires

15 Donner les coordonnées des sommets de ce pavé droit représenté dans le repère d'origine O ci-dessous.

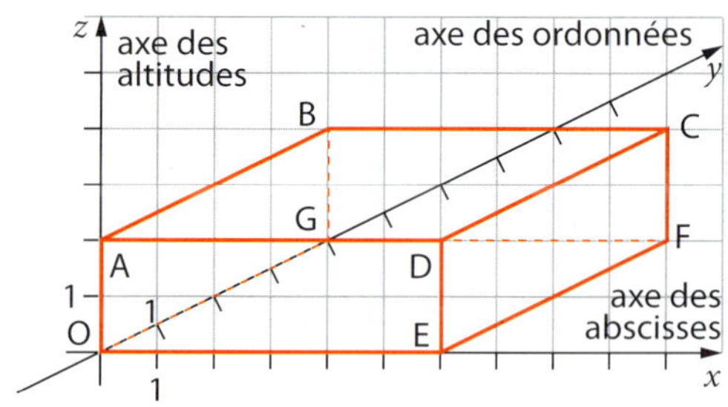

16 Donner les coordonnées des milieux de chaque arête de ce pavé droit tracé dans le repère d'origine H ci-dessous.

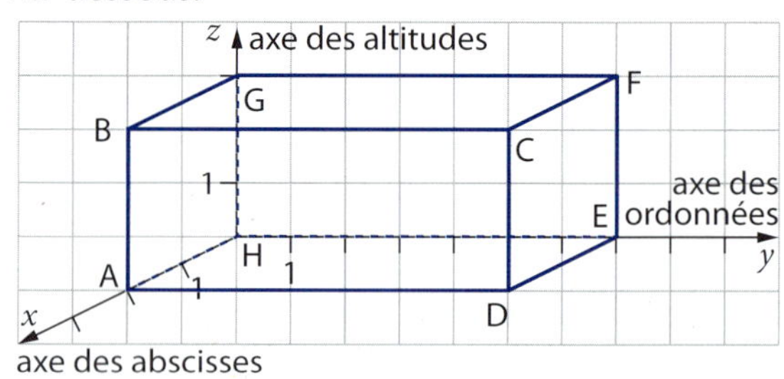

17 Reproduire ce repère et y placer les points suivants : A(2 ; 3 ; 1), B(2 ; 0 ; 1) et C(0 ; 2 ; 2).

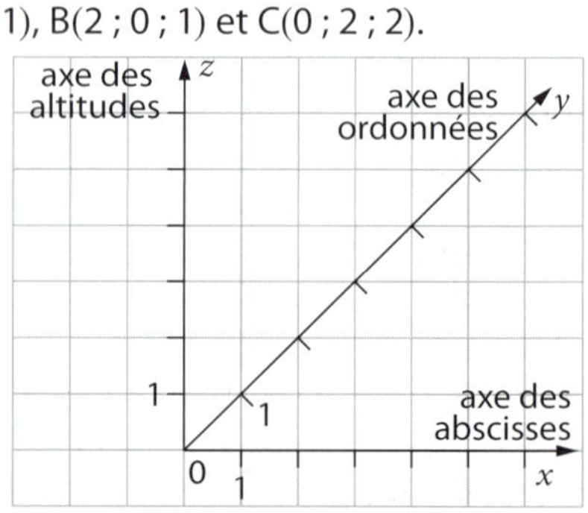

18 On considère le pavé droit et le repère d'origine O ci-dessous.

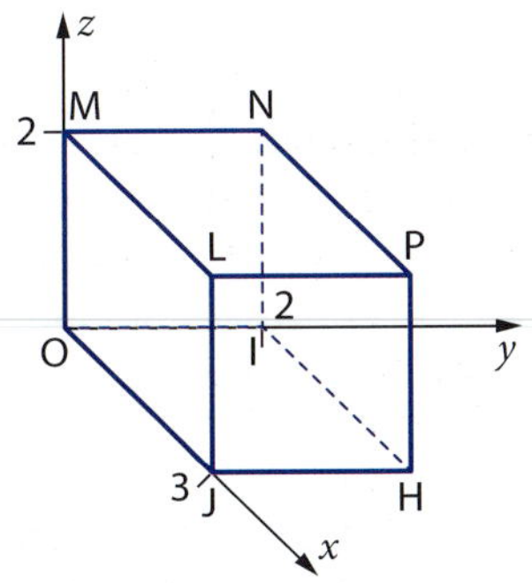

• Quelles sont les coordonnées des points O, M, L, N et P ?

MODE EXPERT

19 On considère le pavé droit ABCDEFGH et le repère d'origine B ci-dessous.

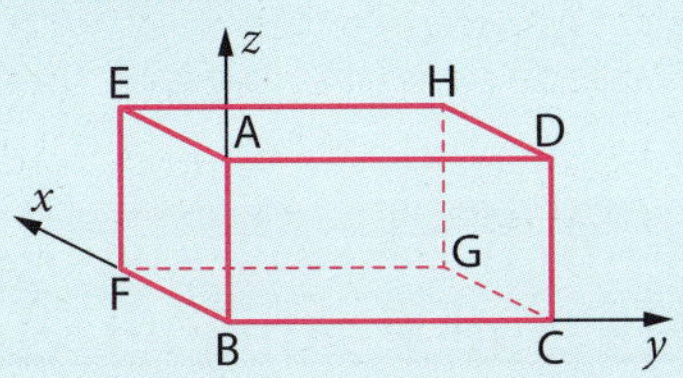

On connait les coordonnées des points E(2 ; 0 ; 3) et G (2 ; 6 ; 0).
• Quelles sont les coordonnées des points C, F et H ?

Connaitre et représenter une pyramide

➜ **Savoir-faire** p. 291

QUESTIONS FLASH

20 Compléter :

a. 4,5 cm^2 = … dm^2
b. 257 dm^2 = … m^2
c. 57,4 m^2 = … dm^2
d. 25 dm^2 = … cm^2
e. 257 dm^3 = … m^3
f. 524 cL = … L
g. 358 dm^3 = … cm^3
h. 58 dm^3 = … L

21 1. Parmi les solides ci-dessous, lesquels sont des pyramides ?

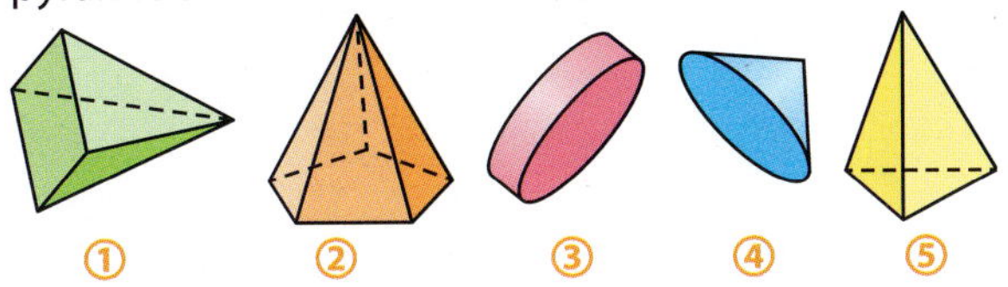

2. Pour chacune des pyramides précédentes, préciser la nature de leur base, le nombres de sommets et le nombre d'arêtes.

22 **Vrai ou faux ?**

a. Une pyramide n'a pas de patron.
b. Les faces latérales d'une pyramide sont des rectangles.
c. La base d'une pyramide peut être un disque.
d. La base d'une pyramide est un polygone.
e. La base d'une pyramide ne peut pas être un triangle.
f. Les faces latérales d'une pyramide régulière sont des triangles isocèles.

23 Dans le cube ci-dessous de côté 9 cm, on considère la pyramide ACGHD.

1. Quel est son sommet ?
2. Quelle est sa base ?
3. Quelle est la nature de sa base ?
4. Nommer les faces latérales.
5. Donner la nature de chacune de ces faces latérales.
6. Nommer sa hauteur.
7. Calculer son volume.

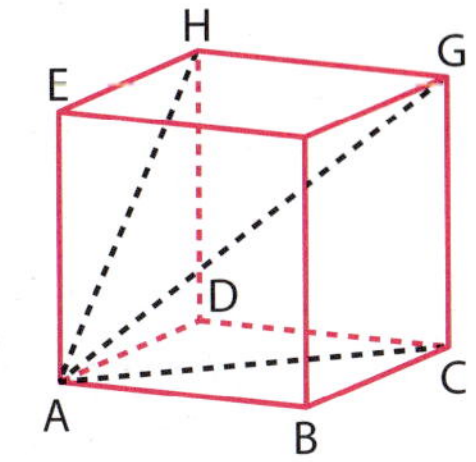

24 Calculer les volumes des pyramides ci-dessous.

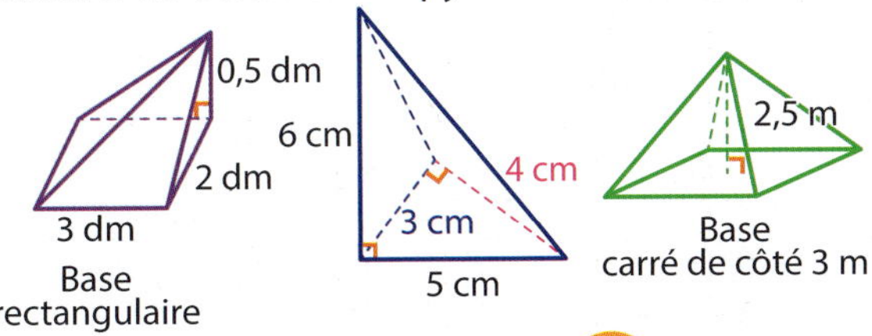

Questions flash supplémentaires

25 On considère la pyramide régulière ci-contre telle que SH = 7 cm et AB = 5 cm.

1. Quelle est la nature de sa base ?
2. Quelle est la nature des triangles SHB, SBC et AHB ?
3. Calculer son volume.

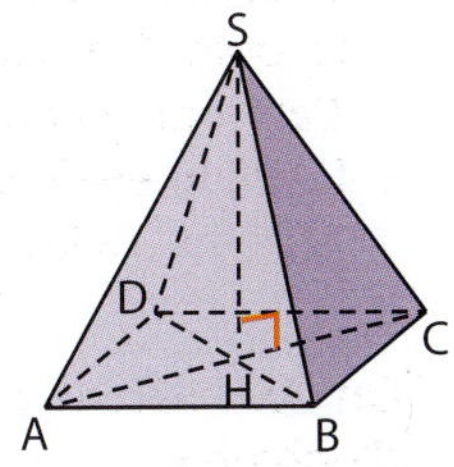

26 On a construit trois pyramides dans trois cubes identiques. Associer chaque pyramide au patron qui convient.

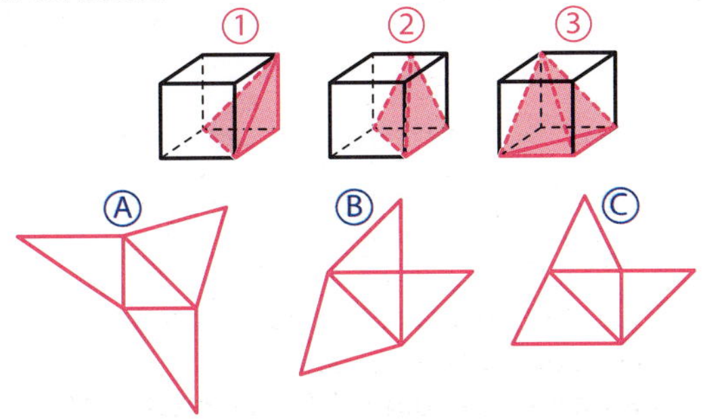

Exercices

27 Recopier et compléter les patrons de pyramides ci-dessous.

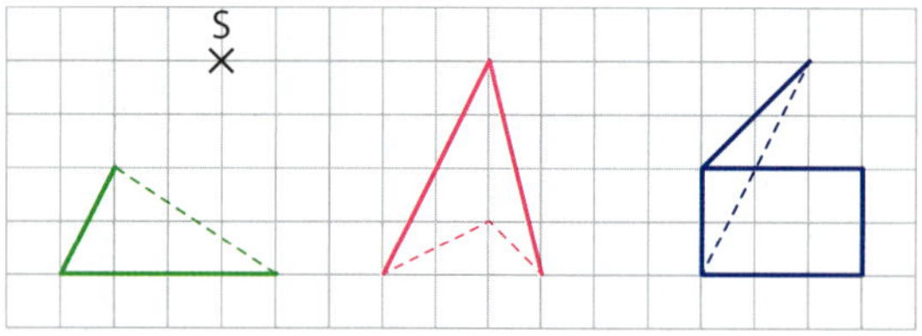

28 Construire un patron d'une pyramide régulière dont la base est un carré de côté 3 cm et dont les arêtes latérales mesurent 5 cm.

29 Construire le patron de la pyramide représentée ci-dessous, contenue dans le pavé droit de dimensions 7 cm, 4 cm et 4 cm.

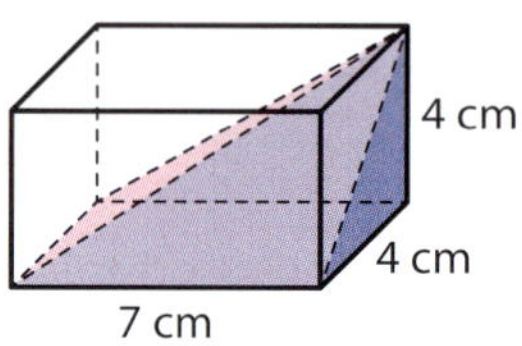

30 ABCDEFGH est un pavé droit tel que AB = 5,4 cm, BC = 3 cm et CG = 4,2 cm.

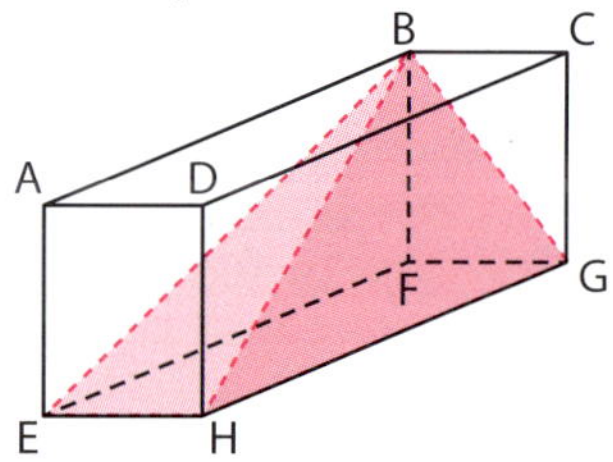

• Calculer le volume de la pyramide BEFGH.

31 Calculer le volume d'une pyramide de hauteur 2,8 cm et dont la base est le parallélogramme ci-dessous.

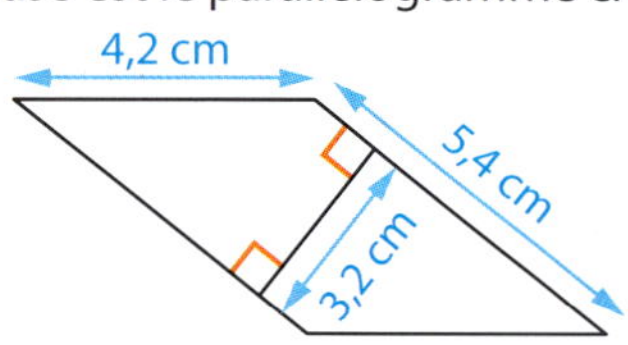

32 Quelle est la hauteur d'une pyramide à base carré de côté 2,4 cm et de volume 31,68 cm^3 ?

33 On considère la pyramide dont un patron est représenté ci-dessous.

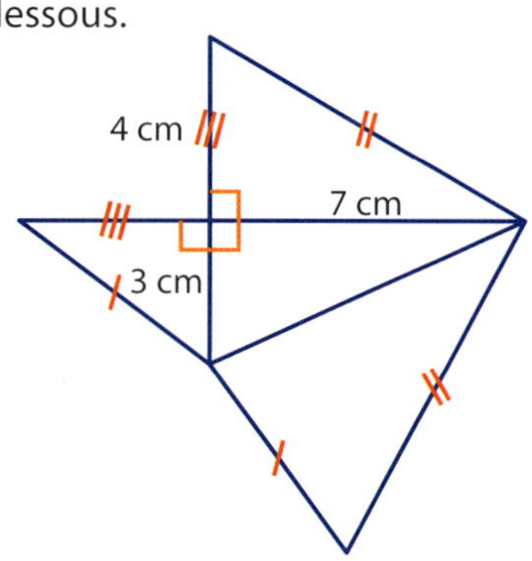

• Calculer le volume de cette pyramide.

MODE EXPERT

34 Construire le patron de la pyramide représentée ci-dessous contenue dans un cube d'arête 5 cm.

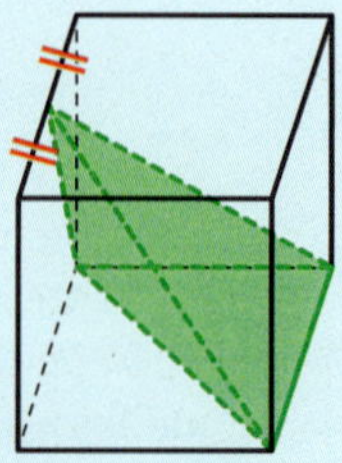

35 SABCD et S'IJKL sont deux pyramides régulières à base carrée telles que AB = 8 cm, IJ = 4 cm et SO = 6 cm.

• Calculer le volume compris entre ces deux pyramides.

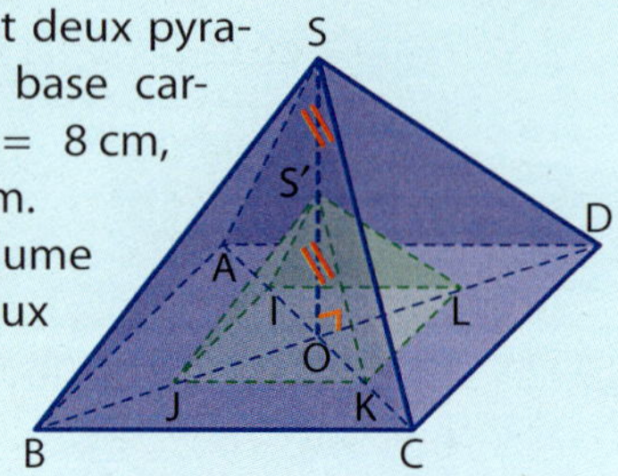

Connaitre et représenter un cône de révolution

→ Savoir-faire p. 293

QUESTIONS FLASH

36 On fait tourner le triangle rectangle SOB ci-dessous autour de [SO]. Préciser la nature et les caractéristiques du solide obtenu.

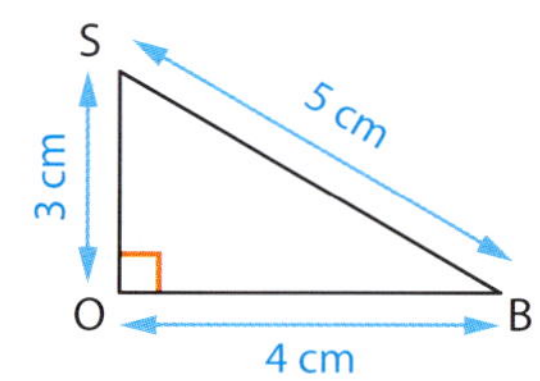

37 Parmi les figures suivantes, lesquelles ne représentent pas des patrons de cône de révolution ?

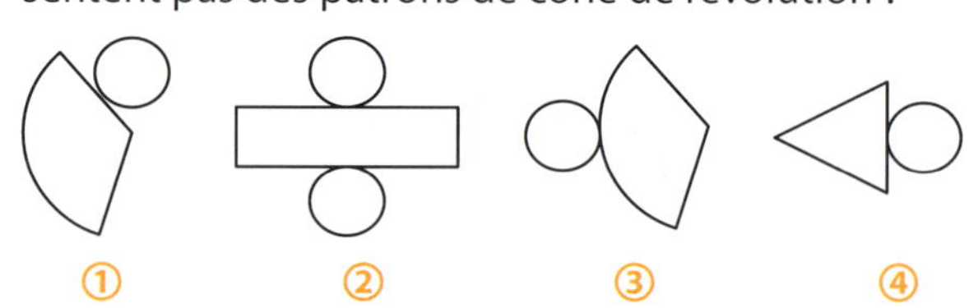

38 Quel calcul permet de trouver le volume de ce cône de révolution ?

a. $\dfrac{8 \times 8 \times \pi \times 10}{3}$

b. $\dfrac{6 \times 6 \times \pi \times 10}{3}$

c. $\dfrac{6 \times 6 \times \pi \times 8}{3}$

d. $\dfrac{10 \times 10 \times \pi \times 8}{3}$

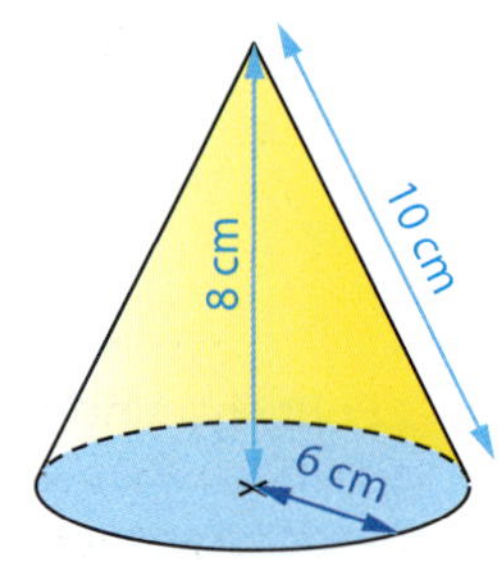

39 **Vrai ou faux ?**

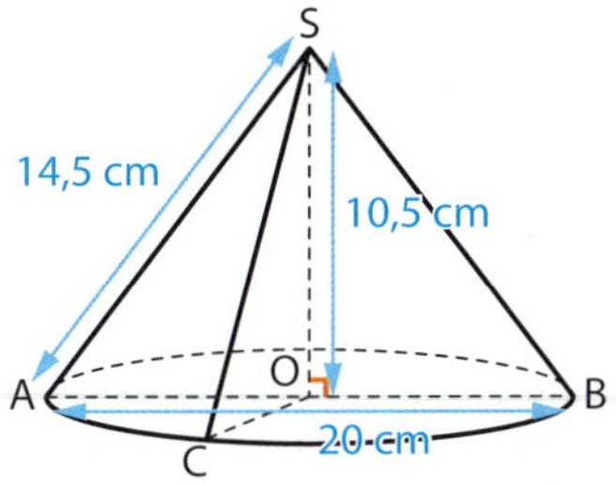

a. [OB] mesure 10 cm.
b. La hauteur du cône mesure 14,5 cm.
c. SOC est un triangle rectangle.
d. SC = 14,5 cm
e. SAC est un triangle rectangle.
f. Le volume de ce cône est inférieur à 500 cm^3.

Questions flash supplémentaires

40 On souhaite générer un cône à partir du triangle rectangle suivant.

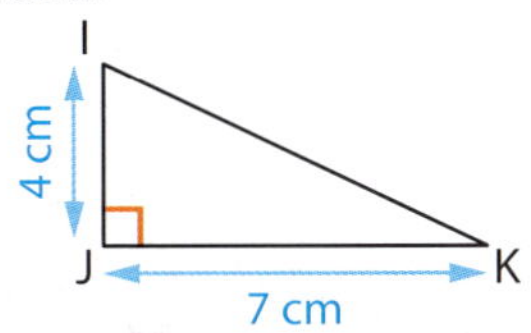

1. Obtient-on un cône de révolution dans les cas suivants ?
a. On fait tourner le triangle IJK autour de [IJ].
b. On fait tourner le triangle IJK autour de [JK].
c. On fait tourner le triangle IJK autour de [IK].
2. Préciser le sommet, la hauteur, le centre et le rayon du disque de base du ou des cônes obtenus puis calculer leurs volumes.

41 Construire un patron du cône de révolution représenté ci-contre.

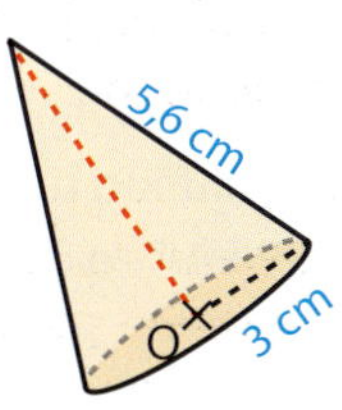

42 Construire un patron d'un cône de révolution de génératrice 13 cm et de diamètre 6 cm.

43 1. Calculer mentalement le volume exact des cônes suivants en cm^3.

a.

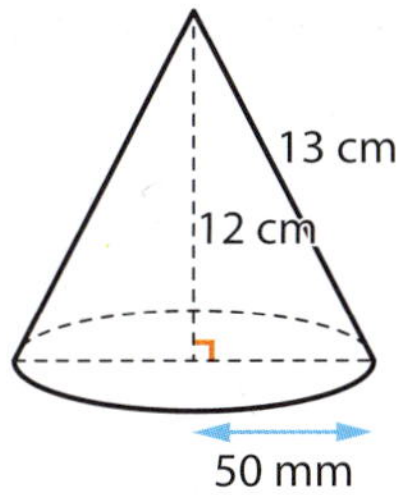

b.

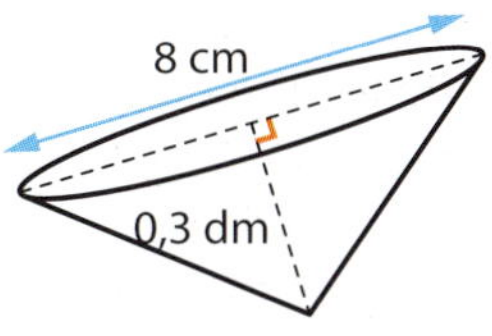

2. À l'aide d'une calculatrice, donner la valeur approchée du résultat au mm^3 près.

44 Calculer le volume d'un cône de révolution de rayon 6,7 cm et de hauteur 5,7 cm, au cm^3 près.

45 Quelle est la hauteur d'un cône de révolution dont la base est un disque de rayon 2,7 dm et le volume est égal à 12,15π dm^3 ?

46 Un cône de révolution de hauteur 4 cm a pour volume 60 cm^3.
• Calculer le rayon au mm près de son cercle de base.

47 Calculer la hauteur de ce cône de révolution dont la génératrice mesure 6 cm et le diamètre du disque de base 9,6 cm.

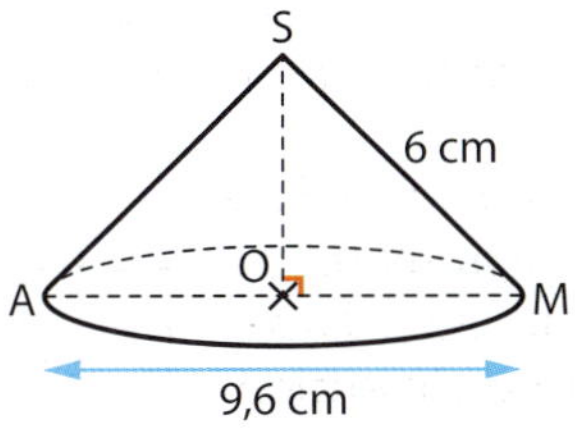

48 Calculer le volume au cm^3 près de ce cône de hauteur [CA].

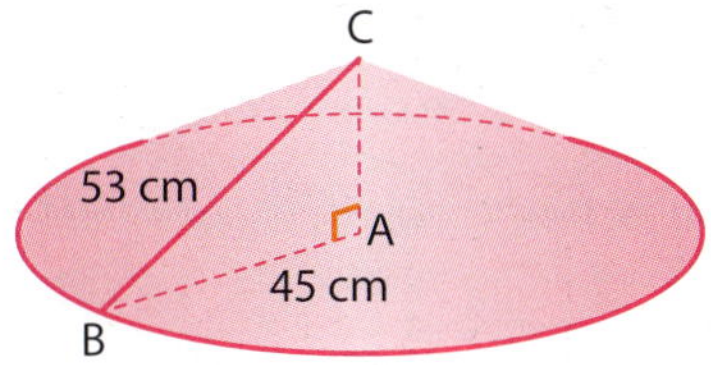

MODE EXPERT

49 On considère le cône de révolution dont on a représenté un patron ci-dessous.

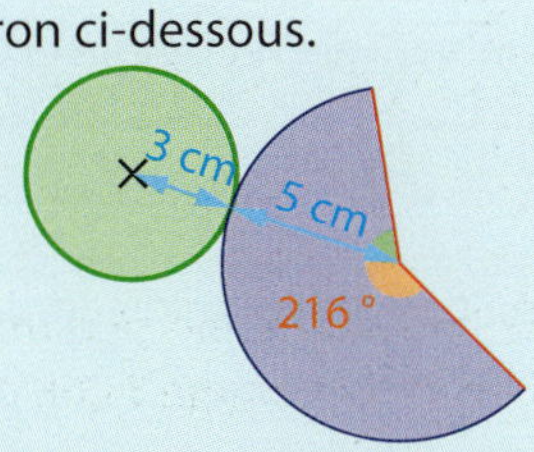

• Calculer l'aire latérale et le volume de ce cône.

50 Décrire le plus précisément possible le solide obtenu en faisant tourner le triangle VRA autour de [VA].

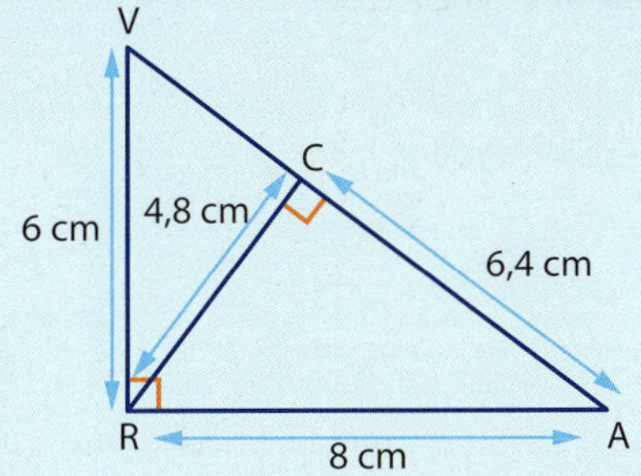

Faire le point

Version interactive du QCM

Vérifie tes connaissances.

QCM

Donner la ou les bonnes réponses parmi les trois proposées.

(1) Se repérer dans un parallélépipède rectangle

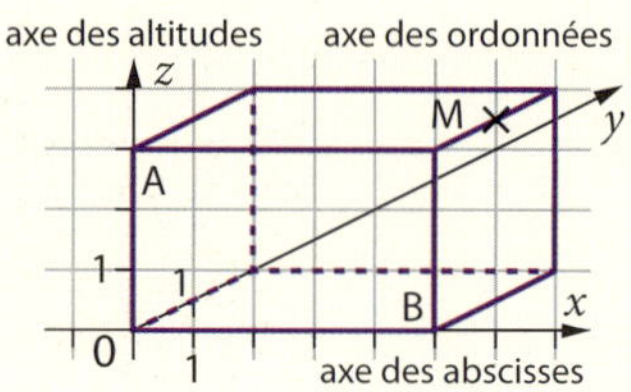

	Réponse A	Réponse B	Réponse C
1. Dans ce repère, A et B ont la même …	abscisse.	ordonnée.	altitude.
2. Dans ce repère, M a pour coordonnées :	M(3 ; 5 ; 1)	M(1 ; 3 ; 5)	M(5 ; 1 ; 3)
3. Le point de coordonnées (3 ; 0 ; 0) est sur :	l'axe des abscisses.	l'axe des ordonnées.	l'axe des altitudes.

(2) Connaitre et représenter une pyramide

	Réponse A	Réponse B	Réponse C
1. Une pyramide de base triangulaire a :	4 sommets	4 faces	3 faces
2. Un autre patron de cette pyramide est : 			
3. Le volume d'une pyramide dont la base est un carré de côté 3 cm et de hauteur 6 cm est :	18 cm^3	54 cm^3	27 cm^3

(3) Connaitre et représenter un cône de révolution

	Réponse A	Réponse B	Réponse C
1. ABC est un triangle rectangle en A tel que AB = 5 cm et BC = 7 cm. Si on fait tourner le triangle ABC autour de [AB] on obtient :	un cône de révolution de hauteur 5 cm.	un cône de révolution de génératrice 7 cm.	un cône de révolution de rayon de base 5 cm.
2. Le volume d'un cône de révolution de rayon 3 cm et de hauteur 6 cm est :	54π cm^3	18π cm^3	12π cm^3

→ Corrigé p. 318

Carte mentale

Ressource téléchargeable

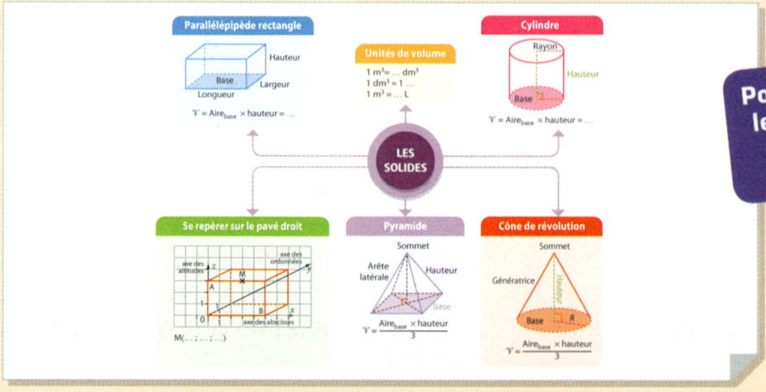

Pour t'aider à retenir le cours, télécharge et complète cette carte mentale.

Algorithmique et outils numériques

51 Remarquable

1. À l'aide d'un logiciel de géométrie dynamique, afficher le graphique 3D puis placer les points A(4 ; 4 ; 0), B(4 ; –4 ; 0), C(–4 ; –4 ;0) et D(–4 ; 4 ; 0).

2. Construire le polygone ABCD. À partir de ce carré, construire un pavé droit de hauteur quelconque à l'aide de l'outil [Extrusion Prisme].

3. Placer un point I sur la face supérieure du pavé.

4. À l'aide de l'outil [Pyramide], construire la pyramide qui a pour base le carré ABCD, et pour sommet I. Afficher son volume.

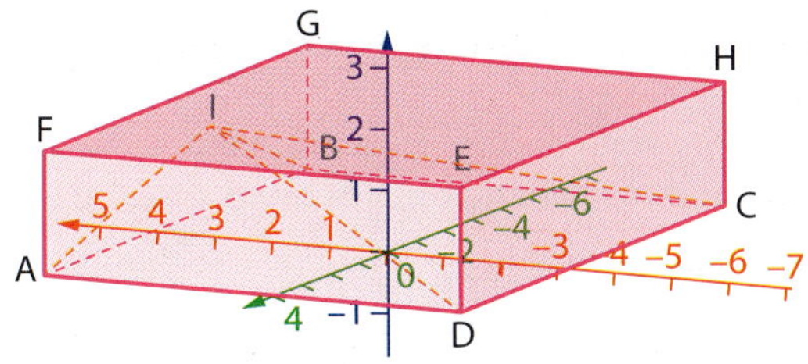

5. Sélectionner ce point I et le faire bouger sur la face supérieure du pavé. Que peut-on dire du volume de la pyramide ?

6. Démontrer cette conjecture.

52 Cônes dans un cylindre

Deux cônes de même sommet sont contenus dans un cylindre de rayon 50 mm et de hauteur 100 mm, comme sur la figure ci-contre.

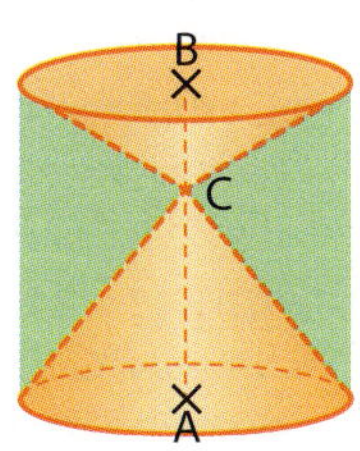

1. a. Sur un tableur, reproduire et compléter le tableau suivant. On prendra 3,14 comme valeur approchée de π.

	A	B	C	D
1	Hauteur C1	Volume C1	Volume C2	Volume C1 + C2
2	0	0	261 667	261 667
3	10			
4	20			
5	30			
6	40			
7	50			
8	60			
9	70			
10	80			
11	90			
12	100			

b. Que peut-on remarquer ?

2. a. Représenter ces trois solides à l'aide d'un logiciel de géométrie dynamique.

b. Que peut-on dire de la somme du volume des deux cônes lorsque l'on fait glisser leur sommet le long de la hauteur du cylindre ?

3. Comment peut-on expliquer ce résultat ?

53 Des volumes égaux

Timéo remplit deux récipients avec la même hauteur d'eau. Le premier récipient a la forme d'une pyramide à base carrée renversée. Le second a la forme d'un pavé droit à base carrée.

Les dimensions sont indiquées sur les figures ci-dessous :

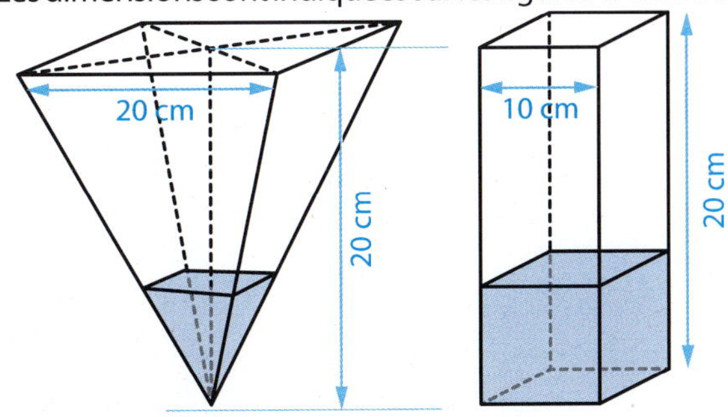

Timéo s'intéresse au problème suivant :

« Pour quelle valeur de la hauteur d'eau, approchée au cm près, les volumes d'eau dans les deux récipients sont-ils les mêmes ? »

A	B	C
Hauteur de l'eau en cm	Volume de l'eau dans la pyramide (en cm³)	Volume de l'eau dans la pavé droit (en cm³)
0		
1		
2		

1. Quelles formules peut-il saisir dans les cellules B2 et C2 ? Recopier ces formules vers le bas.

2. Donner une valeur approchée au cm près de la hauteur de l'eau pour que les volumes soient les mêmes dans les deux récipients.

3. a. Représenter graphiquement sur une même figure :
- le volume de l'eau dans la pyramide en fonction de la hauteur de l'eau ;
- le volume de l'eau dans le pavé droit en fonction de la hauteur de l'eau.

b. Peut-on retrouver sur ce graphique le résultat de la question **2.** ?

c. Comment peut-on expliquer les différences d'allure de ces deux courbes ?

54 Assez ou pas ?

Amélie achète un moule pour fabriquer des bonbons au chocolat. Chaque bonbon est une pyramide régulière de hauteur 2,8 cm et dont la base est un carré de côté 2,8 cm.

Écrire un script qui :
- demande le nombre de bonbons à fabriquer et le volume de chocolat en L dont on dispose ;
- s'il y a assez de chocolat, affiche : « Tu as assez de chocolat, tu peux faire encore … bonbons. » ;
- s'il n'y a pas assez de chocolat, affiche : « Tu n'as pas assez de chocolat, il t'en manque … L. »

Problèmes

ceinture jaune · ceinture verte · ceinture noire

55 En perspective !

Modéliser, Représenter

Représenter ces objets en perspective cavalière.

56 Assemblage

Représenter

Compléter la représentation de cet assemblage de solides en perspective cavalière.

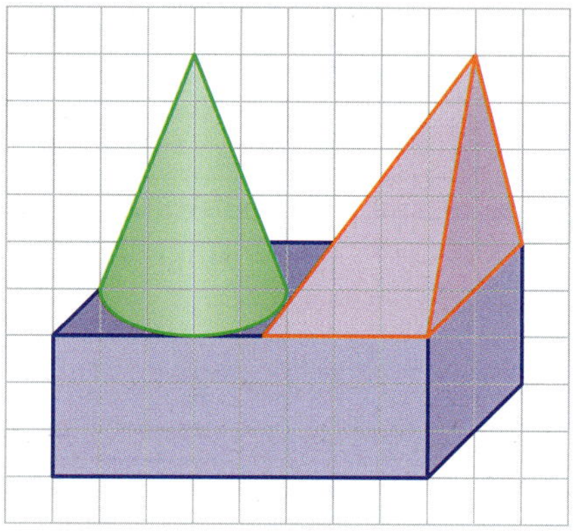

57 Les tentes de jeux

Modéliser, Communiquer

Louise affirme que ces trois tentes sont pyramidales.

- A-t-elle raison ? Justifier.

58 Louvre pyramid

Chercher, Représenter

Look for the measurements of the Louvre pyramid and build a $\frac{1}{500}$-th scale model.

Voir point info p. 285

59 Bouée de corps mort

Calculer, Représenter

Un corps mort est une dalle de béton posée au fond de l'eau et reliée à une bouée pour attacher les bateaux.

Voici les caractéristiques de cette bouée de corps mort constituée de deux cônes identiques : hauteur totale 54 cm ; diamètre 22 cm ; flottabilité maximum 5,5 kg.

- Calculer le volume exact de cette bouée puis en donner une valeur approchée au dm^3 près.

60 Bougie

Raisonner, Calculer

Pour Noël, Sarah veut décorer sa table de petites bougies de forme pyramidale à base carrée et de hauteur 7,5 cm. Elle utilise le moule suivant.

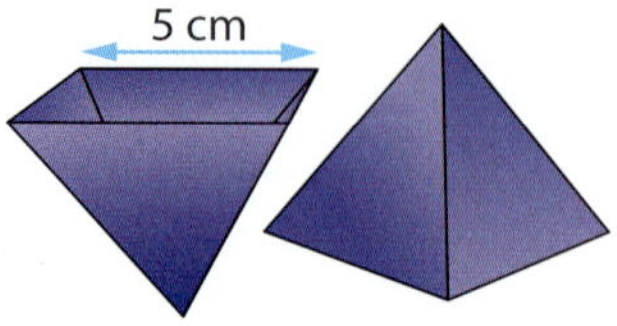

- Combien de bougies pourra-t-elle faire avec 5 L de cire ?

61 La coupe est pleine

Raisonner, Calculer

Pour son anniversaire, Nina souhaite servir les jus de fruits dans les coupes ci-dessous.

- Combien de verres pourra-t-elle entièrement remplir avec cette bouteille de jus de fruit ?

62 Bagage cabine

Raisonner, Calculer

Lorsque l'on prend l'avion, seuls les flacons ayant une contenance inférieure ou égale à 100 mL sont autorisés dans les bagages en cabine. Voici une image du parfum de Julia qui avec son bouchon peut être modélisé par une pyramide à base carrée.

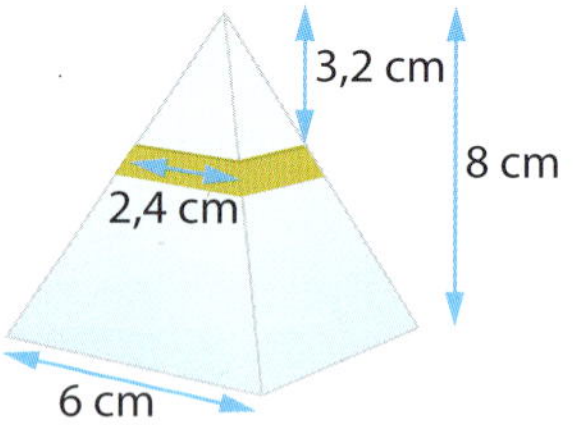

- Pourra-t-elle transporter son parfum dans son bagage cabine ? Justifier.

63 Le bassin d'eau

Modéliser, Calculer

Dans un jardin public, un bassin d'eau a la forme d'un cône de révolution de rayon 3 m et de hauteur 1,2 m.

1. Quelle longueur de grillage faudra-t-il pour entourer le bord de ce bassin ?

2. Combien de litres faudra-t-il pour remplir ce bassin à ras bord ?

64 Hauteur

Communiquer

Paul veut écrire un script qui permet de calculer la hauteur d'un cône dont il connait le rayon de la base et le volume.

- L'aider à reconstituer son script en choisissant certaines des commandes ci-dessous.

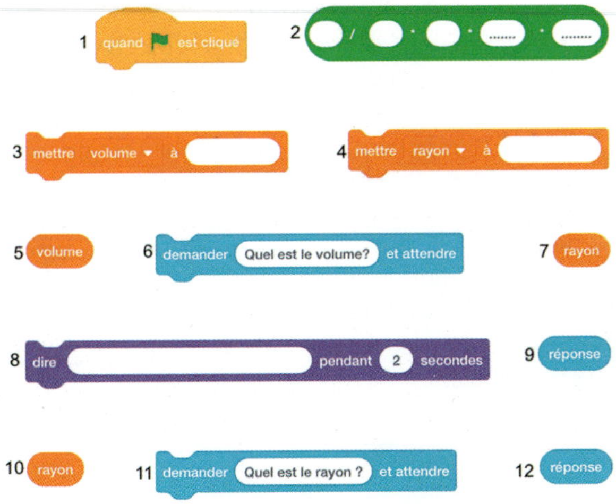

65 Sablier

Représenter, Calculer

Un sablier est constitué de deux cônes identiques de rayon 1,4 cm et de hauteur 1,8 cm. Lorsque le cône du bas est vide, le cône du haut est rempli de sable. Il s'écoule 20 mm^3 de sable par seconde.

- Calculer le temps mis par le sable pour s'écouler en minutes et secondes.

66 La pyramide de Khéops

Chercher, Raisonner

La plus grande pyramide d'Égypte, celle de Khéops sur le plateau de Gizeh près du Caire, est aussi la plus ancienne des « sept merveilles du monde ». Elle a été édifiée il y a 4 500 ans environ.

Il s'agit d'une pyramide régulière à base carrée de 230,25 m de côté et de 137 m de hauteur mais qui mesurait initialement 147 m de hauteur.

La masse volumique de la pierre utilisée pour sa construction est environ 1 920 kg/m^3.

- Calculer la masse (en tonnes) de pierre utilisée pour construire la pyramide de Khéops.

67 Commande numérique

Représenter

Stéphane doit programmer une machine à commande numérique pour percer en série une pièce métallique ayant la forme d'un pavé droit.

Les pièces sont positionnées comme sur le schéma ci-dessous.

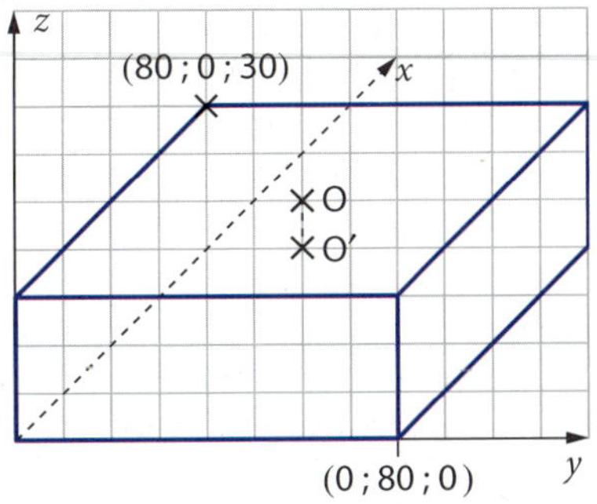

La pièce doit être percée au centre de sa face supérieure au niveau du point O et sur une profondeur de 1 cm, jusqu'au point O′.

- Donner les coordonnées des points O et O′.

68 Énergie d'une tornade

Prise d'initiative

Calculer

Une tornade a la forme d'un cône de révolution de 200 m de rayon et de 1,5 km de hauteur, et se déplace à 14 m/s.

Doc. 1 Calcul de l'énergie cinétique en joules

$$E_c = \frac{1}{2} \times m \times v^2$$

m : masse totale de l'air dans la tornade en kg.

v : vitesse de déplacement de la tornade en m/s.

Par comparaison, la consommation moyenne mensuelle d'un foyer français en électricité en 2008 est environ $1{,}3 \times 10^9$ J.

Doc. 2 Masse volumique de l'air

Masse volumique de l'air à 0 °C : 1,292 kg/m^3

- Calculer l'énergie cinétique de cette tornade.

69 Cuboctaèdre

Représenter, Calculer

Soit un cube de 10 cm de côté. On cherche le milieu de chaque côté, puis on découpe à chaque sommet une pyramide régulière comme sur la figure ci-dessous. On obtient alors un nouveau solide appelé cuboctaèdre.

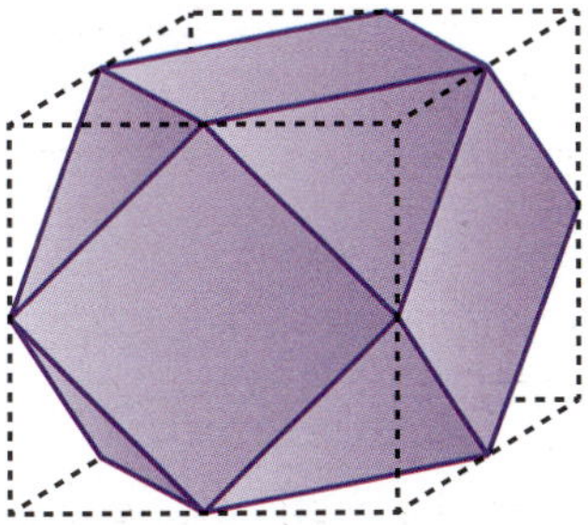

- Quel est son volume en cm^3 arrondi au dixième ?

Problèmes

70 Pyramide en carton

Chercher, Calculer, Communiquer

Maël souhaite réaliser une pyramide en carton de 6 cm de haut, dont la base est un carré de 6 cm de côté en superposant plusieurs pavés droits.

1. Le premier pavé droit en carton à construire a pour base un carré de 6 cm de côté et pour hauteur 5 mm. Calculer le volume de ce pavé droit.

2. Pour les pavés droits suivants, Maël diminue le côté de 5 mm à chaque fois et conserve la hauteur de 5 mm.

Pour connaitre le volume de chaque plaque, de la plus grande à la plus petite et le volume total de l'assemblage, Maël a réalisé la feuille de calcul suivante.

	A	B	C
1	Côté de la base	Volume pavé droit	Volume total
2	6	18	18
3	5,5	15,125	33,125
4	5	12,5	45,625
5	4,5	10,125	55,75
6	4	8	63,75
7	3,5	6,125	69,875
8	3	4,5	74,375
9	2,5	3,125	77,5
10	2	2	79,5
11	1,5	1,125	80,625
12	1	0,5	81,125
13	0,5	0,125	81,25

a. Quelles formules a-t-il pu saisir en B2 et en C3, puis recopier vers le bas ?

b. Le volume total correspond-il au volume exact d'une pyramide de 6 cm de hauteur dont la base est un carré de 6 cm de côté ?

c. Proposer une façon d'améliorer la précision de cette méthode de calcul du volume de cette pyramide.

71 Script mystère

Communiquer, Calculer

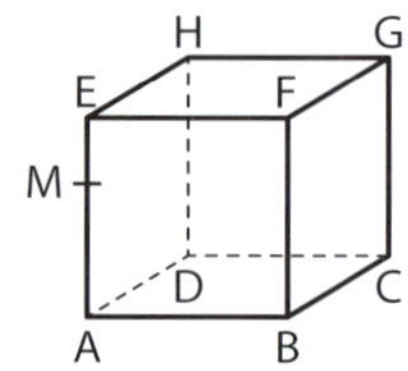

ABCDEFGH est un cube de 5 cm de côté.

M est un point de [AE].

On note x la longueur AM.

1. Que permet de calculer le script suivant ?

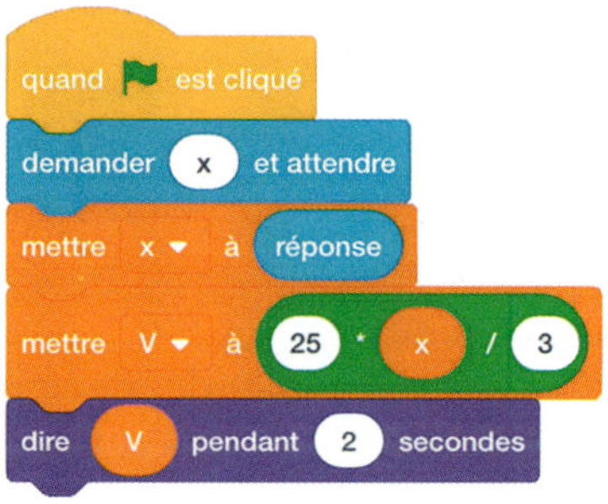

2. Que renvoie ce script quand :

a. $x = 0$?

b. $x = 3$?

3. On insère entre la 4e et la 5e ligne l'instruction suivante :

Que permet de calculer ce nouveau script ?

DÉFIS & ÉNIGMES

72 Une pyramide de cubes

Dans cet empilement de cubes, chaque sommet se trouve au centre de la face du dessous.

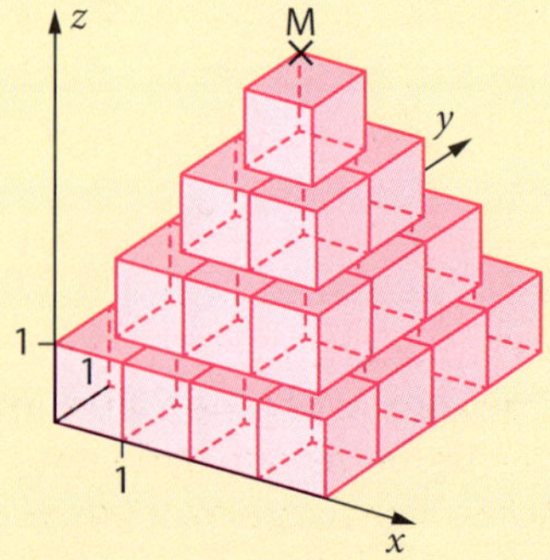

• Déterminer les coordonnées du point M.

73 Un cube de pyramides

Valentin découpe le cube ci-dessous suivant les segments rouges.

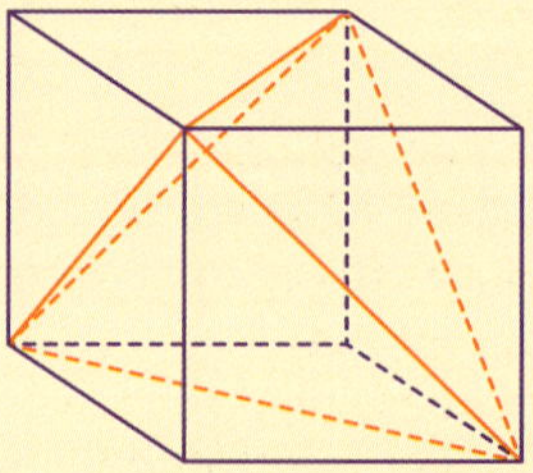

• Combien de tétraèdres va-t-il obtenir ?

74 Moulin à vent
Prise d'initiative

Représenter, Calculer

La hauteur totale du moulin est de 15 m, la hauteur de ses murs est de 13 m et son diamètre de 5 m.

• Réaliser une maquette de ce moulin.

75 Gaspillage !
Prise d'initiative

Représenter, Raisonner, Calculer

Voici la bouilloire de Sarah et ses caractéristiques.

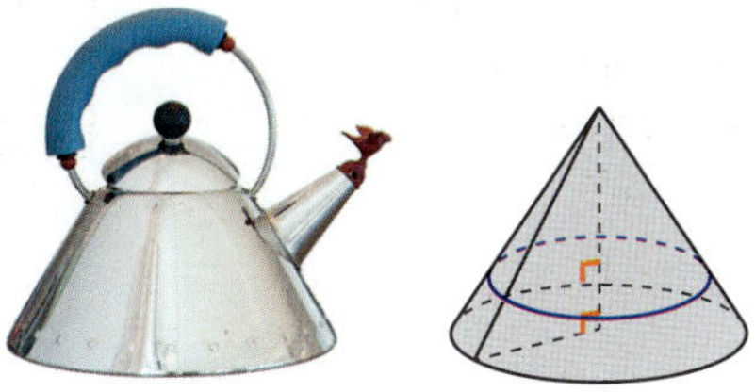

- Hauteur totale : 27,5 cm.
- Diamètre : 21 cm.

Tous les jours, il reste un quart de la hauteur d'eau, qu'elle jette.

• Combien gaspille-t-elle de litres d'eau en une semaine ?

76 Longueur de la diagonale

Représenter, Raisonner

On considère le pavé droit ABCDEFGH et le repère d'origine A, dont chaque axe est gradué en cm.

On sait que le point F a pour coordonnées (2 ; 5 ; 0) et le point C a pour coordonnées (0 ; 5 ; 4).

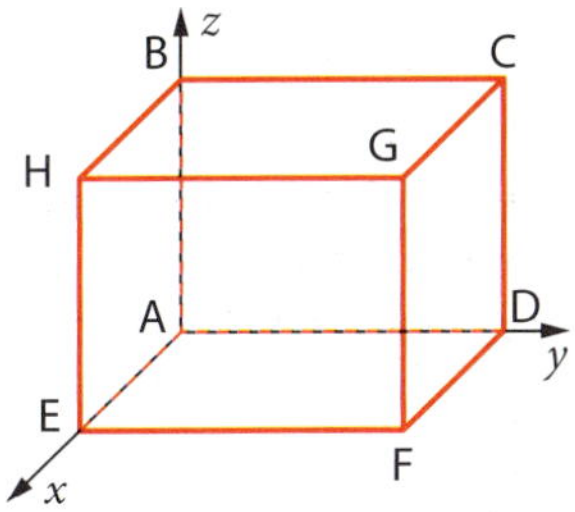

1. Calculer la longueur du segment [AF].
2. Calculer la longueur de la diagonale [AG].

77 Les cornets de glace

Raisonner, Calculer

Pour réaliser un dessert, un pâtissier doit remplir des cônes avec de la chantilly. Les cônes seront réalisés à partir de gaufrettes en demi-disque de 10 cm de diamètre. Le pâtissier envisage de réaliser 500 desserts identiques.

• Sachant que le taux de foisonnement de la crème est de 2,5 ; calculer le nombre de litres de crème nécessaires pour réaliser ces desserts.

Un taux de foisonnement de 2,5 signifie qu'avec 1 litre de crème, on peut réaliser 2,5 litres de chantilly.

MISSION DÉMONSTRATION

Raisonnement — Raisonnement par l'absurde

Pour démontrer par l'absurde qu'une proposition est fausse :

① On suppose que cette proposition est vraie.

② À l'aide d'un raisonnement, on cherche à obtenir une « absurdité » ; par exemple, une contradiction avec l'une des données de l'exercice.

③ On peut alors en conclure que la proposition est fausse.

78 Paul a calculé le volume d'un cône de hauteur 10 cm, mais il a oublié son résultat ainsi que le rayon de ce cône. Il a noté sur son cahier que ce volume était inférieur à 100 cm^3.

Nolan affirme que le rayon de ce cône était de 5 cm. Paul veut prouver que l'affirmation de Nolan est fausse.

1. On suppose que l'affirmation de Nolan est vraie : quelle donnée peut-on alors utiliser dans la suite du raisonnement ?
2. Calculer le volume du cône et en déduire une « absurdité ».
3. Conclure.

79 April travaille sur une pyramide à base carrée. La longueur du côté de ce carré est un nombre entier. Le volume de cette pyramide est 15 cm^3. Zoé affirme que la hauteur de cette pyramide est 9 cm.

• Démontrer par l'absurde que l'affirmation de Zoé est fausse.

Travailler autrement

Utilisable en AP

À chacun son parcours !

80 Résolution de problème

Socle D1 Je produis et j'utilise des représentations d'objets.

Socle D2 Je décompose un problème en sous problème.

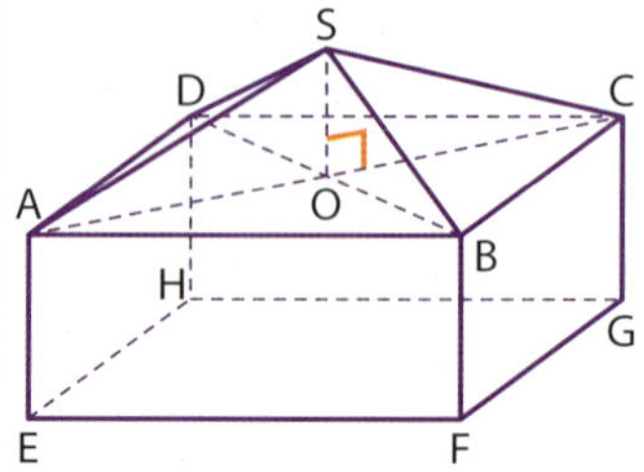

Un fare est une habitation traditionnelle polynésienne. Il a la forme d'un pavé droit surmonté d'un toit pyramidal. On a représenté ci-contre en perspective cavalière un fare dont le toit est une pyramide régulière à base carrée.

Questions ceinture jaune

Soit le fare représenté ci-dessus où AB = 8 m, SA = 6 m et AE = 3 m.

1. Tracer une figure à main levée de ABCD, ABC et AOS.

2. Calculer la longueur AO au cm près.

3. Montrer que SO ≈ 2 m.

4. Calculer le volume de ce fare au m^3 près.

Question ceinture verte

Tauarii possède un fare comme celui représenté ci-dessus et tel que : EF = 8,3 m ; SD = 6,3 m et DH = 3,6 m.

Son ami Vahéna possède un mobil-home en forme de pavé droit de longueur 10 m, de largeur 9,4 m et de hauteur 5 m.

- Laquelle de ces deux habitations est la plus volumineuse ?

Question ceinture noire

On considère le fare représenté ci-dessus dont la surface au sol mesure 60 m^2 et la hauteur totale 5,5 m. Les arêtes latérales du toit mesurent 5,8 m.

Une yourte est une habitation mongole qui peut être modélisée par un cylindre surmonté d'un cône.

- Rui affirme que ce fare est plus volumineux qu'une yourte de même hauteur dont le cylindre mesure 3,5 m de haut et 9 m de diamètre. A-t-il raison ?

81 Résolution de problème

Socle D1 Je produis et j'utilise des représentations d'objets.

Socle D2 Je décompose un problème en sous problème.

Lily prépare du diabolo menthe, une boisson obtenue en mélangeant de la limonade et du sirop de menthe. Elle utilise des canettes et des verres comme représentés ci-contre.

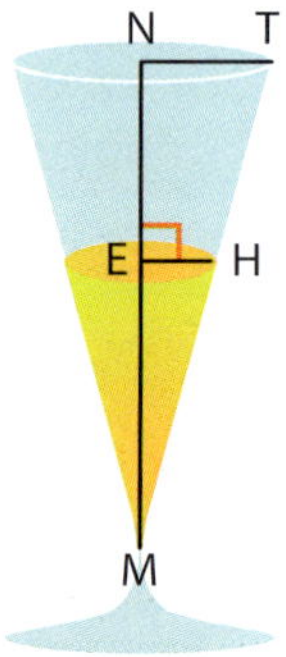

Questions ceinture jaune

Lily a une canette, remplie à moitié. La hauteur du verre sans le pied est de 12 cm et son diamètre de 8 cm. Lily a versé dans son verre du sirop de menthe jusqu'à une hauteur de 3 cm.

1. Représenter à main levée le triangle MNT et placer les points E et H. Coder cette figure et noter les dimensions connues.

2. On souhaite calculer le volume vide dans le verre en calculant la différence du volume de deux cônes. Quelles mesures manque-t-il pour calculer le volume vide dans le verre ? Calculer ces mesures.

3. Calculer le volume vide dans le verre.

4. Lily pourra-t-elle ajouter toute sa limonade ? Justifier.

Questions ceinture verte

La hauteur de la partie conique du verre est 10,5 cm et son diamètre 12,6 cm. Lily verse dans son verre du sirop de menthe jusqu'à une hauteur de 2,5 cm.

1. Calculer le volume vide dans le verre.

2. Combien pourrait-elle remplir ainsi de verres à ras bord avec trois canettes de limonade comme celle représentée ci-dessus ?

Question ceinture noire

La hauteur de la partie conique du verre est 12,5 cm et son diamètre 7,5 cm.

Lily a 25 invités et va préparer des diabolos en versant dans chaque verre du sirop de menthe jusqu'à une hauteur de 3 cm.

- Combien de packs de 6 canettes de limonade devra-t-elle acheter pour en servir au moins un par personne ?

Calcul mental

On peut utiliser un brouillon et noter un résultat intermédiaire trouvé mentalement.
Les résultats doivent être donnés sous la forme la plus simple possible.

Calcul mental supplémentaire

Série 1 Révisions 5e

1. Déterminer le quotient et le reste de la division euclidienne de 23 par 5.
2. Calculer $13 + 7 \times 3$.
3. Calculer $6{,}7 + (-2{,}3)$.
4. Un bouquet de 30 roses vendues à l'unité coute 24 €. Combien coutent 5 roses ?
5. A, B et C sont trois points alignés tels que AB = 9,4 cm et CB = 6,1 m.

Calculer AC.
6. Calculer $3 + \frac{5}{7}$.
7. Dans le triangle ABC ci-contre, combien mesure l'angle $\widehat{ACB}$?

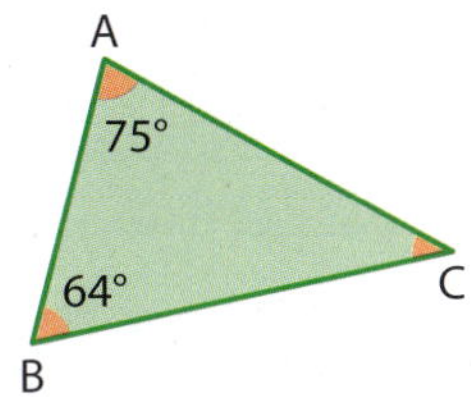

8. Calculer le volume du pavé droit ci-dessous tel que AC = 3 cm, AB = 2 cm et BE = 6 cm.

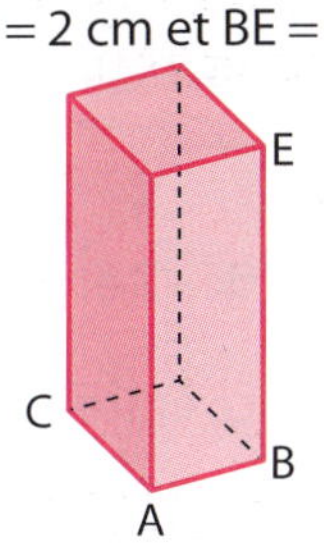

9. Dans une classe de 30 élèves, il y a 12 filles. Quel est le ratio *filles : garçons* ?
10. Quel nombre va annoncer le lutin si l'on clique sur le drapeau vert ?

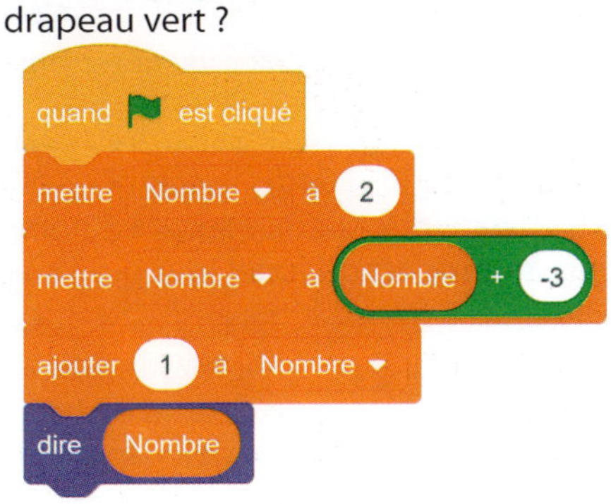

Série 2 Révisions 5e

1. Calculer $18 - 8 \times 2$.
2. Calculer $-11{,}7 + (-3{,}3)$.
3. 3 cahiers vendus à l'unité coutent 2,40 €. Combien coutent 15 cahiers ?
4. Calculer $\frac{2}{3} \times 5$.
5. Convertir en cm^2 : 58,2 m^2 et 26 mm^2.
6. Calculer $\frac{1}{4} + \frac{7}{2}$.
7. Dans la figure ci-dessous, ABCD est un parallélogramme. Les points E, B et C sont alignés. Quelle est la mesure de l'angle $\widehat{AEB}$?

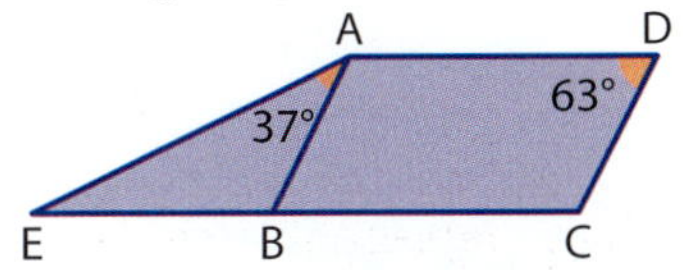

8. Convertir en L : 12,5 dm^3 et 125 cm^3.
9. Que représentent 10 % de 120 € ?
10. Calculer astucieusement 125×98.

Série 3 Révisions 5e

1. Donner la décomposition en facteurs premiers de 360.
2. Calculer $8 \times 4 - 8 \times 2$.
3. Calculer $-7 + (-2{,}8)$.
4. Calculer $\frac{7}{5} - \frac{2}{15}$.
5. Donner, sous forme de fraction, l'abscisse des points A, B et C représentés ci-dessous.

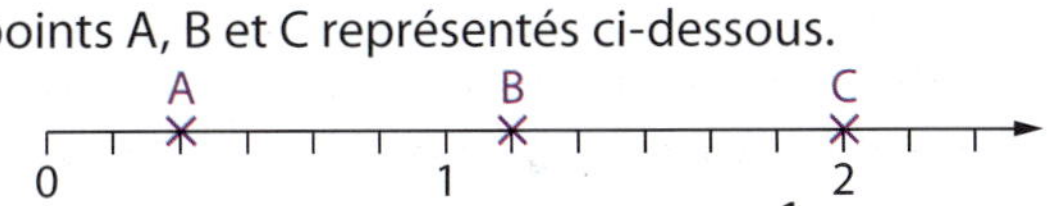

6. Combien y a-t-il de minutes dans $\frac{1}{3}$ d'heure ?
7. Calculer $8 - 5 + 12 - (-9) + 5 - 7$.
8. Dans la figure ci-contre, ABCD est un carré. Calculer l'aire en cm^2 du quadrilatère DEBC.

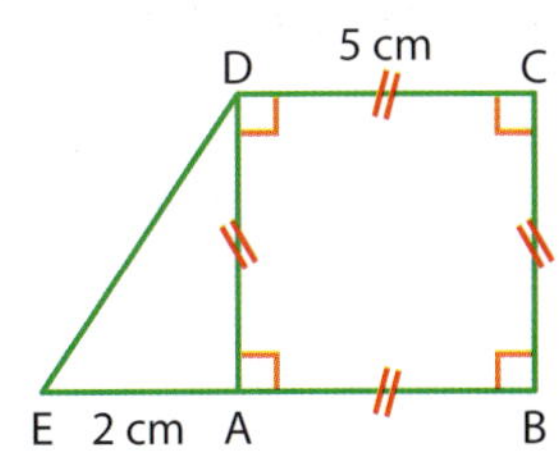

9. Que représentent 10 % de 95 € ?
10. Quel nombre va annoncer le lutin si l'on clique sur le drapeau vert ?

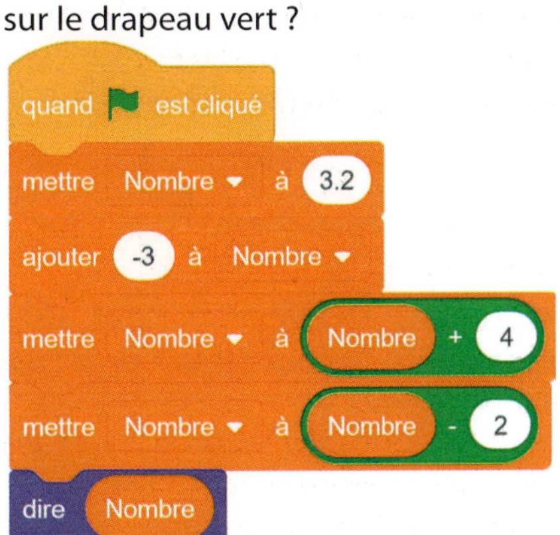

Calcul mental

Série 4 Révisions 5e

1. Calculer 28 – 18 ÷ 2.
2. Calculer 6,7 – (–1,5).
3. Calculer $\frac{2}{7}+\frac{3}{14}$.
4. Combien y a-t-il de minutes dans $\frac{1}{10}$ d'heure ?
5. Peut-on construire un triangle DEF tel que EF = 2,8 cm ; FD = 4,1 cm et DE = 7,2 cm ?
6. Calculer l'aire du parallélogramme ABCD ci-dessous.

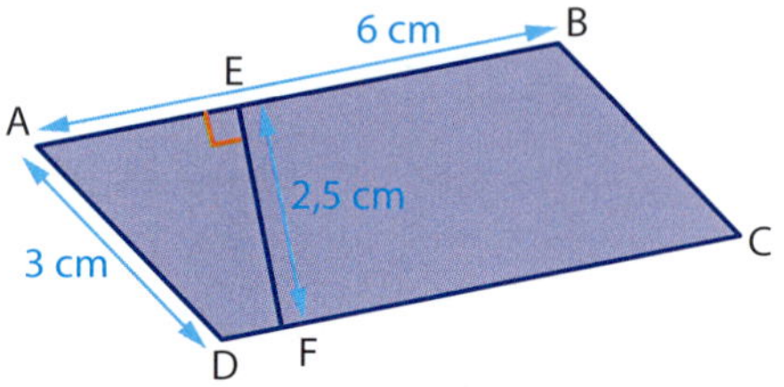

7. Donner un encadrement à l'unité près de $\frac{125}{9}$.
8. Calculer le volume du pavé droit ci-dessous.

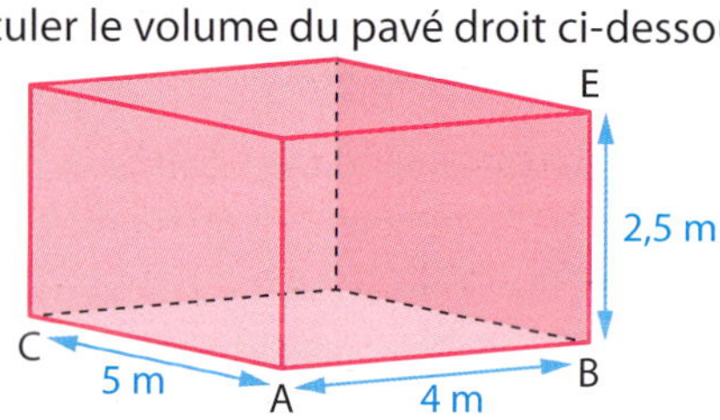

9. Que représentent 25 % de 80 € ?
10. Calculer la moyenne de la série de données suivante : 7 ; 13 ; 10 ; 11 ; 9.

Série 5 Nombres relatifs

1. Calculer le quotient de –30 par l'opposé de 10.
2. Calculer –11,3 + 5,7.
3. Calculer –5 × (–3,2).
4. Calculer la somme de –12 et du produit de 4 par 1,2.
5. Calculer 523 × (–0,01).
6. Donner le signe du produit suivant :
4,8 × (–52,4) × (–3) × (–7,21)
7. Calculer –5 × 2 × (–10) × (–1) × 0,3.
8. Calculer –32 ÷ (–4).
9. Quel nombre va s'afficher dans la cellule B3 ?

	A	B	C
1	-3,2	8,9	-2
2			
3		=A1+B1-C1	

10. Quel nombre va annoncer le lutin si l'on clique sur le drapeau vert ?

Série 6 Nombres rationnels : addition, soustraction, comparaison

1. Calculer $\frac{33}{6}+5$.
2. Calculer $\frac{3}{4}-8$.
3. Calculer $\frac{-3}{5}+\frac{11}{35}$.
4. Calculer $\frac{-5}{6}-\frac{11}{24}$.
5. Calculer la somme de –7 et de $\frac{3}{8}$.
6. Calculer la différence entre 1 et $\frac{20}{11}$.
7. Ranger les nombres suivants dans l'ordre croissant.

$$\frac{-21}{8}\ ;\ \frac{-13}{4}\ ;\ -3\ ;\ \frac{-7}{2}$$

8. Simplifier le plus possible la fraction $\frac{-72}{-48}$.
9. En utilisant les produits en croix, déterminer x tel que $\frac{11}{10}=\frac{x}{7}$.
10. Bastien est kiné. Lundi, il soigne 8 hommes parmi ses 20 patients. Mardi, il soigne 7 hommes et 8 femmes. En proportion, quel jour a-t-il soigné le plus de femmes ?

Série 7 Nombres rationnels : multiplication et division

1. Calculer $\frac{1}{5}\times(-7)$.
2. Calculer $\frac{-1}{4}\times\frac{5}{7}$.
3. Calculer la proportion que représentent les trois cinquièmes des deux tiers d'un gâteau.
4. Donner l'écriture décimale de l'inverse de –8.

5. Calculer $\frac{3}{10} \div \frac{9}{4}$.
6. Calculer $-5 \div 0{,}01$.
7. Calculer $\frac{3}{4} + \frac{5}{4} \times \frac{1}{3}$.
8. Calculer $\left(5+\frac{3}{7}\right) \div \frac{1}{-10}$.
9. Sur un budget de 150 €, j'en ai dépensé les quatre cinquièmes. Combien d'argent me reste-t-il ?
10. Il me reste deux neuvièmes d'un gâteau, soit 80 g. Quelle était la masse du gâteau entier ?

Série 8 Puissances

1. Donner l'écriture décimale de 10^3 et de 10^{12}.
2. Donner l'écriture décimale de 10^{-5} et de 10^{-9}.
3. Calculer $0{,}056 \times 10^7$.
4. Calculer $-897{,}5 \times 10^{-5}$.
5. Donner la notation scientifique de :
$-0{,}000\,009\,87$
6. Calculer 2^4.
7. Calculer -10^{-4}.
8. Calculer $2^3 - 5^2$.
9. Combien de fichiers d'une taille de 3 Mo peut-on copier sur une clé USB de taille 6 Go ?
10. Classer dans l'ordre croissant :
$897 ; 8{,}25 \times 10^2 ; 4\,896 \times 10^{-3} ; 589 \times 10^{-1}$

Série 9 Calcul littéral

1. Simplifier l'expression suivante :
$3 \times x + 5 \times 2 + a \times b$
2. Simplifier l'expression suivante :
$2 \times x \times 3 \times x + 8 \times 9$
3. Réduire l'expression $8x - 5 - 10x + 6$.
4. Réduire l'expression $3x^2 + 9x - 20x^2$.
5. Développer et réduire l'expression $5(2x-9)$.
6. Développer et réduire l'expression $3x(-8x+9)$.
7. Factoriser l'expression $5x^2 - 6x$.
8. Calculer $3y - 9$ pour $y = -10$.
9. Calculer $2t^2 - 9$ pour $t = 5$.
10. Quelle formule a pu être saisie dans B2 et recopiée vers la droite ?

	A	B	C	D	E
1	x	0	1	2	3
2	2x² - 5	-5	-3	3	13

Série 10 Équations

1. L'égalité $3x + 2 = -5$ est-elle vraie pour $x = -1$?
2. L'égalité $10x + 2 = 8x + 12$ est-elle vraie pour $x = 5$?
3. L'aire d'un rectangle de largeur 8 cm est de 96 cm². Quelle est sa longueur ?
4. Résoudre l'équation $x - 8 = -11$.
5. Résoudre l'équation $3x = -21$.
6. Résoudre l'équation $\frac{x}{-2} = 20$.
7. Résoudre l'équation $8x + 2 = 3x - 13$.
8. Je suis un nombre. Mon triple augmenté de 7 est égal à 28. Qui suis-je ?
9. Je suis un nombre. Mon quadruple diminué de 3 est égal à 21. Qui suis-je ?
10. En utilisant la copie d'écran ci-dessous, donner une ou des solutions de l'équation $3x^2 - 8 = -5$.

	A	B	C	D	E	F	G
1	x	-3	-2	-1	0	1	2
2	3x²-8	19	4	-5	-8	-5	4

Série 11 Grandeurs et proportionnalité

1. Calculer x dans le tableau de proportionnalité ci-contre.
2. L'effectif d'un club a augmenté de 12 % en 1 an. Il y avait 50 adhérents l'an dernier. Combien y en a-t-il cette année ?
3. On distribue 100 € entre Orane et Malo selon le ratio 2 : 3. Combien reçoivent-ils chacun ?
4. Combien de temps faut-il pour parcourir 150 km à une vitesse moyenne de 60 km/h ?
5. Un parallélépipède rectangle a un volume de 300 m³ et l'aire de sa base vaut 60 m². Quelle est sa hauteur ?
6. La masse volumique de l'eau est de 1 kg/L. Combien pèsent 200 mL d'eau ?
7. Une voiture parcourt 30 km en 15 min. Quelle est sa vitesse moyenne en km/h ?
8. Convertir 4 h 15 min en heures.
9. Convertir 1,2 h en heures et minutes.
10. Calculer 10 % de 20 % de 400 €.

Série 12 Statistiques • Probabilités

1. Calculer la moyenne de la série suivante :
8 ; 10 ; 16 ; 12
2. Déterminer la médiane de la série suivante :
5 ; 9 ; 15 ; 3 ; 17 ; 12
3. Ariane a eu comme notes 12 ; 15 et 14. Quelle doit être sa 4e note pour avoir 15 de moyenne ?
4. Quelle formule a pu être saisie dans la cellule E2 ?

	A	B	C	D	E
1	Elèves de 6°	Elèves de 5°	Elèves de 4°	Elèves de 3°	Effectif total
2	125	154	112	148	539

5. Quelle formule a pu être saisie dans la cellule E2 ?

	A	B	C	D	E
1	8	10	5	5	6
2				Moyenne	6,8

Calcul mental

6. Dans le sac de Nadia, il y a 25 billes de même taille dont 8 rouges. Elle sort de son sac une bille au hasard. Quelle est la probabilité que Nadia sorte une bille rouge ?

7. Arthur possède 9 cartes noires et 7 cartes rouges. Il demande à Lisa de choisir l'une de ces cartes au hasard. Quelle est la probabilité qu'elle tire une carte rouge ?

8. Dans la classe de Maël, il y a 55 % de filles. On choisit un élève au hasard dans cette classe. Quelle est la probabilité que ce soit un garçon ?

9. Dans un diagramme circulaire, à quelle mesure d'angle correspond 40 % ?

10. Si on lance un dé équilibré à 12 faces numérotées de 1 à 12, quelle est la probabilité d'obtenir un multiple de 3 ?

Série 13 Triangles et quadrilatères

1. Calculer la mesure de l'angle $\widehat{PAN}$.

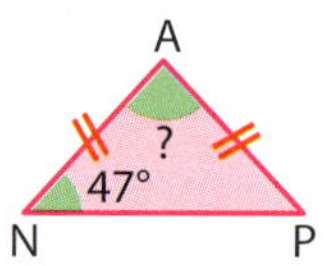

2. Calculer la mesure de l'angle $\widehat{ABC}$ d'un triangle isocèle en A tel que $\widehat{BAC} = 44°$.

3. Les triangles ABC et DEF sont-ils égaux ?

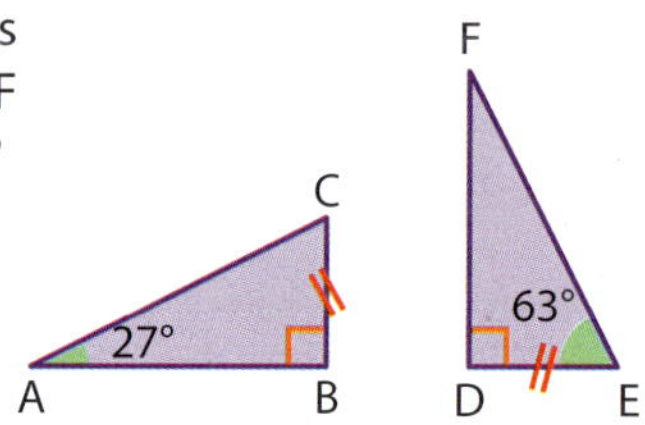

4. Calculer l'aire d'un triangle dont un côté mesure 34 cm et sa hauteur relative 10 cm.

5. Un parallélogramme a une aire égale à 21 cm^2 et une hauteur de 35 mm. Calculer la longueur d'un côté de ce parallélogramme.

6. Quelles figures permettent d'affirmer que le quadrilatère tracé à main levée est un parallélogramme ?

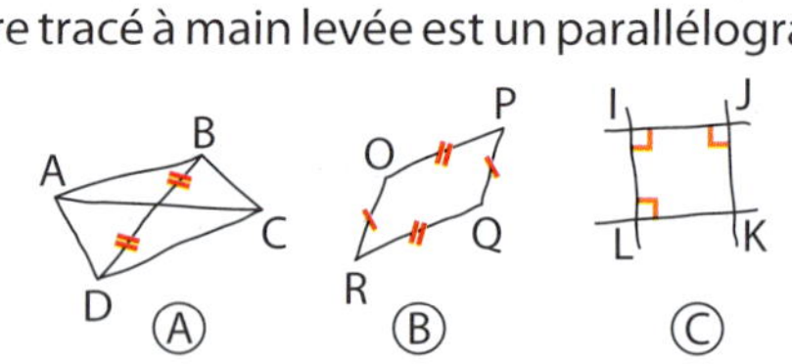

7. Quelles figures permettent d'affirmer que le quadrilatère tracé à main levée est un losange ?

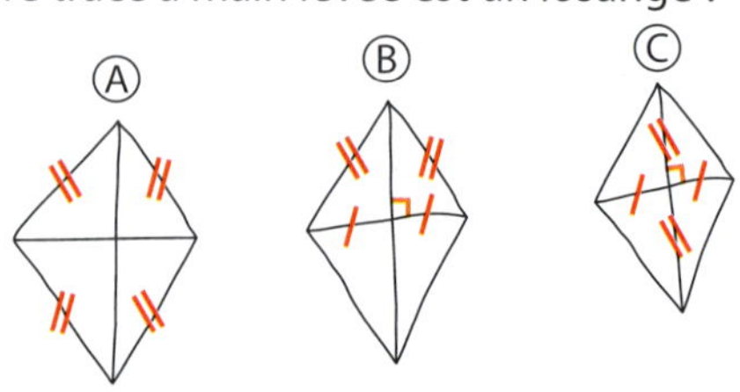

8. ABCD est un rectangle de centre O tel que AB = 8,2 cm et AO = 3,6 cm.
Quelle est la longueur DB ?

9. D'après cette figure à main levée, quelle est la mesure de l'angle représenté en vert ?

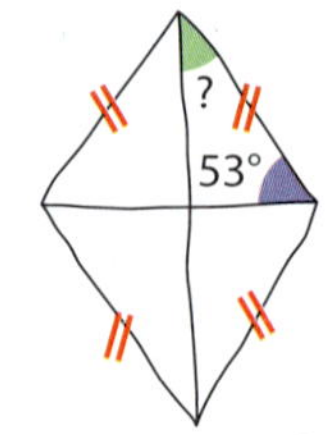

10. D'après cette figure à main levée, quelle est la nature du quadrilatère ABCD ?

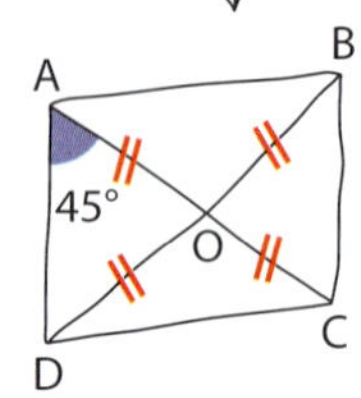

Série 14 Thalès • Triangles rectangles

1. Calculer la longueur AB.

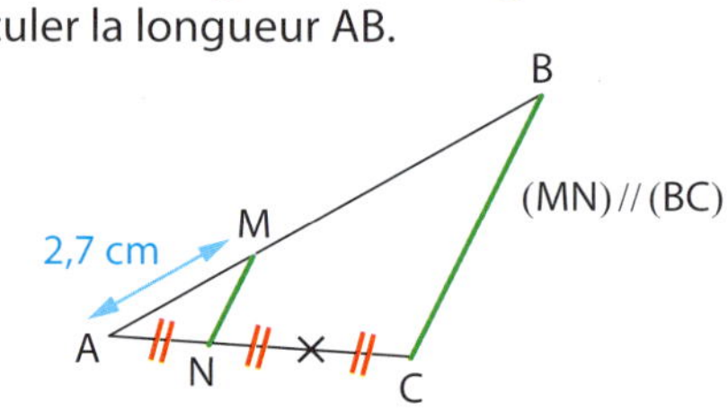

2. La figure suivante est constituée de deux triangles emboités dont les côtés tracés en rouge sont parallèles. Calculer KL.

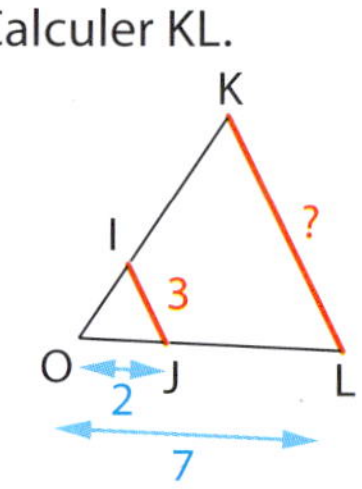

3. Chacune des figures suivantes est constituée de deux triangles emboités. Les droites bleues sont-elles parallèles ?

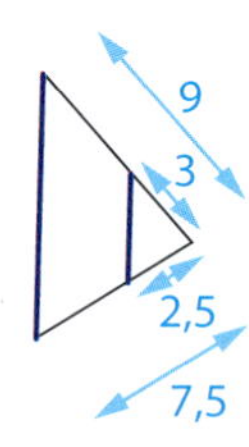

4. Calculer l'aire du triangle ABC.

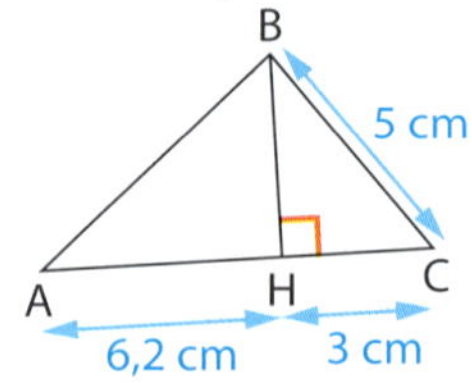

5. Un rectangle a pour longueur 12 cm et pour largeur 5 cm. Quelle est la longueur de sa diagonale ?

6. Donner un encadrement à l'unité de $\sqrt{80}$.

7. Un triangle dont les côtés ont pour longueurs 6 cm, 8 cm et 10 cm est-il rectangle ?

8. Un triangle dont les côtés ont pour longueurs 5 m, 7 m et 9 m est-il rectangle ?

9. Calculer le cosinus de l'angle $\widehat{ABC}$.

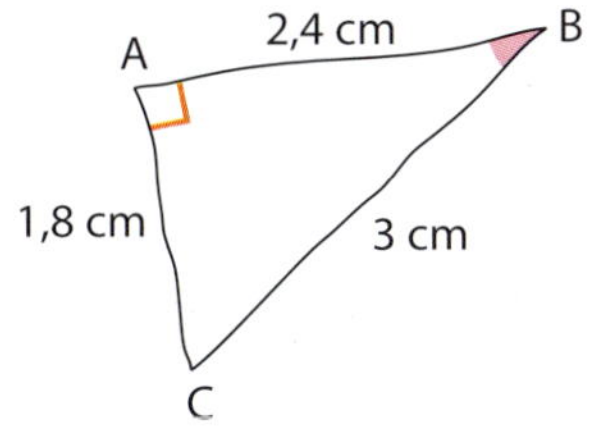

10. Sachant que $\cos\left(\widehat{ABC}\right)=\frac{3}{5}$, calculer l'aire du triangle $\widehat{ABC}$ rectangle en A.

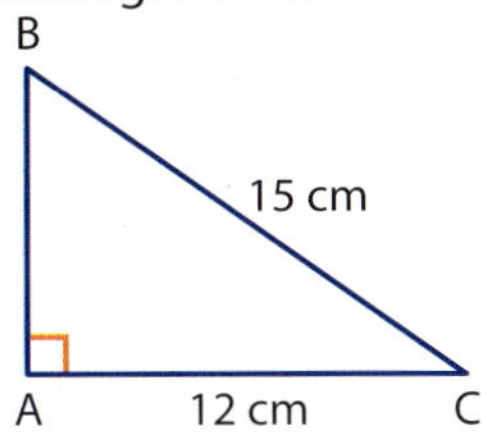

Série 15 Bilan

1. Calculer $\sqrt{64}-\sqrt{100}$.
2. Déterminer la valeur de x telle que $\frac{5}{x}=\frac{10}{13}$.
3. Donner la valeur exacte du volume d'un cône de révolution de hauteur 12 cm et de rayon 5 cm.
4. Calculer $\frac{5}{2}-\frac{3}{4}\div\frac{5}{7}$.
5. Calculer 70 % de 30 €.
6. Calculer et donner le résultat en écriture décimale de : $5\times10^{-3}+32{,}4\times10^{2}$.
7. Calculer $5x^2-2x+3$ pour $x=-10$.
8. Une figure d'aire 25 m² est agrandie d'un rapport 10. Quelle est l'aire de la nouvelle figure ?
9. Convertir 52 L en m³.
10. Quelle figure sera tracée par le lutin si l'on clique sur le drapeau vert ?

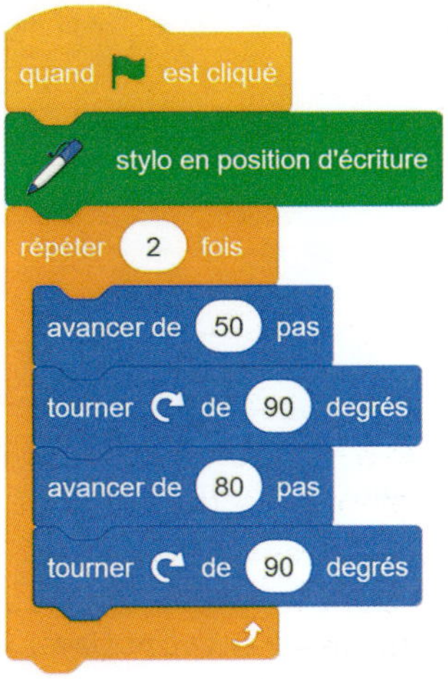

Série 16 Bilan

1. Calculer le volume du tétraèdre ABCD ci-dessous, où ABC et DAB sont des triangles rectangles en A.

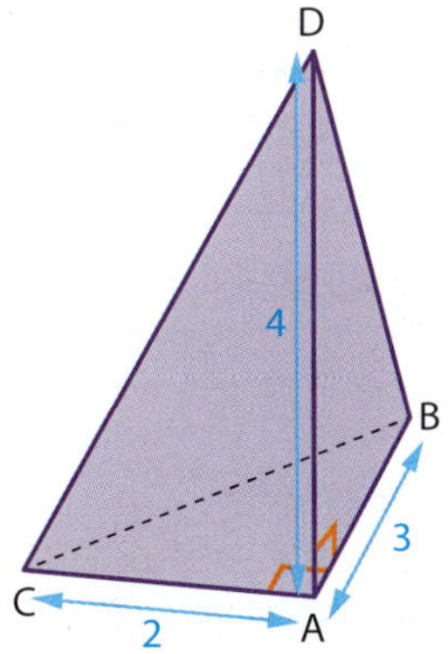

2. Calculer $-3-2\times5{,}3$.
3. Donner la notation scientifique de $-35{,}7\times10^{-2}$.
4. Développer et réduire l'expression $-2x(5x-4)$.
5. Le triangle ABC ci-dessous est-il rectangle ?

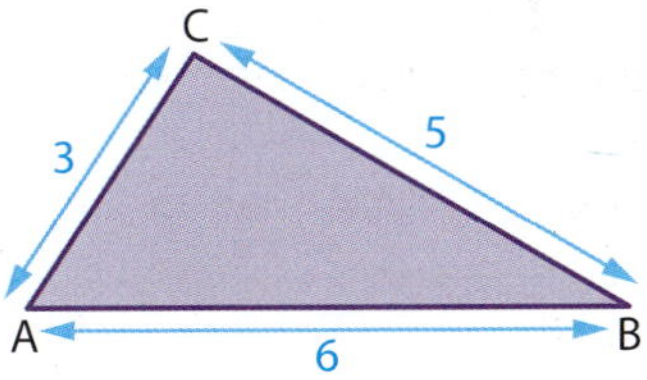

6. Déterminer la médiane de la série suivante :

0,2 ; 0,3 ; 0,32 ; 0,16

7. Résoudre l'équation : $5x-3=-2x+4$.
8. Quelle est la nature du quadrilatère ABCD ci-contre, sachant que [AC] et [BD] sont deux diamètres perpendiculaires du cercle représenté en rouge ?

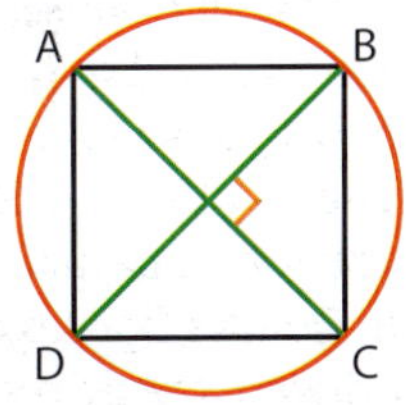

9. Amaya a 10 boules numérotées de 0 à 9. Elle en choisit une au hasard et regarde le chiffre obtenu. Quelle est la probabilité d'obtenir une boule sur laquelle est écrit un nombre premier ?
10. Quel nombre va annoncer le lutin si l'on clique sur le drapeau vert ?

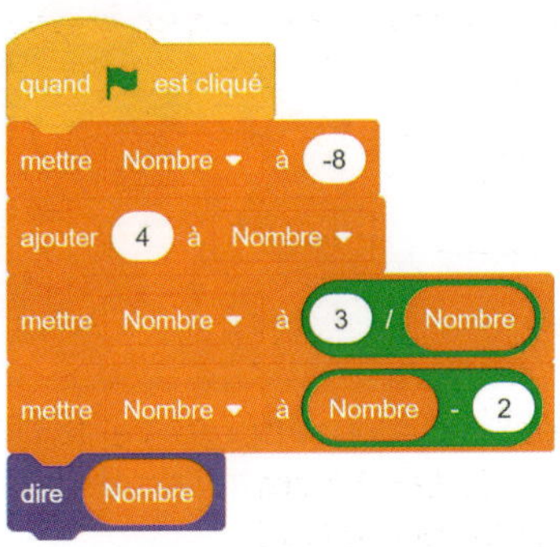

Problèmes transversaux

ceinture jaune · ceinture verte · ceinture noire

1 QCM

Raisonner, Modéliser

Un QCM de 4 questions est proposé comme évaluation en mathématiques. En voici le barème : + 1 point par bonne réponse, −0,5 point par réponse fausse, 0 point si aucune réponse n'est donnée. Pour chaque question, il n'existe qu'une seule bonne réponse.

1. Quelle est la note maximale pour l'évaluation ?

2. Quelle est la note minimale ?

3. Peut-on obtenir un score nul ? Si oui, de quelle(s) manière(s) ?

4. Voici la copie d'Erwan :

	A	B	C
$\frac{5}{6}-\frac{2}{5}$ est égal à :	$\frac{3}{1}$	$\frac{13}{30}$ (entouré)	$\frac{37}{30}$
$3(x+7)$ est égal à :	$3x+7$ (entouré)	$3x+10$	$3x+21$
La probabilité de tirer une boule rouge dans une urne contenant 4 boules rouges et 3 vertes est égale à :	$\frac{3}{4}$	$\frac{3}{7}$	$\frac{4}{7}$
Dans un triangle DEF rectangle en F tel que EF = 4,5 cm et DF = 7,3 cm, une valeur approchée de DE est :	8,6 cm (entouré)	5,7 cm	11,8 cm

Il a entouré les réponses qu'il pensait correctes.
Quelle note va-t-il obtenir à son évaluation ?

2 Les géants

Prise d'initiative

Chercher, Modéliser, Calculer

La compagnie de théâtre « Royal de Luxe », basée à Nantes depuis la fin des années 1980, a choisi de jouer ses spectacles dans la rue et les espaces publics. Elle y fait irruption en détournant les objets du quotidien et en ayant recours au gigantisme.
En juin 2009, elle a joué *La Géante du Titanic et le Scaphandrier* dans les rues de Nantes.

• Donner une valeur approchée de la taille du scaphandrier dont on peut voir seulement les pieds sur la photo.

3 Centre de loisirs

Chercher, Calculer, Communiquer

M. et Mme Dupont sont mariés et ont deux enfants : Cléo, 3 ans, et Maya, 5 ans.
Pendant les vacances de printemps, ils souhaitent les inscrire au centre de loisirs :

- la 1re semaine, du lundi au vendredi, de 8h30 à 18h30 ;
- la 2e semaine, du mardi au vendredi, de 8h30 à 11h30.

Doc. 1 Grille tarifaire du centre de loisirs

Les tarifs sont établis en fonction du quotient familial.

Quotient familial \ Formule	Journée entière pour 1 enfant	Journée entière pour 2 enfants	Demi-journée pour 1 enfant
0 € à 622 €	4 €	7 €	3 €
623 € à 1 000 €	5,50 €	10 €	4 €
1 001 € à 1 300 €	8 €	15 €	5 €
Plus de 1 301 €	12 €	23 €	6,50 €

Doc. 2

Revenu net imposable annuel de M. et Mme Dupont : 40 500 €.

Doc. 3 Calcul du quotient familial

$$\text{Quotient familial} = \frac{R}{12N}$$

R représente le revenu net imposable annuel du foyer.
N représente le nombre de parts.
On détermine le nombre de parts du foyer fiscal à l'aide du tableau suivant :

Votre situation familiale	Nombre d'enfants à charge				
	0	1	2	3	4
Mariés ou pacsés	2	2,5	3	4	5
Veuf	1	2,5	3	4	5
Célibataire, divorcé ou séparé vivant seul	1	2	2,5	3,5	4,5
Célibataire, divorcé ou séparé et en concubinage	1	1,5	2	3	4

Remarque : *Pour chaque enfant supplémentaire, au-delà de quatre enfants, ajouter une part supplémentaire.*

• Calculer le montant qu'ils vont payer.

4 Le lecteur MP4

Calculer, Représenter, Chercher, Modéliser

Louise a téléchargé une liste de chansons sur son smartphone :

Titre	Interprète	Durée (en secondes)
Mamatéou	Timaté	232
La différence	Timaté	211
Amazing	Timaté	214
Tes racines	Timaté	175
YoungBov	Hudad	336
La ficelle	Maen	191
Fou fou fou	Maen	184
Nina	Maen	217

1. a. Quelle est la durée totale de cette liste ? Exprimer cette durée en minutes et secondes.

b. Déterminer le pourcentage de chansons dont la durée est supérieure à 3 min 30 s.

2. Louise décide d'utiliser la fonction « aléatoire » de son smartphone. Cette fonction choisit au hasard une chanson parmi celles qui sont présentes dans la liste de lecture. Chaque chanson a la même probabilité d'être écoutée. Déterminer la probabilité que Louise écoute une chanson de Maen.

3. Elle répète 25 fois l'utilisation de la fonction « aléatoire » et note à chaque fois le nom de l'interprète qu'elle a écouté. Les résultats qu'elle obtient sont notés dans le graphique ci-dessous. Déterminer la fréquence d'écoute de Hudad.

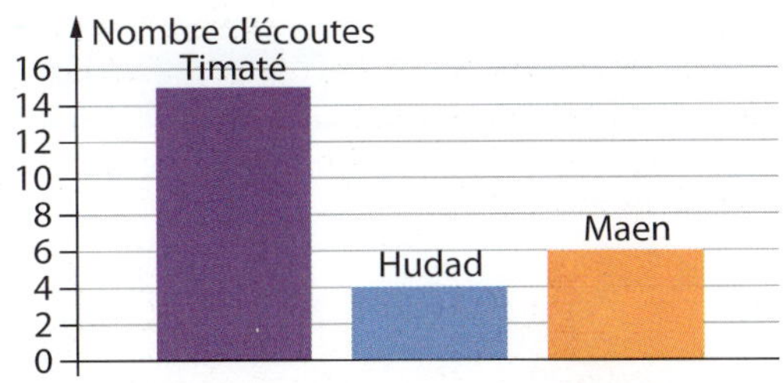

D'après DNB Métropole, septembre 2015.

5 Médor, ramène !

Calculer, Représenter, Chercher, Modéliser

Un chien court 100 m en ligne droite en 8,4 s puis, en un tiers de ce temps, il refait la moitié de son trajet en sens opposé.

• Calculer sa vitesse moyenne en km/h à l'unité près.

6 Ravalement d'un chateau d'eau

Chercher, Représenter, Calculer, Communiquer

Un château d'eau doit être repeint en blanc chaque année.

Il peut être modélisé par deux cylindres superposés. Le premier a pour hauteur 14 m et pour diamètre 3 m, le second a pour hauteur 3,5 m et pour diamètre 6,5 m. On ne tiendra pas compte des ouvertures dont les surfaces peuvent être considérées comme négligeables.

Voici trois offres de peintures :

Offre 1 — 110 € l'unité — 210 € le lot de 2 — 300 € le lot de 3

Type de support	façades
Application	monocouche
Temps de séchage	6 h
Conditionnement	10 L
Rendement	6 m²/L

Offre 2 — 125 € l'unité

Couleur	pierre blanche
Application	monocouche
Rendement	8 m²/L
Volume	12 L
Sec au toucher	1 h 30
Nettoyage des outils	à l'eau
Entretien	lessivable

Offre 3 — 120,95 € (par 1) — 114,93 € (par 3) — 111,30 € (par 10)

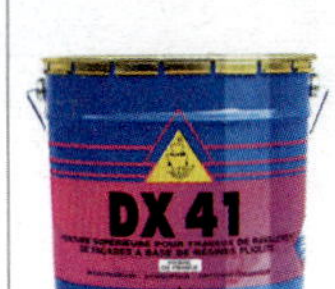

Conditionnement	15 L
Utilisation	peinture façade
Type	solvantée / résine Pliolite
Application	monocouche
Aspect	mat
Teinte	blanc
Rendement	7 m²/L

• Quelle est l'offre la moins chère qui permet de repeindre intégralement les surfaces latérales de ce château d'eau ?

Problèmes transversaux

ceinture jaune · ceinture verte · ceinture noire

7 Le téléphérique

Chercher, Représenter, Calculer

Le téléphérique de l'aiguille du Midi est le plus haut d'Europe. Il permet de relier en vingt minutes la ville de Chamonix, à 1 035 m d'altitude, au sommet de l'aiguille du Midi, qui culmine à 3 842 m, en passant par le plan de l'Aiguille à 2 317 m d'altitude.

La montée est impressionnante car la cabine surplombe, à certains moments, un vide de 2 000 m.

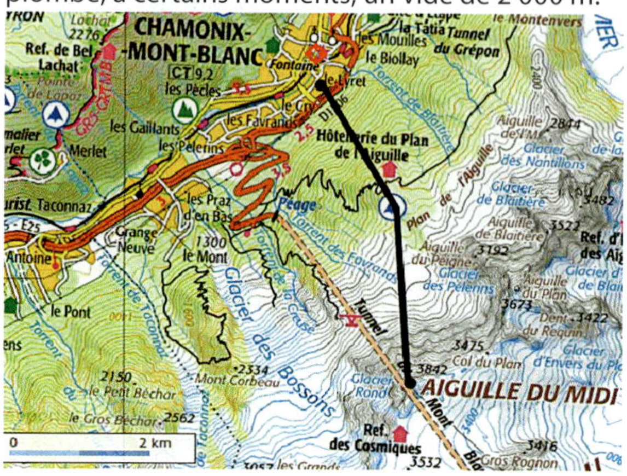

• Évaluer la vitesse moyenne de déplacement du téléphérique le long de son câble de soutien.

8 Autour du nombre d'or

Chercher, Modéliser, Représenter, Communiquer, Calculer

Le nombre d'or est un terme apparu au début du XXe siècle. On désigne ce nombre par la lettre grecque phi (φ) en l'honneur du sculpteur grec Phidias (490 av. J.-C. ; 430 av. J.-C.) qui l'utilisa pour décorer la façade du Parthénon à Athènes où l'on peut voir apparaitre sur la face avant des « rectangles d'or » :

Un « rectangle d'or » est un rectangle tel que le rapport des mesures de sa longueur et de sa largeur soit égal au nombre d'or, c'est-à-dire que son format vérifie :

$$\frac{\text{longueur}}{\text{largeur}} = \varphi$$

Ce nombre, aussi appelé « divine proportion », a pour valeur exacte $\varphi = \dfrac{1+\sqrt{5}}{2}$.

1. Réaliser la construction dont les étapes sont décrites par le programme suivant.
• Construire un carré ABCD de côté 1 dm.
• Noter E le milieu de [AB].
• Tracer le cercle de centre E et de rayon EC.
• Noter F le point d'intersection de [AB) et du cercle.
• Tracer le point G de sorte que le quadrilatère BFGC soit un rectangle.

2. Calculer la valeur exacte de la longueur EC et en déduire que le rectangle AFGD est bien un rectangle d'or.

3. On peut obtenir des approximations du nombre d'or à l'aide de fractions à étages.
Calculer les fractions à étages suivantes.

a. $1+\dfrac{1}{1}$

b. $1+\dfrac{1}{1+\dfrac{1}{1}}$

c. $1+\dfrac{1}{1+\dfrac{1}{1+\dfrac{1}{1}}}$

d. $1+\dfrac{1}{1+\dfrac{1}{1+\dfrac{1}{1+\dfrac{1}{1}}}}$

4. On considère l'algorithme suivant :

$x = 1$
↓
Prendre l'inverse
↓
Ajouter 1
(retour à « Prendre l'inverse »)

a. Compléter le script suivant qui permet d'exécuter cet algorithme un nombre de fois déterminé par l'utilisateur.

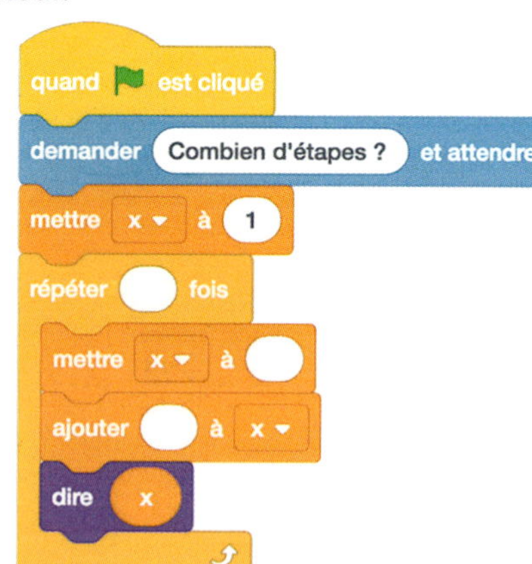

b. Dans la catégorie Variables, cocher la case devant la variable x : ☑ x.

Cocher cette case permet d'afficher une valeur approchée du nombre stocké dans la variable x avec plus de précision que ce que le lutin peut dire.

Quelles valeurs donne ce programme avec 5, 10, 100 et 1 000 étapes ?

c. En déduire une valeur approchée du nombre d'or ainsi qu'une estimation de la précision de cette valeur approchée.

9 Mölkky

Chercher, Modéliser, Communiquer, Calculer, Raisonner

Doc. 1 Règles du jeu

Le but du jeu est de faire tomber des quilles en bois de bouleau en forme de cylindre coupé, marquées de 1 à 12, à l'aide d'un lanceur appelé Mölkky. La première équipe qui totalise exactement 50 points gagne la partie. Lorsqu'une quille a été abattue, on la relève à l'endroit où elle se trouve.

Il existe deux façons de marquer des points :

- si un joueur fait tomber une seule quille, il gagne autant de points que le nombre inscrit dessus ;
- si un joueur fait tomber plusieurs quilles, il gagne autant de points que de quilles abattues ;
- si le joueur dépasse 50 points, il retombe à 25 points.

Exemple : un joueur vise la quille n° 12 et fait tomber uniquement celle-ci, il marque 12 points. S'il fait tomber la n° 12 et dans le même temps la n° 4, il ne marque que 2 points.

Doc. 2 Dimensions d'une quille

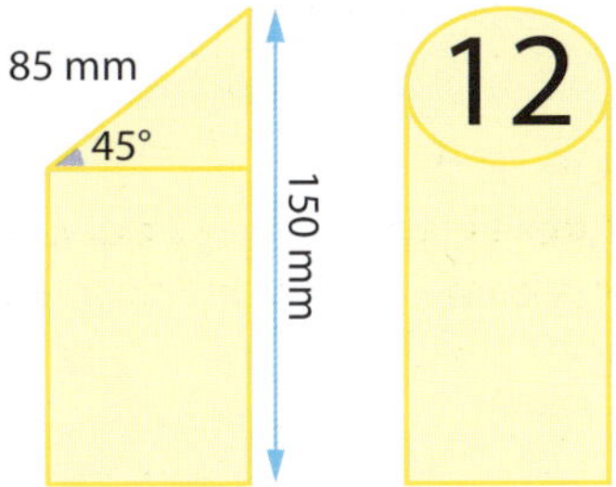

Vue de droite — Vue de face

Doc. 3 Volume d'un cylindre coupé

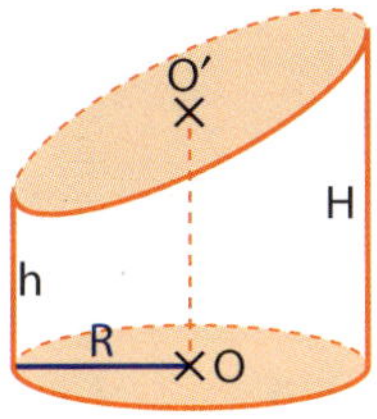

Le volume d'un cylindre coupé est donné par la formule :

$$\frac{\pi \times R^2 \times (H+h)}{2}$$

Doc. 4 Masse volumique du bouleau

950 kg/m^3

Les questions 1, 2 et 3 sont indépendantes.

1. Nathan a actuellement 45 points.

a. Il affirme que, depuis le début du jeu, il a fait tomber à chaque fois deux quilles. Elsa affirme que c'est impossible. Qui a raison ?

b. Nathan lance le Mölkky au hasard et ne fait tomber qu'une seule quille. Quelle est la probabilité qu'il gagne ? Quelle est la probabilité qu'il retombe à 25 points ?

2. Lors de son dernier lancer, Nathan a fait tomber trois quilles portant des numéros consécutifs. Ensuite, Elsa a fait tomber la quille n° 8 et une quille identique à l'une de celles de Nathan. Elsa et Nathan remarquent que s'ils additionnent les nombres inscrits sur les quilles que chacun a fait chuter, ils trouvent le même résultat. Quelles sont les quilles que Nathan et Elsa ont fait tomber ?

3. Le Mölkky pèse 77 g de plus qu'une quille. Toutes les quilles sont identiques et ne peuvent être différenciées que par le numéro qui y est inscrit. Le jeu complet de Mölkky dépasse-t-il 4 kg ? Justifier.

10 Globule rouge

Chercher, Représenter, Calculer

Doc. 1 Cellules du sang humain

Le corps humain renferme environ 5 litres de sang pour un adulte. Le sang est composé de cellules – les globules rouges, les globules blancs et les plaquettes – qui baignent dans un liquide, le plasma.

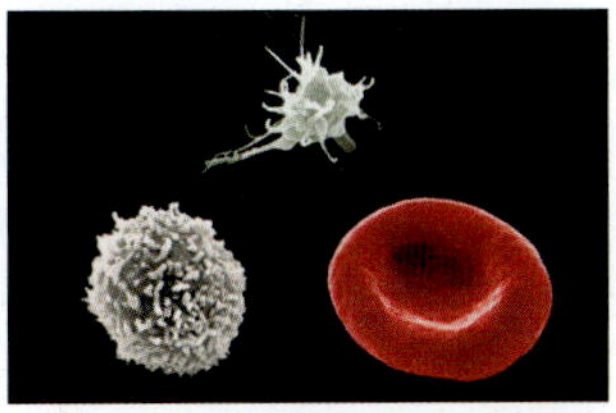

De gauche à droite : globule blanc, plaquette sanguine et globule rouge.

Doc. 2 Le rôle des globules rouges

Le rôle des globules rouges est de transporter l'oxygène des poumons vers les tissus et, en retour, de capter le gaz carbonique des tissus afin de l'éliminer par les voies respiratoires. Ces cellules sont les plus nombreuses dans le sang : leur concentration est de l'ordre de 5 millions par mm^3.

Doc. 3 Composition du sang

Un globule rouge peut être modélisé par un cylindre dont le diamètre mesure 8 µm.

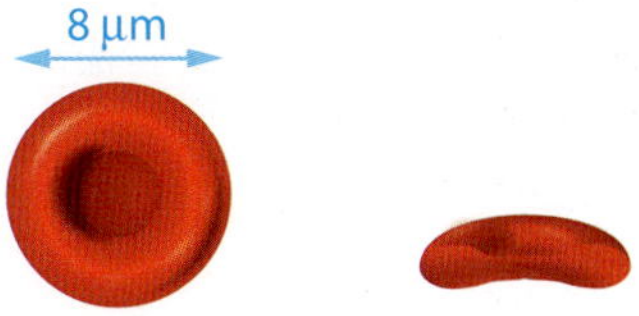

Vue de surface — **Vue de coupe**

L'eau représente 50 % de la composition du sang, les globules rouges 45 %, les globules blancs et les plaquettes 1 % et la substance plasmatique 4 %.

Maya est impressionnée par la quantité de globules rouges dans notre sang. Elle se demande si en juxtaposant tous les globules rouges contenus dans le sang d'un seul adulte, on arrive à faire le tour de la Terre, dont le rayon est d'environ 6 400 km.

- Aider Maya à répondre à cette question.

Corrigés

1 Nombres relatifs

2 A = -17 ; B = -4 ; C = 7 ; D = 0

4 A = 14 ; B = −3,5 ; C = −13

6 A = 24 ; B = -11 ; C = 2,8 ; D = 8

8 A = -72 ; B = 66 ; C = -6 ; D = 100 ; E = −13 ; F = 6 ; G = 0

10 A est positif car il y a 6 facteurs négatifs. B est négatif car il y a 97 facteurs négatifs.

12 A = 6,3 ; B = 0 ; C = −91

14 A est positif. B est négatif. C est négatif. D est négatif.

16 A = −7 ; B = 12 ; C = −4

18 A = 5 ; B = −3,5 ; C = −3 ; D = 1,5 ; E = 5,5 ; F = −6

QCM

1	**1.** C	**2.** C	**3.** A	**4.** A	
2	**1.** A	**2.** C	**3.** B	**4.** A et B	**5.** A, B et C
3	**1.** A	**2.** B	**3.** C	**4.** A et B	**5.** A et C

2 Nombres rationnels : addition, soustraction, comparaison

2 **1.** Q = 45 et R = 12
2. 597 = 13 × 45 + 12 avec 12 < 13

4 **1.** Q = 341 et R = 0
2. Comme le reste de la division euclidienne de 9 207 par 27 est nul, on en conclut que 27 est un diviseur de 9 207.

6 **1.** 847 est divisible par 7 donc 847 n'est pas premier.
2. 59 n'est divisible par aucun nombre entier positif autre que 1 et lui-même donc 59 est premier.
3. 6 921 est divisible par 9 donc 6 921 n'est pas premier.

8 **1.** A = 2 × 2 × 2 × 2 × 2 × 59 B = 5 × 97
C = 2 × 2 × 2 × 3 × 3 × 5 × 7

10 **a.** $\frac{7}{-5}\times(-5)=7$ **b.** $-13{,}7\times\frac{6}{13{,}7}=-6$

12 **a.** $\frac{5}{-4}=-1{,}25=\frac{-125}{100}$ **b.** $-\frac{2}{5}=-0{,}4=\frac{-4}{10}$

c. $\frac{5{,}7}{10}=0{,}57=\frac{57}{100}$

14 **1.** $\frac{-12}{0{,}5}=\frac{-120}{5}$ et $8=\frac{8}{1}$. $\frac{-81}{11}$ et $\frac{-7}{8}$ sont déjà écrits sous forme de fractions. Tous ces nombres sont rationnels.

2. La division de 81 par 11 ne se termine jamais, $\frac{-81}{11}$ n'est pas un nombre décimal.
$\frac{-7}{8}=-0{,}875$ donc $\frac{-7}{8}$ est un nombre décimal.
8 est un nombre décimal.
$\frac{-12}{0{,}5}=-24$ donc $\frac{-12}{0{,}5}$ est un nombre décimal.

3. $\frac{-81}{11}\approx-7{,}36$

16 **a.** $\frac{54}{45}=\frac{6}{5}$ **b.** $-\frac{-27}{24}=\frac{9}{8}$ **c.** $-\frac{36}{48}=-\frac{3}{4}$ **d.** $\frac{-63}{-90}=\frac{7}{10}$

18 **a.** 3,4 × 21 = 71,4 et 14 × 5,1 = 71,4 donc $\frac{3{,}4}{14}$ et $\frac{5{,}1}{21}$ sont égaux.

b. −9,45 × (−3,2) = 30,24 et 2,6 × 11,6 = 30,16 donc $\frac{-9{,}45}{2{,}6}$ et $\frac{11{,}6}{-3{,}2}$ ne sont pas égaux.

c. 7,6 × 35 = 266 et −2 × 133 = −266 donc $\frac{7{,}6}{-2}$ et $\frac{133}{35}$ ne sont pas égaux.

20 **a.** $x\times3{,}2=-2{,}4\times0{,}8=-1{,}92$ donc $x=-\frac{1{,}92}{3{,}2}=-0{,}6$.

b. $x\times5=4\times7=28$ donc $x=\frac{28}{5}=5{,}6$.

22 **a.** $\frac{3}{4}=\frac{3\times4}{4\times4}=\frac{12}{16}$; $\frac{12}{16}<\frac{15}{16}$ donc $\frac{3}{4}<\frac{15}{16}$.

b. $\frac{-9}{7}=\frac{-9\times2}{7\times2}=\frac{-18}{14}$ et $\frac{-13}{2}=\frac{-13\times7}{2\times7}=\frac{-91}{14}$.

$-91<-18$ donc $\frac{-91}{14}<\frac{-18}{14}$ donc $\frac{-13}{2}<\frac{-9}{7}$.

c. $\frac{8}{5}>0$ et $\frac{-11}{3}<0$ donc $\frac{-11}{3}<\frac{8}{5}$.

24 $A=\frac{10}{11}$; $B=\frac{-5}{9}$; $C=\frac{4}{10}$; $D=\frac{-8}{12}$

26 $A=\frac{19}{24}$; $B=\frac{-1}{36}$; $C=\frac{-47}{18}$; $D=\frac{101}{120}$

QCM

1	**1.** C	**2.** B	**3.** B	
2	**1.** A et B	**2.** A		
3	**1.** A et C	**2.** B	**3.** A	**4.** A
4	**1.** C	**2.** B		

3 Nombres rationnels : multiplication et division

2 $B=\frac{-77}{4}$; $C=\frac{-18}{7}$

4 $B=\frac{-16}{27}$; $C=\frac{35}{66}$

6 $B=-\frac{9}{28}$; $C=\frac{3}{14}$

8 $B=-\frac{4}{27}$; $C=\frac{1}{45}$

10 L'inverse de 0,04 est 25. L'inverse de −2,5 est −0,4. L'inverse de −8 est $\frac{1}{-8}=-0{,}125$. L'inverse de $\frac{11}{3}$ est $\frac{3}{11}$.

12 8 et −8 sont opposés, ainsi que 0,125 et $\frac{-1}{8}$.

−8 et $\frac{-1}{8}$ sont inverses, ainsi que 8 et 0,125.

14 $C=\frac{27}{7}$; $D=-\frac{8}{27}$

16 $F=-\frac{100}{30}$

QCM

1	**1.** C	**2.** B et C	**3.** B et C		
2	**1.** A	**2.** B et C	**3.** C		
3	**1.** B	**2.** B	**3.** C	**4.** B et C	**5.** A et B

4 Puissances

2 A = 1 000 000 ; B = 1 000 000 000 000 ; C = 421 000 ;
D = 678 000 000 ; E = 52 300 000 ; F = 7

4

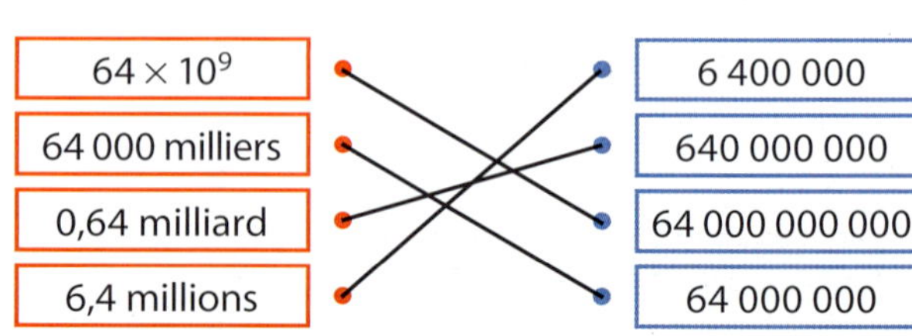

6 1. 6 205 hL 2. $\frac{1\,700\text{ L}}{70} \approx 24{,}29\text{ L}$

8 A = 0,000 1 ; B = 0,000 000 000 01 ; C = 0,045 6 ; D = 0,678 ; E = 0,000 523

10 1. 5 mg 2. 0,24 nm

12 1. $\frac{4{,}98\text{ kg}}{1\,000} = 0{,}004\,98\text{ kg} = 4\,980\text{ mg}$

2. $\frac{1\text{L}}{10\,450} \approx 0{,}000\,096\text{ L} \approx 96\ \mu\text{L}$

14 1. $A = 1{,}768 \times 10^4$; $B = 1{,}2 \times 10^{-2}$; $C = 4{,}56 \times 10^4$; $D = 3{,}4 \times 10^{-6}$

2. A et C sont du même ordre de grandeur.

16 A = 625 ; B = −128 ; C = −1 000

18 A = 104 ; B = −394 ; C = −4 ; D = 5 807 230

QCM

(1) 1. A	2. C	3. C	4. A et C		
(2) 1. A	2. A et C	3. A et C	4. A		
(3) 1. A et C	2. C	3. B	4. C		
(4) 1. C	2. C	3. B	4. A	5. B et C	6. B

5 Calcul littéral

2 a. x^2 b. $6z^3$ c. $-21w^3$ d. $9y^2$

4 a. $-3x - 5$ b. $-4x + 12$ c. $-x - 12$ d. $-8x + 20$

6 A = D et B = C.

8 1. $z \times (2z + 5)$

2. La différence entre le double de x et 5.

10 $A = 5x + 10$; $B = 10t - 30$; $C = 6z^2 - 30z$; $D = -4x^2 + 28x$

12 $A = 4(2x + 1)$; $B = d(17 - 13d)$; $C = v(3v + 1)$; $D = y(12x - 7)$

QCM

(1) 1. B	2. A	3. C	4. A et C	5. A et B
(2) 1. C	2. B et C	3. C	4. B	
(3) 1. C	2. B et C	3. A, B et C		

6 Équations

2 $4 \times 1 + 10 = 4 + 10 = 14$ et $6 \times 1 - 7 = 6 - 7 = -1$ donc 1 n'est pas solution de l'équation $4y + 10 = 6y - 7$.
$4 \times 8{,}5 + 10 = 34 + 10 = 44$ et $6 \times 8{,}5 - 7 = 51 - 7 = 44$ donc 8,5 est solution de l'équation $4y + 10 = 6y - 7$.

4 Pour $L = 4{,}5$:
$\frac{9 \times L}{2} = \frac{9 \times 4{,}5}{2} = \frac{40{,}5}{2} = 20{,}25$
$L \times L = 4{,}5 \times 4{,}5 = 20{,}25$
On obtient le même résultat donc les aires du triangle et du carré sont égales pour $L = 4{,}5$.

6 a. $x = -2$ b. $x = 2$ c. $x = 14$
d. $x = 15{,}9$ e. $x = 1{,}5$ f. $x = 6$

7 a. $x = 4{,}5$ b. $x = -1{,}875$ c. $x = 42$
d. $x = -65$ e. $x = 40$ f. $x = -12$

9 a. $x = 0{,}625$ b. $x = 4{,}6$ c. $x = -2$ d. $x = -1$

10 a. $x = \frac{17}{3}$ b. $x = 6{,}8$ c. $x = \frac{17}{9}$

12 Soit x la longueur du stylo bleu (en cm).
$x + x + 1{,}3 + x - 0{,}4 = 36$ donc $x = 11{,}7$
Le stylo bleu mesure 11,7 cm, le rouge 13 cm et le vert 11,3 cm.

13 Soit x le nombre de billes bleues.
$x + x + 3 + 2x = 55$ donc $x = 13$
Il y a 13 billes bleues, 16 billes rouges et 26 billes vertes.

14 Soit x la largeur du rectangle (en cm).
$2(2x + x) = 42{,}9$ donc $x = \frac{42{,}9}{6} = 7{,}15$ et $2x = 14{,}3$
La largeur du rectangle est de 7,15 cm et la longueur est de 14,3 cm.

QCM

(1) 1. A et C	2. B	3. A, B et C
(2) 1. C	2. A, B et C	3. B
(3) 1. C	2. B	3. C

7 Grandeurs et proportionnalité

2 1. À 20h, la hauteur d'eau était de 9 m.
2. Les marées hautes ont eu lieu approximativement à 5 h 30 et à 18 h.

4

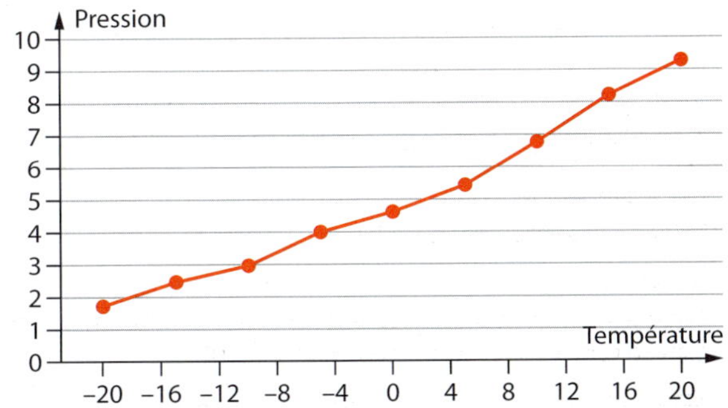

6 $\frac{5{,}20}{16} = 0{,}325$; $\frac{10{,}40}{32} = 0{,}325$; $\frac{15{,}60}{64} = 0{,}24375$
Les quotients ne sont pas égaux donc le prix n'est pas proportionnel à la capacité.

7 $\frac{25}{50} = 0{,}5$ et $\frac{64}{80} = 0{,}8$. Les quotients ne sont pas égaux donc la distance d'arrêt n'est pas proportionnelle à la vitesse.

8 $\frac{65{,}25}{9} = 7{,}25$ et $\frac{29}{4} = 7{,}25$. Les quotients sont égaux donc le prix est proportionnel au nombre de jours de location.

10 1. La longueur du liseré est proportionnelle au diamètre de l'assiette car les points sont alignés avec l'origine.
2. Le volume de porcelaine n'est pas proportionnel au diamètre de l'assiette car les points ne sont pas alignés.

12 Le prix cherché est $\frac{1{,}75 \times 17{,}01}{1{,}35} = 22{,}05$ €.

14 Le pourcentage cherché est $\frac{2\,784}{5\,800} \times 100 = 48\ \%$.

15 La somme disponible au bout d'un an est
$9\,000 + \frac{0{,}75}{100} \times 9\,000 = 9\,067{,}5$ €.

16 Nombre de poulets attaqués : 520 − 498 = 22.
Le pourcentage cherché est $\frac{22 \times 100}{520} \approx 4\ \%$.

18 Les 36 polygones sont donc tracés dans le ratio 8 : 4. 8 + 4 = 12. Le nombre d'octogones est $\frac{8}{12} \times 36 = 24$. Le nombre de rectangles est $\frac{4}{12} \times 36 = 12$.

19 Soient b et c les aires des deux autres parcelles. On a $\frac{3\,050}{2} = \frac{b}{3} = \frac{c}{5}$
donc $b = \frac{3 \times 3\,050}{2} = 4\,575\text{ m}^2$ et $c = \frac{5 \times 3\,050}{2} = 7\,625\text{ m}^2$.

21 $v = \frac{d}{t} = \frac{10}{2{,}5} = 4$ km/h.

22 $t=\frac{d}{v}=\frac{1}{12}$ d'heure soit $\frac{1}{12}\times 60=5$ minutes.

23 $d=v\times t=130\times 3{,}25=422{,}5$ km.

24 **1.** $m=\text{Mvol}\times v=7{,}88\times 3{,}5=27{,}58$ kg.
2. $v=\frac{m}{\text{Mvol}}=\frac{1\,000}{7{,}88}\approx 126{,}9$ dm^3.

26 **1.** $325\times 2\,500=812\,500$ voyageurs-kilomètres.
2. $\frac{220\,000}{1\,100}=200$ passagers.

QCM

(1) B
(2) **1.** A **2.** B
(3) **1.** B et C **2.** A **3.** B
(4) **1.** C **2.** C

8 Statistiques

2

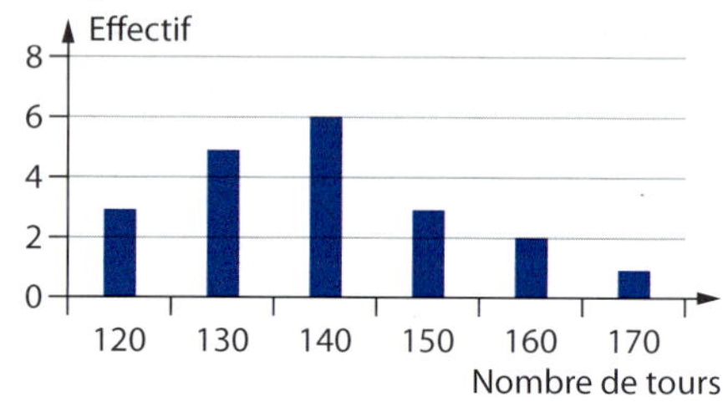

4

Nombre de voitures	0	1	2 ou plus
Fréquence (en %)	19	47	34
Angle (en °)	68	169	123

Répartition des ménages selon le nombre de voitures

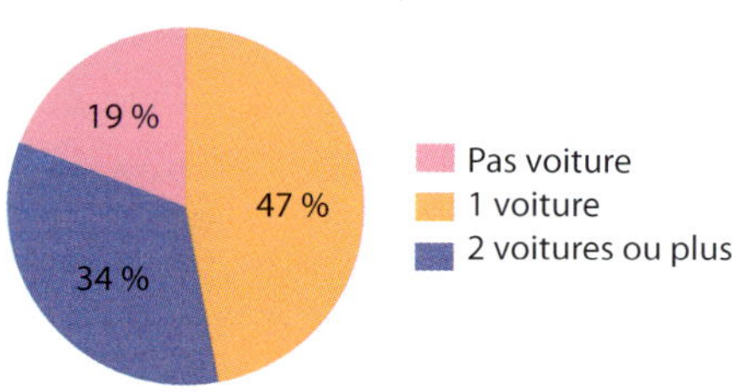

6 **1.** Les valeurs prises par la série sont 3 ; 4 ; 5 ; 6 ; 7 ; 8. Les coureurs ont parcouru 3 ; 4 ; 5 ; 6 ; 7 ou 8 tours.
2. $2+3+6+4+3+2=20$. Au total, il y a 20 coureurs.
3. $\frac{4}{20}=0{,}2=\frac{20}{100}=20$ %. 20 % des coureurs ont couru 6 tours.

8 $\frac{3\times 2+4\times 3+5\times 6+6\times 4+7\times 3+8\times 2}{20}=5{,}45$ tours

9 $\frac{2{,}10\times 3+2{,}3\times 6+2{,}20\times 2}{3+6+2}\approx 2{,}23$ €

10 $\frac{15\times 2+18\times 4+14}{2+4+1}\approx 16{,}5$

12 L'âge médian des joueurs de l'équipe de France est 25 ans. La moitié des joueurs a 25 ans ou plus et l'autre moitié a 25 ans ou moins.

14 La température médiane est 22,95 °C. La moitié des températures est inférieure ou égale à 22,95 °C et la moitié des températures est supérieure ou égale à 22,95 °C.

QCM

(1) B et C
(2) **1.** A **2.** B
(3) **1.** B et C **2.** B **3.** B

9 Probabilités

2 **1.** Les issues sont : rouge, vert et bleu.
2. L'issue la plus probable est « bleu ».

4 **1.** Les issues sont : A ; E ; I ; O ; U ; Y.
2. La probabilité de chaque issue est $\frac{1}{6}$.

6 La probabilité d'obtenir un jeton vert est : $1-0{,}29-0{,}34=0{,}37$.

8 La probabilité de choisir un élève qui a au moins deux frères et sœurs est $\frac{10}{25}$, soit $\frac{2}{5}$.

10 La probabilité d'obtenir une boisson gazeuse est de $\frac{20}{30}$, soit $\frac{2}{3}$.

11 La probabilité que le polo soit vert est de $\frac{5}{10}$, soit $\frac{1}{2}$.

13 **a.** $\frac{3}{8}$ **b.** $\frac{5}{8}$ **c.** $\frac{2}{8}$ **d.** $\frac{2}{8}$

15 **1.** « La personne mesure 3 m. »
2. « La personne mesure plus de 3 cm. »

16 **1.** « Obtenir 100. » **2.** « Obtenir un nombre entier. »

18 **1.** « Le nom du mois ne contient pas de J. »
2. Février, mars, avril, mai, aout, septembre, octobre, novembre, décembre.
3. $p(\overline{\text{A}})=\frac{9}{12}=\frac{3}{4}$

19 **1.** « On ne tire pas de figure. » **2.** 10, 9, 8
3. $p(\overline{\text{B}})=\frac{3}{5}$

QCM

(1) **1.** A et B **2.** A et C
(2) **1.** A, B et C **2.** C **3.** C
(3) **1.** A, B et C **2.** C **3.** B

10 Construction et transformation de figures

2

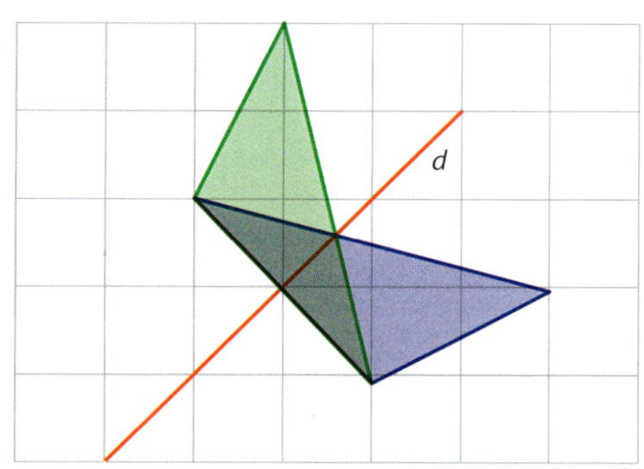

4

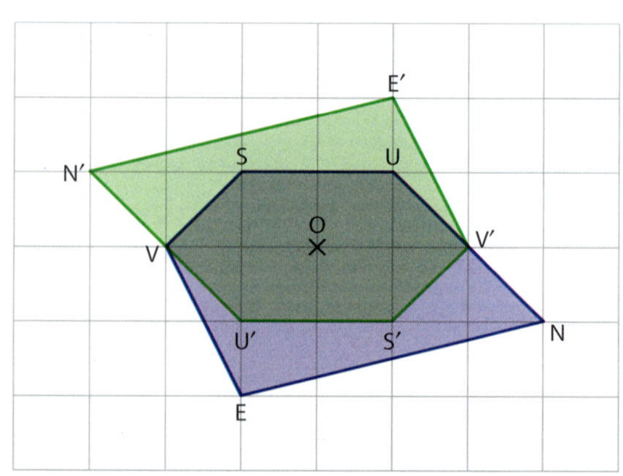

5

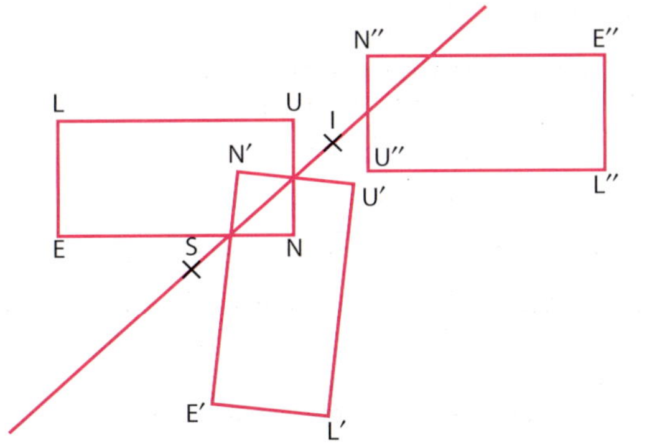

7

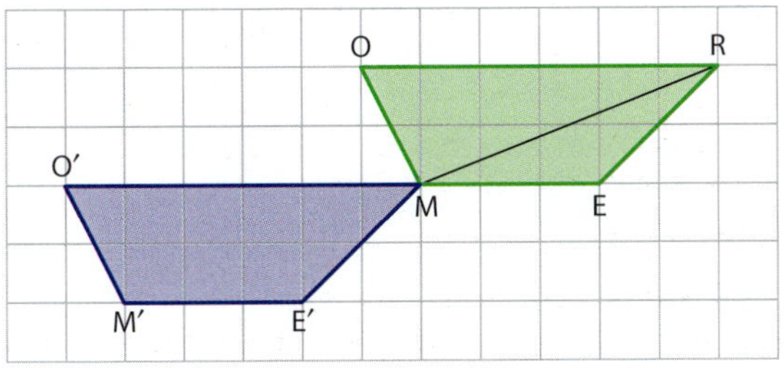

9 **1.**

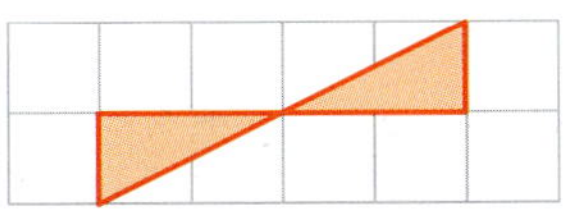

2.

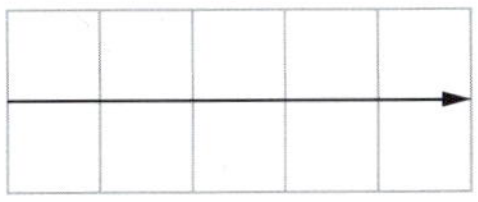

12 **2.** Réduction de rapport $\frac{1}{2}$:

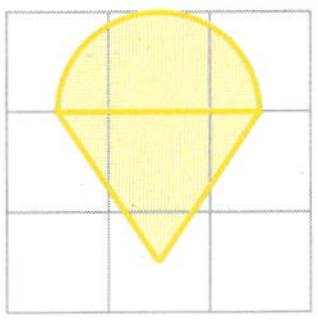

3. Agrandissement de rapport 1,5 :

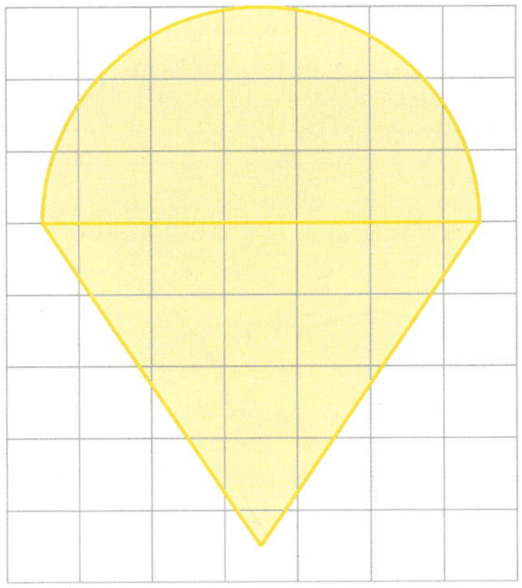

14 **1.** $12\ \text{cm}^2 \times \left(\frac{1}{2}\right)^2 = 12\ \text{cm}^2 \times \frac{1}{4} = 3\ \text{cm}^2$

2. $12\ \text{cm}^2 \times 1{,}5^2 = 12\ \text{cm}^2 \times 2{,}25 = 27\ \text{cm}^2$

QCM

(1) C

(2) **1.** A **2.** B **3.** A et C

(3) **1.** C **2.** C

11 Triangles et quadrilatères

2 La médiatrice de la base [BC] est un axe de symétrie du triangle isocèle ABC, donc les triangles BAH et CAH ont leurs côtés deux à deux de même longueur. Ce sont donc des triangles égaux.

4 **1.** $\widehat{EDF} = 180° - 39° - 87° = 54°$.
2. Les triangles ABC et DEF ont chacun un côté de même longueur (4 cm) compris entre deux angles de mêmes mesures (54° et 39°), donc ils sont égaux.

6

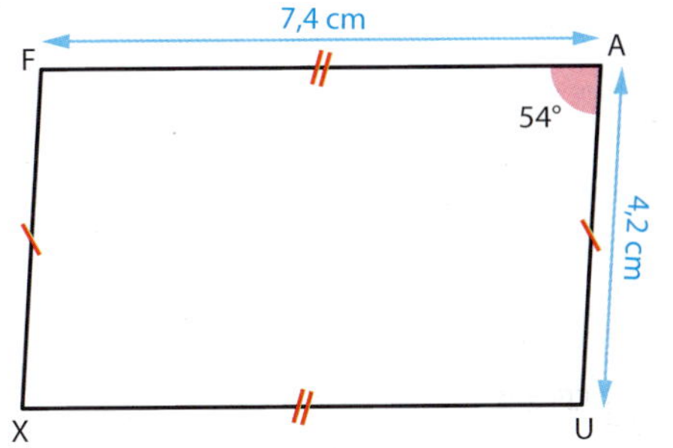

7

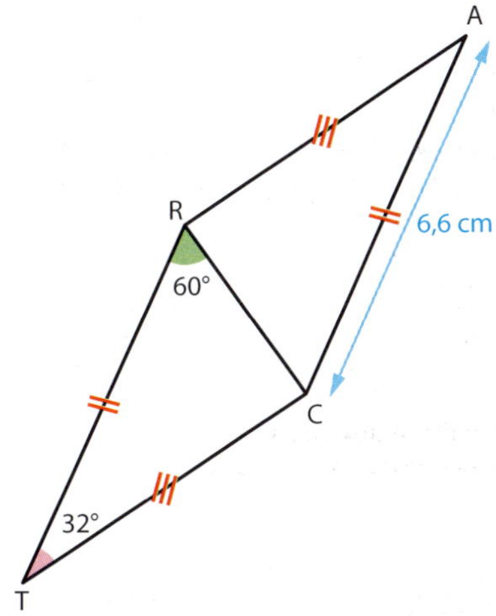

Indication : on commence par construire le triangle TRC avec TR = CA = 6,6 cm.

9 Le quadrilatère DRAP a deux cotés [DR] et [AP] parallèles et de mêmes longueurs, donc c'est un parallélogramme.

10 Le quadrilatère PRIM a ses côtés opposés deux à deux de même longueur, donc c'est un parallélogramme.

12 MOIN est un losange donc ses diagonales (MI) et (ON) sont perpendiculaires.

13 PLUS est un rectangle donc :
- ses côtés opposés sont de même longueur : PL = US = 5 cm ;
- ses diagonales sont de même longueur : LS = UP = 8 cm.

15 **1.** [BA] et [CD] sont 2 diamètres du cercle de centre O, donc BA = CD. Le quadrilatère BDAC a donc ses diagonales perpendiculaires et de même longueur, c'est donc un carré.
2. [DC] est un diamètre du cercle de centre O donc OC = OD. De plus, d'après l'énoncé, on sait que O milieu de [FE]. Le quadrilatère DECF a donc des diagonales qui se coupent en leur milieu, c'est donc un parallélogramme.
De plus, F et E étant deux points de (AB), on obtient que les droites (EF) et (DC) sont perpendiculaires. Le parallélogramme DECF a des diagonales perpendiculaires, c'est donc un losange.

QCM

(1) **1.** B **2.** B

(2) **1.** B et C **2.** C **3.** A et C

(3) **1.** A **2.** A **3.** A et C **4.** A et B

Corrigés

12 Théorème de Thalès

2 OLS et OEA sont deux triangles tels que :
- L est un point de la demi-droite [OE) ;
- S est un point de la demi-droite [OA) ;
- les droites (LS) et (EA) sont parallèles.

D'après le théorème de Thalès : $\frac{OL}{OE}=\frac{OS}{OA}=\frac{LS}{EA}$

$OE=\frac{1,2\times4,1}{2,3}\approx2,1$ cm ; $LS=\frac{2,3\times5,7}{4,1}\approx3,2$ cm

3 EPL et EMO sont deux triangles tels que :
- P est un point de la demi-droite [EM) ;
- L est un point de la demi-droite [EO) ;
- les droites (PL) et (MO) sont parallèles.

D'après le théorème de Thalès : $\frac{EP}{EM}=\frac{EL}{EO}=\frac{PL}{MO}$

$EM=\frac{5,6\times6,3}{3,7}\approx9,5$ cm ; $PM=EM-EP\approx9,5-5,6\approx3,9$ cm ;

$MO=\frac{4,8\times6,3}{3,7}\approx8,2$ cm.

5 • SEJ et SBN sont deux triangles tels que : B est un point de la demi-droite [SE) et N est un point de la demi-droite [SJ).
• $\frac{SB}{SE}=\frac{21,6}{56,7}$ et $\frac{SN}{SJ}=\frac{24}{63}$. Or, $21,6\times63=24\times56,7$. Donc $\frac{SB}{SE}=\frac{SN}{SJ}$: l'égalité de Thalès est vérifiée.
Donc les droites (BN) et (EJ) sont parallèles.

7 AED et ABC sont deux triangles tels que : B est un point de la demi-droite [AE) et C est un point de la demi-droite [AD)
$\frac{AC}{AD}=\frac{3,5}{1,9}\approx1,84$ et $\frac{AB}{AE}=\frac{2,9}{1,5}\approx1,93$.

Donc $\frac{AC}{AD}\neq\frac{AB}{AE}$: l'égalité de Thalès n'est pas vérifiée.
Donc les droites (ED) et (BC) ne sont pas parallèles.

QCM

(1) **1.** B et C **2.** B **3.** C
(2) **1.** C **2.** B

13 Triangles rectangles

2 **1.** $UD^2=UH^2+HD^2$
2. $ET^2=ES^2+ST^2$
3. $AC^2=AD^2+DC^2$; $AC^2=AB^2+BC^2$; $CE^2=CB^2+BE^2$; $AE^2=AC^2+CE^2$.

4 KLM est un triangle rectangle en L donc, d'après le théorème de Pythagore, $MK^2=ML^2+LK^2$. On trouve MK = 13 cm.

6 EFG est un triangle rectangle en F donc, d'après le théorème de Pythagore, $EG^2=EF^2+FG^2$. On trouve EF = 24 cm.

8 $\sqrt{53}\approx7,28$; $\sqrt{275}\approx16,58$; $\sqrt{32,84}\approx5,73$; $\sqrt{75,72}\approx8,70$

10 $4<\sqrt{21}<5$; $6<\sqrt{42}<7$; $8<\sqrt{71}<9$

12 **1.** ABC est un triangle rectangle en B. D'après le théorème de Pythagore : $AC^2=BA^2+BC^2$. On trouve $AC=\sqrt{74}$ cm $\approx8,6$ cm
2. IJK est un triangle rectangle en J. D'après le théorème de Pythagore : $IK^2=IJ^2+JK^2$. On trouve $IJ=\sqrt{13,49}$ m $\approx3,67$ m.

15 $DR^2=17^2=289$ et $MD^2+MR^2=8^2+15^2=64+225=289$, donc $DR^2=MD^2+MR^2$. L'égalité de Pythagore est vérifiée donc MDR est un triangle rectangle en M.

16 [SR] est le plus grand côté. $SR^2=12^2=144$ et $PR^2+PS^2=5^2+11^2=25+121=146$ donc $SR^2\neq PR^2+PS^2$. L'égalité de Pythagore n'est pas vérifiée donc PRS n'est pas un triangle rectangle.

19 Dans le triangle PER rectangle en E, $\cos\widehat{EPR}=\frac{EP}{PR}=\frac{3,5}{5}=0,7$ donc $\widehat{EPR}\approx46°$.

20 Dans le triangle IJK rectangle en I, $\cos\widehat{IKJ}=\frac{IK}{JK}=\frac{5,2}{7,3}$ donc $\widehat{IKJ}\approx45°$.

QCM

(1) **1.** C **2.** A et C **3.** A
(2) **1.** A **2.** A et C **3.** C **4.** C
(3) **1.** B **2.** B
(4) **1.** A et C **2.** A, B et C

14 Solides de l'espace

2 **1.** A(0 ; 0 ; 0), B(2 ; 0 ; 0), C(2 ; 6 ; 0), D(0 ; 6 ; 0), E(0 ; 0 ; 4)
2.
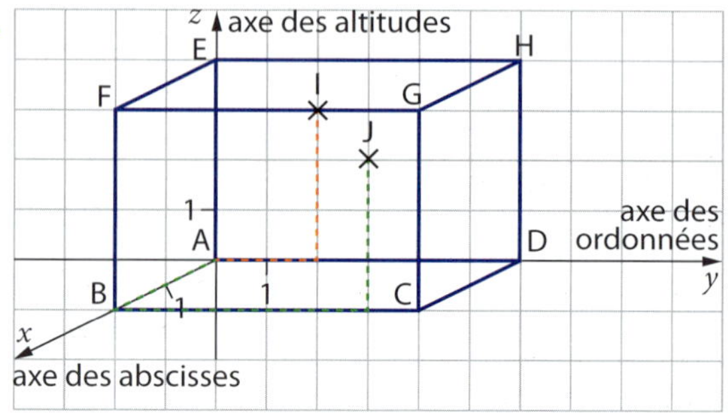

I est sur la face EADH.
J est sur la face FGCB.

4
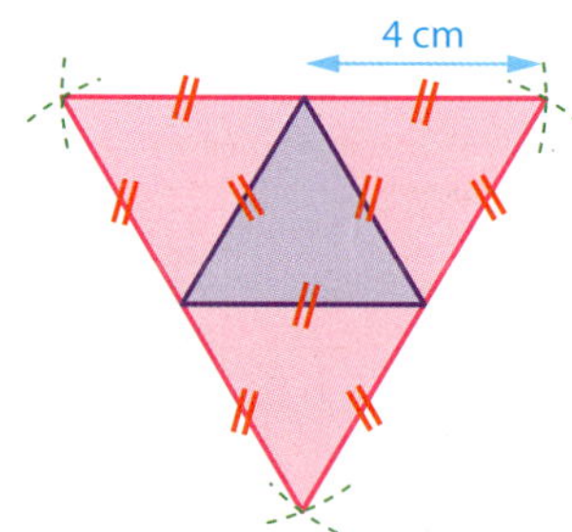

6 $\mathcal{V}=\frac{1}{3}\times5,4^2\times6,3=61,236$ cm³

7 345 cm = 34,5 dm 4,2 m = 42 dm
$\mathcal{V}=\frac{1}{3}\times58\times42\times34,5=28\,014$ dm³

9 En faisant tourner le triangle ABC autour du côté [AB] on obtient un cône de rayon 1,5 cm et de hauteur 2 cm.
Longueur petit cercle : $1,5^2\times\pi=2,25\pi$ cm
Longueur grand cercle : $2^2\times\pi=4\,\pi$ cm

Mesure (en °)	360	202,5
Longueur arc de cercle (en cm)	4π	2,25π

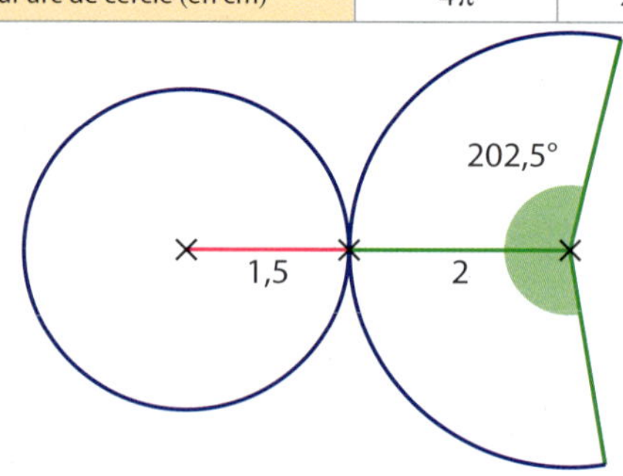

11 $\mathcal{V}=\frac{1}{3}\times6,7^2\times\pi\times56\approx2\,632$ cm³.

QCM

(1) **1.** B **2.** C **3.** A
(2) **1.** A et B **2.** A et B **3.** A
(3) **1.** A et B **2.** B

Index

Calculatrice NumWorks

Pour les calculs de base choisir le menu Calculs.
• Pour accéder au menu utiliser la touche (maison).
• Pour naviguer dans les différents menus on utilise les flèches et on valide avec la touche OK.

La touche boite à outils (paste) permet d'accéder à différents menus dans lesquels figurent des calculs particuliers.
Par exemple : dans le menu arithmétique une fonction permet de calculer le quotient d'une division euclidienne et une autre le reste.

Accéder aux fonctions en jaune

Trigonométrie : cosinus d'un angle / Calculer la mesure d'un angle avec arcos

Calculer (ou multiplier par) une puissance de 10

Revenir au menu précédent

Calculer une puissance

Calculer un carré

Calculer une racine carrée

Donner le résultat d'un calcul, valider une commande ou un choix (la touche OK remplit également cette fonction)

Choisir les modes adaptés

Angles	Affichage du résultat	Arrondi	Affichage des calculs
Unité d'angle : **Degrés :** calcul avec les angles en degré	Décimal 0.1234 / Scientifique 1.234E-1	Chiffres significatifs 7 — Choisir le nombre de chiffres significatifs	Naturelle $1+\frac{2}{3}$ / En ligne 1+2/3

Calculer l'expression $3x^2 + 8$ pour $x = 5$

1. Stocker 5 dans x	2. Entrer l'expression et afficher le résultat
5 shift sto→ x,n,t OK — Écran : 5→x 5	3 × x,n,t x² + 8 OK — Écran : $3x^2+8$ 35

Calculer la moyenne et la médiane d'une série statistique

1. Accéder au Menu statistiques	2. Rentrer les valeurs du tableau avec leurs effectifs dans le sous-menu Données	4. Lancer le calcul en allant dans le sous-menu Stats
 OK	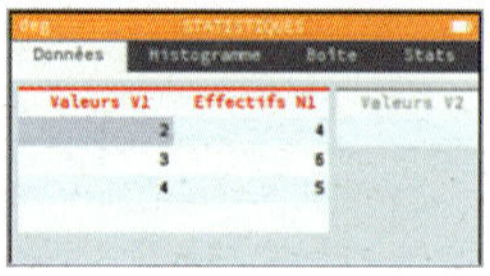 Entrer les valeurs de la série puis l'effectif correspondant en naviguant avec les flèches et en tapant OK après chaque ligne.	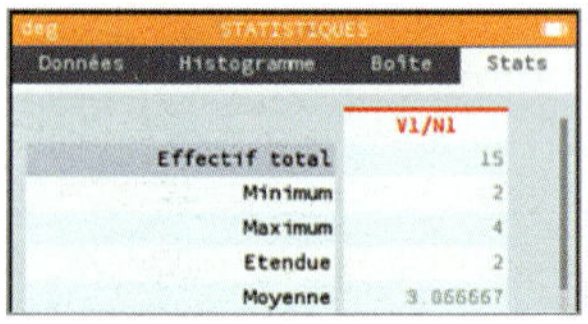 Faire défiler les valeurs jusqu'au résultat cherché.

Achevé d'imprimer en Italie par Grafica Veneta - Dépôt légal : août 2021 - édition 02-36/7831/3

Calculatrice TI

Pour naviguer dans les différents menus, utilise les flèches et valide avec la touche entrer

- Accéder aux fonctions en blanc : 2nde
- Écrire une fraction
- Simplifier une fraction
- Nombre π
- Calculer la puissance d'un nombre
- Calculer le carré / la racine carrée d'un nombre
- (–) Signe « – » devant un nombre négatif
- Multiplier par une puissance de 10
- Trigonométrie : cosinus d'un angle / Calculer la mesure d'un angle avec arccos
- Diviser / Calculer le quotient et le reste de la division euclidienne de deux nombres entiers
- Passer de l'écriture fractionnaire à l'écriture décimale
- Donner le résultat d'un calcul, valider une commande ou un choix

Choisir les modes adaptés mode

Pour calculer des angles	Pour afficher un résultat	Pour obtenir un arrondi	Pour simplifier une fraction	Pour afficher des calculs
DEG Les calculs avec des angles sont faits avec des angles exprimés en degrés.	**NORM** affiche le résultat sous forme décimale. **SCI** affiche le résultat en écriture scientifique.	**FLOTT** donne 9 chiffres après la virgule par défaut.	**SIMPMAN** pour simplifier manuellement des fractions. **SIMPAUTO** simplifie automatiquement des fractions.	**AFFINATUREL** Les fractions, certains nombres et des expressions particulières sont écrits comme sur le papier.

Calculer une expression littérale pour une valeur donnée

Exemple Calculer $3x^2 + 8$ pour $x = 5$ puis pour $x = -3$.

1. Stocker l'expression littérale dans op	2. Stocker 5 dans x	3. Lancer le calcul	4. Pour $x = -3$
déf op 2nde op 3 x^{yzt}_{abc} x^2 + 8 entrer 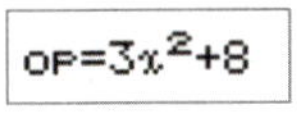	5 sto▸ x^{yzt}_{abc} entrer 	op 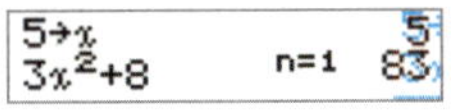 Donc pour $x = 5$, A = 83.	(–) 3 sto▸ x^{yzt}_{abc} entrer op 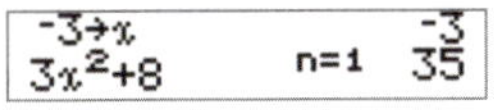

Calculer la moyenne et la médiane d'une série statistique

1. Accéder au menu Statistiques	2. Rentrer les valeurs du tableau avec leurs effectifs	3. Lancer le calcul	4. Faire défiler les valeurs jusqu'au résultat cherché
stats	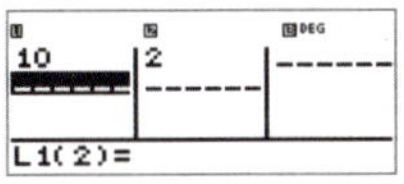 Les valeurs de la série dans L1. Les effectifs dans L2.	stats calc 2nde stats 1 puis : 	1 : N = effectif total 2 : $\overline{x}$ = moyenne 3 : méd = médiane 

Calculatrice CASIO

ATTENTION : Pour les calculs de base, reviens toujours au menu Calculer [×÷ +− 1]
Pour y accéder : [MENU CONFIG] [1]

Pour accéder ou valider un choix, tape le numéro correspondant au mode ou utilise les flèches et valide avec [EXE]

Choisir les modes adaptés

[SECONDE] [MENU CONFIG]

1 : Saisie / Résultat	2 : Unité d'angle	3 : Arrondi	4 : Résultat fract
1 : Smaths/Rmaths Les fractions, certains nombres et des expressions particulières sont écrits comme sur le papier dans le calcul et le résultat.	**1 : Degré** Les calculs avec des angles sont faits avec des angles exprimés en degrés.	**2 : Sci** Affiche le résultat en écriture scientifique. **3 : Norm** Arrondit automatiquement le résultat.	**2 : d/c** Notation française des fractions.

Calculer une expression littérale pour une valeur donnée

Exemple Calculer $3x^2 + 8$ pour $x = 5$ puis pour $x = -3$.

1. Entrer l'expression littérale	2. Calculer pour $x = 5$	3. Afficher	4. Pour $x = -3$
[3] [×] [x] [x^2] [+] [8] 3×x²+8	[CALC] [5] [EXE] 3×x²+8 x =5	[EXE] 3×x²+8 83	[CALC] [−] [3] [EXE] [EXE] 3×x²+8 35

Tester une égalité

Exemple Vérifier si $2 \times 4 = 48 \div 6$.

1. Accéder au menu Vérifier	2. Tester l'égalité
[MENU CONFIG] [5] 5:Vérifier	[2] [×] [4] [=] [4] [8] [÷] [6] [EXE] 2×4=48÷6 Vrai

Calculer la moyenne et la médiane d'une série statistique

1. Accéder au menu Statistiques [2]	2. Rentrer les valeurs du tableau avec leurs effectifs	3. Lancer le calcul [×÷ +− 1]	4. Faire défiler les valeurs jusqu'au résultat cherché
[MENU CONFIG] [2] puis [1] : 1 : 1 variable	x : 10, 8, 5 — EFFC : 2, 5, 3	[OPTN] [3] 3 : Calc à 1 variable	x̄ =7,5 Σx =75 Σx² =595 σ²x =3,25 σx =1,802775638 s²x =3,611111111 $\overline{x}$: moyenne de la série n : effectif total Med : médiane